W0210160

COLLECTION FOLIO

Senancour

Obermann

Édition présentée et annotée
par Jean-Maurice Monnoyer
Enseignant à l'Université de Gênes

Gallimard

© *Éditions Gallimard, 1984.*

PRÉFACE

Obermann *est peut-être l'œuvre la plus sérieusement triste qui ait été écrite dans notre langue : tour à tour l'incuriosité ou le dégoût, l'engourdissement ou la stupeur, sont attribués de la part de l'auteur à un héros dont nous ne savons rien, — l'indolence misérable, le prestige décoloré, la flétrissure des choses, parsèment encore ces pages, semblant ne réfléchir que l'exécrable humeur de celui qui se résigna à les publier. Ce livre pourtant, dès que paru promis à un oubli apparemment définitif, n'a cessé depuis de rallier les suffrages de lecteurs inconnus les uns des autres, et quelquefois illustres — tels Balzac, ou Proust — séduits par le charme insinuant des nombreuses descriptions qui en retardent le cours. « Senancour c'est moi », s'écrie même l'écrivain de* La Recherche : *non certes pour en appeler de l'incognito littéraire dont souffre toujours son prédécesseur, mais avouant aussitôt l'émotion « délicieuse » que lui procure la suggestion de ces paysages particuliers*[1]. *Il se peut donc que cette œuvre, à défaut d'une consécration véritable, soit vouée à l'obscurité clandestine où se rencontrent ceux que Senancour appelle ses « adeptes » : « quelques personnes éparses dans l'Eu-*

1. *Textes retrouvés,* recueillis et présentés par Philippe Kolb, « Cahiers Marcel Proust », nº 3, Gallimard, 1971, p. 82.

rope », comme le notent les Observations placées en tête de ce recueil de lettres, éprises d'un genre de vie contemplatif, non dénué du goût de l'ordre et de l'aisance, partageant le même langoureux dépit de n'être que tranquille, qui leur fera trouver plus belle l'éclosion timide de la violette ; ou préférer « les reflets de la lune sur le schiste des roches » aux cieux impeccables d'un paradis exotique. Si l'auteur nous dit s'être résolu à leur adresser par la voie publique le « monument privé » d'une existence à ce point affligeante, la « société éparse et secrète » qu'ils composent malgré eux n'est pas même un cénacle de personnes choisies. Car la tristesse « sérieuse » dont il est ici question contrevient aussi aux formes reconnues par les romantiques ; publié en 1804, Obermann ne déplore à vrai dire aucun drame intérieur, et guère davantage un amour malheureux : ce n'est pas une histoire à la conclusion navrante, ni un mal diagnostiqué et réparable qui permettent d'en cerner l'argument. Quelque objet différent lui sert de motif conducteur, qui a uniquement pour cause l'insigne faiblesse de la complexion de son héros : éblouie prématurément au contact du paysage alpin, abusée par la décrépitude du monde ambiant, elle pressent que le bonheur eût demandé une innocence moins touristique ou moins vagabonde, et dès lors se survit à elle-même, solitaire, morne et oublieuse. Telle serait la tonalité subjective d'Obermann : doté d'une sensibilité incurablement délicate, il en est réduit à convertir ce qu'il éprouve dans le médium de l'expression analytique ; l'emphase du sentiment, l'austérité de mœurs factices le poussent au retranchement, l'inclinent à la volupté amère, parfois à l'apathie. Et si l'on est tenté en parcourant cet ouvrage de s'arrêter aux passages qui disent sur un mode intime un genre d'extase spectaculaire, souvent notée en de brefs tableaux, c'est que les raisons morbides invoquées avec insistance ne parviennent pas à occulter la vision souveraine des lieux où nous sommes transportés ; cimes appa-

rues dans la distance quand se dissipe une fumée vaporeuse, ombres végétales, prés crépusculaires, que nul géographe, que nul poète avant lui n'avaient dépeints de cette façon.

1

*Né en 1770, Étienne Pivert de Senancour n'a pas eu de son vivant un sort particulièrement enviable ; son existence étant aussi peu romanesque que le personnage était singulier, l'on a cru sans précaution pouvoir calquer sur elle l'aventure d'*Obermann*, ce « rêveur au moins bizarre », de qui en revanche Senancour semble avoir toujours désiré qu'on se gardât de le confondre*[2]*. En laissant de côté la peinture sinistre de Blanc-Fontaine, la meilleure idée qu'il est possible de se faire de sa physionomie est vraisemblablement celle que David d'Angers a modelée pour son médaillon : dans ce visage au front très droit, les sourcils ombrageux se plissent sur un œil à la fois fixe et indulgent, les commissures de la bouche tombent à la perpendiculaire, tandis que les lèvres serrées rajoutent une moue intraitable et virile au dessin d'ensemble d'une figure d'esprit misanthropique. S'en dégage l'impression d'une terrible revanche prise sur le sentiment interne, comprimant énergiquement l'émotion affleurante, comme le besoin d'épanchement ou la mièvrerie, mais qui n'a rien de dédaigneux. C'est néanmoins à l'époque de ce portrait, en 1833, lors de la seconde édition d'*Obermann*, que Senancour connut une relative célébrité. Il ne suffit pas d'observer que la tendance frénétique ou la mode* Jeune-

2. Sainte-Beuve, dans son article de 1832, est responsable de cette identification, sur laquelle ensuite il est revenu. Mais c'est André Monglond qui, plus radicalement, l'a soutenue. Senancour dit bien : « Obermann a besoin d'être un peu deviné », signifiant clairement qu'il ne souscrivait pas à la conception d'un pseudonyme caché derrière l'éditeur des *Lettres* d'Obermann.

France *n'eurent pour lui qu'un attrait très secondaire. Sur ce visage doivent se lire aussi sans doute les progrès de l'infirmité dont les premiers signes avaient succédé jadis à une course imprudente faite dans le col du Grand-Saint-Bernard (remarquons que la relation ne nous en est donnée qu'à la lettre XCI et avant-dernière du livre) : l'alpiniste débutant, déjà d'une santé fragile, aurait contracté à cette occasion un trouble nerveux, d'abord diffus, paralysant lentement les membres supérieurs, qui allait peu à peu accentuer ses disgrâces et l'obliger au silence d'une existence recluse, — tout cela joint à une organisation marquée aux dires de ses amis par une certaine « sauvagerie », n'excluant pas pour d'autres un politesse cérémonieuse d'Ancien Régime, voire un fond d'excessive pudeur qui le fit rester muet devant George Sand venue le complimenter, et qu'il opposa avec une sourcilleuse résolution aux avances de Sainte-Beuve, lorsque celui-ci voulut se livrer sur son compte à une investigation jugée trop indiscrète. Également officieux, flegmatique et rigide — n'a-t-on pas écrit que sa prose était « sans âme », en fustigeant la soi-disant raideur de son style ? —, l'incompris déçu, tel qu'il apparaît dans l'image qu'en ont laissée les contemporains, révèle ailleurs des aspects inattendus, et l'on est presque surpris que révisant inlassablement le texte d'*Obermann*, *l'infirme qu'il était devenu ait pu conserver assez de verve caustique pour se flatter d'avoir « la ténacité des hiboux » ; que, plaisantant sur son état, il signe l'une de ses lettres en se nommant « l'ermite de la tribu des colimaçons », ou termine une autre par ces mots : « Le reconnaissant reclus ne met pas encore de souliers et ne peut saluer Monsieur Denis et Monsieur Sainte-Beuve que par écrit en paroles ferventes*[3]. » *Il y avait ainsi chez*

3. *Lettres de Senancour à Ferdinand Denis*, in *Le Mariage et la vieillesse de Senancour*, d'André Monglond, Chupru, 1931, p. 45 et suivantes.

Senancour un mépris de la pose et du tour déclamatoire, sinon un solide sens commun, lui faisant décliner, malgré l'empressement des fidèles, l'héroïsme ou l'élection par le malheur, qu'autorisait aux yeux des romantiques la perte d'une aristocrate dignité[4].

Est-ce le même homme que cet être diminué qui, avec des accents de méditation somnambulique, avait su écouter grandir la tige droite du sapin, entrevoir le port hautain du chevreuil, et honorer le barbeau, la plus humble fleur des champs ? Obermann gravit à demi nu la dent du Midi, excursionne des mois durant, se perd dans les bruyères et les sables de Fontainebleau, coule des jours vains et funestes, change plusieurs fois de régime alimentaire, et au milieu de ses parties à pied, errantes et désolées, raisonne sur les sujets les plus vastes, sans craindre les conclusions hardies, ni manquer d'étreindre les fantômes d'idées qu'il répudiera le jour suivant. Divaguant, mais confondu tout entier avec la passion dépressive, avec le désabusement, la mollesse énervante que les lieux l'invitent à éprouver intérieurement : tantôt choisissant la claustration, tantôt voyageur, tantôt entrepreneur, et finissant par ressentir une douceur voluptueuse dans l'absence d'état social où le conduisent l'inaction et la sorte d'imprévoyance radicale qui concrètement firent sa ruine. S'il n'est pas sûr qu'afin de suivre le parcours de son héros, les tribulations et les tracas de Senancour nous soient toujours très utiles — ne

4. Telle fut l'impression faite à David d'Angers : « Le Senancour est bien l'être le plus curieux que j'aie jamais vu. En lisant ses ouvrages, je me le figurais dans le genre de J.-J. Rousseau..., au physique, mais, mon Dieu, c'est un homme qui a les bras si courts qu'il doit lui être impossible de mettre les mains dans ses poches, et puis il marche comme sur des charbons ardents. Cela m'étonne moins : il connaît si profondément le monde ! » (lettre à Victor Pavie, du 6 juillet 1833.) Senancour dit encore : « Moi du moins je n'ai presque jamais de paroles indépendantes à cause de cent entraves inévitables. »

*serait-ce pas au contraire, outre le peu d'application mis à la gestion de sa fortune, le refus d'assumer l'échec littéraire d'*Obermann *qui le perdit de façon irréversible ? —, il n'en demeure pas moins que répugnant au contentieux, fuyant la finasserie des hommes de loi, détestant ce que l'on appelle « faire ses affaires*[5] *», Obermann paraît répondre à l'incurie manifeste qui caractérisa son auteur. C'est en fait au tournant du siècle, et pendant l'époque impériale, que celui-ci eut sa période la plus féconde, à un moment de dissolution des mœurs qui accompagna une mutation profonde du marché financier. En ce sens, l'œuvre de Senancour apporte une réponse indirecte et fort troublante à la dévaluation des assignats dont il fut la victime, comme s'il importait que sa signature eût pris sa revanche sur la tromperie des titres fiduciaires. Souffrant du tempérament étriqué et casanier de ses parents, élevé par un prêtre à Fontaine près d'Ermenonville, il devint ensuite, après un premier séjour à Fontainebleau, pensionnaire du distingué collège de la Marche jusqu'à la Révolution. Son père qui était contrôleur général des Rentes, mais avait la nostalgie du sacerdoce, voulut de force lui faire passer deux années au séminaire de Saint-Sulpice. « On sait qu'il fallait s'y confesser chaque semaine*[6] *», rappela plus tard Senancour, lequel imbu des lectures contraires de Malebranche et d'Helvétius, entre-temps avait perdu la foi. La volonté paternelle le poussa à trancher le dilemme : « laisser le joug s'appesantir sans retour, ou le secouer inconsidérément », dit-il en clair dans la lettre première. La suite appartient à la carrière d'*Obermann *qui, placé devant l'alternative de deux vocations qu'il réprouvait : la « sacerdotale » et la « finan-*

5. Lettre X. Voir aussi lettres I, IV, VII. « Je perdrais dix louis avec moins de regrets qu'un couteau bien proportionné que j'aurais longtemps porté sur moi » (lettre XXXI).

6. *Notice sur la vie de Senancour*, par Boisjolin (voir le *Dossier*, infra).

cière », n'avait plus que le choix d'une destinée marginale, incompatible avec le milieu dont il était issu, autant qu'étrangère aux événements qui secouaient la capitale.

Il partit le 14 août 1789, en pleine inconscience, non qu'il se fût agi d'une fugue ou du projet d'une « robinsonade », ainsi qu'il le laissera entendre après ; car ayant emporté les Lettres *de Coxe ou les* Tableaux de la Suisse *qui n'étaient que des guides littéraires, entrait aussi dans son départ secret l'espoir d'un exil définitif. Si l'instinct pouvait seul justifier une telle entreprise, c'est qu'il trouva dans sa témérité le « seul asile » offert à cet instant. Il traversa le pays de Vaud, entra dans le Valais, et s'arrêta à Saint-Maurice, endroit obscur et peu riant. On ne sait comment, remontant vers le nord, lui si dégagé de toute contrainte et faisant fi des contingences obligées, se maria un an plus tard avec une « inconnue », fribourgeoise de surcroît, mais dont la belle voix l'avait ému ; projeta sans succès une vie commune et retirée, puis revint précipitamment à Paris au risque d'être inscrit sur la liste des émigrés. Avant qu'il n'effectue deux ans de préceptorat à l'hôtel Beauvau, où il fréquenta autour de Mme d'Houdetot une société élégante et côtoya le chevalier de Boufflers, il avait tenté de retourner en Suisse dans de dangereuses circonstances : on l'intercepta même à Besançon parce qu'on lui trouvait la tournure d'un abbé réfractaire venu fanatiser les campagnes. Très tôt il dut se séparer de son épouse (il avouera que le jour de son mariage fut « le plus triste de sa vie »), ramenant avec lui sa fille lorsqu'il se rapatria enfin pour ne plus quitter Paris qu'en de rares occasions jusqu'à sa mort en 1846. Il y vécut la vie d'un publiciste, subsistant mal du fruit de ses articles (plusieurs centaines) donnés entre autres au* Constitutionnel *ou au* Mercure de France[7]*, continuant toutefois et de loin en loin, de se*

7. Béatrice Didier (-Le Gall) en a donné la liste in *L'Imaginaire chez Senancour*, Paris, Corti, 1966, tome II.

signaler par une œuvre à chaque fois plus composée et plus sereine, ce qui fait qu'au résultat sa veine est rien moins qu'étroite ou parcimonieuse. La renommée faillit l'atteindre avec De l'amour[8] *qu'il publia en 1806, y défendant l'union libre et le divorce, mais sur lequel s'abattirent les verges conservatrices. Dès 1795,* Aldomen ou le bonheur dans l'obscurité *eût mérité de le faire connaître ; seules pourtant ses* Rêveries *lui valurent un certain crédit, insuffisant néanmoins pour qu'il échappe aux pensums de livres compilatoires et de recensions. Envers et contre tout, il garda cette hauteur de vues qu'il devait peut-être au titre de « Rêveur des Alpes » dont il s'était un jour prévalu, au point que dans son* Histoire des traditions morales et religieuses *parue en 1825, ayant traité Jésus lui-même de « jeune sage », il fut traîné en justice et condamné à la prison, avant qu'on n'abroge ensuite la sentence. Sa vieillesse lui apporta plus de considération ; son combat acharné contre Chateaubriand cessa de paraître, après 1830, aussi blasphémateur ; un court laps de temps sévit même un début d' « obermania » : Nodier l'avait découvert, Liszt le visita ; Senancour pencha au mysticisme, quoiqu'il se défendît d'appartenir au courant des « virtuistes » à la Bonald, et s'éteignit en interdisant qu'on lui administre les derniers sacrements.*

2

S'agit-il dans Obermann *d'un « journal intime », comme a tenté de le montrer André Monglond à l'aide de son immense érudition*[9] *? Nous aurions là un agenda, une*

8. Étiemble a donné une édition de *De l'amour*, au Club français du livre en 1955, reprenant l'édition de 1834.

9. *Le Journal intime d'Obermann*, Grenoble, Paris, Arthaud, 1947, 3 vol.

suite de feuilles volantes que Senancour aurait mises à jour régulièrement et qui retraceraient ses pérégrinations, le retour à Paris, le redépart en Suisse, la passion impossible, contrariée, pour une muse qu'il n'aurait rencontrée que par inadvertance, la confidence sous-entendue faite à un ami lointain ; et même, avec un souci minutieux du détail, elles décriraient les stations différentes, les lieux de villégiature et les demeures où l'auteur a vécu entre 1789 et 1802. La propension pour une écriture qui fut toujours fragmentaire, le fait que le livre se veuille écrit « sans art et sans intrigue » semblent y correspondre, d'autant que Senancour ne consigne que les fluctuations de son humeur. En réalité cependant, les dates sont brouillées[10]*, les lieux permutés au gré d'une topologie mouvante et imaginaire ; il faut enfin à André Monglond une perspicacité qui ne va pas dans certains cas sans une part de voyance pour reconstituer la datation effective du « journal » obermanien et effectuer un repérage qui demeure quand même hasardeux*[11]*. Mis à part le* Supplément *de 1840, ces* Lettres *s'écoulent sur neuf années qui, si l'on excepte les deux premières, ne recouvrent pas le calendrier révolutionnaire ; les données événementielles sont constamment estompées à la différence des précisions habituelles au diariste, et surtout (le* Premier Fragment *brisant net la convention du journal), la quatrième et la cinquième sont*

10. Monglond reconnaît lui-même, par exemple, qu'une lettre datée de Thoune, 2 mai, VIIIe année, peu justifiée quant au lieu, est placée entre l'une de Fribourg et l'autre des bains du Schwartzsee. A de divers moments, le lecteur est conduit à passer de Lyon à Fribourg, puis de Fribourg à Paris, etc. Il n'y a pas de correspondance stricte avec un parcours, et plutôt une achronologie objective : une sorte de climatérie morale.

11. Pour Lu., entre autres, l'on ne sait s'il s'agit de Lucerne ou de Lugano. Toute la sagacité de Monglond a été, par contre, de révéler que les lieux-dits avaient une référence symbolique. Méterville, c'est Villemétrie, Étroubles, le lieu d'une émotion à jamais perdue (bien qu'il s'agisse d'un village près de Courmayeur).

de ce point de vue parfaitement silencieuses. L'auteur du Journal intime d'Oberman *conclut que Senancour s'est attaché à dissimuler soigneusement les concordances qui l'eussent trahi auprès de ses proches, se défendant avec une maladresse touchante de laisser transparaître ce qui révélerait l'échec de l'amour adultère ressenti pour Mme Del., confessé seulement en de rares instants de la seconde partie du livre, et dont le modèle fut certainement Mme de Walckenaer*[12]*. Mais cette hypothèse d'un « faux » autobiographique ou si l'on veut d'un apocryphe véritable, ne rend pas pleinement justice à l'œuvre que Monglond, du reste, se garde de réduire à la simple chronologie du hasard et des circonstances. Le mouvement trop peu négligé de la succession, la présence d'intervalles rétrospectifs à l'intérieur d'un tissu narratif très lâche, l'appel de subtiles prémonitions qui se confirment progressivement, font preuve d'un dessein plus concerté : et s'il choisit le temps de la discontinuité épistolaire, avec ses lacunes et ses retards, Senancour montre par là toute sa maîtrise esthétique en reprenant le principe d'un genre littéraire, duquel la crédibilité « fictive » et l'efficacité romanesque étaient depuis longtemps contestées. Il se donne pour* l'éditeur *et dans ses notes se démarque d'Obermann ; il signale les lettres « manquantes », et pourtant n'efface nulle part les libertés de la confession directe que devraient prévenir les réactions de son imaginaire correspondant ; de celui-ci en effet aucune réponse ne nous est transmise. C'est bien, comme l'a écrit George Sand, une « monodie » :*

12. Mlle de Senancour l'indique sans qu'il y ait aucun doute. Nous le savons aussi par les lettres de Senancour à M. de Walckenaer. Dans le portrait de Mme de Walckenaer (anonyme), celle-ci jeune, allongée comme Mme Récamier, porte à la mode du Directoire un poignard dans les cheveux : elle a le regard endolori que l'on retrouve dans le portrait que fit au crayon Ingres beaucoup plus tard.

d'allure équivoque, il est vrai, puisque la durée y est latente, soumise à de fréquents repentirs ; en tout cas, ce n'est pas un récit dans lequel l'auteur aurait conçu de reconstruire après coup le devenir de son héros en lui faisant remonter le temps à la première personne (un récit « autodiégétique », pour reprendre une expression de Gérard Genette). A bien des égards, Obermann *est un livre intemporel, entrecoupé d'exposés spéculatifs, incluant un* Manuel *d'inspiration stoïcienne attribué au* Pseusophane ; *de nombreuses lettres en définitive se liront comme de petits « traités » (tel est du moins le vœu de Senancour) — sur l'immortalité, sur le suicide, sur l'union conjugale, sur la magie des nombres —, et l'on suivra bien plus André Monglond quand il y voit par la structure et le ton d'une jaserie savamment construite, une forme qui le ferait ressembler aux* Essais *du* XIXe *siècle.*

En quoi intemporel ? Il importait à Senancour qu'Obermann raconte au présent, qu'il note la répercussion de ce présent dans la discontinuité vécue où rien ne se passe, où se consument ses jours. Le lecteur est surpris que le rythme uniforme de ce déroulement divise l'instant moral, et désactualise en quelque sorte le passage au moment qui suit, tant cette durée fuyante lui défend une jouissance immédiate. Mais pour Obermann le sentiment de la permanence *est lui-même fugitif, alors que l'instantané d'une sensation qui se renouvelle, inscrite par avance au baromètre de l'habitude, lui fera éprouver au contraire que son malheur possède un caractère invariable. Chacune de ces lettres, amendant la précédente, est suspendue au sein de l'époque silencieuse qui la sépare de la prochaine, et chacune constate la même alternance, ce reflux intermittent du présent qui, dans le temps même où il écrit, immobilisant son déplacement dans l'espace, traduit la hantise de sa propre inertie. C'est pourquoi la déficience du bonheur de sentir que suppose la résignation à l'écritoire, et donc une inactivité trompeuse, « stérile », comme l'avoue Obermann, bien qu'elle soit son unique ressource, ajoute à ce courrier un aspect dramatique que l'enregistrement journalier d'un emploi du temps vide de préoccupations n'aurait pas rendu plus consternant. « Je me sens triste, et j'écris. Quand je suis d'une humeur plus heureuse, je parviens à me passer de vous ; mais dans les moments sombres, je vous cherche*[13]*. » L'autre objection dressée contre la thèse du journal a été de s'en prendre à la formulation austère et sentencieuse de certaines d'entre ces lettres : « Quelle pompe, quelle froideur », remarque Étiemble*[14]*, tandis que Senancour, dans le style tendu qui est le sien, hostile au balancement factice, précipite en revanche la syncope, le retombement de sa phrase souvent majestueuse. Brusquement, c'est un chapeau qui passe derrière les branches, un pot de réséda appuyé sur la gouttière qui dénature les beautés champêtres, des épines de sapin qui flottent dans une tasse : situations concrètes où l'inanité de la période qui précède ne résiste pas ; d'autres fois, c'est un mouvement d'aigreur qui ponctuant le raisonnement en renverse l'effet : « ... comme l'homme est culbuté parmi les rognures ! et que nous sommes plaisants de nous croire quelque chose ! Dieux par la pensée, insectes pour le bonheur*[15]*. » Mais les pages les plus belles obéissent à un principe de composition bien différent : les rayons de Girodet viennent y accuser la mobilité de*

13. Lettre LII.

14. Étiemble *(op. cit)* a quelques formules piquantes. Il dit que Senancour est un « bien vieux tout jeune homme du siècle, une façon de subtil demeuré », ou un « La Mettrie mâtiné de Saint-Just ».

15. Lettre XLV. « ... nous sommes ce Jupiter dont le temple est aux Petites-Maisons ; il prend pour une cassolette d'encens l'écuelle de bois où fume la soupe qu'on apporte dans sa loge ; il règne sur l'Olympe, jusqu'à l'instant où le plus vil geôlier lui donnant un soufflet, le rappelle à la vérité, pour qu'il baise la main et mouille de larmes son pain moisi. »

volumes que la phrase essaye d'enfermer dans son développement — visions toutes plastiques, aux teintes pondérées, assourdies, celles des jours de pluie, des soirs qui tombent en plein après-midi, affectées d'une atmosphère trahissant seule le Vendémaire *ou le* Frimaire *personnels de l'auteur, impossibles à confondre avec les poncifs néo-classiques des écrivains de son temps. Le processus séquentiel des indépendantes au présent est ici remplacé par l'architecture mouvementée du tableau, comme s'il fallait figer le moment climatérique provisoire, que de nouveau l'argument de la confession soustrait à la vue. Sans cesse alors, ce sont des* stances *qu'Obermann, semble-t-il, se retient d'écrire ; car Senancour ne croit pas à la grâce ornementale de l'expression, et réprime ce qui le conduirait à sauver par un style avantageux la beauté flétrie dont la nature l'avait fait témoin.*

*Or, étant admis qu'*Obermann *n'est pas précisément un « journal », les* Observations *liminaires qui indiquent que « ces lettres ne sont pas un* roman *», en compliquent un peu plus la définition. L'ensemble qu'elles forment, pour n'être point le relevé fidèle de l'expérience de l'écrivain (rappelons, par exemple, que Senancour n'a pas connu la vie pastorale que décrit Obermann), ne présente pas non plus d'enchaînement et de suivi, et ne suggère qu'une* oscillation toujours réagissante : *« il y a dans moi un dérangement, une sorte de délire*[16] *», constate ce dernier, et de fait l'inclination à la songerie ne détermine qu'une manière d'attardement favorable à un type d'énonciation décousue. Encore faudrait-il distinguer les sinuosités qui dépendent des accidents du terrain, et celles qui dénotent des variations d'état passant de l'hébétude ou de l'inquiétude, par d'insensibles degrés, vers un stade de moindre*

16. Lettre XXII. « … qui n'est pas celui des passions, qui n'est pas non plus de la folie : c'est le désordre des ennuis ; c'est la discordance qu'ils ont commencée entre moi et les choses… »

agitation intérieure. Il reste qu'à la deuxième édition des Rêveries, *en 1809, qui mentionnait au revers de son frontispice : « La deuxième partie d'*Obermann *ne sera point publiée ; la première partie d'*Obermann *ne sera jamais réimprimée*[17] *», décidé devant l'insuccès à enterrer son chef-d'œuvre, Senancour put insérer de très nombreux passages de celui-ci à l'intérieur d'un ouvrage plus libre de structure, imitant mieux peut-être la dissolution des formes expressives de l'énoncé et les états valétudinaires de sa pensée. L'artifice d'une correspondance romancée (qui était déjà le cas d'*Aldomen *et qu'il réutilisera pour* Isabelle*) ne fut guère de ce point de vue qu'un prétexte, et non comme dans* La Nouvelle Héloïse *un impératif esthétique. Les* Lettres *de Coxe, longuement commentées par Ramond de Carbonnières*[18]*, les* Tableaux pittoresques de la Suisse *ou les récits de géographes ont paru lui fournir une trame assez souple, et il ne manque pas de les citer : « Je crois que j'écrirai un voyage*[19] *», écrit-il à la fin. Mais puisque la déception et l'abattement ne sauraient l'engager au détachement condescendant du voyageur anglais — lui-même se moque des touristes britanniques*

17. Voir l'édition critique des *Rêveries,* établie par J. Merlant, Cornely et Cie, Paris, 1910.

18. 1781, 2 vol. augmentés des *Observations faites dans le même pays par le traducteur.* Ramond en réalité donnait plus d'importance à son propre texte. On lit ceci qui fait penser à *Obermann :* « Placés au centre de la partie la plus riche et la plus tempérée du globe, ces monts rapprochent de nous et les contrées les plus âpres et les régions les plus glaciales. Si on les observe relativement à leurs parties constituantes on y trouvera un respectable reste de la première ébauche de notre planète, une chaîne inébranlable de rochers simples qui se sont maintenus au milieu des révolutions de la terre, et qui ont vu naître et se détruire autour d'eux les agrégations fortuites et tumultueuses, les amas lents, les morts secondaires, enfants des caprices de la nature et passagers comme ces caprices » (p. 141).

19. Lettre LXXX.

qui dessinent les cascades et arpentent les glaciers — ni subordonner son penchant méditatif à l'observation d'un Saussure, puisque compte avant tout l'intuition funéraire qu'il se fait de la belle nature, où ce qui est descriptible du même coup le condamne, la relation qu'il en donne à son tour se plaira à un itinéraire irrégulier, à des arrêts fantasques, comme si le périple de ses devanciers dénonçait la futilité de sa propre entreprise. Cherchant à établir avec son destinataire un niveau de complicité plus directe : « Il faut que je vous dise toutes mes faiblesses[20] *», aimant les revirements, les stations nostalgiques, s'orientant dans un espace qu'il n'a reconnu que par le songe, Obermann réalise bien vite que le ravissement visuel qu'il avait escompté se paie d'un effondrement moral. Pourrait-il en cours de route ressaisir son identité ? L'entretien à distance, la franchise du propos ne mettent à nu que ses contradictions. Devrait-il se taire ? Mais n'avoir rien à dire le rend plus long*[21]*, et son lecteur est forcé de recouper les mêmes lieux qu'ont balisés déjà le dépit et l'ennui. Ainsi quand, longtemps après, il s'avouera incapable de supporter la censure intime qui l'a retenu jusque-là, ce que nous serions censés apprendre sur ce renfermement d'images muettes n'est pas autre chose que ce que son idiosyncrasie malade nous eût laissé deviner dès le début. Bref dans ce livre, l'insistance du discours personnel doit être prise comme le symptôme d'une singularité qu'il est impossible d'affermir ; ce n'est pas une* voix *(elle demanderait un personnage constitué), c'est une parole à la performance ambiguë, dont l'objet confessable relève des* sons silencieux *modulés*

20. Lettre XXVI.

21. « Vous êtes moins long, moins diffus que moi... Vous me dites ce que vous avez à me dire dans l'intimité : mais moi solitaire, moi rêveur au moins bizarre, je n'ai rien à dire, et j'en suis d'autant plus long. Tout ce qui me passe par la tête, tout ce que je dirais en jasant, je l'écris si l'occasion se présente : mais tout ce que je pense, tout ce que je sens, je vous l'écris nécessairement » (lettre XXXVII).

en deçà du langage[22]*. Refoulée en elle-même, elle découvre une subjectivité anéantie que le sujet grammatical maintient à peine, et qui, n'ayant pas à se juger insincère ou impudique, succombe à ce monologue entrecoupé et incertain.*

Il s'en faut de beaucoup cependant qu'en dépit de cette faiblesse narrative, Obermann *ne soit pas un livre soigneusement élaboré. On discerne à la déception du randonneur des niveaux différents, bien que peu à peu ils établissent une ambiance où l'amertume crée son propre climat et s'y conforte. L'intrigue n'est pas aussi insignifiante qu'on l'a cru : elle procède d'une suspension discrète des événements qui ne sont guère anodins. Au retour de sa fugue en Suisse, Obermann tente de réparer sans conviction les dégâts que son départ a causés ; il s'évade un temps dans la forêt de Fontainebleau, puis assiste impuissant à la lenteur des procédures engagées. La déviation collective des mœurs et des comportements autour de lui l'obsède : « Je me trouve avec humeur au milieu de cette tourbe de plats tyrans*[23] *», dit-il devant le spectacle de la rue. La promenade des songe-creux aux Champs-Élysées, qui « vont s'asseoir sur quelques restes d'herbe parmi la poussière que fait la foule... et mangent leur brioche, à terre, entre les enfants et les chiens, entre les pieds de ceux qui vont et reviennent*[24] *», l'indigne, parce qu'il soupçonne, chez ces solitaires en manchettes, l'ostentation d'un « mépris des richesses » qui confine plutôt en « une existence ridicule ». « J'en ai vu se faire la barbe devant un miroir cassé », note avec ironie Obermann, et il vante les bonheurs réglés qu'il ira cacher au fond de la forêt, s'inventant, comme à usage privé, « un désert auprès*

22. Lettre LV. L'expression est aussi employée dans les *Rêveries* de 1809.
23. Lettre XXIX.
24. Lettre XX.

d'une capitale ». Toute la troisième année qu'il passe à Paris le voit se dissiper en une oisiveté déprimante ; la Bibliothèque nationale feint de l'absorber, alors que la lettre XXXIV sur les spectacles montre qu'il n'a pas renoncé complètement aux plaisirs de la sociabilité. Ces intervalles de sa vie parisienne offrent par là un arrière-plan non négligeable à la condition du citoyen Pivert : *dans sa lettre au Directoire, où il se déclare prêt à partir aux antipodes, et propose ses services en tant que législateur, Senancour pouvait dire : « Comment cesserai-je d'aimer ma République*[25] *? », tout en se présentant comme moins sauvage et plus civilisé que ne l'étaient les Thermidoriens eux-mêmes — proclamation insensée, dissimulant trop vaguement le pressentiment de ne pas recouvrer des biens déjà perdus : ne devaient-ils pas lui permettre de rejoindre la Suisse ? Notre héros de même s'avise d'un coup que sa subsistance est pratiquement mise en péril : « la fortune que je pouvais attendre se détruit » ; à la lettre XXXI, son correspondant l'enjoint de ne pas négliger les derniers recours possibles ; bientôt il lui répond : « me voilà ruiné », ne montrant au lieu de l'indifférence, qu'une réaction diffuse face à l'irréversibilité du processus qui est parvenu à le dépouiller. Quand il ajoute : « je ne vois pas que j'aie beaucoup perdu en perdant tout, puisque je ne jouissais de rien », on remarquera toutefois qu'Obermann inscrit cette dilapidation accélérée de son héritage dans un ordre de circonstances qui ne l'aveuglent pas : la misère des chaumières de paysans sur lesquels règne un prêtre « avide » et « chagrin » lui vaut des sarcasmes ; il condamne la mendicité excusée honteusement par l'aumône, convient plus tard de sa répugnance pour l'écrivain démuni, et défend l'amour-propre aux dépens de l'amour de soi. Mais surtout, ce qui paraîtrait ailleurs déplacé,*

25. La lettre de Senancour à François de Neufchâteau est reproduite dans *Jeunesses*, Grasset, 1933, par Monglond.

Senancour prête à Obermann un éloge appuyé des pouvoirs de l'or[26]*, qu'il associe par la suite à de longs développements sur « la fécondité de l'argent », — anecdotes et développements qui sembleraient contraires aux divagations, aux descriptions les plus « désintéressées », si ne l'expliquait, au moins dans la fiction, la dépossession intime du contemplateur. Entretenant son correspondant de ces divers sujets, il lui donne en exemple un autre ami, Fonsalbe*[27]*, qui est justement le frère de Mme Del., bien qu'ignorant l'amour manqué ou simplement informulé qu'il éprouve à l'égard de sa sœur : une égale économie suspensive gouverne ce récit parallèle où alternent les hésitations fatales et l'épuisement hypothétique de son attirance. La richesse du cœur n'est pas chez lui différente, aussi peu saisissable, aussi mal employée, aussi gelée que la première, conduisant à la même dépréciation du bonheur positif qu'elle paraissait promettre. Senancour le résume dans un apologue de nature confidentielle, par les lettres datées de la huitième année de la carrière d'*Obermann : *quand, pour illustrer la solidarité finale des deux amis, il y décrit Fontsalbe, revenu de Saint-Domingue, « ruiné et de plus marié*[28] *», donc à l'image du sort qui était le sien.*

La mésaventure matrimoniale, ainsi transférée à une tierce personne, jette une lueur trouble sur le mirage adultérin autour duquel s'élabore la part la plus mystérieuse de l'intrigue. Frôlé par un cabriolet — Virginie de Senancour nous apprend que son père se plaisait à

26. *Second Fragment*. Voir aussi lettre LXXXIX.

27. Fonsalbe est une figure mixte. Annotant l'article de Sainte-Beuve dans la *Revue de Paris*, Senancour notait qu'il avait vu juste en suspectant que Fonsalbe était peut-être plus proche de lui-même qu'Obermann. Le modèle de ce personnage est à la fois Marcotte d'Argenteuil, mais aussi Boufflers qui avait résidé au Sénégal ; on peut encore songer à Bernardin ou à F. de Neufchâteau.

28. Lettre LXIX.

traverser témérairement au milieu des équipages[29] — *Obermann aperçoit la femme qui le conduit : « Elle retint son cheval, sourit à peu près et parut ne pas vouloir sourire », nous dit-il en identifiant furtivement le visage de celle qui vient d'esquiver le piéton ; mais ce croisement de deux destinées, où le rêveur risque le tout pour le tout en se jetant contre les roues de la voiture, prépare la rencontre au bord de la Saône de la lettre XL : Mme Del. fait cette fois arrêter son cheval, l'invite à monter, à l'accompagner dans une proche campagne ; cependant elle n'est plus libre, s'est mariée avec un financier « fort instruit quand il s'agit de l'or », « nul dans tout le reste*[30] *». Elle n'a pas encore vingt-cinq ans, et il la suppose malheureuse : « ses yeux ont une expression plus douloureuse et non moins belle », observe-t-il, regrettant après coup avoir décliné son invitation. Nous devrons ensuite attendre deux nouvelles années, pendant lesquelles Obermann conteste à travers les déboires de Fonsalbe le fondement théocratique du mariage, se défie de sa passion interdite, proteste « ... je n'aime point, souvenez-vous-en », décrète que l'amour est un « heureux délire*[31] *», avant qu'inopinément Mme Dellemar, dans l'intervalle devenue veuve, ne réapparaisse à Imenstròm. Subitement, Obermann sent renaître en lui le songe hallucinatoire du bonheur : « Il arriva qu'un peu avant la fin du jour je passai devant un escalier de six à*

29. *Vie inédite de M. de Senancour*, in *Revue bleue* (1906), p. 240.

30. M. de Waickenaer ne saurait évidemment en rien correspondre à ce portrait. On sait qu'il produisit divers ouvrages, sur La Fontaine, sur Mme de Sévigné, mais il était devenu également un spécialiste des insectes, et en particulier des araignées. La figure romanesque du financier prend par là même, si l'on adoptait l'idée d'un *biographème* dont le texte serait issu, une valeur prédatrice accusée.

31. Lettre LXIII. Senancour dit aussi « ce sont bien les législateurs profonds qui ont rendu le mariage indissoluble, afin que l'on fût *forcé* de s'aimer » (lettre XLV).

sept marches. Elle était au-dessus ; elle prononça mon nom. C'était bien sa voix, mais avec quelque chose d'imprévu, d'inaccoutumé, de tout à fait inimitable. Je regardai sans répondre, sans savoir que je ne répondais pas. Un demi-jour fantastique, un voile aérien, un brouillard l'environnait. C'était une forme indécise qui faisait presque disparaître tout vêtement ; c'était un parfum de beauté idéale, une illusion voluptueuse, ayant un instant d'inconcevable vérité. Ainsi devait finir mon erreur enfin connue. Il est donc vrai, me disais-je deux pas plus loin, cet attachement tenait de la passion : le joug a existé[32]. » *Sous un vocabulaire atmosphérique, la vision qui lui dérobe l'appréhension de l'objet aimé trahit en même temps son passé. « La posséder et mourir », murmure âprement Obermann, dès qu'il se ressaisit, mais Mme Del. est repartie comme elle était venue. Le reste de l'intrigue est de moindre importance : ayant obtenu un reliquat inespéré de sa fortune, Obermann a regagné les Alpes : il a un domestique au prénom bernois, Hantz, son « premier ministre », qui tout de même lit* Julie. *Aux confins de l'*Oberland, *il en fera son traducteur, l'emploie dans la gestion « étroite et minutieuse » d'un petit domaine donnant surtout du bois et du fruit, puis s'en sépare. Il prévoit que Fonsalbe le rejoigne et vienne partager avec lui sa manière de vivre. De sorte que s'il fallait établir une scansion, un intérêt quelconque qui fassent avancer cette histoire, nous ne les trouverions que dans la prospection à étapes, dans l'assouvissement constamment différé d'une vie sédentaire : à la recherche d'une* chartreuse *imagi-*

32. Lettre XC. Dans la dernière lettre, « sans date connue », Senancour a encore ce passage : « ... il se peut que, le sort le voulant ainsi, on entende s'approcher secrètement une femme remplie de grâce aimante, et que derrière quelque rideau, mais sûre d'être bien visible, à cause des rayons du couchant, elle se montre sans autre voile, pour la première fois, se recule vite, et revienne d'elle-même, en souriant de sa voluptueuse résolution. »

naire, il pense avoir trouvé son but sur la pente doucement inclinée de Charrières, habite un temps au creux d'une anfractuosité dans les grès de la forêt de Fontainebleau, loge à Thoune, s'installe dans une maison cossue à Chupru ou loue une chambre avec vue sur le lac à Saint-Saphorin, et emménage pour finir dans le vallon harmonieux d'Imenstròm, — endroits qui participent tous de ce genre de « tristesse locale » qu'Obermann tente en vain d'écarter de lui-même, solitudes consolantes parce qu'ingrates, suggérant que la terre, à l'image des autres biens qui lui échappent, demeure elle aussi un bien impossédé. Ici ce n'est qu'un provisoire commode, là un inconfort assez décent, la vocation au détachement absolu ou le goût d'un compagnonnage tranquille ; on n'y décèle nullement l'endurcissement du cénobite ou la paranoïa du Promeneur solitaire ; *on n'y perçoit pas plus de gémissements plaintifs que de lamentations : à l'inverse, il semble que ce livre, en faisant silence sur le bonheur, doive nous garder d'une volonté jalouse de ne le savourer que par défaut.*

3

Car l'érémitisme senancourien est aussi doté d'une signification objective : se fixer dans un lieu en convenance avec l'état du fugitif, (« Je voudrais deux points : un climat fixe, des hommes vrais[33] *», réclame celui-ci) mais il ne s'y résume pas complètement. Il obéit tout autant à une causalité pathologique sur laquelle on s'est prononcé de façon divergente : ce* mal *d'où procèdent les pages les plus profondes d'*Obermann *est en effet à la fois le constat d'une carence de la passion vitale, et le fruit*

33. Ailleurs, il dira de sa solitude, et, comme en contrepoint de l'évocation du nomadisme montagnard, que là où manquent les manières des femmes « c'est là que notre solitude est profonde, et que nous y sommes dans le vide des déserts » (lettre LXXXVIII).

d'une négation de soi alarmante, — il produit l'asocialité du héros et entretient l'investigation de son inguérissable nullité. Sainte-Beuve qui parle, non sans raison, d'abdication en face du monde, en vient cependant à cette formule peu heureuse d'une « circoncision du cœur[34] *» ; et, s'il impute son mal à la structure de la nervosité de Senancour, il pense aussi que l'abus du vin blanc soufré avait intoxiqué le Parisien*[35]*. George Sand pour sa part ne donne pas d'indications psychosomatiques ; c'est en son sens une* maladie de l'âme *éclipsant la volonté ou le génie, une contagion du* pathos *dans la sphère de l'intelligence : le « génie malade » d'Obermann ne serait qu'une souffrance imposée par le* doute *intellectuel*[36]*. Mais en fait l'abattement qui nous est décrit lorsque s'éteint chez lui l'impression favorable d'une contrée à peine parcourue — « j'ai fait un pas sinistre vers l'âge d'affaiblissement », dit-il après la nuit de Thiel —, ou lorsque la liberté d'initiative le laisse en proie à la lente détérioration du sens interne (le temps s'écoulant sans qu'il puisse identifier la continuité de son être), rapproche pour nous ce mal d'une perception névrotique. L'on ne mettra pas en question qu'il y a dans son dégoût un élément constitutif ; s'il est « absent dans le monde vivant*[37] *», c'est qu'au regard des choses*

34. *In* la *Revue de Paris,* article repris dans les *Portraits contemporains,* tome I, p. 146.

35. Senancour le croyait aussi (voir la *Notice* de Boisjolin). Mais s'il évoque un « affaiblissement nerveux », on trouve, à un autre endroit dans *Obermann :* « affaiblissement voluptueux ».

36. Préface à l'édition d'*Obermann,* en 1840, chez Charpentier, p. XII. George Sand parle aussi d' « organes hypertrophiés » de la réceptivité.

37. Lettre XXII, puis XLVI. « J'ai vu la vallée doucement éclairée dans l'ombre, sous le voile humide, charme vaporeux du matin ; elle était belle. Je l'ai vue se changer et se flétrir : l'astre qui consume a passé sur elle ; il l'a laissée sèche, vieillie et d'une stérilité pénible à voir. Ainsi s'est levé lentement, ainsi s'est dissipé le voile heureux de nos jours » (lettre XXXIX).

existantes, la vie en lui est décédée depuis longtemps. « Mes jours perdus s'entassent derrière moi ; ils remplissent l'espace vague de leurs ombres sans couleur ; ils amoncellent leurs squelettes atténués. » Et néanmoins, bien que les débris du temps vécu encombrent l'environnement spatial, la beauté funeste qu'il remarque dans les phénomène, l'abuse comme s'il devait lui survivre indéfiniment. Découragé, irrésolu, saisi d'effroi par le cours inexorable d'une destinée fatigante, Obermann se convainc qu'un âge infirme *frappe à son approche la moindre parcelle germinative, tels ces fruits mûrs gelés sur la branche avant que d'être cueillis, qui lui montrent en effet que sa déchéance n'est pas seulement prochaine. Elle le précède ; elle l'attire déjà dans un passé révolu. La mollesse, le sommeil de ses membres ankylosés ne sauraient la lui faire oublier. N'a-t-il pas dépassé trop tôt « le point où l'on prétendait commencer à vivre » ?*

Pourtant ce sursis se prolonge, et l'on dirait qu'une anticipation posthume le contraint à subir le poids esthétique de la catastrophe. Ainsi la pluie froide, en le rongeant comme un acide, ne fait qu'irriter les fibres atrophiées de cette faculté sentante — *jadis bienfaisante et passive, que par endroits il définit à l'image du cogito condillacien*[38] — *et qui, devenue l'instrument de son supplice, énerve dans toute sa personne le « moteur borné mais indépendant » qui lui donnait vie. Certes, parfois revient avec la force d'une émotion actuelle le souvenir regrettable de l'émanci-*

38. « Cette nature cherchée au dehors, et impénétrable dans nous, est partout ténébreuse. Je sens est le seul mot de l'homme qui ne veut que des vérités. Et ce qui fait la certitude de mon être en est aussi le supplice. Je sens, j'existe, pour me consumer en désirs indomptables, pour m'abreuver de la séduction d'un monde fantastique, pour rester atterré de sa voluptueuse erreur » (lettre LXIII). Voir sur ce point la remarquable introduction de R. Braunschweig, aux *Premiers Ages*, Slatkine Reprints, Genève, 1968 ; et A. Pizzorusso, *Senancour*, Florence, 1950, p. 78.

pation première : celle de l'enfant égaré dans les bois de Valvin, celle que lui firent deviner « soixante lieues de glaces séculaires » surplombant les blés coupés à la lumière de la lune ; sauf qu'un fantôme s'interpose désormais entre son être et les choses, exposant au-dehors, dépouillée et spectrale, le néant de sa propre intimité. L'âme d'Obermann, subsistant dans cet état séparé — entre le suicide et l'indolence — n'est plus que la conscience mortifiée du monde qui l'entoure ; évadée de ce lieu comprimant où elle se tenait, elle s'abandonne à une contemplation léthargique, défunte, non pas vraiment chagrine. La frappe du style de Senancour tombe ici comme un couperet sur la sensation visuelle : « Ruines fécondes, vaste et confus amas d'une végétation morte et reproduite de ses vieux débris[39]*. » Loin du simple pessimisme, cette conception* ruineuse *de la réalité (porteuse dans tout le livre d'une analogie sémantique désespérante) suppose bien le décès préalable de ce qui l'eût rendu apte au bonheur. Le monde lui apparaît telle une scène ténébreuse, perpétuant l'affligeante composition d'un engourdissement universel ; et l'on entend même Obermann, dans l'un de ses songes, s'horrifier qu'un anneau de Saturne, entré en collision avec notre planète, ensevelisse sous les cendres l'adorable ordonnance du paysage.*

Nous pouvons donc reconnaître le mal obermanien : c'est un mal qui par nature est récessif : souffrance pour ainsi dire paresseuse, laisser-aller coupable joints à une attitude soucieuse du détail, inquiète, sujette à ce genre de vagotonie qui récidive d'un moment à l'autre —, un mal avec lequel transige progressivement le malade. Plusieurs symptômes de mélancolie *(il est vrai contradictoires) s'y repèrent, et l'on est tenté pour la comprendre de faire appel à la très ancienne* acedia *codifiée dans l'âge médiéval : affection distractive et dissolvante, propension morbide des*

39. Lettre VII.

moines et des solitaires, que par la suite à la Renaissance on qualifia de « tristesse mortifère ». La seule expression senancourienne généralement admise par nos manuels de littérature, celle d'une volupté de la mélancolie *— où se tient peut-être enfermée la clef du livre — est à ce titre même fort problématique. « La plus durable des jouissances de son cœur,... ce charme plein de secrets qui le fait vivre de ses douleurs et s'aimer encore dans le sentiment de sa ruine*[40] *», ajoute aussitôt Senancour, donnant à penser que la volupté, plutôt qu'elle n'en dérive, serait l'aliment de l'affection dont nous parlons. Obermann n'assimilant pas le malaise qui l'atteint à certain dérangement de cervelle, conscient de la « bizarrerie » de son personnage, s'amuse qu'on lui trouve l'air d'un Anglais qui a le* spleen *(lettre LXIV). Comme on voit, le risque est grand de commettre un contresens au sujet d'un sentiment aussi peu réductible aux impulsions antagonistes qui le constituent. Tourmentante en effet, parce que suspendue à l'uniformité de ses jours, empreints d'une grâce irrévocable, la volupté qu'il en retire ne se complaît pas dans quelque disposition pénible, mais se détache du désir, de la volonté de jouir, qui engendrent une irritabilité stérile. Si la satisfaction qu'elle procure n'est pas réellement défectueuse, son illusion vaut mieux qu'une indifférence maussade et rebutante*[41]*. D'ailleurs Senancour est tout sauf un homme de cabinet, un savant ou un condottiere, comme le veut d'ordinaire la mélancolie. Convoquant la décadence des choses, ses yeux admirent que ce déclin soit encore susceptible de former un tableau : le charme voluptueux qui pour lui s'empare de leur chute, vient de ce qu'un* intérêt tardif *s'accorde à* ce qui dure en nous. *C'est*

40. Lettre XXIV. Dans son *De l'amour,* Senancour dira de la volupté qu' « en s'accomplissant, elle demeure stérile ».

41. Tout le *Premier Fragment* est consacré au rapport de la faculté de jouir avec l'extinction du désir.

*pourquoi « l'incurie mélancolique », selon le mot de George Sand qui traduit exactement le sens latin d'*acedia, *bien qu'elle implique une affliction personnelle, empêche dans notre cas qu'on la déduise d'une perburbation qui n'aurait son siège que dans la vie psychique. S'asilant en ermite dans un monde qui n'offre aucun asile, Obermann est privé de la concentration maniaque de la mélancolie profonde : il n'a que « la manie de vivre », et la mise à l'écart de soi que provoque le voyage, le destine à une exclusion plus concrète devant la splendeur déclinante des sites et les frondaisons déchues. Le bruit des marrons roulant sur le plancher, le « cri d'alarme » de l'écureuil, le grondement invisible de l'eau ou la voix d'une femme qui chante par-dessus les toits, l'arrachent à sa douleur et lui interdisent toute effusion.*

De même, lorsqu'il dresse l'inventaire des facteurs conjugués de son ennui, le solitaire de Charrières s'y emploie par une suite de cogitations et d'aperçus où se retrouve non fardée par l'écriture l'expérience qu'il surmonte difficilement. Mais à la différence de celui de René *auquel on le compare abusivement*[42]*, comme si le héros de Chateaubriand avait été le mauvais démon d'Obermann, le sien n'est pas un état fécond de l'imagination ; il faut plus y voir un vice corrupteur de l'échappatoire du rêve, d'un au-delà dans lequel on s'absorberait, fût-il pourvu des* formes spécieuses *d'un déplacement océanique. On sait que Senancour écrivit à Bernardin, lui demandant où, dans quelle île, il pourrait trouver refuge. Au moment* d'Obermann, *se dissipe également la fiction d'un tel départ, et il n'imagine d'autre exil qu'en Europe*[43]*. Son ennui oscillera donc à l'intérieur des limites de sa situation,*

42. C'est le cas de George Sand, et de beaucoup d'interprètes après elle.

43. « Le grand voyageur fournira à la terre quelques onces d'humus ; autant vaut-il que ce soit en Europe. »

« indépendante » et toutefois entravée face aux nécessités de la vie pratique, au point que son désappointement s'explique surtout par le fait qu'il reste extérieur aux exigences de la condition paysanne. Obermann ne postule l'affection ennuyeuse qu'en se déclarant « bien portant », traînant une existence qui « n'est pas très malheureuse », puisqu'il n'a besoin que de passer d'un côté à l'autre du lac de Neuchâtel pour la sentir s'éteindre. La déception sentimentale de René ne lui ressemble pas, et pas davantage la virginité orageuse de celui-ci qui, quoique marié, n'a pas vécu avec son épouse. Obermann objecte que son état a pour origine « le besoin d'aimer ». De façon autrement émouvante, il confie « je m'ennuyais en jouissant », tant et si bien que tout au long de ses lettres, nous le verrons combattre à coups d'expédients la disposition oisive dont pâtit son humeur : il vendange et « voiture » sa douleur dans le contenu d'une brouette, plus tard appelle un fontainier pour assagir les eaux courantes, ou bien surveille la construction d'un chalet. Célibataire, anachorète sans évangile, se défendant avec humour d'être un « pied-plat » (lettre XXVIII), Obermann ne veut pas être confondu avec le « sentimane » qu'il dénonce dans ses Rêveries[44]. A égale distance des muscadins et des romantiques de sa génération, il distingue nettement l'homme sensible de l'homme sentimental : le second affecte de se figurer que les métaphores de la passion sont des figures de l'âme, celui-là ne connaît que la fugitivité d'impressions qui sont comme les « minima » de la journée. Si « l'ennui augmente », il dira : « c'est que je ne souffre pas assez. Je suis donc plus heureux ? Point du tout : souffrir ou être malheureux, ce n'est pas la même chose ; jouir ou être heureux, ce n'est pas non plus une même chose[45] ». Remarque capitale, elle révèle les limites

44. Xe Rêverie, édition Merlant, p. 142.
45. Lettre XVIII.

d'une accusation pathogène, et de même prévient une interprétation uniquement fataliste qui camperait Senancour dans l'infortune drapée du mal du siècle. Pour Obermann, ce dont il y a jouissance réside seulement dans l'abandon d'une molle habitude : se retirer avec un ami pour boire du punch ou du porter *— caresser une planche unie — consulter le feu qui s'effondre — écouter l'éclaboussure nocturne de l'eau dans le bassin d'une fontaine — : jouissance où manque une réelle fruition, pour laquelle la sensualité requise est économe de la consommation du plaisir, quoiqu'elle n'excepte pas la course hardie (car « on souffre comme on marche »), ni la progression lassante au milieu des rocs sauvages quand, par le couchant d'hiver, « l'on ne sait plus » à ses pieds « où est le ciel, où sont les monts, ni sur quoi l'on est porté soi-même ». Pourtant c'est celle-là, propre aux trouvailles chromatiques impromptues que, recopiant des pages entières de notre livre dans son* Journal, *consacre Delacroix.*

L'absence de désirs fait qu'Obermann consent à la jouissance même lorsque nul objet ne la soutient ; elle ne le rend pas heureux, mais il s'y résigne ; et encore qu'il sache « le bien inutile, le mal imaginaire », grâce à elle, l'homme sage a gardé le pouvoir de considérer l'ancienne harmonie du monde, telle qu'en de rares révélations, impondérables et fortuites, il y atteint. Ce n'est donc pas la surabondance *de ses forces qui le plonge dans l'apathie ; chez cet homme « qui sent et non qui travaille », les sollicitudes obligées de la vie civile n'exercent pas de prise*[46]*, mais elles l'inclinent à juger que les « embarras misérables » des autres hommes influent sur son état : « Que vous dirai-je ? plus misérable qu'eux, je souffre parmi eux, parce qu'ils sont faibles ; et dans une nature plus forte, je souffrirais encore, parce qu'ils m'ont affaibli*

46. Lettre XXXI.

comme eux. » On a maintes fois analysé le cas du héros improductif au siècle de Balzac qui, dans La Peau de chagrin *mieux qu'ailleurs, est consumé d'une passion qu'exacerbe le cours vulgaire des choses. Ici la contention apathique d'Obermann qui se grise de boissons théiformes et ferme la fenêtre pour se promener à petits pas sur le tapis, n'est en rien suggérée par quelque aversion pathétique de sa personnalité. Avant tout, ce malade est un homme supérieur ; ainsi se lit bien sûr* Obermann *orthographié sous les sonorités germaniques qu'il aimait tant, bien qu'il faille aussi entendre* Übermann : *l'homme des hauteurs. S'il nie l'immortalité, refusant toute revanche et toute exploitation de sa nullité par la doctrine des prêtres, s'il voit s'insinuer dans le quotidien l'éternité cyclique dont les « Alpes colossales » sont le reflet, est-il alors incompréhensible qu'une volonté « d'impuissance » puisse l'animer, née comme le dit* Aldomen *de sa* faculté de jouir *? L'on apprendra qu'elle reproduit le mouvement ascensionnel et dépressionnaire qu'imposent en alternance les aléas de la montagne, et de fait les escalades sont conclues par de pénibles retours. Il ne reste plus qu'à habiter le vallon obscur, le ravin escarpé en dessous duquel gronde le Rhône, la chambre mal orientée où l'humidité est en combat avec l'éclosion d'un noble sentiment. « Je m'essaie à végéter absolument seul et isolé », se résout Obermann, dès lors que l'apathie et l'ennui auront fait de lui cet étrange* animal végétal *que nulle société politique ne devait aider à développer.*

4

Mais s'il refuse de reconnaître l'origine de son mal dans sa propre organisation, peut-être Obermann nous invite-t-il aussi à comprendre qu'il ne lui appartient pas exclusi-

vement. Conformé pour le bonheur[47]*, ses jours sont tolérables parce que bornés, et comme le malheur qui le frappe ne permet d'imaginer rien qui l'infère d'une punition divine, il faut logiquement invoquer une rupture extérieure dans l'ordre de ce qui est contemplable. N'est-ce pas l'usage des règles de l'optique qui aurait été perturbé ? Senancour incline vaguement à le penser quand il évoque la discordance qui s'est introduite entre lui et les choses. Ainsi la promenade dans la forêt de Fontainebleau rappelle à ses yeux le désert, mais il découvre un autre Sahara dans les champs de granits, comme s'il constatait en tout lieu la minéralisation d'un monde fossile et épuisé*[48]*. S'il est incontestable que* La Nouvelle Héloïse *fut un bréviaire de son expérience, et si les sites du roman — associés visuellement par Obermann (la sortie de nuit sur le lac, la vendange), ou interprétés thématiquement (comme le modèle d'une domesticité réglée) — ont été revus par Senancour, le drame qu'éprouve intimement le voyageur vient de ce qu'ils ne lui paraissent plus conformes. Il ne perçoit plus l'enchantement qui extasiait Saint-Preux, et convaincu de l'ubiquité désolée qu'il observe, ne voyant qu'éboulis, moraines poussées par les glaciers dans un décor qu'il croyait inaltérable, se retire dans un endroit plus austère encore. Longtemps après son retour, un article surprenant, « Du style dans les descriptions*[49] *», reprochera à Rousseau de n'avoir pas décrit vraiment le Valais, et ailleurs d'avoir abstrait le paysage sous des ornements*[50]*. Cette réaction est éclairante, car le bonheur*

47. « Si l'homme était conformé pour le malheur, je le plaindrais bien moins... Mais tous les biens l'environnent » (lettre XXXVII).

48. Au bouleau lui-même, Senancour attribue l' « attitude des déserts ».

49. Voir *infra,* la reproduction de ce texte dans notre *Dossier.*

50. *Sur J.-J. Rousseau,* in *La Minerve Littéraire,* 1821, t. II, p. 474. On consultera l'ouvrage de Zvi Levy, *Senancour, dernier disciple de Rousseau,* Nizet, Paris, 1979, pour une étude détaillée des réserves de Senancour sur la langue du premier.

salutaire et agreste que Rousseau avait situé sur la rive helvétique du Léman n'avait pas à privilégier l'intuition spectaculaire des beautés lacustres. Disons-le d'une autre façon : le paysage *pour lui* n'était pas constitué comme un paysage*; il n'existait pas pour soi, et quand, au vu de l'île Saint-Pierre, il s'abandonne nonchalamment à le détailler, c'est parce que la fusion d'une conscience élargie s'y trahit au grand jour. Obermann, quant à lui, passe du paysage en tant qu'objet littéraire à sa représentation picturale : « Si j'étais peintre, je crois, nous dit-il, que je serais moins inquiet. » Mais le motif secret de son amertume est que cet espace rêvé, sillonné par les guides et les expéditions de tout genre, a bel et bien disparu. Les composantes naturellement subsistent, encore que la distance qui rend ces lieux sublimes enlève au regard la spontanéité qui les lui ferait admirer. En une génération, la nature édénique manque au rendez-vous, et le sentiment indigène qui la transfigurait aux yeux de Rousseau n'habite plus après coup l'âme d'Obermann : la terre natale de la rêverie offre maintenant l'image d'un « monument funèbre ».*

« Qui a pu ainsi dénaturaliser l'homme ? » se demandait Senancour dans Les Premiers Âges[51]*. On a souvent noté chez lui l'absence de préoccupations sociales ; on s'est surpris de ce que, chez cet émigré tout involontaire, la part des événements révolutionnaires soit passée sous silence. Elle est en fait omniprésente, si l'on entend, non qu'une propension imaginaire le pousse à la description, mais que cette dernière contienne la transposition de l'expérience sociale là où elle n'a pas lieu d'être. Obermann, qui se projette en personne dans son tableau, inverse à proprement parler le paysage politique et le métamorphose en accidents visuels — si bien qu'au milieu des formidables turbulences, des images consternantes, du fracas des*

51. *Op. cit.*, Slatkine, Genève, 1968, p. 49.

torrents, se répercute le chaos des événements que sinon il n'a pas décrits. Quelle raison aurait-il de penser que « la vanité sociale est de paraître heureux[52] », quand devant le spectacle d'une évolution des choses, son comportement l'en retranche et le conduit à peindre autrement ce qu'il voit ? La Terreur était peut-être inévitable ; peut-être préparait-elle le monde à se transformer, selon sa formule curieuse, en une immense Hybernie de la sensibilité. Corrompu, l'homme primitif n'est plus contemplateur, et Senancour apercevant dès le Consulat quel nouveau despotisme était en germe dans la Révolution française, n'a fait en ce sens que le ressentir plus intimement. N'avoue-t-il pas : « je voudrais être esclave afin d'être indépendant » (lettre XLIII) ? On s'explique dans cette hypothèse que la chaîne avilissante qu'il secoue pour ne jouir que de lui-même au sein de la nature, retombe de tout son poids sitôt qu'il s'éloigne de l'effervescence de la capitale, le jetant dans une aliénation entière et d'abord inintelligible. Bientôt la simple sensation de voir se change en une expectative douloureuse : les montagnes ne montrent-elles pas d'anciens séismes d'où nous fûmes absents ; n'ont-ils pas bouleversé souterrainement l'appréhension que nous faisions d'une permanence désormais impossible ?

De quelque côté que l'on parcoure Obermann, c'est par là que sa signification nous paraît réellement considérable. Pour les romantiques, l'univers naturel devenu imaginaire ou fantastique leur livre une réserve d'images qui se voudront dépeintes comme si jusque-là ce monde n'avait pas existé. Mais la dissidence de l'homme avec son statut y éclate à chaque instant : que l'on se souvienne de la promenade de Frédéric et de Rosanette sur les lieux mêmes du paysage senancourien, telle que Flaubert l'a décrite dans L'Éducation sentimentale. Senancour, quand il emploie le mot « romantique », il fut un des premiers à

52. Lettre LXXXVII.

l'employer, et nuança ensuite avec exaspération les variations de son sens, vise uniquement à illustrer l'impossible perception de ce qui devait nous réconcilier avec le réel. Fidèle au Discours sur l'origine de l'inégalité, *la cause en est pour lui la perversion de notre perfectibilité, « d'une perfectibilité qui s'essaye », ajoute-t-il sur un mode énigmatique, alors que le renversement d'un ordre social périmé aurait dû nous délivrer de « l'industrieuse oppression des hommes ». Ses descriptions, il cherchera à les traduire dans un autre langage, et cependant « le langage des plaines » est le seul qu'il connaisse. Aussi dans les tableaux que nous lisons, impeccables et sévères, leur référence n'est-elle plus que soupçonnée, et l'on aboutit, remarque très bien Béatrice Didier, à une* description négative[53]. *D'où certainement que Senancour veut substituer une « marche rétrograde » à notre perspective, la présentant en fait comme une subversion intime, fondée sur le refus d'ennoblir le plaisir visuel. Car si, pour l'habitant des villes, la vie sociale n'est plus qu'une longue distraction, pour lui, le spectacle que les pasteurs ont sous les yeux soulage « l'homme primitif dans l'ordre social » — cet homme étouffé et pratiquement « épuisé » par l'atmosphère citadine — qui se sentira toujours en infraction face aux « codes astucieux » dont s'est dotée la collectivité. « Quand je nuis à la société... je ne me révolte pas, je sors », conclut-il, au moment où le préoccupe la légitimation idéologique du suicide. L'importance de ce passage de la lettre XLI est donc bien de révéler à un instant crucial pourquoi ce rousseauiste trop tard venu n'a pu être enrôlé dans aucune des entreprises des législateurs et des juristes. « L'âme d'Obermann n'est rétive et bornée qu'en face du joug social », note encore une fois justement l'auteur de* Lélia.

53. B. Didier, « Senancour et la description romantique », in *Poétique*, n° 51, septembre 1982, Le Seuil.

S'il y a eu pourtant une idéologie de laquelle Senancour s'est approché, il semble bien que ce soit celle de la régénération *prônée par Saint-Martin; concept qui le laisse souvent hésitant, mais qui avait le mérite de traduire, avec suffisamment de vague, deux des principales tendances vers lesquelles il penchait : l'une impliquant une solitude médiocre — « circonscrite » — dénuée d'appétit positif, où la « force compressive » de l'âme eût tenté de se concilier la souffrance d'une nature dégradée ; l'autre supposant qu'un* cataclysme *est survenu dans l'ordre réel, solidaire de la crise qui a frappé la société civile. Seulement, ici même, Obermann se défie de l'illuminisme doctrinal, n'acceptant ni l'idée d'une déchéance providentielle, ni que l'Histoire aurait perpétré un crime sur la nature*[54]*. Sa solitude témoigne d'un refus où le mépris voltairien de la canaille n'est pas absent. Sa conception cyclique de l'univers n'est qu'une image, par laquelle il se représente l'état de dormition du monde qui a succédé à l'aurore lointaine d'une extase optique. Pour ces raisons diverses, l'art du paysage conserve chez lui la forme d'une révélation indirecte : il n'est pas vertigineux, tel celui de Caspar David Friedrich ; mais rappelle, à l'instar des toiles de Loutherbourg qui avaient la faveur de*

54. Saint-Martin écrit, par exemple, dans *L'Esprit des choses* (que Senancour cite dans *Obermann*) : « Pourquoi l'homme ne veut-il pas croire aux plaies de la nature ? C'est qu'il ne veut pas croire à sa propre plaie... il verrait que c'est sous son propre cataclysme qu'il a englouti la région des choses. » Et : « Les hommes ne veulent pas croire aux grandes catastrophes, et cependant ils ne peuvent s'empêcher de croire au cataclysme de l'homme, puisque cet homme erre comme un aveugle dans le désert, puisque tout est comme transposé et comme bouleversé dans toutes les substances et les facultés qui les composent ; et puisque ces divers éléments, dont la région de sa pensée est couverte et comme obstruée, montrent à découvert, en lui, les traces d'une universelle contraction et les débris d'une désorganisation totale » (p. 143-144, édition de l'an VIII).

Diderot, l'entrevision des rapports. « Rapports indéterminés », obéissant à de subtils glissements par des locutions fréquemment empruntées au registre quantitatif ; vacillement de la grandeur — équilibres basculés — numération invisible, autant de « tableaux inénarrables » qui chavirent un cadre trop rigide. Rarement panoramique, sa peinture décrit entre les vapeurs et l'espace une dissymétrie inscrite dans le réel ; elle allie la fleur impuissante aux blocs disposés dans une tectonique grandiose, embrasse des volumes désagrégés sur leur socle, suggère la consistance volatile des nuages. Elle n'est pas aveugle aux reflets blafards, à la lumière tour à tour allumée et occultée par le ciel, qui recompose une suite de relations fortuites entre les masses et leur dessin ; ni non plus insensible aux dissonances auditives, comme aux extensions mesurables à l'exhalaison d'un parfum. D'autres équations réfléchissantes les intègrent analogiquement au résultat pictural. Sa brosse est large ; il n'y a pas de diaprures dans ce style, mais des couleurs fortes qui sous le glacis de la phrase la plus retenue, la plus réfrigérante qui se puisse imaginer, ont gardé quelque chose de leur chaleur ; des feux vifs et mourants ; des sifflements lugubres qui font ployer les arbres ; des mélodies olfactives qu'on se souvient d'avoir perçues ; des nuées transparentes qui le baignent en faisant discerner un monde nouveau sous la rumeur de la cascade (lettre LXXXIV).

Senancour était sans pitié pour le Songe *de Jean-Paul*[55]*, pour le bric-à-brac fantastique ; et quand il s'applique à définir l'acception exacte du « genre romantique », ses exemples nous étonnent tant ils bannissent avec une précision déconcertante la confusion de celui-ci avec le romanesque*[56]*. L'incongruité n'a pas sa place, selon lui,*

55. *Le Songe romantique*, in le *Mercure du XIX*e *siècle*, t. III, p. 244.

56. Cette opposition recouvre celle du sensible et du sentimental. Elle est sous-jacente à tout le livre.

lorsqu'on observe la nature inanimée ; il lui arrive parfois de dessiner des triangles géodésiques, de constituer à sa guise une carte plus fidèle (lettre LX). Et pourtant, dans ses descriptions, la rhétorique n'en est pas moins en décalage avec son objet : on a parlé du frisson d'effroi qu'elles suscitent, oubliant qu'Obermann, dépossédé de la force d'en admirer les lignes de fuite, est comme anesthésié par le « grand sujet ». Ne craint-il pas plus que tout de découvrir la conformation extérieure de son mal dans la pierre aride et le nitre étincelant des neiges ? Il se souvient, dit-il, que cela était beau ; ce qui correspond assez mal au Schaudern *allemand. Bien au contraire un temps révolu, une illusion morale s'immobilisent à l'arrière-plan de sa vision : l'espace vécu leur fait écran. « J'étais là comme si j'eusse été ailleurs. J'ai retrouvé les lieux ; je ne puis ramener les temps », lui fera s'exclamer le battement des vagues sur la grève de Chillon. Si donc son objet est sublime, s'il est touchant, c'est qu'il réussit à y incorporer sous une forme mystérieuse l'appréhension même de notre durée : non certes en dilatant la pupille, mais en faisant descendre sur elle un voile révélateur. Ses éclats écumeux, ses « espaces cachés qui plaisent tant à pénétrer », ses ombres qui s'allongent, teintées d'un onirisme diurne, protestent dans son art contre la banalisation du pittoresque et, de façon plus indirecte, contre la mythologie alpine, que Haller et son grand poème* Die Alpen *avaient contribué à mettre en vogue.*

Il se peut enfin que suivant la manière de sentir, son objet soit par contraste sublimement banal ou d'une banalité susceptible de nous toucher encore, parce qu'alors, dans l'événement recueilli que dénote la phrase, se perpétue sans bruit la contemplation d'une beauté que tout destinait à n'être pas reconnue, et peut-être manquée, tel ce pré universel indifféremment modulé par les alpages, ou d'une apparition plus brusque, tel lever de lune dans le ruisseau des rues. Mais il ne l'est pas souvent, soit qu'une nébulosité indécise renouvelle l'aspect et la couleur du lieu en question, soit que ces données mouvantes et fluidiques qui voilent son regard — envahissant les plans rapprochés, éloignant les visages familiers du décor — modifient la distance du peintre à son objet. Soudain embrumé, le tableau voit se dissoudre les propositions d'ensemble du site observable. La profondeur de champ n'est plus la même. Ici se balancent les « têtes pyramidales » des sapins, là c'est l'efflorescence penchée d'une herbe, son émanation discrète, qui fixent notre attention, ou bien c'est le pied lui-même qui fait l'éloge de la fraise dissimulée sous les feuilles. D'une page à l'autre, la hiérarchie du regard change en effet de niveau, d'heure et de point de vue, toute l'élégance de cette écriture étant d'opposer — parfois à l'intérieur d'une période assez longue — la surprise d'un instant privilégié à l'impression d'ensemble oppressante due au gigantisme visuel. Que le coup d'œil circulaire et impérieux de Chateaubriand fasse ainsi défaut à Obermann, ce n'est pas, comme l'entendait Sainte-Beuve, que son style doive succomber à la tentation académique. C'est qu'une émotion indéfinie, rencontrant un stimulus occasionnel, troublée et presque hallucinée, reste en arrêt dans un état de ferveur confuse.

Or sur ce point précis, où il semble qu'il faille désentraver la sensation d'un encombrement extérieur, le jugement singulier de Proust, si peu indulgent qu'il soit, prend tout son relief : « ... rêverie morale inspirée par la nature. C'était je crois un malade. Il faut être faible en effet pour s'enivrer ainsi avec les choses les plus simples de la nature. » Et Proust cite malgré lui l'un ou l'autre exemple : « ... une phrase tout à fait de moi », « c'est de moi », dit-il, quand il s'agit des « convenances végétales » ou de la voussure inclinée des arbres. Puis il indique : « mais je n'essaye pas de donner un sens moral aux phénomènes naturels. Car c'est de la pure allégorie », reconnaissant toutefois que dans ses paysages s'instaure une relation « entre la vérité intellectuelle et la beauté naturelle[57] *». Cette remarque d'une liaison entre « la vie de la pensée » et « les charmes de la nature » — entre la dissertation et la description — forme à coup sûr le principe formel d'*Obermann : *livre itinérant, extatique et raisonneur. La critique a bien noté qu'une telle contemplation navrée au contact des « choses les plus simples de la nature », et donc l'état de ferveur dont nous parlions à l'instant, supposait en fait la frustration d'un savoir ultime*[58]. *Comment la claustration forcée dans une auberge ne pousserait-elle pas le voyageur à s'attarder languissamment sur ses propres incertitudes ? Si le reflux de la jouissance et la logique dépressive sont apparentées, elles le guident aussi vers les régions douteuses du raisonnement. On ne devrait pas pour cela cesser de prendre au sérieux le contenu « philosophique » et moral de l'ouvrage. Rien n'est moins gratuit que d'affirmer que les systèmes sont des « rêveries ». Inversement ces dernières, simples répulsions d'une activité sociale, ou prolongements d'un moment de torpeur, sont formulées dans* Obermann *par le biais d'un réseau serré de consécutions, et loin d'être extravagantes, ont pour leur part également un aspect systématique. Il n'est pas possible de justifier sans elles la fonction de l'analogie présente en filigrane dans de nombreux passages, mais ne se trouve à sa source que le processus machinal de la songerie, comme si la chambre sourde de la conscience organisait une répétition d'accords qui instruiraient finalement, à travers les inflexions de sa pensée, le regard qu'il porte autour de soi.*

D'où viendrait sinon qu'une parenté secrète associe

57. *Op. cit.*, Philippe Kolb. Proust ajoute : « Mais ses réflexions nous ennuient, ses phrases harmonieuses nous laissent d'autant plus froids qu'elles cherchent à nous toucher (cf. bien souvent maintenant France, Barrès, très souvent Chateaubriand). »

58. Voir Marcel Raymond, *Senancour*, Corti, Paris 1965, pp. 150-151, pour l'hypothèse d'une *Naturphilosophie*.

librement ces images et ces idées ? On retiendra que l'obsession des rapports *est la seule qui permette d'entendre à la fois la critique qu'il fait de la disconvenance conjugale, sa pratique du décalage optique, comme la découverte des harmoniques du parfum que la fleur ne délivre que par intermittences. « Nous voyons les rapports, non les essences » (lettre LXIII). Ailleurs il nous dira : « Monts superbes, écroulement des neiges amoncelées, ... que seriez-vous à l'homme si vous ne lui parliez point des autres hommes ? La nature serait muette, s'ils n'étaient plus. (...) La nature sentie n'est que dans les rapports humains, et l'éloquence des choses n'est que l'éloquence de l'homme. » S'il ne nie pas que « les liaisons restent incomplètes », Senancour rappelle donc qu'une inégalité relie entre eux dans le bonheur et le partage des maux ceux-là mêmes qui eussent dû communiquer avec l'émotion universelle dont ils sont les uniques garants. Et de fait, quand l'inadéquation des rapports à l'individu qui les perçoit définit le sublime, elle reflète aussi parallèlement comment l'émotion éprouvée le détache de ses semblables. C'est sous cet angle qu'au début d'*Obermann, *un sentiment « insulaire » lui était donné par l'altitude ; ce n'était pas une élévation proprement spirituelle, plutôt si l'on pouvait dire, un dépaysement ou un* dépaysage[59] *de son environnement, qu'il éprouva escaladant à demi nu la dent du Midi. Socialement inconvenant, Obermann ne se trompe nullement sur ce déficit énergétique qui le plonge, de l'éther entrevu à la lettre VII, dans un abîme d'avidité. Le point de vue sur les choses lui sert à se situer du point de vue que les choses exercent sur notre complexion, et quand il surplombe « l'atmosphère sociale », il apercevra alors, sédimentée dans ces reliefs, enveloppée d'une dimension météorologique, la muette expérience du monde où le*

59. Le mot est de Pierre Sansot.

désordre figé de leur gestation aurait englouti l'horreur et l'admiration humaines.

Soumis à l'instabilité de son existence, ces caprices géologiques lui montrent bien la fausse permanence de la nature ; et l'on admettra qu'ici son défaitisme et son apathie le poussent hors des limites communes. Il suffit au génie contradictoire dont témoignent ses tableaux, qu'une douce somnolence le séduise, que la vue de l'onduleuse mare lemani *le laisse dans une humeur flottante, et c'est pour elles d'abord qu'il fera placer sa chaise sur « l'herbe courte » ; mais quand la solennité, quand l'intimidation des lieux lui feront sentir le vide de son cœur, que toute la sagesse d'Obermann soit d'évoquer le souvenir de leur caducité — effondrement des eaux, éboulement des roches, arènes des grès usés, submersion des prairies inondées, — qu'il veuille que le daim surpris, que la jonquille soient les derniers survivants d'un monde déjà cent fois détruit, cette attitude tient presque entière dans un sentiment de distance qui n'appartient qu'à la peinture asiatique, là où le drame enchevêtré des flexions et des plissements naturels repose éternellement tranquille.* Ob. le Chinois *(tel qu'il se nomme dans une lettre à Ferdinand Denis) ne la connaissait pas ; mais comme le peintre mandarin enfoui dans sa retraite à mi-pente, un genre de délicatesse toute « asiate » qu'il revendique à maintes reprises, sa manie d'associer la fleur la plus modeste avec le geste ésotérique de la cueillette, l'en rapprochent au moins quant à l'art et à la règle qui lui interdisent de trahir la convention tacite dont sa solitude est le prix. La dent de Morcle, le mont Grimsel, les pics mêmes du Hasly ne seraient pas pour nous peut-être les montagnes les plus intéressantes, et néanmoins , ainsi entr'aperçues, elles s'éternisent en quelques lignes, comme deux époques du jour, ou comme deux nuées réverbérées dans le même instant. Non que la nature soit éloquente — car nous avons vu que Senancour le nie décidément —, plutôt est-ce que les arbres défeuillés veillant en sentinelle sur son malheur, que les couleurs broyées dont il use pour tamiser l'éclair de l'orage, font comprendre au lecteur pourquoi ces monts à l'horizon de son tableau ont aussi des pensées altières et tumultueuses qu'il n'a pas craint de dévisager ; que les siennes leur devaient ce sentiment d'une « illusion infinie » : ce* Chant de la terre *des dernières pages d'*Obermann.

Jean-Maurice Monnoyer

Obermann

Les notes de Senancour sont de deux sortes : celles marquées d'un astérisque renvoient en bas de page ; celles marquées d'une lettre majuscule à la fin du volume. Nos propres notes sont appelées par des chiffres arabes.

L'édition que nous avons choisie est celle de 1840. Mis à part les erreurs typographiques de l'édition Michaut (qui corrigeait déjà celle parue chez Charpentier), nous reprenons ce texte avec ses particularités orthographiques : on ne tesera pas surpris que certaines localités du canton de Vaud, ou de l'*Oberland* bernois, soient quelquefois mentionnées de façon fautive au gré de la fantaisie de Senancour.

Il nous a fallu cependant amender le texte là où des manquements à l'accord grammatical rendaient les phrases aberrantes. Toutes les autres « licences » et audaces expressives ont trouvé grâce à nos yeux.

OBSERVATIONS

On verra dans ces lettres l'expression d'un homme qui sent et non d'un homme qui travaille. Ce sont des mémoires très-indifférens à des étrangers, mais qui peuvent intéresser les adeptes. Plusieurs verront avec plaisir ce que l'un d'eux a senti : plusieurs ont senti de même ; il s'est trouvé que celui-ci l'a dit, ou a essayé de le dire. Mais il doit être jugé par l'ensemble de sa vie, et non par ses premières années ; par toutes ses lettres, et non par tel passage ou hasardé, ou romanesque peut-être.

De semblables lettres sans art, sans intrigue, doivent avoir mauvaise grâce hors de la société éparse et secrète dont la nature avait fait membre celui qui les écrivit. Les individus qui la composent sont la plupart inconnus ; cette espèce de monument privé que laisse un homme comme eux, ne peut leur être adressé que par la voie publique, au risque d'ennuyer un grand nombre de personnes graves, instruites ou aimables. Le devoir d'un éditeur est seulement de prévenir qu'on n'y trouve ni esprit, ni science ; que ce n'est pas un *ouvrage*, et que peut-être même on dira : Ce n'est pas un livre *raisonnable*.

Nous avons beaucoup d'écrits où le genre humain se

trouve peint en quelques lignes. Si cependant ces longues lettres faisaient à peu près connaître un seul homme, elles pourraient être et neuves et utiles. Il s'en faut de beaucoup qu'elles remplissent même cet objet borné ; mais si elles ne contiennent point tout ce que l'on pourrait attendre, elles contiennent du moins quelque chose ; et c'est assez pour les faire excuser.

Ces lettres ne sont pas un *roman* *. Il n'y a point de mouvement dramatique, d'événemens préparés et conduits, point de dénouement ; rien de ce qu'on appelle l'intérêt d'un ouvrage, de cette série progressive, de ces incidens, de cet aliment de la curiosité, magie de plusieurs bons écrits, et charlatanisme de plusieurs autres.

On y trouvera des descriptions ; de celles qui servent à mieux faire entendre les choses naturelles, et à donner des lumières, peut-être trop négligées, sur les rapports de l'homme avec ce qu'il appelle l'*inanimé*.

On y trouvera des passions ; mais celles d'un homme qui était né pour recevoir ce qu'elles promettent, et pour n'avoir point une passion ; pour tout employer, et pour n'avoir qu'une seule fin.

On y trouvera de l'amour ; mais l'amour senti d'une manière qui peut-être n'avait pas été dite.

On y trouvera des longueurs : elles peuvent être dans la nature ; le cœur est rarement précis, il n'est point dialecticien. On y trouvera des répétitions ; mais si les choses sont bonnes, pourquoi éviter soigneusement d'y revenir ? Les répétitions de *Clarisse* [2], le désordre (et le prétendu égoïsme) de Montaigne, n'ont jamais rebuté que des lecteurs seulement ingénieux.

* Je suis loin d'inférer de là qu'un bon roman ne soit pas un bon livre. De plus, outre ce que j'appellerais les véritables romans, il est des écrits agréables ou d'un vrai mérite, que l'on range communément dans cette classe, tels que *la Chaumière Indienne* [1], etc.

Jean-Jacques était souvent diffus. Celui qui écrivit ces lettres paraît n'avoir pas craint les longueurs et les écarts d'un style libre : il a écrit sa pensée. Il est vrai que Jean-Jacques avait le droit d'être un peu long ; pour lui, s'il a usé de la même liberté ; c'est tout simplement parce qu'il la trouvait bonne et naturelle.

On y trouvera des contradictions, du moins ce qu'on nomme souvent ainsi. Mais pourquoi serait-on choqué de voir, dans des matières incertaines, le pour et le contre dits par le même homme ? Puisqu'il faut qu'on les réunisse pour s'en approprier le sentiment, pour peser, décider, choisir, n'est-ce pas une même chose qu'ils soient dans un seul livre ou dans des livres différens ? Au contraire, exposés par le même homme, ils le sont avec une force plus égale, d'une manière plus analogue, et vous voyez mieux ce qu'il vous convient d'adopter. Nos affections, nos désirs, nos sentimens mêmes, et jusqu'à nos opinions, changent avec les leçons des événemens, les occasions de la réflexion, avec l'âge, avec tout notre être. Celui qui est si exactement d'accord avec lui-même vous trompe, ou se trompe. Il a un système ; il joue un rôle. L'homme sincère vous dit : J'ai senti comme cela, je sens comme ceci ; voilà mes matériaux, bâtissez vous-même l'édifice de votre pensée.

Ce n'est pas à l'homme froid à juger les différences des sensations humaines ; puisqu'il n'en connaît pas l'étendue, il n'en connaît pas la versatilité. Pourquoi diverses manières de voir seraient-elles plus étonnantes dans les divers âges d'un même homme, et quelquefois au même moment, que dans des hommes différens ? On observe, on cherche, on ne décide pas. Voulez-vous exiger que celui qui prend la balance rencontre d'abord le poids qui en fixera l'équilibre ? Tout doit être d'accord sans doute dans un ouvrage exact et raisonné sur des matières positives ; mais voulez-vous que Montaigne soit vrai à la manière de Hume, et Sénèque régulier comme Bezout ? Je croirais même qu'on devrait attendre autant ou plus d'oppositions entre les différens âges d'un même homme, qu'entre plusieurs hommes éclairés du même âge. C'est pour cela qu'il n'est pas bon que les législateurs soient tous des vieillards ; à moins que ce ne soit un corps d'hommes vraiment choisis, et capables de suivre leurs conceptions générales et leurs souvenirs, plutôt que leur pensée présente. L'homme qui ne s'occupe que des sciences exactes est le seul qui n'ait point à craindre d'être jamais surpris de ce qu'il a écrit dans un autre âge.

Ces lettres sont aussi inégales, aussi irrégulières dans leur style que dans le reste. Une chose seulement m'a plu ; c'est de n'y point trouver ces expressions exagérées et triviales dans lesquelles un écrivain devrait toujours voir du ridicule, ou au moins de la faiblesse *. Ces expressions sont par elles-mêmes quelque chose de vicieux, ou bien leur trop fréquent usage, en en faisant des applications fausses, altéra leurs premières acceptions, et fit oublier leur énergie.

Ce n'est pas que je prétende justifier le style de ces lettres. J'aurais quelque chose à dire sur des expressions qui pourront paraître hardies, et que pourtant je n'ai pas changées ; mais quant aux incorrections, je n'y

* Le genre pastoral, le genre descriptif, ont beaucoup d'expressions rebattues, dont les moins tolérables, à mon avis, sont les figures employées quelques millions de fois, et qui, dès la première, affaiblissaient l'objet qu'elles prétendaient agrandir. L'émail des prés, l'azur des cieux, le cristal des eaux ; les lis et les roses de son teint ; les gages de son amour ; l'innocence du hameau ; des torrens s'échappèrent de ses yeux ; contempler les merveilles de la nature ; jeter quelques fleurs sur sa tombe : et tant d'autres que je ne veux pas condamner exclusivement, mais que j'aime mieux ne point rencontrer.

sais point d'excuse recevable. Je ne me dissimule pas qu'un critique trouvera beaucoup à reprendre : je n'ai point prétendu *enrichir le public* d'un ouvrage travaillé, mais donner à lire à quelques personnes éparses dans l'Europe, les sensations, les opinions, les songes libres et incorrects d'un homme souvent isolé, qui écrivit dans l'intimité, et non pour son libraire.

L'éditeur ne s'est proposé et ne se proposera qu'un seul objet. Tout ce qui portera son nom tendra aux mêmes résultats ; soit qu'il écrive, ou qu'il publie seulement, il ne s'écartera point d'un but moral. Il ne cherche pas encore à y atteindre : un écrit important, et de nature à être utile, un véritable *ouvrage* que l'on peut seulement esquisser, mais non prétendre jamais finir, ne doit être ni publié promptement, ni même entrepris trop tôt (A) *.

* Les notes indiquées par des lettres sont à la fin du volume.

Obermann

LETTRE PREMIÈRE

Genève, 8 juillet, première année.

Il ne s'est passé que vingt jours depuis que je vous ai écrit de Lyon. Je n'annonçais aucun projet nouveau, je n'en avais pas ; et maintenant j'ai tout quitté, me voici sur une terre étrangère.

Je crains que ma lettre ne vous trouve point à Chessel * et que vous ne puissiez pas me répondre aussi vite que je le désirerais. J'ai besoin de savoir ce que vous pensez, ou du moins ce que vous penserez lorsque vous aurez lu. Vous savez s'il me serait indifférent d'avoir des torts avec vous ; cependant je crains que vous ne m'en trouviez, et je ne suis pas bien assuré moi-même de n'en point avoir. Je n'ai pas même pris le temps de vous consulter. Je l'eusse bien désiré dans un moment aussi décisif : encore aujourd'hui, je ne sais comment juger une résolution qui détruit tout ce qu'on avait arrangé, qui me transporte brusquement dans une situation nouvelle, qui me destine à des choses que je n'avais pas prévues, et dont je ne saurais même pressentir l'enchaînement et les conséquences.

* Campagne de celui à qui les lettres sont adressées.

Il faut vous dire plus. L'exécution fut, il est vrai, aussi précipitée que la décision ; mais ce n'est pas le temps seul qui m'a manqué pour vous en écrire. Quand même je l'aurais eu, je crois que vous l'eussiez ignoré de même. J'aurais craint votre prudence : j'ai cru sentir cette fois la nécessité de n'en avoir pas. Une prudence étroite et pusillanime dans ceux de qui le sort m'a fait dépendre, a perdu mes premières années, et je crois bien qu'elle m'a nui pour toujours. La sagesse veut marcher entre la défiance et la témérité ; le sentier est difficile : il faut la suivre dans les choses qu'elle voit ; mais dans les choses inconnues, nous n'avons que l'instinct. S'il est plus dangereux que la prudence : il fait aussi de plus grandes choses : il nous perd ou nous sauve ; sa témérité devient quelquefois notre seul asile, et c'est peut-être à lui de réparer les maux que la prudence a pu faire.

Il fallait laisser le joug s'appesantir sans retour, ou le secouer inconsidérément : l'alternative me parut inévitable. Si vous en jugez de même, dites-le moi pour me rassurer. Vous savez assez quelle misérable chaîne on allait river. On voulait que je fisse ce qu'il m'était impossible de faire bien ; que j'eusse un état pour son produit, que j'employasse les facultés de mon être à ce qui choque essentiellement sa nature. Aurais-je dû me plier à une condescendance momentanée ; tromper un parent en lui persuadant que j'entreprenais pour l'avenir ce que je n'aurais commencé qu'avec le désir de le cesser ; et vivre ainsi dans un état violent, dans une répugnance perpétuelle ? Qu'il reconnaisse l'impuissance où j'étais de le satisfaire, qu'il m'excuse. Il finira par sentir que les conditions si diverses et si opposées, où les caractères les plus contraires trouvent ce qui leur est propre, ne peuvent convenir indifféremment à tous les caractères ; que ce n'est pas assez qu'un état, qui a pour objet des intérêts et des démêlés contentieux, soit regardé comme honnête, parce qu'on y acquiert, sans voler, trente ou quarante mille livres de rente ; et qu'enfin je n'ai pas pu renoncer à être homme, pour être homme d'affaires.

Je ne cherche point à vous persuader, je vous rappelle les faits ; jugez. Un ami doit juger sans trop d'indulgence ; vous l'avez dit.

Si vous aviez été à Lyon, je ne me serais pas décidé sans vous consulter ; il eût fallu me cacher de vous, au lieu que j'ai eu seulement à me taire. Comme on cherche dans le hasard même des raisons qui autorisent aux choses que l'on croit nécessaires, j'ai trouvé votre absence favorable. Je n'aurais jamais pu agir contre votre opinion ; mais je n'ai pas été fâché de le faire sans votre avis, tant je sentais tout ce que pouvait alléguer la raison contre la loi que m'imposait une sorte de nécessité, contre le sentiment qui m'entraînait. J'ai plus écouté cette impulsion secrète, mais impérieuse, que ces froids motifs de balancer et de suspendre, qui, sous le nom de prudence, tenaient peut-être beaucoup à mon habitude paresseuse, et à quelque faiblesse dans l'exécution. Je suis parti, je m'en félicite ; mais quel homme peut jamais savoir s'il a fait sagement, ou non, pour les conséquences éloignées des choses ?

Je vous ai dit pourquoi je n'ai pas fait ce qu'on voulait ; il faut vous dire pourquoi je n'ai pas fait autre chose. J'examinais si je rejetterais absolument le parti que l'on voulait me faire prendre ; cela m'a conduit à examiner quel autre je prendrais, et à quelle détermination je m'arrêterais.

Il fallait choisir, il fallait commencer, pour la vie peut-être, ce que tant de gens, qui n'ont en eux aucune autre chose, appellent un état. Je n'en trouvai point qui ne fût étranger à ma nature, ou contraire à ma pensée. J'interrogeai mon être, je considérai rapidement tout ce qui m'entourait ; je demandai aux hommes s'ils sentaient comme moi ; je demandai aux choses si elles étaient selon mes penchans, et je vis qu'il n'y avait d'accord ni entre moi et la société, ni entre mes besoins et les choses qu'elle a faites. Je m'arrêtai avec effroi, sentant que j'allais livrer ma vie à des ennuis intolérables, à des dégoûts sans terme comme sans objet. J'offris successivement à mon cœur ce que les hommes cherchent dans les divers états qu'ils embrassent. Je voulus même embellir, par le prestige de l'imagination, ces objets multipliés qu'ils proposent à leurs passions, et la fin chimérique à laquelle ils consacrent leurs années. Je le voulais, je ne le pus pas. Pourquoi la terre est-elle aussi désenchantée à mes yeux ? Je ne connais point la satiété, je trouve partout le vide.

Dans ce jour, le premier où je sentis le néant qui m'environne, dans ce jour qui a changé ma vie, si les pages de ma destinée se fussent trouvées entre mes mains pour être déroulées ou fermées à jamais, avec quelle indifférence j'eusse abandonné la vaine succession de ces heures si longues et si fugitives, que tant d'amertumes flétrissent, et que nulle véritable joie ne consolera ! Vous le savez, j'ai le malheur de ne pouvoir être jeune : les longs ennuis de mes premiers ans ont apparemment détruit la séduction. Les dehors fleuris ne m'en imposent pas : mes yeux demi-fermés ne sont jamais éblouis ; trop fixes, ils ne sont point surpris.

Ce jour d'irrésolution fut du moins un jour de lumière : il me fit reconnaître en moi ce que je n'y voyais pas distinctement. Dans la plus grande anxiété où j'eusse jamais été, j'ai joui pour la première fois de la conscience de mon être. Poursuivi jusque dans le triste repos de mon apathie habituelle, forcé d'être quelque chose, je fus enfin moi-même ; et dans ces agitations jusque alors inconnues, je trouvai une énergie, d'abord contrainte et pénible, mais dont la plénitude fut une sorte de repos que je n'avais pas encore éprouvé. Cette situation douce et inattendue amena la réflexion qui me détermina. Je crus voir la raison de ce qu'on observe tous les jours, que les différences positives du sort ne sont pas les causes principales du bonheur ou du malheur des hommes.

Je me dis : La vie réelle de l'homme est en lui-même, celle qu'il reçoit du dehors n'est qu'accidentelle et subordonnée. Les choses agissent sur lui bien plus encore selon la situation où elles le trouvent, que selon leur propre nature. Dans le cours d'une vie entière, perpétuellement modifié par elles, il peut devenir leur ouvrage. Mais dans cette succession toujours mobile, lui seul subsiste quoique altéré, tandis que les objets extérieurs relatifs à lui changent entièrement ; il en résulte que chacune de leurs impressions sur lui dépend bien plus pour son bonheur ou son malheur, de l'état où elle le trouve, que de la sensation qu'elle lui apporte, et du changement présent qu'elle fait en lui. Ainsi dans chaque moment particulier de sa vie, ce qui importe surtout à l'homme, c'est d'être ce qu'il doit être. Les dispositions favorables des choses viendront ensuite, c'est une utilité du second ordre pour chacun des momens présens. Mais la suite de ces impulsions devenant, par leur ensemble, le vrai principe des mobiles intérieurs de l'homme, si chacune de ces impressions est à peu près indifférente, leur totalité fait pourtant notre destinée. Tout nous importerait-il également dans ce cercle de rapports et de résultats mutuels ? L'homme dont la liberté absolue est si incertaine, et la liberté apparente si limitée, serait-il contraint à un choix perpétuel qui demanderait une volonté constante, toujours libre et puissante ? Tandis qu'il ne peut diriger que si peu d'événemens, et qu'il ne saurait régler la plupart de ses affections, lui importe-t-il pour la paix de sa vie, de tout prévoir, de tout conduire, de tout déterminer dans une sollicitude qui, même avec des succès non interrompus, ferait encore le tourment de cette même vie ? S'il paraît également nécessaire de maîtriser ces deux mobiles dont l'action est toujours réciproque ; si pourtant cet ouvrage est au-dessus des forces de l'homme, et si l'effort même qui tendrait à le produire est précisément opposé au repos qu'on en attend, comment obtenir à peu près ce résultat en renonçant au moyen impraticable qui paraît d'abord le pouvoir seul produire ? La réponse à cette question serait le grand œuvre de la sagesse humaine, et le principal objet que l'on puisse proposer à cette loi intérieure qui nous fait chercher la félicité. Je crus trouver à ce problème une solution analogue à mes besoins présens : peut-être contribuèrent-ils à me la faire adopter.

Je pensai que le premier état des choses était surtout important dans cette oscillation toujours réagissante, et qui par conséquent dérive toujours plus ou moins de ce premier état. Je me dis : Soyons d'abord ce que nous devons être ; plaçons-nous où il convient à notre nature, puis livrons-nous au cours des choses, en nous efforçant seulement de nous maintenir semblables à nous-mêmes. Ainsi, quoi qu'il arrive, et sans sollicitudes étrangères, nous disposerons des choses, non pas en les changeant elles-mêmes, ce qui nous importe peu ; mais en maîtrisant les impressions qu'elles feront sur nous, ce qui seul nous importe, ce qui est le plus facile, ce qui maintient davantage notre être en le circonscrivant et en reportant sur lui-même l'effort conservateur. Quelque effet que produisent sur nous les choses par leur influence absolue que nous ne pourrons changer, du moins nous conserverons toujours beaucoup du premier mouvement imprimé, et nous approcherons, par ce moyen, plus que nous ne saurions l'espérer par aucun autre, de l'heureuse persévérance du sage.

Dès que l'homme réfléchit, dès qu'il n'est plus entraîné par le premier désir et par les lois inaperçues de l'instinct, toute équité, toute moralité devient en un sens une affaire de calcul, et la prudence est dans l'estimation du plus ou du moins. Je crus voir dans ma conclusion un résultat aussi clair que celui d'une opération sur les nombres. Comme je vous fais l'histoire de mes intentions, et non celle de mon esprit, et que je veux bien moins justifier ma décision que vous dire comment je me suis décidé, je ne chercherai pas à vous rendre un meilleur compte de mon calcul.

Conformément à cette manière de voir, je quitte les soins éloignés et multipliés de l'avenir, qui sont toujours si fatigans et souvent si vains ; je m'attache seulement à disposer, une fois pour la vie, et moi et les choses. Je ne me dissimule point combien cet ouvrage doit sans doute rester imparfait, et combien je serai entravé par les événemens ; mais je ferai du moins ce que je trouverai en mon pouvoir.

J'ai cru nécessaire de changer les choses avant de me changer moi-même. Ce premier but pouvait être plus promptement atteint que le second ; et ce n'eût pas été dans mon ancienne manière de vivre que j'eusse pu m'occuper sérieusement de moi. L'alternative du moment difficile où je me trouvais me força de songer d'abord aux changemens extérieurs. C'est dans l'indépendance des choses, comme dans le silence des passions, que l'on peut s'étudier. Je vais choisir une retraite dans ces monts tranquilles dont la vue a frappé mon enfance elle même*. J'ignore où je m'arrêterai, mais écrivez-moi à Lausanne.

LETTRE II

Lausanne, 9 juillet, I.

J'arrivai de nuit à Genève : j'y logeai dans une assez triste auberge, où mes fenêtres donnaient sur une cour, je n'en fus point fâché. Entrant dans une aussi belle contrée, je me ménageais volontiers l'espèce de surprise d'un spectacle nouveau ; je la réservais pour la plus belle heure du jour ; je la voulais avoir dans sa plénitude, et sans affaiblir l'impression en l'éprouvant par degrés.

En sortant de Genève, je me mis en route, seul, libre, sans but déterminé, sans autre guide qu'une carte assez bonne, que je porte sur moi.

J'entrais dans l'indépendance. J'allais vivre dans le seul pays peut-être de l'Europe où, dans un climat assez favorable, on trouve encore les sévères beautés des sites naturels. Devenu calme par l'effet même de l'énergie que les circonstances de mon départ avaient éveillée en moi, content de posséder mon être pour la première fois de mes jours si vains, cherchant des jouissances simples et grandes avec l'avidité d'un cœur jeune, et cette sensibilité, fruit amer et précieux de mes longs ennuis, j'étais ardent et paisible. Je fus heureux sous le beau ciel de Genève (B), lorsque le soleil, paraissant au-dessus des hautes neiges, éclaira à mes yeux cette terre admirable. C'est près de Copet

* Près de Lyon, les sommets des Alpes se voient distinctement à l'horizon.

que je vis l'aurore, non pas inutilement belle comme je l'avais vue tant de fois, mais d'une beauté sublime et assez grande pour ramener le voile des illusions sur mes yeux découragés.

Vous n'avez point vu cette terre à laquelle Tavernier ne trouvait comparable qu'un seul lieu dans l'Orient. Vous ne vous en ferez pas une idée juste ; les grands effets de la nature ne s'imaginent point tels qu'ils sont. Si j'avais moins senti la grandeur et l'harmonie de l'ensemble, si la pureté de l'air n'y ajoutait pas une expression que les mots ne sauraient rendre, si j'étais un autre, j'essayerais de vous peindre ces monts neigeux et embrasés, ces vallées vaporeuses ; les noirs escarpemens de la côte de Savoie ; les collines de la Vaux et du Jorat * peut-être trop riantes, mais surmontées par les Alpes de Gruyère et d'Ormont ; et les vastes eaux du Léman, et le mouvement de ses vagues, et sa paix mesurée. Peut-être mon état intérieur ajouta-t-il au prestige de ces lieux ; peut-être nul homme n'a-t-il éprouvé à leur aspect tout ce que j'ai senti **.

C'est le propre d'une sensibilité profonde de recevoir une volupté plus grande de l'opinion d'elle-même que de ses jouissances positives : celles-ci laissent apercevoir leurs bornes ; mais celles que [promet] ce

* Ou petit Jura (C).

** Je n'ai pas été surpris de trouver dans ces lettres plusieurs passages un peu romanesques. Les cœurs mûris avant l'âge joignent aux sentimens d'un autre temps quelque chose de cette force exagérée et illusoire qui caractérise la première saison de la vie. Celui qui a reçu les facultés de l'homme est ou a été ce qu'on appelle romanesque ; mais chacun l'est à sa manière. Les passions, les vertus, les faiblesses, sont à peu près communes à tous, mais elles ne sont pas semblables dans tous. Un homme, par exemple, peut faire des chansons ou des vers sur l'amour ; mais il y mettra moins de Flores, de Nymphes et de flamme que les poètes des almanachs.

sentiment d'une puissance illimitée sont immenses comme elle, et semblent nous indiquer le monde inconnu que nous cherchons toujours. Je n'oserais décider que l'homme dont l'habitude des douleurs a navré le cœur, n'ait point reçu de ses misères mêmes une aptitude à des plaisirs inconnus des heureux, et ayant sur les leurs l'avantage d'une plus grande indépendance et d'une durée qui soutient la vieillesse elle-même. Pour moi, j'ai éprouvé, dans ce moment auquel il n'a manqué qu'un autre cœur qui sentît avec le mien, comment une heure de vie peut valoir une année d'existence, combien tout est relatif dans nous et hors de nous, et comment nos misères viennent surtout de notre déplacement dans l'ordre des choses.

La grande route de Genève à Lausanne est partout agréable ; elle suit généralement les rives du lac, et elle me conduisait vers les montagnes : je ne pensai point à la quitter. Je ne m'arrêtai qu'auprès de Lausanne, sur une pente d'où j'attendis la fin du jour.

Les soirées sont désagréables dans les auberges, excepté lorsque le feu et la nuit aident à attendre le souper. Dans les longs jours on ne peut éviter cette heure d'ennui qu'en évitant aussi de voyager pendant la chaleur : c'est précisément ce que je ne fais point. Depuis mes courses au Forez, j'ai pris l'usage d'aller à pied si la campagne est intéressante ; et quand je marche, une sorte d'impatience ne me permet de m'arrêter que lorsque je suis presque arrivé. Les voitures sont nécessaires pour se débarrasser promptement de la poussière des grandes routes et des ornières boueuses des plaines ; mais, lorsqu'on est sans affaires et dans une vraie campagne, je ne vois pas de motif pour courir la poste, et je trouve qu'on est trop dépendant si l'on va avec ses chevaux. J'avoue qu'en arrivant à pied l'on est moins bien reçu d'abord dans les auberges ; mais il ne faut que quelques minutes à un aubergiste qui sait son métier, pour s'apercevoir que, s'il y a de la poussière sur les souliers, il n'y a pas de paquet sur l'épaule, et qu'ainsi l'on peut être en état de le faire gagner assez pour qu'il ôte son chapeau d'une certaine manière. Vous verrez bientôt les servantes vous dire tout comme à un autre : Monsieur a-t-il déjà donné ses ordres ?

J'étais sous les pins du Jorat : la soirée était belle, les bois silencieux, l'air calme, le couchant vaporeux, mais sans nuages. Tout paraissait fixe, éclairé, immobile ; et dans un moment où je levai les yeux après les avoir tenus longtemps arrêtés sur la mousse qui me portait, j'eus une illusion imposante que mon état de rêverie prolongea. La pente rapide qui s'étendait jusqu'au lac se trouvait cachée pour moi sur le tertre où j'étais assis ; et la surface du lac très-inclinée semblait élever dans les airs sa rive opposée. Des vapeurs voilaient en partie les Alpes de Savoie confondues avec elles et revêtues des mêmes teintes. La lumière du couchant et le vague de l'air dans les profondeurs du Valais élevèrent ces montagnes et les séparèrent de la terre, en rendant leurs extrémités indiscernables ; et leur colosse sans forme, sans couleur, sombre et neigeux, éclairé et comme invisible, ne me parut qu'un amas de nuées orageuses suspendues dans l'espace : il n'était plus d'autre terre que celle qui me soutenait sur le vide, seul, dans l'immensité [1].

Ce moment-là fut digne de la première journée d'une vie nouvelle : j'en éprouverai peu de semblables. Je me promettais de finir celle-ci en vous en parlant tout à mon aise, mais le sommeil appesantit ma tête et ma main : les souvenirs et le plaisir de vous les dire ne sauraient l'éloigner ; et je ne veux pas continuer à vous rendre si faiblement ce que j'ai mieux senti.

Près de Nyon j'ai vu le mont Blanc assez à

découvert, et depuis ses bases apparentes ; mais l'heure n'était point favorable, il était mal éclairé.

LETTRE III

Cully, 11 juillet, I.

Je ne veux point parcourir la Suisse en voyageur, ou en curieux. Je cherche à être là, parce qu'il me semble que je serais mal ailleurs : c'est le seul pays voisin du mien qui contienne généralement de ces choses que je désire.

J'ignore encore de quel côté je me dirigerai : je ne connais ici personne ; et n'y ayant aucune sorte de relation, je ne puis choisir que d'après des raisons prises de la nature des lieux. Le climat est difficile en Suisse, dans les situations que je préférerais. Il me faut un séjour fixe pour l'hiver ; c'est ce que je voudrais d'abord décider : mais l'hiver est long dans les contrées élevées.

A Lausanne on me disait : C'est ici la plus belle partie de la Suisse, celle que tous les étrangers aiment. Vous avez vu Genève et les bords du lac ; il vous reste à voir Iverdun, Neufchâtel et Berne ; on va encore au Locle, qui est célèbre par son industrie. Pour le reste de la Suisse, c'est un pays bien sauvage : on reviendra de la manie anglaise d'aller se fatiguer et s'exposer pour voir de la glace et dessiner des cascades. Vous vous fixerez ici : le pays de Vaud * est le seul qui

* Le mot *Vaud* ne veut point dire ici vallée, mais il vient du celtique dont on a fait Welches : les Suisses de la partie allemande appellent le pays de Vaud *Welschland*. Les Germains désignaient les Gaulois par le mot Wale ; d'où viennent les noms de la principauté de *Galles*, du pays de Vaud, de ce qu'on appelle dans la Belgique pays *Walon*, de la Gascogne, etc.

convienne à un étranger ; et même dans le pays de Vaud il n'y a que Lausanne, surtout pour un Français.

Je les ai assurés que je ne choisirais pas Lausanne, et ils ont cru que je me trompais. Le pays de Vaud a de grandes beautés ; mais je suis persuadé d'avance que sa partie principale est une de celles de la Suisse que j'aimerai le moins. La terre et les hommes y sont, à peu de chose près, comme ailleurs : je cherche d'autres mœurs et une autre nature*. Si je savais l'allemand, je crois que j'irais du côté de Lucerne mais l'on n'entend le français que dans un tiers de la Suisse, et ce tiers en est précisément la partie la plus riante et la moins éloignée des habitudes françaises, ce qui me met dans une grande incertitude. J'ai presque résolu de voir les bords de Neuchâtel, et le Bas-Valais ; après quoi j'irai près de Schwitz, ou dans l'Underwalden[1], malgré l'inconvénient très-grand d'une langue qui m'est tout-à-fait étrangère.

J'ai remarqué un petit lac que les cartes nomment de Bré, ou de Bray, situé à une certaine élévation dans les terres, au-dessus de Cully : j'étais venu dans cette ville pour en aller visiter les rives presque inconnues et éloignées des grandes routes. J'y ai renoncé ; je crains que le pays ne soit trop ordinaire, et que la manière de vivre des gens de la campagne, si près de Lausanne, ne me convienne encore moins.

Je voulais traverser le lac** ; et j'avais hier retenu un bateau pour me rendre sur la côte de Savoie. Il a fallu renoncer à ce dessein : le temps a été mauvais tout le jour, et le lac est encore fort agité. L'orage est passé, la soirée est belle. Mes fenêtres donnent sur le lac ;

* Il est à croire que maintenant Obermann s'arrêterait volontiers dans le canton de Vaud, et pourrait le considérer comme une douce patrie.

** De Genève ou Léman, et non pas lac Léman.

l'écume blanche des vagues est jetée quelquefois jusque dans ma chambre, elle a même mouillé le toit. Le vent souffle du sud-ouest, en sorte que c'est précisément ici que les vagues ont plus de force et d'élévation. Je vous assure que ce mouvement et ces sons mesurés donnent à l'âme une forte impulsion. Si j'avais à sortir de la vie ordinaire, si j'avais à vivre, et que pourtant je me sentisse découragé, je voudrais être un quart d'heure seul devant un lac agité : je crois qu'il ne serait pas de grandes choses qui ne me fussent naturelles[2].

J'attends avec quelque impatience la réponse que je vous ai demandée ; et quoiqu'elle ne puisse en effet arriver encore, je pense à tout moment à envoyer à Lausanne pour voir si on ne néglige pas de me la faire parvenir. Sans doute elle me dira bien positivement ce que vous pensez, ce que vous présumez de l'avenir ; et si j'ai eu tort, étant moi, de faire ce qui chez beaucoup d'autres eût été une conduite pleine de légèreté. Je vous consultais sur des riens, et j'ai pris sans vous la résolution la plus importante. Vous ne refuserez pas pourtant de me dire votre opinion : il faut qu'elle me réprime ou me rassure. Vous avez déjà oublié que je me suis arrangé en ceci comme si je voulais vous en faire un secret : les torts d'un ami peuvent cntrer dans notre pensée, mais non dans nos sentimens. Je vous félicite d'avoir à me pardonner des faiblesses : sans cela je n'aurais pas tant de plaisir à m'appuyer sur vous ; ma propre force ne me donnerait pas la sécurité que me donne la vôtre.

Je vous écris comme je vous parlerais, comme on se parle à soi-même. Quelquefois on n'a rien à se dire l'un à l'autre, on a pourtant besoin de se parler ; c'est souvent alors que l'on jase le plus à son aise. Je ne connais de promenade qui donne un vrai plaisir que celle que l'on fait sans but, lorsque l'on va uniquement pour aller et que l'on cherche sans vouloir aucune chose ; lorsque le temps est tranquille, un peu couvert, que l'on n'a point d'affaires, que l'on ne veut pas savoir l'heure, et que l'on se met à pénétrer au hasard dans les fondrières et les bois d'un pays inconnu ; lorsqu'on parle des champignons, des biches, des feuilles rousses qui commencent à tomber ; lorsque je vous dis : Voilà une place qui ressemble bien à celle où mon père s'arrêta, il y a dix ans, pour jouer au petit palet avec moi, et où il laissa son couteau de chasse, que le lendemain on ne put jamais retrouver ; lorsque vous me dites : L'endroit où nous venons de traverser le ruisseau eût bien plu au mien. Dans les derniers temps de sa vie, il se faisait conduire à une grande lieue de la ville dans un bois bien épais, où il y avait quelques rochers et de l'eau ; alors il descendait de la calèche, et il allait, quelquefois seul, quelquefois avec moi, s'asseoir sur un grès : nous lisions les *Vies des Pères du désert*[3]. Il me disait : Si dans ma jeunesse j'étais entré dans un monastère, comme Dieu m'y appelait, je n'aurais pas eu tous les chagrins que j'ai eus dans le monde, je ne serais pas aujourd'hui si infirme et si cassé ; mais je n'aurais point de fils, et, en mourant, je ne laisserais rien sur la terre... Et maintenant il n'est plus ! Ils ne sont plus !

Il y a des hommes qui croient se promener, à la campagne, lorsqu'ils marchent en ligne droite dans une allée sablée. Ils ont dîné ; ils vont jusqu'à la statue, et ils reviennent au trictrac. Mais quand nous nous perdions dans les bois du Forez, nous allions librement et au hasard. Il y avait quelque chose de solennel à ces souvenirs d'un temps déjà reculé, qui semblaient venir à nous dans l'épaisseur et la majesté des bois. Comme l'âme s'agrandit lorsqu'elle rencontre des choses belles, et qu'elle ne les a pas prévues ! Je n'aime point que ce qui lui appartient soit préparé et réglé :

laissons l'esprit chercher avec ordre, et symétriser ce qu'il travaille. Pour le cœur, il ne travaille pas; et si vous lui demandez de produire, il ne produira rien : la culture le rend stérile. Vous vous rappelez des lettres que R... écrivait à L... qu'il appelait son ami[4]. Il y avait bien de l'esprit dans ces lettres, mais aucun abandon. Chacune contenait quelque chose de distinct, et roulait sur un sujet particulier; chaque paragraphe avait son objet et sa pensée. Tout cela était arrangé comme pour l'impression, comme des chapitres d'un livre didactique. Nous ne ferons point comme cela, je pense : aurions-nous besoin d'esprit? Quand des amis se parlent, c'est pour se dire tout ce qui leur vient en tête. Il y a une chose que je vous demande; c'est que vos lettres soient longues, que vous soyez long-temps à m'écrire, que je sois long-temps à vous lire : souvent je vous donnerai l'exemple. Quant au contenu, je ne m'en inquiète point : nécessairement nous ne dirons que ce que nous pensons, ce que nous sentons; et n'est-ce pas cela qu'il faut que nous disions? Quand on veut jaser, s'avise-t-on de dire : Parlons sur telle chose, faisons des divisions, et commençons par celle-ci?

On apportait le souper lorsque je me suis mis à écrire, et voilà que l'on vient de me dire : Mais, le poisson est tout froid, il ne sera plus bon, au moins. Adieu donc. Ce sont des truites du Rhône. Ils me les vantent, comme s'ils ne voyaient pas que je mangerai seul.

LETTRE IV

Thiel, 19 juillet, I.

J'ai passé à Iverdun; j'ai vu Neuchâtel, Bienne et les environs. Je m'arrête quelques jours à Thiel, sur les frontières de Neufchâtel et de Berne. J'avais pris à Lausanne une de ces berlines de remise très-communes en Suisse. Je ne craignais pas l'ennui de la voiture ; j'étais trop occupé de ma position, de mes espérances si vagues, de l'avenir incertain, du présent déjà inutile, et de l'intolérable vide que je trouve partout.

Je vous envoie quelques mots écrits des divers lieux de mon passage.

D'Iverdun.

J'ai joui un moment de me sentir libre et dans des lieux plus beaux : j'ai cru y trouver une vie meilleure ; mais je vous avouerai que je ne suis pas content. A Moudon, au centre du pays de Vaud, je me demandais : Vivrais-je heureux dans ces lieux vantés et si désirés ? mais un profond ennui m'a fait partir aussitôt. J'ai cherché ensuite à m'en imposer à moi-même, en attribuant principalement cette impression à l'effet d'une tristesse locale. Le sol de Moudon est boisé et pittoresque, mais il n'y a point de lac. Je me décidai à rester le soir à Iverdun, espérant retrouver sur ces rives ce bien-être mêlé de tristesse que je préfère à la joie. La vallée est belle, et la ville est l'une des plus jolies de la Suisse. Malgré le pays, malgré le lac, malgré la beauté du jour, j'ai trouvé Iverdun plus triste que Moudon. Quels lieux me faudra-t-il donc ?

De Neuchâtel.

J'ai quitté ce matin Iverdun, jolie ville, agréable à d'autres yeux, et triste aux miens. Je ne sais pas bien encore ce qui peut la rendre telle pour moi ; mais je ne me suis point trouvé le même aujourd'hui. S'il fallait différer le choix d'un séjour tel que je le cherche, je me résoudrais plus volontiers à attendre un an près de Neuchâtel, qu'un mois près d'Iverdun.

De Saint-Blaise.

Je reviens d'une course dans le Val de Travers. C'est là que j'ai commencé à sentir dans quel pays je suis. Les bords du lac de Genève sont admirables sans doute, cependant il me semble que l'on pourrait trouver ailleurs les mêmes beautés, car pour les hommes, on voit d'abord qu'ils y sont comme dans les plaines, eux et ce qui les concerne*. Mais ce vallon, creusé dans le Jura, porte un caractère grand et simple ; il est sauvage et animé, il est à la fois paisible et romantique ; et quoiqu'il n'ait point de lac, il m'a plus frappé que les bords de Neuchâtel, et même de Genève. La terre paraît ici moins assujettie à l'homme, et l'homme moins abandonné à des convenances misérables. L'œil n'y est pas importuné sans cesse par des terres labourées, des vignes et des maisons de plaisance, trompeuses richesses de tant de pays malheureux. Mais de gros villages, mais des maisons de pierre, mais de la recherche, de la vanité, des titres, de l'esprit, de la causticité ! Où m'emportaient de vains rêves ? A chaque pas que l'on fait ici, l'illusion revient et s'éloigne ; à chaque pas on espère, on se décourage ; on est perpétuellement changé sur cette terre si différente et des autres et d'elle-même. Je vais dans les Alpes.

De Thiel.

J'allais à Vevay par Morat, et je ne croyais pas m'arrêter ici ; mais hier j'ai été frappé, à mon réveil,

* Ceci ne serait pas juste, si on l'entendait de la rive septentrionale tout entière.

du plus beau spectacle que l'aurore puisse produire dans une contrée dont la beauté particulière est pourtant plus riante qu'imposante. Cela m'a entraîné à passer ici quelques jours.

Ma fenêtre était restée ouverte la nuit, selon mon usage. Vers quatre heures je fus éveillé par l'éclat du jour, et par l'odeur des foins que l'on avait coupés pendant la fraîcheur, à la lumière de la lune. Je m'attendais à une vue ordinaire ; mais j'eus un instant d'étonnement. Les pluies du solstice avaient conservé l'abondance des eaux accrues précédemment par la fonte des neiges du Jura. L'espace entre le lac et la Thièle était inondé presque entièrement ; les parties les plus élevées formaient des pâturages isolés au milieu de ces plaines d'eau sillonnées par le vent frais du matin. On apercevait les vagues du lac que le vent poussait au loin sur la rive demi-submergée. Des chèvres, des vaches, et leur conducteur, qui tirait de son cornet des sons agrestes, passaient en ce moment sur une langue de terre restée à sec entre la plaine inondée et la Thièle. Des pierres placées aux endroits les plus difficiles soutenaient ou continuaient cette sorte de chaussée naturelle : on ne distinguait point le pâturage que ces dociles animaux devaient atteindre ; et à voir leur démarche lente et mal assurée, on eût dit qu'ils allaient s'avancer et se perdre dans le lac. Les hauteurs d'Anet, et les bois épais du Julemont, sortaient du sein des eaux comme une île encore sauvage et inhabitée. La chaîne montueuse du Vuilly bordait le lac à l'horizon. Vers le sud, l'étendue s'en prolongeait derrière les coteaux de Montmirail ; et par delà tous ces objets, soixante lieues de glaces séculaires imposaient à toute la contrée la majesté inimitable de ces traits hardis de la nature, qui font les lieux sublimes.

Je dînai avec le receveur du péage. Sa manière ne

me déplut pas. C'est un homme plus occupé de fumer et de boire que de haïr, de projeter, de s'affliger. Il me semble que j'aimerais assez dans les autres ces habitudes, que je ne prendrai point. Elles font échapper à l'ennui ; elles remplissent les heures, sans que l'on ait l'inquiétude de les remplir ; elles dispensent un homme de beaucoup de choses plus mauvaises, et mettent du moins à la place de ce calme du bonheur qu'on ne voit sur aucun front, celui d'une distraction suffisante qui concilie tout, et ne nuit qu'aux acquisitions de l'esprit.

Le soir je pris la clef pour rentrer pendant la nuit, et n'être point assujetti à l'heure. La lune n'était pas levée, je me promenais le long des eaux vertes de la Thièle. Mais me sentant disposé à rêver long-temps, et trouvant dans la chaleur de la nuit la facilité de la passer tout entière au dehors, je pris la route de Saint-Blaise. Je la quittai à un petit village nommé Marin, qui a le lac au sud ; je descendis une pente escarpée, et je me plaçai sur le sable où venaient expirer les vagues. L'air était calme, on n'apercevait aucune voile sur le lac. Tous reposaient, les uns dans l'oubli des travaux, d'autres dans celui des douleurs. La lune parut : je restai long-temps. Vers le matin, elle répandait sur les terres et sur les eaux l'ineffable mélancolie de ses dernières lueurs. La nature paraît bien grande lorsque, dans un long recueillement on entend le roulement des ondes sur la rive solitaire, dans le calme d'une nuit encore ardente et éclairée par la lune qui finit.

Indicible sensibilité, charme et tourment de nos vaines années ; vaste conscience d'une nature partout accablante et partout impénétrable, passion universelle, sagesse avancée, voluptueux abandon ; tout ce qu'un cœur mortel peut contenir de besoins et d'ennuis profonds, j'ai tout senti, tout éprouvé dans cette nuit mémorable. J'ai fait un pas sinistre vers l'âge d'affaiblissement ; j'ai dévoré dix années de ma vie. Heureux l'homme simple dont le cœur est toujours jeune !

Là, dans la paix de la nuit, j'interrogeai ma destinée incertaine, mon cœur agité, et cette nature inconcevable qui, contenant toutes choses, semble pourtant ne pas contenir ce que cherchent mes désirs. Qui suis-je donc ? me disais-je. Quel triste mélange d'affection universelle, et d'indifférence pour tous les objets de la vie positive. L'imagination me porte-t-elle à chercher, dans un ordre bizarre, des objets préférés par cela seul que leur existence chimérique, pouvant se modifier arbitrairement, se revêt à mes yeux de formes spécieuses, et d'une beauté pure et sans mélange plus fantastique encore ?

Ainsi, voyant dans les choses des rapports qui n'y sont guère, et cherchant toujours ce que je n'obtiendrai jamais, étranger dans la nature réelle, ridicule au milieu des hommes, je n'aurai que des affections vaines ; et soit que je vive selon moi-même, soit que je vive selon les hommes, je n'aurai dans l'oppression extérieure, ou dans ma propre contrainte, que l'éternel tourment d'une vie toujours réprimée et toujours misérable. Mais les écarts d'une imagination ardente et immodérée sont sans constance comme sans règle : jouet de ses passions mobiles et de leur ardeur aveugle et indomptée, un tel homme n'aura ni continuité dans ses goûts ni paix dans son cœur.

Que puis-je avoir de commun avec lui ? Tous mes goûts sont uniformes, tout ce que j'aime est facile et naturel : je ne veux que des habitudes simples, des amis paisibles, une vie toujours la même. Comment mes vœux seraient-ils désordonnés ? je n'y vois que le besoin, que le sentiment de l'harmonie et des convenances. Comment mes affections seraient-elles odieuses aux hommes ? je n'aime que ce que les meilleurs d'entre eux ont aimé ; je ne cherche rien aux dépens d'aucun d'eux ; je cherche ce que chacun peut avoir, ce qui est nécessaire aux besoins de tous, ce qui finirait leurs misères, ce qui rapproche, unit, console : je ne veux que la vie des peuples bons, ma paix dans la paix de tous *.

Je n'aime, il est vrai, que la nature ; mais c'est pour cela qu'en m'aimant moi-même je ne m'aime point exclusivement, et que les autres hommes sont encore, dans la nature, ce que j'en aime davantage. Un sentiment impérieux m'attache à toutes les impressions aimantes ; mon cœur plein de lui-même, de l'humanité, et de l'accord primitif des êtres, n'a jamais connu de passions personnelles ou irascibles. Je m'aime moi-même, mais c'est dans la nature, c'est dans l'ordre qu'elle veut, c'est en société avec l'homme qu'elle veut, c'est en société avec l'homme qu'elle fit, et d'accord avec l'universalité des choses. A la vérité, jusqu'à présent du moins, rien de ce qui existe n'a pleinement mon affection, et un vide inexprimable est la constante habitude de mon âme altérée. Mais tout ce que j'aime pourrait exister, la terre entière pourrait être selon mon cœur, sans que rien ne fût changé dans la nature ou dans l'homme lui-même, excepté les accidens éphémères de l'œuvre sociale.

Non, l'homme singulier n'est pas ainsi. Sa folie a des causes factices. Il ne se trouve point de suite ou d'ensemble dans ses affections ; et comme il n'y a d'erreur et de bizarreries que dans les innovations humaines, tous les objets de sa démence sont pris dans l'ordre des choses qui excite les passions immodérées

* Ses besoins ne seront pas toujours aussi simples, et ce sera peut-être parce qu'il n'aura pas eu cela qu'il voudra davantage.

des hommes, et l'industrieuse fermentation de leurs esprits toujours agités en sens contraires.

Pour moi, j'aime les choses existantes ; je les aime comme elles sont. Je ne désire, je ne cherche, je n'imagine rien hors de la nature. Loin que ma pensée divague et se porte sur des objets difficiles ou bizarres, éloignés ou extraordinaires, et qu'indifférent pour ce qui s'offre à moi, pour ce que la nature produit habituellement, j'aspire à ce qui m'est refusé, à des choses étrangères et rares, à des circonstances invraisemblables et à une destinée romanesque, je ne veux, au contraire, je ne demande à la nature et aux hommes, je ne demande pour ma vie entière que ce que la nature contient nécessairement, ce que les hommes doivent tous posséder, ce qui peut seul occuper nos jours et remplir nos cœurs, ce qui fait la vie.

Comme il ne me faut point des choses difficiles ou privilégiées, il ne me faut pas non plus des choses nouvelles, changeantes, multipliées. Ce qui m'a plu me plaira toujours ; ce qui a suffi à mes besoins leur suffira dans tous les temps. Le jour semblable au jour qui fut heureux est encore un jour heureux pour moi ; et comme les besoins positifs de ma nature sont toujours à peu près les mêmes, ne cherchant que ce qu'ils exigent, je désire toujours à peu près les mêmes choses. Si je suis satisfait aujourd'hui, je le serai toute ma vie ; et si mon sort est toujours le même, mes vœux toujours simples seront toujours remplis.

L'amour du pouvoir ou des richesses est presque aussi étranger à ma nature que l'envie, la vengeance ou les haines. Rien ne doit aliéner de moi les autres hommes ; je ne suis le rival d'aucun d'eux ; je ne puis pas plus les envier que les haïr ; je refuserais ce qui les passionne, je refuserais de triompher d'eux, et je ne veux pas même les surpasser en vertu. Je me repose dans ma bonté naturelle. Heureux qu'il ne me faille point d'efforts pour ne pas faire le mal, je ne me tourmenterai point sans nécessité; et pourvu que je sois homme de bien, je ne prétendrai pas être vertueux. Ce mérite est très-grand, mais j'ai le bonheur qu'il ne me soit pas indispensable, et je le leur abandonne : c'est détruire la seule rivalité qui pût subsister entre nous. Leurs vertus sont ambitieuses comme leurs passions; ils les étalent fastueusement; et ce qu'ils y cherchent surtout, c'est la primauté. Je ne suis point leur concurrent; je ne le serai pas même en cela. Que perdrai-je à leur abandonner cette supériorité ? Dans ce qu'ils appellent vertus, les unes, seules utiles, sont naturellement dans l'homme constitué comme je me trouve l'être, et comme je penserais volontiers que tout homme l'est primitivement; les autres, compliquées, difficiles, imposantes et superbes, ne dérivent point immédiatement de la nature de l'homme : c'est pour cela que je les trouve ou fausses ou vaines, et que je suis peu curieux d'en obtenir le mérite, au moins incertain. Je n'ai pas besoin d'efforts pour atteindre à ce qui est dans ma nature, et je n'en veux point faire pour parvenir à ce qui lui est contraire. Ma raison le repousse, et me dit que, dans moi du moins, ces vertus fastueuses seraient des altérations et un commencement de déviation.

Le seul effort que l'amour du bien exige de moi, c'est une vigilance soutenue, qui ne permette jamais aux maximes de notre fausse morale de s'introduire dans une âme trop droite pour les parer de beaux dehors, et trop simple pour les contenir. Telle est la vertu que je me dois à moi-même, et le devoir que je m'impose. Je sens irrésistiblement que mes penchans sont naturels : il ne me reste qu'à m'observer bien moi-même pour écarter de cette direction générale toute impulsion particulière qui pourrait s'y mêler, pour me conserver toujours simple et toujours droit, au milieu des perpétuelles altérations et des bouleversemens que peuvent me préparer l'oppression d'un sort précaire et les subversions de tant de choses mobiles. Je dois rester, quoi qu'il arrive, toujours le même et toujours moi, non pas précisément tel que je suis dans des habitudes contraires à mes besoins, mais tel que je me sens, tel que je veux être, tel que je suis dans cette vie intérieure, seul asile de mes tristes affections.

Je m'interrogerai, je m'observerai, je sonderai ce cœur naturellement vrai et aimant, mais que tant de dégoûts peuvent avoir déjà rebuté. Je déterminerai ce que je suis, je veux dire ce que je dois être ; et cet état une fois bien connu, je m'efforcerai de le conserver toute ma vie, convaincu que rien de ce qui m'est naturel n'est dangereux ou condamnable, persuadé que l'on n'est jamais bien que quand on est selon sa nature, et décidé à ne jamais réprimer en moi que ce qui tendrait à altérer ma forme originelle.

J'ai connu l'enthousiasme des vertus difficiles ; dans ma superbe erreur, je pensais remplacer tous les mobiles de la vie sociale par ce mobile aussi illusoire *. Ma fermeté stoïque bravait le malheur comme les passions ; et je me tenais assuré d'être le plus heureux

* Appliquer à la sagesse cette idée que tout est vanité, n'est-ce pas, pourra-t-on dire, la pousser jusqu'à l'exagération ?

On entend par sagesse cette doctrine des sages, qui est magnanime et pourtant vaine, au moins dans un sens. Quant au moyen raisonné de passer ses jours en recevant et en produisant le plus de bien possible, on ne peut en effet l'accuser de vanité. La vraie sagesse a pour objet l'emploi de la vie, l'amélioration de notre existence ; et cette existence étant tout, quelque peu durable, quelque peu importante même qu'on la puisse supposer, il est évident que ce n'est point dans cette sagesse-là qu'Obermann trouve de l'erreur et de la vanité.

des hommes, si j'en étais le plus vertueux. L'illusion a duré près d'un mois dans sa force ; un seul incident l'a dissipée. C'est alors que toute l'amertume d'une vie décolorée et fugitive vint remplir mon âme dans l'abandon du dernier prestige qui l'abusât. Depuis ce moment, je ne prétends plus employer ma vie, je cherche seulement à la remplir ; je ne veux plus en jouir, mais seulement la tolérer ; je n'exige point qu'elle soit vertueuse, mais qu'elle ne soit jamais coupable.

Et cela même, où l'espérer, où l'obtenir ? Où trouver des jours commodes, simples, occupés, uniformes ? Où fuir le malheur ? Je ne veux que cela. Mais quelle destinée que celle où les douleurs restent, où les plaisirs ne sont plus ! Peut-être quelques jours paisibles me seront-ils donnés ; mais plus de charme, plus d'ivresse, jamais un moment de pure joie ; jamais ! et je n'ai pas vingt-un ans ! et je suis né sensible, ardent ! et je n'ai jamais joui ! et après la mort....... Rien non plus dans la vie ; rien dans la nature....... Je ne pleurai point ; je n'ai plus de larmes. Je sentis que je me refroidissais ; je me levai, je marchai, et le mouvement me fut utile.

Insensiblement je revins à ma première recherche. Comment me fixer ? le puis-je ? et quel lieu choisirai-je ? Comment, parmi les hommes, vivre autrement qu'eux ; ou comment vivre loin d'eux sur cette terre dont ils fatiguent les derniers recoins ? Ce n'est qu'avec de l'argent que l'on peut obtenir même ce que l'argent ne paie pas, et que l'on peut éviter ce qu'il procure. La fortune que je pouvais attendre se détruit. Le peu que je possède maintenant devient incertain. Mon absence achèvera peut-être de tout perdre ; et je ne suis point d'un caractère à me faire un sort nouveau. Je crois qu'il faut en cela laisser aller les choses. Ma situation tient à des circonstances dont les résultats sont encore éloignés. Il n'est pas certain que, même en sacrifiant les années présentes, je trouvasse les moyens de disposer à mon gré l'avenir. J'attendrai ; je ne veux pas écouter une prudence inutile, qui me livrerait de nouveau à des ennuis devenus intolérables. Mais il m'est impossible maintenant de m'arranger pour toujours, et de prendre une position fixe et une manière de vivre qui ne change plus. Il faut bien différer, et long-temps peut-être : ainsi se passe la vie ! Il faut livrer des années encore aux caprices du sort, à l'enchaînement des circonstances, à de prétendues convenances. Je vais vivre comme au hasard, et sans plan déterminé, en attendant le moment où je pourrai suivre le seul qui me convienne. Heureux si dans le temps que j'abandonne, je parviens à préparer un temps meilleur ; si je puis choisir, pour ma vie future, les lieux, la manière, les habitudes, régler mes affections, me réprimer, et retenir dans l'isolement et dans les bornes d'une nécessité accidentelle ce cœur avide et simple, à qui rien ne sera donné ; si je puis lui apprendre à s'alimenter lui-même dans son dénûment, à reposer dans le vide, à rester calme dans ce silence odieux, à subsister dans une nature muette.

Vous qui me connaissez, qui m'entendez, mais qui, plus heureux peut-être et plus sage, cédez sans impatience aux habitudes de la vie, vous savez quels sont en moi, dans l'éloignement où nous sommes destinés à vivre, les besoins qui ne peuvent être satisfaits. Il est une chose qui me console, c'est de vous avoir : ce sentiment ne cessera point. Mais nous nous le sommes toujours dit, il faut que mon ami sente comme moi ; il faut que notre destinée soit la même ; il faut qu'on puisse passer ensemble sa vie. Combien de fois j'ai regretté que nous ne fussions pas ainsi l'un à l'autre ! Avec qui l'intimité sans réserve pourra-t-elle m'être aussi douce, m'être aussi naturelle ? N'avez-vous pas été jusqu'à présent ma seule habitude ? Vous connaissez ce mot admirable : *Est aliquid sacri in antiquis necessitudinibus.* Je suis fâché qu'il n'ait pas été dit par Épicure, ou même par Léontium, plutôt que par un orateur * [1]. Vous êtes le point où j'aime à me reposer dans l'inquiétude qui m'égare, où j'aime à revenir lorsque j'ai parcouru toutes choses, et que je me suis trouvé seul dans le monde. Si nous vivions ensemble, si nous nous suffisions, je m'arrêterais là, je connaîtrais le repos, je ferais quelque chose sur la terre, et ma vie commencerait. Mais il faut que j'attende, que je cherche, que je me hâte vers l'inconnu, et que, sans savoir où je vais, je fuie le présent comme si j'avais quelque espoir dans l'avenir.

Vous excusez mon départ ; vous le justifiez même ; et cependant, indulgent avec des étrangers, vous n'oubliez pas que l'amitié demande une justice plus austère. Vous avez raison, il le fallait ; c'est la force des

* Cicéron ne fut point un homme ordinaire, il fut même un grand homme ; il eut de très-grandes qualités et de très-grands talens ; il remplit un beau rôle ; il écrivit très-bien sur les matières philosophiques : mais je ne vois pas qu'il ait eu l'âme d'un sage. Obermann n'aimait point qu'on en eût seulement la plume. Il trouvait d'ailleurs qu'un homme d'état rencontre l'occasion de se montrer tout ce qu'il est ; il croyait encore qu'un homme d'état peut faire des fautes, mais ne peut pas être faible ; qu'un père de la patrie n'a pas besoin de flatter ; que la vanité est quelquefois la ressource presque inévitable de ceux qui restent inconnus, mais qu'autrement on ne peut en avoir que par petitesse d'âme. Je le soupçonne aussi de ne point aimer qu'un consul de Rome pleure *plurimis lacrymis,* parce que madame son épouse est obligée de changer de demeure. Voilà probablement sa manière de penser sur cet orateur, dont le génie n'était peut-être pas aussi grand que les talens. Au reste, en interprétant son sentiment d'après la manière de voir que ses lettres annoncent, je crains de me tromper, car je m'aperçois que je lui prête tout-à-fait le mien. Je suis bien aise que l'auteur de *De Officiis* ait réussi dans l'affaire de Catilina ; mais je voudrais qu'il eût été grand dans ses revers.

choses. Je ne vois qu'avec une sorte d'indignation cette vie ridicule que j'ai quittée ; mais je ne m'en impose pas sur celle que j'attends. Je ne commence qu'avec effroi des années pleines d'incertitudes, et je trouve quelque chose de sinistre à ce nuage épais qui reste devant moi.

LETTRE V

Saint-Maurice, 18 août, I.

J'attendais pour vous écrire que j'eusse un séjour fixe. Enfin je suis décidé ; je passerai l'hiver ici. Je ferai auparavant des courses peu considérables ; mais dès que l'automne sera avancée, je ne me déplacerai plus.

Je devais traverser le canton de Fribourg, et entrer dans le Valais par les montagnes ; mais les pluies m'ont forcé de me rendre à Vevay, par Payerne et Lausanne. Le temps était remis lorsque j'entrai à Vevay ; mais quelque temps qu'il eût fait, je n'eusse pu me résoudre à continuer ma route en voiture. Entre Lausanne et Vevay le chemin s'élève et s'abaisse continuellement, presque toujours à mi-côte, entre des vignobles assez ennuyeux à mon avis dans une telle contrée. Mais Vevay, Clarens, Chillon, les trois lieues depuis Saint-Saphorien[1] jusqu'à Villeneuve, surpassent ce que j'ai vu jusqu'ici. C'est du côté de Rolle qu'on admire le lac de Genève ; pour moi je ne veux pas en décider, mais c'est à Vevay, à Chillon surtout, que je le trouve dans toute sa beauté. Que n'y a-t-il dans cet admirable bassin, à la vue de la dent de Jamant, de l'aiguille du Midi et des neiges du Velan, là devant les rochers de Meillerie, un sommet sortant des eaux, une île escarpée, bien ombragée, de difficile accès ; et, dans cette île, deux maisons, trois au plus ! Je n'irais pas plus loin. Pourquoi la nature ne contient-elle presque jamais ce que notre imagination compose pour nos besoins ? Ne serait-ce point que les hommes nous réduisent à imaginer, à vouloir ce que la nature ne forme pas ordinairement ; et que, si elle se trouve l'avoir préparé quelque part, ils le détruisent bientôt ?

J'ai couché à Villeneuve, lieu triste dans un aussi beau pays. J'ai parcouru, avant la chaleur du jour, les collines boisées de Saint-Tryphon, et les vergers continuels qui remplissent la vallée jusqu'à Bex. Je marchais entre deux chaînes d'Alpes d'une grande hauteur ; au milieu de leurs neiges, je suivais une route unie le long d'un pays abondant, qui semble avoir été, dans des temps reculés, presque entièrement couvert par les eaux.

La vallée où coule le Rhône depuis Martigny jusqu'au lac est coupée, à peu près au milieu, par des rochers couverts de pâturages et de forêts, qui forment les premiers gradins des dents de Morcle et du Midi, et qui ne sont séparés que par le lit du fleuve. Vers le nord, ces rocs sont en partie couverts de bois de châtaigniers surmontés par des sapins. C'est dans ces lieux un peu sauvages qu'est ma demeure sur la base de l'aiguille du Midi. Cette cime est l'une des plus belles des Alpes : elle en est aussi l'une des plus élevées, si l'on ne considère pas uniquement sa hauteur absolue, mais aussi son élévation visible, et l'amphithéâtre si bien ménagé qui développe toute la majesté de ses formes. De tous les sommets dont des calculs trigonométriques ou les estimations du baromètre ont déterminé la hauteur, je n'en vois aucun, d'après le simple aperçu des cartes et l'écoulement des eaux, dont la base soit assise dans des vallées aussi profondes ; je me crois fondé à lui donner une élévation apparente à peu près aussi grande qu'à aucun autre sommet de l'Europe.

A la vue de ces gorges habitées, fertiles, et pourtant sauvages, je quittai la route d'Italie, qui se détourne en cet endroit pour passer à Bex, et me dirigeant vers le pont du Rhône, je pris des sentiers à travers des prés tels que nos peintres n'en font guère. Le pont, le château et le cours du Rhône, en cet endroit, forment un coup d'œil très pittoresque ; quant à la ville, je n'y vis de remarquable qu'une sorte de simplicité. Le site est un peu triste, mais de la tristesse que j'aime. Les montagnes sont belles, la vallée est unie ; les rochers touchent la ville et semblent la couvrir ; le sourd roulement du Rhône remplit de mélancolie cette terre comme séparée du globe, et qui paraît creusée et fermée de toutes parts. Peuplée et cultivée, elle semble pourtant affligée ou embellie de toute l'austérité des déserts, lorsque des nuages noirs l'obscurcissent, roulent sur les flancs des montagnes, en brunissent les sombres sapins, se rapprochent, s'entassent, et s'arrêtent immobiles comme un toit ténébreux : ou lorsque, dans un jour sans nuages, l'ardeur du soleil s'y concentre, en fait fermenter les vapeurs invisibles, agite d'une ardeur importune ce qui respire sous le ciel aride, et fait de cette solitude trop belle un amer abandon.

Les pluies froides que je venais d'éprouver en passant le Jorat, qui n'est qu'une butte auprès des Alpes, et les neiges dont j'ai vu se blanchir alors les monts de la Savoie, au milieu de l'été, m'ont fait penser plus sérieusement à la rigueur, et plus encore à la durée des hivers dans la partie élevée de la Suisse. Je désirais réunir les beautés des montagnes et la température des plaines. J'espérais trouver dans les hautes vallées quelques pentes exposées au midi, précaution bonne pour les beaux froids, mais très-peu suffisante contre les mois nébuleux, et surtout contre la lenteur du printemps. Décidé pourtant à ne point vivre ici dans les villes, je me croyais bien dédommagé de ces inconvéniens si je pouvais avoir pour hôtes de bons montagnards, dans une simple vacherie, à l'abri des vents froids, près d'un torrent, dans les pâturages et les sapins toujours verts.

L'événement en a décidé autrement. J'ai trouvé ici un climat doux ; non pas dans les montagnes, à la vérité, mais entre les montagnes. Je me suis laissé entraîner à rester près de Saint-Maurice. Je ne vous dirai point comment cela s'est fait, et je serais très-embarrassé s'il fallait que je m'en rendisse compte.

Ce que vous pourrez d'abord trouver bizarre, c'est que l'ennui profond que j'ai éprouvé ici pendant quatre jours pluvieux a beaucoup contribué à m'y arrêter. Le découragement m'a pris ; j'ai craint pour l'hiver, non pas l'ennui de la solitude, mais l'ennui de la neige. Du reste j'ai été décidé involontairement, sans choix, et par une sorte d'instinct qui semblait me dire que tel était ce qui arriverait.

Quand on vit que je songeais à m'arrêter dans le pays, plusieurs personnes me témoignèrent de l'empressement d'une manière obligeante et simple. Le propriétaire d'une maison fort jolie et voisine de la ville fut le seul avec qui je me liai. Il me pressa d'habiter sa campagne, ou de choisir entre d'autres, dont il me parla, et qui appartenaient à ses amis. Mais je voulais une situation pittoresque, et une maison où je fusse seul. Heureusement je sentis à temps que, si j'allais voir ces diverses demeures, je me laisserais engager par complaisance, ou par faiblesse, à en prendre une, quand même elles seraient toutes fort éloignées de ce que désirais. Alors le regret d'un mauvais choix ne m'aurait laissé d'autre parti honnête à prendre que de quitter tout-à-fait l'endroit. Je lui dis franchement mes motifs, et il me parut les goûter assez. Je me mis à parcourir les environs, à visiter les sites qui me plaisaient davantage, et à chercher une demeure au hasard, sans m'informer même s'il y en avait dans ces endroits-là.

Je cherchais depuis deux jours; et c'était dans un pays où, près de la ville, on trouve des lieux reculés comme au fond des déserts, et où par conséquent je n'avais destiné que trois jours à des recherches que je ne voulais pas étendre au loin. J'avais vu beaucoup d'habitations dans des lieux qui ne me convenaient point, et plusieurs sites heureux sans bâtimens, ou dont les maisons de pierre et de construction misérable commençaient à me faire renoncer à mon projet, lorsque j'aperçus un peu de fumée derrière de nombreux châtaigniers.

Les eaux, l'épaisseur des ombrages, la solitude des prés de toute cette pente, me plaisaient beaucoup; mais elle est inclinée vers le nord, et comme je voulais une exposition plus favorable, je ne m'y serais pas arrêté sans cette fumée. Après avoir fait bien des détours, après avoir passé des ruisseaux rapides, je parvins à une maison isolée à l'entrée des bois et dans les prés les plus solitaires. Un logement passable, une grange en bois, un potager fermé d'un large ruisseau, deux fontaines d'une bonne eau, quelques rocs, le bruit des torrens, la terre partout inclinée, des haies vives, une végétation abondante, un pré universel prolongé sous les hêtres épars et sous les châtaigniers jusqu'aux sapins de la montagne : tel est Charrières[2]. Dès le même soir, je pris des arrangemens avec le fermier; puis j'allai voir le propriétaire, qui demeure à Montey, une demi-lieue plus loin. Il me fit les offres les plus obligeantes. Nous convînmes aussitôt, mais d'une manière moins favorable pour moi que sa première proposition. Ce qu'il voulait d'abord n'eût pu être accepté que par un ami ; et ce qu'il me força d'accepter eût paru généreux de la part d'une ancienne connaissance. Il faut que cette manière d'agir soit naturelle dans quelques lieux, surtout dans certaines familles. Lorsque j'en parlai dans la sienne à Saint-Maurice, je ne vis point que cela surprît personne.

Je veux jouir de Charrières avant l'hiver. Je veux y être pour la récolte des châtaignes, et j'ai bien résolu de ne pas perdre la tranquille automne.

Dans vingt jours je prends possession de la maison, de la châtaigneraie, d'une partie des prés et des vergers. Je laisse au fermier l'autre partie des pâturages et des fruits, le jardin potager, l'endroit destiné au chanvre, et surtout le terrain labouré.

Le ruisseau traverse circulairement la partie que je me suis réservée. Ce sont les plus mauvaises terres, mais les plus beaux ombrages et les recoins les plus solitaires. La mousse y nuit à la récolte des foins ; les châtaigniers, trop pressés, y donnent peu de fruits ; l'on n'y a ménagé aucune vue sur la longue vallée du Rhône ; tout y est sauvage et abandonné ; on n'a pas même débarrassé un endroit resserré entre les rocs, où les arbres, renversés par le vent et consumés de vétusté, arrêtent la vase et forment une sorte de digue ; des aunes et des coudriers y prirent racine, et rendent ce passage impénétrable. Cependant le ruisseau filtre à travers ces débris ; il en sort tout rempli d'écume pour former un bassin naturel d'une grande pureté. De là il s'échappe entre les rocs ; il roule sur la mousse ses flots précipités ; et beaucoup plus bas, il ralentit son cours, quitte les ombrages, et passe devant la maison sous un pont de trois planches de sapin.

On dit que les loups, chassés par l'abondance des neiges, descendent, en hiver, chercher jusque là les os et les restes des viandes qu'il faut à l'homme même dans les vallées pastorales. La crainte de ces animaux a long-temps laissé cette demeure inhabitée. Pour moi, ce n'est pas ce que j'y craindrai. Que l'homme me laisse libre, du moins près de leurs antres !

LETTRE VI

Saint-Maurice, 26 août, I.

Un instant peut changer nos affections, mais ces instans sont rares.

C'était hier : j'ai remis au lendemain pour vous écrire ; je ne voulais pas que ce trouble passât si vite. J'ai senti que je touchais à quelque chose. J'avais comme de la joie, je me suis laissé aller ; il est toujours bon de savoir ce que c'est.

N'allez pas rire de moi, parce que j'ai fait tout un jour comme si je perdais la raison. Il s'en est peu fallu, je vous assure, que je fusse assez simple pour ne pas soutenir ma folie un quart d'heure.

J'entrais à Saint-Maurice. Une voiture de voyage allait au pas, et plusieurs personnes descendaient aussi le pont. Vous savez déjà que de ce nombre était une femme. Mon habillement français me fit apparemment remarquer ; je fus salué. Sa bouche est ronde ; son regard... Pour sa taille, pour tout le reste, je ne le sais pas plus que je ne sais son âge : je ne m'inquiète pas de cela ; il se peut même qu'elle ne soit pas très-jolie.

Je n'ai point examiné dans quelle auberge ils allaient, mais je suis resté à Saint-Maurice. Je crois que l'aubergiste (c'est chez lui que je vais toujours) m'aura mis à la même table parce qu'ils sont Français : il me semble qu'il me l'a proposé. Vous pensez bien que je n'ai pas fait chercher quelque chose de délicat pour le dessert afin de lui en offrir.

J'ai passé le reste de la journée près du Rhône. Ils doivent être partis ce matin ; ils vont jusqu'à Sion : c'est le chemin de Leuck, où l'un des voyageurs va prendre les bains. On dit que la route est belle.

C'est une chose étonnante que l'accablement où un homme qui a quelque force laisse consumer sa vie, pendant qu'il faut si peu pour le tirer de sa léthargie.

Croyez-vous qu'un homme qui achève son âge sans avoir aimé soit vraiment entré dans les mystères de la vie, que son cœur lui soit bien connu, et que l'étendue de son existence lui soit dévoilée ? Il me semble qu'il est resté comme en suspens, et qu'il n'a vu que de loin ce que le monde aurait été pour lui.

Je ne me tais pas avec vous, parce que vous ne direz point : Le voilà amoureux. Jamais ce sot mot, qui rend ridicule celui qui le dit ou celui de qui on le dit, ne sera dit de moi, je l'espère, par d'autres que par des sots.

Quand deux verres de punch ont écarté nos défiances, ont pressé nos idées dans cette impulsion qui nous soutient, nous croyons que désormais nous allons avoir plus de force dans le caractère et vivre plus libres ; mais le lendemain matin nous nous ennuyons un peu plus.

Si le temps n'était pas à l'orage, je ne sais comment je passerais la journée ; mais le tonnerre retentit déjà dans les rochers, le vent devient très-violent : j'aime beaucoup tout ce mouvement des airs. S'il pleut l'après-midi, il y aura de la fraîcheur, et du moins je pourrai lire auprès du feu.

Le courrier qui va arriver dans une heure doit m'apporter des livres de Lausanne, où je suis abonné ; mais s'il m'oublie, je ferai mieux, et le temps se trouvera passé de même : je vous écrirai, pourvu que j'aie seulement le courage de commencer.

LETTRE VII

Saint-Maurice, 3 septembre, I.

J'ai été jusqu'à la région des glaces perpétuelles, sur la dent du Midi. Avant que le soleil parût dans la vallée, j'étais déjà parvenu sur le massif de roc qui domine la ville, et je traversais le replain * en partie cultivé qui le couvre. Je continuai par une pente rapide, à travers d'épaisses forêts de sapins, dont plusieurs parties furent couchées par d'anciens hivers : ruines fécondes, vastes et confus amas d'une végétation morte et reproduite de ses vieux débris. A huit heures, j'atteignis au sommet découvert qui surmonte cette pente, et qui forme le premier degré remarquable de la masse étonnante dont la cime restait encore si loin de moi. Alors je renvoyai mon guide, je m'essayai avec mes propres forces ; je voulais que rien de mercenaire n'altérât cette liberté alpestre, et que nul homme de la plaine n'affaiblît l'austérité d'une région sauvage. Je sentis s'agrandir mon être ainsi livré seul aux obstacles et aux dangers d'une nature difficile, loin des entraves factices et de l'industrieuse oppression des hommes.

Je voyais avec une sorte de fermeté voluptueuse s'éloigner rapidement le seul homme que je dusse trouver dans ces vastes précipices. Je laissai à terre montre, argent, tout ce qui était sur moi, et à peu près tous mes vêtemens, et je m'éloignai sans prendre soin de les cacher. Ainsi, direz-vous, le premier acte de

* Ce mot, qu'il serait difficile de remplacer par une expression aussi juste, a été adopté ici apparemment pour cette raison : comme il est usité dans les Alpes, je ne l'ai point changé.

mon indépendance fut au moins une bizarrerie, et je ressemblai à ces enfans trop contraints, qui ne font que des étourderies lorsqu'on les laisse à eux-mêmes. Je conviens qu'il y eut bien quelque puérilité dans mon empressement de tout abandonner, dans mon accoutrement nouveau ; mais enfin, j'en marchais plus à mon aise, et tenant le plus souvent entre les dents la branche que j'avais coupée pour m'aider dans les descentes, je me mis à gravir avec les mains la crête des rocs qui joint ce sommet secondaire à la masse principale. Plusieurs fois je me traînai entre deux abîmes dont je n'apercevais pas le fond. Je parvins ainsi jusqu'aux granits.

Mon guide m'avait dit que je ne pourrais pas m'élever davantage. Je fus en effet arrêté long-temps ; mais enfin je trouvai, en redescendant un peu, des passages plus praticables, et les gravissant avec l'audace d'un montagnard, j'arrivai à une sorte de bassin rempli d'une neige glacée et encroûtée que les étés n'ont jamais fondue. Je montai encore beaucoup ; mais, parvenu au pied du pic le plus élevé de toute la dent, je ne pus atteindre [à] la pointe dont l'escarpement se trouvait à peine incliné, et qui m'a paru surpasser d'environ cinq cents pieds le point où j'étais.

Quoique j'eusse traversé peu de neiges, comme je n'avais pris aucunes précautions contre elles, mes yeux fatigués de leur éclat, et brûlés par la réflexion du soleil de midi sur leur surface glacée, ne purent bien discerner les objets. D'ailleurs beaucoup des sommets que j'apercevais me sont inconnus : je n'ai pu être certain que des plus remarquables. Depuis que je suis en Suisse, je ne lis que de Saussure, Bourrit, Tableau de la Suisse[1], etc., mais je suis encore fort étranger dans les Alpes. Je n'ai pu néanmoins méconnaître la cime colossale du mont Blanc, qui s'élevait sensiblement au-dessus de moi ; celle du Velan ; une autre plus éloignée, mais plus haute que je suppose être le mont Rosa ; et la dent de Morcle, de l'autre côté de la vallée, vis-à-vis, près de moi, mais plus bas, par-delà les abîmes. Le bloc que je ne pouvais escalader nuisait beaucoup à la partie la plus frappante peut-être de cette vaste perspective. C'est derrière lui que s'étendaient les longues profondeurs du Valais, bordées de l'un et de l'autre côté par les glaciers de Sanetz, de Lauter-Brunnen et des Pennines, et terminées par les dômes du Gothard et du Titlis, les neiges de la Furca, les pyramides du Schreckhorn et du Finster-aarhorn.

Mais cette vue des sommets abaissés sous les pieds de l'homme, cette vue si grande, si imposante, si éloignée de la monotone nullité du paysage des plaines, n'était pas encore ce que je cherchais dans la nature libre, dans l'immobilité silencieuse, dans l'air pur. Sur les terres basses, c'est une nécessité que l'homme naturel soit sans cesse altéré, en respirant cette atmosphère sociale si épaisse, si orageuse, si pleine de fermentation, toujours ébranlée par le bruit des arts, le fracas des plaisirs ostensibles, les cris de la haine et les perpétuels gémissemens de l'anxiété et des douleurs. Mais là, sur ces monts déserts, où le ciel est immense, où l'air est plus fixe, et les temps moins rapides, et la vie plus permanente ; là, la nature entière exprime éloquemment un ordre plus grand, une harmonie plus visible, un ensemble éternel. Là, l'homme retrouve sa forme altérable, mais indestructible ; il respire l'air sauvage loin des émanations sociales ; son être est à lui comme à l'univers : il vit d'une vie réelle dans l'unité sublime.

Voilà ce que je voulais éprouver, ce que je cherchais du moins. Incertain de moi-même dans l'ordre de choses arrangé à grands frais par d'ingénieux enfans *, je montai demander à la nature pourquoi je suis mal au milieu d'eux. Je voulais savoir enfin si mon existence est étrangère dans l'ordre humain, ou si l'ordre social actuel s'éloigne de l'harmonie éternelle, comme une sorte d'irrégularité ou d'exception accidentelle dans le mouvement du monde. Enfin je crois être sûr de moi. Il est des momens qui dissipent la défiance, les préventions, les incertitudes, et où l'on connaît ce qui est, par une impérieuse et inébranlable conviction.

Qu'il en soit donc ainsi. Je vivrai misérable et presque ridicule sur une terre assujettie aux caprices de ce monde éphémère ; opposant à mes ennuis cette conviction qui me place intérieurement auprès de l'homme tel qu'il serait. Et s'il se rencontre quelqu'un d'un caractère assez peu flexible pour que son être, formé sur le modèle antérieur, ne puisse être livré aux empreintes sociales, si, dis-je, le hasard me fait rencontrer un tel homme, nous nous entendrons ; il me restera ; je serai à lui pour toujours ; nous reporterons l'un vers l'autre nos rapports avec le reste du monde ; et quittés des autres hommes, dont nous plaindrons les vains besoins, nous suivrons, s'il se peut, une vie plus naturelle, plus égale. Cependant qui pourra dire si elle serait plus heureuse, sans accord

* Jeune homme qui sentez comme lui, ne décidez point que vous sentirez toujours de même. Vous ne changerez pas, mais les temps vous calmeront : vous mettrez ce qui est à la place de ce que vous aimiez. Vous vous lasserez ; vous voudrez une vie commode : ce consentement est très-commode. Vous direz : si l'espèce subsiste, chaque individu ne faisant que passer, c'est peu la peine qu'il raisonne pour lui-même et qu'il s'inquiète. Vous chercherez des délassemens ; vous vous mettrez à table, vous verrez le côté bizarre de chaque chose, vous sourirez dans l'intimité. Vous trouverez une sorte de mollesse assez heureuse dans votre ennui même, et vous passerez en oubliant que vous n'avez pas vécu. Plusieurs ont enfin passé de même.

avec les choses, et passée au milieu des peuples souffrans ?

Je ne saurais vous donner une idée juste de ce monde nouveau, ni exprimer la permanence des monts dans une langue des plaines. Les heures m'y semblaient à la fois et plus tranquilles et plus fécondes, et comme si le roulement des astres eût été ralenti dans le calme universel, je trouvais dans la lenteur et l'énergie de ma pensée une succession que rien ne précipitait et qui pourtant devançait son cours habituel. Quand je voulus estimer sa durée, je vis que le soleil ne l'avait pas suivie ; et je jugeai que le sentiment de l'existence est réellement plus pesant et plus stérile dans l'agitation des terres humaines. Je vis que malgré la lenteur des mouvemens apparens, c'est dans les montagnes, sur leurs cimes paisibles, que la pensée, moins pressée, est plus véritablement active. L'homme des vallées consume, sans en jouir, sa durée inquiète et irritable ; semblable à ces insectes toujours mobiles qui perdent leurs efforts en vaines oscillations, et que d'autres, aussi faibles, mais plus tranquilles, laissent derrière eux dans leur marche directe et toujours soutenue[2].

La journée était ardente, l'horizon fumeux, et les vallées vaporeuses. L'éclat des glaces remplissait l'atmosphère inférieure de leurs reflets lumineux ; mais une pureté inconnue semblait essentielle à l'air que je respirais. A cette hauteur, nulle exhalaison des lieux bas, nul accident de lumière ne troublaient, ne divisaient la vague et sombre profondeur des cieux. Leur couleur apparente n'était plus ce bleu pâle et éclairé, doux revêtement des plaines, agréable et délicat mélange qui forme à la terre habitée une enceinte visible où l'œil se repose et s'arrête. Là l'éther indiscernable laissait la vue se perdre dans l'immensité sans bornes ; au milieu de l'éclat du soleil et des glaciers, chercher d'autres mondes et d'autres soleils comme sous le vaste ciel des nuits ; et par-dessus l'atmosphère embrasée des feux du jour, pénétrer un univers nocturne.

Insensiblement des vapeurs s'élevèrent des glaciers et formèrent des nuages sous mes pieds. L'éclat des neiges ne fatigua plus mes yeux, et le ciel devint plus sombre encore et plus profond. Un brouillard couvrit les Alpes ; quelques pics isolés sortaient seuls de cet océan de vapeurs ; des filets de neige éclatante retenus dans les fentes de leurs aspérités, rendaient le granit plus noir et plus sévère. Le dôme neigeux du mont Blanc élevait sa masse inébranlable sur cette mer grise et mobile, sur ces brumes amoncelées que le vent creusait et soulevait en ondes immenses[3]. Un point noir parut dans leurs abîmes ; il s'éleva rapidement, il vint droit à moi ; c'était le puissant aigle des Alpes, ses ailes étaient humides et son œil farouche ; il cherchait une proie, mais à la vue d'un homme il se mit à fuir avec un cri sinistre, il disparut en se précipitant dans les nuages[4]. Ce cri fut vingt fois répété ; mais par des sons secs, sans aucun prolongement, semblables à autant de cris isolés dans le silence universel. Puis tout rentra dans un calme absolu ; comme si le son lui-même eût cessé d'être, et que la propriété des corps sonores eût été effacée de l'univers. Jamais le silence n'a été connu dans les vallées tumultueuses ; ce n'est que sur les cimes froides que règne cette immobilité, cette solennelle permanence que nulle langue n'exprimera, que l'imagination n'atteindra pas. Sans les souvenirs apportés des plaines, l'homme ne pourrait croire qu'il soit hors de lui quelque mouvement dans la nature ; le cours des astres lui serait inexplicable ; et jusqu'aux variations des vapeurs, tout lui semblerait subsister dans le changement même. Chaque moment présent lui paraissant continu, il aurait la certitude sans avoir jamais le sentiment de la succession des choses ; et les perpétuelles mutations de l'univers seraient à sa pensée un mystère impénétrable.

Je voudrais avoir conservé des traces plus sûres non pas de mes sensations générales dans ces contrées muettes, elles ne seront point oubliées, mais des idées qu'elles amenèrent et dont ma mémoire n'a presque rien gardé. Dans des lieux si différens, l'imagination peut à peine rappeler un ordre de pensées que semblent repousser tous les objets présens. Il eût fallu écrire ce que j'éprouvais ; mais alors j'eusse bientôt cessé de sentir d'une manière extraordinaire. Il y a dans ce soin de conserver sa pensée pour la retrouver ailleurs, quelque chose de servile, et qui tient aux soins d'une vie dépendante. Ce n'est pas dans les momens d'énergie que l'on s'occupe des autres temps ou des autres hommes : on ne penserait pas alors pour des convenances factices, pour la renommée, ou même pour l'utilité publique. On est plus naturel, on ne pense pas même pour user du moment présent ; on ne commande pas à ses idées, on ne veut pas réfléchir, on ne demande pas à son esprit d'approfondir une matière, de découvrir des choses cachées, de trouver ce qui n'a pas été dit. La pensée n'est pas active et réglée, mais passive ou libre : on songe, on s'abandonne ; on est profond sans esprit, grand sans enthousiasme, énergique sans volonté ; on rêve, on ne médite point. Ne soyez pas surpris que je n'aie rien à vous dire après avoir eu, pendant plus de six heures, des sensations et des idées que ma vie entière ne ramènera peut-être pas. Vous savez comment fut trompée l'attente de ces hommes du Dauphiné qui herborisaient avec Jean-Jacques. Ils parvinrent à un sommet dont la position était propre à échauffer un génie poétique : ils attendaient un beau morceau d'éloquence ; l'auteur de Julie s'assit à terre, se mit à jouer avec quelques brins d'herbe, et ne dit mot.

Il pouvait être cinq heures lorsque je remarquai combien les ombres s'allongeaient, et que j'éprouvai quelque froid dans l'angle ouvert au couchant où j'étais resté long-temps immobile sur le granit. Je n'y pouvais prendre de mouvement : la marche était trop difficile sur ces escarpemens. Les vapeurs étaient dissipées ; et je vis que la soirée serait belle, même dans les vallées.

J'aurais été dans un vrai danger si les nuages se fussent épaissis ; mais je n'y avais pas songé jusqu'à ce moment. La couche d'air grossier qui enveloppe la terre m'était trop étrangère dans l'air pur que je respirais, vers les confins de l'éther (D) : toute prudence s'était éloignée de moi, comme si elle n'eût été qu'une convenance de la vie factice.

En redescendant sur la terre habitée, je sentis que je reprenais la longue chaîne des sollicitudes et des ennuis. Je rentrai à dix heures ; la lune donnait sur ma fenêtre. Le Rhône roulait avec bruit : il ne faisait aucun vent ; tout dormait dans la ville. Je songeai aux monts que je quittais, à Charrières que je vais habiter, à la liberté que je me suis donnée.

LETTRE VIII

Saint-Maurice, 14 septembre, I.

Je reviens d'une course de plusieurs jours dans les montagnes. Je ne vous en dirai rien ; j'ai d'autres choses à vous apprendre. J'avais découvert un site étonnant, et je me promettais d'y retourner plusieurs fois ; il n'est pas loin de Saint-Maurice. Avant de me coucher, j'ouvris une lettre ; elle n'était point de votre écriture : le mot pressée, écrit d'une manière très-apparente, me donna de l'inquiétude. Tout est suspect à celui qui n'échappe qu'avec peine à d'anciennes contraintes. Dans mon repos, tout changement devait me répugner ; je n'attendais rien de favorable, et je pouvais beaucoup craindre.

Je crois que vous soupçonnerez facilement ce dont il s'agit. Je fus frappé, accablé ; puis je me décidai à tout négliger, à tout surmonter, à abandonner pour toujours ce qui me rapprocherait des choses que j'ai quittées. Cependant, après bien des incertitudes, plus sensé ou plus faible, j'ai cru voir qu'il fallait perdre un temps pour assurer le repos de l'avenir. Je cède, j'abandonne Charrières, et je me prépare à partir. Nous parlerons de cette malheureuse affaire.

Ce matin je ne pouvais supporter la pensée d'un si grand changement ; et même je me mis à délibérer de nouveau. Enfin j'allai à Charrières prendre d'autres dispositions et annoncer mon départ. C'est là que je me suis décidé irrévocablement. Je voulais écarter l'idée de la saison qui s'avance, et des ennuis dont je sens déjà le poids. J'ai été dans les prés ; on les fauchait pour la dernière fois. Je me suis arrêté sur un roc pour ne voir que le ciel, il se voilait de brumes. J'ai regardé les châtaigniers, j'ai vu des feuilles qui tombaient. Alors je me suis rapproché du ruisseau, comme si j'eusse craint qu'il ne fût aussi tari ; mais il coulait toujours.

Inexplicable nécessité des choses humaines ! Je vais à Lyon. J'irai à Paris, voilà qui est résolu. Adieu. Plaignons l'homme qui trouve bien peu, et à qui ce peu est encore enlevé.

Enfin, du moins, nous nous verrons à Lyon.

LETTRE IX

Lyon, 22 octobre, I.

Je partis pour Méterville[1] le surlendemain de votre départ de Lyon. J'y ai passé dix-huit jours. Vous savez quelle inquiétude m'environne, et de quels misérables soins je suis embarrassé sans avoir rien de satisfaisant à m'en promettre. Mais attendant une lettre qui ne pouvait arriver qu'au bout de douze à quinze jours, j'allai passer ce temps à Méterville.

Si je ne sais pas rester indifférent et calme au milieu des ennuis dont je dois m'occuper, et dont l'issue paraît dépendre de moi, je me sens au moins capable de les oublier absolument dès que je n'y puis rien faire. Je sais attendre avec sécurité l'avenir, quelque alarmant qu'il puisse être, dès que le soin de le prévenir ne demandant plus mon attention présente, je puis en suspendre le souvenir et en détourner ma pensée.

En effet, je ne chercherais pas pour les plus beaux jours de ma vie une paix plus profonde que la sécurité de ce court intervalle. Il fut pourtant obtenu entre des sollicitudes dont le terme ne saurait être prévu ; et comment ? Par des moyens si simples qu'ils feraient rire tant d'hommes à qui ce calme ne sera jamais connu.

Cette terre est peu considérable, et dans une situation plus tranquille que brillante. Vous en connaissez les maîtres, leurs caractères, leurs procédés, leur amitié simple, leurs manières attachantes. J'y arrivai dans un moment favorable. On devait le lendemain commencer à cueillir le raisin d'un grand treillage exposé au midi et qui regarde le bois d'Armand. Il fut décidé à souper que ce raisin, destiné à faire une pièce de vin soigné, serait cueilli par nos mains seules, et avec choix, pour laisser quelques jours à la maturité des grappes les moins avancées. Le lendemain, dès que le brouillard fut un peu dissipé, je mis un van sur une brouette, et j'allai le premier au fond du clos commencer la récolte. Je la fis presque seul, sans chercher un moyen plus prompt ; j'aimais cette lenteur ; je voyais à regret quelque autre y travailler : elle dura, je crois, douze jours. Ma brouette allait et revenait dans des chemins négligés et remplis d'une herbe humide ; je choisissais les moins unis, les plus difficiles, et les jours coulaient ainsi dans l'oubli, au milieu des brouillards, parmi les fruits, au soleil d'automne. Et quand le soir était venu, on versait du thé dans du lait encore chaud ; on riait des hommes qui cherchent des plaisirs ; on se promenait derrière de vieilles charmilles, et l'on se couchait content. J'ai vu les vanités de la vie, et je porte en mon cœur l'ardent principe des plus vastes passions. J'y porte aussi le sentiment des grandes choses sociales, et celui de l'ordre philosophique. J'ai lu Marc-Aurèle, il ne m'a point surpris ; je conçois les vertus difficiles, et jusqu'à l'héroïsme des monastères. Tout cela peut animer mon âme, et ne la remplit pas. Cette brouette que je charge de fruits et pousse doucement, la soutient mieux. Il semble qu'elle voiture paisiblement mes heures, et que ce mouvement utile et lent, cette marche mesurée, conviennent à l'habitude ordinaire de la vie.

LETTRE X

Paris, 20 juin, seconde année.

Rien ne se termine : les misérables affaires qui me retiennent ici se prolongent chaque jour, et plus je m'irrite de ces retards, plus le terme devient incertain. Les faiseurs d'affaires pressent les choses avec le sang-froid de gens à qui leur durée est habituelle, et qui d'ailleurs se plaisent dans cette marche lente et embarrassée digne de leur âme astucieuse, et si commode pour leurs ruses cachées. J'aurais plus de mal à vous en dire s'ils m'en faisaient moins : au reste, vous savez mon opinion sur ce métier, que j'ai toujours regardé comme le plus suspect ou le plus funeste. Un homme de loi me promène de difficultés en difficultés : croyant que je dois être intéressé et sans droiture, il marchande pour sa partie ; il pense, en m'excédant de lenteurs et de formalités, me réduire à donner ce que je ne puis accorder, puisque je ne l'ai pas. Ainsi, après avoir passé six mois à Lyon malgré moi, je suis encore condamné à en passer davantage peut-être ici.

L'année s'écoule : en voilà une encore à retrancher de mon existence. J'ai perdu le printemps presque sans murmure, mais l'été dans Paris ! Je passe une partie du temps dans les dégoûts inséparables de ce qu'on appelle faire ses affaires ; et quand je voudrais rester en repos le reste du jour, et chercher dans ma demeure une sorte d'asile contre ces longs ennuis, j'y trouve un ennui plus intolérable. J'y suis dans le silence au milieu du bruit, et seul je n'ai rien à faire dans un monde turbulent. Il n'y a point ici de milieu entre l'inquiétude et l'inaction ; il faut s'ennuyer si l'on n'a des affaires et des passions. Je suis dans une chambre ébranlée du retentissement perpétuel de tous les cris, de tous les travaux, de toute l'inquiétude d'un peuple actif. J'ai sous ma fenêtre une sorte de place publique remplie de charlatans, de faiseurs de tours, de marchandes de fruits et de crieurs de tous genres. Vis-à-vis est le mur élevé d'un monument public ; le soleil l'éclaire depuis deux heures jusqu'au soir : cette masse blanche et aride tranche durement sur le ciel bleu ; et les plus beaux jours sont pour moi les plus pénibles. Un colporteur infatigable répète les titres de ses journaux : sa voix dure et monotone semble ajouter à l'aridité de cette place brûlée du soleil ; et si j'entends quelque blanchisseuse chanter à sa fenêtre sous les toits, je perds patience et je m'en vais. Voici trois jours qu'un pauvre estropié et ulcéré se place au coin d'une rue tout près de moi, et là il demande d'une voix élevée et lamentable durant douze grandes heures. Imaginez l'effet de cette plainte répétée à intervalles égaux, pendant les beaux jours fixes. Il faut que je reste dehors tout le jour, jusqu'à ce qu'il change de place. Mais où aller ? je connais ici très peu de monde ; ce serait un grand hasard que dans si peu de personnes il y en eût une seule à qui je convinsse : aussi ne vais-je nulle part. Pour les promenades publiques, il y en a de fort belles à Paris ; mais pas une où je puisse rester une demi-heure sans ennui.

Je ne connais rien qui fatigue tant nos jours que cette perpétuelle lenteur de toutes choses. Elle retient sans cesse dans un état d'attente : elle fait que la vie s'écoule avant qu'on ait atteint le point où l'on prétendait commencer à vivre. De quoi me plaindrai-je pourtant ? combien peu d'hommes ne perdent pas leur vie ! Et ceux qui la passent dans les cachots construits par la bienfaisance des lois ! Mais comment peut-il se résoudre à vivre, celui qui supporte dans un cachot vingt années de jeunesse ? il ignore toujours combien il doit y rester encore : si le moment de la délivrance était proche ! J'oubliais ceux qui n'oseraient finir volontairement ; les hommes ne leur ont pas au moins permis de mourir. Et nous osons gémir sur nous-mêmes !

LETTRE XI

Paris, 27 juin, II.

Je passe assez souvent deux heures à la bibliothèque[1] ; non pas précisément pour m'instruire, ce désir-là se refroidit sensiblement ; mais parce que ne sachant trop avec quoi remplir ces heures qui pourtant coulent irréparables, je les trouve moins pénibles quand je les emploie au dehors, que s'il faut les consumer chez moi. Des occupations un peu commandées me conviennent dans mon découragement : trop de liberté me laisserait dans l'indolence. J'ai plus de tranquillité entre des gens silencieux comme moi, que seul au milieu d'une population tumultueuse. J'aime ces longues salles, les unes solitaires, les autres remplies de gens attentifs, antique et froid dépôt des efforts et de toutes les vanités humaines.

Quand je lis Bougainville, Chardin, Laloubère[2], je me pénètre de l'ancienne mémoire des terres épuisées, de la renommée d'une sagesse lointaine, ou de la jeunesse des îles heureuses ; mais oubliant enfin et Persépolis, et Bénarès, et Tinian[3] même, je réunis les temps et les lieux dans le point présent où les conceptions humaines les perçoivent tous. Je vois ces esprits avides qui acquièrent dans le silence et la contention, tandis que l'éternel oubli, roulant sur leurs têtes savantes et séduites, amène leur mort nécessaire, et va dissiper en un moment de la nature, et leur être, et leur pensée, et leur siècle.

Les salles environnent une cour longue, tranquille, couverte d'herbe, où sont deux ou trois statues, quelques ruines et un bassin d'eau verte qui paraît ancienne comme ces monumens. Je sors rarement sans m'arrêter un quart d'heure dans cette enceinte silencieuse. J'aime à rêver en marchant sur ces vieux pavés que l'on a tirés des carrières, pour préparer aux pieds de l'homme une surface sèche et stérile. Mais le temps et l'abandon les remettent en quelque sorte sous la terre en les recouvrant d'une couche nouvelle, et en redonnant au sol sa végétation et des teintes de son aspect naturel. Quelquefois je trouve ces pavés plus éloquens que les livres que je viens d'admirer.

Hier, en consultant l'Encyclopédie, j'ouvris le volume à un endroit que je ne cherchais pas, et je ne me rappelle pas quel était cet article ; mais il s'agissait d'un homme qui, fatigué d'agitations et de revers, se jeta dans une solitude absolue par une de ces résolutions victorieuses des obstacles, et qui font qu'on s'applaudit tous les jours d'en avoir eu une de volonté forte. L'idée de cette vie indépendante n'a rappelé à mon imagination ni les libres solitudes de l'Imaüs, ni les îles faciles de la Pacifique, ni les Alpes plus accessibles et déjà tant regrettées. Mais un souvenir distinct m'a présenté d'une manière frappante, et avec une sorte de surprise et d'inspiration, les rochers stériles et les bois de Fontainebleau.

Il faut que je vous parle davantage de ce lieu un peu étranger au milieu de nos campagnes. Vous comprendrez mieux alors comment je m'y suis fortement attaché.

Vous savez que, jeune encore, je demeurai quelques années à Paris. Les parens avec qui j'étais, malgré leur goût pour la ville, passèrent plusieurs fois le mois de septembre à la campagne chez des amis. Une année ce fut à Fontainebleau, et deux autres fois depuis nous allâmes chez ces mêmes personnes, qui demeuraient alors au pied de la forêt, vers la rivière. J'avais, je crois, quatorze, quinze et dix-sept ans, lorsque je vis Fontainebleau. Après une enfance casanière, inactive et ennuyée, si je sentais en homme à certains égards, j'étais enfant à beaucoup d'autres. Embarrassé, incertain ; pressentant tout peut-être, mais ne connaissant rien ; étranger à ce qui m'environnait, je n'avais d'autre caractère décidé que d'être inquiet et malheureux. La première fois je n'allai point seul dans la forêt ; je me rappelle peu ce que j'y éprouvai, je sais seulement que je préférai ce lieu à tous ceux que j'avais vus, et qu'il fut le seul où je désirai de retourner.

L'année suivante, je parcourus avidement ces solitudes ; je m'y égarais à dessein, content lorsque j'avais perdu toute trace de ma route, et que je n'apercevais aucun chemin fréquenté. Quand j'atteignais l'extrémité de la forêt, je voyais avec peine ces vastes plaines nues et ces clochers dans l'éloignement. Je me retournais aussitôt, je m'enfonçais dans le plus épais du bois ; et quand je trouvais un endroit découvert et fermé de toutes parts, où je ne voyais que des sables et des genièvres, j'éprouvais un sentiment de paix, de liberté, de joie sauvage, pouvoir de la nature sentie pour la première fois dans l'âge facilement heureux. Je n'étais pas gai pourtant : presque heureux, je n'avais que l'agitation du bien-être. Je m'ennuyais en jouissant, et je rentrais toujours triste. Plusieurs fois j'étais dans les bois avant que le soleil parût. Je gravissais les sommets encore dans l'ombre, je me mouillais dans la bruyère pleine de rosée ; et quand le soleil paraissait, je regrettais la clarté incertaine qui précède l'aurore. J'aimais les fondrières, les vallons obscurs, les bois épais ; j'aimais les collines couvertes de bruyère ; j'aimais beaucoup les grès renversés et les rocs ruineux ; j'aimais bien plus ces sables mobiles, dont nul pas d'homme ne marquait l'aride surface sillonnée çà et là par la trace inquiète de la biche ou du lièvre en fuite. Quand j'entendais un écureuil, quand je faisais partir un daim, je m'arrêtais, j'étais mieux, et pour un moment je ne cherchais plus rien. C'est à cette époque que je remarquai le bouleau, arbre solitaire qui m'attristait déjà, et que depuis je ne rencontre jamais sans plaisir. J'aime le bouleau; j'aime cette écorce blanche, lisse et crevassée; cette tige agreste; ces branches qui s'inclinent vers la terre; la mobilité des feuilles, et tout cet abandon, simplicité de la nature, attitude des déserts.

Temps perdus, et qu'on ne saurait oublier! Illusion trop vaine d'une sensibilité expansive! Que l'homme est grand dans son inexpérience : qu'il serait fécond, si le regard froid de son semblable, si le souffle aride de l'injustice ne venait pas dessécher son cœur! J'avais besoin de bonheur. J'étais né pour souffrir. Vous connaissez ces jours sombres, voisins des frimas, dont l'aurore elle-même épaississant les brumes, ne commence la lumière que par des traits sinistres d'une couleur ardente sur les nues amoncelées. Ce voile ténébreux, ces rafales orageuses, ces lueurs pâles, ces sifflemens à travers les arbres qui plient et frémissent, ces déchiremens prolongés semblables à des gémissemens funèbres; voilà le matin de la vie : à midi, des tempêtes plus froides et plus continues; le soir, des ténèbres plus épaisses, et la journée de l'homme est achevée.

Le prestige spécieux, infini, qui naît avec le cœur de l'homme, et qui semblait devoir subsister autant que lui, se ranima un jour : j'allai jusqu'à croire que j'aurais des désirs safisfaits. Ce feu subit et trop impétueux brûla dans le vide, et s'éteignit sans avoir rien éclairé. Ainsi, dans la saison des orages, apparaissent, pour l'effroi de l'être vivant, des éclairs instantanés dans la nuit ténébreuse.

C'était en mars : j'étais à Lu[4].. Il y avait des violettes au pied des buissons, et des lilas dans un petit pré bien printanier, bien tranquille, incliné au soleil du midi. La maison était au-dessus, beaucoup plus haut. Un jardin en terrasse ôtait la vue des fenêtres. Sous le pré, des rocs difficiles et droits comme des murs : au fond, un large torrent, et par-delà, d'autres rochers couverts de prés, de haies et de sapins ! Les murs antiques de la ville passaient à travers tout cela : il y avait un hibou dans leurs vieilles tours. Le soir, la lune éclairait ; des cors se répondaient dans l'éloignement ; et la voix que je n'entendrai plus... ! Tout cela m'a trompé. Ma vie n'a encore eu que cette seule erreur. Pourquoi donc ce souvenir de Fontainebleau, et non pas celui de Lu.. ?

LETTRE XII

28 juillet, II.

Enfin je me crois dans le désert. Il y a ici des espaces où l'on n'aperçoit aucune trace d'hommes. Je me suis soustrait, pour une saison, à ces soins inquiets qui usent notre durée, qui confondent notre vie avec les ténèbres qui la précèdent et les ténèbres qui la suivent, ne lui laissant d'autre avantage que d'être elle-même un néant moins tranquille.

Quand je passai, le soir, le long de la forêt, et que je descendis à Valvin, sous les bois, dans le silence, il me sembla que j'allais me perdre dans des torrens, des fondrières, des lieux romantiques et terribles. J'ai trouvé des collines de grès culbutées, des formes petites, un sol assez plat et à peine pittoresque ; mais le silence, et l'abandon, et la stérilité m'ont suffi.

Entendez-vous bien le plaisir que je sens quand mon pied s'enfonce dans un sable mobile et brûlant, quand j'avance avec peine, et qu'il n'y a point d'eau, point de fraîcheur, point d'ombrage ? Je vois un espace inculte et muet, des roches ruineuses, dépouillées, ébranlées, et les forces de la nature assujetties à la force des temps. N'est-ce pas comme si j'étais paisible, quand je trouve, au dehors, sous le ciel ardent, d'autres difficultés et d'autres excès que ceux de mon cœur ?

Je ne m'oriente point ; au contraire, je m'égare quand je puis. Souvent je vais en ligne droite, sans suivre de sentiers. Je cherche à ne conserver aucun renseignement, et à ne pas connaître la forêt, afin d'avoir toujours quelque chose à y trouver. Il y a un chemin que j'aime à suivre ; il décrit un cercle comme la forêt elle-même, en sorte qu'il ne va ni aux plaines ni à la ville ; il ne suit aucune direction ordinaire ; il n'est ni dans les vallons, ni sur les hauteurs ; il semble n'avoir point de fin ; il passe à travers tout, et n'arrive à rien : je crois que j'y marcherais toute ma vie.

Le soir, il faut bien rentrer, dites-vous, et vous plaisantez au sujet de ma prétendue solitude : mais vous vous trompez ; vous me croyez à Fontainebleau, ou dans un village, dans une chaumière. Rien de tout cela. Je n'aime pas plus les maisons *champêtres* de ces pays-ci que leurs villages, ni leurs villages que leurs villes. Si je condamne le faste, je hais la misère. Autrement, il eût mieux valu rester à Paris ; j'y eusse trouvé l'un et l'autre.

Mais voici ce que je ne vous ai point dit dans ma dernière lettre, remplie de l'agitation qui me presse quelquefois.

Jadis, comme je parcourais ces bois-ci, je vis, dans un lieu épais, deux biches fuir devant un loup. Il était assez près d'elles ; je jugeai qu'il les devait atteindre, et je m'avançai du même côté pour voir la résistance, et l'aider s'il se pouvait. Elles sortirent du bois dans une place découverte, occupée par des roches et des bruyères ; mais lorsque j'arrivai je ne les vis plus. Je descendis dans tous les fonds de cette sorte de lande creusée et inégale, où l'on avait taillé beaucoup de grès pour les pavés : je ne trouvai rien. En suivant une autre direction pour rentrer dans le bois, je vis un chien, qui d'abord me regardait en silence, et qui n'aboya que lorsque je m'éloignai de lui. En effet, j'arrivais presque à l'entrée de la demeure pour laquelle il veillait. C'était une sorte de souterrain fermé en partie naturellement par les rocs, et en partie par des grès rassemblés, par des branches de genévriers, de la bruyère et de la mousse. Un ouvrier qui pendant plus de trente ans avait taillé des pavés dans les carrières voisines, n'ayant ni bien ni famille, s'était retiré là pour quitter, avant de mourir, un travail forcé, pour échapper aux mépris et aux hôpitaux[1]. Je lui vis une armoire. Il y avait auprès de son rocher quelques légumes dans un terrain assez aride ; et ils vivaient lui, son chien et son chat, d'eau, de pain et de liberté. J'ai beaucoup travaillé, me dit-il, je n'ai jamais rien eu ; mais enfin je suis tranquille, et puis je mourrai bientôt. Cet homme grossier me disait l'histoire humaine ; mais la savait-il ? croyait-il d'autres hommes plus heureux ? souffrait-il en se comparant à d'autres ? Je n'examinai point tout cela ; j'étais bien jeune. Son air rustre et un peu farouche m'occupait beaucoup. Je lui avais offert un écu ; il l'accepta, et me dit qu'il aurait du vin : ce mot-là diminua de mon estime pour lui. Du vin ! me disais-je ; il y a des choses plus utiles : c'est peut-être le vin, l'inconduite qui l'auront mené là, et non pas le goût de la solitude. Pardonne, homme simple, malheureux solitaire ! Je n'avais point appris alors que l'on buvait l'oubli des douleurs. Maintenant je connais l'amertume qui navre, et les dégoûts qui ôtent les forces ; je sais respecter celui dont le premier besoin est de cesser un moment de gémir ; je suis indigné quand je vois des hommes à qui la vie est facile, reprocher durement à un pauvre qu'il boit du vin, et qu'il n'a pas de pain. Quelle âme ont donc reçue ces gens-là, qui ne connaissent pas de plus grande misère que d'avoir faim ?

Vous concevez à présent la force de ce souvenir qui me vint inopinément à la bibliothèque. Cette idée rapide me livra à tout le sentiment d'une vie réelle, d'une sage simplicité, de l'indépendance de l'homme dans une nature possédée.

Ce n'est pas que je prenne pour une telle vie celle que je mène ici, et que, dans mes grès, au milieu des plaines misérables, je me croie l'homme de la nature. Autant vaudrait comme un homme du quartier Saint-Paul, montrer à mes voisins les beautés champêtres d'un pot de réséda appuyé sur la gouttière, et d'un jardin de persil encaissé sur un côté de la fenêtre ; ou donner à un demi-arpent de terre entouré d'un ruisseau, des noms de promontoires et de solitudes maritimes d'un autre hémisphère, pour rappeler de grands souvenirs et des mœurs lointaines entre les plâtres et les toits de chaume d'une paroisse champenoise.

Seulement, puisque je suis condamné à toujours attendre la vie, je m'essaie à végéter absolument seul et isolé : j'ai mieux aimé passer quatre mois ainsi, que de les perdre à Paris dans d'autres puérilités plus grandes et plus misérables. Je veux vous dire, quand nous nous verrons, comment je me suis choisi un manoir et comment je l'ai fermé ; comment j'y ai transporté le peu d'effets que j'ai amenés ici sans mettre personne dans mon secret ; comment je me nourris de fruits et de certains légumes ; où je vais chercher de l'eau ; comment je suis vêtu quand il pleut ; et toutes les précautions que je prends pour rester bien caché, et pour que nul Parisien, passant huit jours à la campagne, ne vienne ici se moquer de moi.

Vous rirez aussi, mais j'y consens : votre rire ne sera pas comme le leur ; et j'ai ri de tout ceci avant vous. Je trouve pourtant que cette vie a bien de la douceur, quand, pour en mieux sentir l'avantage, je sors de la forêt, que je pénètre dans les terres cultivées, que je vois au loin un château fastueux dans les campagnes nues ; quand, après une lieue labourée et déserte, j'aperçois cent chaumières entassées, odieux amas, dont les rues, les étables et les potagers, les murs, les planchers, les toits humides, et jusqu'aux hardes et aux meubles, ne paraissent qu'une même fange, dans laquelle toutes les femmes crient, tous les enfans pleurent, tous les hommes suent. Et si, parmi tant d'avilissement et de douleurs, je cherche, pour ces malheureux, une paix morale et des espérances religieuses, je vois pour patriarche, un prêtre avide, aigri par les regrets, séparé trop tôt du monde ; un jeune homme chagrin, sans dignité, sans sagesse, sans onction, que l'on ne vénère pas, que l'on voit vivre, qui damne les faibles, et ne console pas les bons : et pour tout signe d'espérance et d'union, un signe de crainte et d'abnégation, étrange emblème [2], triste reste d'institutions antiques et grandes que l'on a misérablement perverties.

Il est pourtant des hommes qui voient cela bien tranquillement, et qui ne se doutent même pas qu'on puisse le voir d'une autre manière.

Triste et vaine conception d'un monde meilleur ! Indicible extension d'amour ! Regret des temps qui coulent inutiles ! Sentiment universel *, soutiens et

* On a communément une idée trop étroite de l'homme sensible. On en fait un personnage ridicule ; j'en ai vu faire une femme, je veux dire une de ces femmes qui pleurent sur l'indisposition de leur oiseau, que le sang d'une piqûre d'aiguille fait pâmer, et qui

dévore ma vie : que serait-elle sans ta beauté sinistre ? C'est par toi qu'elle est sentie, c'est par toi qu'elle périra.

Que quelquefois encore, sous le ciel d'automne, dans ces derniers beaux jours que les brumes remplissent d'incertitude, assis près de l'eau qui emporte la feuille jaunie, j'entende les accens simples et profonds d'une mélodie primitive. Qu'un jour, montant le Grimsel ou le Titlis, seul avec l'homme des montagnes, j'entende sur l'herbe courte, auprès des neiges, les sons romantiques bien connus des vaches d'Underwalden et d'Hasly ; et que là, une fois avant la

---

frémissent au son de certaines syllabes, comme serpent, araignée, fossoyeur, petite vérole, tombeau, vieillesse.

J'imagine une certaine modération dans ce qui nous émeut, une combinaison subite des sentimens contraires, une habitude de supériorité sur l'affection même qui nous commande ; une gravité de l'âme, et une profondeur de la pensée, une étendue qui appelle aussitôt en nous la perception secrète que la nature voulut opposer à la sensation visible ; une sagesse du cœur dans sa perpétuelle agitation ; un mélange enfin, une harmonie de toutes choses qui n'appartient qu'à l'homme d'une vaste sensibilité : dans sa force, il a pressenti tout ce qui est destiné à l'homme ; dans sa modération, lui seul a connu la mélancolie du plaisir et les grâces de la douleur.

L'homme qui sent avec chaleur, et même avec profondeur, mais sans modération, consume dans des choses indifférentes cette force presque surnaturelle. Je ne dis pas qu'il ne la trouvera plus dans les occasions du génie : il est des hommes grands dans les petites choses, et qui pourtant le sont encore dans les grandes circonstances. Malgré leur mérite réel, ce caractère a deux inconvéniens. Ils seront regardés comme fous par les sots et par plusieurs gens d'esprit, et ils seront prudemment évités par des hommes mêmes qui sentiront leur prix, et qui concevront d'eux une haute opinion. Ils dégradent le génie en le prostituant à des choses tout-à-fait vulgaires, et parmi les derniers des hommes. Par là ils fournissent à la foule des prétextes spécieux pour prétendre que le bon sens vaut mieux que le génie, parce qu'il n'a pas ses écarts ; et pour prétendre, ce qui est plus funeste, que les hommes droits, forts, expansifs, généreux, ne sont pas au-dessus des hommes prudens, ingénieux, réguliers, toujours retenus, et souvent personnels.

mort, je puisse dire à un homme qui m'entende : Si nous avions vécu !

LETTRE XIII

Fontainebleau, 31 juillet, II.

Quand un sentiment invincible nous entraîne loin des choses que l'on possède, et nous remplit de volupté, puis de regrets, en nous faisant pressentir des biens que rien ne peut donner, cette sensation profonde et fugitive n'est qu'un témoignage intérieur de la supériorité de nos facultés sur notre destinée. C'est cette raison même qui le rend si court, et le change aussitôt en regret : il est délicieux, puis déchirant. L'abattement suit toute impulsion immodérée. Nous souffrons de n'être pas ce que nous pourrions être ; mais si nous nous trouvions dans l'ordre des choses qui manque à nos désirs, nous n'aurions plus ni cet excès des désirs, ni cette surabondance des facultés, nous ne jouirions plus du plaisir d'être au-delà de nos destinées, d'être plus grands que ce qui nous entoure, plus féconds que nous n'avons besoin de l'être. Dans l'occasion de ces voluptés que nos conceptions pressentaient si ardemment, nous resterons froids et souvent rêveurs, indifférens, ennuyés même ; parce qu'on ne peut pas être d'une manière effective plus que soi-même ; parce que nous sentons alors la limite irrésistible de la nature des êtres, et qu'employant nos facultés à des choses positives, nous ne les trouvons plus pour nous transporter au-delà, dans la région supposée des choses idéales soumises à l'empire de l'homme réel.

Mais pourquoi ces choses seraient-elles purement idéales ? C'est ce que je ne saurais concevoir. Pourquoi ce qui n'est point semble-t-il plus selon la nature de l'homme que ce qui est ? La vie positive est aussi comme un songe ; c'est elle qui n'a point d'ensemble, point de suite, point de but ; elle a des parties certaines et fixes ; elle en a d'autres qui ne sont que hasard et discordance, qui passent comme des ombres, et dans lesquelles on ne trouve jamais ce qu'on a vu. Ainsi, dans le sommeil, on pense en même temps des choses vraies et suivies, et d'autres bizarres, désunies et chimériques, qui se lient, je ne sais comment, aux premières. Le même mélange compose et les rêves de la nuit et les sentimens du jour. La sagesse antique a dit que le moment du réveil viendrait enfin.

LETTRE XIV

Fontainebleau, 7 août, II.

M. W. [1], que vous connaissez, disait dernièrement : « Quand je prends ma tasse de café, j'arrange bien le monde. » Je me permets aussi ces sortes de songes ; et lorsque je marche dans les bruyères, entre les genièvres encore humides, je me surprends quelquefois à imaginer les hommes heureux. Je vous l'assure, il me semble qu'ils pourraient l'être. Je ne veux pas faire une autre espèce, ni un autre globe ; je ne veux pas tout réformer : ces sortes d'hypothèses ne mènent à rien, dites-vous, puisqu'elles ne sont applicables à rien de connu. Eh bien, prenons ce qui existe nécessairement ; prenons-le tel qu'il est, en arrangeant seulement ce qu'il y a d'accidentel. Je ne veux pas des espèces chimériques ou nouvelles ; mais voilà mes matériaux, d'après eux je fais mon plan selon ma pensée.

Je voudrais deux points : un climat fixe, des hommes vrais. Si je sais quand la pluie fera déborder les eaux, quand le soleil desséchera mes plantes, quand l'ouragan ébranlera ma demeure, c'est à mon industrie à lutter contre les forces naturelles contraires à mes besoins ; mais quand j'ignore le moment de chaque chose, quand le mal m'opprime sans que le danger m'ait averti, quand la prudence peut me perdre, et que les intérêts des autres confiés à mes précautions m'interdisent l'insouciance et jusqu'à la sécurité, n'est-ce pas une nécessité que ma vie soit inquiète et malheureuse ? N'en est-ce pas une que l'inaction succède à des travaux forcés, et que, comme l'a si bien dit Voltaire, je consume tous mes jours dans les convulsions de l'inquiétude ou dans la léthargie de l'ennui ?

Si les hommes sont presque tous dissimulés, si la duplicité des uns force au moins les autres à la réserve, n'est-ce pas une nécessité qu'ils joignent au mal inévitable que plusieurs cherchent à faire aux autres en leur propre faveur, une masse beaucoup plus grande de maux inutiles ? N'est-ce pas une nécessité que l'on se nuise réciproquement, malgré soi, que chacun s'observe et se prévienne, que les ennemis soient inventifs, et que les amis soient prudens ? N'est-ce pas une nécessité qu'un homme de bien soit perdu dans l'opinion par un propos indiscret, par un faux jugement ; qu'une inimitié, née d'un soupçon mal fondé, devienne mortelle ; que ceux qui auraient voulu bien faire soient découragés ; que de faux principes s'établissent ; que la ruse soit plus utile que la sagesse, la valeur, la magnanimité ; que les enfans reprochent à un père de famille de n'avoir pas fait ce qu'on appelle une rouerie, et que des États périssent pour ne pas s'être permis un crime ? Dans cette perpétuelle incertitude, je me demande ce que devient la morale ; et dans l'incertitude des choses, ce que devient la sûreté : sans sûreté, sans morale, je demande si le bonheur n'est pas un rêve d'enfant.

L'instant de la mort resterait inconnu. Il n'y a pas de mal sans durée ; et pour vingt autres raisons, la mort ne doit pas être mise au nombre des malheurs. Il est bien d'ignorer quand tout doit finir : on commencerait rarement ce que l'on saurait ne pas achever. Je veux donc que chez l'homme, à peu près tel qu'il est, l'ignorance de la durée de la vie ait plus d'utilité que d'inconvéniens ; mais l'incertitude des choses de la vie n'est point comme celle de leur terme. Un incident que vous n'avez pu prévoir dérange votre plan, et vous prépare de longues contrariétés : pour la mort, elle anéantit votre plan, elle ne le dérange pas ; vous ne souffrirez point de ce que vous ne saurez pas. Le plan de ceux qui restent en peut être contrarié ; mais c'est avoir assez de certitude que d'avoir celle de ses propres affaires, et je ne veux pas imaginer des choses tout-à-fait bonnes selon l'homme. Le monde que j'arrange me serait suspect s'il ne contenait plus de mal, et je ne supposerais qu'avec une sorte d'effroi une harmonie parfaite : il me semble que la nature n'en admet pas de telle.

Un climat fixe, et surtout des hommes vrais, inévitablement vrais, cela me suffit. Je suis heureux, si je sais ce qui est. Je laisse au ciel ses orages et ses foudres ; à la terre les boues, les sécheresses ; au sol la stérilité ; à nos corps leur faiblesse, leur dégénération ; aux hommes leurs différences et leurs incompatibilités, leur inconstance, leurs erreurs, leurs vices mêmes, et leur nécessaire égoïsme ; au temps sa lenteur et son irrévocabilité : ma cité est heureuse si les choses sont réglées, si les pensées sont connues. Il ne lui faut plus qu'une bonne législation ; et si les pensées sont connues, il est impossible qu'elle ne l'ait pas.

LETTRE XV

Fontainebleau, 9 août, II.

Parmi quelques volumes d'un format commode que j'apportai ici, je ne sais trop pourquoi, j'ai trouvé le roman ingénieux de Phrosine et Mélidor[1]; je l'ai parcouru, j'en ai lu et relu la fin. Il est des jours pour les douleurs : nous aimons à les chercher dans nous, à suivre leurs profondeurs, et à rester surpris devant leurs proportions démesurées; nous essayons, du moins dans les misères humaines, cet infini que nous voulons donner à notre ombre avant qu'un souffle du temps l'efface.

Ce moment déplorable, cette situation sinistre, cette mort nocturne au milieu des voluptés mystérieuses! Dans ces brouillards ténébreux, tant d'amour, tant de pertes et d'affreuses vengeances! et ce déchirement d'un cœur trompé quand Phrosine, cherchant à la nage le roc et le flambeau, entraînée par la lueur perfide, périt épuisée dans la vaste mer. Je ne connais pas de dénouement plus beau, de mort plus lamentable.

Le jour finissait, il n'y avait point de lune; il n'y avait point de mouvement; le ciel était calme, les arbres immobiles. Quelques insectes sous l'herbe, un seul oiseau éloigné chantaient dans la chaleur du soir. Je m'assis, je restai longtemps; il me semble que je n'eus que des idées vagues. Je parcourais la terre et les siècles; je frémissais de l'œuvre de l'homme. Je reviens à moi, je me trouve dans ce chaos; j'y vois ma vie perdue; je pressens les temps futurs du monde. Rochers de Righi! si j'avais eu là vos abîmes *!

* Le mont Righi est près de Lucerne; le lac est au pied de ces rocs perpendiculaires.

La nuit était déjà sombre. Je me retirai lentement ; je marchais au hasard, j'étais rempli d'ennui. J'avais besoin de larmes, mais je ne pus que gémir. Les premiers temps ne sont plus : j'ai les tourmentes de la jeunesse, et n'en ai point les consolations. Mon cœur, encore fatigué du feu d'un âge inutile, est flétri et desséché comme s'il était dans l'épuisement de l'âge refroidi. Je suis éteint, sans être calmé. Il y en a qui jouissent de leurs maux ; mais pour moi tout a passé : je n'ai ni joie, ni espérance, ni repos ; il ne me reste rien, je n'ai plus de larmes.

LETTRE XVI

Fontainebleau, 12 août, II.

Que de sentimens généreux ! Que de souvenirs ! Quelle majesté tranquille dans une nuit douce, calme, éclairée ! Quelle grandeur ! Cependant l'âme est accablée d'incertitude. Elle voit que le sentiment qu'elle a reçu des choses la livre aux erreurs ; elle voit qu'il y a des vérités, mais qu'elles sont dans un grand éloignement. On ne saurait comprendre la nature, à la vue de ces astres immenses dans le ciel toujours le même.

Il y a là une permanence qui nous confond : c'est pour l'homme une effrayante éternité. Tout passe ; l'homme passe, et les mondes ne passent pas ! La pensée est dans un abîme entre les vicissitudes de la terre et les cieux immuables*.

---

* Les cieux ne sont pas immuables : chaque écolier dira cela.

LETTRE XVII

Fontainebleau, 14 août, II.

Je vais dans les bois avant que le soleil éclaire ; je le vois se lever pour un beau jour ; je marche dans la fougère encore humide, dans les ronces, parmi les biches, sous les bouleaux du mont Chauvet : un sentiment de ce bonheur qui était possible m'agite avec force, me pousse et m'oppresse. Je monte, je descends, je vais comme un homme qui veut jouir ; puis un soupir, quelque humeur, et tout un jour misérable.

LETTRE XVIII

Fontainebleau, 17 août, II.

Même ici, je n'aime que le soir. L'aurore me plaît un moment : je crois que je sentirais sa beauté, mais le jour qui va la suivre doit être si long ! J'ai bien une terre libre à parcourir ; mais elle n'est pas assez sauvage, assez imposante. Les formes en sont basses ; les roches petites et monotones ; la végétation n'y a pas en général cette force, cette profusion qui m'est nécessaire ; on n'y entend bruire aucun torrent dans des profondeurs inaccessibles ; c'est une terre des plaines. Rien ne m'opprime ici, rien ne me satisfait. Je crois même que l'ennui augmente : c'est que je ne souffre pas assez. Je suis donc plus heureux ? Point du tout : souffrir ou être malheureux, ce n'est pas la même chose ; jouir ou être heureux, ce n'est pas non plus une même chose.

Ma situation est douce et je mène une triste vie. Je

suis ici on ne peut mieux; libre, tranquille, bien portant, sans affaires, indifférent sur l'avenir dont je n'attends rien, et perdant sans peine le passé dont je n'ai pas joui. Mais il est en moi une inquiétude qui ne me quittera pas; c'est un besoin que je ne connais pas, qui me commande, qui m'absorbe, qui m'emporte au-delà des êtres périssables... Vous vous trompez, et je m'y étais trompé moi-même; ce n'est pas le besoin d'aimer. Il y a une distance bien grande du vide de mon cœur à l'amour qu'il a tant désiré; mais il y a l'infini entre ce que je suis et ce que j'ai besoin d'être. L'amour est immense, il n'est pas infini. Je ne veux point jouir; je veux espérer, je voudrais savoir! Il me faut des illusions sans bornes, qui s'éloignent pour me tromper toujours. Que m'importe ce qui peut finir? L'heure qui arrivera dans soixante années est là près de moi. Je n'aime point ce qui se prépare, s'approche, arrive, et n'est plus. Je veux un bien, un rêve, une espérance enfin qui soit toujours devant moi, au-delà de moi, plus grande que mon attente elle-même, plus grande que ce qui passe. Je voudrais être tout intelligence, et que l'ordre éternel du monde... Et, il y a trente ans, l'ordre était, et je n'étais point!

Accident éphémère et inutile, je n'existais pas, je n'existerai pas : je trouve avec étonnement mon idée plus vaste que mon être; et si je considère que ma vie est ridicule à mes propres yeux, je me perds dans des ténèbres impénétrables. Plus heureux, sans doute, celui qui coupe du bois, qui fait du charbon, et qui prend de l'eau bénite quand le tonnerre gronde! Il vit comme la brute. Non; mais il chante en travaillant. Je ne connaîtrai point sa paix, et je passerai comme lui. Le temps aura fait couler sa vie; l'agitation, l'inquiétude, les fantômes d'une grandeur inconnue égarent et précipitent la mienne.

LETTRE XIX

Fontainebleau, 18 août, II.

Il est pourtant des momens où je me vois plein d'espérance et de liberté ; le temps et les choses descendent devant moi avec une majestueuse harmonie, et je me sens heureux, comme si je pouvais l'être : je me suis surpris revenant à mes anciennes années ; j'ai retrouvé dans la rose les beautés du plaisir et sa céleste éloquence. Heureux ! moi ? cependant je le suis ; et heureux avec plénitude, comme celui qui se réveille des alarmes d'un songe pour rentrer dans une vie de paix et de liberté ; comme celui qui sort de la fange des cachots, et revoit, après dix ans, la sérénité du ciel ; heureux comme celui qui aime... celle qu'il a sauvée de la mort ! Mais l'instant passe ; un nuage devant le soleil intercepte sa lumière féconde ; les oiseaux se taisent ; l'ombre en s'étendant entraîne et chasse devant elle et mon rêve et ma joie.

Alors je me mets à marcher ; je vais, je me hâte pour rentrer tristement, et bientôt je retourne dans les bois, parce que le soleil peut paraître encore. Il y a dans tout cela quelque chose qui tranquillisc et qui console. Ce que c'est ? je ne le sais pas bien ; mais quand la douleur m'endort, le temps ne s'arrête pas, et j'aime à voir mûrir le fruit qu'un vent d'automne fera tomber.

LETTRE XX

Fontainebleau, 27 août, II.

Combien peu il faut à l'homme qui veut seulement vivre, et combien il faut à celui qui veut vivre content et employer ses jours ! Celui-là serait bien plus heureux qui aurait la force de renoncer au bonheur, et de voir qu'il est trop difficile ; mais faut-il rester toujours seul ? La paix elle-même est un triste bien si on n'espère point la partager.

Je sais que plusieurs trouvent assez de permanence dans un bien du moment, et que d'autres savent se borner à une manière d'être sans ordre et sans goût. J'en ai vu se faire la barbe devant un miroir cassé. Les langes des enfans étaient étendus à la fenêtre ; une de leurs robes pendait contre le tuyau du poêle ; leur mère les lavait auprès de la table sans nappe, où étaient servis, sur des plats recousus, du bouilli réchauffé [1] et les restes du dindon du dimanche. Il y aurait eu de la soupe si le chat n'eût pas renversé le bouillon (E). On appelle cela une vie simple : pour moi, je l'appelle une vie malheureuse, si elle est momentanée ; je l'appelle une vie de misère, si elle est forcée et durable ; mais si elle est volontaire, si l'on ne s'y déplaît pas, si l'on compte subsister ainsi, je l'appelle une existence ridicule.

C'est une bien belle chose, dans les livres, que le mépris des richesses ; mais avec un *ménage* et point d'argent, il faut ou ne rien sentir, ou avoir une force inébranlable ; or je doute qu'avec un grand caractère on se soumette à une telle vie. On supporte tout ce qui est accidentel ; mais c'est adopter cette misère que d'y plier pour toujours sa volonté. Ces stoïciens-là manqueraient-ils du sentiment des choses convenables, qui apprend à l'homme que vivre ainsi n'est point vivre selon sa nature ? Leur simplicité sans ordre, sans délicatesse, sans honte, ressemble plus à mon avis à la sale abnégation d'un moine mendiant, à la grossière pénitence d'un fakir, qu'à la fermeté, qu'à l'indifférence philosophique.

Il est une propreté, un soin, un accord, un ensemble

dans la simplicité même. Les gens dont je parle n'ont pas un miroir de vingt sous, et ils vont au spectacle ; ils ont de la faïence écornée, et des habits de fin drap ; ils ont des manchettes bien plissées à des chemises d'une toile grossière. S'ils se promènent, c'est aux Champs-Élysées ; ces solitaires y vont voir les passans, disent-ils ; et pour voir ces passans, ils vont s'en faire mépriser et s'asseoir sur quelques restes d'herbe parmi la poussière que fait la foule. Dans leur flegme philosophique ils dédaignent les convenances arbitraires, et mangent leur brioche à terre, entre les enfans et les chiens, entre les pieds de ceux qui vont et reviennent. Là ils étudient l'homme en jasant avec les bonnes et les nourrices : là ils méditent une brochure, où les rois seront avertis des dangers de l'ambition ; où le luxe de la bonne société sera réformé ; où tous les hommes apprendront qu'il faut modérer ses désirs, vivre selon la nature, et manger des gâteaux de Nanterre [2].

Je ne veux pas vous en dire plus. Si j'allais vous mener trop loin dans la disposition à plaisanter sur de certaines choses, vous pourriez rire aussi de la manière bizarre dont je vis dans ma forêt : il y a bien quelque puérilité à se faire un désert auprès d'une capitale. Il faut que vous conveniez pourtant qu'il reste encore de la distance entre mes bois près de Paris, et un tonneau dans Athènes (F) ; et je vous accorderai de mon côté que les Grecs, policés comme nous, pouvaient faire plus que nous des choses singulières, parce qu'ils étaient plus près des anciens temps. Le tonneau fut choisi pour y mener publiquement, et dans la maturité de l'âge, la vie d'un sage. Cela est bien extraordinaire, mais l'extraordinaire ne choquait pas excessivement les Grecs. L'usage, les choses reçues ne formaient point leur code suprême. Tout chez eux pouvait avoir son caractère particulier ; et ce qu'il était rare d'y rencontrer, c'était une chose qui leur fût ordinaire et universelle. Comme un peuple qui fait ou qui continue l'essai de la vie sociale, ils semblaient chercher l'expérience des institutions et des usages, et ignorer encore quelles étaient les habitudes exclusivement bonnes. Mais nous à qui il ne reste aucun doute là-dessus, nous qui avons, en tout, adopté le mieux possible, nous faisons bien de consacrer nos moindres manières, et de punir de mépris l'homme assez stupide pour sortir d'une trace si bien connue. Au reste, ce qui m'excuse sérieusement, moi qui n'ai nulle envie d'imiter les cyniques, c'est que je ne prétends ni me faire honneur d'un caprice de jeune homme, ni, au milieu des hommes, opposer directement ma manière à la leur, dans les choses que le devoir ne me prescrit point. Je me permets une singularité indifférente par elle-même, et que je juge m'être bonne à certains égards. Elle choquerait leur manière de penser : il me semble que c'est le seul inconvénient qu'elle puisse avoir et je la leur cache afin de l'éviter.

LETTRE XXI

Fontainebleau, 1er septembre, II.

Il fait de bien beaux jours, et je suis dans une paix profonde. Autrefois j'aurais joui davantage dans cette liberté entière, dans cet abandon de toute affaire, de tout projet, dans cette indifférence sur tout ce qui peut arriver.

Je commence à sentir que j'avance dans la vie. Ces impressions délicieuses, ces émotions subites qui m'agitaient autrefois et m'entraînaient si loin d'un monde de tristesse, je ne les retrouve plus qu'altérées et affaiblies. Ce désir que réveillait en moi chaque sentiment de quelque beauté dans les choses naturelles, cette espérance pleine d'incertitude et de charme, ce feu céleste qui éblouit et consume un cœur jeune, cette volupté expansive dont il éclaire devant lui le fantôme immense, tout cela n'est déjà plus. Je commence à voir ce qui est utile, ce qui est commode, et non plus ce qui est beau.

Vous qui connaissez mes besoins sans bornes, dites-moi ce que je ferai de la vie, quand j'aurai perdu ces momens d'illusions qui brillaient dans ses ténèbres, comme les lueurs orageuses dans une nuit sinistre ! Ils la rendaient plus sombre, je l'avouerai ; mais ils montraient qu'elle pouvait changer, et que la lumière subsistait encore. Maintenant que deviendrai-je, s'il faut que je me borne à ce qui est, et que je reste contenu dans ma manière de vivre, dans mes intérêts personnels, dans le soin de me lever, de m'occuper, de me coucher ?

J'étais bien différent dans ces temps où il était possible que j'aimasse. J'avais été romanesque dans mon enfance, et alors encore j'imaginai une retraite selon mes goûts. J'avais faussement réuni, dans un point du Dauphiné, l'idée des formes alpestres à celles d'un climat d'oliviers, de citronniers ; mais enfin le mot de *Chartreuse* m'avait frappé : c'était là, près de Grenoble que je rêvais ma demeure. Je croyais alors que des lieux heureux faisaient beaucoup pour une vie heureuse ; et que là, avec une femme aimée, je posséderais cette félicité inaltérable dont le besoin remplissait mon cœur trompé.

Mais voici une chose bien étrange, dont je ne puis rien conclure, et dont je n'affirmerai rien, sinon que le fait est tel. Je n'avais jamais rien vu, rien lu, que je sache, qui m'eût donné quelque connaissance du local de la Grande Chartreuse. Je savais uniquement que cette solitude était dans les montagnes du Dauphiné. Mon imagination composa, d'après cette notion confuse et d'après ses propres penchans, le site où devait être le monastère, et, près de lui, ma demeure. Elle approcha singulièrement de la vérité. Voyant long-temps après une gravure qui représentait ces mêmes lieux, je me dis, avant d'avoir lu : Voilà la Grande Chartreuse ; tant elle me rappela ce que j'avais imaginé. Et quand il se trouva que c'était elle effectivement, cela me fit frémir de surprise et de regret ; il me sembla que j'avais perdu une chose qui m'était comme destinée. Depuis ce projet de ma première jeunesse, je n'entends point sans une émotion pleine d'amertume ce mot Chartreuse.

Plus je rétrograde dans ma jeunesse, plus je trouve les impressions profondes. Si je passe l'âge où les idées ont déjà de l'étendue ; si je cherche dans mon enfance ces premières fantaisies d'un cœur mélancolique, qui n'a jamais eu de véritable enfance, et qui s'attachait aux émotions fortes et aux choses extraordinaires avant qu'il fût seulement décidé s'il aimerait ou n'aimerait pas les jeux ; si, dis-je, je cherche ce que j'éprouvais à sept ans, à six ans, à cinq ans, je trouve des impressions aussi ineffaçables, plus confiantes, plus douces, et formées par ces illusions entières dont aucun autre âge n'a possédé le bonheur.

Je ne me trompe point d'époque ; je sais avec certitude quel âge j'avais lorsque j'ai pensé à telles choses, lorsque j'ai lu tel livre. J'ai lu l'histoire du Japon de Kœmpfer, dans ma place ordinaire, auprès d'une certaine fenêtre, dans cette maison près du Rhône que mon père a quittée peu de temps avant sa mort. L'été suivant, j'ai lu Robinson Crusoé. C'est alors que je perdis cette exactitude que l'on avait remarquée en moi : il me devint impossible de faire, sans plume, des calculs moins compliqués que celui que j'avais fait à quatre ans et demi, sans rien écrire et sans savoir aucune règle d'arithmétique, si ce n'est l'addition ; calcul qui avait tant surpris toutes les personnes rassemblées chez Madame Belp[1]... dans cette soirée dont vous savez l'histoire.

La faculté de percevoir les rapports indéterminés l'emporta alors sur celle de combiner des rapports mathématiques. Les relations morales devenaient sensibles : le sentiment du beau commençait à naître...

2 septembre.

J'ai vu qu'insensiblement j'allais raisonner : je me suis arrêté. Lorsqu'il ne s'agit que du sentiment, on peut ne consulter que soi ; mais dans les choses qui doivent être discutées, il y a toujours beaucoup à gagner quand on peut savoir ce qu'en ont pensé d'autres hommes. J'ai précisément ici un volume qui contient les *Pensées philosophiques* de Diderot, son *Traité du beau*, etc. Je l'ai pris et je suis sorti[2].

Si je suis de l'avis de Diderot, peut-être il paraîtra que c'est parce qu'il parle le dernier, et je conviens que cela fait ordinairement beaucoup ; mais je modifie sa pensée à ma manière, car je parle encore après lui.

Laissant Wolf, Crouzas et le sixième sens d'Hutcheson, je pense à peu près comme tous les autres ; et c'est pour cela que je ne pense point que la définition du beau puisse être exprimée d'une manière si simple et si brève que l'a fait Diderot. Je crois, comme lui, que le sentiment de la beauté ne peut exister hors de la perception des rapports ; mais de quels rapports ? S'il arrive que l'on songe au beau quand on voit des rapports quelconques, ce n'est pas qu'on en ait alors la perception, l'on ne fait que l'imaginer. Parce qu'on voit des rapports, on suppose un centre, on pense à des analogies, on s'attend à une extension nouvelle de l'âme et des idées ; mais ce qui est beau ne fait pas seulement penser à tout cela comme par réminiscence ou par occasion, il le contient et le montre. C'est un avantage sans doute quand une définition peut être exprimée par un seul mot ; mais il ne faut pas que cette concision la rende trop générale et dès lors fausse.

Je dirai donc : *Le beau est ce qui excite en nous l'idée de rapports disposés vers une même fin, selon des convenances analogues à notre nature.* Cette définition renferme les notions d'ordre, de proportions, d'unité, et même d'utilité.

Ces rapports sont ordonnés vers un centre ou un but ; ce qui fait l'ordre et l'unité. Ils suivent des convenances qui ne sont autre chose que la proportion, la régularité, la symétrie, la simplicité, selon que l'une ou l'autre de ces convenances se trouve plus ou moins essentielle à la nature du tout que ces rapports composent. Ce tout est l'unité sans laquelle il n'y a pas de résultat, pas d'ouvrage qui puisse être beau, parce qu'alors il n'y a pas même d'ouvrage. Tout produit doit être un : on n'a rien fait si l'on n'a pas mis d'ensemble à ce qu'on a fait. Une chose n'est pas belle sans ensemble ; elle n'est pas une chose, mais un assemblage de choses qui pourront produire l'unité et la beauté, lorsque, unies à ce qui leur manque encore, elles formeront un tout. Jusque là, ce sont des matériaux : leur réunion n'opère point de beauté, quoiqu'ils puissent être beaux en particulier, comme ces composés individuels, entiers et complets peut-être, mais dont l'assemblage encore informe n'est pas un ouvrage : ainsi une compilation des plus belles pensées morales éparses et sans liaison ne forme point un traité de morale.

Dès que cet ensemble plus ou moins composé, mais pourtant un et complet, a des analogies sensibles avec la nature de l'homme, il lui est utile, directement ou indirectement. Il peut servir à ses besoins, ou du moins étendre ses connaissances ; il peut être pour lui un moyen nouveau, ou l'occasion d'une industrie nouvelle ; il peut ajouter à son être, et plaire à son esprit inquiet, à son avidité.

La chose est plus belle, il y a vraiment unité, lorsque les rapports perçus sont exacts, lorsqu'ils concourent à un centre commun ; et s'il n'y a précisément que ce qu'il faut pour coopérer à ce résultat, la beauté est plus grande, il y a simplicité. Toute qualité est altérée par le mélange d'une qualité étrangère : lorsqu'il n'y a point de mélange, la chose est plus exacte, plus symétrique, plus simple, plus une, plus belle ; elle est parfaite.

La notion d'utilité entre principalement de deux manières dans celle de la beauté. D'abord l'utilité de chaque partie pour leur fin commune ; puis l'utilité du tout pour nous qui avons des analogies avec ce tout.

On lit dans la *Philosophie de la nature*[3] : *Il me semble que le philosophe peut définir la beauté, l'accord expressif d'un tout avec ses parties.*

J'ai trouvé, dans une note, que vous l'aviez ainsi définie autrefois : *La convenance des diverses parties d'une chose avec leur destination commune, selon les moyens les plus féconds à la fois et les plus simples.* Ce qui se rapproche du sentiment de Crouzas, à l'assaisonnement près. Il compte cinq caractères du beau ; et il définit ainsi la proportion qui en est un, *l'unité* assaisonnée *de variété, de régularité et d'ordre dans chaque partie*[4].

Si la chose bien ordonnée, analogue à nous et dans laquelle nous trouvons de la beauté, nous paraît supérieure ou égale à ce que nous contenons en nous, nous la disons belle. Si elle nous paraît inférieure, nous la disons jolie. Si ses analogies avec nous sont relatives à des choses de peu d'importance, mais qui servent directement à nos habitudes et à nos désirs présens, nous la disons agréable. Quand elle suit les convenances de notre âme, en animant, en étendant notre pensée, en généralisant, en exaltant nos affections, en nous montrant dans les choses extérieures des analogies grandes ou nouvelles, qui nous donnent le sentiment d'un ordre universel, d'une fin commune à beaucoup d'êtres, nous la disons sublime.

La perception des rapports ordonnés produit l'idée de la beauté, et l'extension de l'âme, occasionnée par leur analogie avec notre nature, en est le sentiment.

Quand les rapports indiqués ont quelque chose de vague et d'immense, quand l'on sent bien mieux qu'on ne voit leurs convenances avec nous et avec une partie de la nature, il en résulte un sentiment délicieux, plein d'espoir et d'illusions, une jouissance indéfinie qui promet des jouissances sans bornes : voilà le genre de beauté qui charme, qui entraîne. Le joli amuse la pensée, le beau soutient l'âme, le sublime l'étonne ou l'exalte ; mais ce qui séduit et passionne les cœurs, ce sont des beautés plus vagues et plus étendues encore, peu connues, jamais expliquées, mystérieuses et ineffables.

Ainsi, dans les cœurs faits pour aimer, l'amour embellit toutes choses, et rend délicieux le sentiment de la nature entière. Comme il établit en nous le rapport le plus grand qu'on puisse connaître hors de soi, il nous rend habiles au sentiment de tous les rapports, de toutes les harmonies ; il découvre à nos affections un monde nouveau. Emportés par ce mouvement rapide, séduits par cette énergie qui promet tout, en dont rien encore n'a pu nous désabuser, nous cherchons, nous sentons, nous aimons, nous voulons tout ce que la nature contient pour l'homme.

Mais les dégoûts de la vie viennent nous comprimer et nous forcer de nous replier en nous-mêmes. Dans notre marche rétrograde, nous nous attachons à abandonner les choses extérieures et à nous contenir dans nos besoins positifs ; centre de tristesse, où l'amertume et le silence et tant de choses n'attendent pas la mort, pour creuser à nos cœurs ce vide du tombeau où se consume et s'éteint tout ce qu'ils pouvaient avoir de candeur, de grâces, de désirs et de bonté primitive.

LETTRE XXII

Fontainebleau, 12 octobre, II.

Il fallait bien revoir une fois tous les sites que j'aimais à fréquenter. Je parcours les plus éloignés, avant que les nuits soient froides, que les arbres se dépouillent, que les oiseaux s'éloignent.

Hier je me mis en chemin avant le jour ; la lune éclairait encore, et malgré l'aurore on pouvait discerner les ombres. Le vallon de Changy restait dans la nuit ; déjà j'étais sur les sommités d'Avon. Je descends aux Basses-Loges, et j'arrivais à Valvin, lorsque le soleil, s'élevant derrière Samoreau, colora les rochers de Samois.

Valvin n'est point un village, et n'a pas de terres labourées. L'auberge est isolée, au pied d'une éminence, sur une petite plage facile, entre la rivière et les bois. Il faudrait supporter l'ennui du coche, voiture très-désagréable, et arriver à Valvin ou à Thomery par eau, le soir, quand la côte est sombre et que les cerfs brament dans la forêt ; ou bien, au lever du soleil, quand tout repose encore, quand le cri du batelier fait fuir les biches, quand il retentit sous les hauts peupliers et dans les collines de bruyère toutes fumantes sous les premiers feux du jour.

C'est beaucoup si l'on peut, dans un pays plat, rencontrer ces faibles effets, qui du moins sont intéressans à certaines heures. Mais le moindre changement les détruit : dépeuplez de bêtes fauves les bois voisins, ou coupez ceux qui couvrent le coteau, Valvin ne sera plus rien. Tel qu'il est même, je ne me soucierais pas de m'y arrêter : dans le jour, c'est un lieu très-ordinaire ; de plus, l'auberge n'est pas logeable.

En quittant Valvin je montai vers le nord, je passai près d'un amas de grès dont la situation, dans une terre unie et découverte, entourée de bois et inclinée vers le couchant d'été, donne un sentiment d'abandon mêlé de quelque tristesse. En m'éloignant, je comparais ce lieu à un autre qui m'avait fait une impression opposée près de Bourron. Trouvant ces deux lieux fort semblables, excepté sous le rapport de l'exposition, j'entrevis enfin la raison de ces effets contraires que j'avais éprouvés, vers les Alpes, dans des lieux en apparence les mêmes. Ainsi m'ont attristé Bulle et Planfayon, quoique leurs pâturages, sur les limites de la Gruyère, en portent le caractère, et qu'on reconnaisse aussitôt dans leurs sites les habitudes et le ton de la montagne. Ainsi j'ai regretté, jadis, de ne pouvoir rester dans une gorge perdue et stérile de la Dent du Midi. Ainsi je trouvai l'ennui à Iverdun ; et, sur le même lac, à Neuchâtel, un bien-être remarquable : ainsi s'expliqueront la douceur de Vevay, la mélancolie de l'Underwalden ; et, par des raisons semblables peut-être, les divers caractères de tous les peuples. Ils sont modifiés par les différences des expositions, des climats, des vapeurs, autant et plus encore que par celles des lois et des habitudes*. En

* Il faudrait pourtant sans doute en excepter les mœurs nationales chez les peuples qui ont eu des législateurs, comme les Spartiates, les Hébreux, les Péruviens, les Parsis.

effet, ces dernières oppositions ont eu elles-mêmes, dans le principe, de semblables causes physiques.

Ensuite je tournai vers le couchant, et je cherchai la fontaine du mont Chauvet. On a pratiqué, avec les grès dont tout cet endroit est couvert, un abri qui protège la source contre le soleil et l'éboulement du sable, ainsi qu'un banc circulaire, où l'on vient déjeûner en puisant de son eau. L'on y rencontre quelquefois des chasseurs, des promeneurs, des ouvriers ; mais quelquefois aussi une triste société de valets de Paris et de marchands du quartier Saint-Martin ou de la rue Saint-Jacques, retirés dans une ville où le roi *fait des voyages*. Ils sont attirés de ce côté par l'eau, qu'il est commode de trouver quand on veut manger entre voisins un pâté froid, et par un certain grès creusé naturellement, qu'on rencontre sur le chemin, et qu'ils s'amusent beaucoup à voir. Ils le vénèrent, ils le nomment *confessional ;* ils y reconnaissent avec attendrissement ces *jeux de la nature* qui imitent les choses saintes et qui attestent que la religion du pays est la fin de toutes choses.

Pour moi je descendis dans le vallon retiré où cette eau trop faible se perd sans former de ruisseau. En tournant vers la croix du Grand-Veneur, je trouvai une solitude austère comme l'abandon que je cherche. Je passai derrière les rochers de Cuvier ; j'étais plein de tristesse : je m'arrêtai longtemps dans les gorges d'Aspremont. Vers le soir, je m'approchai des solitudes du Grand-Franchart, ancien monastère isolé dans les collines et les sables ; ruines abandonnées que, même loin des hommes, les vanités humaines consacrèrent au fanatisme de l'humilité, à la passion d'étonner le peuple. Depuis ce temps, des brigands y remplacèrent, dit-on, les moines ; ils y ramenèrent des principes de liberté, mais pour le malheur de ce qui n'était pas libre avec eux. La nuit approchait ; je me choisis une retraite dans une sorte de parloir dont j'enfonçai la porte antique, et où je rassemblai quelques débris de bois avec de la fougère et d'autres herbes, afin de ne point passer la nuit sur la pierre. Alors je m'éloignai pour quelques heures encore : la lune devait éclairer.

Elle éclaira en effet, et faiblement, comme pour ajouter à la solitude de ce monument désert. Pas un cri, pas un oiseau, pas un mouvement n'interrompit le silence durant la nuit entière. Mais quand tout ce qui nous opprime est suspendu, quand tout dort et nous laisse au repos, les fantômes veillent dans notre propre cœur.

Le lendemain, je pris au midi. Pendant que j'étais entre les hauteurs, il fit un orage que je vis se former avec beaucoup de plaisir. Je trouvai facilement un abri dans ces rocs presque partout creusés ou suspendus les uns sur les autres. J'aimais à voir, du fond de mon antre, les genévriers et les bouleaux résister à l'effort des vents, quoique privés d'une terre féconde et d'un sol commode, et conserver leur existence libre et pauvre, quoiqu'ils n'eussent d'autre soutien que les parois des roches entr'ouvertes entre lesquelles ils se balançaient, ni d'autre nourriture qu'une humidité terreuse amassée dans les fentes où leurs racines s'étaient introduites.

Dès que la pluie diminua, je m'enfonçai dans les bois humides et embellis. Je suivis les bords de la forêt vers Reclose, la Vignette et Bourron. Me rapprochant ensuite du petit mont Chauvet jusqu'à la Croix-Hérant, je me dirigeai entre Malmontagne et la Route-aux-Nymphes. Je rentrai vers le soir avec quelque regret, et content de ma course ; si toutefois quelque chose peut me donner précisément du plaisir ou du regret.

Il y a dans moi un dérangement, une sorte de délire,

qui n'est pas celui des passions : qui n'est pas non plus de la folie : c'est le désordre des ennuis ; c'est la discordance qu'ils ont commencée entre moi et les choses ; c'est l'inquiétude que des besoins long-temps comprimés ont mise à la place des désirs.

Je ne veux plus de désirs, ils ne me trompent point. Je ne veux pas qu'ils s'éteignent, ce silence absolu serait plus sinistre encore. Cependant c'est la vaine beauté d'une rose devant l'œil qui ne s'ouvre plus ; ils montrent ce que je ne saurais posséder, ce que je puis à peine voir. Si l'espérance semble encore jeter une lueur dans la nuit qui m'environne, elle n'annonce rien que l'amertume qu'elle exhale en s'éclipsant ; elle n'éclaire que l'étendue de ce vide où je cherchais, et où je n'ai rien trouvé.

De doux climats, de beaux lieux, le ciel des nuits, des sons particuliers, d'anciens souvenirs ; les temps, l'occasion ; une nature belle, expressive, des affections sublimes, tout a passé devant moi ; tout m'appelle, et tout m'abandonne. Je suis seul ; les forces de mon cœur ne sont point communiquées, elles réagissent dans lui, elles attendent : me voilà dans le monde, errant, solitaire au milieu de la foule qui ne m'est rien ; comme l'homme frappé dès long-temps d'une surdité accidentelle, et dont l'œil avide se fixe sur tous ces êtres muets qui passent et s'agitent devant lui. Il voit tout, et tout lui est refusé ; il devine les sons qu'il aime, il les cherche, et ne les entend pas ; il souffre le silence de toutes choses au milieu du bruit du monde. Tout se montre à lui, il ne saurait rien saisir : l'harmonie universelle est dans les choses extérieures, elle est dans son imagination, elle n'est plus dans son cœur ; il est séparé de l'ensemble des êtres, il n'y a plus de contact ; tout existe en vain devant lui, il vit seul, il est absent dans le monde vivant.

LETTRE XXIII

Fontainebleau, 18 octobre, II.

L'homme connaîtrait-il aussi la longue paix de l'automne, après l'inquiétude de ses fortes années ? comme le feu, après s'être hâté de consumer, dure en s'éteignant.

Long-temps avant l'équinoxe, les feuilles tombaient en quantité, cependant la forêt conservait encore beaucoup de sa verdure et toute sa beauté. Il y a plus de quarante jours, tout paraissait devoir finir avant le temps, et voici que tout subsiste par-delà le terme prévu ; recevant, aux limites de la destruction, une durée prolongée, qui, sur le penchant de sa ruine, s'arrête avec beaucoup de grâce ou de sécurité, et qui, s'affaiblissant dans une douce lenteur, semble tenir à la fois et du repos de la mort qui s'offre, et du charme de la vie perdue.

LETTRE XXIV

Fontainebleau, 28 octobre, II.

Lorsque les frimas s'éloignent, je m'en aperçois à peine : le printemps passe, et ne m'a pas attaché ; l'été passe, je ne le regrette point. Mais je me plais à marcher sur les feuilles tombées, aux derniers beaux jours, dans la forêt dépouillée.

D'où vient à l'homme la plus durable des jouissances de son cœur, cette volupté de la mélancolie, ce charme plein de secrets, qui le fait vivre de ses douleurs et s'aimer encore dans le sentiment de sa ruine ? Je m'attache à la saison heureuse qui bientôt ne sera plus : un intérêt tardif, un plaisir qui paraît contradictoire, m'amène à elle lorsqu'elle va finir. Une même loi morale me rend pénible l'idée de la destruction, et m'en fait aimer ici le sentiment dans ce qui doit cesser avant moi. Il est naturel que nous jouissions mieux de l'existence périssable, lorsque, avertis de toute sa fragilité, nous la sentons néanmoins durer en nous. Quand la mort nous sépare des choses, elles subsistent sans nous. Mais à la chute des feuilles, la végétation s'arrête, elle meurt ; nous, nous restons pour des générations nouvelles. L'automne est délicieux parce que le printemps doit venir encore pour nous.

Le printemps est plus beau dans la nature ; mais l'homme a tellement fait que l'automne est plus doux. La verdure qui naît, l'oiseau qui chante, la fleur qui s'ouvre ; et ce feu qui revient affermir la vie, ces ombrages qui protègent d'obscurs asiles ; et ces herbes fécondes, ces fruits sans culture, ces nuits faciles qui permettent l'indépendance ! Saison de bonheur ! je vous redoute trop dans mon ardente inquiétude. Je trouve plus de repos vers le soir de l'année : la saison où tout paraît finir est la seule où je dorme en paix sur la terre de l'homme.

LETTRE XXV

Fontainebleau, 6 novembre, II.

Je quitte mes bois. J'avais eu quelque intention d'y rester pendant l'hiver ; mais si je veux me délivrer enfin des affaires qui m'ont rapproché de Paris, je ne puis les négliger plus long-temps. On me rappelle, on me presse, on me fait entendre que puisque je reste tranquillement à la campagne, apparemment je puis me passer que tout cela finisse. Ils ne se doutent guère de la manière dont j'y vis : s'ils le savaient, ils diraient plutôt le contraire, ils croiraient que c'est par économie.

Je crois encore que même sans cela je me serais décidé à quitter la forêt. C'est avec beaucoup de bonheur que je suis parvenu à être ignoré jusqu'à présent. La fumée me trahirait ; je ne saurais échapper aux bûcherons, aux charbonniers, aux chasseurs ; je n'oublie pas que je suis dans un pays très-policé. D'ailleurs je n'ai pu prendre les arrangemens qu'il faudrait pour vivre ainsi en toute saison ; il pourrait m'arriver de ne savoir trop que devenir pendant les neiges molles, pendant les dégels et les pluies froides.

Je vais donc laisser la forêt, le mouvement, l'habitude rêveuse, et la faible mais paisible image d'une terre libre.

Vous me demandez ce que je pense de Fontainebleau, indépendamment et des souvenirs qui pouvaient me le rendre plus intéressant, et de la manière dont j'y ai passé ces momens-ci.

Cette terre-là est peu de chose en général, et il faut aussi fort peu de chose pour en gâter les meilleurs recoins. Les sensations que peuvent donner les lieux auxquels la nature n'a point imprimé un grand caractère sont nécessairement variables et en quelque sorte précaires. Il faut vingt siècles pour changer une *Alpe*. Un vent du nord, quelques arbres abattus, une plantation nouvelle, la comparaison avec d'autres lieux, suffisent pour rendre des sites ordinaires très-différens d'eux-mêmes. Une forêt remplie de bêtes fauves perdra beaucoup si elle n'en contient plus ; et un endroit qui n'est qu'agréable perdra plus encore si on le voit avec les yeux d'un autre âge.

J'aime ici l'étendue de la forêt, la majesté des bois dans quelques parties, la solitude des petites vallées, la liberté des landes sablonneuses ; beaucoup de hêtres et de bouleaux ; une sorte de propreté et d'aisance extérieure dans la ville ; l'avantage assez grand de n'avoir jamais de boues, et celui non moins rare de voir peu de misère ; de belles routes, une grande diversité de chemins, et une multitude d'*accidens*, quoique à la vérité trop petits et trop semblables. Mais ce séjour ne saurait convenir réellement qu'à celui qui ne connaît et n'imagine rien de plus. Il n'est pas un site d'un grand caractère auquel on puisse sérieusement comparer ces terres basses, qui n'ont ni vagues, ni torrens, rien qui étonne ou qui attache ; surface monotone, à qui il ne resterait plus aucune beauté si l'on en coupait les bois ; assemblage trivial et muet de petites plaines de bruyère, de petits ravins et de rochers mesquins uniformément amassés ; terre des plaines dans laquelle on peut trouver beaucoup d'hommes avides du sort qu'ils se promettent, et pas un satisfait de celui qu'il a.

La paix d'un lieu semblable n'est que le silence d'un abandon momentané ; sa solitude n'est point assez sauvage. Il faut à cet abandon un ciel pur du soir ; un ciel incertain mais calme d'automne, le soleil de dix heures entre les brouillards. Il faut des bêtes fauves errantes dans ces solitudes : elles sont intéressantes et pittoresques, quand on entend des cerfs bramer la nuit à des distances inégales, quand l'écureuil saute de branches en branches dans les beaux bois de Tillas avec son petit cri d'alarme. Sons isolés de l'être vivant ! vous ne peuplez point les solitudes, comme le dit mal l'expression vulgaire, vous les rendez plus profondes, plus mystérieuses ; c'est par vous qu'elles sont romantiques.

LETTRE XXVI

Paris, 9 février, troisième année.

Il faut que je vous dise toutes mes faiblesses, afin que vous me souteniez, car je suis bien incertain : quelquefois j'ai pitié de moi-même, et quelquefois aussi je sens autrement.

Quand je rencontre un cabriolet mené par une femme telle à peu près que j'en imagine, je vais droit le long du cheval jusqu'à ce que la roue me touche presque ; alors je ne regarde plus, je serre le bras en me courbant un peu, et la roue passe.

Une fois j'étais ainsi dans l'imaginaire, les yeux occupés, sans être précisément fixes. Aussi fut-elle obligée d'arrêter ; j'avais oublié la roue : elle avait et de la jeunesse et de la maturité ; elle était presque belle et extrêmement aimable. Elle retint son cheval, sourit à peu près, et parut ne pas vouloir sourire. Je la regardais encore, et sans voir ni le cheval ni la roue, je me trouvai lui répondre... Je suis sûr que mon œil était déjà rempli de douleur. Le cheval fut détourné ; elle se penchait pour voir si la roue ne me toucherait pas. Je restai dans mon songe ; mais un peu plus loin, je heurtai du pied ces fagots que les fruitiers font pour vendre à des pauvres : alors je ne vis plus rien. Ne serait-il pas temps de prendre de la fermeté, d'entrer dans l'oubli ? Je veux dire, de ne s'occuper que de... ce qui convient à l'homme ? Ne faut-il pas laisser toutes ces puérilités qui me fatiguent et m'affaiblissent ?

Je les voudrais bien ôter de moi ; mais je ne sais que mettre à la place ; et quand je me dis, il faut être homme enfin, je ne trouve que de l'incertitude. Dans votre première lettre, dites-moi ce que c'est qu'être homme.

LETTRE XXVII

Paris, 11 février, III.

Je ne conçois pas du tout ce qu'ils entendent par amour-propre. Ils le blâment, et ils disent qu'il en faut avoir. J'aurais conclu de là que cet amour de soi et des convenances est bon et nécessaire ; qu'il est inséparable du sentiment de l'honneur, et que ses excès seuls étant funestes comme le doivent être tous les excès, il faut considérer si les choses qu'on fait par amour-propre sont bonnes ou mauvaises, et non les critiquer uniquement parce que c'est l'amour-propre qui paraît les faire faire.

Ce n'est pas cela pourtant. Il faut avoir de l'amour-propre ; quiconque n'en a pas est un pied-plat : et il ne faut rien faire par amour-propre ; ce qui est bon pour soi-même, ou au moins indifférent, devient mauvais quand c'est l'amour-propre qui nous y porte. Vous qui connaissez mieux la société, expliquez-moi, je vous prie, ses secrets. J'imagine qu'il vous sera plus facile de répondre à cette question-ci qu'à celle de ma dernière lettre. Au reste, comme vous êtes brouillé avec l'idéal, voici un exemple, afin que le problème qu'il faut résoudre en soit un de science pratique.

Un étranger demeure depuis peu à la campagne chez des amis opulens ; il croit devoir à ses amis et à lui-même de ne pas s'avilir dans l'opinion des gens de la maison, et il suppose que les apparences sont tout pour cette classe d'hommes. Il ne recevait point chez lui, il ne voyait personne de la ville : un seul individu, un parent qui vient par hasard, se trouve être un homme original et d'ailleurs peu aisé, dont la manière bizarre et l'extérieur assez commun doivent donner à des domestiques l'idée d'une condition basse. On ne parle pas à ces gens-là ; on ne peut pas les mettre au fait par un mot, on ne s'explique pas avec eux, ils ne savent pas qui vous êtes ; ils ne vous voient d'autre connaissance qu'un homme qui est loin de leur imposer et dont ils se permettent de rire : aussi le personnage dont je parle fut très-contrarié. On l'en blâme d'autant plus que c'est à l'occasion d'un parent : voilà une réputation d'amour-propre établie ; et cependant je trouve qu'elle n'est pas méritée.

LETTRE XXVIII

Paris, 27 février, III.

Vous ne pouviez me demander plus à propos d'où vient l'expression de pied-plat. Ce matin, je ne le savais pas plus que vous ; je crains bien de ne le pas savoir mieux ce soir, quoiqu'on m'ait dit ce que je vais vous rendre.

Puisque les Gaulois ont été soumis aux Romains, c'est qu'ils étaient faits pour servir ; puisque les Francs ont envahi les Gaules, c'est qu'ils étaient nés pour vaincre : conclusions frappantes. Or les Galles ou Welches avaient les pieds fort plats, et les Francs les avaient fort élevés. Les Francs méprisèrent tous ces pieds-plats, ces vaincus, ces serfs, ces cultivateurs ; et maintenant que les descendans des Francs sont très-exposés à obéir aux enfans des Gaulois, un pied-plat est encore un homme fait pour servir. Je ne me rappelle point où je lisais dernièrement qu'il n'y a pas en France une famille qui puisse prétendre, avec quelque fondement, descendre de cette horde du Nord qui prit un pays déjà pris, et que ses maîtres ne savaient comment garder. Mais ces origines qui échappent à l'art par excellence, à la science héraldique, se trouvent prouvées par le fait. Dans la foule la plus confuse, on distinguera facilement les petits-neveux des Scythes*, et tous les pieds-plats reconnaîtront leurs maîtres. Je ne me ressouviens point des formes plus ou moins nobles de votre pied, mais je vous avertis que le mien est celui des conquérans : c'est à vous de voir si vous pouvez conserver avec moi le ton familier.

LETTRE XXIX

Paris, 2 mars, III.

Je n'aime pas un pays où le pauvre est réduit à demander au nom du ciel. Quel peuple que celui chez qui l'homme n'est rien par lui-même !

Quand ce malheureux me dit : Que la bonne Vierge !... Quand il m'exprime ainsi sa triste reconnaissance, je ne me sens point porté à m'applaudir dans un secret orgueil, parce que je suis libre de chaînes ridicules ou adorées, et de ces préjugés contraires qui mènent aussi le monde. Mais plutôt ma tête se baisse sans que j'y songe, mes yeux se fixent

* Plusieurs savans prétendent que les Francs sont le même peuple que les Russes, et qu'ainsi ils sont originaires de cette contrée dont les hordes semblent destinées de temps immémorial à dompter les nations, et à recommencer leur ouvrage.

vers la terre, je me sens affligé, humilié, en voyant l'esprit de l'homme si vaste et si stupide.

Lorsque c'est un homme infirme qui mendie tout un jour, avec le cri des longues douleurs, au milieu d'une ville populeuse, je m'indigne, et je heurterais volontiers ces gens qui font un détour en passant auprès de lui, qui le voient et ne l'entendent pas. Je me trouve avec humeur au milieu de cette tourbe de plats tyrans ; j'imagine un plaisir juste et mâle à voir l'incendie vengeur anéantir ces villes et tout leur ouvrage, ces arts de caprice, ces livres inutiles, ces ateliers, ces forges, ces chantiers. Cependant sais-je ce qu'il faudrait, ce que l'on peut faire ? Je ne voudrais rien.

Je regarde les choses positives : je rentre dans le doute ; je vois une obscurité profonde. J'abandonnerai l'idée même d'un monde meilleur ! Las et rebuté, je plains seulement une existence stérile et des besoins fortuits. Ne sachant où je suis, j'attends le jour qui doit tout terminer et ne rien éclaircir.

A la porte d'un spectacle, à l'entrée pour les premières loges, l'infortuné n'a pas trouvé un seul individu qui lui donnât : ils n'avaient rien ; et la sentinelle qui veillait pour les gens comme il faut le repoussa rudement. Il alla vers le bureau du parterre, où la sentinelle chargée d'un ministère moins auguste tâcha de ne pas l'apercevoir. Je l'avais suivi des yeux. Enfin un homme qui me parut un garçon de boutique, et qui tenait déjà la pièce qu'il fallait pour son billet, le refusa doucement, hésita, chercha dans sa poche et n'en tira rien ; il finit par lui donner la pièce d'argent, et s'en retourna. Le pauvre sentit le sacrifice ; il le regardait s'en aller, et fit quelques pas selon ses forces : il était entraîné à le suivre.

LETTRE XXX

Paris, 7 mars, III.

Il faisait sombre et un peu froid ; j'étais abattu, je marchais parce que je ne pouvais rien faire. Je passai auprès de quelques fleurs posées sur un mur à hauteur d'appui. Une jonquille était fleurie. C'est la plus forte expression du désir : c'était le premier parfum de l'année. Je sentis tout le bonheur destiné à l'homme. Cette indicible harmonie des êtres, le fantôme du monde idéal fut tout entier dans moi ; jamais je n'éprouvai quelque chose de plus grand et de si instantané. Je ne saurais trouver quelle forme, quelle analogie, quel rapport secret a pu me faire voir dans cette fleur une beauté illimitée, l'expression, l'élégance, l'attitude d'une femme heureuse et simple dans toute la grâce et la splendeur de la saison d'aimer. Je ne concevrai point cette puissance, cette immensité que rien n'exprimera ; cette forme que rien ne contiendra ; cette idée d'un monde meilleur, que l'on sent et que la nature n'aurait pas fait ; cette lueur céleste que nous croyons saisir, qui nous passionne, qui nous entraîne, et qui n'est qu'une ombre indiscernable, errante, égarée dans le ténébreux abîme.

Mais cette ombre, cette image embellie dans le vague, puissante de tout le prestige de l'inconnu, devenue nécessaire dans nos misères, devenue naturelle à nos cœurs opprimés, quel homme a pu l'entrevoir une fois seulement, et l'oublier jamais ?

Quand la résistance, quand l'inertie d'une puissance morte, brute, immonde, nous entrave, nous enveloppe, nous comprime, nous retient plongés dans les incertitudes, les dégoûts, les puérilités, les folies imbéciles ou cruelles ; quand on ne sait rien, quand on ne possède rien ; quand tout passe devant nous comme les figures bizarres d'un songe odieux et ridicule ; qui réprimera dans nos cœurs le besoin d'un autre ordre, d'une autre nature ?

Cette lumière ne serait-elle qu'une lueur fantastique ? Elle séduit, elle subjugue dans la nuit universelle. On s'y attache, on la suit : si elle nous égare, elle nous éclaire et nous embrase. Nous imaginons, nous voyons une terre de paix, d'ordre, d'union, de justice, où tous sentent, veulent et jouissent avec la délicatesse qui fait les plaisirs, avec la simplicité qui les multiplie. Quand on a eu la perception des délices inaltérables et permanentes ; quand on a imaginé la candeur de la volupté, combien les soins, les vœux, les plaisirs du monde visible sont vains et misérables ! Tout est froid, tout est vide ; on végète dans un lieu d'exil, et, du sein des dégoûts, on fixe dans sa patrie imaginaire ce cœur chargé d'ennuis. Tout ce qui l'occupe ici, tout ce qui l'arrête n'est plus qu'une chaîne avilissante : on rirait de pitié, si l'on n'était accablé de douleurs. Et lorsque l'imagination reportée vers ces lieux meilleurs compare un monde raisonnable au monde où tout fatigue et tout ennuie, l'on ne sait plus si cette grande conception n'est qu'une idée heureuse, et qui peut distraire des choses réelles, ou si la vie sociale n'est pas elle-même une longue distraction.

LETTRE XXXI

Paris, 30 mars, III.

J'ai beaucoup de soin dans les petites choses ; je songe alors à mes intérêts. Je ne néglige rien dans les détails, dans ces minuties qui feraient sourire de pitié des hommes raisonnables : si les choses sérieuses me semblent petites, les petites ont pour moi de la valeur. Il faudra que je me rende raison de ces bizarreries ; que je voie si je suis, par caractère, étroit et minutieux. S'il s'agissait de choses vraiment importantes, si j'étais chargé de la félicité d'un peuple, je sens que je trouverais une énergie égale à ma destinée sous ce poids difficile et beau. Mais j'ai honte des affaires de la vie civile : tous ces soins d'hommes ne sont, à mes tristes yeux, que des soucis d'enfans. Beaucoup de grandes choses ne me paraissent que des embarras misérables, où l'on s'engage avec plus de légèreté que d'énergie, et dans lesquels l'homme ne chercherait pas sa grandeur, s'il n'était affaibli et troublé par une perfection trompeuse.

Je vous le dis avec simplicité, si je vois ainsi, ce n'est pas ma faute, et je ne m'entête pas d'une vaine prétention : souvent j'ai voulu voir autrement, je ne l'ai jamais pu. Que vous dirai-je ? plus misérable qu'eux, je souffre parmi eux, parce qu'ils sont faibles ; et dans une nature plus forte, je souffrirais encore, parce qu'ils m'ont affaibli comme eux.

Si vous pouviez savoir comme je m'occupe de ces riens qu'on quitterait à douze ans ; comme j'aime ces ronds d'un bois dur et propre, qui servent d'assiette vers les montagnes ; comme je conserve de vieux journaux, non pas pour les relire, mais on pourrait envelopper quelque chose avec un papier souple ! Comme à la vue d'une planche bien régulière, bien unie, je dirais volontiers : Que cela est beau ! tandis qu'un bijou bien travaillé me semble à peine curieux, et qu'une chaîne de diamans me fait hausser les épaules.

Je ne vois que l'utilité première ; les rapports indirects ont peine à me devenir familiers : je perdrais dix louis avec moins de regret qu'un couteau bien proportionné que j'aurais long-temps porté sur moi.

Vous me disiez il y a déjà du temps : Ne négligez point vos affaires, et n'allez pas perdre ce qui vous reste ; vous n'êtes point de caractère à acquérir. Je crois que vous ne serez pas aujourd'hui d'un autre avis.

Suis-je borné aux petits intérêts ? Attribuerai-je ces singularités au goût des choses simples, à l'habitude des ennuis, ou bien sont-elles une manie puérile, signe d'inaptitude quant aux choses solides, mâles et généreuses ? C'est quand je vois tant de grands enfans, desséchés par l'âge et par l'intérêt, parler d'occupations sérieuses ; c'est quand je porte l'œil du dégoût sur ma vie réprimée ; quand je considère tout ce que l'espèce humaine demande, et ce que nul ne fait ; c'est alors que je fronce le sourcil, que mon œil se fixe, et qu'un frémissement involontaire fait trembler mes lèvres. Aussi mes yeux se creusent et s'abattent, et je deviens comme un homme fatigué de veilles. Un important m'a dit : Vous travaillez donc beaucoup ! Heureusement je n'ai pas ri. L'air laborieux manquait à ma honte.

Tous ces hommes qui, dans le fait, ne sont rien, et que pourtant il faut bien voir quelquefois, me dédommagent un peu de l'ennui qu'inspirent leurs villes. J'en aime assez les plus raisonnables ; ceux-là m'amusent.

LETTRE XXXII

Paris, 29 avril, III.

Il y a quelque temps qu'à la Bibliothèque j'entendis nommer près de moi le célèbre L... Une autre fois je me trouvai à la même table que lui ; l'encre manquait, je lui passai mon écritoire : ce matin je l'aperçus en arrivant, et je me plaçai auprès de lui. Il eut la complaisance de me communiquer des idylles qu'il trouva dans un vieux manuscrit latin, et qui sont d'un auteur grec fort peu connu. Je copiai seulement la moins longue : l'heure de sortir approchait.

LETTRE XXXIII

Paris, 7 mai, III.

Si je ne me trompe, mes idylles ne sont pas fort intéressantes pour vous, me dit hier l'auteur dont je vous ai parlé, qui me cherchait des yeux, et qui me fit signe lorsque j'arrivai. J'allais tâcher de répondre quelque chose qui fût honnête et pourtant vrai, lorsqu'en me regardant, il m'en évita le soin, et ajouta aussitôt : Peut-être aimerez-vous mieux un fragment moral ou philosophique, qui a été attribué à Aristippe[1], dont Varron a parlé, et que depuis l'on a cru perdu. Il ne l'était pas pourtant, puisqu'il a été traduit au XVe siècle en français de ce temps-là. Je l'ai trouvé manuscrit, et ajouté à la suite de Plutarque dans un exemplaire imprimé d'Amyot, que personne n'ouvrait, parce qu'il y manque beaucoup de feuilles.

J'ai avoué que n'étant pas un érudit, j'avais en effet le malheur d'aimer mieux les choses que les mots, et que j'étais beaucoup plus curieux des sentimens d'Aristippe que d'une églogue, fût-elle de Bion[2] ou de Théocrite.

On n'a point, à ce qu'il m'a paru, de preuves suffisantes que ce petit écrit soit d'Aristippe ; et l'on doit à sa mémoire de ne pas lui attribuer ce que peut-être il désavouerait. Mais s'il est de lui, ce Grec célèbre, aussi mal jugé qu'Épicure, et que l'on a cru voluptueux avec mollesse, ou d'une philosophie trop facile, avait cependant cette sévérité qu'exigent la prudence et l'ordre, seule sévérité qui convienne à l'homme né pour jouir et passager sur la terre[3].

J'ai changé comme j'ai pu en français moderne ce langage quelquefois heureux, mais suranné, que j'ai eu de la peine à comprendre en plusieurs endroits. Voici donc tout ce morceau, intitulé dans le manuscrit *Manuel de Pseusophanes*[4], à l'exception de près de deux lignes qu'on n'a pu déchiffrer.

MANUEL

Tu viens de t'éveiller sombre, abattu, déjà fatigué du temps qui commence. Tu as porté sur la vie le regard du dégoût ; tu l'as trouvée vaine, pesante ; dans une heure tu la sentiras plus tolérable : aura-t-elle donc changé ?

Elle n'a point de forme déterminée. Tout ce que l'homme éprouve est dans son cœur ; ce qu'il connaît est dans sa pensée. Il est tout entier dans lui-même.

Quelles pertes peuvent t'accabler ainsi ? Que peux-tu perdre ? Est-il hors de toi quelque chose qui soit à toi ? Qu'importe ce qui peut périr ? Tout passe, excepté la justice cachée sous le voile des choses inconstantes. Tout est vain pour l'homme, s'il ne s'avance point d'un pas égal et tranquille, selon les lois de l'intelligence.

Tout s'agite autour de toi, tout menace : si tu te livres à des alarmes, tes sollicitudes seront sans terme. Tu ne posséderas pas les choses qui ne sauraient être possédées, et tu perdras ta vie, qui t'appartenait. Ce qui arrive passe à jamais. Ce sont des accidens nécessaires, qui s'engendrent en un cercle éternel : ils s'effacent comme l'ombre imprévue et fugitive.

Quels sont tes maux ? des craintes imaginaires, des besoins d'opinion, des contrariétés d'un jour. Faible esclave ! tu t'attaches à ce qui n'est point, tu sers des fantômes. Abandonne à la foule trompée ce qui est illusoire, vain et mortel. Ne songe qu'à l'intelligence, qui est le principe de l'ordre du monde, et à l'homme, qui en est l'instrument : à l'intelligence qu'il faut suivre, à l'homme qu'il faut aider.

L'intelligence lutte contre la résistance de la matière, contre ces lois aveugles, dont l'effet inconnu fut nommé le hasard. Quand la force qui t'a été donnée a suivi l'intelligence, quand tu as servi à l'ordre du monde, que veux-tu davantage ? Tu as fait selon ta nature ; et qu'y a-t-il de meilleur pour l'être qui sent et qui connaît, que de subsister selon sa nature ?

Chaque jour, en naissant à une nouvelle vie, souviens-toi que tu as résolu de ne point passer en vain sur cette terre. Le monde s'avance vers son but. Mais toi, tu t'arrêtes, tu rétrogrades, tu restes dans un état de suspension et de langueur. Tes jours écoulés se reproduiront-ils dans un temps meilleur ? La vie se fond toute entière dans ce présent que tu négliges pour le sacrifier à l'avenir : le présent est le temps, l'avenir n'en est que l'apparence.

Vis en toi-même, et cherche ce qui ne périt point. Examine ce que veulent nos passions inconsidérées ; de tant de choses, en est-il une qui suffise à l'homme ? L'intelligence ne trouve qu'en elle-même l'aliment de sa vie : sois juste et fort. Nul ne connaît le jour qui doit suivre : tu ne trouveras point de paix dans les choses ; cherche-la dans ton cœur. La force est la loi de la nature : la puissance c'est la volonté ; l'énergie dans les peines est meilleure que l'apathie dans les voluptés. Celui qui obéit et qui souffre est souvent plus grand que celui qui jouit ou qui commande. Ce que tu crains est vain, ce que tu désires est vain. Une seule chose te sera bonne, c'est d'être ce que la nature a voulu.

Tu es intelligence et matière. Le monde n'est pas autre chose. L'harmonie modifie les corps, et le tout tend à la perfection par l'amélioration perpétuelle de ses diverses parties. Cette loi de l'univers est aussi la loi des individus ....

.....Ainsi tout est bon quand l'intelligence le dirige; et tout est mauvais quand l'intelligence l'abandonne. Use des biens du corps, mais avec la prudence qui les soumet à l'ordre. Une volupté que l'on possède selon la nature universelle est meilleure qu'une privation qu'elle ne demande pas, et l'acte le plus indifférent de notre vie est moins mauvais que l'effort de ces vertus sans but qui retardent la sagesse.

Il n'y a pas d'autre morale pour nous que celle du cœur de l'homme; d'autre science ou d'autre sagesse que la connaissance de ses besoins, et la juste estimation des moyens de bonheur. Laisse la science inutile, et les systèmes surnaturels, et les dogmes mystérieux. Laisse à des intelligences supérieures ou différentes ce qui est loin de toi : ce que ton intelligence ne discerne pas bien, cela ne lui fut point destiné.

Console, éclaire et soutiens tes semblables : ton rôle a été marqué par la place que tu occupes dans l'immensité de l'être vivant. Connais et suis les lois de l'homme, et tu aideras les autres hommes à les connaître, à les suivre. Considère et montre-leur le centre et la fin des choses; qu'ils voient la raison de ce qui les surprend, l'instabilité de ce qui les trouble, le néant de ce qui les entraîne.

Ne t'isole point de l'ensemble du monde; regarde toujours l'univers, et souviens-toi de la justice. Tu auras rempli ta vie, tu auras fait ce qui est de l'homme.

LETTRE XXXIV

EXTRAIT DE DEUX LETTRES

Paris, 2 et 4 juin, III.

Les premiers acteurs vont quelquefois à Bordeaux, à Marseille, à Lyon ; mais le spectacle n'est bon qu'à Paris. La tragédie et la vraie comédie exigent un ensemble trop difficile à trouver ailleurs. L'exécution des meilleures pièces devient indifférente, ou même ridicule, si elles ne sont pas jouées avec un talent qui approche de la perfection ; un homme de goût n'y trouve aucun agrément lorsqu'il n'y peut pas applaudir à une imitation noble et exacte de l'expression naturelle. Pour les pièces dont le genre est le comique du second ordre, il peut suffire que l'acteur principal ait un vrai talent. Le burlesque n'exige pas le même accord, la même harmonie ; il souffre plutôt des discordances, parce qu'il est fondé lui-même sur le sentiment délicat de quelques discordances ; mais dans un sujet héroïque on ne peut supporter des fautes qui font rire le parterre.

Il est des spectateurs heureux qui n'ont pas besoin d'une grande vraisemblance ; ils croient toujours voir une chose réelle : et de quelque manière qu'on joue, c'est une nécessité qu'ils pleurent dès qu'il y a des soupirs ou un poignard. Mais ceux qui ne pleurent pas ne vont guère au spectacle pour entendre ce qu'ils pourraient lire chez eux ; ils y vont pour voir comment on l'exprime, et pour comparer dans un même passage le jeu de tel avec celui de tel autre.

J'ai vu, à peu de jours de distance, le rôle difficile de Mahomet [1] par les trois acteurs seuls capables de l'essayer. La R...., mal costumé, débitant ses tirades d'une manière trop animée, trop peu solennelle, et pressant surtout à l'excès la dernière, ne m'a fait plaisir que dans trois ou quatre passages où j'ai reconnu ce tragédien supérieur qu'on admire dans les rôles qui lui conviennent mieux.

S.-P..... joue bien ce rôle, il l'a bien étudié, il le raisonne assez bien, mais il est toujours acteur, et n'est point Mahomet.

B..... m'a paru entendre vraiment ce rôle extraordinaire. Sa manière, extraordinaire elle-même, paraissait bien celle d'un prophète de l'Orient ; mais peut-être elle n'était pas aussi grande, aussi auguste, aussi imposante qu'il l'eût fallu pour un législateur conquérant, un envoyé du ciel destiné à convaincre par l'étonnement, à soumettre, à triompher, à régner. Il est vrai que Mahomet, *chargé des soins de l'autel et du trône*[2], n'était pas aussi fastueux que Voltaire l'a fait, comme il n'était pas non plus aussi fourbe. Mais l'acteur dont je parle n'est peut-être pas même le Mahomet de l'histoire, tandis qu'il devrait être celui de la tragédie. Cependant il m'a plus satisfait que les deux autres, quoique le second ait un physique plus beau, et que le premier possède des moyens en général bien plus grands. B..... seul a bien arrêté l'imprécation de Palmyre[3]. S.-P..... a tiré son *sabre :* je craignais qu'on ne se mît à rire. La R..... y a porté la main, et son regard atterrait Palmyre ; à quoi servait donc cette main sur le cimeterre, cette menace contre une femme, contre Palmyre jeune et aimée ? B..... n'était pas même armé, ce qui m'a fait plaisir. Lorsque, las d'entendre Palmyre, il voulut enfin l'arrêter, son regard profond, terrible, sembla le lui commander au nom d'un Dieu, et la forcer de rester suspendue entre la terreur de son ancienne croyance, et ce désespoir de la conscience et de l'amour trompés.

Comment peut-on prétendre sérieusement que la

manière d'exprimer est une affaire de convention ? C'est la même erreur que celle de ce proverbe si faux dans l'acception qu'on lui donne ordinairement : il ne faut pas disputer des goûts et des couleurs.

Que prouvait M. R. en chantant sur les mêmes notes : *J'ai perdu mon Eurydice, J'ai trouvé mon Eurydice*[4] ? Les mêmes notes peuvent servir à exprimer la plus grande joie, ou la douleur la plus amère ; on n'en disconvient pas ; mais le sens musical est-il tout entier dans les notes ? Quand vous substituez le mot trouvé au mot perdu, quand vous mettez la joie à la place de la douleur, vous conservez les mêmes notes ; mais vous changez absolument les moyens secondaires de l'expression. Il est incontestable qu'un étranger qui ne comprendrait ni l'un ni l'autre de ces deux mots ne s'y tromperait pourtant pas. Ces moyens secondaires font aussi partie de la musique : qu'on dise, si l'on veut, que la note est arbitraire.

Cette pièce (*Mahomet*) est une des plus belles de Voltaire ; mais peut-être, chez un autre peuple, n'eût-il point fait du prophète conquérant l'amant de Palmyre. Il est vrai que l'amour de Mahomet est mâle, absolu, et même un peu farouche ; il n'aime point comme Titus[5], mais peut-être serait-il mieux qu'il n'aimât point. On connaît la passion de Mahomet pour les femmes ; mais il est probable que dans ce cœur ambitieux et profond, après tant d'années de dissimulation, de retraite, de périls et de triomphes, cette passion n'était pas de l'amour.

Cet amour pour Palmyre était peu convenable à ses hautes destinées et à son génie : l'amour n'est point à sa place dans un cœur sévère, que ses projets remplissent, que le besoin de l'autorité vieillit, qui ne connaît de plaisirs que par oubli, et pour qui le bonheur même ne serait qu'une distraction.

Que signifie : L'amour seul me console[6] ? Qui le

forçait à chercher le trône de l'Orient, à quitter ses femmes et son obscure indépendance pour porter l'encensoir et le sceptre et les armes ? L'amour seul me console ! Régler le sort des peuples, changer le culte et les lois d'une partie du globe, sur les débris du monde élever l'Arabie, est-ce donc une vie si triste, une inaction si léthargique ? C'est un soin difficile, sans doute, mais c'est précisément le cas de ne pas aimer. Ces nécessités du cœur commencent dans le vide de l'âme : qui a de grandes choses à faire a bien moins besoin d'amour[7].

Si du moins cet homme, qui dès long-temps n'a plus d'égaux, et qui doit régir en Dieu l'univers prévenu, si ce favori du Dieu des batailles aimait une femme qui pût l'aider à tromper l'univers, ou une femme née pour régner, une Zénobie[8] ; si du moins il était aimé ; mais ce Mahomet, qui asservit la nature à son austérité, le voilà ivre d'amour pour un enfant qui ne pense pas à lui.

Il se peut qu'une nuit avec Laïs[9] soit le plus grand plaisir de l'homme ; mais enfin ce n'est qu'un plaisir. S'occuper d'une femme extraordinaire, et dont on est aimé, c'est davantage, c'est un devoir même ; mais enfin ce n'est qu'un devoir secondaire.

Je ne conçois pas ces *puissances* à qui un regard d'une maîtresse fait la loi. Je crois sentir ce que peut l'amour ; mais un homme qui gouverne n'est pas à lui. L'amour entraîne à des erreurs, à des illusions, à des fautes ; et les fautes de l'homme puissant sont trop importantes, trop funestes, elles sont des malheurs publics.

Je n'aime pas ces hommes chargés d'un grand pouvoir, qui oublient de gouverner dès qu'ils trouvent à s'occuper autrement ; qui placent leurs affections avant leur affaire, et croient que si tout leur est soumis c'est pour leur amusement ; qui arrangent selon les fantaisies de leur vie privée les besoins des nations, et qui feraient hacher leur armée pour voir leur maîtresse. Je plains les peuples que leur maître n'aime qu'après toutes les autres choses qu'il aime, ces peuples qui seront livrés, si la fille de chambre d'une favorite s'aperçoit qu'on peut gagner quelque chose à les trahir.

LETTRE XXXV

Paris, 8 juillet, III.

Enfin j'ai un homme sûr pour finir les choses dont le soin me retenait ici. D'ailleurs elles sont presque achevées : il n'y a plus de remède, et il est bien connu que me voilà ruiné. Il ne me reste pas même de quoi subsister jusqu'à ce qu'un événement, peut-être très-éloigné, vienne changer ma situation. Je ne sens pas d'inquiétude, et je ne vois pas que j'aie beaucoup perdu en perdant tout, puisque je ne jouissais de rien. Je puis devenir, il est vrai, plus malheureux que je n'étais ; mais je ne deviendrai pas moins heureux. Je suis seul, je n'ai que mes propres besoins ; assurément, tant que je ne serai ni malade, ni dans les fers, mon sort sera toujours supportable. Je crains peu le malheur, tant je suis las d'être inutilement heureux. Il faut bien que la vie ait des temps de revers ; c'est le moment de la résistance et du courage. On espère alors ; on se dit : Je passe la saison de l'épreuve, je consume mon malheur, il est vraisemblable que le bien lui succédera. Mais, dans la prospérité, lorsque les choses extérieures semblent nous mettre au nombre des heureux, et que pourtant le cœur ne jouit de rien, on supporte impatiemment de voir ainsi se perdre ce que la fortune n'accordera pas toujours. On déplore la tristesse du plus beau temps de la vie ; on craint ce malheur inconnu que l'on attend de l'instabilité des choses ; on le craint d'autant plus qu'étant malheureux, même sans lui, on doit regarder comme tout-à-fait insupportable ce poids nouveau dont il doit nous surcharger. C'est ainsi que ceux qui vivent dans leurs terres supportent mieux de s'y ennuyer pendant l'hiver, qu'ils appellent d'avance la saison triste, que l'été dont ils attendent les agrémens de la campagne.

Il ne me reste aucun moyen de remédier à rien de ce qui est fait, et je ne saurais voir quel parti je dois prendre jusqu'à ce que nous en ayons parlé ensemble ; ainsi je ne songe qu'au présent. Me voilà débarrassé de tous soins : jamais je n'ai été si tranquille. Je pars pour Lyon : je passerai chez vous dix jours dans la plus douce insouciance, et nous verrons ensuite.

PREMIER FRAGMENT

Cinquième année.

Si le bonheur suivait la proportion de nos privations ou de nos biens, il y aurait trop d'inégalité entre les hommes. Si le bonheur dépendait uniquement du caractère, cette inégalité serait trop grande encore. S'il dépendait absolument de la combinaison du caractère et des circonstances, les hommes que favorisent de concert et leur prudence et leur destinée auraient trop d'avantages. Il y aurait des hommes très-heureux, et des hommes excessivement malheureux. Mais ce ne sont pas les circonstances seules qui font notre sort ; ce n'est pas même le seul concours des circonstances actuelles avec la trace, ou avec l'habitude laissée par les circonstances passées, ou avec les dispositions particulières de notre caractère. La combinaison de ces causes a des effets très-étendus ; mais elle ne fait pas seule notre humeur difficile et chagrine, notre mécontentement, notre dégoût des choses et des hommes, et de toute la vie humaine. Nous avons en nous-mêmes ce principe général de refroidissement, et d'aversion ou d'indifférence ; nous l'avons tous, indépendamment de ce que nos inclinations individuelles et nos habitudes peuvent faire pour y ajouter ou pour en affaiblir les suites. Une certaine modification de nos humeurs, une certaine situation de notre être, doivent produire en nous cette affection morale. C'est une nécessité que nous ayons de la douleur comme de la joie : nous avons besoin de nous fâcher contre les choses, comme nous avons besoin d'en jouir.

L'homme ne saurait désirer et posséder sans interruption, comme il ne peut toujours souffrir. La continuité d'un ordre de sensations heureuses ou de sensations malheureuses ne peut subsister long-temps dans la privation absolue des sensations contraires. La mutabilité des choses de la vie ne permet pas cette constance dans les affections que nous en recevons ; et quand même il en serait autrement, notre organisation n'est pas susceptible d'invariabilité.

Si l'homme qui croit à sa fortune ne voit point le malheur venir du dehors, il ne saurait tarder à le découvrir dans lui-même. Si l'infortuné ne reçoit pas de consolations extérieures, il en trouvera bientôt dans son cœur.

Quand nous avons tout arrangé, tout obtenu pour jouir toujours, nous avons peu fait pour le bonheur. Il faut bien que quelque chose nous mécontente et nous afflige ; si nous sommes parvenus à écarter tout le mal, ce sera le bien lui-même qui nous déplaira.

Mais si la faculté de jouir ou celle de souffrir ne peuvent être exercées, ni l'une ni l'autre, à l'exclusion totale de celle que notre nature destine à la contre-balancer, chacune du moins peut l'être accidentellement beaucoup plus que l'autre ; ainsi les circonstances, sans être tout pour nous, auront pourtant une grande influence sur notre habitude intérieure. Si les hommes que le sort favorise n'ont pas de grands sujets de douleur, les plus petites choses suffiront pour en exciter en eux ; au défaut de causes, tout deviendra occasion. Ceux que l'adversité poursuit, ayant de grandes occasions de souffrir, souffriront fortement ; mais ayant assez souffert à la fois, ils ne souffriront pas habituellement : aussitôt que les circonstances les laisseront à eux-mêmes, ils ne souffriront plus, parce que le besoin de souffrir est satisfait en eux ; et même ils jouiront, parce que le besoin opposé réagit d'autant plus constamment, que l'autre besoin rempli nous a emportés plus loin dans la direction contraire*.

Ces deux forces tendent à l'équilibre ; mais elles n'y arrivent point, à moins que ce soit pour l'espèce entière. S'il n'y avait pas de tendance à l'équilibre, il n'y aurait pas d'ordre ; si l'équilibre s'établissait dans les détails, tout serait fixe, il n'y aurait pas de mouvement. Dans chacune de ces suppositions, il n'y aurait point un ensemble unique et varié, le monde ne serait pas.

Il me semble que l'homme très-malheureux, mais inégalement, et par reprises isolées, doit avoir une propension habituelle à la joie, au calme, aux jouis-

* Dans l'état de malheur, la réaction doit être plus forte, puisque la nature de l'être organisé le pousse plus particulièrement à son bien-être comme à sa conservation.

sances affectueuses, à la confiance, à l'amitié, à la droiture.

L'homme très-malheureux, mais également, lentement, uniformément, sera dans une lutte perpétuelle des deux moteurs ; il sera d'une humeur incertaine, difficile, irritable. Toujours imaginant le bien, et toujours par cette raison même, s'irritant du mal, minutieux dans le sentiment de cette alternative, il sera plus fatigué que séduit par les moindres illusions : il est aussitôt détrompé ; tout le décourage comme tout l'intéresse.

Celui qui est continuellement moitié heureux, en quelque sorte, et moitié malheureux, approchera de l'équilibre : assez égal, il sera bon plutôt que d'un grand caractère ; sa vie sera plus douce qu'heureuse ; il aura du jugement, et peu de génie.

Celui qui jouit habituellement, et sans avoir jamais de malheur visible, ne sera séduit par rien : il n'a plus besoin de jouir, et dans son bien-être extérieur, il éprouve secrètement un perpétuel besoin de souffrir. Il ne sera pas expansif, indulgent, aimant : mais il sera indifférent dans la jouissance des plus grands biens, et susceptible de trouver un malheur dans le plus petit inconvénient. Habitué à ne pas éprouver de revers, il sera confiant, mais confiant en lui-même ou dans son sort, et non point envers les autres hommes : il ne sent pas le besoin de leur appui ; et comme sa fortune est meilleure que celle du plus grand nombre, il est bien près de se sentir plus sage que tous. Il veut toujours jouir, et surtout il veut paraître jouir beaucoup, et cependant il éprouve un besoin interne de souffrir ; ainsi, dans le moindre prétexte, il trouvera facilement un motif de se fâcher contre les choses, d'être indisposé contre les hommes. N'étant pas vraiment bien, mais n'ayant pas à espérer d'être mieux, il ne désirera rien d'une manière positive ; mais il aimera le changement en général, et il l'aimera dans les détails plus que dans l'ensemble. Ayant trop, il sera prompt à tout quitter. Il trouvera quelque plaisir, il mettra une sorte de vanité à être irrité, aliéné, souffrant, mécontent. Il sera difficile, il sera exigeant ; sans cela, que lui resterait-il de cette supériorité qu'il prétend avoir sur les autres hommes, et qu'il affecterait encore, si même il n'y prétendait plus ? Il sera dur ; il cherchera à s'entourer d'esclaves, pour que d'autres avouent cette supériorité, pour qu'ils en souffrent du moins, quand lui-même n'en jouit pas.

Je doute qu'il soit bon à l'homme actuel d'être habituellement fortuné, sans avoir jamais eu le sort contre lui. Peut-être l'homme heureux, parmi nous, est-il celui qui a beaucoup souffert, mais non pas habituellement et de cette manière lentement comprimante qui abat les facultés sans être assez extrême pour exciter l'énergie secrète de l'âme, pour la réduire heureusement à chercher en elle des ressources qu'elle ne se connaissait pas *.

C'est un avantage pour la vie entière d'avoir été malheureux dans l'âge où la tête et le cœur commencent à vivre. C'est la leçon du sort : elle forme les hommes bons ** ; elle étend les idées, et mûrit les cœurs avant que la vieillesse les ait affaiblis ; elle fait l'homme assez tôt pour qu'il soit entièrement homme. Si elle ôte la joie et les plaisirs, elle inspire le sentiment de l'ordre et le goût des biens domestiques ; elle donne le plus grand bonheur que nous devions attendre, celui de n'en attendre d'autre que de végéter utiles et paisibles. On est bien moins malheureux quand on ne veut plus que vivre : on est plus près d'être utile,

* Tout cela, quoique exprimé d'une manière positive, ne doit pas être regardé comme vrai *rigoureusement*.

** Il y a des hommes qu'elle aigrit, ceux qui ne sont point méchans, et non pas ceux qui sont bons.

lorsque étant encore dans la force de l'âge, on ne cherche plus rien pour soi. Je ne vois que le malheur qui puisse, avant la vieillesse, mûrir ainsi les hommes ordinaires.

La vraie bonté exige des conceptions étendues, une âme grande et des passions réprimées. Si la bonté est le premier mérite de l'homme, si les perfections morales sont essentielles au bonheur, c'est parmi ceux qui ont beaucoup souffert dans les premières années de la vie du cœur, que l'on trouvera les hommes les mieux organisés pour eux-mêmes et pour l'intérêt de tous, les hommes les plus justes, les plus sensés, les moins éloignés du bonheur, et le plus invariablement attachés à la vertu.

Qu'importe à l'ordre social qu'un vieillard ait renoncé aux objets des passions, et qu'un homme faible n'ait pas le projet de nuire ? De bonnes gens ne sont pas des hommes bons ; ceux qui ne font le bien que par faiblesse pourront faire beaucoup de mal dans des circonstances différentes. Susceptible de défiance, d'animosité, de superstition, et surtout d'entêtement, l'instrument aveugle de plusieurs choses louables où le portait son penchant, sera le vil jouet d'une idée folle qui dérangera sa tête, d'un manie qui gâtera son cœur, ou de quelque projet funeste auquel un fourbe saura l'employer.

Mais l'homme de bien est invariable : il n'a les passions d'aucune coterie, ni les habitudes d'aucun état ; on ne l'emploie pas ; il ne peut avoir ni animosité, ni ostentation, ni manies ; il n'est étonné ni du bien, parce qu'il l'eût fait également, ni du mal, parce qu'il est dans la nature ; il s'indigne contre le crime, et ne hait pas le coupable ; il méprise la bassesse de l'âme, mais il ne s'irrite pas contre un ver à cause que le malheureux n'a point d'ailes.

Il n'est pas l'ennemi du superstitieux ; il n'a pas de

superstitions contraires. Il cherche l'origine souvent très-sage* de tant d'opinions devenues insensées, et il rit de ce qu'on a ainsi pris le change. Il a des vertus, non par fanatisme, mais parce qu'il cherche l'ordre ; il fait le bien pour diminuer l'inutilité de sa vie ; il préfère les jouissances des autres aux siennes, car les autres peuvent jouir, et lui ne le peut guère ; il aime seulement à se réserver ce qui procure les moyens d'être bon à quelque chose et aussi de vivre sans trouble : il faut du calme à qui n'attend pas de plaisirs. Il n'est point défiant ; mais comme il n'est pas séduit, il pense quelquefois à contenir la facilité de son cœur : il sait s'amuser à être un peu victime, mais il n'entend pas qu'on le prenne pour dupe. Il peut avoir à souffrir de quelques fripons ; il n'est pas leur jouet. Il laissera parfois à de certains hommes à qui il est utile le petit plaisir de se donner en cachette les airs de le protéger. Il n'est pas content de ce qu'il fait, parce qu'il sent qu'on pourrait faire beaucoup plus ; il l'est seulement un peu de ses intentions, sans être plus fier de cette organisation intérieure qu'il ne le serait d'avoir reçu un nez d'une belle forme. Il consumera ainsi ses heures en se traînant vers le mieux ; quelquefois d'un pas énergique quoique embarrassé ; plus souvent avec incertitude, avec un peu de faiblesse, avec le sourire du découragement.

Quand il est nécessaire d'opposer le mérite de l'homme à quelques autres mérites feints ou inutiles, par lesquels on prétend tout confondre et tout avilir, il

* Les idées obscures ou profondes s'altèrent avec le temps, et on s'habitue à les considérer sous un autre aspect : lorsqu'elles commencent à devenir fausses, le peuple commence à les trouver divines ; lorsqu'elles sont tout-à-fait absurdes, il veut mourir pour elles. Ce n'est que vingt siècles après qu'il aime autant travailler et boire.

dit que le premier mérite est l'imperturbable droiture de l'homme de bien, puisque c'est le plus certainement utile ; on lui répond qu'il est orgueilleux, et il rit. Il souffre les peines, il pardonne les torts domestiques ; on lui dit : Que ne faites-vous de plus grandes choses ? il rit. Ces grandes choses lui sont confiées ; il est accusé par les amis d'un traître, et condamné par celui qu'on trahit : il sourit, et s'en va. Les siens lui disent que c'est une injustice inouïe ; et il rit davantage.

SECOND FRAGMENT

Sixième année.

Je ne suis pas surpris que la justesse des idées soit assez rare en morale. Les anciens, qui n'avaient pas l'expérience des siècles, ont plusieurs fois songé à mettre la destinée du cœur de l'homme entre les mains des sages. La politique moderne est plus profonde : elle a livré l'unique science aux prédicateurs, et à cette foule que les imprimeurs appellent hommes de lettres ; mais elle protège solennellement l'art de faire des fleurs en sucre, et l'invention des perruques d'une nouvelle forme.

Dès que l'on observe les peines d'une certaine classe d'hommes, et qu'on commence à en découvrir les causes, on reconnaît qu'une des choses les plus nouvelles et les plus utiles que l'on pût faire serait de les prémunir contre des vérités qui les trompent, contre des vertus qui les perdent.

Le mépris de l'or est une chose absurde. Sans doute, préférer l'or à son devoir est un crime ; mais ne sait-on pas que la raison prescrit de préférer le devoir à la vie comme aux richesses ? Si la vie n'en est pas moins un bien en général, pourquoi l'or n'en serait-il pas aussi un ? Quelques hommes indépendans et isolés font très-bien de s'en passer ; mais tous ne sont pas dans ce cas, et ces déclamations si vaines, qui ont un côté faux, nuisent beaucoup à la vertu. Vous avez rendu contradictoires les principes de conduite ; si la vertu n'est que l'effort vers l'ordre, est-ce par tant de désordre et de confusion que vous prétendez y amener les hommes ? Pour moi, qui estime encore plus dans l'homme les qualités du cœur que celles de l'esprit, je pense néanmoins que l'instituteur d'un peuple trouverait plus de ressources pour contenir de mauvais cœurs que pour concilier des esprits faux.

Les chrétiens et d'autres ont soutenu que la continence perpétuelle était une vertu ; ils ne l'ont pas exigée des hommes, ils ne l'ont même conseillée qu'à ceux qui prétendaient à la perfection. Quelque absolue et quelque indiscrète que doive être une loi qui vient du ciel, elle n'a pas osé davantage. Quand on demande aux hommes de ne pas aimer l'argent, on ne saurait y mettre aussi trop de modération et de justesse. L'abnégation religieuse ou philosophique a pu conduire plusieurs individus à une indifférence sincère pour les richesses, et même pour toute propriété ; mais dans la vie ordinaire le désir de l'or est inévitable. Avec l'or, dans quelque lieu habité que je paraisse, je fais un signe ; ce signe dit : Que l'on me prévienne, que l'on me nourrisse, que l'on m'habille, que l'on me désennuie, que l'on me considère, que l'on serve moi et les miens, que tout jouisse auprès de moi ; si quelqu'un souffre, qu'il le déclare, ses peines sont finies ! Et comme il a été dit, il est fait.

Ceux qui méprisent l'or sont comme ceux qui méprisent la gloire, qui méprisent les femmes, qui méprisent les talens, la valeur, le mérite. Quand l'imbécillité de l'esprit, l'impuissance des organes, ou la grossièreté de l'âme rendent incapable d'user d'un bien sans le pervertir, on calomnie ce bien, ne voyant pas que c'est sa propre bassesse que l'on accuse. Un homme de mauvaises mœurs méprise les femmes, un raisonneur épais blâme l'esprit, un sophiste moralise contre l'argent. Sans doute, les faibles esclaves de leurs passions, des sots ingénieux, des bourgeois étonnés seront plus malheureux ou plus méchans quand ils seront riches. Ces gens-là doivent avoir peu, parce que, posséder ou abuser, c'est pour eux la même chose. Sans doute encore, celui qui devient riche et qui se met à vivre le plus qu'il peut en riche, ne gagne pas, et quelquefois perd à changer de situation. Mais pourquoi n'est-il pas mieux qu'auparavant ? c'est qu'il n'est pas réellement plus riche : plus opulent, il est plus gêné et plus inquiet. Il a de grands revenus, et il s'arrange si bien que le moindre incident les dérange, et qu'il accumule des dettes jusqu'à sa ruine. Il est clair que cet homme est pauvre. Centupler ses besoins, faire tout pour l'ostentation ; avoir vingt chevaux parce qu'un tel en a quinze, et si demain il en a vingt, en avoir bien vite trente ; c'est s'embarrasser dans les chaînes d'une pénurie plus pénible et plus soucieuse que la première. Mais avoir une maison commode et saine, un intérieur bien ordonné, de la propreté, une certaine abondance, une élégance simple, s'arrêter là quand même la fortune deviendrait quatre fois plus grande, employer le reste à tirer un amis d'embarras, à parer d'avance aux événemens funestes, à donner à l'homme bon devenu malheureux ce qu'il a donné dans sa jeunesse à de plus heureux que lui, à remplacer la vache de cette mère de famille qui n'en avait qu'une, à envoyer du grain chez ce cultivateur dont le champ vient d'être grêlé, à réparer le chemin où des chars* ont versé, où les chevaux se blessent ; s'occuper selon ses facultés et ses goûts ; donner à ses enfans des connaissances, l'esprit d'ordre et des talens : tout cela vaut bien la misère gauchement prônée par la fausse sagesse.

Le mépris de l'or, inconsidérément recommandé dans l'âge qui en ignore la valeur, a souvent ôté à des hommes supérieurs un des plus grands moyens, et peut-être le plus sûr, de ne point vivre inutiles comme la foule.

Combien de jeunes personnes, dans le choix d'un maître, se piquent de compter les biens pour rien, et se précipitent ainsi dans tous les dégoûts d'un sort précaire, et dans l'ennui habituel qui seul contient tant de maux !

Un homme sensé, tranquille, et qui méprise un caractère folâtre, se laisse séduire par quelque conformité dans les goûts ; il abandonne au vulgaire la gaieté, l'humeur riante, et même la vivacité, l'activité ; il prend une femme sérieuse, triste, que la première contrariété rend mélancolique, que les chagrins aigrissent, qui avec l'âge devient taciturne, brusque, impérieuse, austère, et qui s'attachant avec humeur à se passer de tout, et se passant bientôt de tout par humeur et pour en donner aux autres la leçon, rendra toute sa maison malheureuse.

Ce n'était pas dans un sens trivial qu'Épicure disait : Le sage choisit pour ami un caractère gai et complaisant[1]. Un philosophe de vingt ans passe légèrement sur ce conseil, et c'est beaucoup s'il n'en

* Le mot char n'est pas usité en ce sens, du moins dans la plus grande partie de la France, où les charrettes à deux roues sont plus en usage. Mais en Suisse et dans plusieurs autres endroits, on nomme ainsi les chariots légers, les voitures de campagne à quatre roues qui y servent au lieu de charrettes.

est pas révolté, car il a rejeté les préjugés communs, mais il en sentira l'importance quand il aura quitté ceux de la sagesse.

C'est peu de chose de n'être point comme le vulgaire des hommes ; mais c'est avoir fait un pas vers la sagesse, que de n'être plus comme le vulgaire des sages.

LETTRE XXXVI

Lyon, 7 avril, VI.

Monts superbes, écroulement des neiges amoncelées, paix solitaire du vallon dans la forêt, feuilles jaunies qu'emporte le ruisseau silencieux ! que seriez-vous à l'homme, si vous ne lui parliez point des autres hommes ? La nature serait muette, s'ils n'étaient plus. Si je restais seul sur la terre, que me feraient, et les sons de la nuit austère, et le silence solennel des grandes vallées, et la lumière du couchant dans un ciel rempli de mélancolie, sur les eaux calmes ? La nature sentie n'est que dans les rapports humains, et l'éloquence des choses n'est rien que l'éloquence de l'homme. La terre féconde, les cieux immenses, les eaux passagères ne sont qu'une expression des rapports que nos cœurs produisent et contiennent.

Convenance entière ; amitié des anciens ! Quand celui qui possédait l'affection sans bornes recevait des tablettes où il voyait les traits de la main d'un ami, lui restait-il des yeux pour examiner alors les beautés d'un site, ou les dimensions d'un glacier ? Mais les relations de la vie humaine sont multipliées ; la perception de ces rapports est incertaine, inquiète, pleine de froideurs et de dégoûts ; l'amitié antique est toujours loin de nos cœurs ou de notre destinée. Les liaisons restent incomplètes entre l'espoir et les précautions, entre les délices que l'on attend et l'amertume qu'on éprouve. L'intimité elle-même est entravée par les ennuis, ou affaiblie par le partage, ou arrêtée par les circonstances. L'homme vieillit, et son cœur rebuté vieillit avant lui. Si tout ce qu'il peut aimer est dans l'homme, tout ce qu'il évite est aussi dans lui. Là où sont tant de convenances sociales, là, et par une nécessité invincible, se trouvent aussi toutes les discordances. Ainsi, celui qui craint plus qu'il n'espère reste un peu éloigné de l'homme. Les choses mortes sont moins puissantes ; mais elles sont plus à nous, elles sont ce que nous les faisons. Elles contiennent moins ce que nous cherchons ; mais nous sommes plus assurés d'y trouver, à notre choix, les choses qu'elles contiennent. Ce sont les biens de la médiocrité, bornés, mais certains. La passion cherche l'homme, quelquefois la raison se trouve réduite à le quitter pour des choses moins bonnes et moins funestes. Ainsi s'est formé un lien puissant de l'homme avec cet ami de l'homme, pris hors de son espèce, et qui lui convient tant, parce qu'il est moins que nous, et qu'il est plus que les choses insensibles. S'il fallait que l'homme prît au hasard un ami, il lui vaudrait mieux le prendre dans l'espèce des chiens que dans celle des hommes. Le dernier de ses semblables lui donnerait moins de consolations et moins de paix que le dernier de ces animaux.

Et quand une famille est dans la solitude, non pas dans celle du désert, mais dans celle de l'isolement ; quand ces êtres faibles, souffrans, qui ont tant de moyens d'être malheureux, et si peu d'être satisfaits, qui n'ont que des instans pour jouir et qu'un jour pour vivre ; quand le père et sa femme, quand la mère et ses filles n'ont point de condescendance, n'ont point d'union, qu'ils ne veulent pas aimer les mêmes choses, qu'ils ne savent pas se soumettre aux mêmes misères, et soutenir ensemble, à distances égales, la chaîne des douleurs ; quand, par égoïsme ou par humeur, chacun, refusant ses forces, la laisse traîner pesamment sur le sol inégal, et creuser le long sillon où germent, avec une fécondité sinistre, les ronces qui les déchirent tous : Ô hommes ! qu'êtes-vous donc pour l'homme ?

Quand une attention, une parole de paix, de bienveillance, de pardon généreux, sont reçues avec dédain, avec humeur, avec une indifférence qui glace... nature universelle ! tu l'as fait ainsi pour que la vertu fût grande, et que le cœur de l'homme devînt meilleur encore et plus résigné sous le poids qui l'écrase.

LETTRE XXXVII

Lyon, 2 mai, VI.

J'ai des momens où je désespérerais de contenir l'inquiétude qui m'agite. Tout m'entraîne alors et m'enlève avec une force immodérée : de cette hauteur, je retombe avec épouvante, et je me perds dans l'abîme qu'elle a creusé.

Si j'étais absolument seul, ces momens-là seraient intolérables ; mais j'écris, et il semble que le soin de vous exprimer ce que j'éprouve soit une distraction qui en adoucisse le sentiment. A qui m'ouvrirais-je ainsi ? quel autre supporterait le fatigant bavardage d'une manie sombre, d'une sensibilité si vaine ? C'est mon seul plaisir de vous conter ce que je ne puis dire qu'à vous, ce que je ne voudrais dire à nul autre, ce que d'autres ne voudraient pas entendre. Que m'importe le contenu de mes lettres ? Plus elles sont longues, ou plus j'y mets de temps, plus elles valent pour moi ; et si je ne me trompe, l'épaisseur du paquet ne vous a jamais rebuté. On parlerait ensemble pendant dix heures, pourquoi ne s'écrirait-on pas pendant deux ?

Je ne veux pas vous faire un reproche. Vous êtes moins long, moins diffus que moi. Vos affaires vous fatiguent, vous écrivez avec moins de plaisir même à ceux que vous aimez. Vous me dites ce que vous avez à me dire dans l'intimité ; mais moi solitaire, moi rêveur au moins bizarre, je n'ai rien à dire, et j'en suis d'autant plus long. Tout ce qui me passe par la tête, tout ce que je dirais en jasant, je l'écris si l'occasion se présente : mais tout ce que je pense, tout ce que je sens, je vous l'écris nécessairement ; c'est un besoin pour moi. Quand je cesserai, dites que je ne sens plus rien, que mon âme s'éteint, que je suis devenu tranquille et raisonnable, que je passe enfin mes jours à manger, dormir, jouer aux cartes. Je serais plus heureux !

Je voudrais avoir un métier ; il animerait mes bras et endormirait ma tête. Un talent ne vaudrait pas cela ; cependant si je savais peindre, je crois que je serais moins inquiet. J'ai été long-temps dans la stupeur, je regrette de m'être éveillé. J'étais dans un abattement plus tranquille que l'abattement actuel.

De tous les momens rapides et incertains où j'ai cru dans ma simplicité qu'on était sur la terre pour y vivre, aucun ne s'est embelli d'une erreur aussi durable, aucun ne m'a laissé de si profonds souvenirs que ces vingt jours d'oubli et d'espérance, où, vers l'équinoxe de mars, près du torrent, devant les rochers, entre la jacinthe heureuse et la simple violette, j'allai m'imaginer qu'il me serait donné d'aimer.

Je touchai ce que je ne devais jamais saisir. Sans goûts, sans espérance, j'aurais pu végéter ennuyé mais tranquille : je pressentais l'énergie humaine, mais dans ma vie ténébreuse, je supportais mon sommeil.

Quelle force sinistre m'a ouvert le monde pour m'ôter les consolations du néant ?

Entraîné dans une activité expansive ; avide de tout aimer, de tout soutenir, de tout consoler ; toujours combattu entre le besoin de voir changer tant de choses funestes et cette conviction qu'elles ne seront point changées, je reste fatigué des maux de la vie, et plus indigné de la perfide séduction des plaisirs, l'œil toujours arrêté sur l'immense amas des haines, des iniquités, des opprobres et des misères de la terre égarée.

Et moi ! voici ma vingt-septième année : les beaux jours sont passés, je ne les ai pas même vus. Malheureux dans l'âge du bonheur, qu'attendrai-je des autres âges ? J'ai passé dans le vide et les ennuis la saison heureuse de la confiance et de l'espoir. Partout comprimé, souffrant, le cœur vide et navré, j'ai atteint, jeune encore, les regrets de la vieillesse. Dans l'habitude de voir toutes les fleurs de la vie se flétrir sous mes pas stériles, je suis comme ces vieillards que tout a fuis ; mais plus malheureux qu'eux, j'ai tout perdu long-temps avant de finir moi-même. Avec une âme avide, je ne puis reposer dans ce silence de mort.

Souvenir des ans dès long-temps passés, des choses à jamais effacées, des lieux qu'on ne reverra pas, des hommes qui ont changé ! sentiment de la vie perdue !

Quels lieux furent jamais pour moi ce qu'ils sont pour les autres hommes ? quels temps furent tolérables, et sous quel ciel ai-je trouvé le repos du cœur ? J'ai vu le remuement des villes, et le vide des campagnes, et l'austérité des monts ; j'ai vu la grossièreté de l'ignorance, et le tourment des arts ; j'ai vu les vertus inutiles, les succès indifférens, et tous les biens perdus dans tous les maux ; l'homme et le sort, toujours inégaux, se trompant sans cesse, et dans la lutte effrénée de toutes les passions, l'odieux vainqueur recevoir pour prix de son triomphe le plus pesant chaînon des maux qu'il a su faire.

Si l'homme était conformé pour le malheur, je le plaindrais bien moins ; et considérant sa durée passagère, je mépriserais pour lui comme pour moi le tourment d'un jour. Mais tous les biens l'environnent, mais toutes ses facultés lui commandent de jouir, mais tout lui dit : Sois heureux ; et l'homme a dit : Le bonheur sera pour la brute ; l'art, la science, la gloire, la grandeur seront pour moi. Sa mortalité, ses douleurs, ses crimes eux-mêmes ne sont que la plus faible moitié de sa misère. Je déplore ses pertes, le calme, le choix, l'union, la possession tranquille. Je déplore cent années que des millions d'êtres sensibles épuisent dans les sollicitudes et la contrainte, au milieu de ce qui ferait la sécurité, la liberté, la joie ; et vivant d'amertume sur une terre voluptueuse, parce qu'ils ont voulu des biens imaginaires et des biens exclusifs.

Cependant tout cela est peu de chose : je ne le voyais point il y a un demi-siècle, et dans un demi-siècle je ne le verrai pas.

Je me disais : S'il n'appartient pas à ma destinée de ramener à des mœurs primordiales une contrée circonscrite et isolée ; si je dois m'efforcer d'oublier le monde, et me croire assez heureux d'obtenir pour moi des jours tolérables sur cette terre séduite, je ne demande alors qu'un bien, qu'une ombre dans ce songe dont je ne veux plus m'éveiller. Il reste sur la terre, telle qu'elle est, une illusion qui peut encore m'abuser : elle est la seule ; j'aurais la sagesse d'en être trompé ; le reste n'en vaut pas l'effort. Voilà ce que je me disais alors ; mais le hasard seul pouvait m'en permettre l'inestimable erreur. Le hasard est lent et incertain ; la vie rapide, irrévocable : son printemps passe ; et ce besoin trompé, en achevant de perdre ma vie, doit enfin aliéner mon cœur et altérer ma nature.

Quelquefois déjà je sens que je m'aigris, je m'indigne, mes affections se resserrent ; l'impatience rendra ma volonté farouche, et une sorte de mépris me porte à des desseins grands mais austères. Cependant cette amertume ne dure point dans toute sa force : je m'abandonne ensuite, comme si je sentais que les hommes distraits, et les choses incertaines, et ma vie si courte ne méritent pas l'inquiétude d'un jour, et qu'un réveil sévère est inutile quand on doit sitôt s'endormir pour jamais.

LETTRE XXXVIII

Lyon, 8 mai, VI.

J'ai été jusqu'à Blammont, chez le chirurgien qui a remis si adroitement le bras de cet officier tombé de cheval en revenant de Chessel.

Vous n'avez pas oublié comment, lorsque nous entrâmes chez lui, à cette occasion, il y a plus de douze ans, il se hâta d'aller cueillir dans son jardin les plus beaux abricots ; et comment, en revenant les mains pleines, ce vieillard déjà infirme, heurta du pied le pas de la porte, ce qui fit tomber à terre presque tout le fruit qu'il tenait. Sa fille lui dit brusquement : Voilà comme vous faites toujours ; vous voulez vous mêler de tout, et c'est pour tout gâter ; ne pouvez-vous pas rester sur votre chaise ? c'est bien présentable à présent ! Nous avions le cœur navré, car il souffrait et ne répondait rien. Le malheureux ! il est plus malheureux encore. Il est paralytique ; il est couché dans un véritable lit de douleurs, il n'a auprès de lui que cette misérable qui est sa fille. Depuis plusieurs mois il ne parle plus ; mais le bras droit n'est pas encore attaqué, il s'en sert pour faire des signes. Il en fit que j'eus le chagrin de ne pouvoir expliquer ; il voulait dire à sa fille de m'offrir quelque chose. Elle ne l'entendit pas, et cela arrive très-souvent. Lorsqu'il lui survint quelques affaires au dehors, j'en profitai pour que son malheureux père sût du moins que ses maux étaient sentis : il a encore une oreille assez bonne. Il me fit comprendre que cette fille, regardant sa fin comme très-prochaine, se refusait à tout ce qui pourrait diminuer de quelques sous l'héritage assez considérable qu'il lui laisse ; mais que, quoiqu'il en eût bien des chagrins, il lui pardonnait tout, afin de ne pas cesser d'aimer, à son dernier moment, le seul être qui lui restât à aimer. Un vieillard voir ainsi expirer sa vie ! un père finir avec tant d'amertume dans sa propre maison ! Et nos lois ne peuvent rien !

Il faut qu'un tel abîme de misères touche aux perceptions de l'immortalité. S'il était possible que, dans un âge de raison, j'eusse manqué essentiellement à mon père, je serais malheureux toute ma vie, parce qu'il n'est plus, et que ma faute serait aussi irréparable que monstrueuse. On pourrait dire, il est vrai, qu'un mal fait à celui qui ne le sent plus, qui n'existe plus, est actuellement chimérique en quelque sorte et indifférent, comme le sont les choses tout-à-fait passées. Je ne saurais le nier ; cependant j'en serais inconsolable. La raison de ce sentiment est bien difficile à trouver. S'il n'était autre que le sentiment d'une chute avilissante dont on a perdu l'occasion de se relever avec une noblesse qui puisse consoler intérieurement, on trouverait ce même dédommagement dans la vérité de l'intention. Lorsqu'il ne s'agit que de notre propre estime, le désir d'une chose louable doit nous satisfaire comme son exécution. Celle-ci ne diffère du désir que par les suites, et il n'en peut être aucune pour l'offensé qui ne vit plus. On voit pourtant le sentiment de cette injustice dont les effets ne subsistent plus nous accabler encore, nous avilir, nous déchirer, comme si elle devait avoir des résultats éternels. On dirait que l'offensé n'est qu'absent, et que nous devons retrouver les rapports que nous avions avec lui, mais dans un état qui ne permettra plus de rien changer, de rien réparer, et où le mal sera perpétuel malgré nos remords.

L'esprit humain trouve toujours à se perdre dans cette liaison des choses effectuées avec leurs conséquences inconnues. Il pourrait imaginer que ces conceptions d'un ordre futur et d'une suite sans borne aux choses présentes n'ont d'autres fondemens que la possibilité de leurs suppositions ; qu'elles doivent être comptées parmi les moyens qui retiennent l'homme dans la diversité, dans les oppositions, dans la perpétuelle incertitude, où le plonge la perception incomplète des propriétés et de l'enchaînement des choses.

Puisque ma lettre n'est pas fermée, il faut que je cite Montaigne. Je viens de rencontrer par hasard un passage si analogue à l'idée dont j'étais occupé, que j'en ai été frappé et satisfait. Il y a dans cette conformité de pensées un principe de joie secrète ; c'est elle qui rend l'homme nécessaire à l'homme, parce qu'elle rend nos idées fécondes, parce qu'elle donne de l'assurance à notre imagination, et confirme en nous l'opinion de ce que nous sommes.

On ne trouve point dans Montaigne ce que l'on cherche, on rencontre ce qui s'y trouve. Il faut l'ouvrir au hasard, et c'est rendre une sorte d'hommage à sa manière. Elle est très-indépendante, sans être burlesque ou affectée ; et je ne suis pas surpris qu'un Anglais ait mis les *Essais* au-dessus de tout. On a reproché à Montaigne deux choses qui le font admirable, et dont je n'ai nul besoin de le disculper entre nous.

C'est au chapitre huitième du livre second qu'il dit :

« Comme je scay, par une trop certaine expérience, il n'est aucune si douce consolation en la perte de nos amis, que celle que nous apporte la science de n'avoir rien oublié à leur dire, et d'avoir eu avec eux une parfaite et entière communication. »

Cette entière communication avec l'être moral semblable à nous, et mis auprès de nous dans des rapports respectés, semble une partie essentielle du rôle qui nous est departi pour l'emploi de notre durée. Nous sommes mécontens de nous quand, l'acte étant fini, nous avons perdu sans retour le mérite de l'exécution dans la scène qui nous était confiée.

Ceci prouve, me direz-vous peut-être, que nous pressentons une autre durée. Je vous l'accorde, et nous conviendrons aussi que le chien, qui ne veut plus alimenter sa vie parce que son maître a perdu la sienne, et qui s'élance dans le bûcher embrasé où l'on consume son corps, veut mourir avec lui parce qu'il croit fermement à l'immortalité, et qu'il a la certitude consolante de le rejoindre dans un autre monde.

Je n'aime pas à rire de ce qu'on veut mettre à la place du désespoir, et cependant j'allais plaisanter si je ne m'étais retenu. La confiance dont l'homme se nourrit dans les opinions qu'il aime, et où il ne peut rien voir, est respectable, puisqu'elle diminue quelquefois l'amertume de ses misères ; mais il y a quelque chose de comique dans cette inviolabilité religieuse dont il prétend l'environner. Il n'appellerait pas sacrilège celui qui assurerait qu'un fils peut sans crime égorger son père ; il le conduirait à la maison des fous, et ne se fâcherait pas : mais il devient furieux si on ose lui dire que peut-être il mourra comme un chêne ou un renard, tant il a peur de le croire. Ne saurait-il s'apercevoir qu'il prouve sa propre incertitude ? Sa foi est aussi fausse que celle de certains dévots qui crieraient à l'impiété si l'on doutait qu'un poulet mangé le vendredi pût nous plonger dans l'enfer, et qui pourtant en mangent en secret ; tant il y a de proportion entre la terreur d'un supplice éternel et le plaisir de manger deux bouchées de viande sans attendre le dimanche.

Que ne prend-on le parti de laisser à la libre fantaisie de chacun les choses dont on peut rire, et même les espérances que tous ne peuvent également recevoir ? La morale gagnerait beaucoup à abandonner la force d'un fanatisme éphémère, pour s'appuyer avec majesté sur l'inviolable évidence. Si vous voulez des principes qui parlent au cœur, rappelez ceux qui sont dans le cœur de tout homme bien organisé.

Dites : Sur une terre de plaisirs et de tristesse, la destination de l'homme est d'accroître le sentiment de la joie, de féconder l'énergie expansive, et de combattre, dans tout ce qui sent, le principe de l'avilissement et des douleurs…

TROISIÈME FRAGMENT

DE L'EXPRESSION ROMANTIQUE, ET DU *RANZ DES VACHES* [1]

Le romanesque séduit les imaginations vives et fleuries ; le romantique suffit seul aux âmes profondes, à la véritable sensibilité. La nature est pleine d'effets romantiques dans les pays simples : une longue culture les détruit dans les terres vieillies, surtout dans les plaines dont l'homme s'assujettit facilement toutes les parties *.

* L'acception du mot romantique a changé depuis l'époque où ces lettres ont été écrites.

Les effets romantiques sont les accens d'une langue que les hommes ne connaissent pas tous, et qui devient étrangère à plusieurs contrées. On cesse bientôt de les entendre quand on ne vit plus avec eux ; et cependant cette harmonie romantique est la seule qui conserve à nos cœurs les couleurs de la jeunesse et la fraîcheur de la vie. L'homme de la société ne sent plus ces effets trop éloignés de ses habitudes ; il finit par dire : Que m'importe ? Il est comme ces tempéramens fatigués du feu desséchant d'un poison lent et habituel ; il se trouve vieilli dans l'âge de la force, et les ressorts de la vie sont relâchés en lui, quoiqu'il garde l'extérieur d'un homme.

Mais vous, que le vulgaire croit semblables à lui, parce que vous vivez avec simplicité, parce que vous avez du génie sans avoir les prétentions de l'esprit, ou simplement parce qu'il vous voit vivre, et que, comme lui, vous mangez et vous dormez ; hommes primitifs, jetés çà et là dans le siècle vain, pour conserver la trace des choses naturelles, vous vous reconnaissez, vous vous entendez dans une langue que la foule ne sait point, quand le soleil d'octobre paraît dans les brouillards sur les bois jaunis ; quand un filet d'eau coule et tombe dans un pré fermé d'arbres, au coucher de la lune ; quand sous le ciel d'été, dans un jour sans nuages, une voix de femme chante à quatre heures, un peu au loin, au milieu des murs et des toits d'une grande ville.

Imaginez une plaine d'une eau limpide et blanche. Elle est vaste, mais circonscrite ; sa forme oblongue et un peu circulaire se prolonge vers le couchant d'hiver. Des sommets élevés, des chaînes majestueuses la ferment de trois côtés. Vous êtes assis sur la pente de la montagne, au-dessus de la grève du nord, que les flots quittent et recouvrent. Des rochers perpendiculaires sont derrière vous ; ils s'élèvent jusqu'à la région des nues ; le triste vent du pôle n'a jamais soufflé sur cette rive heureuse. A votre gauche, les montagnes s'ouvrent, une vallée tranquille s'étend dans leurs profondeurs, un torrent descend des cimes neigeuses qui la ferment ; et quand le soleil du matin paraît entre les pics glacés, sur les brouillards, quand des voix de la montagne indiquent les chalets, au-dessus des prés encore dans l'ombre, c'est le réveil d'une terre primitive, c'est un monument de nos destinées méconnues !

Voici les premiers momens nocturnes ; l'heure du repos et de la tristesse sublime. La vallée est fumeuse, elle commence à s'obscurcir. Vers le midi, le lac est dans la nuit ; les rochers qui le ferment sont une zone ténébreuse sous le dôme glacé qui les surmonte, et qui semble retenir dans ses frimas la lumière du jour. Ses derniers feux jaunissent les nombreux châtaigniers sur les rocs sauvages ; ils passent en longs traits sous les hautes flèches du sapin alpestre ; ils brunissent les monts ; ils allument les neiges ; ils embrasent les airs ; et l'eau sans vagues, brillante de lumière et confondue avec les cieux, est devenue infinie comme eux, et plus pure encore, plus éthérée, plus belle. Son calme étonne, sa limpidité trompe, la splendeur aérienne qu'elle répète semble creuser ses profondeurs ; et sous ces monts séparés du globe et comme suspendus dans les airs, vous trouvez à vos pieds le vide des cieux et l'immensité du monde. Il y a là un temps de prestige et d'oubli. L'on ne sait plus où est le ciel, où sont les monts, ni sur quoi l'on est porté soi-même ; on ne trouve plus de niveau, il n'y a plus d'horizon ; les idées sont changées, les sensations inconnues : vous êtes sortis de la vie commune. Et lorsque l'ombre a couvert cette vallée d'eau, lorsque l'œil ne discerne plus ni les objets ni les distances, lorsque le vent du soir a soulevé les ondes, alors, vers le couchant, l'extrémité du lac reste seule éclairée d'une pâle lueur ; mais tout ce que les monts entourent n'est qu'un gouffre indiscernable, et au milieu des ténèbres et du silence vous entendez, à mille pieds sous vous, s'agiter ces vagues toujours répétées, qui passent et ne cessent point, qui frémissent sur la grève à intervalles égaux, qui s'engouffrent dans les roches, qui se brisent sur la rive, et dont les bruits[2] semblent résonner d'un long murmure dans l'abîme invisible.

C'est dans les sons que la nature a placé la plus forte expression du caractère romantique ; c'est surtout au sens de l'ouïe que l'on peut rendre sensibles, en peu de traits et d'une manière énergique, les lieux et les choses extraordinaires. Les odeurs occasionnent des perceptions rapides et immenses, mais vagues ; celles de la vue semblent intéresser plus l'esprit que le cœur : on admire ce qu'on voit, mais on sent ce qu'on entend*. La voix d'une femme aimée sera plus belle encore que ses traits ; les sons que rendent des lieux sublimes feront une impression plus profonde et plus durable que leurs formes. Je n'ai point vu de tableau des Alpes qui me les rendît présentes comme le peut faire un air vraiment alpestre.

Le *ranz des vaches* ne rappelle pas seulement des souvenirs, il peint. Je sais que Rousseau a dit le contraire, mais je crois qu'il s'est trompé. Cet effet n'est point imaginaire ; il est arrivé que deux personnes, parcourant séparément les planches des *Tableaux pittoresques de la Suisse*[4], ont dit toutes deux, à la vue de Grimsel : « Voilà où il faut entendre le ranz des vaches. » S'il est exprimé d'une manière plus juste que savante, si celui qui le joue le sent bien, les premiers sons nous placent dans les hautes vallées, près des rocs nus et d'un gris roussâtre, sous le ciel

* Le clavecin des couleurs était ingénieux ; celui des odeurs eût intéressé davantage[3].

froid, sous le soleil ardent. On est sur la croupe des sommets arrondis et couverte de pâturages. On se pénètre de la lenteur des choses et de la grandeur des lieux ; on y trouve la marche tranquille des vaches et le mouvement mesuré de leurs grosses cloches, près des nuages, dans l'étendue doucement inclinée depuis la crête des granits inébranlables jusqu'aux granits ruinés des ravins neigeux. Les vents frémissent d'une manière austère dans les mélèses éloignés ; on discerne le roulement du torrent caché dans les précipices qu'il s'est creusés durant de longs siècles. A ces bruits solitaires dans l'espace succèdent les accents hâtés et pesans des Küheren *, expression nomade d'un plaisir sans gaieté, d'une joie des montagnes. Les chants cessent ; l'homme s'éloigne ; les cloches ont passé les mélèses, on n'entend plus que le choc des cailloux roulans, et la chute interrompue des arbres que le torrent pousse vers les vallées. Le vent apporte ou recule ces sons alpestres ; et quand il les perd, tout paraît froid, immobile et mort. C'est le domaine de l'homme qui n'a pas d'empressement. Il sort du toit bas et large, que les lourdes pierres assurent contre les tempêtes ; si le soleil est brûlant, si le vent est fort, si le tonnerre roule sous ses pieds, il ne le sait pas. Il marche du côté où les vaches doivent être, elles y sont ; il les appelle, elles se rassemblent, elles s'approchent successivement, et il retourne avec la même lenteur, chargé de ce lait destiné aux plaines qu'il ne connaîtra pas. Les vaches s'arrêtent, elles ruminent ; il n'y a plus de mouvement visible, il n'y a plus

* *Küher* en allemand, *Armailli* en *roman*, homme qui conduit les vaches aux montagnes, qui passe la saison entière dans les pâturages élevés, et y fait des fromages. En général, les Armaillis restent ainsi quatre ou cinq mois dans les hautes Alpes, entièrement séparés des femmes, et souvent même des autres hommes.

d'hommes. L'air est froid, le vent a cessé avec la lumière du soir ; il ne reste que la lueur des neiges antiques, et la chute des eaux dont le bruissement sauvage, en s'élevant des abîmes, semble ajouter à la permanence silencieuse des hautes cimes, et des glaciers, et de la nuit (G).

LETTRE XXXIX

Lyon, 11 mai, VI.

Ce que peut avoir de séduisant la multitude de rapports qui lient chaque individu à son espèce et à l'univers, cette attente expansive que donne à un cœur jeune tout un monde à expérimenter, ce dehors inconnu et fantastique, ce prestige est décoloré, fugitif, évanoui. Ce monde terrestre offert à l'action de mon être est devenu aride et nu : j'y cherchais la vie de l'âme, il ne la contient pas.

J'ai vu la vallée doucement éclairée dans l'ombre, sous le voile humide, charme vaporeux du matin ; elle était belle. Je l'ai vue changer et se flétrir : l'astre qui consume a passé sur elle ; il l'a embrasée, il l'a fatiguée de lumière ; il l'a laissée sèche, vieillie et d'une stérilité pénible à voir. Ainsi s'est levé lentement, ainsi s'est dissipé le voile heureux de nos jours. Il n'y a plus de ces demi-ténèbres, de ces espaces cachés qui plaisent tant à pénétrer. Il n'y a plus de clartés douteuses où se puissent reposer mes yeux. Tout est aride et fatigant, comme le sable qui brûle sous le ciel de Sahara ; toutes les choses de la vie, dépouillées de ce revêtement, présentent, dans une vérité rebutante, le savant et triste mécanisme de leur squelette découvert. Leurs mouvemens continus, nécessaires, irrésistibles, m'entraînent sans m'intéresser, et m'agitent sans me faire vivre.

Voilà plusieurs années que le mal menace, se prépare, se décide, se fixe. Si le malheur du moins ne vient pas rompre cet uniforme ennui, il faudra que tout cela finisse.

LETTRE XL

Lyon, 14 mai, VI.

J'étais près de la Saône, derrière le long mur où nous marchions autrefois ensemble, lorsque nous parlions de Tinian au sortir de l'enfance, que nous aspirions au bonheur, que nous avions l'intention de vivre. Je considérais cette rivière qui coulait de même qu'alors, et ce ciel d'automne, aussi tranquille, aussi beau que dans ces temps-là, dont il ne subsiste plus rien. Une voiture venait ; je me retirai insensiblement, et je continuai à marcher, les yeux occupés des feuilles jaunies que le vent promenait sur l'herbe sèche et dans la poussière du chemin. La voiture s'arrêta ; Mme Del... était seule avec sa fille âgée de six ans. Je montai, et j'allai jusqu'à sa campagne, où je ne voulus pas entrer. Vous savez que Mme Del... n'a pas vingt-cinq ans, et qu'elle est bien changée : mais elle parle avec la même grâce simple et parfaite ; ses yeux ont une expression plus douloureuse et non moins belle. Nous n'avons rien dit de son mari ; vous vous rappelez qu'il a trente ans de plus qu'elle, et que c'est une sorte de financier fort instruit quand il s'agit de l'or, mais nul dans tout le reste. Femme infortunée ! Voilà une vie perdue ; et le sort semblait la lui promettre si heureuse ! Que lui manquait-il pour mériter le bonheur, et pour faire le bonheur d'un autre? Quel esprit! quelle âme! quelle pureté d'intention! Tout cela est inutile. Il y a bientôt cinq ans que je ne l'avais vue. Elle renvoyait sa voiture à la ville : je me fis descendre auprès de l'endroit où elle m'avait rencontré; j'y restai fort tard.

Comme j'allais rentrer, un homme âgé, faible, et qui paraissait abattu par la misère, s'approcha de moi en me regardant beaucoup : il me nomma, et me demanda quelques secours. Je ne sus pas le reconnaître pour le moment; mais ensuite je fus accablé en me rappelant que ce ne pouvait être que ce professeur de *troisième,* si laborieux et si bon [1]. Je me suis informé ce matin; mais je ne sais si je pourrai découvrir le triste grenier où, sans doute, il passe ses derniers jours. L'infortuné aura cru que je ne voulais pas le reconnaître. Si je le trouve, il faut qu'il ait une chambre et quelques livres qui lui rendent ses habitudes : il me semble qu'il y voit encore bien. Je ne sais ce que je dois lui promettre de votre part; marquez-le moi : il ne s'agit pas d'un moment, mais du reste de sa vie. Je ne ferai rien sans savoir vos intentions.

J'avais passé plus d'une heure, je crois, à hésiter de quel côté j'irais pour marcher un peu. Quoique cet endroit fût plus loin de ma demeure, j'y fus entraîné; apparemment c'était par le besoin d'une tristesse qui pût convenir à celle dont j'étais déjà rempli.

J'aurais volontiers affirmé que je ne la reverrais jamais. C'était une chose comme résolue, et cependant... Son idée, quoique affaiblie par le découragement, par le temps, par l'affaiblissement même de ma confiance en un genre d'affections trop trompées ou trop inutiles, son idée se trouvait liée aux sentimens de mon existence et de ma durée au milieu des choses. Je la voyais en moi, mais comme le souvenir ineffaçable d'un songe passé, comme ces idées de bonheur dont on garde l'empreinte, et qui ne sont plus de mon âge.

Car je suis un homme fait. Les dégoûts m'ont mûri : grâce à ma destinée, je n'ai d'autre maître que ce peu de raison qu'on reçoit d'en haut sans savoir pourquoi. Je ne suis point sous le joug des passions ; les désirs ne m'égarent pas, la volupté ne me corrompra pas. J'ai laissé là toutes ces futilités des âmes fortes : je n'aurai point le ridicule de jouir des choses romanesques dont on doit revenir, ou d'être dupe d'un beau sentiment. Je me sens en état de voir avec indifférence un site heureux, un beau ciel, une action vertueuse, une scène touchante ; et, si j'y mettais assez d'importance, je pourrais, comme l'homme du meilleur ton, bâiller toujours en souriant toujours, m'amuser consumé de chagrins, et mourir d'ennui avec beaucoup de calme et de dignité.

Dans le premier moment, j'ai été surpris de la voir, et maintenant je le suis encore, parce que je ne vois pas à quoi cela peut mener. Mais quelle nécessité y a-t-il que cela mène à quelque chose ? Que d'incidens isolés dans le cours du monde, ou qui n'ont pas de résultats que nous puissions connaître ! Je ne parviens pas à me défaire de cette sorte d'instinct qui cherche une suite et des conséquences à chaque chose, surtout à celles que le hasard amène. Je veux toujours y voir et l'effet d'une intention, et un moyen de la nécessité. Je m'amuse de ce singulier penchant : il nous a fourni plus d'une occasion de rire ensemble ; et, dans ce moment-ci, je ne le trouve point du tout incommode.

Il est certain que, si j'avais su la rencontrer, je n'aurais pas été de ce côté : je crois pourtant que j'aurais eu tort. Un rêveur doit tout voir, et un rêveur n'a malheureusement pas grand'chose à craindre. Faudrait-il d'ailleurs éviter tout ce qui tient à la vie de l'âme, et tout ce qui l'avertit de ses pertes ? le pourrait-on ? Une odeur, un son, un trait de lumière me diront de même qu'il y a autre chose dans la nature humaine que digérer et s'endormir. Un mouvement de joie dans le cœur du malheureux, ou le soupir de celui qui jouit, tout m'avertira de cette mystérieuse combinaison dont l'intelligence entretient et change sans cesse la suite infinie, et dont les corps ne sont que les matériaux qu'une idée éternelle arrange comme les figures d'une chose invisible, qu'elle roule comme des dés, qu'elle calcule comme des nombres.

Revenu sur le bord de la Saône, je me disais : L'œil est incompréhensible ! Non seulement il reçoit pour ainsi dire l'infini, mais il semble le reproduire. Il voit tout un monde ; et ce qu'il rend, ce qu'il peint, ce qu'il exprime est plus vaste encore. Une grâce qui entraîne tout, une éloquence douce et profonde, une expression plus étendue que les choses exprimées, l'harmonie qui fait le lien universel, tout cela est dans l'œil d'une femme. Tout cela, et plus encore, est dans la voix illimitée de celle qui sent. Lorsqu'elle parle, elle tire de l'oubli les affections et les idées ; elle éveille l'âme de sa léthargie, elle l'entraîne et la conduit dans tout le domaine de la vie morale. Lorsqu'elle chante, il semble qu'elle agite les choses, qu'elle les déplace, qu'elle les forme, et qu'elle crée des sentimens nouveaux. La vie naturelle n'est plus la vie ordinaire : tout est romantique, animé, enivrant. Là, assise en repos, ou occupée d'autre chose, elle nous emporte, elle nous précipite avec elle dans le monde immense ; et notre vie s'agrandit de ce mouvement sublime et calme. Combien, alors, paraissent froids ces hommes qui se remuent tant pour de si petites choses ! dans quel néant ils nous retiennent, et qu'il est fatigant de vivre parmi des êtres turbulens et muets !

Mais quand tous les efforts, tous les talens, tous les succès, et tous les dons du hasard ont formé un visage admirable, un corps parfait, une manière finie, une âme grande, un cœur délicat, un esprit étendu, il ne faut qu'un jour pour que l'ennui et le découragement commencent à tout anéantir dans le vide d'un cloître, dans les dégoûts d'un mariage trompeur, dans la nullité d'une vie fastidieuse.

Je veux continuer à la voir. Elle n'attend plus rien, nous serons bien ensemble. Elle ne sera pas surprise que je sois consumé d'ennui, et je n'ai pas à craindre d'ajouter au sien. Notre situation est fixe, et tellement, que je ne changerai pas la mienne en allant chez elle dès qu'elle aura quitté la campagne.

Je me figure déjà avec quelle grâce riante et fatiguée elle reçoit une société qui l'excède, et avec quelle impatience elle attend le lendemain des jours de plaisir.

Je vois tous les jours à peu près les mêmes ennuis. Les concerts, les soirées, tous ces passe-temps sont le travail des prétendus heureux ; il leur est à charge, comme celui de la vigne l'est à l'homme de journée, et davantage : il ne porte pas avec lui sa consolation, il ne produit rien.

LETTRE XLI

Lyon, 18 mai, VI.

On dirait que le sort s'attache à ramener l'homme sous la chaîne qu'il a voulu secouer malgré le sort. Que m'a-t-il servi de tout quitter pour chercher une vie plus libre ? Si j'ai vu des choses selon ma nature, ce ne fut qu'en passant, sans en jouir, et comme pour redoubler en moi l'impatience de les posséder.

Je ne suis point l'esclave des passions, je suis plus

malheureux : leur vanité ne me trompera point ; mais enfin ne faut-il pas que la vie soit remplie par quelque chose ? Quand l'existence est vide, peut-elle satisfaire ? Si la vie du cœur n'est qu'un néant agité, ne vaut-il pas mieux la laisser pour un néant plus tranquille ? Il me semble que l'intelligence cherche un résultat ; je voudrais que l'on me dît quel est celui de ma vie. Je veux quelque chose qui voile et entraîne mes heures : je ne saurais toujours les sentir rouler si pesamment sur moi, seules et lentes, sans désirs, sans illusions, sans but. Si je ne puis connaître de la vie que ses misères, est-ce un bien de l'avoir reçue ? est-ce une sagesse de la conserver ?

Vous ne pensez pas que, trop faible contre les maux de l'humanité, je n'ose même en soutenir la crainte : vous me connaissez mieux. Ce n'est point dans le malheur que je songerais à rejeter la vie. La résistance éveille l'âme et lui donne une attitude plus fière ; l'on se retrouve enfin quand il faut lutter contre de grandes douleurs ; on peut se plaire dans son énergie, on a du moins quelque chose à faire. Mais ce sont les embarras, les ennuis, les contraintes, l'insipidité de la vie, qui me fatiguent et me rebutent. L'homme passionné peut se résoudre à souffrir, puisqu'il prétend jouir un jour ; mais quelle considération peut soutenir l'homme qui n'attend rien ? Je suis las de mener une vie si vaine. Il est vrai que je pourrais prendre patience encore ; mais ma vie passe sans que je fasse rien d'utile, et sans que je jouisse, sans espoir, comme sans paix. Pensez-vous qu'avec une âme indomptable, tout cela puisse durer de longues années ?

Je croirais qu'il y a aussi une raison des choses physiques, et que la nécessité elle-même a une marche suivie, une sorte de fin que l'intelligence peut pressentir. Je me demande quelquefois où me conduira cette contrainte qui m'enchaîne à l'ennui, cette apathie d'où je ne puis jamais sortir ; cet ordre de choses nul et insipide dont je ne saurais me débarrasser, où tout manque, diffère, s'éloigne ; où toute probabilité s'évanouit ; où l'effort est détourné ; où tout changement avorte ; où l'attente est toujours trompée, même celle d'un malheur du moins énergique ; où l'on dirait qu'une volonté ennemie s'attache à me retenir dans un état de suspension et d'entraves, à me leurrer par des choses vagues et des espérances évasives, afin de consumer ma durée entière sans qu'elle ait rien atteint, rien produit, rien possédé.

Je revois le triste souvenir des longues années perdues. J'observe comment cet avenir, qui séduit toujours, change et s'amoindrit en s'approchant. Frappé d'un souffle de mort à la lueur funèbre du présent, il se décolore dès l'instant où l'on veut jouir ; et laissant derrière lui les séductions qui le masquaient et le prestige déjà vieilli, il passe seul, abandonné, traînant avec pesanteur son sceptre épuisé et hideux, comme s'il insultait à la fatigue que donne le glissement sinistre de sa chaîne éternelle. Lorsque je pressens cet espace désenchanté où vont se traîner les restes de ma jeunesse et de ma vie, lorsque ma pensée cherche à suivre d'avance la pente uniforme où tout coule et se perd, que trouvez-vous que je puisse attendre à son terme, et qui pourrait me cacher l'abîme où tout cela va finir ? Ne faudra-t-il pas bien que, las et rebuté, quand je suis assuré de ne pouvoir rien, je cherche au moins du repos ? Et quand une force inévitable pèse sur moi sans relâche, comment reposerai-je, si ce n'est en me précipitant moi-même ?

Il faut que toute chose ait une fin selon sa nature. Puisque ma vie relative est retranchée du cours du monde, pourquoi végéter long-temps encore inutile au monde et fatigant à moi-même ? Pour le vain instinct d'exister ! pour respirer et avancer en âge ! pour m'éveiller amèrement quand tout repose, et chercher des ténèbres quand la terre fleurit ; pour n'avoir que le besoin des désirs, et ne connaître que le songe de l'existence ; pour rester déplacé, isolé sur la scène des afflictions humaines, quand nul n'est heureux par moi, quand je n'ai que l'idée du rôle d'un homme ; pour tenir à une vie perdue, lâche esclave, que la vie repousse et qui s'attache à son ombre, avide de l'existence, comme si l'existence réelle lui était laissée, et voulant être misérablement faute d'oser n'être plus !

Que me feront les sophismes d'une philosophie douce et flatteuse, vain déguisement d'un instinct pusillanime, vaine sagesse des patiens qui perpétue les maux si bien supportés, et qui légitime notre servitude par une nécessité imaginaire ?

Attendez, me dira-t-on ; le mal moral s'épuise par la durée même : attendez ; les temps changeront, et vous serez satisfait ; ou s'ils restent semblables, vous serez changé vous-même. En usant du présent tel qu'il est, vous aurez affaibli le sentiment trop impétueux d'un avenir meilleur ; et quand vous aurez toléré la vie, elle deviendra bonne à votre cœur plus tranquille. — Une passion cesse, une perte s'oublie, un malheur se répare : moi je n'ai point de passions, je ne plains ni perte ni malheur, rien qui puisse cesser, qui puisse être oublié, qui puisse être réparé. Une passion nouvelle peut distraire de celle qui vieillit ; mais où trouverai-je un aliment pour mon cœur quand il aura perdu cette soif qui le consume ? Il désire tout, il veut tout, il contient tout. Que mettre à la place de cet infini qu'exige ma pensée ? Les regrets s'oublient, d'autres biens les effacent ; mais quels biens pourront tromper des regrets universels ? Tout ce qui est propre à la nature humaine appartient à mon être ; il a voulu s'en nourrir selon sa nature, il s'est épuisé sur une ombre impalpable : savez-vous quelque bien qui console du regret du monde ? Si mon malheur est dans le néant de ma vie, le temps calmera-t-il des maux que le temps aggrave, et dois-je espérer qu'ils cessent, quand c'est par leur durée même qu'ils sont intolérables ? — Attendez, des temps meilleurs produiront peut-être ce que semble vous interdire votre destinée présente. — Hommes d'un jour, qui projetez en vieillissant, et qui raisonnez, pour un avenir reculé quand la mort est sur vos pas, en rêvant des illusions consolantes dans l'instabilité des choses, n'en sentirez-vous jamais le cours rapide ? ne verrez-vous point que votre vie s'endort en se balançant, et que cette vicissitude qui soutient votre cœur trompé ne l'agite que pour l'éteindre dans une secousse dernière et prochaine ? Si la vie de l'homme était perpétuelle, si seulement elle était plus longue, si seulement elle restait semblable jusque près de sa dernière heure, alors l'espérance pourrait me séduire, et j'attendrais peut-être ce qui du moins serait possible. Mais y a-t-il quelque permanence dans la vie ? Le jour futur peut-il avoir les besoins du jour présent, et ce qu'il fallait aujourd'hui sera-t-il bon demain ? Notre cœur change plus rapidement que les saisons annuelles ; leurs vicissitudes souffrent du moins quelque constance, puisqu'elles se répètent dans l'étendue des siècles. Mais nos jours, que rien ne renouvelle, n'ont pas deux heures qui puissent être semblables : leurs saisons, qui ne se réparent pas, ont chacune leurs besoins ; s'il en est une qui ait perdu ce qui lui était propre, elle l'a perdu sans retour, et nul autre âge ne saurait posséder ce que l'âge puissant n'a pas atteint. — C'est le propre de l'insensé de prétendre lutter contre la nécessité. Le sage reçoit les choses telles que la destinée les donne ; il ne s'attache qu'à les considérer sous les rapports qui peuvent les lui rendre heureuses : sans s'inquiéter inutilement dans quelles voies il erre sur ce globe, il sait posséder, à chaque gîte qui marque sa course, et les douceurs de convenances et la sécurité du repos ; et devant sitôt trouver le terme de sa marche, il va sans effort, il s'égare même sans inquiétude. Que lui servirait de vouloir davantage, de résister à la force du monde et de chercher à éviter des chaînes et une ruine inévitable ? Nul individu ne saurait arrêter le cours universel, et rien n'est plus vain que la plainte des maux attachés nécessairement à notre nature. — Si tout est nécessaire, que prétendez-vous opposer à mes ennuis ? Pourquoi les blâmer ? puis-je sentir autrement ? Si au contraire, notre sort particulier est dans nos mains, si l'homme peut choisir et vouloir, il existera pour lui des obstacles qu'il ne saurait vaincre et des misères auxquelles il ne pourra soustraire sa vie ; mais tout l'effort du genre humain ne pourrait faire plus contre lui que de l'anéantir. Celui-là seul peut être soumis à tout qui veut absolument vivre ; mais celui qui ne prétend à rien ne peut être soumis à rien. Vous exigez que je me résigne à des maux inévitables ; je le veux bien aussi ; mais quand je consens à tout quitter, il n'y a plus pour moi de maux inévitables.

Les biens nombreux qui restent à l'homme dans le malheur même ne sauraient me retenir. Il y a plus de biens que de maux ; cela est vrai dans le sens absolu, et pourtant ce serait s'abuser étrangement que de compter ainsi. Un seul mal que nous ne pouvons oublier anéantit l'effet de vingt biens dont nous paraissons jouir ; et malgré les promesses du raisonnement, il est beaucoup de maux que l'on ne saurait cesser de sentir qu'avec des efforts et du temps, si du moins l'on n'est sectaire et un peu fanatique. Le temps, il est vrai, dissipe ces maux, et la résistance du sage les use plus vite encore ; mais l'industrieuse imagination des autres hommes les a tellement multipliés, qu'ils seront toujours remplacés avant leur terme : et comme les biens passent ainsi que les douleurs, y eût-il dans l'homme dix plaisirs pour une seule peine, si l'amertume d'une seule peine corrompt cent plaisirs pendant toute sa durée, la vie sera au moins indifférente et inutile à qui n'a plus d'illusions. Le mal reste, le bien n'est plus : par quel prestige, pour quelle fin porterais-je la vie ? Le dénouement est connu ; qu'y a-t-il à faire encore ? La perte vraiment irréparable est celle des désirs.

Je sais qu'un penchant naturel attache l'homme à la vie ; mais c'est en quelque sorte un instinct d'habitude, il ne prouve nullement que la vie soit bonne. L'être, par cela qu'il existe, doit tenir à l'existence ; la raison seule peut lui faire voir le néant sans effroi. Il est remarquable que l'homme, dont la raison affecte tant de mépriser l'instinct, s'autorise de ce qu'il a de plus aveugle pour justifier les sophismes de cette même raison.

On objectera que l'impatience habituelle tient à l'impétuosité des passions, et que le vieillard s'attache à la vie à mesure que l'âge le calme et l'éclaire. Je ne veux pas examiner en ce moment si la raison de l'homme qui s'éteint vaut plus que celle de l'homme dans sa force ; si chaque âge n'a pas sa manière de sentir convenable alors, et déplacée dans d'autres temps ; si enfin nos institutions stériles, si nos vertus de vieillards, ouvrage de la caducité, du moins dans leur principe, prouvent solidement en faveur de l'âge refroidi. Je répondrais seulement : Toute chose mélangée est regrettée au moment de sa perte ; une perte sans retour n'est jamais vue froidement après une longue possession : notre imagination, que nous voyons toujours dans la vie abandonner un bien dès qu'il est acquis, pour fixer nos efforts sur celui qui nous reste à acquérir, ne s'arrête dans ce qui finit que sur le bien qui nous est enlevé, et non sur le mal dont nous sommes délivrés.

Ce n'est pas ainsi que l'on doit estimer la valeur de la vie effective pour la plupart des hommes. Mais chaque jour de cette existence dont ils espèrent sans cesse, demandez-leur si le moment présent les satisfait, les mécontente, ou leur est indifférent ; vos résultats seront sûrs alors. Toute autre estimation n'est qu'un moyen de s'en imposer à soi-même ; et je veux mettre une vérité claire et simple à la place des idées confuses et des sophismes rebattus.

L'on me dira sérieusement : Arrêtez vos désirs ; bornez ces besoins trop avides ; mettez vos affections dans les choses faciles. Pourquoi chercher ce que les circonstances éloignent ? Pourquoi exiger ce dont les hommes se passent si bien ? Pourquoi vouloir des choses utiles ? tant d'autres n'y pensent même pas ! Pourquoi vous plaindre des douleurs publiques ? Voyez-vous qu'elles troublent le sommeil d'un seul heureux ? Que servent ces pensers d'une âme forte, et cet instinct des choses sublimes ? Ne sauriez-vous rêver la perfection sans y prétendre amener la foule qui s'en rit, tout en gémissant ; et vous faut-il, pour jouir de votre vie, une existence grande ou simple, des circonstances énergiques, des lieux choisis, des hommes et des choses selon votre cœur ? Tout est bon à l'homme, pourvu qu'il existe ; et partout où il peut vivre, il peut vivre content. S'il a une bonne réputation, quelques connaissances qui lui veuillent du bien, une maison et de quoi se présenter dans le monde, que lui faut-il davantage ? — Certes je n'ai rien à répondre à ces conseils qu'un homme mûr me donnerait, et je les crois très-bons en effet pour ceux qui les trouvent tels.

Cependant je suis plus calme maintenant, et je commence à me lasser de mon impatience même. Des idées sombres, mais tranquilles, me deviennent plus familières. Je songe volontiers à ceux qui, le matin de leurs jours, ont trouvé leur éternelle nuit ; ce sentiment me repose et me console, c'est l'instinct du soir. Mais pourquoi ce besoin des ténèbres ? pourquoi la lumière m'est-elle pénible ? Ils le sauront un jour ; quand ils auront changé, quand je ne serai plus.

Quand vous ne serez plus !... Méditez-vous un crime ? — Si, fatigué des maux de la vie, et surtout désabusé de ses biens, déjà suspendu sur l'abîme, marqué pour le moment suprême, retenu par l'ami, accusé par le moraliste, condamné par ma patrie, coupable aux yeux de l'homme social, j'avais à répondre à ses efforts, à ses reproches, voici, ce me semble, ce que je pourrais dire :

J'ai tout examiné, tout connu ; si je n'ai pas tout éprouvé, j'ai du moins tout pressenti. Vos douleurs ont flétri mon âme ; elles sont intolérables parce qu'elles sont sans but. Vos plaisirs sont illusoires, fugitifs, un jour suffit pour les connaître et les quitter. J'ai cherché en moi le bonheur, mais sans fanatisme ; j'ai vu qu'il n'était pas fait pour l'homme seul : je le proposai à ceux qui m'environnaient, ils n'avaient pas le loisir d'y songer[1]. J'interrogeai la multitude que flétrit la misère, et les privilégiés que l'ennui opprime ; ils m'ont dit : Nous souffrons aujourd'hui, mais nous jouirons demain. Pour moi, je sais que le jour qui se prépare va marcher sur la trace du jour qui s'écoule. Vivez, vous que peut tromper encore un prestige heureux ; mais moi, fatigué de ce qui peut égarer l'espoir, sans attente et presque sans désir, je ne dois plus vivre. Je juge la vie comme l'homme qui descend dans la tombe ; qu'elle s'ouvre donc pour moi : reculerais-je le terme quand il est déjà atteint ? La nature offre des illusions à croire et à aimer ; elle ne lève le voile qu'au moment marqué pour la mort : elle ne l'a pas levé pour vous, vivez ; elle l'a levé pour moi, ma vie n'est déjà plus.

Il se peut que le vrai bien de l'homme soit son indépendance morale, et que ses misères ne soient que le sentiment de sa propre faiblesse dans des situations multipliées ; que tout devienne songe hors de lui, et que la paix soit dans le cœur inaccessible aux illusions. Mais sur quoi se reposera la pensée désabusée ? Que faire dans la vie quand on est indifférent à tout ce qu'elle renferme ? Quand la passion de toutes choses, quand ce besoin universel des âmes fortes a consumé nos cœurs, le charme abandonne nos désirs détrompés, et l'irrémédiable ennui naît de ces cendres refroidies. Funèbre, sinistre, il absorbe tout espoir, il règne sur les ruines, il dévore, il éteint ; d'un effort invincible, il creuse notre tombe, asile qui donnera du moins le repos par l'oubli, le calme dans le néant.

Sans les désirs, que faire de la vie ? Végéter stupidement ; se traîner sur la trace inanimée des soins et des affaires ; ramper énervé dans la bassesse de l'esclave ou la nullité de la foule ; penser sans servir l'ordre universel ; sentir sans vivre ! Ainsi, jouet lamentable d'une destinée que rien n'explique, l'homme abandonnera sa vie aux hasards et des choses et des temps. Ainsi, trompé par l'opposition de ses vœux, de sa raison, de ses lois, de sa nature, il se hâte d'un pas riant et plein d'audace vers la nuit sépulcrale. L'œil ardent, mais inquiet au milieu des fantômes, et le cœur chargé de douleurs, il cherche et s'égare, il végète et s'endort.

Harmonie du monde, rêve sublime ! Fin morale, reconnaissance sociale, lois, devoirs ; mots sacrés parmi les hommes ! je ne puis vous braver qu'aux yeux de la foule trompée.

A la vérité, j'abandonne des amis que je vais affliger, ma patrie dont je n'ai point assez payé les bienfaits, tous les hommes que je devais servir : ce sont des regrets et non pas des remords. Qui, plus que moi, pourra sentir le prix de l'union, l'autorité des devoirs, le bonheur d'être utile ? J'espérais faire quelque bien : ce fut le plus flatteur, le plus insensé de mes rêves. Dans la perpétuelle incertitude d'une existence toujours agitée, précaire, asservie, vous suivez tous, aveugles et dociles, la trace battue de l'ordre établi ; abandonnant ainsi votre vie à vos habitudes, et la perdant sans peine comme vous perdriez un jour. Je pourrais, entraîné de même par cette déviation universelle, laisser quelques bienfaits dans ces voies d'erreur ; mais ce bien, facile à tous, sera fait sans moi par les hommes bons. Il en est ; qu'ils vivent, et qu'utiles à quelque chose, ils se trouvent heureux. Pour moi, dans cet abîme de maux, je ne serai point consolé, je l'avoue, si je ne fais pas plus. Un infortuné près de moi sera peut-être soulagé, cent mille gémiront ; et moi, impuissant au milieu d'eux, je verrai sans cesse attribuer à la nature des choses les fruits amers de l'égarement humain, et se perpétuer, comme l'œuvre inévitable de la nécessité, ces misères où je crois sentir le caprice accidentel d'une perfectibilité qui s'essaie ! Que l'on me condamne sévèrement, si je refuse le sacrifice d'une vie heureuse au bien général ; mais lorsque, devant rester inutile, j'appelle un repos trop long-temps attendu, j'ai des regrets, je le répète, et non pas des remords.

Sous le poids d'un malheur passager, considérant la mobilité des impressions et des événemens, sans doute je devrais attendre des jours plus favorables. Mais le mal qui pèse sur mes ans n'est point un mal passager. Ce vide dans lequel ils s'écoulent lentement, qui le remplira ? Qui rendra des désirs à ma vie, et une attente à ma volonté ? C'est le bien lui-même que je trouve inutile ; fassent les hommes qu'il n'y ait plus que des maux à déplorer ! Durant l'orage, l'espoir soutient, et l'on s'affermit contre le danger parce qu'il peut finir ; mais si le calme lui-même vous fatigue, qu'espérerez-vous alors ? Si demain peut être bon, je veux bien attendre ; mais si ma destinée est telle que demain, ne pouvant être meilleur, puisse être plus malheureux encore, je ne verrai pas ce jour funeste.

Si c'est un devoir réel d'achever la vie qui m'a été donnée, sans doute j'en braverai les misères ; le temps rapide les entraînera bientôt. Quelque opprimés que puissent être nos jours, ils sont tolérables, puisqu'ils sont bornés. La mort et la vie sont en mon pouvoir ; je ne tiens pas à l'une, je ne désire point l'autre : que la raison décide si j'ai le droit de choisir entre elles.

C'est un crime, me dit-on, de déserter la vie. — Mais ces mêmes sophistes qui me défendent la mort m'exposent ou m'envoient à elle. Leurs innovations la multiplient autour de moi, leurs préceptes m'y conduisent, ou leurs lois me la donnent. C'est une gloire de renoncer à la vie quand elle est bonne, c'est une justice de tuer celui qui veut vivre ; et cette mort que l'on doit chercher quand on la redoute, ce serait un crime de s'y livrer quand on la désire ! Sous cent prétextes, ou spécieux, ou ridicules, vous vous jouez de mon existence ; moi seul je n'aurais plus de droits sur moi-même ! Quand j'aime la vie, je dois la mépriser ; quand je suis heureux, vous m'envoyez mourir : et si je veux la mort, c'est alors que vous me la défendez ; vous m'imposez la vie quand je l'abhorre * !

* Beccaria[2] a dit d'excellentes choses contre la peine de mort ; mais je ne saurais penser comme lui sur celles-ci. Il prétend que le citoyen *n'ayant pu aliéner que la partie de sa liberté la plus petite possible*, n'a pu consentir à la perte de sa vie, il ajoute que *n'ayant pas le droit de se tuer lui-même*, il n'a pu céder à la cité le droit de le tuer.

Si je ne puis m'ôter la vie, je ne puis non plus m'exposer à une mort probable. Est-ce là cette prudence que vous demandez de vos sujets ? Sur le champ de bataille, ils devraient calculer les probabilités avant de marcher à l'ennemi, et vos héros sont tous des criminels. L'ordre que vous leur donnez ne les justifie point ; vous n'avez pas eu le droit de les envoyer à la mort, s'ils n'ont pas eu le droit de consentir à y être envoyés. Une même démence autorise vos fureurs et dicte vos préceptes, et tant d'inconséquence pourrait justifier tant d'injustice !

Je crois qu'il importe de ne dire que des choses justes et incontestables, lorsqu'il s'agit des principes qui servent de base aux lois positives et à la morale. Il y a du danger à appuyer les meilleures choses par des raisons seulement spécieuses ; lorsqu'un jour l'illusion se trouve évanouie, la vérité même qu'elles paraissaient soutenir en est ébranlée. Les choses vraies ont leur raison réelle ; il n'en faut pas chercher d'arbitraires. Si la législation morale et politique de l'antiquité n'avait été fondée que sur des principes évidens, sa puissance, moins persuasive, il est vrai, dans les premiers temps, et moins propre à faire des enthousiastes, fût restée inébranlable. Si l'on essayait maintenant de construire cet édifice que l'on n'a pas encore élevé, je conviens que peut-être il ne serait utile que quand les années l'auraient cimenté ; mais cette considération n'en détruit point la beauté, et ne dispense pas de l'entreprendre.

Obermann ne fait que douter, supposer, rêver ; il pense et ne raisonne guère ; il examine, et ne décide pas, n'établit pas. Ce qu'il dit n'est rien, si l'on veut, mais peut mener à quelque chose. Si, dans sa manière indépendante et sans système, il suit pourtant quelque principe, c'est surtout celui de chercher à ne dire que des vérités en faveur de la vérité même, de ne rien admettre que tous les temps ne pussent avouer, de ne pas confondre la bonté de l'intention avec la justesse des preuves, et de ne pas croire qu'il soit indifférent par quelle voie l'on persuade les meilleures choses. L'histoire de tant de sectes religieuses et politiques a prouvé que les moyens expéditifs ne produisent que l'ouvrage d'un jour. Cette manière de voir m'a paru d'une grande importance, et c'est principalement à cause d'elle que je publie ces lettres, si vides sous d'autres rapports, et si vagues.

Si je n'ai point sur moi-même ce droit de mort, qui l'a donné à la société ? ai-je cédé ce que je n'avais point ? Quel principe social avez-vous inventé, qui m'explique comment un corps acquiert un pouvoir interne et réciproque que ses membres n'avaient pas, et comment j'ai donné pour m'opprimer un droit que je n'avais pas même pour échapper à l'oppression ? Dira-t-on que si l'homme isolé jouit de ce droit naturel, il l'aliène en devenant membre de la société ? Mais ce droit est inaliénable par sa nature, et nul ne saurait faire une convention qui lui ôte tout pouvoir de la rompre quand on la fera servir à son préjudice. On a prouvé, avant moi, que l'homme n'a pas le droit de renoncer à sa liberté, ou, en d'autres termes, de cesser d'être homme : comment perdrait-il le droit le plus essentiel, le plus sûr, le plus irrésistible de cette même liberté, le seul qui garantisse son indépendance, et qui lui reste toujours contre le malheur ? Jusques à quand de palpables absurdités asserviront-elles les hommes ?

Si ce pouvait être un crime d'abandonner la vie, c'est vous que j'accuserais, vous dont les innovations funestes m'ont conduit à vouloir la mort, que sans vous j'eusse éloignée ; cette mort, perte universelle que rien ne répare, triste et dernier refuge que même vous osez m'interdire, comme s'il vous restait quelque prise sur ma dernière heure, et que là aussi les formes de votre législation pussent limiter des droits placés hors du monde qu'elle gouverne. Opprimez ma vie, la loi est souvent aussi le droit du plus fort ; mais la mort est la borne que je veux poser à votre pouvoir. Ailleurs vous commanderez, ici il faut prouver.

Dites-moi clairement, sans vos détours habituels, sans cette vaine éloquence des mots qui ne me trompera pas, sans ces grands noms mal entendus de force, de vertu, d'ordre éternel, de destination morale ; dites-moi simplement si les lois de la société sont faites pour le monde actuel et visible, ou pour une vie future, éloignée de nous ? Si elles sont faites pour le monde positif, dites-moi comment des lois relatives à un ordre de choses peuvent m'obliger quand cet ordre n'est plus ; comment ce qui règle la vie peut s'étendre au-delà ; comment le mode selon lequel nous avons déterminé nos rapports peut subsister quand ces rapports ont fini ; et comment j'ai pu jamais consentir que nos conventions me retinssent quand je n'en voudrais plus ? Quel est le fondement, je veux dire le prétexte, de vos lois ? N'ont-elles pas promis *le bonheur de tous* ? Quand je veux la mort, apparemment je ne me sens pas heureux. Le pacte qui m'opprime doit-il être irrévocable ? Un engagement onéreux dans les choses particulières de la vie peut trouver au moins des compensations, et on peut sacrifier un avantage quand il nous reste la faculté d'en posséder d'autres ; mais l'abnégation totale peut-elle entrer dans l'idée d'un homme qui conserve quelque notion de droit et de vérité ? Toute société est fondée sur une réunion de facultés, un échange de services ; mais quand je nuis à la société, ne refuse-t-elle pas de me protéger ? Si donc elle ne fait rien pour moi, ou si elle fait beaucoup contre moi, j'ai aussi le droit de refuser de la servir. Notre pacte ne lui convient plus, elle le rompt ; il ne me convient plus, je le romps aussi : je ne me révolte pas, je sors.

C'est un dernier effort de votre tyrannie jalouse. Trop de victimes vous échapperaient ; trop de preuves de la misère publique s'élèveraient contre le vain bruit de vos promesses, et découvriraient vos codes astucieux dans leur nudité aride et leur corruption financière. J'étais simple de vous parler de justice ! j'ai vu le sourire de la pitié dans votre regard paternel. Il me dit que c'est la force et l'intérêt qui mènent les hommes. Vous l'avez voulu ; eh bien ! comment votre loi sera-t-elle maintenue ? Qui punira-t-elle de son infraction ? Atteindra-t-elle celui qui n'est plus ? Vengera-t-elle sur les siens un effort méprisé ? Quelle démence inutile ! Multipliez nos misères, il le faut pour les grandes choses que vous projetez, il le faut pour le genre de gloire que vous cherchez ; asservissez, tourmentez, mais du moins ayez un but ; soyez iniques et froidement atroces, mais du moins ne le soyez pas en vain. Quelle dérision, qu'une loi de servitude qui ne sera ni obéie ni vengée !

Où votre force finit, vos impostures commencent ; tant il est nécessaire à votre empire que vous ne cessiez pas de vous jouer des hommes ! C'est la nature, c'est l'intelligence suprême qui veulent que je plie ma tête sous le joug insultant et lourd. Elles veulent que je m'attache à ma chaîne, et que je la traîne docilement, jusqu'à l'instant où il vous plaira de la briser sur ma tête. Quoi que vous fassiez, un Dieu vous livre ma vie, et l'ordre du monde serait interverti si votre esclave échappait.

L'Éternel m'a donné l'existence et m'a chargé de mon rôle, dites-vous, dans l'harmonie de ses œuvres ; je dois le remplir jusqu'à la fin, et je n'ai pas le droit de me soustraire à son empire. — Vous oubliez trop tôt l'âme que vous m'avez donnée. Ce corps terrestre n'est que poussière, ne vous en souvient-il plus ? Mais mon intelligence, souffle impérissable émané de l'intelligence universelle, ne pourra jamais se soustraire à sa loi. Comment quitterais-je l'empire du maître de toutes choses ? Je ne change que de lieu : les lieux ne sont rien pour celui qui contient et gouverne tout. Il ne m'a pas placé plus exclusivement sur la terre que dans la contrée où il m'a fait naître.

La nature veille à ma conservation ; je dois aussi me conserver pour obéir à ses lois, et puisqu'elle m'a donné la crainte de la mort, elle me défend de la chercher. — C'est une belle phrase ; mais la nature me conserve ou m'immole à son gré : du moins le cours des choses n'a point en cela de loi connue. Lorsque je veux vivre, un gouffre s'entr'ouvre pour m'engloutir, la foudre descend me consumer. Si la nature m'ôte la vie qu'elle m'a fait aimer, je me l'ôte quand je ne l'aime plus ; si elle m'arrache un bien, je rejette un mal ; si elle livre mon existence au cours arbitraire des événemens, je la quitte ou la conserve avec choix. Puisqu'elle m'a donné la faculté de vouloir et de choisir, j'en use dans la circonstance où j'ai à décider entre les plus grands intérêts ; et je ne saurais comprendre que faire servir la liberté reçue d'elle à choisir ce qu'elle m'inspire, ce soit l'outrager. Ouvrage de la nature, j'interroge ses lois, j'y trouve ma liberté. Placé dans l'ordre social, je réponds aux préceptes erronés des moralistes, et je rejette des lois que nul législateur n'avait le droit de faire.

Dans tout ce que n'interdit pas une loi supérieure et évidente, mon désir est ma loi, puisqu'il est le signe de l'impulsion naturelle ; il est mon droit par cela seul qu'il est mon désir. La vie n'est pas bonne pour moi si, désabusé de ses biens, je n'ai plus d'elle que ses maux : elle m'est funeste alors ; je la quitte, c'est le droit de l'être qui choisit et qui veut *.

Si j'ose prononcer où tant d'hommes ont douté, c'est d'après une conviction intime. Si ma décision se trouve conforme à mes besoins, elle n'est dictée du moins par aucune partialité ; si je suis égaré, j'ose affirmer que je ne suis pas coupable, ne concevant pas comment je pourrais l'être.

* Je sens combien cette lettre est propre à scandaliser. Je dois avertir que l'on verra dans la suite la manière de penser d'un autre âge sur la même question. J'ai déjà lu le passage que j'indique : peut-être scandalisera-t-il autant que celui-ci ; mais il ne choquera que les mêmes personnes.

J'ai voulu savoir ce que je pouvais faire ; je ne dis point ce que je ferai. Je n'ai ni désespoir ni passion ; il suffit à ma sécurité d'être certain que le poids inutile pourra être secoué quand il me pressera trop. Dès long-temps la vie me fatigue, et elle me fatigue tous les jours davantage ; mais je ne suis point exaspéré. Je trouve aussi quelque répugnance à perdre irrévocablement mon être. S'il fallait choisir à l'instant, ou de briser tous les liens, ou d'y rester nécessairement attaché pendant quarante ans encore, je crois que j'hésiterais peu ; mais je me hâte moins, parce que dans quelques mois je le pourrai comme aujourd'hui, et que les Alpes sont le seul lieu qui convienne à la manière dont je voudrais m'éteindre.

LETTRE XLII

Lyon, 29 mai, VI.

J'ai lu plusieurs fois votre lettre entière. Un intérêt trop vif l'a dictée. Je respecte l'amitié qui vous trompe ; j'ai senti que je n'étais pas aussi seul que je le prétendais. Vous faites valoir ingénieusement des motifs très-louables ; mais croyez que s'il y a beaucoup à dire à l'homme passionné que le désespoir entraîne, il n'y a pas un mot solide à répondre à l'homme tranquille qui raisonne sa mort.

Ce n'est pas que j'aie rien décidé. L'ennui m'accable, le dégoût m'atterre. Je sais que ce mal est en moi. Que ne puis-je être content de manger et de dormir ! car enfin je mange et je dors. La vie que je traîne n'est pas très-malheureuse. Chacun de mes jours est supportable, mais leur ensemble m'accable. Il faut que l'être organisé agisse, et qu'il agisse selon sa nature. Lui suffit-il d'être bien abrité, bien chaudement, bien mollement couché, nourri de fruits délicats, environné du murmure des eaux et du parfum des fleurs ? Vous le retenez immobile : cette mollesse le fatigue, ces essences l'importunent, ces alimens choisis ne le nou[r]rissent pas. Retirez vos dons et vos chaînes : qu'il agisse, qu'il souffre même ; qu'il agisse, c'est jouir et vivre.

Cependant l'apathie m'est devenue comme naturelle ; il semble que l'idée d'une vie active m'effraie ou m'étonne. Les choses étroites me répugnent, et leur habitude m'attache. Les grandes choses me séduiront toujours, et ma paresse les craindrait. Je ne sais ce que je suis, ce que j'aime, ce que je veux ; je gémis sans cause, je désire sans objet, et je ne vois rien, sinon que je ne suis pas à ma place.

Ce pouvoir que l'homme ne saurait perdre, ce pouvoir de cesser d'être, je l'envisage non pas comme l'objet d'un désir constant, non pas comme celui d'une résolution irrévocable, mais comme la consolation qui reste dans les maux prolongés, comme le terme toujours possible des dégoûts et de l'importunité.

Vous me rappelez le mot qui termine une lettre de *mylord Edouard*[1]. Je n'y vois pas une preuve contre moi. Je pense de même sur le principe ; mais la loi sans exception qui défend de quitter volontairement la vie ne m'en paraît pas une conséquence.

La moralité de l'homme, et son enthousiasme, l'inquiétude de ses vœux, le besoin d'extension qui lui est habituel, semblent annoncer que sa fin n'est pas dans les choses fugitives ; que son action n'est pas bornée aux spectres visibles ; que sa pensée a pour objet les concepts nécessaires et éternels ; que son affaire est de travailler à l'amélioration ou à la réparation du monde ; que sa destination est, en quelque sorte, d'élaborer, de subtiliser, d'organiser, de donner à la matière plus d'énergie, aux êtres plus de puissance, aux organes plus de perfection, aux germes plus de fécondité, aux rapports des choses plus de rectitude, à l'ordre plus d'empire.

On le regarde comme l'agent de la nature, employé par elle à achever, à polir son ouvrage ; à mettre en œuvre les portions de la matière brute qui lui sont accessibles ; à soumettre aux lois de l'harmonie les composés informes ; à purifier les métaux, à embellir les plantes ; à dégager ou à combiner les principes ; à changer les substances grossières en substances volatiles, et la matière inerte en matière active ; à rapprocher de lui les êtres moins avancés, et à s'élever et s'avancer lui-même vers le principe universel de feu, de lumière, d'ordre, d'harmonie, d'activité.

Dans cette hypothèse, l'homme qui est digne d'un aussi grand ministère, vainqueur des obstacles et des dégoûts, reste à son poste jusqu'au dernier moment. Je respecte cette constance ; mais il ne m'est pas prouvé que ce soit là son poste. Si l'homme survit à la mort apparente, pourquoi, je le répète, son poste exclusif est-il plutôt sur la terre que dans la condition, dans le lieu où il est né ? Si au contraire la mort est le terme absolu de son existence, de quoi peut-il être chargé, si ce n'est d'une amélioration sociale ? Ses devoirs subsistent ; mais, nécessairement bornés à la vie présente, ils ne peuvent ni l'obliger au-delà, ni l'obliger de rester obligé. C'est dans l'ordre social qu'il doit contribuer à l'ordre. Parmi les hommes il doit servir les hommes. Sans doute l'homme de bien ne quittera pas la vie tant qu'il pourra y être utile : être utile et être heureux sont pour lui une même chose. S'il souffre, et qu'en même temps il fasse beaucoup de bien, il est plus satisfait que mécontent. Mais quand le mal qu'il éprouve est plus grand que le bien qu'il opère, il peut tout quitter : il le devrait quand il est inutile et malheureux, s'il pouvait être assuré que, sous ces deux rapports, son sort ne changera pas. On lui a donné la vie sans son consentement ; s'il était encore forcé de la garder, quelle liberté lui resterait-il ? Il peut aliéner ses autres droits, mais jamais celui-là : sans ce dernier asile, sa dépendance est affreuse. Souffrir beaucoup pour être un peu utile, c'est une vertu qu'on peut conseiller dans la vie, mais non un devoir qu'on puisse prescrire à celui qui s'en retire. Tant que vous usez des choses, c'est une vertu obligatoire ; à ces conditions, vous êtes membre de la cité : mais quand vous renoncez au pacte, le pacte ne vous oblige plus. Qu'entend-on d'ailleurs par être utile, en disant que chacun peut l'être ? Un cordonnier, en faisant bien son métier, sauve à ses pratiques des désagrémens [2] ; cependant je doute qu'un cordonnier très-malheureux soit en conscience obligé de ne mourir que de paralysie, afin de continuer à bien prendre la mesure du pied. Quand c'est ainsi que nous sommes utiles, il nous est bien permis de cesser de l'être. L'homme est souvent admirable en supportant la vie ; mais ce n'est pas à dire qu'il y soit toujours obligé.

Il me semble que voilà beaucoup de mots pour une chose très-simple. Mais quelque simple que je la trouve, ne pensez pas que je m'entête de cette idée, et que je mette plus d'importance à l'acte volontaire qui peut terminer la vie qu'à un autre acte de cette même vie. Je ne vois pas que mourir soit une si grande affaire ; tant d'hommes meurent sans avoir le temps d'y penser, sans même le savoir ! Une mort volontaire doit être réfléchie sans doute, mais il en est de même de toutes les actions dont les conséquences ne sont pas bornées à l'instant présent.

Quand une situation devient probable, voyons aussitôt ce qu'elle pourra exiger de nous. Il est bon d'y avoir pensé d'avance, afin de ne pas se trouver dans l'alternative d'agir sans avoir délibéré, ou de perdre en délibérations l'occasion d'agir. Un homme qui, sans s'être fait des principes, se trouve seul avec une femme, ne se met pas à raisonner ses devoirs ; il commence par manquer aux engagemens les plus saints : il y pensera peut-être ensuite. Combien aussi d'actions héroïques n'eussent pas été faites s'il eût fallu, avant de hasarder sa vie, donner une heure à la discussion !

Je le répète, je n'ai point pris de résolution ; mais j'aime à voir qu'une ressource infaillible par elle-même, et dont l'idée peut souvent diminuer mon impatience, ne m'est pas interdite.

LETTRE XLIII

Lyon, 30 mai, VI.

La Bruyère a dit : « Je ne haïrais pas d'être livré par la confiance à une personne raisonnable et d'en être gouverné en toutes choses, et absolument, et toujours. Je serais sûr de bien faire, sans avoir le soin de délibérer ; je jouirais de la tranquillité de celui qui est gouverné par la raison. »

Moi, je vous dis que je voudrais être esclave afin d'être indépendant ; mais je ne le dis qu'à vous. Je ne sais si vous appellerez cela une plaisanterie. Un homme chargé d'un rôle dans ce monde et qui peut faire céder les choses à sa volonté est sans doute plus libre qu'un esclave, ou du moins il a une vie plus satisfaisante, puisqu'il peut vivre selon sa pensée.

Mais il y a des hommes entravés de toutes parts. S'ils font un mouvement, cette chaîne inextricable qui les enveloppe comme un filet les repousse dans leur nullité ; c'est un ressort qui réagit d'autant plus qu'il est heurté avec plus de force. Que voulez-vous que fasse un pauvre homme ainsi embarrassé ? Malgré sa liberté apparente, il ne peut pas plus *produire au dehors des actes de sa vie* que celui qui consume la sienne dans un cachot. Ceux qui ont trouvé à leur cage un côté faible, et dont le sort avait oublié de river les fers, s'attribuant ce hasard heureux, viennent vous dire : Courage ! il faut entreprendre, il faut oser ; faites comme nous. Ils ne voient point que ce n'est pas eux qui ont fait. Je ne dis pas que le hasard produise les choses humaines ; mais je crois qu'elles sont conduites, au moins en partie, par une force étrangère à l'homme, et qu'il faut, pour réussir, un concours indépendant de notre volonté.

S'il n'y avait pas une force morale qui modifiât ce que nous appelons les probabilités du hasard, le cours du monde serait dans une incertitude bien plus grande. Un calcul changerait plus souvent le sort d'un peuple ; toute destinée serait livrée à une supputation obscure : le monde serait autre, il n'aurait plus de lois, puisqu'elles n'auraient plus de suite. Qui n'en voit l'impossibilité ? Il y aurait contradiction ; des hommes bons deviendraient libres dans leurs projets.

S'il n'y a point une force générale qui entraîne toutes choses, quel singulier prestige empêche les hommes de voir avec effroi que, pour avoir des chandelles romaines, des cravates élastiques et des dragées de baptême, ils ont tout arrangé de manière qu'une seule faute ou un seul événement peut flétrir et corrompre toute une existence d'homme ? Une femme, pour avoir oublié l'avenir durant une minute, n'a plus dans cet avenir que neuf mois d'amères sollicitudes et une vie d'opprobre. L'odieux étourdi qui vient de tuer sa victime va le lendemain perdre à jamais sa santé en oubliant à son tour. Et vous ne voyez pas que cet état de choses, où un incident perd la vie morale, où un seul caprice enlève mille hommes, et que vous appelez l'édifice social, n'est qu'un amas de misères masquées et d'erreurs illusoires, et que vous êtes ces enfans qui pensent avoir des jouets d'un grand prix parce qu'ils sont couverts de papier doré. Vous dites tranquillement : C'est comme cela que le monde est fait. Sans doute ; et n'est-ce pas une preuve que nous ne sommes autre chose dans l'univers que des figures burlesques qu'un charlatan agite, oppose, promène en tous sens ; fait rire, battre, pleurer, sauter, pour amuser... qui ? je ne le sais pas. Mais c'est pour cela que je voudrais être esclave ; ma volonté serait soumise, et ma pensée serait libre. Au contraire, dans ma prétendue indépendance, il faudrait que je fisse selon ma pensée : cependant je ne le puis pas, et je ne saurais voir clairement pourquoi je ne le pourrais pas ; il s'ensuit que tout mon être est dans l'assujettissement, sans se résoudre à le souffrir.

Je ne sais pas bien ce que je veux. Heureux celui qui ne veut que faire ses affaires ; il peut se montrer à lui-même son but. Rien de grand (je le sens profondément), rien de ce qui est possible à l'homme et sublime selon sa pensée, n'est inaccessible à ma nature : et pourtant, je le sens de même, ma fin est manquée, ma vie est perdue, stérilisée ; elle est déjà frappée de mort ; son agitation est aussi vaine qu'immodérée ; elle est puissante, mais stérile, oisive et ardente au milieu du paisible et éternel travail des êtres. Je ne sais que vouloir ; il faut donc que je veuille toutes choses : car enfin je ne puis trouver de repos quand je suis consumé de besoins, je ne puis m'arrêter à rien dans le vide. Je voudrais être heureux ! Mais quel homme aura le droit d'exiger le bonheur sur une terre où presque tous s'épuisent tout entiers seulement à diminuer leurs misères ?

Si je n'ai point la paix du bonheur, il me faut l'activité d'une vie forte. Certes, je ne veux pas me traîner de degrés en degrés, prendre place dans la société, avoir des supérieurs avoués pour tels, afin d'avoir des inférieurs à mépriser. Rien n'est burlesque comme cette hiérarchie des mépris qui descend selon des proportions très-exactement nuancées, et embrasse tout l'État, depuis le prince soumis à Dieu seul, dit-il, jusqu'au plus pauvre décrotteur du faubourg, soumis à la femme qui le loge la nuit sur de la paille usée. Un maître d'hôtel n'ose marcher dans l'appartement de monsieur ; mais dès qu'il s'est retourné vers la cuisine, le voilà qui règne. Vous prendriez pour le dernier des hommes le marmiton qui tremble sous lui ? Pas du tout : il commande durement à la femme pauvre qui vient emporter les ordures et qui gagne quelques sous par sa protection. Le valet que l'on charge des commissions est homme de confiance ; il donne lui-même ses commissions au valet dont la figure moins heureuse est laissée aux gros ouvrages ; et le mendiant qui a su se mettre en vogue accable de tout son génie le mendiant qui n'a pas d'ulcère.

Celui-là seul aura pleinement vécu qui passe sa vie entière dans la position à laquelle son caractère le rend propre ; ou bien celui-là encore dont le génie embrasse les divers objets, que sa destinée conduit dans toutes les situations possibles à l'homme, et qui dans toutes sait être ce que sa situation demande. Dans les dangers, il est Morgan ; maître d'un peuple, il est Lycurgue ; chez des barbares, il est Odin ; chez les Grecs, il est Alcibiade ; dans le crédule Orient, il est Zerdust ; il vit dans la retraite comme Philoclès ; il gouverne comme Trajan* [1] ; dans une terre sauvage, il s'affermit pour d'autres temps, il dompte les caïmans, il traverse les fleuves à la nage, il poursuit le bouquetin sur les granits glacés, il allume sa pipe à la lave des volcans** ; il détruit autour de son asile l'ours du nord, percé des flèches que lui-même a faites. Mais l'homme doit si peu vivre, et la durée de ce qu'il laisse après lui a tant d'incertitude ! Si son cœur n'était pas avide, peut-être sa raison lui dirait-elle de vivre seulement sans douleurs, en donnant auprès de lui le bonheur à quelques amis dignes d'en jouir sans détruire son ouvrage.

Les sages, dit-on, vivant sans passion, vivent sans impatience, et comme ils voient toutes choses d'un même œil, ils trouvent dans leur quiétude la paix et la dignité de la vie. Mais de grands obstacles s'opposent souvent à cette tranquille indifférence. Pour recevoir le présent comme il s'offre, et mépriser l'espoir ainsi que les craintes de l'avenir, il n'est qu'un moyen sûr, facile et simple, c'est d'éloigner de son idée cet avenir dont la pensée agite toujours, puisqu'elle est toujours incertaine. Pour n'avoir ni craintes ni désirs, il faut tout abandonner à l'événement comme à une sorte de nécessité, jouir ou souffrir selon qu'il arrive, et l'heure suivante dût-elle amener la mort, n'en pas user moins paisiblement de l'instant présent. Une âme ferme, habituée à des considérations élevées, peut parvenir à l'indifférence du sage sur ce que les hommes inquiets ou prévenus appellent des malheurs et des biens ; mais

* Si Obermann avait lu davantage, et écrit plus tard, il aurait pu apprendre que Théodose fut bien plus grand que Trajan : cela se dit maintenant, en attendant qu'on le dise aussi de Constantin.

** Ceci a beaucoup de rapport à un fait rapporté dans l'*Histoire des voyages*. Un Islandais a dit à un savant Danois qu'il avait allumé plusieurs fois sa pipe à un ruisseau de feu qui coula en Islande pendant près de deux années.

quand il faut songer à cet avenir, comment n'en être pas inquiété ? S'il faut le disposer, comment l'oublier ? S'il faut arranger, projeter, conduire, comment n'avoir point de sollicitude ? On doit prévoir les incidents, les obstacles, les succès ; or les prévoir, c'est les craindre ou les espérer. Pour faire, il faut vouloir ; et vouloir, c'est être dépendant. Le grand mal est d'être forcé d'agir librement. L'esclave a bien plus de facilité pour être véritablement libre. Il n'a que des devoirs personnels ; il est conduit par la loi de sa nature : c'est la loi naturelle à l'homme, et elle est simple. Il est encore soumis à son maître ; mais cette loi-là est claire. Épictète fut plus heureux que Marc-Aurèle[2]. L'esclave est exempt de sollicitudes, elles sont pour l'homme libre ; l'esclave n'est pas obligé de chercher sans cesse à accorder lui-même avec le cours des choses : concordance toujours incertaine et inquiétante, perpétuelle difficulté de la vie de l'homme qui veut raisonner sa vie. Certainement c'est une nécessité, c'est un devoir de songer à l'avenir, de s'en occuper, d'y mettre même ses affections, lorsqu'on est responsable du sort des autres. L'indifférence alors n'est plus permise ; et quel est l'homme, même isolé en apparence, qui ne puisse être bon à quelque chose, et qui par conséquent ne doive en chercher les moyens ? Quel est celui dont l'insouciance n'entraînera jamais d'autres maux que les siens propres ?

Le sage d'Épicure ne doit avoir ni femme ni enfans ; mais cela ne suffit pas encore. Dès que les intérêts de quelque autre sont attachés à notre prudence, des soins petits et inquiétans altèrent notre paix, inquiètent notre âme, et souvent même éteignent notre génie.

Qu'arrivera-t-il à celui que de telles entraves compriment, et qui est né pour s'en irriter ? Il luttera péniblement entre ces soins auxquels il se livre malgré lui, et le dédain qui les lui rend étrangers. Il ne sera ni au-dessus des événemens parce qu'il ne le doit pas, ni propre à en bien user. Il sera variable dans la sagesse, et impatient ou gauche dans les affaires : il ne fera rien de bon, parce qu'il ne pourra rien faire selon sa nature. Il ne faut être ni père ni époux, si l'on veut vivre indépendant, et il faudrait peut-être n'avoir pas même d'amis ; mais être ainsi seul, c'est vivre bien tristement, c'est vivre inutile. Un homme qui règle la destinée publique, qui médite et fait de grandes choses, peut ne tenir à aucun individu en particulier ; les peuples sont ses amis, et, bienfaiteur des hommes, il peut se dispenser de l'être d'un homme. Mais il me semble que, dans la vie obscure, il faut au moins chercher quelqu'un avec qui l'on ait des devoirs à remplir. Cette indépendance philosophique est une vie commode, mais froide. Celui qui n'est pas enthousiaste doit la trouver insipide à la longue. Il est affreux de finir ses jours en disant : Nul cœur n'a été heureux par mon moyen ; nulle félicité d'homme n'a été mon ouvrage ; j'ai passé impassible et nul, comme le glacier qui, dans les antres des montagnes, a résisté aux feux du midi, mais qui n'est pas descendu dans la vallée protéger de son eau le pâturage flétri sous leurs rayons brûlans.

La religion finit toutes ces anxiétés (H) ; elle fixe tant d'incertitudes ; elle donne un but qui, n'étant jamais atteint, n'est jamais dévoilé ; elle nous assujettit pour nous mettre en paix avec nous-mêmes ; elle nous promet des biens dont l'espoir reste toujours, parce que nous ne saurions en faire l'épreuve ; elle écarte l'idée du néant, elle écarte les passions de la vie ; elle nous débarrasse de nos maux désespérans, de nos biens fugitifs ; et elle met à la place un songe dont l'espérance, meilleure peut-être que tous les biens réels, dure du moins jusqu'à la mort. Si elle n'annonçait pas d'épouvantables châtimens, elle paraîtrait aussi bienfaisante que solennelle ; mais elle entraîne la pensée de l'homme vers des abîmes nouveaux. Elle est fondée sur des dogmes que plusieurs ne peuvent croire : en désirant ses effets, ils ne peuvent les éprouver ; en regrettant cette sécurité, ils ne sauraient en jouir. Ils cherchent ces célestes espérances, et ils ne voient qu'un rêve des mortels ; ils aiment la récompense de l'homme bon, mais ils ne voient pas qu'ils aient mérité de la nature ; ils voudraient perpétuer leur être, et ils voient que tout passe. Tandis que des novices à peine tonsurés entendent distinctement un ange qui célèbre leurs jeûnes et leurs mérites, ceux qui ont le sentiment de la vertu savent assez qu'ils n'atteignent pas à cette hauteur : accablés de leur faiblesse et du vide de leurs destins, ils n'ont pas une autre attente que de désirer, de s'agiter et de passer comme l'ombre qui n'a rien connu.

LETTRE XLIV

Lyon, 15 juin, VI.

J'ai relu, j'ai pesé vos objections, ou, si vous voulez, vos reproches : c'est ici une question sérieuse ; je vais y répondre à peu près. Si les heures que l'on passe à discuter sont ordinairement perdues, celles qu'on passe à s'écrire ne le sont point.

Croyez-vous bien sérieusement que cette opinion, qui, dites-vous, ajoute à mon malheur, dépende de moi ? Le plus sûr est de croire : je ne le conteste pas. Vous me rappelez aussi ce que l'on n'a pas moins dit, que cette croyance est nécessaire pour sanctionner la morale.

J'observe d'abord que je ne prétends point décider, que j'aimerais même à ne pas nier, mais que je trouve au moins téméraire d'affirmer. Sans doute, c'est un malheur que de pencher à croire impossible ce dont on désirerait la réalité ; mais j'ignore comment on peut échapper à ce malheur* quand on y est tombé.

La mort, dites-vous, n'existe point pour l'homme. Vous trouvez impie le *hic jacet*[2]. L'homme de bien, l'homme de génie n'est pas là sous ce marbre froid, dans cette cendre morte. Qui dit cela ? Dans ce sens *hic jacet* sera faux sur la tombe d'un chien ; son instinct fidèle et industrieux n'est plus là. Où est-il ? Il n'est plus.

Vous me demandez ce qu'est devenu le mouvement, l'esprit, l'âme de ce corps qui vient de se dissoudre : la réponse est très simple. Quand le feu de votre cheminée s'éteint, sa lumière, sa chaleur, son mouvement enfin le quitte, comme chacun sait, et s'en va dans un autre monde pour y être éternellement récompensé s'il a réchauffé vos pieds, et éternellement puni s'il a brûlé vos pantoufles. Ainsi l'harmonie de la lyre que l'éphore[3] vient de faire briser passera de pipeaux en sifflets, jusqu'à ce qu'elle ait expié par des sons plus austères ces modulations voluptueuses qui corrompaient la morale.

Rien ne peut être anéanti. Non : un être, un corpuscule n'est pas anéanti ; mais une forme, un rapport, une faculté le sont. Je voudrais bien que l'âme de l'homme bon et infortuné lui survécût pour un bonheur immortel. Mais si l'idée de cette félicité céleste a quelque chose de céleste elle-même, cela ne prouve point qu'elle ne soit pas un rêve. Ce dogme est beau et consolant sans doute ; mais ce que j'y vois de

* Peut-être par quelque réflexion plus profonde, qui ramènerait des doutes plus religieux dans leur indépendance[1].

beau, ce que j'y trouverais de consolant, loin de me le prouver, ne me donne pas même l'espérance de le croire. Quand un sophiste s'avisera de me dire que, si je suis dix jours soumis à sa doctrine, je recevrai au bout de ce temps des facultés surnaturelles, que je resterai invulnérable, toujours jeune, possédant tout ce qu'il faut au bonheur, puissant pour faire le bien, et dans une sorte d'impuissance de vouloir aucun mal, ce songe flattera, sans doute, mon imagination ; j'en regretterai peut-être les promesses séduisantes, mais je ne pourrai pas y voir la vérité.

En vain il m'objectera que je ne cours aucun risque à le croire. S'il me promettait plus encore pour être persuadé que le soleil luit à minuit, cela ne serait pas en mon pouvoir. S'il me disait ensuite : « A la vérité, je vous faisais un mensonge, et je trompe de même les autres hommes ; mais ne les avertissez point, car c'est pour les consoler, » ne pourrais-je lui répliquer que sur ce globe âpre et fangeux, où discutent et souffrent, dans une même incertitude, quelques cent millions d'immortels gais ou navrés, ivres ou moroses, sémillans ou trompés, nul n'a encore prouvé que ce fût un devoir de dire ce qu'on croit consolant et de taire ce que l'on croit vrai ?

Très-inquiets et plus ou moins malheureux, nous attendons sans cesse l'heure suivante, le jour suivant, l'année suivante. Il nous faut à la fin une vie suivante. Nous avons existé sans vivre ; nous vivrons donc un jour : conséquence plus flatteuse que juste. Si elle est une consolation pour le malheureux, cela même est une raison de plus pour que la vérité m'en soit suspecte. C'est un assez beau rêve qui dure jusqu'à ce qu'on s'endorme pour jamais. Conservons cet espoir : heureux celui qui l'a ! Mais convenons que la raison qui le rend si universel n'est pas difficile à trouver.

Il est vrai qu'on ne risque rien d'y croire quand on

le peut ; mais il ne l'est pas moins que Pascal a dit une puérilité quand il a dit : « Croyez, parce que vous ne risquez rien de croire, et que vous risquez beaucoup en ne croyant pas. » Ce raisonnement est décisif s'il s'agit de la conduite, il est absurde quand c'est la foi que l'on demande. Croire a-t-il jamais dépendu de la volonté ?

L'homme de bien ne peut que désirer l'immortalité. On a osé dire d'après cela : le méchant seul n'y croit pas. Ce jugement téméraire place dans la classe de ceux qui ont à redouter une justice éternelle plusieurs des plus sages et des plus grands des hommes. Ce mot de l'intolérance serait atroce s'il n'était pas imbécile.

Tout homme qui croit finir en mourant est l'ennemi de la société ; il est nécessairement égoïste et méchant avec prudence. — Autre erreur. Helvétius connaissait mieux les différences du cœur humain lorsqu'il disait : « Il y a des hommes si malheureusement nés, qu'ils ne sauraient se trouver heureux que par des actions qui mènent à la Grève. » Il y a aussi des hommes qui ne peuvent être bien qu'au milieu des hommes contens, qui se sentent dans tout ce qui jouit et souffre, et qui ne sauraient être satisfaits d'eux-mêmes que s'ils contribuent à l'ordre des choses et à la félicité des hommes. Ceux-là tâchent de bien faire sans croire beaucoup à l'étang de soufre.

Au moins, objectera-t-on, la foule n'est pas ainsi organisée. Dans le vulgaire des hommes, chaque individu ne cherche que son intérêt personnel, et sera méchant s'il n'est utilement trompé. — Ceci peut être vrai jusqu'à un certain point. Si les hommes ne devaient et ne pouvaient jamais être détrompés, il n'y aurait plus qu'à décider si l'intérêt public donne le droit de mentir, et si c'est un crime ou du moins un mal de dire la vérité contraire. Mais si cette erreur utile, ou donnée pour telle, ne peut avoir qu'un temps, et s'il est inévitable qu'un jour on cesse de croire sur parole, ne faut-il pas avouer que tout votre édifice moral restera sans appui, quand une fois ce brillant échafaudage se sera écroulé ? Pour prendre des moyens plus faciles et plus courts d'assurer le présent, vous exposez l'avenir à une subversion peut-être irrémédiable. Si, au contraire, vous eussiez su trouver dans le cœur humain les bases naturelles de sa moralité ; si vous eussiez su y mettre ce qui pouvait manquer au mode social, aux institutions de la cité, votre ouvrage, plus difficile, il est vrai, et plus savant, eût été durable comme le monde.

Si donc il arrivait que, mal persuadé de ce que n'ont pas cru eux-mêmes plusieurs des plus vénérables d'entre vous, on vînt à dire : « Les nations commencent à vouloir des certitudes et à distinguer les choses positives ; la morale se modifie, et la foi n'est plus : il faut se hâter de prouver aux hommes qu'indépendamment d'une vie future, la justice est nécessaire à leurs cœurs ; que, pour l'individu même, il n'y a point de bonheur sans la raison, et que les vertus sont des lois de la nature aussi nécessaires à l'homme en société que les lois des besoins des sens » : si, dis-je, il était de ces hommes justes et amis de l'ordre par leur nature, dont le premier besoin fût de ramener les hommes à plus d'union, de conformités et de jouissances ; si, laissant dans le doute ce qui n'a jamais été prouvé, ils rappelaient les principes de justice et d'amour universel qu'on ne saurait contester ; s'ils se permettaient de parler des voies invariables du bonheur ; si, entraînés par la vérité qu'ils sentent, qu'ils voient et que vous reconnaissez vous-mêmes, ils consacraient leur vie à l'annoncer de différentes manières et à la persuader avec le temps : pardonnez, ministres de certaine vérité, des moyens qui ne sont pas précisément les vôtres ; considérez, je vous prie, qu'il n'est plus d'usage de lapider, que les miracles modernes ont fait beaucoup rire, que les temps sont changés, et qu'il faudra que vous changiez avec eux.

Je quitte les interprètes du ciel, que leur grand caractère rend très-utiles ou très-funestes, tout-à-fait bons ou tout-à-fait méchans, les uns vénérables, les autres méprisables. Je reviens à votre lettre. Je ne réponds pas à tous les points, parce que la mienne serait trop longue ; mais je ne saurais laisser passer une objection spécieuse en effet, sans observer qu'elle n'est pas aussi fondée qu'elle pourrait d'abord le paraître.

La nature est conduite par des forces inconnues et selon des lois mystérieuses ; l'ordre est sa mesure, l'intelligence est son mobile : il n'y a pas bien loin, dit-on, de ces données prouvées et obscures à nos dogmes inexplicables. Plus loin qu'on ne pense *.

Beaucoup d'hommes extraordinaires ont cru aux présages, aux songes, aux moyens secrets des forces invisibles ; beaucoup d'hommes extraordinaires ont donc été superstitieux ; je le veux bien, mais du moins ce ne fut pas à la manière des petits esprits. L'historien d'Alexandre dit qu'il était superstitieux, frère Labre l'était aussi [4] ; mais Alexandre et frère Labre ne l'étaient pas de la même manière, il y avait bien quelques différences entre leurs pensers. Je crois que nous reparlerons de cela une autre fois.

Pour les efforts presque surnaturels que la religion fit faire, je n'y vois pas une grande preuve d'origine divine. Tous les genres de fanatisme ont produit des

* Il y a effectivement quelque différence entre avouer qu'il existe des choses inexplicables à l'homme, ou affirmer que l'explication inconcevable de ces choses est juste et infaillible. Il est différent de dire, dans les ténèbres : Je ne vois pas ; ou de dire : Je vois une lumière divine ; vous qui me suivez, non seulement ne dites point que vous ne la voyez pas, mais voyez-la, sinon vous êtes anathème.

choses qui surprennent quand on est de sang-froid.

Quand vos dévots ont trente mille livres de rente, et qu'ils donnent beaucoup de sous aux pauvres, on vante leurs aumônes. Quand les bourreaux leur *ouvrent le ciel,* on crie que, sans la grâce d'en haut, ils n'auraient jamais eu la force d'accepter une félicité éternelle. En général, je n'aperçois point ce que leurs vertus peuvent avoir qui m'étonnât à leur place. Le prix est assez grand ; mais eux sont souvent bien petits. Pour aller droit, ils ont sans cesse besoin de voir l'enfer à gauche, le purgatoire à droite, le ciel en face. Je ne dis pas qu'il n'y ait point d'exceptions ; il me suffit qu'elles soient rares.

Si la religion a fait de grandes choses, c'est avec des moyens immenses. Celles que la bonté a faites tout naturellement sont moins éclatantes peut-être, moins opiniâtres et moins prônées, mais plus sûres comme plus utiles.

Le stoïcisme eut aussi ses héros. Il les eut sans promesses éternelles, sans menaces infinies. Si un culte eût fait tant avec si peu, on en tirerait de belles preuves de son institution divine. A demain.

Examinez deux choses : si la religion n'est pas un des plus faibles moyens sur la classe qui reçoit ce qu'on appelle de l'éducation ; et s'il n'est pas absurde qu'il ne soit donné de l'éducation qu'à la dixième partie des hommes.

Quand on a dit que le stoïcien n'avait qu'une fausse vertu, parce qu'il ne prétendait pas à la vie éternelle, on a porté l'impudence du zèle à un excès rare.

C'est un exemple non moins curieux de l'absurdité où la fureur du dogme peut entraîner même un bon esprit, que ce mot du célèbre Tillotson [5] : la véritable raison pour laquelle un homme est athée, c'est qu'il est méchant.

Je veux que les lois civiles se trouvent insuffisantes pour cette multitude que l'on ne forme pas, dont on ne s'inquiète pas, que l'on fait naître, et qu'on abandonne au hasard des affections ineptes et des habitudes crapuleuses. Cela prouve seulement qu'il n'y a que misère et confusion sous le calme apparent des vastes États ; que la politique, dans la véritable acception de ce mot, s'est absentée de notre terre, où la diplomatie, où l'administration financière font des pays florissans pour les poèmes, et gagnent des victoires pour les gazettes.

Je ne veux point discuter une question compliquée : que l'histoire prononce ! Mais n'est-il pas notoire que les terreurs de l'avenir ont retenu bien peu de gens disposés à n'être retenus par aucune autre chose ? Pour le reste des hommes, il est des freins plus naturels, plus directs, et dès lors plus puissans. Puisque l'homme avait reçu le sentiment de l'ordre, puisqu'il était dans sa nature, il fallait en rendre le besoin sensible à tous les individus. Il fût resté moins de scélérats que vos dogmes n'en laissent ; et vous eussiez eu de moins tous ceux qu'ils font.

On dit que les premiers crimes mettent aussitôt dans le cœur le supplice du remords, et qu'ils y laissent pour toujours le trouble ; et on dit qu'un athée, s'il est conséquent, doit voler son ami et assassiner son ennemi : c'est une des contradictions que je croyais voir dans les écrits des défenseurs de la foi. Mais il ne peut y en avoir, puisque les hommes qui écrivent sur des choses révélées n'auraient aucun prétexte qui excusât l'incertitude et les variations : ils en sont tellement éloignés, qu'ils n'en pardonnent pas même l'apparence à ces profanes qui annoncent avoir reçu en partage une raison faible et non inspirée, le doute et non l'infaillibilité.

Qu'importe, diront-ils encore, d'être content de soi-même, si l'on ne croit pas à la vie future ? Il importe au repos de celle-ci, laquelle est tout alors.

S'il n'y avait point d'immortalité, poursuivent-ils, qu'est-ce que l'homme vertueux aurait gagné à bien faire ? Il y aurait gagné ce que l'homme vertueux estime, et perdu seulement ce que l'homme vertueux n'estime pas, c'est-à-dire ce que vos passions ambitionnent souvent malgré votre croyance.

Sans l'espérance et la terreur de la vie future, vous ne reconnaissez point de mobile ; mais la tendance à l'ordre ne peut-elle faire une partie essentielle de nos inclinations, de notre *instinct*, comme la tendance à la conservation, à la reproduction ? N'est-ce rien de vivre dans le calme et la sécurité du juste ?

Dans l'habitude trop exclusive de lier à vos désirs immortels et à vos idées célestes tout sentiment magnanime, toute idée droite et pure, vous supposez toujours que tout ce qui n'est pas surnaturel est vil, que tout ce qui n'exalte pas l'homme jusqu'au séjour des béatitudes le rabaisse nécessairement au niveau de la brute, que des vertus terrestres ne sont qu'un déguisement misérable, et qu'une âme bornée à la vie présente n'a que des désirs infâmes et des pensées immondes. Ainsi l'homme juste et bon, qui, après quarante ans de patience dans les douleurs, d'équité parmi les fourbes, et d'efforts généreux que le ciel doit couronner, viendrait à reconnaître la fausseté des dogmes qui faisaient sa consolation, et qui soutenaient sa vie laborieuse dans l'attente d'un long repos ; ce sage, dont l'âme est nourrie du calme de la vertu, et pour qui bien faire c'est vivre, changeant de besoins présens parce qu'il a changé de système sur l'avenir, et ne voulant plus du bonheur actuel, parce qu'il pourrait bien ne pas durer toujours, va tramer une perfidie contre l'ancien ami qui n'a jamais douté de lui ? il va s'occuper des moyens vils mais secrets d'obtenir de l'or et du pouvoir ? et pourvu qu'il échappe à la justice des hommes, il va croire que son intérêt se trouve désormais à tromper les bons, à opprimer les malheureux, à ne garder de l'honnête homme qu'un dehors prudent, et à mettre dans son cœur tous les vices qu'il avait abhorrés jusqu'alors ? Sérieusement, je n'aimerais pas faire une pareille question à vos sectaires, à ces vertueux exclusifs : s'ils me répondaient par la négative, je leur dirais qu'ils sont très-inconséquens. Or il ne faut jamais perdre de vue que des hommes inspirés n'ont pas d'excuse en cela ; et s'ils osaient avancer l'affirmative, ils feraient pitié.

Si l'idée de l'immortalité a tous les caractères d'un songe admirable, celle de l'anéantissement n'est pas susceptible d'une démonstration rigoureuse. L'homme de bien désire nécessairement de ne pas périr tout entier ; n'est-ce pas assez pour l'affermir ?

Si pour être juste on avait besoin de l'espoir d'une vie future, cette possibilité vague serait encore suffisante. Elle est superflue pour celui qui raisonne sa vie ; les considérations du temps présent peuvent lui donner moins de satisfaction, mais elles le persuadent de même : il a le besoin présent d'être juste. Les autres hommes n'écoutent que les intérêts du moment. Ils pensent au paradis quand il s'agit des rites religieux ; mais dans les choses morales, la crainte des suites, celle de l'opinion, celle des lois, les penchans de l'âme sont leur seule règle. Les devoirs imaginaires sont fidèlement observés par quelques-uns ; les véritables sont sacrifiés par presque tous quand il n'y a pas de danger temporel.

Donnez aux hommes la justice de l'esprit et la bonté du cœur, vous aurez une telle majorité d'hommes de bien, que le reste sera entraîné par ses intérêts même les plus directs et les plus grossiers. Au contraire, vous rendez les esprits faux et les âmes petites. Depuis trente siècles, les résultats sont dignes de la sagesse des moyens. Tous les genres de contrainte ont des effets funestes et des résultats éphémères : il faudra enfin persuader.

J'ai de la peine à quitter un sujet aussi important qu'inépuisable.

Je suis si loin d'avoir de la partialité contre le christianisme, que je déplore, en un sens, ce que la plupart des zélateurs ne pensent guère à déplorer eux-mêmes. Je me plaindrais volontiers comme eux de la perte du christianisme, avec cette différence néanmoins qu'ils le regrettent tel qu'il fut exécuté ; tel même qu'il existait il y a un siècle, et que je ne trouve pas que ce christianisme-là soit bien regrettable.

Les conquérans, les esclaves, les poètes, les prêtres *païens* et les nourrices parvinrent à défigurer les traditions de la sagesse antique à force de mêler les races, de détruire les écrits, d'expliquer et de confondre les allégories, de laisser le sens profond et vrai pour chercher des idées absurdes qu'on puisse admirer, et de personnifier les êtres abstraits afin d'avoir beaucoup à adorer.

Les grandes conceptions étaient avilies. Le Principe de vie, l'Intelligence, la Lumière, l'Éternel n'étaient plus que le mari de Junon ; l'Harmonie, la Fécondité, le lien des êtres n'étaient plus que l'amante d'Adonis ; la Sagesse impérissable n'était plus connue que par son hibou[6] ; les grandes idées de l'immortalité et de la rémunération consistaient dans la crainte de tourner une roue[7], et dans l'espoir de se promener sous des rameaux verts. La Divinité invisible était partagée en une multitude hiérarchique agitée de passions misérables ; le résultat du génie des races primitives, les emblèmes des lois universelles n'étaient plus que des pratiques superstitieuses, dont les enfans riaient dans les villes.

Rome avait changé une partie du monde, et Rome changeait. L'Occident inquiet, agité, opprimé ou menacé, instruit ou trompé, ignorant et désabusé, avait tout perdu sans avoir rien remplacé ; encore endormi dans l'erreur, il était déjà étonné du bruit confus des vérités que la science cherchait.

Une même domination, les mêmes intérêts, la même terreur, le même esprit de ressentiment et de vengeance contre le peuple-roi, tout rapprochait les nations. Leurs habitudes étaient interrompues, leurs constitutions n'étaient plus ; l'amour de la cité, l'esprit de séparation, d'isolement, de haine pour les étrangers, s'était affaibli dans le désir général de résister aux vainqueurs, ou dans la nécessité d'en recevoir des lois : le nom de Rome avait tout réuni. Les vieilles religions des peuples n'étaient plus que des traditions de province, le Dieu du Capitole avait fait oublier leurs Dieux, et l'apothéose des empereurs le faisait oublier lui-même ; les autels les plus fréquentés étaient ceux des Césars.

C'était une des grandes époques de l'histoire du monde : il fallait élever un monument majestueux et simple sur ces monumens ruinés de diverses régions. Il fallait une croyance morale, puisque la pure morale était méconnue ; il fallait des dogmes impénétrables peut-être, mais nullement risibles, puisque les lumières s'étendaient. Puisque tous les cultes étaient avilis, il fallait un culte majestueux et digne de l'homme qui cherche à agrandir son âme par l'idée d'un Dieu du monde. Il fallait des rites imposans, rares, désirés, mystérieux, mais simples, des rites comme surnaturels, mais aussi convenables à la raison de l'homme qu'à son cœur. Il fallait ce qu'un grand génie pouvait seul établir, et que je ne fais qu'entrevoir.

Mais vous avez fabriqué, raccommodé, essayé,

corrigé, recommencé je ne sais quel amas incohérent de cérémonies triviales et de dogmes un peu propres à scandaliser les faibles : vous avez mêlé ce composé hasardeux à une morale quelquefois fausse, souvent fort belle, et habituellement austère, seul point sur lequel vous n'ayez pas été gauches. Vous passez quelques centaines d'années à arranger tout cela par inspiration, et votre lent ouvrage, industrieusement réparé, mais mal conçu, n'est fait pour durer qu'à peu près autant de temps que vous en mettez à l'achever.

Jamais on ne fit une maladresse plus surprenante que de confier le sacerdoce aux premiers venus, et d'avoir un ramas[8] d'hommes de Dieu. On multiplia hors de toute mesure un sacrifice dont la nature était essentiellement l'unité. On parut ne voir jamais que les effets directs et les convenances du moment ; on mit partout des sacrificateurs et des confesseurs ; on fit partout des prêtres et moines, ils se mêlèrent de tout, et partout on en trouva des troupes dans le luxe ou dans la mendicité.

Cette multitude est commode, dit-on, pour les fidèles. Mais il n'est pas bon qu'en cela le peuple trouve ainsi toutes ses commodités au coin de sa rue. Il est insensé de confier les fonctions religieuses à un million d'individus : c'est les abandonner continuellement aux derniers des hommes, c'est en compromettre la dignité ; c'est effacer l'empreinte sacrée dans un commerce trop habituel ; c'est avancer de beaucoup l'instant où doit périr tout ce qui n'a pas de fondemens impérissables.

LETTRE XLV

Chessel, 27 juillet, VI.

Je n'ai jamais pensé que ce fût une faiblesse d'avoir une larme pour des maux qui ne nous sont point personnels, pour un malheur qui nous est étranger, mais qui nous est bien connu. Il est mort : c'est peu de chose, qui est-ce qui ne meurt pas ? mais il a été constamment malheureux et triste ; jamais l'existence ne lui a été bonne ; il n'a eu que des douleurs, et maintenant il n'a plus rien. Je l'ai vu, je l'ai plaint : je le respectais, il était malheureux et bon. Il n'a pas eu des malheurs éclatans ; mais, en entrant dans la vie, il s'est trouvé sur une longue trace de dégoûts et d'ennuis ; il y est resté, il y a vécu, il y a vieilli avant l'âge, il s'y est éteint.

Je n'ai pas oublié ce bien de campagne qu'il désirait, et que j'allai voir avec lui, parce que j'en connaissais le propriétaire. Je lui disais : Vous y serez bien, vous y aurez des années meilleures, elles vous feront oublier les autres ; vous prendrez cet appartement-ci, vous y serez seul et tranquille. — J'y serais heureux, mais je ne le crois pas. — Vous le serez demain, vous allez passer l'acte. — Vous verrez que je ne l'aurai point [1].

Il ne l'eut pas : vous savez comment tout cela tourna. La multitude des hommes vivans est sacrifiée à la prospérité de quelques-uns, comme le plus grand nombre des enfans meurt et est sacrifié à l'existence de ceux qui resteront ; comme des millions de glands le sont à la beauté des grands chênes qui doivent couvrir librement un vaste espace. Et, ce qui est déplorable, c'est que, dans cette foule que le sort abandonne et repousse dans les marais bourbeux de la vie, il se trouve des hommes qui ne sauraient descendre comme leur sort, et dont l'énergie impuissante s'indigne en s'y consumant. Les lois générales sont fort belles, et je leur sacrifierais volontiers un an, deux, dix ans même de ma vie ; mais tout mon être, c'est trop : ce n'est rien dans la nature, c'est tout pour moi. Dans ce grand mouvement, sauve qui peut, dit-on. Cela serait assez bien, si le tour de chacun venait tôt ou tard, ou si du moins on pouvait l'espérer toujours ; mais quand la vie s'écoule, quoique l'instant de la mort reste incertain, l'on sait bien du moins que l'on s'en va. Dites-moi où est l'espérance de l'homme qui arrive à soixante ans sans avoir encore autre chose que de l'espérance ! Ces lois de l'ensemble, ce soin des espèces, ce mépris des individus, cette marche des êtres est bien dure pour nous qui sommes des individus. J'admire cette providence qui taille tout en grand ; mais comme l'homme est culbuté parmi les rognures ! et que nous sommes plaisans de nous croire quelque chose ! Dieux par la pensée, insectes pour le bonheur, nous sommes ce Jupiter dont le temple est aux Petites-Maisons : il prend pour une cassolette d'encens l'écuelle de bois où fume la soupe qu'on apporte dans sa loge ; il règne sur l'Olympe, jusqu'à l'instant où le plus vil geôlier, lui donnant un soufflet, le rappelle à la vérité, pour qu'il baise la main et mouille de larmes son pain moisi.

Infortuné ! vous avez vu vos cheveux blanchir, et de tant de jours, vous n'en avez pas eu un de contentement, pas un ; pas même le jour du mariage funeste, du mariage d'inclination qui vous a donné une femme estimable, et qui vous a perdu[s] tous deux. Tranquilles, aimans, sages, vertueux et pieux, tous deux la bonté même, vous avez vécu plus mal ensemble que ces insensés que leurs passions entraînent, qu'aucun principe ne retient, et qui ne sauraient imaginer à quoi peut servir la bonté du cœur. Vous vous êtes mariés pour vous aider mutuellement, disiez-vous, pour adoucir vos peines en les partageant, pour faire votre salut; et le même soir, le premier soir, mécontens l'un de l'autre et de votre destinée, vous n'eûtes plus d'autre vertu, d'autre consolation à attendre, que la patience de vous supporter jusqu'au tombeau. Quel fut donc votre malheur, votre crime? de vouloir le bien, de le vouloir trop, de ne pouvoir jamais le négliger, de le vouloir minutieusement et avec assez de passion pour ne le considérer que dans le détail du moment présent.

Vous voyez que je les connaissais. On paraissait me voir avec plaisir : on voulait me convertir, et quoique ce projet n'ait pas absolument réussi, nous jasions assez ensemble. C'est lui surtout dont le malheur me frappait. Sa femme n'était ni moins bonne ni moins estimable; mais, plus faible, elle trouvait dans son abnégation un certain repos où devait s'engourdir sa douleur. Dévote avec tendresse, offrant ses amertumes et remplie de l'idée d'une récompense future, elle souffrait, mais d'une manière qui n'était pas sans dédommagement. Il y avait d'ailleurs dans ses maux quelque chose de volontaire; elle était malheureuse par goût; et ses gémissemens, comme ceux des saints, quoique très-pénibles quelquefois lui étaient précieux et nécessaires.

Pour lui, il était religieux sans être absorbé par la dévotion : il était religieux par devoir, mais sans fanatisme et sans faiblesses comme sans momerie; pour réprimer ses passions, et non pour en suivre une plus particulière. Je n'assurerais pas même qu'il ait joui de cette conviction sans laquelle la religion peut plaire, mais ne saurait suffire.

Ce n'est pas tout : on voyait comment il eût pu être heureux; on sentait même que les causes de son malheur n'étaient pas dans lui. Mais sa femme eût été à peu près la même dans quelque situation qu'elle eût vécue : elle eût trouvé partout le moyen de se tourmenter et d'affliger les autres, en ne voulant que le bien, en ne s'occupant nullement d'elle-même, en croyant sans cesse se sacrifier pour tous, mais ne sacrifiant jamais ses idées, et prenant sur elle tous les efforts, excepté celui de changer sa manière. Il semblait donc que son malheur appartînt en quelque sorte à sa nature ; et on était plus disposé à s'en consoler et à prendre là-dessus son parti, comme sur l'effet d'une destinée irrévocable. Au contraire, son mari eût vécu comme un autre, s'il eût vécu avec toute autre qu'avec elle. On sait quel remède trouver à un mal ordinaire, et surtout à un mal qui ne mérite pas de ménagement : mais c'est une misère à laquelle on ne peut espérer de terme, de ne pouvoir que plaindre celle dont la perpétuelle manie nous déplaît avec amitié, nous harcèle avec douceur, et nous impatiente toujours sans se déconcerter jamais, qui ne nous fait mal que par une sorte de nécessité, qui n'oppose à notre indignation que des larmes pieuses, qui en s'excusant fait pis encore qu'elle n'avait fait ; et qui avec de l'esprit, mais dans un aveuglement inconcevable, fait en gémissant tout ce qu'il faut pour nous pousser à bout.

Si quelques hommes ont été un fléau pour l'homme, ce sont bien les législateurs profonds qui ont rendu le mariage indissoluble, afin que l'on fût *forcé* de s'aimer. Pour compléter l'histoire de la sagesse humaine, il nous en manque un, qui, voyant la nécessité de s'assurer de l'homme suspecté d'un crime et l'injustice de rendre malheureux en attendant son jugement celui qui peut être innocent, ordonne dans tous les cas deux ans de cachot provisoirement, au lieu d'un mois de prison, afin que la nécessité de s'y faire adoucisse le sort du détenu et lui rende sa chaîne aimable.

On ne remarque pas assez quelle insupportable répétition de peines comprimantes, et souvent mortelles, produisent, dans le secret des appartemens, ces humeurs difficiles, ces manies tracassières, ces habitudes orgueilleuses à la fois et petites, où s'engagent, par hasard, sans le soupçonner et sans pouvoir s'en retirer, tant de femmes à qui on n'a jamais cherché à faire connaître le cœur humain. Elles achèvent leur vie avant d'avoir découvert qu'il est bon de savoir vivre avec les hommes : elles élèvent des enfans ineptes comme elles ; c'est une génération de maux, jusqu'à ce qu'il survienne un tempérament heureux qui se forme lui-même un caractère ; et tout cela parce qu'on a cru leur donner une éducation très-suffisante en leur apprenant à coudre, danser, mettre le couvert et lire les psaumes en latin.

Je ne sais pas quel bien peut résulter de ce qu'on ait des idées étroites, et je ne vois pas qu'une imbécile ignorance soit de la simplicité : l'étendue des vues produit au contraire moins d'égoïsme, moins d'opiniâtreté, plus de bonne foi, une délicatesse officieuse, et cent moyens de conciliation. Chez les gens trop bornés, à moins que le cœur ne soit d'une bonté extrême, ce qu'il faut rarement attendre, vous ne voyez qu'humeur, oppositions, entêtement ridicule, altercations perpétuelles : et la plus faible altercation devient en deux minutes une dispute pleine d'aigreur. Des reproches amers, des soupçons hideux, des manières brutes semblent, à la moindre occasion, brouiller ces gens-là pour jamais. Il y a cependant chez eux une chose heureuse ; c'est que comme l'humeur est leur seul mobile, si quelque bêtise vient les divertir, ou si quelque tracasserie contre une autre personne vient les réunir, voilà mes gens qui rient ensemble et se parlent à l'oreille, après s'être traités avec le dernier mépris. Une demi-heure plus tard, voici une fureur nouvelle ; un quart d'heure après on chante ensemble. Il faut rendre à de telles gens cette justice, qu'il ne résulte ordinairement rien de leur brutalité, si ce n'est un dégoût insurmontable dans ceux que des circonstances particulières engageaient à vivre avec eux.

Vous êtes hommes, vous vous dites chrétiens ; et cependant, malgré les lois que vous ne sauriez désavouer, et malgré celles que vous adorez, vous fomentez, vous perpétuez une extrême inégalité entre les lumières et les sentimens des hommes. Cette inégalité est dans la nature ; mais vous l'avez augmentée contre toute mesure, quand vous deviez, au contraire, travailler à la restreindre. Il faut bien que les prodiges de votre industrie soient une surabondance funeste, puisque vous n'avez ni le temps ni les facultés de faire tant de choses indispensables. La masse des hommes est brute, inepte et livrée à elle-même ; tous vos maux viennent de là : ou ne les faites pas exister, ou donnez-leur une existence d'homme.

Que conclure, à la fin, de tous mes longs propos ? C'est que l'homme étant peu de chose dans la nature, et étant tout pour lui-même, il devrait bien s'occuper un peu moins des lois du monde, et un peu plus des siennes ; laisser peut-être celles des sciences qui sont transcendantes, et qui n'ont pas séché une seule larme dans les hameaux et au quatrième étage ; laisser peut-être certains arts admirables et inutiles ; laisser des passions héroïques et funestes ; tâcher, s'il se peut, d'avoir des institutions qui arrêtent l'homme et qui cessent de l'abrutir, d'avoir moins de science et moins d'ignorance ; et convenir enfin que si l'homme n'est pas un ressort aveugle qu'il faille abandonner aux forces de la fatalité, que si ses mouvemens ont quelque chose de spontané, la morale est la seule science de l'homme livré à la providence de l'homme.

Vous laissez aller sa veuve dans un couvent : vous faites très bien, je crois. C'est là qu'elle eût dû vivre : elle était née pour le cloître, mais je soutiens qu'elle n'y eût pas trouvé plus de bonheur. Ce n'est donc pas pour elle que je dis que vous faites bien. Mais en la prenant chez vous, vous étaleriez une générosité inutile ; elle n'en serait pas plus heureuse. Votre bienfaisance prudente et éclairée se soucie peu des apparences, et ne considère dans le bien à faire que la somme plus ou moins grande du bien qui doit en résulter.

LETTRE XLVI

Lyon, 2 août, VI.

Quand le jour commence, je suis abattu, je me sens triste et inquiet ; je ne puis m'attacher à rien ; je ne vois pas comment je remplirai tant d'heures. Quand il est dans sa force, il m'accable ; je me retire dans l'obscurité, je tâche de m'occuper, et je ferme tout pour ne pas savoir qu'il n'a point de nuages. Mais lorsque sa lumière s'adoucit, et que je sens autour de moi ce charme d'une soirée heureuse qui m'est devenu si étranger, je m'afflige, je m'abandonne ; dans ma vie commode, je suis fatigué de plus d'amertumes que l'homme pressé par le malheur. On m'a dit : Vous êtes tranquille maintenant.

Le paralytique est tranquille dans son lit de douleur. Consumer les jours de l'âge fort, comme le vieillard passe les jours du repos ! Toujours attendre, et ne rien espérer ; toujours de l'inquiétude sans désirs, et de l'agitation sans objet ; des heures constamment nulles ; des conversations où l'on parle pour placer des mots, où l'on évite de dire des choses ; des repas où on mange par excès d'ennui ; de froides parties de campagne dont on n'a jamais désiré que la fin ; des amis sans intimité ; des plaisirs pour l'apparence ; du rire pour contenter ceux qui bâillent comme vous ; et pas un sentiment de joie dans deux années ! Avoir sans cesse le corps inactif, la tête agitée, l'âme malheureuse, et n'échapper que fort mal dans le sommeil même à ce sentiment d'amertumes, de contrainte, et d'ennuis inquiets, c'est la lente agonie du cœur : ce n'est pas ainsi que l'homme devait vivre.

S'il vit ainsi, me direz-vous, c'est donc ainsi qu'il devait vivre : ce qui existe est selon l'ordre ; où seraient les causes, si elles n'étaient pas dans la nature ? Il faudra que j'en convienne avec vous : mais cet ordre de choses n'est que momentané ; il n'est point selon l'ordre essentiel, à moins que tout ne soit déterminé irrésistiblement. Si tout est nécessaire, il l'est que j'agisse comme s'il n'y avait point de nécessité : ce que nous disons est vain ; il n'y a point de sentiment préférable au sentiment contraire, point d'erreur, point d'utilité. Mais s'il en est autrement, avouons nos écarts ; examinons où nous en sommes ; cherchons comment on pourrait réparer tant de pertes. La résignation est souvent bonne aux individus ; elle ne peut être que fatale à l'espèce. C'est ainsi que va le monde, est le mot d'un bourgeois quand on le dit des misères publiques ; ce n'est celui du sage que dans les cas particuliers.

Dira-t-on qu'il ne faut pas s'arrêter au beau imaginaire, au bonheur absolu, mais aux détails d'une utilité directe dans l'ordre actuel ; et que, la perfection n'étant pas accessible à l'homme, et surtout aux hommes, il est à la fois inutile et romanesque de les en entretenir ? Mais la nature elle-même prépare toujours le plus pour obtenir le moins. De mille graines, une seule germera. Nous voudrions apercevoir quel serait le mieux possible, non pas précisément dans l'espoir d'y atteindre, mais afin de nous en approcher plus que si nous en envisagions seulement pour terme de nos efforts ce qu'ils pourront en effet produire. Je cherche des données qui m'indiquent les besoins de l'homme ; et je les cherche dans moi, pour me tromper moins. Je trouve dans mes sensations un exemple limité, mais sûr ; et en observant le seul homme que je puisse bien sentir, je m'attache à découvrir quel pourrait être l'homme en général.

Vous seuls savez remplir votre vie, hommes simples et justes, pleins de confiance et d'affections expansives, de sentiment et de calme, qui sentez votre existence avec plénitude, et qui voulez voir l'œuvre de vos jours ! Vous placez votre joie dans l'ordre et la paix domestique, sur le front pur d'un ami, sur la lèvre heureuse d'une femme. Ne venez point vous soumettre dans nos villes à la médiocrité misérable, à l'ennui superbe. N'oubliez pas les choses naturelles : ne livrez pas votre cœur à la vaine tourmente des passions équivoques ; leur objet, toujours indirect, fatigue et suspend la vie jusqu'à l'âge infirme qui déplore trop tard le néant où se perdit la faculté de bien faire.

Je suis comme ces infortunés en qui une impression trop violente a pour jamais irrité la sensibilité de certaines fibres, et qui ne sauraient éviter de retomber dans leur manie toutes les fois que l'imagination, frappée d'un objet analogue, renouvelle en eux cette première émotion. Le sentiment des rapports me montre toujours les convenances harmoniques comme l'ordre et la fin de la nature. Ce besoin de chercher les résultats dès que je vois les données, cet instinct à qui il répugne que nous soyons en vain... croyez-vous que je le puisse vaincre ? Ne voyez-vous pas qu'il est dans moi, qu'il est plus fort que ma volonté, qu'il m'est nécessaire, qu'il faut qu'il m'éclaire ou m'égare, qu'il me rende malheureux et que je lui obéisse ? Ne voyez-vous pas que je suis déplacé, isolé, que je ne trouve rien ? Je rejette tout ce qui passe ; je me presse, je me hâte par dégoût : j'échappe au présent, je ne désire point l'avenir ; je me consume, je dévore mes jours, et je me précipite vers le terme de mes ennuis, sans désirer rien après eux. On dit que le temps n'est rapide qu'à l'homme heureux, on dit faux : je le vois passer maintenant avec une vitesse que je ne lui connaissais pas. Puisse le dernier des hommes n'être jamais heureux ainsi !

Je ne le dissimule point, j'avais un moment compté sur quelque douceur intérieure : je suis bien désabusé. Qu'attendais-je en effet ? que les hommes sussent arranger ces détails que les circonstances leur abandonnent, user des avantages que peuvent offrir ou les facultés intérieures, ou quelque conformité de caractère, établir et régler ces riens dont on ne se lasse pas, et qui peuvent embellir ou tromper les heures ; qu'ils sussent ne point perdre leurs années les plus tolérables, et n'être pas plus malheureux par leur maladresse que par le sort même ; qu'ils sussent vivre ! Devais-je donc ignorer qu'il n'en est point ainsi ? ne savais-je pas assez que cette apathie, et surtout cette sorte de crainte et de défiance mutuelles, cette incertitude, cette ridicule réserve qui, étant l'instinct des uns, devient le devoir des autres, condamnaient tous les hommes à se voir avec ennui, à se lier avec indifférence, à s'aimer avec lassitude, à se convenir inutilement, et à bâiller tous les jours ensemble, faute de se dire une fois : ne bâillons plus ?

En toutes choses, et partout, les hommes perdent leur existence ; ils se fâchent ensuite contre eux-mêmes, ils croient que ce fut leur faute. Malgré l'indulgence pour nos propres faiblesses, peut-être sommes-nous trop sévères en cela, trop portés à nous attribuer ce que nous ne pouvions éviter. Lorsque le temps est passé, nous oublions les détails de cette fatalité impénétrable dans ses causes, et à peine sensible dans ses résultats.

Tout ce qu'on espérait se détruit sourdement ; toutes les fleurs se flétrissent, tous les germes avortent ; tout tombe, comme ces fruits naissans qu'une gelée a frappés de mort, qui ne mûriront pas, qui périront tous, mais qui végètent encore plus ou moins long-temps suspendus à la branche stérilisée, comme si la cause de leur ruine eût voulu rester inconnue.

On a la santé, l'intimité ; on voit dans ses mains ce qu'il faut pour une vie assez douce : les moyens sont tout simples, tout naturels ; nous les tenons, ils nous échappent pourtant. Comment cela se fait-il ? La réponse serait longue et difficile : je la préférerais à bien des traités de philosophie ; elle n'est pas même dans les trois mille *lois* de Pythagore.

Peut-être se laisse-t-on trop aller à négliger des choses indifférentes par elles-mêmes, et que pourtant il faut désirer, ou du moins recevoir, pour que les heures soient occupées sans langueur. Il y a une sorte de dédain, qui est une prétention fort vaine, mais à laquelle on se trouve entraîné sans y songer. On voit beaucoup d'hommes ; chacun d'eux, livré à d'autres goûts, est ou se montre insensible à bien des choses dont nous ne voulons pas alors paraître plus émus que lui. Il se forme dans nous une certaine habitude d'indifférence et de renoncement ; elle ne coûte point de sacrifices, mais elle augmente l'ennui. Ces riens qui, pris chacun à part, étaient tous inutiles, devenaient bons par leur ensemble ; ils entretenaient cette activité des affections qui fait la vie. Ils n'étaient pas des causes suffisantes de sensations, mais ils nous faisaient échapper au malheur de n'en plus avoir. Ces biens, si faibles, convenaient mieux à notre nature que la puérile grandeur qui les rejette, et qui ne les remplacera pas. Le vide devient fastidieux à la longue ; il dégénère en une morne habitude : et, bien trompés dans notre superbe indolence, nous laissons se dissiper en une triste fumée la lumière de la vie, faute du souffle qui l'animerait.

Je vous le répète, le temps fuit avec une vitesse qui s'accroît à mesure que l'âge change. Mes jours perdus s'entassent derrière moi ; ils remplissent l'espace vague de leurs ombres sans couleur ; ils amoncèlent leurs squelettes atténués ; c'est le ténébreux simulacre d'un monument funèbre. Et si mon regard inquiet se détourne et cherche à se reposer sur la chaîne, jadis plus heureuse, des jours que prépare l'avenir, il se trouve que leurs formes pleines et leurs brillantes images ont beaucoup perdu. Leurs couleurs pâlissent : cet espace voilé que les embellissait d'une grâce céleste dans la magie de l'incertitude, découvre maintenant à nu leurs fantômes arides et chagrins. A la lueur austère qui les montre dans l'éternelle nuit, j'en discerne déjà le dernier qui s'avance seul sur l'abîme, et n'a plus rien devant lui.

Vous souvient-il de nos vains désirs, de nos projets d'enfant ? La joie d'un beau ciel, l'oubli du monde, et la liberté des déserts !

Jeune enchantement d'un cœur qui croit au bonheur, qui veut ce qu'il désire, et ignore la vie ! Simplicité de l'espérance, qu'êtes-vous devenue ? Le silence des forêts, la pureté des eaux, les fruits naturels, l'habitude intime nous suffisaient alors. Le monde réel n'a rien qui remplace ces besoins d'un cœur juste, d'un esprit incertain, ce premier songe de nos premiers printemps.

Quand une heure plus favorable vient placer sur nos fronts une sérénité imprévue, quelque nuance fugitive de paix et de bien-être, l'heure suivante se hâte d'y fixer les traits chagrins et fatigués, les rides abreuvées d'amertume qui en effacent pour jamais la candeur primitive.

Depuis cet âge qui est déjà si loin de moi, les instans épars qui ont pu rappeler l'idée du bonheur ne forment pas dans ma vie un jour que je dusse consentir à voir renouveler. C'est ce qui caractérise ma fatigante destinée; d'autres sont bien plus malheureux, mais j'ignore s'il fut jamais un homme moins heureux. Je me dis que l'on est porté à la plainte, et que l'on sent tous les détails de ses propres misères, tandis qu'on affaiblit ou qu'on ignore celles que l'on n'éprouve pas soi-même; et pourtant je me crois juste en pensant que l'on ne saurait moins jouir, moins vivre, être plus constamment au-dessous de ses besoins.

Je ne suis pas souffrant, impatienté, irrité; je suis las, abattu; je suis dans l'accablement. Quelquefois, à la vérité, par un mouvement imprévu, je m'élance hors de la sphère étroite où je me sentais comprimé. Ce mouvement est si rapide, que je ne puis le prévenir. Ce sentiment me remplit et m'entraîne sans que j'aie pensé à la vanité de son impulsion : je perds ainsi ce repos raisonné qui éternise nos maux, en les calculant avec son froid compas, avec ses formules savantes et mortelles.

Alors j'oublie ces considérations accidentelles, chaînons misérables dont ma faiblesse a tissu le fragile lien : je vois seulement, d'un côté, mon âme avec ses forces et ses désirs, comme un moteur borné mais indépendant, que rien ne peut empêcher de s'éteindre à son terme, que rien aussi ne peut empêcher d'être selon sa nature; et de l'autre, toutes choses sur la terre comme son domaine nécessaire, comme les moyens de son action, les matériaux de sa vie. Je méprise cette prudence timide et lente, qui, pour des jouets qu'elle travaille, oublie la puissance du génie, laisse éteindre le feu du cœur, et perd à jamais ce qui fait la vie, pour arranger des ombres puériles.

Je me demande ce que je fais ; pourquoi je ne me mets pas à vivre ; quelle force m'enchaîne, quand je suis libre ; quelle faiblesse me retient, quand je sens une énergie dont l'effort réprimé me consume ; ce que j'attends, quand je n'espère rien ; ce que je cherche ici, quand je n'y aime rien, n'y désire rien ; quelle fatalité me force à faire ce que je ne veux pas, sans que je voie comment elle me le fait faire ?

Il est facile de s'y soustraire ; il en est temps ; il le faut : et à peine ce mot est dit, que l'impulsion s'arrête, l'énergie s'éteint, et me voilà replongé dans le sommeil où s'anéantit ma vie. Le temps coule uniformément : je me lève avec dégoût, je me couche fatigué, je me réveille sans désirs. Je m'enferme, et je m'ennuie ; je vais dehors et je gémis. Si le temps est sombre, je le trouve triste ; et s'il est beau, je le trouve inutile. La ville m'est insipide, et la campagne m'est odieuse. La vue des malheureux m'afflige, celle des heureux ne me trompe point. Je ris amèrement quand je vois des hommes qui se tourmentent ; et si quelques-uns sont plus calmes, je souris en songeant qu'on les croit contens.

Je vois tout le ridicule du personnage que je fais ; je me rebute, et je ris de mon impatience. Cependant je cherche dans chaque chose le caractère bizarre et double qui la rend un moyen de nos misères, et ce comique d'oppositions qui fait de la terre humaine une scène contradictoire où toutes choses sont importantes au sein de la vanité de toutes choses. Je me précipite ainsi, ne sachant plus de quel côté me diriger. Je m'agite, parce que je ne trouve point d'activité ; je parle, afin de ne point penser ; je m'anime, par stupeur. Je crois même que je plaisante : je ris de douleur, et l'on me trouve gai. Voilà qui va bien, disent-ils, il prend son parti. Il faut que je le prenne : je n'y pourrai plus tenir.

5 août.

Je crois, je sens que tout cela va changer. Plus j'observe ce que j'éprouve, plus j'en viendrai à me convaincre que les choses de la vie sont indiquées, préparées et mûries dans une marche progressive dirigée par une force inconnue.

Dès qu'une série d'incidens marche vers un terme, ce résultat qu'elle annonce se trouve aussitôt un centre que beaucoup d'autres incidens environnent avec une tendance marquée. Cette tendance qui les unit au centre par des liens universels nous le fait paraître comme un but qu'une intention de la nature se serait proposé, comme un chaînon qu'elle travaillerait à dessein selon ses lois générales, et où nous cherchons à découvrir, à pressentir dans des rapports individuels, la marche, l'ordre et les harmonies du plan du monde.

Si nous y sommes trompés, c'est peut-être par notre seul empressement. Nos désirs cherchent toujours à anticiper sur l'ordre des événemens, et notre impatience ne saurait attendre cette tardive maturité.

On dirait aussi qu'une volonté inconnue, qu'une intelligence d'une nature indéfinissable nous entraîne par des apparences, par la marche des nombres, par des songes dont les rapports avec les faits surpassent de beaucoup les probabilités du hasard. On dirait que tous les moyens lui servent à nous séduire ; que les sciences occultes, que les résultats extraordinaires de la divination, et les vastes effets dus à des causes imperceptibles, sont l'ouvrage de cette industrie cachée ; qu'elle précipite ainsi ce que nous croyons conduire ; qu'elle nous égare afin de varier le monde. Si vous voulez avoir un sentiment de cette force invisible et de l'impuissance où l'ordre même se trouve de produire la perfection, calculez toutes les forces bien connues, vous verrez qu'elles n'ont pas leur résultat direct. Faites plus ; imaginez un ordre de choses où toutes les convenances particulières soient observées ; où toutes les destinations particulières soient remplies : vous trouverez, je crois, que l'ordre de chaque chose ne produirait pas le véritable ordre des choses ; que tout serait trop bien ; que non seulement ce n'est pas ainsi que va le monde, mais que ce n'est pas même ainsi qu'il pourrait aller, et qu'une perpétuelle déviation dans les détails opposés semble être la grande loi de l'universalité des choses.

Voici des faits sur un objet où les probabilités peuvent être calculées rigoureusement, des songes relatifs à la loterie de Paris. J'en ai connu douze ou quinze avant les tirages. La personne âgée qui les faisait n'avait assurément ni le démon de Socrate, ni aucune donnée cabalistique ; elle était pourtant mieux fondée à s'entêter de ses songes que moi à l'en dissuader. La plupart furent réalisés : il y avait au moins vingt mille à parier contre un que l'événement ne les justifierait pas ainsi. Elle fut séduite, elle rêva encore ; elle mit, et rien alors ne se réalisa.

On n'ignore pas que les hommes sont trompés par de faux calculs et par la passion ; mais, dans ce qui peut être supputé mathématiquement, est-il bien vrai que tous les siècles croient à ce qui n'a en sa faveur qu'autant d'incidens que le hasard en doit donner ?

Moi-même, qui assurément ne m'occupais guère de ces sortes de rêves, il m'est arrivé trois fois de rêver que je voyais les numéros sortis. Un de ces songes n'eut point de rapport avec l'événement du lendemain ; le second en eut un aussi frappant que si l'on eût deviné un nombre sur quatre-vingt mille. Le dernier fut plus étrange ; j'avais vu dans cet ordre :

7, 39, 72, 81... Je n'avais pas vu le cinquième numéro, et quant au troisième, je l'avais mal discerné ; je n'étais pas assuré si c'était 72 ou 70. J'avais même noté tous deux, mais je penchai pour le 72. Cette fois, je voulus mettre au moins le quaterne, et je mis 7, 39, 72, 81. Si j'eusse choisi le 70, j'eusse eu le quaterne, ce qui est déjà extraordinaire, mais ce qui l'est bien davantage, c'est que ma note, faite exactement selon l'ordre dans lequel j'avais vu les quatre numéros, porta un terne déterminé, et que c'eût été un quaterne déterminé, si, en hésitant entre le 70 et le 72, j'eusse choisi le 70.

Est-il dans la nature une intention qui leurre les hommes, ou du moins beaucoup d'hommes ? Serait-ce un de ses moyens, une loi nécessaire pour les faire ce qu'ils sont ? ou bien, tous les peuples ont-ils été dans le délire en trouvant que les choses réalisées surpassaient évidemment l'occurrence naturelle ? La philosophie moderne le nie, elle nie tout ce qu'elle n'explique pas. Elle a remplacé celle qui expliquait ce qui n'était point.

Je suis loin d'affirmer, de croire positivement, qu'il y ait en effet dans la nature une force qui séduise les hommes, indépendamment du prestige de leurs passions ; qu'il existe une chaîne occulte de rapports, soit dans les nombres, soit dans les affections, qui puisse faire juger, ou sentir d'avance, ces choses futures que nous croyons accidentelles. Je ne dis pas, Cela est ; mais n'y a-t-il pas quelque témérité à dire, Cela n'est pas* ?

* « C'est une sotte présomption d'aller dédaignant et condamnant pour faux ce qui ne nous semble pas vraisemblable : qui est un vice ordinaire de ceux qui pensent avoir quelque suffisance, outre la commune. J'en faisais ainsi autrefois... et à présent je trouve que j'étais pour le moins autant à plaindre moi-même. »

Montaigne.

Serait-il même impossible que les pressentimens appartinssent à un mode particulier d'organisation, et qu'ils fussent refusés à d'autres hommes ? Nous voyons par exemple, que la plupart ne sauraient concevoir des rapports entre l'odeur qu'exhale une plante et les moyens du bonheur du monde. Doivent-ils pour cela regarder comme un erreur de l'imagination le sentiment de ces rapports ? Ces deux perceptions si étrangères l'une à l'autre pour plusieurs esprits, le sont-elles pour quiconque peut suivre la chaîne qui les unit ? Celui qui abattait les hautes têtes des pavots savait bien qu'il serait entendu : il savait aussi que ses esclaves ne le comprendraient point, qu'ils n'auraient point son secret.

Vous ne prendrez pas tout ceci plus sérieusement que je ne le dis. Mais je suis las des choses certaines, et je cherche partout des voies d'espérance.

Si vous venez bientôt, cela pourra me donner un peu de courage : celui d'attendre toujours des lendemains est du moins quelque chose pour qui n'en a pas d'autre.

LETTRE XLVII

Lyon, 28 août.

Vous renvoyez en deux mots tous mes possibles dans la région des songes. Pressentimens, propriétés secrètes des nombres, pierre philosophale, influences mutuelles des astres, sciences cabalistiques, haute magie, toutes chimères déclarées telles par la certitude une et infaillible. Vous avez l'empire ; on ne saurait mieux user du sacerdoce suprême. Cependant je suis opiniâtre comme tous les hérésiarques ; il y a plus, votre science certaine m'est suspecte, je vous soupçonne d'être heureux.

Supposons un moment que rien ne vous réussit : vous souffrirez alors que je vous expose jusqu'où vont mes doutes.

On dit que l'homme conduit et gouverne, que le hasard n'est rien. Tout cela se peut ; voyons pourtant si ce hasard ne ferait pas quelque chose. Je veux que ce soit l'homme qui fasse toutes les choses humaines ; mais il les fait avec des moyens, avec des facultés ; d'où les a-t-il ? Les forces physiques, ou la santé, la justesse et l'étendue de l'esprit, les richesses, le pouvoir composent à peu près ces moyens. Il est vrai que la sagesse ou la modération peuvent maintenir la santé, mais le hasard donne et quelquefois rétablit une forte constitution. Il est vrai que la prudence évite quelques dangers, mais le hasard préserve à tout moment d'être blessé ou mutilé. Le travail améliore nos facultés morales ou intellectuelles ; le hasard les donne, et souvent il les développe, ou les préserve de tant d'accidens dont un seul pourrait les détruire. La sagesse fait parvenir au pouvoir un homme dans un siècle ; le hasard l'offre à tous les autres maîtres des destinées vulgaires. La prudence, la conduite élèvent lentement quelques fortunes ; tous les jours le hasard en fait rapidement. L'histoire du monde ressemble beaucoup à celle de ce commissionnaire qui gagna cent louis en vingt ans de courses et d'épargnes, et qui ensuite mit à la loterie un seul écu, et en reçut soixante-quinze mille.

Tout est loterie. La guerre n'est plus qu'une loterie pour presque tous, à l'exception du général en chef, qui cependant n'en est rien moins que tout-à-fait exempt. Dans la tactique moderne, l'officier qui va être comblé d'honneurs et élevé à un grade supérieur, voit auprès de lui le guerrier aussi brave, plus savant, plus robuste, oublié pour jamais dans le tas des morts.

Si tant de choses se font au hasard, et que pourtant le hasard ne puisse rien faire, il y a dans la nature ou une grande force cachée, ou un nombre de forces inconnues qui suivent des lois inaccessibles aux démonstrations des sciences humaines.

On peut *prouver* que le fluide électrique n'existe pas [1]. On peut prouver qu'un corps aimanté ne saurait agir sur un autre sans le toucher, et que la faculté de se diriger vers tel point de la terre est une propriété occulte et par trop péripatéticienne. On avait prouvé que l'on ne pouvait voyager dans les airs, que l'on ne pouvait brûler des corps éloignés de soi, que l'on ne pouvait précipiter la foudre ou allumer des volcans. On sait encore aujourd'hui que l'homme, qui fait un chêne, ne peut pas faire de l'or. On sait que la lune peut causer les marées, mais non pas influer sur la végétation. Il est prouvé que tous les effets des affections de la mère sur le fœtus sont des contes de vieilles, et que tous les peuples qui les ont vus ne les ont pas vus. On sait que l'hypothèse d'un fluide pensant n'est qu'une impiété absurde ; mais que certains hommes ont la permission de faire avant déjeûner une sorte d'âme universelle ou de nature métaphysique, que l'on peut rompre en autant d'âmes universelles que bon semble, afin que chacun digère la sienne.

Il est *certain* qu'un Châtillon reçut, selon la promesse de saint Bernard, cent fois autant de terres labourables à la charrue d'en haut, qu'il en avait donné ici-bas aux moines de Clairvaux. Il est certain que l'empire du Mogol est dans une grande prospérité, quand son maître pèse deux livres de plus que l'année précédente. Il est certain que l'âme survit au corps, excepté s'il est écrasé par la chute subite d'un roc : alors elle n'a pas le temps de s'enfuir * et il faut qu'elle meure là. Tout le monde a su que les comètes sont dans l'usage d'engendrer des monstres, et qu'il y a d'excellentes recettes pour se préserver de cette contagion. Tout le monde convient qu'un individu de ce petit globe où rampent nos génies impérissables a trouvé les lois du mouvement et de la position respective de cent milliards de mondes. Nous sommes admirablement certains, et c'est pure malice si tous les temps et tous les peuples s'accusent mutuellement d'erreur.

Pourquoi chercher à rire des anciens qui regardaient les nombres comme le principe universel ? L'étendue, les forces, la durée, toutes les propriétés des choses naturelles ne suivent-elles pas les lois des nombres ? Ce qui est à la fois réel et mystérieux n'est-il pas ce qui nous avance le plus dans la profondeur des secrets de la nature ? N'est-elle pas elle-même une perpétuelle expression d'évidence et de mystère, visible et impénétrable, calculable et infinie, prouvée et inconcevable, contenant tous les principes de l'être et toute la vanité des songes ? Elle se découvre à nous, et nous ne la voyons pas ; nous avons analysé ses lois, et nous ne saurions imaginer ses procédés ; elle nous a laissé prouver que nous remuerions un globe, mais le mouvement d'un insecte est l'abîme où elle nous abandonne. Elle nous donne une heure d'existence au milieu du néant ; elle nous montre et nous supprime ; elle nous produit pour que nous ayons été. Elle nous fait un œil qui pourrait tout voir ; elle met devant lui tout le mécanisme, toute l'organisation des choses, tous les prodiges de l'être infini : nous regardons,

* On peut voir dans la cinquante-septième épître de *Sénèque* cette opinion, commune chez les stoïciens, et les raisons non moins remarquables par lesquelles Sénèque la réfute.

nous allons connaître, et voilà qu'elle ferme à jamais cet œil si admirablement préparé.

Pourquoi donc, ô hommes qui passez aujourd'hui ! voulez-vous des certitudes ? et jusques à quand faudra-t-il vous affirmer nos rêves pour que votre vanité dise : Je sais ? Vous êtes moins petits quand vous ignorez. Vous voulez qu'en parlant de la nature, on vous dise, comme vos balances et vos chiffres : Ceci est, ceci n'est pas. Et bien, voici un roman ; sachez, soyez certains.

Le Nombre[2]... Nos dictionnaires définissent le nombre une collection d'unités ; en sorte que l'unité, qui est le principe de tous les nombres, devient étrangère au terme qui les exprime. Je suis fâché que notre langue n'ait pas un mot qui comprenne l'unité, et tous ses produits plus ou moins directs, plus ou moins complexes. Supposons tous deux que le mot nombre veut dire cela, et puisque j'ai un songe à vous conter, je vais reprendre un peu le ton des grandes vérités que je veux vous envoyer par le courrier de demain.

Écoutez, c'est de l'antiquité ; mais elle ne savait pas le calcul des fluxions*.

Le nombre est le principe de toute dimension, de toute harmonie, de toute propriété, de toute agrégation ; il est la loi de l'univers organisé.

Sans les lois des nombres, la matière serait une masse informe, indigeste ; elle serait le *chaos*. La matière arrangée selon ces lois est le *monde* ; la nécessité de ces lois est le *destin* ; leur puissance et

* Obermann n'a pu avoir l'intention de ridiculiser des sciences qu'il admirait, et qu'il ne possédait pas. Sans doute, il désirait seulement que les vastes progrès modernes ne portassent pas si inconsidérément les demi-savans à mépriser l'antiquité, à rire de ses conceptions profondes.

leurs propriétés sont la *nature*, et la conception universelle de ces propriétés est *Dieu*.

Les analogies de ces propriétés forment la doctrine magique, secret de toutes les initiations, principe de tous les dogmes, base de tous les cultes, source des relations morales et de tous les devoirs.

Je me hâte, et vous me saurez gré de tant de discrétion, car je pourrais suivre la filiation de toutes les idées cabalistiques et religieuses. Je rapporterais aux nombres les religions du feu ; je prouverais que l'idée même de l'Esprit pur est le résultat de certains calculs ; je réunirais dans un même enchaînement tout ce qui a pu asservir ou flatter l'imagination humaine. Cet aperçu d'un monde mystérieux ne serait pas sans intérêt ; mais il ne vaudrait pas l'odeur numérique exhalée de sept fleurs de jasmin que le souffle de l'air va porter et perdre dans le sable sur votre terrasse de Chessel.

Cependant, sans les nombres, point de fleurs, point de terrasse. Tout phénomène est nombre ou proportion. Les formes, l'espace, la durée sont des effets, des produits du nombre ; mais le nombre n'est produit, n'est modifié, n'est perpétué que par lui-même. La musique, c'est-à-dire la science de toute harmonie, est une expression des nombres. Notre musique elle-même, source peut-être des plus fortes impressions que l'homme puisse éprouver, est fondée sur les nombres.

Si j'étais versé dans l'astrologie, je vous dirais bien d'autres choses ; mais enfin toute la vie n'est-elle pas réglée sur les nombres ? Sans eux, qui saurait l'heure d'un office, d'un enterrement ? qui pourrait danser ? qui saurait quand il est *bon de couper les ongles ?*

L'unité est assurément le principe, comme l'image de toute unité, et dès lors de tout ouvrage complet, de tout concept, de tout projet, de tout achèvement, de la perfection, de l'ensemble. Ainsi tout nombre complexe est un, ainsi toute perception est une, ainsi l'univers est un.

Un est aux nombres engendrés comme le rouge est aux couleurs, ou Adam aux générations humaines. Adam était le premier, et le mot Adam signifie rouge. C'est ce qui fait que la matière du Grand-Œuvre doit se nommer Adam lorsqu'elle est poussée au rouge, parce que la quintessence rouge de l'univers est comme Adam qu'Ado[n]aï forma de quintessence.

Pythagore a dit : Cultivez assidument la science des nombres ; nos vices et nos crimes ne sont que des erreurs de calcul. Ce mot, si utile et d'une vérité profonde, est sans doute ce qui peut être dit de mieux sur les nombres. Mais voici ce que Pythagore n'a point dit *.

* Dans toutes les sectes, les disciples, ou beaucoup d'entre les disciples, sont moins grands hommes que leur maître. Ils défigurent sa pensée, surtout quand le fanatisme superstitieux ou l'ambition d'innover se joignent aux erreurs de l'esprit.

Pythagore, ainsi que Jésus, n'a pas écrit : les successeurs, prétendus tels, de l'un et de l'autre, ont montré qu'ils sentaient tout l'avantage de cette circonstance.

Considérons un moment le nombre comme Pythagore paraît l'avoir entendu.

Si, d'un lieu élevé et qui domine une vaste étendue, on discerne dans la plaine, entre les hautes forêts, quelques-uns de ces êtres qui se soutiennent debout ; si l'on vient à se rappeler que les forêts sont abattues, que les fleuves sont dirigés, que les pyramides sont élevées, que la terre est changée par eux, on éprouve de l'étonnement. Le temps est leur grand moyen ; le temps est une série de nombres. Ce sont les nombres rassemblés ou successifs qui font tous les incidens, les vicissitudes, les combinaisons, toutes les œuvres individuelles de l'univers. La force, l'organisation, l'espace, l'ordre, la durée ne sont rien sans les nombres. Tous les moyens de la nature sont une suite des propriétés des nombres ; la réunion de ces moyens est la nature elle-même ; cette harmonie sans bornes est le principe

Sans Un, il n'y aurait ni deux ni trois : l'unité est donc le principe universel. Un est infini par ce qui sort de lui : il produit co-éternellement deux, et même trois, d'où vient tout le reste. Quoique infini, il est impénétrable ; il est assurément dans tout ; il ne peut cesser, nul ne l'a fait, il ne saurait changer ; de plus, il n'est ni visible, ni bleu, ni large, ni épais, ni lourd : c'est comme qui dirait... plus qu'un nombre.

Pour Deux, c'est très-différent. S'il n'y avait pas deux, il n'y aurait qu'un. Or, quand tout est un, tout est semblable ; quand tout est semblable, il n'y a pas de discordance ; là où il n'y a pas de discordance, là est la perfection : c'est donc deux qui brouille tout. Voilà le mauvais principe, c'est Satan. Aussi, de tous nos chiffres, le chiffre deux est celui qui a la forme la plus sinistre, l'angle le plus aigu.

Cependant, sans deux, il n'y aurait point de composition, point de rapports, point d'harmonie. Deux est l'élément de toute chose composée en tant que composée. Deux est le symbole et le moyen de toute génération. Il y avait deux chérubins sur l'arche, et les oiseaux ont deux ailes ; ce qui fait de deux le principe de l'élévation.

Trois réunit l'expression de l'ensemble et celle de la composition ; c'est l'harmonie parfaite. La raison en est palpable ; c'est un nombre composé qui ne peut

---

infini par lequel tout ce qui existe existe ainsi : le génie de Pythagore vaut bien les esprits qui ne l'entendent pas.

Pythagore paraît avoir dit que tout était fait selon les propriétés des nombres, mais non par leur vertu.

Voyez, dans *De mysteriis numerorum* par *Bungo,* ce que Porphyre, Nicomaque, etc., ont dit sur les nombres.

Voyez *Lois de Pythagore* 2036, 2038, etc., dans *Voyages de Pythagore*. On peut remarquer, en parcourant ce volume de l'ancienne sagesse, ces trois mille cinq cents sentences dites *Lois de Pythagore*, combien il y est peu question des nombres.

être divisé que par un. De trois points placés dans des rapports égaux naît la plus simple des figures. Cette figure triple n'est pourtant qu'une, ainsi que l'harmonie parfaite. Et, dans la sagesse orientale, la puissance qui crée, Brahma ; la puissance qui conserve, Vitsnou ; et la puissance qui détruit, Routren ; ces trois puissances réunies, n'est-ce pas Trimourti ? Dans Trimourti, ne reconnaissez-vous pas trois ? C'est ce qui fait Brahm, l'unique principe.

Dans les choses de la terre, trente-trois, nombre exprimé par deux trois, n'est-il pas celui de l'âge de la perfection pour l'homme ? Et l'homme, qui est bien la plus belle œuvre de Brahm, n'a-t-il pas eu trois âmes autrefois ?

Trois est le principe de perfection : c'est le nombre de la chose composée et ramenée à l'unité, de la chose élevée à l'agrégation, et achevée par l'unité. Trois est le nombre mystérieux du premier ordre : aussi y a-t-il trois règnes dans les choses terrestres ; et pour tout composé organique trois accidens, formation, vie, décomposition.

Quatre ressemble beaucoup au corps, parce que le corps a quatre facultés. Il renferme aussi toute la religion du serment : comment cela ? je l'ignore ; mais puisqu'un maître l'a dit, sans doute ses disciples l'expliqueront.

Cinq est protégé par Vénus : car elle préside au mariage ; et cinq a dans sa forme quelque chose d'heureux qu'on ne saurait définir. De là vient que nous avons cinq sens et cinq doigts ; il n'en faut pas chercher d'autres raisons.

Je ne sais rien sur le nombre Six, sinon que le cube a six faces. Tout le reste m'a paru indigne des grandes choses que j'ai rassemblées sur d'autres nombres.

Mais Sept est d'une importance extrême. Il représente toutes les créatures, ce qui le rend d'autant plus intéressant qu'elles nous appartiennent toutes : droit divin transféré depuis long-temps, et que prouvent la bride et le filet, malgré ce qu'en disent quelquefois les ours, les lions, les serpens. Cet empire a manqué être perdu par le péché ; mais il faut mettre deux sept ensemble ; l'un détruira l'autre : car le baptême étant aussi là-dedans, soixante-dix-sept signifie l'abolition de tous les péchés par le baptême, comme saint Augustin l'a démontré aux académies d'Afrique.

On voit facilement dans Sept l'union des deux nombres parfaits, de deux principes de perfection, union complétée, en quelque sorte, et consolidée par cette unité sublime qui lui imprime un grand caractère d'ensemble, et qui fait que sept n'est pas six. C'est là le nombre mystérieux du second ordre, ou, si l'on veut, le principe de tous les nombres très-composés. Les divers aspects de la lune l'ont prouvé, et en conséquence on a choisi le septième jour pour celui du repos. Les fêtes religieuses rendirent ainsi ce nombre sacré chez les peuples. De là l'idée des cycles septénaires, liée à celle du grand cataclysme. Dieu a imprimé partout dans l'univers le caractère sacré du nombre sept, dit Joachitès. Dans le *ciel étoilé*, tout a été fait par sept. Toute la mysticité ancienne est pleine du nombre sept : c'est le plus mystérieux des nombres apocalyptiques, des nombres du culte mithriaque et des mystères d'initiation. Sept étoiles du génie lumineux, sept Gâhanbards, sept Amschaspands ou anges d'Ormusd. Les Juifs ont leur semaine d'années, et le carré de sept était le vrai nombre de leur période jubilaire. On remarquait que, du moins pour notre planète et même pour notre système solaire, le nombre sept était le plus particulièrement indiqué par les phénomènes naturels. Sept sphères du premier ordre * ; sept métaux ** ; sept odeurs *** ; sept saveurs ; sept rayons de lumière ; sept tons ; sept articulations simples de la voix humaine ****.

Sept années font une semaine de la vie, et quarante-neuf la grande semaine. L'enfant qui naît à sept mois peut vivre ; à quatorze soleils, il voit ; à sept lunes, il a des dents ; à sept ans les dents se renouvellent, et l'on fait commencer alors le discernement du bien et du mal. A quatorze ans, l'homme peut engendrer ; à vingt-un, il est parvenu à une sorte de maturité qui fait choisir ce temps pour la majorité politique et légale. Vingt-huit ans est l'époque d'un grand changement dans les affections humaines et dans les couleurs de la vie. A trente-cinq, la jeunesse finit. A quarante-deux, la progression rétrograde de nos facultés commence. A quarante-neuf, la plus belle vie est à sa moitié, quant à la durée extrême, et à son automne pour les sensations : on aperçoit les premières rides physiques et morales. A cinquante-six, commence la vieillesse la plus hâtive. Soixante-trois est la première époque de la mort naturelle. (Je me rappelle que vous blâmez cette

* Apparemment cette époque est antérieure aux dernières d'entre les découvertes modernes : au reste, neuf est, comme sept, un nombre sacré. Quatre fragmens ne vaudront qu'un tout.

** Comme il en fallait sept, et qu'il était impossible de ne pas admettre le platine, on rejetait le mercure, qui semble avoir un caractère particulier, et différer des autres métaux par diverses propriétés, entre autres par celle de rester dans un état de fusion, même à un degré de froid que l'on a cru long-temps passer le froid naturel de notre âge. Malheureusement la chimie moderne reconnaît un plus grand nombre de métaux ; mais il est probable alors qu'il y en aura quarante-neuf, ce qui revient au même.

*** Linnæus divisait les odeurs végétales en sept classes. De Saussure en admet unc huitième ; mais on voit bien qu'il ne doit y en avoir que sept pour la gamme.

**** Les Grecs avaient sept voyelles. Les grammairiens français en reconnaissent aussi sept, les trois E, et les quatre autres.

expression : nous dirons donc mort nécessaire, mort amenée par les causes générales du déclin de la vie.) Je veux dire que, si l'on meurt de vieillesse à quatre-vingt-quatre, à quatre-vingt-dix-huit, on meurt d'âge à soixante-trois : c'est la première époque où la vie finisse par les maladies de la décrépitude. Beaucoup de personnages célèbres sont morts à soixante-dix ans, à quatre-vingt-quatre, à quatre-vingt-dix-huit, à cent quatre (ou cent cinq). Aristote, Abailard, Héloïse, Luther, Constantin, Schah-Abbas, Nostradamus et Mahomet moururent à soixante-trois ; et Cléopâtre sentit bien qu'il fallait attendre vingt-huit jours pour mourir après Antoine.

Neuf ! Si l'on en croit les hordes Mongoles et plusieurs peuplades de la Nigritie, voilà le plus harmonique des nombres. C'est le carré du seul nombre qui ne soit divisible que par l'unité ; c'est le principe des productions indirectes ; c'est le mystère multiplié par le mystère. On peut voir dans le *Zend-Avesta* [3] combien neuf était vénéré d'une partie de l'Orient. Dans la Géorgie, dans l'Iranved, tout se fait par neuf : les Avares et les Chinois l'ont aimé particulièrement. Les Musulmans de la Syrie comptent quatre-vingt-dix-neuf attributs de la divinité, et les peuples de la partie orientale de l'Inde connaissent dix-huit mondes, neuf bons, neuf mauvais.

Mais le signe de ce nombre a la queue en bas, comme une comète qui sème des monstres ; et neuf est l'emblème de toute vicissitude funeste : en Suisse particulièrement les bises destructives durent neuf jours. Quatre-vingt-un, ou neuf multiplié par lui-même, est le nombre de la grande climatérique * ; tout homme qui aime l'ordre doit mourir à cet âge, et

* Les climatériques d'Hippocrate sont les septièmes années ; ce qui est analogue à ce qu'on a dit du nombre sept.

Denis d'Héraclée donna en cela un grand exemple au monde.

J'avoue que dix-huit ans passe pour un assez bel âge, et pourtant c'est la destruction multipliée par le mauvais principe ; mais il y a moyen de s'entendre. Dans dix-huit ans il y a deux cent seize mois, nombre très-funeste et très-compliqué. On y voit d'abord quatre-vingt-un multiplié par deux ; ce qui est épouvantable. Dans l'excédant cinquante-quatre, on trouve un serment et Vénus. Quatre et cinq réunis ressemblent donc fort au mariage, état qui séduit à dix-huit ans ; qui n'est bon à rien pour l'un et l'autre sexe, vers quarante-cinq ou cinquante-quatre ; qui ne laisse pas d'être ridicule à quatre-vingt-un, et qui peut en tout temps, par ses plaisirs mêmes, altérer, désoler, dégrader la nature humaine d'après les horreurs attachées au culte du nombre cinq. Qu'y a-t-il de pire que d'empoisonner sa vie par une jouissance de cinq ? C'est à dix-huit ans que ces dangers sont dans leur force ; il n'est donc point d'âge plus funeste. Voilà ce qu'on ne pouvait découvrir que par les nombres ; et c'est ainsi que les nombres sont le fondement de la morale.

Que si vous trouvez dans tout cela quelque incertitude, repoussez le doute, redoublez de foi ; voici maintenant ce que disait la première lumière des premiers siècles *. Dix est justice et béatitude résultant de la créature qui est sept, et de la Trinité qui est trois. Onze, c'est le péché, parce qu'il transgresse dix ou la justice. Vous voyez le plus haut point du sublime ; après quoi il faut se taire : saint Augustin lui-même n'en a pas su davantage.

S'il me restait assez de papier, je vous prouverais l'existence de la pierre philosophale ; je vous prouve-

* De l'Église.

rais que tant d'hommes savans et célèbres n'étaient pas des insensés ; je vous prouverais qu'elle n'est pas plus étonnante que la boussole ; qu'elle n'est pas plus inconcevable que le chêne provenu du gland que vous avez semé ; mais qu'il l'est, ou qu'il devait l'être, que des étourdis, qui en finissant leurs humanités ont fait un madrigal, décident que Sthall, Becher, Paracelse, ont mérité les Petites-Maisons [4].

Allez voir vos jasmins ; laissez mes doutes et mes preuves. Je cherche un peu de délire, afin de pouvoir au moins rire de moi : il y a un certain repos, un plaisir, bizarre si l'on veut, à considérer que tout est songe. Cela peut distraire de tant de rêves plus sérieux et affaiblir ceux de notre inquiétude.

Vous ne voulez pas que l'imagination nous entraîne, parce qu'elle nous égare ; mais quand il s'agit des jouissances individuelles de la pensée, notre destination présente ne serait-elle pas dans les écarts ? Tous les hommes ont rêvé ; tous en ont eu besoin : quand le génie du mal les fit vivre, le génie du bien les fit dormir et songer.

LETTRE XLVIII

Méterville, 1er septembre, VI.

Dans quelque indifférence que l'on traîne ses années, il arrive pourtant que l'on aperçoive le ciel dans une nuit sans nuages. On voit les astres immenses ; ce n'est pas une fantaisie de l'imagination, ils sont là sous nos yeux : on voit leur distance bien plus vaste, et ces soleils qui semblent montrer des mondes où des êtres différens de nous naissent, sentent et meurent.

La tige du jeune sapin est auprès de moi, droite et fixe ; elle s'avance dans l'air, elle semble n'avoir ni vie ni mouvement ; mais elle subsiste, et si elle se connaît elle-même, son secret et sa vie sont en elle : elle croît invisiblement. Elle est la même dans la nuit, et dans le jour ; elle est la même sous la froide neige, et sous le soleil des étés. Elle tourne avec la terre ; elle tourne immobile parmi tous ces mondes. La cigale s'agite pendant le repos de l'homme, elle mourra : le sapin tombera ; les mondes changeront. Où seront nos livres, nos renommées, nos craintes, notre prudence, et la maison que l'on voudrait bâtir, et le blé que la grêle n'a pas couché ? Pour quel temps amassez-vous ? pour quel siècle est votre espérance ? Encore la révolution d'un astre, encore une heure de sa durée, et tout ce qui est vous ne sera plus : tout ce qui est vous sera plus perdu, plus anéanti, plus impossible que s'il n'eût jamais été. Celui dont le malheur vous accable sera mort ; celle qui est belle sera morte. Le fils qui vous survivra sera mort.

Vous avez rassemblé les moyens des arts* ; vous voyez sur la lune comme si elle était près de vos télescopes ; vous y cherchez du mouvement ; il n'y en a point : il y en a eu, mais elle est morte. Et le lieu, le globe où vous êtes, sera mort comme elle. A quoi vous arrêtez-vous ? Vous auriez pu faire un mémoire pour votre procès, ou finir une ode dont on eût parlé demain au soir. Intelligence des mondes ! qu'ils sont vains les soins de l'homme ! Quelles risibles sollicitudes pour des incidens d'une heure ! Quels tourmens insensés pour arranger les détails de cette vie qu'un

* On est enfin parvenu au point d'amener la lune à une proximité apparente plus grande que celle des montagnes que dans certains climats l'œil nu distingue parfaitement, quoiqu'elles soient éloignées de plus d'une journée de marche.

souffle du temps va dissiper ! Regarder, jouir de ce qui passe, imaginer, s'abandonner : ce serait là tout notre être. Mais, régler, établir, connaître, posséder ; que de démence !

Cependant celui qui ne veut point s'inquiéter pour des jours incertains n'aura pas le repos qui laisse l'homme à lui-même, ou le délassement qui peut distraire de ces dégoûts qu'on préfère à la vie tranquille : il n'aura pas, quand il la voudra, la coupe pleine de café ou de vin qui doit écarter pour un moment le mortel ennui. Il n'y aura point d'ordre et de suite dans ce qu'il sera forcé de faire ; il n'y aura pas de sécurité pour les siens. Parce que sa pensée aura embrassé le monde dans ses hautes conceptions, il arrivera que son génie, éteint par la langueur, n'aura plus même ces conceptions : parce que sa pensée aura cherché trop de vérités dans la nature des choses, il ne sera plus donné à sa pensée elle-même de se maintenir selon sa propre nature.

On ne parle que de réprimer ses passions, et d'avoir la force de faire ce qu'il faut ; mais au milieu de tant d'impénétrabilité, montrez donc ce qu'il faut. Pour moi, je ne le sais pas, et j'ose soupçonner que plusieurs autres l'ignorent. Tous les sectaires ont prétendu le dire et le montrer avec évidence ; leurs preuves surnaturelles nous ont laissés dans un doute plus grand. Peut-être une connaissance certaine et un but connu ne sont-ils ni selon notre nature ni selon nos besoins. Cependant il faut vouloir. C'est une triste nécessité, c'est une sollicitude intolérable, d'être toujours contraint d'avoir une volonté, quand on ne sait sur quoi la régler.

Souvent je me repose dans cette idée, que le cours accidentel des choses et les effets directs de nos intentions ne sauraient être qu'une apparence, et que toute action humaine est nécessaire et déterminée par la marche irrésistible de l'ensemble des choses. Il me paraît que c'est une vérité dont j'ai le sentiment ; mais quand je perds de vue les considérations générales, je m'inquiète et je projette comme un autre. Quelquefois, au contraire, je m'efforce d'approfondir tout ceci, pour savoir si ma volonté peut avoir une base, et si mes vues peuvent se rapporter à un plan suivi. Vous pensez bien que dans cette obscurité impénétrable, tout m'échappe, jusqu'aux probabilités elles-mêmes : je me lasse bientôt ; je me rebute, et je ne vois rien de certain, si ce n'est peut-être l'inévitable incertitude de ce que les hommes voudraient connaître.

Ces conceptions étendues qui rendent l'homme si superbe et si avide d'empire, d'espérances et de durée, sont-elles plus vastes que les cieux réfléchis sur la surface d'un peu d'eau de pluie qui s'évapore au premier vent ? Le métal que l'art a poli reçoit l'image d'une partie de l'univers ; nous la recevons comme lui. — Mais il n'a pas le sentiment de ce contact. — Ce sentiment a quelque chose d'étonnant, qu'il nous plaît d'appeler divin. Et ce chien qui vous suit, n'a-t-il pas le sentiment des forêts, des piqueurs et du fusil, dont son œil reçoit l'empreinte en répercutant les figures ? Cependant, après avoir poursuivi quelques lièvres, léché la main de ses maîtres et déterré quelques taupes, il meurt ; vous l'abandonnez aux corbeaux, dont l'instinct perçoit les propriétés des cadavres, et vous avouez qu'il n'a plus ce sentiment.

Ces conceptions, dont l'immensité surprend notre faiblesse, et remplit d'enthousiasme nos cœurs bornés, sont peut-être moins pour la nature que le plus imparfait des miroirs pour l'industrie humaine : et pourtant l'homme le brise sans regret. Dites qu'il est affreux à notre âme avide de n'avoir qu'une existence accidentelle ; dites qu'il est sublime d'espérer la réunion au principe de l'ordre impérissable : n'affirmez rien de plus.

L'homme qui travaille à s'élever est comme ces ombres du soir qui s'étendent pendant une heure[,] qui deviennent plus vastes que leurs causes, qui semblent grandir en s'épuisant, et qu'une seconde fait disparaître.

Et moi aussi[,] j'ai des momens d'oubli, de force, de grandeur : j'ai des besoins démesurés ; *sepulchri immemor*[1] ! Mais je vois les monumens des générations effacées ; je vois le caillou soumis à la main de l'homme, et qui existera cent siècles après lui. J'abandonne les soins de ce qui passe, et ces pensées du présent déjà perdu. Je m'arrête étonné ; j'écoute ce qui subsiste encore ; je voudrais entendre ce qui subsistera : je cherche dans le mouvement de la forêt, dans le bruit des pins, quelques-uns des accens de la langue éternelle.

Force vivante ! Dieu du monde ! J'admire ton œuvre, si l'homme doit rester ; et j'en suis atterré, s'il ne reste pas.

LETTRE XLIX

Méterville, 14 septembre, VI.

Ainsi parce que je n'ai point d'horreur pour vos dogmes, je serais près de les révérer ! Je pense que c'est tout le contraire. Vous avez, je crois, projeté de me convertir.

Dites-moi, me savez-vous quelque intérêt à ne pas admettre vos opinions religieuses ? Si je n'ai contre elles ni intérêt, ni partialité, ni passion, ni éloignement même, quelle prise auront-elles pour s'introduire dans une tête sans systèmes et dans un cœur que le remords ne leur préparera jamais ?

C'est l'intérêt des passions qui empêche d'être chrétien. Je dirais volontiers que voilà un argument bien misérable. Je vous parle en ennemi : nous sommes en état de guerre, vous en voulez un peu à ma liberté. Si vous accusez les non-crédules de n'avoir pas la conscience pure, j'accuserai les crédules de n'avoir pas un zèle sincère. Il résultera de tout cela de vains mots, un bavardage répété partout jusqu'à la satiété, et qui jamais ne prouvera rien.

Et si j'allais vous dire qu'il n'y a de chrétiens que les méchans, puisqu'il n'y a qu'eux qui aient besoin de chimères pour ne pas voler, égorger, trahir. Certains chrétiens dont l'humeur dévote et la croyance burlesque ont dérangé le cœur et l'esprit, se trouvent toujours entre le désir du crime et la crainte du diable. Selon la méthode vulgaire de juger des autres par soi-même, ils sont alarmés dès qu'ils voient un homme qui ne se signe point : il n'est pas des nôtres, il est contre nous ; il ne craint pas ce que nous craignons, donc il ne craint rien, donc il est capable de tout ; il n'a pas les mains jointes, c'est qu'il les cache ; il y a sûrement un stylet dans l'une, et du poison dans l'autre.

Je n'en veux point à ces bonnes gens : comment croiraient-ils que l'ordre suffise ? le désordre est dans leurs idées. D'autres parmi eux me diront : Voyez tout ce que j'ai souffert, d'où aurais-je tiré ma force, si je ne l'avais reçue d'en haut ? — Mon ami, d'autres ont souffert davantage, et n'ont rien reçu d'en haut : il y a encore cette différence qu'ils n'en font pas de bruit, et ne se croient pas bien grands pour cela. On souffre, comme on marche. Quel est l'homme qui peut faire vingt mille lieues ? Celui qui fait une lieue par jour et qui vit soixante ans. Chaque matin ramène des forces nouvelles, et l'espérance éteinte laisse encore un espoir vague.

Les lois sont évidemment insuffisantes. Eh bien ! je veux vous montrer des êtres plus forts que vous, et qui sont presque toujours indomptés ; qui vivent au milieu de vous non seulement sans frein religieux, mais même sans lois ; dont les besoins sont souvent très-mal satisfaits ; qui rencontrent ce qu'on leur refuse, et ne font pas un mouvement pour l'arracher : et parmi eux, trente-neuf au moins sur quarante mourront sans avoir nui, tandis que vous prônez l'effet de la grâce, si, parmi vos chrétiens, il y en a dans ce cas trois ou quatre. — Où sont ces êtres miraculeux, ces sages ? — Ne vous fâchez point ; ce ne sont pas des philosophes, ce ne sont pas du tout des êtres miraculeux, ce ne sont pas des chrétiens ; ce sont tout bonnement ces dogues qui ne sont ni muselés, ni gouvernés, ni catéchisés, et que vous rencontrez à tout moment, sans exiger que leur gueule terrible fasse, pour vous rassurer, un signe sacré. — Vous plaisantez. — De bonne foi, que voulez-vous qu'on fasse autre chose ?

Toutes les religions s'anathématisent, parce qu'aucune ne porte un caractère divin. Je sais bien que la vôtre a ce caractère, mais que le reste de la terre ne le voit point, parce qu'il est caché : je suis comme le reste de la terre, je discerne fort mal ce qui est invisible.

Je ne dis pas que la religion chrétienne soit mauvaise ; mais pour la croire, il faut la croire divine, ce qui n'est pas aisé. Elle peut être fort belle, comme ouvrage humain ; mais une religion ne saurait être humaine, quelque terrestres que soient ses ministres.

Pour la sagesse, elle est humaine ; elle n'aime pas à s'élever dans les nues pour retomber en débris ; elle exalte moins les têtes, mais elle ne les expose pas à l'oubli des devoirs par le mépris de ses lois démasquées ; elle ne défend point d'examen, et ne craint point d'objections ; il n'y aura pas de prétexte pour la méconnaître, la dépravation du cœur reste seule contre elle : et si la sagesse humaine était la base des institutions morales, son empire serait à peu près universel, puisqu'on ne pourrait se soustraire à ses lois sans faire par là même un aveu formel de turpitude. — Nous ne convenons pas de cela ; nous n'approuvons pas la sagesse. — C'est que vous êtes conséquens.

Je laisse les hommes de parti qui font semblant d'être de bonne foi, et qui vont jusqu'à se faire des amis pour qu'on sache qu'ils les ont convertis ; je reviens à vous qui êtes vraiment persuadé, et qui voudriez me donner ce repos que je n'aurai point.

Je n'aime pas plus que l'on soit intolérant contre la religion qu'en sa faveur. Je n'approuve guère plus ses adversaires déclarés, que ses zélateurs fanatiques. Je ne décide pas que l'on doive se hâter, dans certains pays, de détromper un peuple qui croit vraiment, pourvu qu'il ait passé le moment des guerres sacrées, et qu'il ne soit déjà plus dans la faveur des conversions. Mais quand un culte est désenchanté, je trouve ridicule qu'on prétende en ramener les prestiges ; quand l'arche est usée, quand les lévites embarrassés et pensifs autour de ses débris, me crient : N'approchez pas, votre souffle profane les ternirait, je suis obligé de les examiner, pour voir s'ils parlent sérieusement. — Sérieusement ? Sans doute ; et l'Église, qui ne périra point, va rendre à la foi des peuples cette antique ferveur dont le retour vous paraît chimérique ! — Je ne suis pas fâché que vous en fassiez l'expérience ; je n'en conteste point le succès, et je le désirerais volontiers : ce serait un fait curieux.

Puisque c'est toujours à *eux* que je finis par m'adresser, il est temps de fermer une lettre qui n'est pas pour vous. Nous garderons chacun nos opinions sur ce point ; et nous nous entendrons très-bien sur les autres. Les manies superstitieuses et les écarts du zèle n'existent pas plus pour un véritable homme de bien, que les périls tant exagérés de ce qu'*ils* appellent ridiculement athéisme. Je ne désire pas que vous renonciez à cette croyance ; mais il est très-utile qu'on cesse de la regarder comme indispensable au cœur de l'homme, parce que si on est conséquent, et si on prétend qu'il n'y a pas de morale sans elle, il faut rallumer les bûchers.

LETTRE L

Lyon, 22 juin. Septième année.

Depuis que la mode n'a plus cette uniformité locale qui en faisait aux yeux de tant de gens une manière d'être nécessaire, et à peu près une loi de la nature, chaque femme pouvant choisir la mise qu'elle veut adopter, chaque homme veut aussi décider celle qui convient.

Les gens qui entrent dans l'âge où l'on aime à blâmer ce qui n'est pas comme autrefois, trouvent de très-mauvais goût que l'on n'ait plus les cheveux dressés au-dessus du front, le chignon relevé et empâté, la partie inférieure du corps tout à nu sous une voûte d'un noble diamètre, et les talons juchés sur de hautes pointes. Ces usages vénérables maintenaient une grande pureté de mœurs ; mais depuis, les femmes ont perverti leur goût au point d'imiter les seuls peuples qui aient eu du goût : elles ont cessé d'être plus larges que hautes, et ayant quitté par degrés les corps ferrés et baleinés, elles outragent la nature jusqu'à pouvoir respirer et manger quoique habillées.

Je conçois qu'une mise perfectionnée choque ceux à qui plaisait la raideur ancienne, la manière des Goths ; mais je ne puis les excuser de mettre une si risible importance à ces changemens qui étaient inévitables.

Dites-moi si vous avez trouvé de nouvelles raisons de ce que nous avons déjà remarqué ensemble sur ces ennemis déclarés des mœurs actuelles. Ce sont presque infailliblement des hommes sans mœurs. Les autres, s'ils les blâment, n'y mettent du moins pas cette chaleur qui m'est suspecte.

Personne ne sera surpris que les hommes qui se sont joués des mœurs parlent ensuite de *bonnes mœurs* avec exclamation ; qu'ils en exigent si sévèrement des femmes, après avoir passé leur vie à tâcher de les leur ôter ; et qu'ils les méprisent toutes, parce que plusieurs d'elles ont eu le malheur de ne pas les mépriser eux-mêmes. C'est une petite hypocrisie dont je crois même qu'ils ne s'aperçoivent pas. C'est davantage encore, et bien plus communément, un effet de la dépravation de leurs goûts, des excès de leurs habitudes et du désir secret de trouver une résistance sérieuse pour avoir la vanité de la vaincre ; c'est une suite de l'idée que d'autres ont probablement joui des mêmes faiblesses, et de la crainte qu'on leur manque à eux-mêmes, comme ils sont parvenus à faire manquer à d'autres en leur faveur.

Lorsque les années font qu'ils n'ont plus d'intérêt à introduire le mépris de tous les droits, l'intérêt de leurs passions, qui fut toujours leur seule loi, commence à les avertir qu'on violera ces mêmes droits à leur égard. Ils ont contribué à faire perdre les mœurs sévères qui les gênaient, ils déclament maintenant contre les mœurs libres qui les inquiètent. Ils prêchent bien vainement : des choses bonnes recommandées par de tels hommes tombent dans le mépris, au lieu d'en recevoir une nouvelle autorité.

Aussi vainement quelques-uns disent que s'ils s'élèvent contre des mœurs licencieuses, c'est qu'ils en ont reconnu les dangers. Cette cause, quelquefois réelle, n'est pas celle à laquelle on croit, parce qu'on sait bien qu'ordinairement l'homme qui a été injuste, quand cela lui était commode pendant l'âge des passions, ne devient juste ensuite que par des motifs personnels. Sa justice, plus honteuse que sa licence même, est encore plus méprisée, parce qu'elle est moins franche.

Mais que des jeunes gens soient choqués subitement et avant la réflexion par des choses dont la nature est de plaire à leurs sens, et qu'ils ne pourraient improuver naturellement qu'après y avoir pensé, voilà, à mon avis, la plus grande preuve d'une dépravation réelle. Je suis surpris que des gens sensés regardent cela comme une dernière voix de *la nature qui se révolte* [1], et qui rappelle au fond des cœurs ses lois méconnues. La corruption, disent-ils, ne peut franchir de certaines bornes : cela les rassure et les console.

Pour moi, je crois voir le contraire. Je voudrais savoir ce que vous en penserez, et si je serai seul à voir ainsi. Je n'assure point que ce soit la vérité, je conviens même que beaucoup d'apparences sont contre moi.

Ma manière de penser là-dessus ne pouvait guère résulter que de ce que j'éprouve personnellement ; je n'étudie pas, je ne fais pas d'observations systématiques, et j'en serais assez peu capable. Je réfléchis par occasion ; je me rappelle ce que j'ai senti. Quand cela me conduit à examiner ce que je ne sais pas par moi-même, c'est du moins en cherchant mes données dans ce qui m'est connu avec plus de certitude, c'est-à-dire, dans moi : ces données n'ayant rien de supposé ou de paradoxal, servent à me découvrir plusieurs choses dans ce qui leur est analogue ou opposé.

Je sais qu'avec le vulgaire des hommes il y a des inconvéniens à ce que gâte la bêtise de leurs idées, la brutalité de leurs sensations, et une fade suffisance abusant de tout ce qui n'avertit pas que l'on sera réprimé. Je ne dis point que les femmes dont la mise paraît trop libre soient tout-à-fait exemptes de blâme : celles d'entre elles qui n'en méritent pas un autre, oublient du moins qu'on vit parmi la foule, et cet oubli est une imprudence. Mais ce n'est point d'elles qu'il s'agit ; je parle de la sensation que la légèreté de leurs vêtemens peut faire sur des hommes de différens caractères.

Je cherche pourquoi des hommes qui se permettent tout, et qui, loin de respecter ce qu'ils appellent pudeur, montrent jusque dans leurs discours qu'ils ne connaissent pas même les lois du goût, pourquoi des hommes qui ne raisonnent point leur conduite, et qui s'abandonnent aux fantaisies de l'instant présent, s'avisent de trouver de l'indécence à des choses où je n'en sens pas, et où la réflexion même ne blâmerait que l'inconvenance du moment. Comment en trouvent-ils à des choses qui par elles-mêmes, et lorsqu'elles ne sont point déplacées, paraissent toutes simples à d'autres, et qui plairaient même à ceux qui aiment une pudeur réelle, et non l'hypocrisie ou la superstition de la pudeur.

C'est une erreur funeste de mettre aux mots et à la partie extérieure des choses une importance si grande : il suffira d'être familiarisé avec ces fantômes par quelque habitude, même légitime, pour cesser d'en mettre aux choses elles-mêmes.

Lorsqu'une dévote qui ne pouvait à seize ans souffrir qu'on l'embrassât dans des jeux de société, qui, mariée à vingt-deux, n'envisageait qu'avec horreur la première nuit, reçoit à vingt-quatre son directeur dans ses bras, je ne crois pas que ce soit tout-à-fait hypocrisie de sa part[2]. J'y vois beaucoup plus la sottise des préceptes qui lui furent donnés. Il peut y avoir chez elle de la mauvaise foi, d'autant plus qu'une morale fausse altère toujours la candeur de l'âme, et qu'une longue contrainte inspire le déguisement et la duplicité. Mais s'il y en a dans son cœur, il y a bien plus encore d'ineptie dans sa tête. On lui a rendu l'esprit faux, on l'a retenue sans cesse dans la terreur des devoirs chimériques ; on ne lui a pas donné le moindre sentiment des devoirs réels. Au lieu de lui montrer la véritable fin des choses, on l'a habituée à tout rapporter à une fin imaginaire. Les rapports ne sont plus sensibles ; les proportions deviennent arbitraires ; les causes, les effets sont comptés pour rien ; les convenances des choses sont impossibles à découvrir. Elle n'imagine pas même qu'il puisse exister une raison du mal et du bien, hors de la règle qu'on lui a imposée, et dans d'autres rapports que les relations obscures entre ses habitudes les plus secrètes, et la volonté impénétrable des intelligences qui veulent toujours autrement que l'homme.

On lui a dit : Fermez les yeux, puis marchez droit devant vous, c'est le chemin du bonheur et de la gloire ; c'est le seul ; la perte, l'horreur, les abîmes, l'éternelle damnation, remplissent tout le reste de l'espace. Elle va donc aveuglément, et elle s'égare en suivant une ligne oblique. Cela devait arriver. Si vous marchiez les yeux fermés dans un espace ouvert de toutes parts, vous ne retrouveriez point votre première direction, lorsqu'une fois vous l'auriez perdue, et souvent même vous ne sauriez pas que vous la perdez. Si donc elle ne s'aperçoit point de son erreur, elle se détourne toujours davantage, elle se perd avec confiance. Si elle s'en aperçoit, elle se trouble et s'abandonne : elle ne connaît pas de proportions dans le mal ; elle croit n'avoir plus rien à perdre dès qu'elle a perdu cette première innocence, qu'elle estimait seule et qu'elle ne saurait retrouver.

On a vu des filles simples se maintenir avec ignorance dans la sagesse la plus sévère, et avoir horreur d'un baiser comme d'un sacrilège ; mais s'il est obtenu, elles pensent qu'il n'y a plus rien à conserver, et se livrent uniquement parce qu'elles se croient déjà livrées. On ne leur avait jamais dit les conséquences plus ou moins grandes des diverses choses. On avait voulu les préserver seulement contre le premier pas, comme si l'on eût eu la certitude que ce premier pas ne serait jamais franchi, ou que l'on serait toujours là pour les retenir ensuite.

La dévote dont je parlais n'évitait pas des imprudences, mais elle redoutait un fantôme. Il s'ensuivra naturellement que lorsqu'on lui aura dit à l'autel de coucher avec son mari, elle l'égratignera les premiers jours, et quelque temps après couchera avec un autre qui lui parlera du salut et des mortifications de la chair. Elle était effrayée quand on lui baisait la main, mais c'était par instinct ; elle s'y fait, et ne l'est plus quand on jouit d'elle. C'était son ambition d'être placée au ciel parmi les vierges ; mais elle n'est plus vierge ; cela est irrémédiable, que lui importe le reste ? Elle devait tout à un époux céleste, et à l'exemple que la Vierge donna. Maintenant elle n'est plus la suivante de la Vierge, elle n'est plus épouse céleste ; un homme l'a possédée, si un autre homme la possède aussi, quel grand changement cela fera-t-il ? Les droits d'un mari font très-peu d'impression sur elle ; elle n'a jamais réfléchi à des choses si mondaines ; il est très-possible même qu'elle les ignore, et il est très-certain du moins qu'elle n'en est pas frappée, parce qu'elle n'en sent pas la raison.

A la vérité, elle a reçu l'ordre d'être fidèle ; mais c'est un mot dont l'impression a passé, parce qu'il appartenait à un ordre de choses sur lequel elle n'arrête pas ses idées, sur lequel elle rougirait de s'entretenir avec elle-même. Dès qu'elle a couché avec un homme, ce qui l'embarrassait le plus est fait ; et s'il arrive qu'en l'absence de son mari, un homme plus saint que lui ait l'adresse de répondre à ses scrupules dans un moment de désirs ou de besoins, elle cédera comme elle a cédé en se mariant ; elle jouira avec moins de terreur que lors de ses premières jouissances, parce que c'est une chose qui n'est plus nouvelle, et qui fait un moins grand changement dans son état. Comme elle ne s'inquiète point d'une prudence terrestre, comme elle aurait horreur de porter des précautions dans le péché, de l'attention et de la réflexion dans un acte qu'elle permet à ses sens, mais dont son âme écarte la souillure, il arrivera encore qu'elle sera enceinte, et que souvent elle ignorera ou doutera si son mari est le père de l'enfant dont elle le charge. Si même elle le sait, elle aimera mieux le laisser dans l'erreur, pourvu qu'elle ne prononce pas un mensonge, que de l'exposer à se mettre dans une colère qui offenserait le ciel, que de s'exposer elle-même à médire du prochain, en nommant son séducteur.

Il est très-vrai que la religion, mieux entendue, ne lui permettrait pas une pareille conduite, et je ne parle ici contre aucune religion. La morale, bien conçue par tous, ferait les hommes très-justes, et dès lors très-bons et très-heureux. La religion, qui est la morale moins raisonnée, moins prouvée, moins persuadée par les raisons directes des choses, mais soutenue par ce qui étonne, mais affermie, mais nécessitée par une sanction divine ; la religion, *bien entendue*, ferait les hommes parfaitement purs. Si je parle d'une dévote, c'est parce que l'erreur morale n'est nulle part plus grande et plus éloignée des vrais besoins du cœur humain que dans les erreurs des dévots. J'admire la religion telle qu'elle devrait être ; je l'admire comme un grand ouvrage. Je n'aime point qu'en s'élevant contre les religions on nie leur beauté, et l'on méconnaisse ou désavoue le bien qu'elles étaient destinées à faire. Ces hommes ont tort : le bien qui est fait en est-il moins un bien, pour être fait d'une manière contraire à leur pensée ? Que l'on cherche des moyens de faire mieux avec moins ; mais que l'on convienne du bien qui s'est fait, car enfin il s'en est fait beaucoup. Voilà quelques mots de ma profession de foi* : nous nous sommes crus, je pense, trop éloignés l'un de l'autre en ceci.

Si vous voulez absolument que je revienne à mon premier objet par une transition selon les règles, vous me mettrez dans un grand embarras. Mais quoique mes lettres ressemblent beaucoup trop à des traités, et que je vous écrive en solitaire qui parle avec son ami comme il rêve en lui-même, je vous avertis que j'y veux conserver toute la liberté épistolaire quand cela m'arrange.

Ces hommes dont les jouissances inconsidérées, ou mal choisies, ont perverti les affections et abruti les sens, ne voient plus, je crois, dans l'amour physique que les grossièretés de leurs habitudes : ils ont perdu le délicieux pressentiment du plaisir. Une nudité les choque, parce qu'il n'y a plus chez eux d'intervalle entre la sensation qu'ils en reçoivent, et l'appétit brut auquel se réduit toute leur volupté. Ce besoin réveillé dans eux, leur plairait encore en rappelant du moins ces plaisirs informes que cherchent des sens plus lascifs qu'embrasés ; mais comme ils n'ont pas conservé la véritable pudeur, ils ont laissé les dégoûts se mêler dans les plaisirs. Comme ils n'ont pas su

* Moins jeune, Obermann serait plus d'accord avec lui-même, malgré ses doutes.

distinguer ce qui convenait d'avec ce qui ne convenait pas, même dans l'abandon des sens, ils ont cherché de ces femmes qui corrompent les mœurs, en perdant les manières, et qui sont méprisables, non pas précisément parce qu'elles donnent le plaisir, mais parce qu'elles le dénaturent, parce qu'elles le détruisent en mettant la licence à la place de la liberté. Comme en se permettant ce qui répugne à des sens délicats, et en confondant des choses d'un ordre très-différent, ils ont laissé s'échapper les séduisantes illusions ; comme leurs imprudences ont été punies par des suites funestes et rebutantes, ils ont perdu la candeur de la volupté avec les incertitudes du désir. Leur imagination n'est plus allumée que par l'habitude ; leurs sensations plus indécentes qu'avides, leurs idées plus grossières que voluptueuses, leur mépris pour les femmes, preuve assez claire du mépris qu'ils ont eux-mêmes mérité, tout leur rappelle ce que l'amour a d'odieux et peut-être ce qu'il a de dangereux. Son charme primitif, sa grâce si puissante sur les âmes pures, tout ce qu'il a d'aimable et d'heureux n'est plus pour eux. Ils sont parvenus à ce point qu'il ne leur faut que des filles pour s'amuser sans retenue et avec leur dédain habituel, ou des femmes très-modestes qui puissent leur imposer encore quand aucune délicatesse ne les contient plus, et qui, n'étant pas des femmes à leur égard, ne leur donnent point le sentiment importun de ce qu'ils ont perdu.

N'est-il pas visible que si une mise un peu libre leur déplaît, c'est que leur imagination dégradée et leurs sens affaiblis ne peuvent plus être émus que par une sorte de surprise ? Ce qui fait leur humeur chagrine, c'est le dépit de ne plus pouvoir sentir dans des occasions ordinaires et faciles. Ils n'ont la faculté de voir que les choses qui ont été cachées et qui sont découvertes subitement : comme un homme presque aveugle n'est averti de la présence de la lumière qu'en passant brusquement des ténèbres à une grande clarté.

Quiconque entend quelque chose aux mœurs trouvera que la femme méprisable est celle qui, scrupuleuse et sévère dans ses habitudes visibles, prépare pendant plusieurs jours de réflexions, le moyen d'en imposer à un mari qui met son honneur ou sa satisfaction à la posséder seul. Elle rit avec son amant ; elle plaisante son mari trompé : je mets au-dessus d'elle une courtisane qui conserve quelque dignité, quelque choix, et surtout quelque loyauté dans ses mœurs trop libres.

Si les hommes étaient seulement sincères, malgré leurs intérêts personnels, leurs oppositions et leurs vices, la terre serait encore belle.

Si la morale qu'on leur prêche était vraie, conséquente, jamais exagérée ; si elle leur montrait la raison des devoirs en conservant de justes proportions ; si elle ne tendait qu'à leur fin réelle, il ne resterait dans chaque nation autre chose à faire que de contenir une poignée d'hommes, dont la tête mal organisée ne pourrait reconnaître la justice.

On pourrait mettre ces esprits de travers avec les imbéciles et les maniaques : le nombre des premiers ne serait pas grand. Il est peu d'hommes qui ne soient pas susceptibles de raison ; mais beaucoup ne savent où trouver la vérité parmi ces erreurs publiques qui affectent d'en porter le nom : si même ils la rencontrent, ils ne savent comment la reconnaître à cause de la manière gauche, rebutante et fausse dont on la présente.

Le bien inutile, le mal imaginaire, les vertus chimériques, l'incertitude, absorbent notre temps, et nos facultés, et nos volontés ; comme tant de travaux et de soins superflus ou contradictoires empêchent, dans un pays florissant, de faire ceux qui seraient utiles et ceux qui auraient un but invariable.

Quand il n'y a plus de principes dans le cœur, on est bien scrupuleux sur les apparences publiques et sur les devoirs d'opinion : cette sévérité déplacée est un témoignage peu suspect des reproches intérieurs. « En réfléchissant, dit Jean-Jacques, à la folie de nos maximes, qui sacrifient toujours à la décence la véritable honnêteté, je comprends pourquoi le langage est d'autant plus chaste que les cœurs sont plus corrompus, et pourquoi les procédés sont d'autant plus exacts que ceux qui les ont sont plus malhonnêtes. »

Peut-être est-ce un avantage d'avoir peu joui : il est bien difficile que des plaisirs tant répétés le soient toujours sans mélange et sans satiété. Ainsi altérés ou seulement affaiblis par l'habitude qui dissipe les illusions, ils ne donnent plus cette surprise qui avertit d'un bonheur auquel on ne croyait pas, ou qu'on n'attendait pas ; ils ne portent plus l'imagination de l'homme au-delà de ce qu'il concevait ; ils ne l'élèvent plus par une progression dont le dernier terme est devenu trop connu : l'espérance rebutée l'abandonne à ce sentiment pénible d'une volupté qui s'échappe, à ce sentiment du retour qui souvent est venu la refroidir. On se souvient trop qu'il n'y a rien au-delà, et ce bonheur jadis tant imaginé, tant espéré, tant possédé, n'est plus qu'un amusement d'une heure et le passe-temps de l'indifférence. Des sens épuisés, ou du moins satisfaits, ne s'embrasent plus à une première émotion ; la présence d'une femme ne les étonne plus ; ses beautés dévoilées ne les agitent plus d'un frémissement universel ; la séduisante expression de ses désirs ne donne plus à l'homme qu'elle aime une félicité inattendue. Il sait quelle est la jouissance qu'il obtient ; il peut imaginer qu'elle finira ; sa volupté n'a plus rien de surnaturel : celle qu'il possède n'est plus qu'une femme, et lui-même a tout perdu, il ne sait plus aimer qu'avec les facultés d'un homme.

Il est bien l'heure de finir ; le jour commence. Si vous êtes revenu hier à Chessel, vous allez en ce moment visiter vos fruits. Pour moi qui n'ai rien de semblable à faire, et qui suis très-peu touché d'un beau matin depuis que je ne sais pas employer le jour, je vais me coucher. Je ne suis point fâché, quand le jour paraît, d'avoir encore ma nuit toute entière à passer, afin d'arriver sans peine à l'après-midi, dont je me soucie peu.

LETTRE LI

Paris, 2 septembre, VII.

Un nommé Saint-Félix, qui fut ermite à Franchart * a, dit-on, sa sépulture auprès de ce monastère sous *la roche qui pleure*. C'est un grès dont le cube peut avoir les dimensions d'une chambre de grandeur ordinaire. Selon les saisons, il en suinte, ou il en coule goutte à goutte, de l'eau qui tombe sur une pierre plate un peu concave ; et comme les siècles l'ont creusée par l'effet insensible et continu de l'eau, cette eau a des vertus particulières. Prise pendant neuf jours, elle guérit les yeux des petits enfans. On y apporte ceux qui ont mal aux yeux, ou qui pourraient y avoir mal un jour ; au bout de la neuvaine, plusieurs sont en bon état.

* Dans la forêt de Fontainebleau.

Je ne sais trop à quel propos je vous parle aujourd'hui d'un endroit auquel je n'ai point songé depuis long-temps. Je me sens triste, et j'écris. Quand je suis d'une humeur plus heureuse, je parviens à me passer de vous ; mais dans les momens sombres, je vous cherche. Je sais bien des gens qui prendraient cela fort mal ; c'est leur affaire : assurément ils n'auront pas à se plaindre de moi, ce n'est pas eux que je chercherai dans ma tristesse. Au reste, j'ai laissé ma fenêtre ouverte toute la nuit, et la matinée est tranquille, douce et nébuleuse ; je conçois que j'aie pensé à ce monument d'une religion mélancolique dans les bruyères et les sables de la forêt. Le cœur de l'homme, si mobile, si périssable, trouve une sorte de perpétuité dans cette communication des sentimens populaires qui les propage, les accroît et semble les éterniser. Un ermite grossier, sale, stupide, fourbe peut-être, et inutile au monde, appelle sur son tombeau toutes les générations. En affectant de se vouer au néant sur la terre il y trouve une vénération immortelle. Il dit aux hommes : Je renonce à tout ce que prétendent vos désirs, je ne suis pas digne d'être l'un de vous ; et cette abnégation le place sur l'autel, entre le pouvoir suprême et toutes les espérances des hommes.

Les hommes veulent qu'on aille à la gloire avec fracas, ou avec un détour hypocrite ; en les massacrant, ou en les trompant ; en insultant à leur malheur ou à leur crédulité. Celui qui les écrase est auguste, celui qui les abrutit est vénérable. Tout cela m'est fort égal, quant à moi. Je me sens très-disposé à mettre l'opinion des sages avant celle du peuple. Posséder l'estime de mes amis, et la bienveillance publique, serait un besoin pour moi ; une grande réputation ne serait qu'un amusement ; je n'aurais point de passion pour elle, j'aurais tout au plus un caprice. Que peut faire au bonheur de mes jours une renommée qui, pendant que je vis, n'est presque rien encore, et qui s'agrandira quand je ne serai plus ? C'est l'orgueil des vivans qui prononce avec tant de respect les grands noms des morts. Je ne vois pas un avantage bien solide à servir dans mille ans aux passions des divers partis et aux caprices de l'opinion. Il me suffit que l'homme vrai ne puisse pas accuser ma mémoire ; le reste est vanité. Le hasard en décide trop souvent, et les moyens m'en déplaisent plus souvent encore : je ne voudrais être ni un Charles XII, ni un Pacôme[1]. Chercher la gloire sans y atteindre est trop humiliant ; la mériter et la perdre est triste peut-être, et l'obtenir n'est pas la première fin de l'homme.

Dites-moi si les plus grands noms sont ceux des hommes justes. Quand nous pouvons faire des choses bonnes, faisons-les pour elles-mêmes, et si notre sort nous éloigne des grandes choses, n'abandonnons pas du moins ce que la gloire ne récompensera point : laissons les incertitudes, et soyons bons dans l'obscurité. Assez d'hommes, cherchant la renommée pour elle-même, donneront une impulsion peut-être nécessaire dans les grands États ; pour nous, cherchons seulement à faire ce qui devrait donner la gloire, et soyons indifférens sur ces fantaisies du destin, qui l'accordent souvent au bonheur, la refusent quelquefois à l'héroïsme, et la donnent si rarement à la pureté des intentions.

Je me sens depuis quelques jours un grand regret des choses simples. Je m'ennuie déjà à Paris : ce n'est pas que la ville me déplaise absolument, mais je ne saurais jamais me plaire dans des lieux où je ne suis qu'en passant. Et puis voici cette saison qui me rappelle toujours quelle douceur on pourrait trouver à la vie domestique, si deux amis, à la tête de deux familles peu nombreuses et bien unies, possédaient deux foyers voisins au fond des prés, entre des bois, près d'une ville, et loin pourtant de son influence. On consacre le matin aux occupations sérieuses ; et la soirée est pour ces petites choses, qui intéressent autant que les grandes, quand celles-ci n'agitent pas trop. Je ne désirerais pas maintenant une vie tout-à-fait obscure et oubliée dans les montagnes. Je ne veux plus des choses si simples ; puisque je n'ai pu avoir très-peu, je veux avoir davantage. Les refus obstinés de mon sort ont accru mes besoins ; je cherchais cette simplicité où repose le cœur de l'homme, et je ne désire maintenant que celle où son esprit peut aussi jouer un rôle. Je veux jouir de la paix, et avoir le plaisir d'arranger cette paix. Là où elle règne universellement, elle serait trop facile ; trouvant tout ce qu'il faudrait aux désirs du sage, je ne trouverais pas de quoi remplir les heures d'un esprit inquiet. Je commence à projeter, à porter les yeux sur l'avenir, à penser à un autre âge : j'aurais aussi la manie de vivre ?

Je ne sais si vous faites assez d'attention à ces riens qui rapprochent, qui lient tous les individus de la maison, et les amis qui viennent s'y joindre ; à ces minuties qui cessent d'en être, puisqu'on s'y attache, qu'on s'empresse pour elles, et qu'on se hâte d'y courir ensemble. Lorsqu'aux premiers jours secs, après l'hiver, le soleil échauffe l'herbe où l'on est tous assis ; ou lorsque les femmes chantent dans une pièce sans lumière, tandis que la lune luit derrière les chênes ; n'est-on pas aussi bien que rangés en cercle pour dire avec effort des phrases insipides, ou encaissés dans une loge à l'Opéra, où l'haleine de deux mille corps d'une propreté et d'une santé plus ou moins suspecte vous met tout en sueur. Et ces soins amusans et répétés d'une vie libre ! Si, en avançant en âge, nous ne les cherchons plus, nous les partageons du moins ; nous voyons nos femmes les aimer, et nos enfans en faire leurs délices. Violettes que l'on trouve avec tant de jouissance, que l'on cherche avec tant d'intérêt! fraises, mûrons*, noisettes; récolte des poires sauvages, des châtaignes abattues; pommes de sapin pour le foyer d'automne! douces habitudes d'une vie plus naturelle! Bonheur des hommes simples, simplicité des terres heureuses!...... Je vous vois, vous me glacez. Vous dites : J'attendais une exclamation pastorale. Vaut-il mieux en faire sur les roulades d'une cantatrice?

Vous avez tort : vous êtes trop raisonnable; quel plaisir y avez-vous gagné? Cependant j'ai bien peur de devenir assez tôt raisonnable comme vous.

Il est arrivé. Qui? *Lui*. Il mérite bien de n'être pas nommé; je crois qu'il sera des nôtres un jour, il a une forme de tête... Vous rirez peut-être aussi de cela; mais vraiment la direction du nez forme avec la ligne du front un angle si peu sensible!... Comme vous voudrez; laissons cela. Mais si je vous accorde que Lavater est un enthousiaste, vous m'accorderez qu'il n'est pas un radoteur. Je soutiens que de trouver le caractère, et surtout les facultés des hommes dans leurs traits, c'est une conception du génie, et non pas un écart de l'imagination. Examinez la tête d'un des hommes les plus étonnans des siècles modernes. Vous le savez; en voyant son buste, j'ai deviné que c'était lui. Je n'avais nul autre indice que le rapport de ce qu'il avait fait avec ce que je voyais. Heureusement je n'étais pas seul, et ce fait prouve en ma faveur. Au reste, nulles recherches peut-être ne sont moins susceptibles de la certitude des sciences exactes. Après des siècles, on pourra connaître assez bien le caractère, les inclinations, les moyens naturels; mais on sera toujours exposé à l'erreur pour cette partie du carac-

* Fruits de la ronce.

tère que les causes accidentelles modifient, sans avoir le temps ou le pouvoir d'altérer sensiblement les traits. De tous les ouvrages sur ce sujet difficile, les fragmens de Lavater forment, je crois, le plus curieux : je vous le porterai [2]. Nous l'avons parcouru trop superficiellement à Méterville, il faut que nous le lisions de nouveau. Je n'en veux rien dire de plus aujourd'hui, parce que je prévois que nous aurons le plaisir de beaucoup disputer.

LETTRE LII

Paris, 9 octobre, VII.

Je suis très-content de votre jeune ami. Je pense qu'il sera aimable homme et je me crois sûr qu'il ne sera pas un aimable. Il part demain pour Lyon. Vous lui rappellerez qu'il laisse ici deux personnes dont il ne sera pas oublié. Vous devinez bien la seconde : elle est digne de l'aimer en mère ; mais elle est trop aimable pour n'être pas aimée d'une autre manière, et il est trop jeune pour prévenir et éviter ce charme qui se glisserait dans un attachement d'ailleurs si légitime. Je ne suis point fâché qu'il parte : vous êtes prévenu, vous lui parlerez avec prudence.

Il me paraît justifier tout l'intérêt que vous prenez à lui : s'il était votre fils, je vous féliciterais. Le vôtre serait précisément de cet âge ; et lui, il n'a plus de père ! Votre fils et sa mère devaient périr avant l'âge. Je n'évite point de vous en parler. Les anciennes douleurs nous attristent sans nous déchirer : cette amertume profonde, mais adoucie par le temps et rendue tolérable, nous devient comme nécessaire ; elle nous ramène à nos longues habitudes ; elle plaît à nos cœurs avides d'émotions, et qui cherchent l'infini jusque dans leurs regrets. Votre fille vous reste ; bonne, aimable, intéressante comme eux qui ne sont plus, elle peut les remplacer pour vous. Quelque grandes que soient vos pertes, votre malheur n'est pas celui de l'infortuné, mais seulement celui de l'homme. Si ceux que vous n'avez plus vous étaient restés, votre bonheur eût passé la mesure accordée aux heureux. Donnons à leur mémoire ces souvenirs qu'elle mérite si bien, sans trop nous arrêter au sentiment des peines irrémédiables. Conservez la paix, la modération que rien ne doit ôter entièrement à l'homme, et plaignez-moi de rester loin de vous en cela.

Je reviens à celui que vous appelez mon protégé. Je pourrais dire que c'est plutôt le vôtre ; mais en effet vous êtes plus que son protecteur, et je ne vois pas ce que son père eût pu faire de mieux pour lui. Il me paraît le bien sentir, et je le crois d'autant plus qu'il n'y met aucune affectation. Quoique dans notre course à la campagne nous ayons parlé de vous à chaque coin de bois, à chaque bout de prairie, il ne m'a presque rien dit des obligations qu'il vous a : il n'avait pas besoin de m'en parler, je vous connais trop ; il ne devait pas m'en parler, je ne suis pas *un* de vos amis. Cependant je sais ce qu'il en a dit à madame T... avec qui, je le répète, il se plaisait beaucoup, et qui vous est elle-même très-attachée.

Je vous avais écrit que nous irions voir incessamment les environs de Paris : il faut vous rendre compte de cette course, afin qu'avant mon départ pour Lyon vous ayez une longue lettre de moi, et que vous ne puissiez plus me dire que cette année-ci je n'écris que trois lignes* comme un homme répandu dans le monde.

* Relatif à des lettres supprimées.

Il n'a pas tardé à s'ennuyer à Paris. Si son âge est curieux, ce n'est guère de cette curiosité qu'une grande ville peut long-temps alimenter. Il est moins curieux d'une médaille, que d'un château ruiné dans les bois : quoiqu'il ait des manières agréables, il laissera le cercle le mieux composé pour une forêt bien giboyeuse ; et malgré son goût naissant pour les arts, il quittera volontiers un soleil levant de Vernet[1] pour une belle matinée, et le paysage le plus *vrai* de Hue, pour les vallons de Bièvre ou de Montmorency.

Vous êtes pressé de savoir où nous avons été, ce qui nous est arrivé. D'abord il ne nous est rien arrivé : pour le reste, vous le verrez, mais pas encore ; j'aime les écarts. Savez-vous qu'il serait très-possible qu'un jour il aimât Paris, quoique maintenant il ne puisse en convenir. C'est possible, dites-vous assez froidement, et vous voulez poursuivre ; mais je vous arrête, je veux que vous en soyez convaincu.

Il n'est pas naturel à un jeune homme qui sent beaucoup d'aimer une capitale, attendu qu'une capitale n'est pas absolument naturelle à l'homme. Il lui faut un air pur, un beau ciel, une vaste campagne offerte aux courses, aux découvertes, à la chasse, à la liberté. La paix laborieuse des fermes et des bois lui plaît mieux que la turbulente mollesse de nos prisons. Les peuples chasseurs ne conçoivent pas qu'un homme libre puisse se courber au travail de la terre : pour lui, il ne voit pas comment un homme peut s'enfermer dans une ville et encore moins comment il aimera lui-même un jour ce qui le choque maintenant. Le temps viendra néanmoins où la plus belle campagne, quoique toujours belle à ses yeux, lui sera comme étrangère. Un nouvel ordre d'idées absorbera son attention ; d'autres sensations se mettront naturellement à la place de celles qui lui étaient seules naturelles. Quand le sentiment des choses factices lui sera aussi familier que celui des choses simples, celui-ci s'effacera insensiblement dans son cœur : ce n'est pas parce que le premier lui plaira plus, mais parce qu'il l'agitera davantage. Les relations de l'homme à l'homme excitent toutes nos passions ; elles sont accompagnées de tant de trouble, elles nous maintiennent dans une agitation si continue, que le repos après elles nous accable, comme le silence de ces déserts nus où il n'y a ni variété ni mouvement, rien à chercher, rien à espérer. Les soins et le sentiment de la vie rustique animent l'âme sans l'inquiéter ; ils la rendent heureuse : les sollicitudes de la vie sociale l'agitent, l'entraînent, l'exaltent, la pressent de toutes parts ; ils l'asservissent. Ainsi le gros jeu retient l'homme en le fatiguant ; sa funeste habitude lui rend nécessaires ces alternatives d'espoir et de crainte qui le passionnent et le consument.

Il faut que je revienne à ce que je dois vous dire ; cependant comptez que je ne manquerai pas de m'interrompre encore ; j'ai d'excellentes dispositions à raisonner mal à propos.

Nous résolûmes d'aller à pied : cette manière lui convint fort, mais heureusement elle ne fut point du goût de son domestique. Alors, pour n'avoir pas avec nous un mécontent qui eût suivi de mauvaise grâce nos arrangemens très-simples, je trouvai quelques commissions à lui donner à Paris et nous l'y laissâmes, ce qui ne lui plut pas davantage.

Je suis bien aise de m'arrêter à vous dire que les valets aiment la dépense. Ils en partagent les commodités et les avantages, ils n'en ont pas les inquiétudes ; ils n'en jouissent pas non plus assez directement pour en être rassasiés, et pour n'y plus mettre de prix. Comment donc ne l'aimeraient-ils point ? Ils ont trouvé le secret de la faire servir à leur vanité. Quand la voiture du maître est la plus belle de la ville, il est clair que le laquais est un être d'une certaine importance ; s'il a l'humeur modeste, au moins ne peut-il se refuser au plaisir d'être le premier laquais du quartier. J'en sais un qui a été entendu disant : Un domestique peut tirer vanité de servir un maître riche, puisqu'un noble met son honneur à servir un grand roi, puisqu'il dit avec orgueil, le roi mon maître. Cet homme aura lu dans l'antichambre, et il se perdra.

Je pris tout simplement, dans les commissionnaires, un homme dont on me répondit. Il porta le peu de linge et d'effets nécessaires ; il nous fut commode en beaucoup de choses, et ne nous gêna pour aucune. Il parut très-content de se promener sans fatigue à la suite de gens qui le nourrissaient bien, et le traitaient encore mieux : et nous ne fûmes pas fâchés, dans une course de ce genre, d'avoir à notre disposition un homme avec qui on pouvait quitter, sans se compromettre, le ton des maîtres. C'était un compagnon de voyage fort serviable, fort discret ; mais qui enfin osait quelquefois marcher à côté de nous, et même nous parler de sa curiosité et de ses remarques, sans que nous fussions obligés de le contenir dans le silence, et de le renvoyer derrière avec un demi-regard d'une certaine dignité.

Nous partîmes le 14 septembre ; il faisait un beau temps d'automne, et nous l'eûmes avec peu d'interruption pendant toute notre course. Ciel calme, soleil faible et souvent caché, matinées de brouillard, belles soirées, terre humide et chemins propres ; le temps enfin le plus favorable, et partout beaucoup de fruits. Nous étions bien portans, d'assez bonne humeur : lui, avide de voir et tout prêt à admirer ; moi, assez content de prendre de l'exercice, et surtout d'aller au hasard. Quant à l'argent, beaucoup de personnages de roman n'en ont pas besoin ; ils vont toujours leur train, ils font leurs affaires, ils vivent partout sans qu'on sache comment ils en ont, et souvent quoiqu'on voie qu'ils n'en doivent pas avoir : ce privilège est beau ; mais il se trouve des aubergistes qui ne sont pas au fait, et nous crûmes à propos d'en emporter. Ainsi il ne manqua rien, à l'un pour s'amuser beaucoup, à l'autre pour faire avec lui une tournée agréable ; et plusieurs pauvres furent justement surpris de ce que des gens qui dépensaient un peu d'or pour leur plaisir, trouvaient quelques sous pour les besoins du misérable.

Suivez-nous sur un plan des environs de Paris. Imaginez un cercle dont le centre soit le beau pont de Neuilly près de Paris, vers le couchant d'été. Ce cercle est coupé deux fois par la Seine et une fois par la Marne. Laissez la portion comprise entre la Marne et la petite rivière de Bièvre ; prenez seulement le grand contour qui commence à la Marne, qui coupe la Seine au-dessous de Paris, et qui finit à Antony sur la Bièvre : vous aurez à peu près la trace que nous avons suivie pour visiter, sans nous éloigner beaucoup, les sites les plus boisés, les plus jolis ou les plus passables d'une contrée qui n'est point belle, mais qui est assez agréable et assez variée.

Voilà vingt jours bien passés, et qui n'ont coûté qu'à peu près onze louis. Si nous eussions fait cette course d'une manière en apparence plus commode, nous eussions été assujettis et souvent contrariés ; nous eussions dépensé beaucoup plus, et certainement elle nous eût donné moins d'amusement et de bonne humeur.

Un inconvénient encore plus grand dans des choses de ce genre, ce serait d'y porter une économie trop contrainte. S'il faut craindre à chaque auberge le moment où la carte paraîtra, et s'arranger, en demandant à dîner, de manière à dépenser le moins possible, il vaut beaucoup mieux ne pas sortir de chez soi. Tout plaisir où l'on ne porte pas quelque aisance et une certaine liberté, cesse d'en être un. Il ne devient pas seulement indifférent, mais désagréable ; il donnait un espoir qu'il n'a pu remplir ; il n'est pas ce qu'il devait être ; et quelque peu de soins ou d'argent qu'il ait coûté, c'est au moins un sacrifice en pure perte.

Dans le peu que je connais en France, Chessel et Fontainebleau sont les seuls endroits où je consentirais volontiers à me fixer, et Chessel le seul où je désirerais vivre. Vous m'y verrez bientôt.

Je vous avais déjà dit que les trembles et les bouleaux de Chessel n'étaient pas comme d'autres trembles et d'autres bouleaux : les châtaigniers et les étangs et le bateau n'y sont pas comme ailleurs. Le ciel d'automne est là comme le ciel de la patrie. Ce raisin muscat, ces reines-marguerites d'une couleur pâle que vous n'aimiez point, et que maintenant nous aimons ensemble, et l'odeur du foin de Chessel, dans cette belle grange où nous sautions quand j'étais enfant ! Quel foin ! quels fromages à la crème ! les belles génisses ! Comme les marrons, en sortant du sac, roulent agréablement sur le plancher au-dessus de mon cabinet ! Il semble que ce soit un bruit de la jeunesse. Mais soyez-y.

Mon ami, il n'y a plus de bonheur. Vous avez des affaires ; vous avez un état ; votre raison mûrit ; votre cœur ne change pas, mais le mien se serre. Vous n'avez plus le temps de mettre les marrons sous la cendre, il faut qu'on vous les prépare ; qu'avez-vous fait de nos plaisirs ?

J'y serai dans six jours : cela est décidé.

LETTRE LIII

Fribourg*, 11 mars, huitième année.

Je ne vois pas comment j'aurais pu faire si cet héritage ne fût point venu : je ne l'attendais assurément pas, et cependant j'étais plus fatigué du présent que je n'étais inquiet de l'avenir. Dans l'ennui d'être seul, je trouvais du moins l'avantage de la sécurité. Je ne songeais guère à la crainte de manquer du nécessaire ; et maintenant que je n'ai cette crainte d'aucune manière, je sens quel vide c'est pour un cœur sans passions que de n'avoir point d'heureux à faire, et de ne vivre qu'avec des étrangers, quand on a enfin ce qu'il faut pour une vie aisée.

Il était temps que je partisse, j'étais bien à la fois et fort mal. J'avais l'usage de ces biens que tant de gens cherchent sans les connaître, et que plusieurs condamnent par dépit, dont la privation serait pénible dans la société, mais dont la possession donne peu de jouissances. Je ne suis point de ceux qui comptent l'opulence pour rien. Sans être chez moi, sans rien gérer, sans dépendance comme sans embarras, j'avais ce qui me convenait assez dans une ville comme Lyon, un logement décent, des chevaux, ct une table où je pouvais recevoir des... des amis. Une autre manière de vivre m'eût ennuyé davantage dans une grande ville, mais celle-là ne me satisfaisait pas. Elle pourrait tromper si on en partageait la jouissance avec quelqu'un qui y trouvât du plaisir ; mais je suis destiné à être toujours comme si je n'étais pas.

Nous le disions souvent : un homme raisonnable n'est pas ordinairement malheureux, lorsqu'il est libre

* Freyburg, ville de franchises.

et qu'il a un peu de ce pouvoir que donne l'argent. Cependant me voici dans la Suisse, sans plaisir, rempli d'ennui et ne sachant quelle résolution prendre. Je n'ai point de famille ; je ne tiens à rien ici : vous n'y viendrez pas, je suis bien isolé. J'ai quelque espoir confus que cela ne subsistera pas ainsi. Puisque je peux me fixer enfin, il faut songer à le faire : le reste viendra peut-être.

Il tombe encore de la neige ; j'attendrai à Fribourg que la saison soit plus avancée. Vous savez que le domestique que j'ai emmené est d'ici. Sa mère est très-malade, et n'a pas d'autre enfant que lui : c'est à Fribourg qu'elle demeure ; elle aura la consolation de l'avoir auprès d'elle ; et, pour un mois environ, je suis aussi bien ici qu'ailleurs.

LETTRE LIV

Fribourg, 25 mars, VIII.

Vous trouvez que ce n'était pas la peine de quitter sitôt Lyon pour m'arrêter dans une ville, je vous envoie pour réponse une vue de Fribourg. Quoiqu'elle ne soit pas exacte, et que l'artiste ait jugé à propos de composer au lieu de copier fidèlement, vous y verrez du moins que je suis au milieu des rocs : être à Fribourg, c'est aussi être à la campagne. La ville est dans les rochers, et sur les rochers. Presque toutes ses rues ont une pente rapide ; mais malgré cette situation incommode, elle est mieux bâtie que la plupart des petites villes de France. Dans les environs, et aux portes mêmes de la ville, il y a plusieurs sites pittoresques et un peu sauvages.

L'ermitage dit *la Madelaine* ne mérite pas sa célébrité. Il est occupé par une espèce de fou qui est devenu à moitié saint, ne trouvant plus d'autre sottise à faire. Cet homme n'a jamais eu l'esprit de son état ; dans le gouvernement il ne fut pas magistrat, et dans l'ermitage il ne fut pas ermite ; il portait le cilice sous l'habit d'officier, et le pantalon de hussard sous la robe du désert.

Le roc a été bien choisi par le fondateur. Il est sec et dans une bonne exposition ; la persévérance des deux hommes qui l'ont percé seuls est sûrement très-remarquable. Mais cet ermitage, que tous les curieux visitent, est du nombre des choses qu'il est inutile d'aller voir, et dont on a une idée suffisante quand on en sait les dimensions.

Je n'ai rien à vous dire des habitans, parce que je n'ai pas le talent de connaître un peuple pour avoir parlé quelques momens à deux ou trois personnes : la nature ne m'a point fait voyageur. J'aperçois seulement quelque chose d'antique dans les habitudes ; le vieux caractère ne s'y perd qu'avec lenteur. Les hommes et les lieux ont encore la physionomie helvétique. Les voyageurs y viennent peu : il n'y a point de lacs ou de glaciers considérables, point de monumens. Cependant ceux qui ne vont que dans la partie occidentale de la Suisse devraient au moins traverser le canton de Fribourg au pied de ses montagnes ; les terres basses de Genève, de Morges, d'Yverdun, de Nidau, d'Anet, ne sont point suisses ; elles ressemblent à celles des autres peuples.

LETTRE LV

Fribourg, 30 mars, VIII.

Je juge comme autrefois de la beauté d'un site pittoresque ; mais je la sens moins, ou la manière dont je la sens ne me suffit plus. Je pourrais dire : Je me souviens que cela est beau. Autrefois aussi je quittais les beaux lieux ; c'était l'impatience du désir, l'inquiétude que donne la jouissance qu'on a seul, et qu'on pourrait posséder davantage. Je les quitte aujourd'hui, c'est l'ennui de leur silence. Ils ne parlent pas assez haut pour moi : je n'y vois pas ce que je voudrais voir, ce que je voudrais entendre, et je sens qu'à force de ne plus me trouver dans les choses, j'en viens à ce point, de ne plus me trouver dans moi-même.

Je commence à voir les beautés physiques comme les illusions morales : tout se décolore insensiblement, et cela devait être. Le sentiment des convenances visibles n'est que la perception indirecte d'une harmonie intellectuelle. Comment trouverais-je dans les choses ces mouvemens qui ne sont plus dans mon cœur, cette éloquence des passions que je n'ai pas, et ces sons silencieux, ces élans de l'espérance, ces voix de l'être qui jouit, prestige d'un monde déjà quitté * ?

* Nos jours, que rien ne ramène, se composent de momens orageux qui élèvent l'âme en la déchirant ; de longues sollicitudes qui la fatiguent, l'énervent, l'avilissent ; de temps indifférens qui l'arrêtent dans le repos s'ils sont rares, et dans l'ennui ou la mollesse s'ils ont de la continuité. Il y a aussi quelques éclairs de plaisir pour l'enfance du cœur. La paix est le partage d'un homme sur dix mille. Pour le bonheur, on le veut, on le cherche, on s'épuise. Il est vrai qu'on l'espère, et peut-être on l'aurait, si la mort ou la décrépitude ne venaient avant lui.

Cependant la vie n'est pas odieuse en général. Elle a ses douceurs pour l'homme de bien : il s'agit seulement d'imposer à son cœur le repos que l'âme a conservé quand elle est restée juste. On s'effraie de n'avoir plus d'illusions ; on se demande avec quoi l'on remplira ses jours. C'est une erreur : il ne s'agit pas d'occuper son cœur, mais de parvenir à le distraire sans l'égarer ; et quand l'espérance n'est plus, il nous reste, pour arriver jusqu'à la fin, un peu de curiosité et quelques habitudes.

C'est assez pour attendre la nuit : le sommeil est naturel quand on n'est pas agité.

LETTRE LVI

Thun, 2 mai, VIII.

Il faut que tout s'éteigne ; c'est lentement et par degrés que l'homme étend son être, et c'est ainsi qu'il doit le perdre.

Je ne sens plus que ce qui est extraordinaire. Il me faut des sons romantiques pour que je commence à entendre, et des lieux nouveaux pour que je me rappelle ce que j'aimais dans un autre âge.

LETTRE LVII

Des bains du Schwartz-sée, 6 mai matin, VIII.

La neige a quitté de bonne heure les parties basses des montagnes. Je fais des courses pour me choisir une demeure. Je comptais m'arrêter ici deux jours : le vallon est uni, les montagnes escarpées depuis leur base ; il n'y a que des pâturages, des sapins et de l'eau ; c'est une solitude comme je les aime, et le temps est bon, mais les heures sont longues.

Nous en avons passé d'agréables sur votre étang de Chessel. Vous le trouviez trop petit ; mais ici que le lac est bien encadré, et d'une étendue très-commode, vous seriez indigné contre celui qui tient les bains. Il y reçoit dans l'été plusieurs malades à qui l'exercice et un moyen de passer le temps seraient nécessaires, et il n'a pas un bateau, quoique le lac soit poissonneux.

LETTRE LVIII

6, soir.

Il y a ici comme ailleurs, et peut-être un peu plus qu'ailleurs, des pères de famille intimement persuadés qu'une femme, pour avoir des mœurs, doit à peine savoir lire, attendu que celles qui s'avisent de savoir écrire écrivent tout de suite à des amans, et que celles qui écrivent très-mal n'ont jamais d'amans. Il y a plus : pour que leurs filles deviennent de bonnes ménagères, il convient qu'elles ne sachent que faire la soupe et compter le linge de cuisine.

Cependant un mari dont la femme n'a d'autre talent que de faire cuire le bouilli frais et le bouilli salé s'ennuie, se lasse d'être chez lui, et prend l'habitude de n'y être pas. Il s'en éloigne davantage lorsque sa femme, ainsi délaissée et abandonnée aux embarras de la maison, devient d'une humeur difficile : il finit par n'y être jamais dès qu'elle a trente ans, et par employer au dehors, parmi tant d'occasions de dépenses, l'argent qu'il faut pour échapper à son ennui, l'argent qui eût mis de l'aisance dans la maison. La gêne s'y introduit ; l'humeur y augmente ; les enfans, toujours seuls avec leur mère mécontente, n'attendent que l'âge d'échapper, comme leur père, aux dégoûts de cette vie domestique ; tandis que les fils et les parens eussent pu s'y attacher, si l'amabilité d'une femme y eût établi, dès sa jeunesse, des habitudes heureuses.

Ces pères de famille avouent ces petits inconvéniens-là ; mais quelles sont les choses où l'on n'en trouve pas ? D'ailleurs il faut aussi être juste avec eux ; il y a compensation, les marmites sont très-bien lavées.

Ces bonnes ménagères savent avec exactitude le nombre des mailles que leurs filles doivent tricoter en une heure, et combien de chandelle on peut brûler après souper dans une maison réglée : elles sont assez ce qu'il faut à de certains hommes, qui passent les deux tiers de leurs jours à boire et à fumer. Le grand point pour eux est de ne consacrer à leur maison et à leurs enfans qu'autant de batz * qu'ils donnent d'écus au cabaret ** ; et dès lors ils se marient pour avoir une excellente servante.

Dans les lieux où ces principes dominent, l'on voit peu de mariages rompus, parce qu'on ne quitte pas volontiers une servante qui fait bien son état, à laquelle on ne donne pas de gages, et qui a apporté du bien ; mais l'on y voit aussi rarement cette union qui fait le bonheur de la vie, qui suffit à l'homme, qui le dispense de chercher ailleurs des plaisirs moins vrais avec des inconvéniens certains.

Les partisans de ces principes sont capables d'objecter le peu d'intimité des mariages à Paris, ou dans d'autres lieux à peu près semblables : comme si les raisons qui empêchent de penser à l'intimité dans les capitales, où il ne s'agit pas d'union conjugale, pouvaient se trouver dans des mœurs très-différentes, et dans des lieux où l'intimité ferait le bonheur. C'est une chose pénible à y voir, que la manière dont les deux sexes s'isolent. Rien n'est si triste, surtout pour les femmes, qui n'en sont point dédommagées, et pour lesquelles il n'y a pas d'heures agréables, pas de lieux de délassemens. Rebutées, aigries et réduites à une économie sévère ou au désordre, elles se mettent à suivre l'ordre avec chagrin et par dépit, se réunissent très-peu entre elles, ne s'aiment point du tout, et se

* Batzen, à peu près la septième partie de la livre tournois.
** Voyez une note de la lettre 89e.

font dévotes, parce qu'elles ne connaissent que l'église où elles puissent aller.

LETTRE LIX

Du chât. de Chupru, 22 mai, VIII.

... A deux heures, nous étions déjà dans le bois à la recherche des fraises. Elles couvraient les pentes méridionales : plusieurs étaient à peine formées, mais un grand nombre avaient déjà les couleurs et le parfum de la maturité. La fraise est une des plus aimables productions naturelles : elle est abondante et salubre jusque sous les climats polaires ; elle me paraît dans les fruits ce qu'est la violette parmi les fleurs, suave, belle et simple. Son odeur se répand avec le léger souffle des airs, lorsqu'il s'introduit, par intervalles, sous la voûte des bois pour agiter doucement les buissons épineux et les lianes qui se soutiennent sur les troncs élevés. Elle est entraînée dans les ombrages les plus épais avec la chaude haleine du sol plus découvert où la fraise mûrit ; elle vient s'y mêler à la fraîcheur humide, et semble s'exhaler des mousses et des ronces. Harmonies sauvages ! vous êtes formées de ces contrastes.

Tandis que nous sentions à peine le mouvement de l'air dans la solitude fraîche et sombre, un vent orageux passait librement sur la cime des sapins ; leurs branches frémissaient d'un ton pittoresque en se courbant contre les branches qui les heurtaient. Quelquefois les hautes tiges se séparaient dans leur balancement, et l'on voyait alors leurs têtes pyramidales éclairées de toute la lumière du jour et brûlées de ses feux, au-dessus des ombres de cette terre silencieuse où s'abreuvaient leurs racines.

Quand nos corbeilles furent remplies, nous quittâmes le bois, les uns gais, les autres contens. Nous allâmes par des sentiers étroits, à travers des prés fermés de haies, le long desquelles sont plantés des merisiers élevés et de grands poiriers sauvages. Terre encore patriarcale quand les hommes ne le sont plus ! J'étais bien, sans avoir eu précisément du plaisir. Je me disais que les plaisirs purs sont, en quelque sorte, des plaisirs qu'on ne fait qu'essayer ; que l'économie dans les jouissances est l'industrie du bonheur ; qu'il ne suffit pas qu'un plaisir soit sans remords, ni même qu'il soit sans mélange, pour être un plaisir pur ; qu'il faut encore qu'on n'en ait accepté que ce qui était nécessaire pour en percevoir le sentiment, pour en nourrir l'espoir, et que l'on sache réserver pour d'autres temps ses plus séduisantes promesses. C'est une bien douce volupté de prolonger la jouissance en éludant le désir, de ne point précipiter sa joie, de ne point user sa vie. L'on ne jouit bien du présent que lorsqu'on attend un avenir au moins égal, et on perd tout bonheur si l'on veut être absolument heureux. C'est cette loi de la nature qui fait le charme inexprimable d'un premier amour. Il faut à nos jouissances un peu de lenteur, de la continuité dans leurs progressions et quelque incertitude dans leur terme. Il nous faudrait une volupté habituelle et non des émotions extrêmes et passagères : il nous faudrait la tranquille possession qui se suffit à elle-même dans sa paix domestique, et non cette fièvre de plaisir dont l'ivresse consumante anéantit dans la satiété nos cœurs ennuyés de ses retours, de ses dégoûts, de la vanité de son espoir, de la fatigue de ses regrets. Mais notre raison elle-même doit-elle songer, dans la société inquiète, à cet état de bonheur sans plaisirs, à cette quiétude si méconnue, à ce bien-être constant et simple où l'on ne pense pas à jouir, où l'on n'a plus besoin de désirer ?

Tel devait être le cœur de l'homme : mais l'homme a changé sa vie ; il a dénaturé son cœur, et les ombres colossales sont venues fatiguer ses désirs, parce que les proportions naturelles des êtres vrais ont paru trop exactes à sa folle grandeur. Les vanités sociales me rappellent souvent cette fastueuse puérilité d'un prince qui se crut grand lorsqu'il fit dessiner en lampions le chiffre de l'autocratrice sur la pente d'une montagne de plusieurs lieues.

Nous avons aussi taillé les montagnes, mais nos travaux ont été moins gigantesques. Ils furent faits de nos mains, et non de celles des esclaves ; nous, nous n'avions pas des maîtres à recevoir, mais des amis à placer.

Un ravin profond borde les bois du château ; il est creusé dans des rocs très-escarpés et très-sauvages. Au haut de ces rocs, au fond du bois, il paraît que l'on a autrefois coupé des pierres : les angles que ce travail a laissés ont été arrondis par le temps ; mais il en résulte une sorte d'enceinte formant à peu près la moitié d'un hexagone, et dont la capacité est très-propre à recevoir commodément six ou huit personnes. Après avoir un peu nivelé le fond de pierres et avoir achevé le gradin destiné à servir de buffet, nous fîmes un siège circulaire avec de grosses branches recouvertes de feuilles. La table fut une planche posée sur des éclats de bois laissés par les ouvriers qui venaient de couper près de là quelques arpens de hêtres.

Tout cela fut préparé le matin. Le secret fut gardé, et nous conduisîmes nos hôtes, chargés de fraises, dans ce réduit sauvage qu'ils ne connaissaient pas. Les femmes parurent flattées de trouver les agrémens d'une simplicité délicate au milieu d'une scène de terreur. Des branches de pin étaient allumées dans un angle du roc suspendu sur un précipice que les branches avancées des hêtres rendaient moins effrayant. Des cuillers de buis faites à la manière du Koukisberg*, des tasses d'une porcelaine élégante, des corbeilles de merises étaient placées sans ordre le long du gradin de pierre avec des assiettées de la crème épaisse des montagnes, et des jattes remplies de cette seconde crème qui peut seule servir pour le café, et dont le goût d'amande, très-légèrement parfumé, n'est guère connu, dit-on, que vers les Alpes. Des carafons contenaient une eau chargée de sucre préparée pour les fraises.

Le café n'était ni moulu ni grillé. Il faut laisser aux femmes ces sortes de soins, qu'elles aiment ordinairement à prendre elle-mêmes : elles sentent si bien qu'il faut préparer sa jouissance, et, du moins en partie, devoir à soi ce que l'on veut posséder ! Un plaisir qui s'offre sans être un peu cherché par le désir perd souvent de sa grâce, comme un bien trop attendu a laissé passer l'instant qui lui donnait du mérite.

Tout était préparé, tout paraissait prévu, mais quand on voulut faire le café, il se trouva que la chose la plus facile était celle qui nous manquait : il n'y avait pas d'eau. On se mit à réunir des cordes qui semblaient n'avoir eu d'autre destination que de lier les branches apportées pour nos sièges, et de courber celles qui nous donnaient de l'ombre : et non sans avoir cassé quelques carafes, on en remplit enfin deux de l'eau glaciale du torrent, trois cents pieds au-dessous de nous.

La réunion fut intime, et le rire sincère. Le temps était beau ; le vent mugissait dans cette longue enceinte d'une sombre profondeur où le torrent, tout blanc d'écume, roulait entre ces rochers anguleux. Le

* Petite contrée montueuse, où l'on trouve des usages qui lui sont particuliers, et même quelque chose d'assez extraordinaire dans les mœurs.

k-hou-hou chantait dans les bois, et les bois plus élevés multipliaient tous ces sons austères : on entendait à une grande distance les grosses cloches des vaches qui montaient au Kousin-berg. L'odeur sauvage du sapin brûlé s'unissait à ces bruits montagnards, et au milieu des fruits simples, dans un asile désert, le café fumait sur une table d'amis.

Cependant les seuls d'entre nous qui jouirent de cet instant furent ceux qui n'en sentaient pas l'harmonie morale. Triste faculté de penser à ce qui n'est point présent !... Mais il n'était pas parmi nous deux cœurs semblables. La mystérieuse nature n'a point placé dans chaque homme le but de sa vie. Le vide et l'accablante vérité sont dans le cœur qui se cherche lui-même ; l'illusion entraînante ne peut venir que de celui qu'on aime. On ne sent pas la vanité des biens possédés par un autre ; et chacun se trompant ainsi, des cœurs amis deviennent vraiment heureux au milieu du néant de tous les biens directs.

Pour moi, je me mis à rêver au lieu d'avoir du plaisir. Cependant il me faut peu de chose ; mais j'ai besoin que ce peu soit d'accord : les biens les plus séduisans ne sauraient m'attacher si j'y découvre de la discordance, et la plus faible jouissance que rien ne flétrit suffit à tous mes désirs. C'est ce qui me rend la simplicité nécessaire ; elle seule est harmonique. Aujourd'hui le site était trop beau. Notre salle pittoresque, notre foyer rustique, un goûter de fruits et de crème, notre intimité momentanée, le chant de quelques oiseaux, et le vent qui à tout moment jetait dans nos tasses des feuilles de sapin, c'était assez ; mais le torrent dans l'ombre, et les bruits éloignés de la montagne, c'était beaucoup trop : j'étais le seul qui entendît.

LETTRE LX

Villeneuve, 16 juin, VIII.

Je viens de parcourir presque toutes les vallées habitables qui sont entre Charmey, Thun, Sion, Saint-Maurice et Vevay. Je n'ai pas été avec espérance, pour admirer ou pour jouir. J'ai revu les montagnes que j'avais vues il y a près de sept années. Je n'y ai point porté ce sentiment d'un âge qui cherchait avidement leurs sauvages beautés. C'étaient les noms anciens, mais moi aussi je porte le même nom ! Je me suis assis auprès de Chillon sur la grève. J'entendais les vagues, et je cherchais encore à les entendre. Là où j'ai été jadis, cette grève si belle dans mes souvenirs, ces ondes que la France n'a point, et les hautes cimes, et Chillon, et le Léman, ne m'ont pas surpris, ne m'ont pas satisfait. J'étais là, comme j'eusse été ailleurs. J'ai retrouvé les lieux ; je ne puis ramener les temps.

Quel homme suis-je maintenant ? Si je ne sentais l'ordre, si je n'aimais encore à être la cause de quelque bien, je croirais que le sentiment des choses est déjà éteint, et que la partie de mon être qui se lie à la nature ordonnée a cessé sa vie.

Vous n'attendez de moi ni des narrations historiques, ni des descriptions comme en doit faire celui qui voyage pour observer, pour s'instruire lui-même, ou pour faire connaître au public des lieux nouveaux. Un solitaire ne vous parlera point des hommes que vous fréquentez plus que lui. Il n'aura pas d'aventures, il ne vous fera pas le roman de sa vie. Mais nous sommes convenus que je continuerais à vous dire ce que j'éprouve, parce que c'est moi que vous avez accoutumé, et non pas ce qui m'environne. Quand nous

nous entretenons l'un avec l'autre, c'est de nous-mêmes : rien n'est plus près de nous. Il m'arrive souvent d'être surpris que nous ne vivions pas ensemble : cela me paraît contradictoire et comme impossible. Il faut que ce soit une destinée secrète qui m'ait entraîné à chercher je ne sais quoi loin de vous, tandis que je pouvais rester où vous êtes, ne pouvant vous emmener où je suis.

Je ne saurais dire quel besoin m'a rappelé dans une terre peu ordinaire dont je ne retrouve plus les beautés, et où je ne me retrouve pas moi-même. Mon premier besoin n'était-il pas dans cette habitude de penser, de sentir ensemble ? N'était-ce pas une nécessité de rêver nous seuls sur cette agitation qui, dans un cœur périssable, creuse un abîme d'avidité qui semble ne pouvoir être rempli que par des choses impérissables ? Nous nous mettions à sourire de ce mouvement toujours ardent et toujours trompé ; nous applaudissions à l'adresse qui en a tiré parti pour nous faire immortels ; nous cherchions avec empressement quelques exemples des illusions les plus grossières et les plus puissantes, afin de nous figurer aussi que la mort elle-même et toutes choses visibles n'étaient que des fantômes, et que l'intelligence subsisterait pour un rêve meilleur. Nous nous abandonnions avec une sorte d'indifférence et d'impassibilité à l'oubli des choses de la terre ; et, dans l'accord de nos âmes, nous imaginions l'harmonie d'un monde divin caché sous la représentation du monde visible. Mais maintenant je suis seul, je n'ai plus rien qui me soutienne. Il y a quatre jours, j'ai réveillé un homme qui mourait dans la neige sur le Sanetz. Sa femme, ses deux enfans, qui vivent par lui, et dont il paraît être pleinement le mari et le père, comme l'étaient les patriarches, comme on l'est encore aux montagnes et dans les déserts : tous trois faibles et demi-morts de crainte et de froid, l'appelaient dans les rochers et au bord du glacier. Nous les avons rencontrés. Imaginez une femme et deux enfans heureux. Et tout le reste du jour, je respirais en homme libre, je marchais avec plus d'activité. Mais depuis, le même silence est autour de moi, et il ne se passe rien qui me fasse sentir mon existence.

J'ai donc cherché dans toutes les vallées pour acquérir un pâturage isolé, mais facilement accessible, d'une température un peu douce, bien situé, traversé par un ruisseau, et d'où l'on entende ou la chute d'un torrent, ou les vagues d'un lac. Je veux maintenant une possession non pas importante, mais étendue, et d'un genre tel que la vallée du Rhône n'en offre pas. Je veux aussi bâtir en bois, ce qui sera plus facile ici que dans le Bas-Valais. Dès que je serai fixé, j'irai à Saint-Maurice et à Charrières. Je ne me suis pas soucié d'y passer à présent, de crainte que ma paresse naturelle, et l'attachement que je prends si facilement pour les lieux dont j'ai quelque habitude, ne me fissent rester à Charrières. Je préfère choisir un lieu commode et y bâtir à ma manière comme il convient, à présent que je puis me fixer pour du temps, et peut-être pour toujours.

Hantz, qui parle le roman, et qui sait aussi un peu l'allemand de l'Oberland, suivait les vallées et les chemins, et s'informait dans les villages. Pour moi, j'allais de chalets en chalets à travers les montagnes, et dans les lieux où il n'eût pas osé passer, quoiqu'il soit plus robuste que moi et plus habitué dans les Alpes, et où je n'aurais point passé moi-même si je n'eusse été seul.

J'ai trouvé un domaine qui me conviendrait beaucoup, mais je ne sais pas si je pourrai l'avoir. Il y a trois propriétaires : deux sont de la Gruyère, le troisième est à Vevay. Celui-ci, dit-on, n'a pas l'intention de vendre ; cependant il me faut le tout.

Si vous avez connaissance de quelque carte nouvelle de la Suisse, ou d'une carte topographique de quelques-unes de ses parties, envoyez-les moi. Toutes celles que j'ai pu trouver sont pleines de fautes; quoique dans les modernes il y en ait de bien soignées pour l'exécution, et qui marquent avec beaucoup d'exactitude la position de plusieurs lieux. Il faut avouer qu'il y a peu de pays dont le plan soit aussi difficile à faire.

Je pensais à essayer celui du peu d'espace compris entre Vevay, Saint-Gingouph, Aigle, Sepey, Etivaz, Montbovon et Sempsales, dans la supposition toutefois que j'aurai le pâturage dont je vous parle, près de la dent de Jamant, dont j'aurais fait le sommet de mes principaux triangles. Je me promettais de passer dans cette fatigue la saison inquiète de la chaleur et des beaux jours. Je l'aurais entrepris l'année prochaine, mais j'y ai renoncé. Lorsque toutes les gorges, tous les revers, tous les aspects me seraient connus avec exactitude, il ne me resterait plus rien à trouver. Il vaut mieux conserver le seul moyen d'échapper aux momens d'ennui intolérables en m'égarant dans des lieux nouveaux, en cherchant avec impatience ce qui ne m'intéresse point, en grimpant avec ardeur aux dents les plus difficiles pour vérifier un angle, pour m'assurer d'une ligne que j'oublierai ensuite, afin de retourner l'observer comme si j'avais un but.

LETTRE LXI

Saint-Saphorin, 26 juin, VIII.

Je ne me repens pas d'avoir emmené Hantz. Dites à madame T... que je la remercie de me l'avoir donné. Il me paraît franc et susceptible d'attachement. Il est intelligent, et d'ailleurs il donne du cor avec plus de goût que je ne l'aurais espéré.

Le soir, dès que la lune est levée, je prends deux bateaux. Je n'ai dans le mien qu'un seul rameur ; et quand nous sommes avancés sur le lac, il a une bouteille de vin à boire pour rester assis et ne dire mot. Hantz est dans l'autre bateau, dont les rameurs frappent les ondes en passant et repassant un peu au loin devant le mien, qui reste immobile, ou doucement entraîné par de faibles vagues. Il a avec lui son cor, et deux femmes allemandes chantent à l'unisson.

C'est un bien bon homme, et il faudra que je le fixe auprès de moi, puisqu'il y trouve son sort assez doux. Il me dit qu'il n'a plus d'inquiétude, et qu'il espère que je le garderai toujours. Je crois qu'il a raison : irais-je m'ôter le seul bien que j'aie, un homme qui est content ?

J'avais sacrifié pour des connaissances assez intimes les seules ressources qui me restassent alors. Pour laisser ensemble ceux qui paraissaient devoir trouver ensemble quelque bonheur, j'ai abandonné le seul espoir qui pût me flatter. Ces sacrifices et d'autres encore n'ont produit aucun bien ; mais voilà un valet qui est heureux, et je n'ai rien fait pour lui, si ce n'est de le traiter en homme. Je l'estime parce qu'il n'en est pas surpris : puisqu'il trouve cela tout simple, il n'en abusera point. Il n'est pas vrai d'ailleurs que ce soit la bonté qui produise ordinairement l'insolence ; c'est la faiblesse. Hantz voit bien que je lui parle avec une certaine confiance ; mais il sent fort bien aussi que je saurais parler en maître.

Vous ne soupçonneriez pas qu'il s'est mis à lire la *Julie* de Jean-Jacques. Hier il disait, en dirigeant son bateau vers le rivage de Savoie : C'est donc là Meillerie ! Mais que ceci ne vous inquiète pas ; rappelez-vous qu'il est sans prétentions. Il ne serait pas avec moi s'il avait de l'esprit d'antichambre.

C'est surtout la mélodie* des sons qui, réunissant l'étendue sans limites précises à un mouvement sensible mais vague, donne à l'âme ce sentiment de l'infini qu'elle croit posséder en durée et en étendue.

J'avoue qu'il est naturel à l'homme de se croire moins borné, moins fini, de se croire plus grand que sa vie présente, lorsqu'il arrive qu'une perception subite lui montre les contrastes et l'équilibre, le lien, l'organisation de l'univers. Ce sentiment lui paraît comme une découverte d'un monde à connaître, comme un premier aperçu de ce qui pourrait lui être dévoilé un jour.

J'aime les chants dont je ne comprends point les paroles. Elles nuisent toujours pour moi à la beauté de l'air, ou du moins à son effet. Il est presque impossible que les idées qu'elles expriment soient entièrement d'accord avec celles que me donnent les sons. D'ailleurs l'accent allemand a quelque chose de plus romantique. Les syllabes sourdes et indéterminées ne me plaisent point dans la musique. Notre *e* muet est désagréable quand le chant force à le faire sentir ; et on prononce presque toujours d'une manière fausse et rebutante la syllabe inutile des rimes féminines, parce qu'en effet on ne saurait guère la prononcer autrement.

J'aime beaucoup l'unisson de deux ou de plusieurs voix ; il laisse à la mélodie tout son pouvoir et toute sa simplicité. Pour la savante harmonie, ses beautés me

* La mélodie, si l'on prend cette expression dans toute l'étendue dont elle est susceptible, peut aussi résulter d'une suite de couleurs ou d'une suite d'odeurs. La mélodie peut résulter de toute suite bien ordonnée de certaines sensations, de toute série convenable de ces effets, dont la propriété est d'exciter en nous ce que nous appelons exclusivement un sentiment.

sont étrangères : ne sachant pas la musique, je ne jouis pas de ce qui n'est qu'art ou difficultés.

Le lac est bien beau, lorsque la lune blanchit nos deux voiles ; lorsque les échos de Chillon répètent les sons du cor, et que le mur immense de Meillerie oppose ses ténèbres à la douce clarté du ciel, aux lumières mobiles des eaux ; quand les vagues se brisent contre nos bateaux arrêtés ; quand elles font entendre au loin leur roulement sur les cailloux innombrables que la Vevayse a fait descendre des montagnes.

Vous, qui savez jouir, que n'êtes-vous là pour entendre deux voix de femme, sur les eaux, dans la nuit ! Mais moi je devrais tout laisser. Cependant j'aime à être averti de mes pertes, quand l'austère beauté des lieux peut me faire oublier combien tout est vain dans l'homme, jusqu'à ses regrets.

Étang de Chessel ! Là, nos promenades étaient moins belles, et plus heureuses. La nature accable le cœur de l'homme, mais l'intimité le satisfait : on s'appuie mutuellement, on parle, et tout s'oublie.

J'aurai le lieu en question ; mais il faut attendre quelques jours avant d'obtenir les certitudes nécessaires pour terminer. Je ferai aussitôt commencer les travaux : la saison s'avance.

LETTRE LXII

Juillet, VIII.

J'oublie toujours de vous demander une copie du *Manuel de Pseusophanes :* je ne sais comment j'ai perdu celle que j'avais gardée. Je n'y verrai rien dont je dusse avoir besoin d'être averti ; mais si je le lis les matins, il me rappellera d'une manière plus présente combien je devrais avoir honte de tant de faiblesses.

J'ai l'intention d'y joindre une note sur certains règlemens d'hygiène, sur ces choses d'une habitude individuelle et locale auxquelles je crois qu'on ne met pas assez d'importance. Aristippe ne pouvait guère les prescrire à son disciple imaginaire, ou à ses disciples réels ; mais cette note sera plus utile encore que des considérations générales pour maintenir en moi ce bien-être, cet aptitude physique qui soutient notre âme si physique elle-même.

J'ai deux grands malheurs : un seul me détruirait peut-être ; mais je vis entre deux parce qu'ils sont contraires. Sans cette habitude triste, ce découragement, cet abandon, sans cette humeur tranquille contre tout ce qu'on pourrait désirer, l'activité qui me presse et m'agite me consumerait plus tôt, et aussi vainement : mon ennui sert du moins à l'affaiblir. La raison la calmerait ; mais, entre ces deux grandes forces, ma raison est bien faible : tout ce qu'elle peut faire, c'est d'appeler l'une à son secours quand l'autre prend le dessus. On végète ainsi ; quelquefois même on s'endort (I).

LETTRE LXIII

Juillet, VIII.

Il était minuit : la lune avait passé ; le lac* semblait agité ; les cieux étaient transparens, la nuit profonde et belle. Il y avait de l'incertitude sur la terre. On

* Rien n'indique quel lac ce peut être ; ce n'est point celui de Genève. Le commencement de la lettre manque, et j'en ai supprimé la fin.

entendit frémir les bouleaux, et des feuilles de peuplier tombèrent : les pins rendirent des murmures sauvages ; des sons romantiques descendaient de la montagne ; de grosses vagues roulaient sur la grève. Alors l'orfraie se mit à gémir sous les roches caverneuses ; et quand elle cessa, les vagues étaient affaiblies, le silence fut austère.

Le rossignol plaça de loin en loin, dans la paix inquiète, cet accent solitaire, unique et répété, ce chant des nuits heureuses, sublime expression d'une mélodie primitive ; indicible élan d'amour et de douleur ; voluptueux comme le besoin qui me consume ; simple, mystérieux, immense comme le cœur qui aime.

Abandonné dans une sorte de repos funèbre au balancement mesuré de ces ondes pâles, muettes, à jamais mobiles, je me pénétrai de leur mouvement toujours lent et toujours le même, de cette paix durable, de ces sons isolés dans le long silence. La nature me sembla trop belle ; et les eaux, et la terre, et la nuit trop faciles, trop heureuses : la paisible harmonie des choses fut sévère à mon cœur agité. Je songeai au printemps du monde périssable et au printemps de ma vie. Je vis ces années qui passent, tristes et stériles, de l'éternité future dans l'éternité perdue. Je vis ce présent, toujours vain et jamais possédé, détacher du vague avenir sa chaîne indéfinie ; approcher ma mort enfin visible, traîner dans la nuit les fantômes de mes jours, les atténuer, les dissiper ; atteindre la dernière ombre, dévorer aussi froidement ce jour après lequel il n'en sera plus, et fermer l'abîme muet.

Comme si tous les hommes n'avaient point passé, et tous passé en vain ! Comme si la vie était réelle, et existante essentiellement ! comme si la perception de l'univers était l'idée d'un être positif, et le moi de l'homme quelque autre chose que l'expression accidentelle d'un alliage éphémère ! Que veux-je ? que suis-je ? Que demander à la nature ? Est-il un système universel, des convenances, des droits selon nos besoins ? L'intelligence conduit-elle les résultats que mon intelligence voudrait attendre ? Toute cause est invisible, toute fin trompeuse ; toute forme change, toute durée s'épuise : et le tourment du cœur insatiable est le mouvement aveugle d'un météore errant dans le vide où il doit se perdre. Rien n'est possédé comme il est conçu : rien n'est connu comme il existe. Nous voyons les rapports, et non les essences ; nous n'usons pas des choses, mais de leurs images. Cette nature cherchée au dehors et impénétrable dans nous est partout ténébreuse. Je sens est le seul mot de l'homme qui ne veut que des vérités. Et ce qui fait la certitude de mon être en est aussi le supplice. Je sens, j'existe pour me consumer en désirs indomptables, pour m'abreuver de la séduction d'un monde fantastique, pour rester atterré de sa voluptueuse erreur.

Le bonheur ne serait pas la première loi de la nature humaine ! Le plaisir ne serait pas le premier moteur du monde sensible ! Si nous ne cherchons pas le plaisir, quel sera notre but ? Si vivre n'est qu'exister, qu'avons-nous besoin de vivre ? Nous ne saurions découvrir ni la première cause ni le vrai motif d'aucun être : le pourquoi de l'univers reste inaccessible à l'intelligence individuelle. La fin de notre existence nous est inconnue ; tous les actes de la vie restent sans but : nos désirs, nos sollicitudes, nos affections deviennent ridicules, si ces actes ne tendent pas au plaisir, si ces affections ne se le proposent pas.

L'homme s'aime lui-même, il aime l'homme, il aime tout ce qui est animé. Cet amour paraît nécessaire à l'être organisé ; c'est le mobile des forces qui le conservent. L'homme s'aime lui-même : sans ce principe actif comment agirait-il, et comment subsisterait-il ? L'homme aime les hommes parce qu'il sent comme eux, parce qu'il est près d'eux dans l'ordre du monde : sans ce rapport, quelle serait sa vie ?

L'homme aime tous les êtres animés. S'il cessait de souffrir en voyant souffrir, s'il cessait de sentir avec tout ce qui a des sensations analogues aux siennes, il ne s'intéresserait plus à ce qui ne serait pas lui, il cesserait peut-être de s'aimer lui-même : sans doute, il n'est point d'affection bornée à l'individu, puisqu'il n'est point d'être essentiellement isolé.

Si l'homme sent dans tout ce qui est animé, les biens et les maux de ce qui l'environne sont aussi réels pour lui que ses affections personnelles ; il faut à son bonheur le bonheur de ce qu'il connaît ; il est lié à tout ce qui sent, il vit dans le monde organisé.

L'enchaînement de rapports dont il est le centre, et qui ne peuvent finir entièrement qu'aux bornes du monde, le constitue partie de cet univers, unité numérique dans le nombre de la nature. Le lien que forment ces liens personnels est l'ordre du monde, et la force qui perpétue son harmonie est la loi naturelle. Cet instinct nécessaire qui conduit l'être animé, passif lorsqu'il veut, actif lorsqu'il fait vouloir, est un assujettissement aux lois générales. Obéir à l'esprit de ces lois serait la science de l'être qui voudrait librement. Si l'homme est libre en délibérant, c'est la science de la vie humaine : ce qu'il veut lorsqu'il est assujetti lui indique comment il doit vouloir là où il est indépendant.

Un être isolé n'est jamais parfait : son existence est incomplète ; il n'est ni vraiment heureux ni vraiment bon. Le complément de chaque chose fut placé hors d'elle, mais il est réciproque. Il y a une sorte de fin pour les êtres naturels : ils la trouvent dans ce qui fait que deux corps rapprochés sont productifs, que deux sensations mutuellement partagées deviennent plus heureuses. C'est dans cette harmonie que tout ce qui existe s'achève, que tout ce qui est animé se repose et jouit. Ce complément de l'individu est principalement dans l'espèce. Pour l'homme, ce complément a deux modes dissemblables et analogues : voilà ce qui lui fut donné ; il a deux manières de sentir sa vie ; le reste est douleur ou fumée.

Toute possession que l'on ne partage point exaspère nos désirs sans remplir nos cœurs : elle ne les nourrit point, elle les creuse et les épuise.

Pour que l'union soit harmonique, celui qui jouit avec nous doit être semblable et différent. Cette convenance dans la même espèce se trouve ou dans la différence des individus, ou dans l'opposition des sexes. Le premier accord produit l'harmonie qui résulte de deux êtres semblables et différens avec le moindre degré d'opposition et le plus grand de similitude. Le second donne un résultat harmonique produit par la plus grande différence possible entre des semblables *. Tout choix, toute affection, toute union, tout bonheur est dans ces deux modes. Ce qui s'en écarte peut nous séduire, mais nous trompe et nous lasse : ce qui leur est contraire nous égare et nous rend vicieux ou malheureux.

Nous n'avons plus de législateurs. Quelques anciens avaient entrepris de conduire l'homme par son cœur : nous les blâmons ne pouvant les suivre. Le soin des lois financières et pénales fait oublier les institutions. Nul génie n'a su trouver toutes les lois de la société, tous les devoirs de la vie dans le besoin qui unit les hommes, dans celui qui unit les sexes.

L'unité de l'espèce est divisée. Des êtres semblables sont pourtant assez différens pour que leurs opposi-

* La plus grande différence sans opposition repoussante, comme la plus grande similitude sans uniformité insipide.

tions mêmes les portent à s'aimer : séparés par leurs goûts, mais nécessaires l'un à l'autre, ils s'éloignent dans leurs habitudes, et sont ramenés par un besoin mutuel. Ceux qui naissent de leur union, formés également de tous deux, perpétueront pourtant ces différences. Cet effet essentiel de l'énergie donnée à l'animal, ce résultat suprême de son organisation sera le moment de la plénitude de sa vie, le dernier degré de ses affections, et en quelque sorte l'expression harmonique de ses facultés. Là est le pouvoir de l'homme physique ; là est la grandeur de l'homme moral ; là est l'âme tout entière ; et qui n'a pas pleinement aimé, n'a pas possédé sa vie.

Des affections abstraites, des passions spéculatives ont obtenu l'encens des individus et des peuples. Les affections heureuses ont été réprimées ou avilies : l'industrie sociale a opposé les hommes que l'impulsion primitive aurait conciliés*.

L'amour doit gouverner la terre que l'ambition fatigue. L'amour est ce feu paisible et fécond, cette chaleur des cieux qui anime et renouvelle, qui fait naître et fleurir, qui donne des couleurs, la grâce, l'espérance et la vie. L'ambition est le feu stérile qui brûle sous les glaces, qui consume sans rien animer, qui creuse d'immenses cavernes, qui ébranle sourdement, éclate en ouvrant des abîmes, et laisse un siècle de désolation sur la contrée qu'étonna cette lumière d'une heure.

Lorsqu'une agitation nouvelle étend les rapports de l'homme qui essaie sa vie, il se livre avidement, il demande à toute la nature, il s'abandonne, il s'exalte lui-même ; il place son existence dans l'amour, et dans tout il ne voit que l'amour seul. Tout autre sentiment

* Notre industrie sociale a opposé les hommes que le véritable art social devait concilier.

se perd dans ce sentiment profond, toute pensée y ramène, tout espoir y repose. Tout est douleur, vide, abandon, si l'amour s'éloigne : s'il s'approche, tout est joie, espoir, félicité. Une voix lointaine, un son dans les airs, l'agitation des branches, le frémissement des eaux, tout l'annonce, tout l'exprime, tout imite ses accens et augmente les désirs. La grâce de la nature est dans le mouvement d'un bras ; la loi du monde est dans l'expression d'un regard. C'est pour l'amour que la lumière du matin vient éveiller les êtres et colorer les cieux ; pour lui les feux de midi font fermenter la terre humide sous la mousse des forêts ; c'est à lui que le soir destine l'aimable mélancolie de ses lueurs mystérieuses. Cette fontaine est celle de Vaucluse, ces rochers ceux de Meillerie, cette avenue celle des Pamplemousses[1]. Le silence protège les rêves de l'amour ; le mouvement des eaux pénètre de sa douce agitation ; la fureur des vagues inspire ses efforts orageux, et tout commandera ses plaisirs quand la nuit sera douce, quand la lune embellira la nuit, quand la volupté sera dans les ombres et la lumière, dans la solitude, dans les airs et les eaux et la nuit.

Heureux délire ! seul moment resté à l'homme. Cette fleur rare, isolée, passagère sous le ciel nébuleux, sans abri, battue des vents, fatiguée par les orages, languit et meurt sans s'épanouir : le froid de l'air, une vapeur, un souffle font avorter l'espoir dans son bouton flétri. On passe au-delà, on espère encore, on se hâte ; plus loin, sur un sol aussi stérile, on en voit qui seront précaires, douteuses, instantanées comme elle, et qui comme elle périront inutiles. Heureux celui qui possède ce que l'homme doit chercher, et qui jouit de tout ce que l'homme doit sentir ! Heureux encore, dit-on, celui qui ne cherche rien, ne sent rien, n'a besoin de rien, et pour qui exister, c'est vivre !

Ce n'est pas seulement une erreur triste et farouche,

mais une erreur très-funeste, de condamner ce plaisir vrai, nécessaire, qui, toujours attendu, toujours renaissant, indépendant des saisons et prolongé sur la plus belle partie de nos jours, forme le lien le plus énergique et le plus séduisant des sociétés humaines. C'est une sagesse bien singulière, qu'une sagesse contraire à l'ordre naturel. Toute faculté, toute énergie est une perfection *. Il est beau d'être plus fort que ses passions ; mais c'est stupidité d'applaudir au silence des sens et du cœur ; c'est se croire plus parfait, par cela même que l'on est moins capable de l'être.

Celui qui est homme sait aimer l'amour sans oublier que l'amour n'est qu'un accident de la vie : et quand il aura ces illusions, il en jouira, il les possédera, mais sans oublier que les vérités les plus sévères sont encore avant les illusions les plus heureuses. Celui qui est homme sait choisir ou attendre avec prudence, aimer avec continuité, se donner sans faiblesse comme sans réserve. L'activité d'une passion profonde est pour lui l'ardeur du bien, le feu du génie : il trouve dans l'amour l'énergie voluptueuse, la mâle jouissance du cœur juste, sensible et grand ; il rencontre le bonheur, et sait s'en nourrir.

L'amour ridicule ou coupable est une faiblesse avilissante ; l'amour juste est le charme de la vie : la démence n'est que dans la gauche austérité qui confond un sentiment noble avec un sentiment vil, et qui condamne indistinctement l'amour, parce que, n'imaginant que des hommes abrutis, elle ne peut imaginer que des passions misérables.

Ce plaisir reçu, ce plaisir donné ; cette progression

* Quelques-uns vantent leur froideur comme le calme de la sagesse ; il en est qui prétendent au stérile bonheur d'être inaccessibles : c'est l'aveugle qui se croit mieux organisé que le commun des hommes, parce que la cécité lui évite des distractions.

cherchée et obtenue ; ce bonheur que l'on offre et que l'on espère ; cette confiance voluptueuse, qui nous fait tout attendre du cœur aimé ; cette volupté plus grande encore de rendre heureux ce qu'on aime, de se suffire mutuellement, d'être nécessaire l'un à l'autre ; cette plénitude de sentiment et d'espoir agrandit l'âme, et la presse de vivre. Indicible abandon ! L'homme qui l'a pu connaître n'en a jamais rougi ; et celui qui n'est pas fait pour le sentir n'est pas né pour juger l'amour.

Je ne condamnerai point celui qui n'a pas aimé, mais celui qui ne peut pas aimer. Les circonstances déterminent nos affections ; mais les sentimens expansifs sont naturels à l'homme dont l'organisation morale est parfaite : celui qui est incapable d'aimer est nécessairement incapable d'un sentiment magnanime, d'une affection sublime. Il peut être probe, bon, industrieux, prudent ; il peut avoir des qualités douces, et même des vertus par réflexion ; mais il n'est pas homme, il n'a ni âme ni génie : je veux bien le connaître, il aura ma confiance et jusqu'à mon estime, mais il ne sera pas mon ami. Cœurs vraiment sensibles ! qu'une destinée sinistre a comprimés dès le printemps, qui vous blâmera de n'avoir pas aimé ? Tout sentiment généreux vous était naturel, et tout le feu des passions était dans votre mâle intelligence. L'amour lui était nécessaire, il devait l'alimenter, il eût achevé de la former pour de grandes choses ; mais rien ne vous a été donné : le silence de l'amour a commencé le néant où s'éteint votre vie.

Le sentiment de l'honnête et du juste, le besoin de l'ordre et des convenances morales, conduit nécessairement au besoin d'aimer. Le beau est l'objet de l'amour ; l'harmonie est son principe et son but : toute perfection, tout mérite semble lui appartenir, les grâces aimables l'appellent, et une moralité expansive et vertueuse le fixe. L'amour n'existe pas, à la vérité, sans le prestige de la beauté corporelle ; mais il me semble tenir plus encore à l'harmonie intellectuelle, aux grâces de la pensée, aux profondeurs du sentiment.

L'union, l'espérance, l'admiration, les prestiges, vont toujours croissant jusqu'à l'intimité parfaite ; elle remplit l'âme que cette progression agrandissait. Là s'arrête et rétrograde l'homme ardent sans être sensible, et n'ayant d'autre besoin que celui du plaisir. Mais l'homme aimant ne change pas ainsi ; plus il obtient, plus il est lié ; plus il est aimé, plus il aime ; plus il possède ce qu'il a désiré, plus il chérit ce qu'il possède. Ayant tout reçu, il croit tout devoir : celle qui se donne à lui devient nécessaire à son être ; des années de jouissance n'ont pas changé ses désirs, elles ont ajouté à son amour la confiance d'une habitude heureuse et les délices d'une libre mais délicate intimité.

On prétend condamner l'amour comme une affection tout à fait sensuelle, et n'ayant d'autre principe qu'un besoin qu'on appelle grossier. Mais je ne vois rien dans nos désirs les plus compliqués dont la véritable fin ne soit un des premiers besoins physiques ; le sentiment n'est que leur expression indirecte, et l'homme purement intellectuel ne fut jamais qu'un fantôme. Nos besoins éveillent en nous la perception de leur objet positif, et les perceptions innombrables des objets qui leur sont analogues. Les moyens directs ne rempliraient pas seuls la vie ; mais ces impulsions accessoires l'occupent toute entière, parce qu'elles n'ont point de bornes. Celui qui ne saurait vivre sans espérer de soumettre la terre, n'y eût pas songé s'il n'eût pas eu faim. Nos besoins réunissent deux modifications d'un même principe, l'appétit et le sentiment ; la prépondérance de l'une sur l'autre dépendra de l'organisation individuelle et des circonstances déterminantes. Tout but d'un désir naturel est légitime ; tous les moyens qu'il inspire sont bons s'ils n'attaquent les droits de personne, et s'ils ne produisent dans nous-mêmes aucun désordre réel qui compense son utilité.

Vous avez trop étendu les devoirs. Vous avez dit : Demandons plus, afin d'obtenir assez. Vous vous êtes trompé ; si vous exigez trop des hommes, ils se rebuteront* ; si vous voulez qu'ils montrent des vertus chimériques, ils les montreront : ils disent que cela coûte peu. Mais parce que cette vertu n'est pas dans leur nature, ils auront une conduite cachée tout à fait contraire ; et parce que cette conduite sera cachée, vous ne pourrez en arrêter les excès. Il ne vous restera que ces moyens dangereux dont la vaine tentative augmentera le mal, en augmentant la contrainte et l'opposition entre le devoir et les penchans. Vous croirez d'abord que vos lois seront mieux suivies, parce que l'infraction en sera mieux masquée ; mais un jugement faux, un goût dépravé, une dissimulation habituelle, et des ruses hypocrites, en seront les véritables résultats.

Les plaisirs de l'amour contiennent de grandes oppositions physiques ; ses désirs agitent l'imagina-

* Ce qui doit exalter l'imagination, déranger l'esprit, passionner le cœur et interdire tout raisonnement, réussit d'autant mieux qu'on y joint plus d'austérité ; mais il n'en est pas des institutions durables, des lois temporelles et civiles, des mœurs intérieures et de tout ce qui permet l'examen, comme de l'impulsion du fanatisme, dont la nature est de porter à tout ce qui est difficile, et de faire vénérer tout ce qui est extraordinaire. Cette distinction essentielle paraît avoir été oubliée. On a très-bien observé dans l'homme ses affections multipliées, et en quelque sorte les incidens de son cœur ; mais il reste à faire un grand pas au-delà. Il est si important que la considération de son utilité pourra entraîner à l'essayer ; il est si difficile, qu'en l'entreprenant on sera bien persuadé de ne faire qu'une tentative.

tion, ses besoins changent les organes ; c'est donc l'objet sur lequel la manière de sentir et de voir devait varier davantage. Il fallait prévenir les suites de cette trop grande différence, et non pas y joindre des lois morales qui fussent propres à l'accroître encore. Mais les vieillards ont fait ces lois ; et les vieillards, n'ayant plus le sentiment de l'amour, ne sauraient avoir ni la véritable pudeur, ni la délicatesse du goût. Ils ont très-mal entendu ce que leur âge ne devait plus entendre. Ils auraient entièrement proscrit l'amour, s'ils avaient pu trouver d'autres moyens de reproduction. Leurs sensations surannées ont flétri ce qu'il fallait contenir dans les grâces du désir ; et pour éviter quelques écarts odieux à leur impuissance, ils imaginèrent des entraves si gauches, que la société est troublée tous les jours par de véritables crimes que ne se reproche même point l'honnête homme qui n'a pas réfléchi *.

C'est dans l'amour qu'il fallait permettre tout ce qui n'est pas vraiment nuisible. C'est par l'amour que l'homme se perfectionne ou s'avilit ; c'est en cela surtout qu'il fallait retenir son imagination dans les bornes d'une juste liberté, qu'il fallait mettre son bonheur dans les limites de ses devoirs, qu'il fallait régler son jugement par le sentiment précis de la raison des lois. C'était le plus puissant moyen naturel de lui donner la perception de toutes les délicatesses du goût et de leur vraie base, d'ennoblir et de réprimer ses affections, d'imprimer à toutes ses sensations une sorte de volupté sincère et droite, d'inspirer à l'homme mal organisé quelque chose de la sensibilité de l'homme supérieur, de les réunir, de les concilier,

* C'est dans l'amour que la déviation est devenue extrême chez les nations à qui nous trouvons des mœurs ; et c'est ce qui concerne l'amour que nous avons exclusivement appelé mœurs.

de former une patrie réelle, et d'instituer une véritable société.

Laissez-nous des plaisirs légitimes; c'est notre droit, c'est votre devoir. J'imagine que vous avez cru faire quelque chose par l'établissement du mariage*. Mais l'union dans laquelle les résultats de vos institutions nous forcent de suivre les convenances du hasard, ou de chercher celles de la fortune à la place des convenances réelles; l'union qu'un moment peut flétrir pour toujours, et que tant de dégoûts altèrent nécessairement; une telle union ne nous suffit pas. Je vous demande un prestige qui puisse se perpétuer; vous me donnez un lien dans lequel je vois à nu le fer d'un esclavage sans terme, sous ces fleurs d'un jour dont vous l'aviez maladroitement couvert, et que vous-même avez déjà fanées. Je vous demande un prestige qui puisse déguiser ou rajeunir ma vie; la nature me l'avait donné. Vous osez me parler des ressources qui me restent. Vous souffririez que, vil contempteur d'un engagement où la promesse doit être observée religieusement, puisqu'elle est donnée, j'aille persuader à une femme d'être méprisable afin que je l'aime** ? Moins directement coupable, mais non moins inconsidéré, m'efforcerai-je de troubler

* J'ai mal usé du droit d'éditeur, j'ai retranché des passages de plusieurs lettres, et cependant j'ai laissé trop de choses hasardées ou inutiles. Mais cette négligence ne serait pas aussi excusable dans une lettre comme celle-ci : c'est à dessein que j'ai laissé ce mot sur le mariage. Je ne l'ai pas supprimé, parce que je n'ai pas en vue la foule de ceux qui lisent : elle seule pourrait ne pas trouver évident que cela n'attaque ni l'utilité de l'institution du mariage, ni même tout ce qu'il y a d'heureux dans un mariage heureux.

** Il y avait ici dans le texte : « Je ne la presserai point d'être fourbe en ma faveur, je m'y refuserais même; et je ne ferais rien en cela que de très-simple, rien qui ne soit, pour quiconque y a su penser, un devoir rigoureux dont l'infraction l'avilirait. Nulle force du désir, nulle passion mutuelle même ne peut servir d'excuse. »

une famille, de désoler des parens, de déshonorer celle à qui ce genre d'honneur est si nécessaire dans la société ? Ou bien, pour n'attaquer aucun droit, pour n'exposer personne, irai-je, dans des lieux méprisés, chercher celles qui peuvent être à moi, non par une douce liberté des mœurs, non par un désir naturel, mais parce que leur métier les donne à tous ? N'étant plus à elles-mêmes, elles ne sont plus des femmes, mais je ne sais quoi d'analogue. L'oubli de toute délicatesse, l'inaptitude aux sentimens généreux, et le joug de la misère, les livrent aux caprices les plus brutes de l'homme en qui une telle habitude dépravera aussi les sensations et les désirs. Il reste des circonstances possibles, j'en conviens ; mais elles sont très-rares, et quelquefois elles ne se rencontrent point dans une vie entière. Les uns, retenus par la raison*, consument leurs jours dans des privations nécessaires et injustes ; les autres, en nombre bien plus grand, se jouent du devoir qui les contrarie.

Ce devoir a cessé d'en être un dans l'opinion, parce que son observation est contraire à l'ordre naturel des choses. Le mépris qu'on en fait mène pourtant à l'habitude de n'obéir qu'à l'usage, de se faire à soi-même une règle selon ses penchans, et de mépriser toute obligation dont l'infraction ne conduit pas positivement aux peines légales, ou à la honte dans la société. C'est la suite inévitable des bassesses réelles

* On l'est aussi par la timidité du sentiment. L'on a distingué dans toute affection de notre être deux choses analogues, mais non semblables : le sentiment et l'appétit. L'amour du cœur donne aux hommes sensibles beaucoup de réserve et d'embarras : le sentiment est plus fort alors que le besoin direct. Mais comme il n'y a point de sensibilité profonde dans une organisation intérieurement faible, celui qui est ainsi dans une véritable passion n'est plus le même dans l'amour sans passion ; s'il est retenu alors, c'est par ses devoirs, et nullement par sa timidité.

dont on s'amuse tous les jours. Quelle moralité voulez-vous attendre d'une femme qui trompe celui par qui elle vit, ou pour qui elle devrait vivre ; qui est sa première amie, et se joue de sa confiance ; qui détruit son repos, ou rit de lui, s'il le conserve, et qui s'impose la nécessité de le trahir jusqu'au dernier jour, en laissant à ses affections l'enfant qui ne lui appartient pas ? De tous les engagemens, le mariage n'est-il pas celui dans lequel la confiance et la bonne foi importent le plus à la sécurité de la vie ? Quelle misérable probité que celle qui paie scrupuleusement un écu, et compte pour un vain mot la promesse la plus sacrée qui soit entre les hommes ! Quelle moralité voulez-vous attendre de l'être qui s'attachait à persuader une femme en se moquant d'elle, qui la méprise parce qu'elle a été telle qu'il la voulait, la déshonore parce qu'elle l'a aimé, la quitte parce qu'il en a joui, et l'abandonne quand elle a le malheur visible d'avoir partagé ses plaisirs * ? Quelle moralité, quelle équité voulez-vous attendre de cet homme, au moins inconséquent, qui exige de sa femme des sacrifices qu'il ne paie point, et qui la veut sage et inaccessible, tandis qu'il va perdre, dans des habitudes secrètes, l'attachement dont il l'assure, et qu'elle a droit de prétendre, pour que sa fidélité ne soit pas un injuste esclavage ?

Des plaisirs sans choix dégradent l'homme, des plaisirs coupables le corrompent ; mais l'amour sans passion ne l'avilit point. Il y a un âge pour aimer et jouir, il y en a un pour jouir sans amour. Le cœur n'est pas toujours jeune et même, s'il l'est encore, il ne

* Je n'ai pas encore découvert la différence entre le misérable qui rend une femme enceinte, puis l'abandonne, et le soldat qui, dans le saccage d'une ville, en jouit et l'égorge. Celui-ci serait-il moins infâme, et parce que du moins il ne la trompe pas, et parce que ordinairement il est ivre ?

rencontre pas toujours ce qu'il peut vraiment aimer.

Toute jouissance est un bien lorsqu'elle est exempte et d'injustice et d'excès, lorsqu'elle est amenée par les convenances naturelles, et possédée selon les désirs d'une organisation délicate.

L'hypocrisie de l'amour est un des fléaux de la société. Pourquoi l'amour sortirait-il de la loi commune ? pourquoi n'être pas en cela, comme dans tout le reste, juste et sincère ? Celui-là seul est certainement éloigné de tout mal, qui cherche avec naïveté ce qui peut le faire jouir sans remords. Toute vertu imaginaire ou accidentelle m'est suspecte ; quand je la vois sortir orgueilleusement de sa base erronée, je cherche, et je découvre une laideur interne sous le costume des préjugés, sous le masque fragile de la dissimulation.

Permettez, autorisez des plaisirs, afin que l'on ait des vertus ; montrez la raison des lois, afin qu'on les vénère ; invitez à jouir, afin d'être écouté quand vous commandez de souffrir. Élevez l'âme par le sentiment des voluptés naturelles ; vous la rendrez forte et grande, elle respectera les privations légitimes ; elle en jouira même dans la conviction de leur utilité sociale. Je veux que l'homme use librement de ses facultés, quand elles n'attaquent point d'autres droits. Je veux qu'il jouisse, afin d'être bon ; qu'il soit animé par le plaisir, mais dirigé par l'équité visible ; que sa vie soit juste, heureuse et même voluptueuse. J'aime que celui qui pense raisonne ses devoirs ; je fais peu de cas d'une femme qui n'est retenue dans les siens que par une sorte de terreur superstitieuse pour tout ce qui appartient à des jouissances dont elle n'oserait s'avouer le désir.

J'aime qu'on se dise : Ceci est-il mal, et pourquoi l'est-il ? S'il l'est, on se l'interdit ; s'il ne l'est point, on en jouit avec un choix sévère, avec la prudence qui est l'art d'y trouver une volupté plus grande ; mais sans autre réserve, sans honte, sans déguisement*.

La vraie pudeur doit seule contenir la volupté. La pudeur est une perception exquise, une partie de la sensibilité parfaite ; c'est la grâce des sens, et le charme de l'amour. Elle évite tout ce que nos organes repoussent ; elle permet ce qu'ils désirent ; elle sépare ce que la nature a laissé à notre intelligence le soin de séparer ; et c'est principalement l'oubli de cette réserve voluptueuse qui éteint l'amour dans l'indiscrète liberté du mariage**.

* Vraisemblablement on objectera que le vulgaire est incapable de chercher ainsi la raison de ses devoirs, et surtout de la faire sans partialité. Mais cette difficulté n'est pas très grande en elle-même, et n'existe guère que dans la confusion présente de la morale. D'ailleurs, dans des institutions différentes des nôtres, il n'y aurait peut-être pas des esprits aussi instruits que parmi nous, mais il n'y aurait certainement pas une foule aussi stupide, et surtout aussi trompée.

** Voici une partie de ce que j'ai retranché du texte. L'on trouvera peut-être que j'eusse dû le supprimer entièrement. Mais je réponds, pour cette circonstance-ci et pour d'autres, que l'on peut se permettre de parler aux hommes quand on n'a rien dans sa pensée qu'on doive leur taire. Je suis responsable de ce que je publie. J'ose juger les devoirs : si jamais on peut me dire qu'il me soit arrivé de manquer, en ce genre, à des devoirs réels, non seulement je ne les jugerai plus, mais je renoncerai pour toujours au droit d'écrire.

« J'aurais peu de confiance dans une femme qui ne sentirait pas la raison de ses devoirs, qui les suivrait strictement, aveuglément et par l'instinct de la prévention. Il peut arriver qu'une telle conduite soit sûre ; mais ce genre de conduite ne me satisfera pas. J'estime davantage une femme que rien absolument ne pourrait engager à trahir celui qui compterait sur sa foi, mais qui, dans sa liberté naturelle, n'étant liée ni par une promesse quelconque, ni par un attachement sérieux, et se trouvant dans des circonstances assez particulières pour l'y déterminer, jouirait avec plusieurs hommes, et même dans l'ivresse, dans la nudité, dans la délicate folie du plaisir (K). »

LETTRE LXIV

Saint-Saphorin, 10 juillet, VIII.

Il n'y a pas l'ombre de sens dans la manière dont je vis ici. Je sais que j'y fais des sottises, et je les continue sans pourtant tenir beaucoup à les continuer. Mais si je ne fais pas plus sagement, c'est que je ne puis parvenir à y mettre de l'importance. Je passe sur le lac la moitié du jour et la moitié de la nuit ; et quand je m'en éloignerai, je serai tellement habitué au balancement des vagues, au bruit des eaux, que je me déplairai sur un sol immobile et dans le silence des prés.

Les uns me prennent pour un homme dont quelque amour a un peu dérangé la tête, d'autres soutiennent que je suis un Anglais qui a le spleen ; les bateliers ont appris à Hantz que j'étais l'*amant* d'une belle femme étrangère qui vient de partir subitement de Lausanne. Il faudra que je cesse mes courses nocturnes, car les plus sensés me plaignent, et les meilleurs me prennent pour un fou. On lui a dit à Vevay : N'êtes-vous pas au service de cet Anglais dont on parle tant ? Le mal gagne ; et pour les gens de la côte, je crois qu'ils se moqueraient de moi si je n'avais pas d'argent : heureusement je passe pour fort riche. L'aubergiste veut absolument me dire Milord ; et je suis très respecté. Riche étranger, ou milord, sont synonymes.

De plus, en revenant du lac, je me mets ordinairement à écrire, en sorte que je me couche quand il fait grand jour. Une fois les gens de l'auberge entendant quelque bruit dans ma chambre, et surpris que je me fusse levé si tôt, montèrent me demander si je ne prendrais rien le matin. Je leur répondis que je ne soupais point, et que j'allais me coucher. Je ne me lève donc qu'à midi, ou même à une heure ; je prends du thé, j'écris ; puis, au lieu de dîner, je prends encore du thé, je ne mange autre chose que du pain et du beurre, et aussitôt je vais au lac. La première fois que j'allai seul dans un petit bateau que j'avais fait chercher exprès pour cela, ils remarquèrent que Hantz restait au rivage, et que je partais à la fin du jour : il y eut assemblée au cabaret, et ils décidèrent que pour cette fois le spleen avait pris le dessus, et que je fournirais un beau suicide aux annales du village.

Je suis fâché de n'avoir pas pensé d'avance à l'effet que ces singularités pourraient produire. Je n'aime pas à être remarqué : mais je ne l'ai su que quand tout cela était une habitude déjà prise ; et on ne parlerait pas moins si j'allais en changer pour le peu de jours que je dois encore passer ici. Comme je n'y savais que faire, j'ai cherché à consumer les heures. Quand je suis actif, je n'ai pas d'autres besoins ; mais si je m'ennuie, j'aime du moins m'ennuyer avec mollesse.

Le thé est d'un grand secours pour s'ennuyer d'une manière calme. Entre les poisons un peu lents qui font les délices de l'homme, je crois que c'est un de ceux qui conviennent le mieux à ses ennuis. Il donne une émotion faible et soutenue : comme elle est exempte des dégoûts du retour, elle dégénère en une habitude de paix et d'indifférence, en une faiblesse qui tranquillise le cœur que ses besoins fatigueraient, et nous débarrasse de notre force malheureuse. J'en ai pris l'usage à Paris, puis à Lyon : mais ici, j'ai eu l'imprudence de le porter jusqu'à l'excès. Ce qui me rassure, c'est que je vais avoir un domaine et des ouvriers, cela m'occupera et me retiendra. Je me fais beaucoup de mal maintenant ; mais comptez sur moi, je vais devenir sage par nécessité.

Je m'aperçois, ou je crois m'apercevoir que le

changement qui s'est fait en moi a été beaucoup avancé par l'usage journalier du thé et du vin. Je pense que, toutes choses d'ailleurs égales, les buveurs d'eau conservent bien plus long-temps la délicatesse des sensations, et en quelque sorte, leur première candeur. L'usage des stimulans vieillit nos organes. Ces émotions outrées, et qui ne sont pas dans l'ordre des convenances naturelles entre nous et les choses, effacent les émotions simples, et détruisent cette proportion pleine d'harmonie qui nous rendait sensibles à tous les rapports extérieurs, quand nous n'avions, pour ainsi dire, de sentimens que par eux.

Tel est le cœur humain ; le principe le plus essentiel des lois pénales n'a pas d'autre fondement. Si on ôte la proportion entre les peines et les délits, si on veut trop presser le ressort de la crainte, on perd sa souplesse ; et si on va encore plus loin, il arrive enfin qu'on le brise : on donne aux âmes le courage du crime ; on éteint toute énergie dans celles qui ont de la faiblesse, et l'on entraîne les autres à des vertus atroces. Si l'on porte au delà des limites naturelles l'émotion des organes, on les rend insensibles à des impressions plus modérées. En employant trop souvent, en excitant mal à propos leurs facultés extrêmes, on émousse leurs forces habituelles ; on les réduit à ne pouvoir que trop, ou rien ; on détruit cette proportion ordonnée pour les circonstances diverses, qui nous unissait même aux choses muettes, et nous y attachait par des convenances intimes. Elle nous laissait dans l'attente ou l'espoir, en nous montrant partout des occasions de sentir ; elle nous laissait ignorer la borne du possible ; elle nous laissait croire que nos cœurs avaient des moyens immenses, puisque ces moyens étaient indéfinis, et puisque, toujours relatifs aux choses du dehors, ils pouvaient toujours devenir plus grands dans des situations inconnues.

Il existe encore une différence essentielle entre l'habitude d'être émus par l'impression des autres objets, ou celle de l'être par l'impulsion interne d'un excitatif donné par notre caprice ou par un incident fortuit, et non par l'occurrence des temps. Nous ne suivons plus le cours du monde ; nous sommes animés lorsqu'il nous abandonnerait au repos, et souvent c'est lorsqu'il nous animerait, que nous nous trouvons dans l'abattement que nos excès produisent. Cette fatigue, cette indifférence nous rend inaccessibles aux impressions des choses, à ces mobiles extérieurs, qui, devenus étrangers à nos habitudes, se trouvent fréquemment en discordance ou en opposition avec nos besoins.

Ainsi l'homme a tout fait pour se séparer du reste de la nature, pour se rendre indépendant du cours des choses. Mais cette liberté, qui n'est point selon sa propre nature, n'est pas une vraie liberté : elle est comme la licence d'un peuple qui a brisé le joug des lois et des mœurs nationales, elle ôte bien plus qu'elle ne donne, elle met l'impuissance du désordre à la place d'une dépendance légitime qui s'accorderait avec nos besoins. Cette indépendance illusoire, qui détruit nos facultés pour y substituer nos caprices, nous rend semblables à cet homme qui, malgré l'autorité du magistrat, voulait absolument élever dans la place publique le monument d'un culte étranger, au lieu de se borner à en dresser chez lui les autels. Il se fit exiler dans un désert de sable mouvant où personne ne s'opposa à sa volonté, mais où sa volonté ne put rien produire ; il y mourut libre, mais sans autels domestiques aussi bien que sans temples, sans alimens comme sans lois, sans amis comme sans maîtres *.

* Les stimulans de la Torride [1] pourraient avoir contribué à nous vieillir. Leurs feux agissent moins dans l'Inde, parce qu'on y est moins actif ; mais l'inquiétude européenne, excitée par leur fermen-

Je conviens qu'il serait plus à propos de raisonner moins sur l'usage du thé, et d'en cesser l'excès ; mais dès qu'on a quelque habitude de ces sortes de choses, on ne sait plus où s'arrêter. S'il est difficile de quitter une telle habitude, il ne l'est pas moins peut-être de la régler, à moins que l'on ne puisse également régler toute sa manière de vivre. Je ne sais comment avoir beaucoup d'ordre dans une chose, quand il m'est interdit d'en avoir dans le reste ; comment mettre de la suite dans ma conduite, quand je n'ai aucun espoir d'en avoir une qui soit constante, et qui s'accorde avec mes autres habitudes. C'est encore ainsi que je ne sais rien faire sans moyens : plusieurs hommes ont cet art de créer des moyens, ou de faire beaucoup avec très-peu. Pour moi, je saurais peut-être employer mes moyens avec ordre et utilité ; mais le premier pas demande un autre art, et cet art, je ne l'ai point. Je crois que ce défaut vient de ce qu'il m'est impossible de voir les choses autrement que dans toute leur étendue, celle du moins que je puis saisir. Je veux donc que leurs principales convenances soient toutes observées ; et le sentiment de l'ordre, poussé peut-être trop loin, ou du moins trop exclusif, ne me permet de

---

tation, produit ces hommes remuans et agités, dont le reste du globe voit la manie avec un étonnement toujours nouveau.

Je ne dis pas que, dans l'état présent des choses, ce ne soit pas un allégement pour des individus, et même pour un corps de peuple, que cette activité valeureuse et spirituelle, qui voit dans le mal le plaisir de le souffrir gaiement, et dans le désordre le côté burlesque que présentent toutes les choses de la vie. L'homme qui tient aux objets de ses désirs dit bien souvent : Que le monde est triste ! Celui qui ne prétend plus autre chose que de ne pas souffrir se dit : Que la vie est bizarre ! C'est déjà trouver les choses moins malheureuses, que de les trouver comiques : c'est plus encore quand on s'amuse de toutes les contrariétés qu'on éprouve, et quand, afin de mieux rire, on cherche les dangers. Pour les Français, s'ils ont jamais Naples, ils bâtiront une salle de bal dans le cratère du Vésuve.

rien faire, de rien conduire dans le désordre. J'aime mieux m'abandonner que de faire ce que je ne saurais bien faire. Il y a des hommes qui, sans rien avoir, établissent leur ménage ; ils empruntent, ils font valoir, ils intriguent, ils paieront quand ils pourront : en attendant, ils vivent et dorment tranquilles, quelquefois même ils réussissent. Je n'aurais pu me résoudre à une vie si précaire ; et quand j'aurais voulu m'y hasarder, je n'aurais pas eu les talens nécessaires. Cependant celui qui, avec cette industrie, réussit à faire subsister sa famille, sans s'avilir et sans manquer à ses engagemens, est sans doute un homme louable. Pour moi, je ne serais guère capable que de me résoudre à manquer de tout, comme si c'était une loi de la nécessité. Je chercherai toujours à employer le mieux possible des moyens suffisans, ou à rendre tels, par mes privations personnelles, ceux qui ne le seraient pas sans cela. Je ferais jour et nuit des choses convenables, réglées et assurées, pour donner le nécessaire à un ami, à un enfant ; mais entreprendre dans l'incertitude, mais rendre suffisans, à force d'industrie hasardée, des moyens très-insuffisans par eux-mêmes, c'est ce que je ne saurais espérer de moi.

Il résulte d'une telle disposition ce grand inconvénient, que je ne puis vivre bien, sagement, et dans l'ordre, ni même suivre mes goûts, ou songer à mes besoins, qu'avec des facultés à peu près certaines ; et que si je suis peut-être au nombre des hommes capables d'user bien de ce qu'on appelle une grande fortune, ou même d'une médiocrité facile, je suis aussi du nombre de ceux qui, dans le dénuement, se trouvent sans ressources et ne savent faire autre chose que d'éviter la misère, le ridicule ou la bassesse, quand le sort ne les place pas lui-même au-dessus du besoin.

La prospérité est plus difficile à soutenir que l'adversité, dit-on généralement. Mais c'est le contraire pour l'homme qui n'est pas soumis à des passions positives, qui aime à faire bien ce qu'il fait, qui a pour premier besoin celui de l'ordre, et qui considère plutôt l'ensemble des choses que leurs détails.

L'adversité convient à un homme ferme et un peu enthousiaste, dont l'âme s'attache à une vertu austère, et dont heureusement l'esprit n'en voit pas l'incertitude*. Mais l'adversité est bien triste, bien décourageante pour celui qui n'y trouve rien à son usage, parce qu'il voudrait faire bien, et que pour faire il faut pouvoir, parce qu'il voudrait être utile, et que le malheureux trouve peu d'occasions de l'être. N'étant pas soutenu par le noble fanatisme d'Épictète, il sait bien résister au malheur, mais mal à une vie malheureuse, dont il se rebute enfin, sentant qu'il y perd tout son être.

L'homme religieux, et surtout celui qui est certain d'un Dieu rémunérateur, a un grand avantage : il est bien facile de supporter le mal quand le mal est le plus grand bien que l'on puisse éprouver. J'avoue que je ne saurais voir ce qu'il y a d'étonnant dans la vertu d'un homme qui lutte sous l'œil de son Dieu, et qui sacrifie des caprices d'une heure à une félicité sans borne et sans terme. Un homme tout à fait persuadé ne peut faire autrement à moins qù'il ne soit en délire. Il me paraît démontré que celui qui succombe à la vue de l'or, à la vue d'une belle femme ou des autres objets des passions terrestres, n'a pas la foi. Il est évident qu'il ne voit bien que la terre : s'il voyait avec la même certitude ce ciel et cet enfer qu'il se rappelle quelquefois, s'ils étaient là, comme les choses de la terre, présens dans sa pensée, il serait impossible qu'il

* L'homme de bien est inébranlable dans sa vertu sévère ; l'homme à systèmes cherche souvent des vertus austères.

succombât jamais. Où est le sujet qui, jouissant de sa raison, ne sera pas dans l'impuissance de contrevenir à l'ordre de son prince, s'il lui a dit : Vous voilà dans mon harem, au milieu de toutes mes femmes ; pendant cinq minutes n'approchez d'aucune : j'ai l'œil sur vous ; si vous êtes fidèle pendant ce peu de temps, tous ces plaisirs vous seront permis ensuite pendant trente années d'une prospérité constante ? Qui ne voit que cet homme, quelque ardent qu'on le suppose, n'a pas même besoin de force pour résister pendant un temps si court ? il n'a besoin que de croire à la parole de son prince. Assurément les tentations du chrétien ne sont pas plus fortes, et la vie de l'homme est bien moins devant l'éternité, que cinq minutes comparées à trente années : il y a l'infini de distance entre le bonheur promis au chrétien, et les plaisirs offerts au sujet dont je parle ; enfin la parole du prince peut laisser quelque incertitude, celle de Dieu n'en peut laisser aucune. Si donc il n'est pas démontré que sur cent mille de ceux qu'on appelle vrais chrétiens, il y en a tout au plus un qui ait presque la foi, il me l'est à moi que rien au monde ne peut être démontré.

Pour les conséquences de ceci, vous les trouverez très-simples ; et je veux revenir aux besoins que donne l'habitude des fermentés. Il faut vous rassurer et achever de vous dire comment vous pouvez m'en croire, quoique je promette de me réformer précisément dans le temps que je me contiens le moins, et que je donne à l'habitude une force plus grande.

Il y a encore un aveu à vous faire auparavant, c'est que je commence à perdre enfin le sommeil. Quand le thé m'a trop fatigué, je n'y connais d'autre remède que le vin, je ne dors que par ce moyen, et voilà encore un excès : il faut bien en prendre autant qu'il se puisse sans que la tête en soit affectée visiblement. Je ne sais rien de plus ridicule qu'un homme qui prostitu[e] sa pensée devant des étrangers ; et dont on dit : Il a bu, en voyant ce qu'il fait, ce qu'il dit. Mais pour soi-même, rien n'est plus doux à la raison que de la déconcerter un peu quelquefois. Je prétends encore qu'un demi-désordre serait autant à sa place dans l'intimité, qu'un véritable excès devient honteux devant les hommes et avilissant dans le secret même.

Plusieurs des vins de Lavaux que l'on recueille ici près, entre Lausanne et Vevay, passent pour dangereux. Mais, quand je suis seul, je ne fais usage que du courtailloux : c'est un vin de Neufchâtel, que l'on estime autant que le petit bourgogne : Tissot le regarde comme aussi salubre[2].

Dès que je serai propriétaire, je ne manquerai point de moyens de passer les heures, et d'occuper aux soins d'arranger, de bâtir, d'approvisionner, cette activité intérieure dont les besoins ne me laissent aucun repos dans l'inaction. Pendant le temps que dureront ces embarras, je diminuerai graduellement l'usage du vin ; et quant au thé, j'en quitterai tout à fait l'habitude : je veux à l'avenir n'en prendre que rarement. Lorsque tout sera arrangé, et que je pourrai commencer à suivre la manière de vivre que depuis si long-temps j'aurais voulu prendre, je me trouverai ainsi préparé à m'y conformer sans éprouver les inconvéniens d'un changement trop subit et trop grand.

Pour les besoins de l'ennui, j'espère ne les plus connaître dès que je pourrai assujettir toutes mes habitudes à un plan général ; j'occuperai facilement les heures ; je mettrai à la place des désirs et des jouissances l'intérêt que l'on prend à faire ce qu'on a cru bon, et le plaisir de céder à ses propres lois.

Ce n'est pas que je me figure un bonheur qui ne m'est pas destiné, ou qui du moins est encore bien loin de moi. J'imagine seulement que je ne sentirai guère le poids du temps ; je pourrai prévenir l'ennui, ou bien je ne m'ennuierai plus qu'à ma manière.

Je ne veux pas m'assujettir à une règle monastique [3]. Je me réserverai des ressources pour les instans où le vide sera plus accablant, mais la plupart seront prises dans le mouvement et dans l'activité. Les autres ressources auront leurs limites assez étroites, et l'extraordinaire lui-même sera réglé. Jusqu'à ce que ma vie soit remplie, j'ai besoin d'une règle fixe. Autrement il me faudrait des excès sans autre terme que celui de mes forces, et encore comment rempliraient-ils un vide sans bornes ? J'ai vu quelque part que l'homme qui sent n'a pas besoin de vin. Cela peut être vrai pour celui qui n'en a point l'habitude. Lorsque j'ai été quelques jours sobre et occupé, ma tête s'agite excessivement, le sommeil se perd. J'ai besoin d'un excès qui me tire de mon apathie inquiète, et qui dérange un peu cette raison divine dont la vérité gêne notre imagination, et ne remplit pas nos cœurs.

Il y a une chose qui me surprend. Je vois des gens qui paraissent boire uniquement pour le plaisir de la bouche, pour le goût, et prendre un verre de vin comme ils prendraient une bavaroise [4]. Cela n'est pas pourtant, mais ils le croient ; et si vous le leur demandez, ils seront même surpris de votre question.

Je vais m'interdire ces moyens de tromper les besoins du plaisir et l'inutilité des heures. Je ne sais pas si ce que je mettrai à la place ne sera pas moindre encore ; mais enfin je me dirai : Voici un ordre établi, il faut le suivre. Afin de le suivre constamment, j'aurai soin qu'il ne soit ni d'une exactitude scrupuleuse, ni d'une trop grande uniformité ; il se trouverait des prétextes, et même des motifs, de manque à la règle, et si une fois on y manque, il n'y a plus de raison pour qu'on ne la secoue pas tout à fait.

Il est bon que ce qui plaît soit limité par une loi

antérieure. Au moment où on l'éprouve, il en coûte de le soumettre à une règle qui le borne. Ceux mêmes qui en ont la force ont encore eu tort de n'avoir pas décidé, dans le temps propre à la réflexion, ce que la réflexion doit décider, et d'avoir attendu le moment où ses raisonnemens altèrent les affections agréables qu'ils sont forcés de combattre. En pensant aux raisons de ne pas jouir davantage, on réduit à bien peu de chose la jouissance qu'on se permet ; il est de la nature du plaisir qu'il soit possédé avec une sorte d'abandon et de plénitude. Il se dissipe lorsqu'on veut le borner autrement que par la nécessité ; et puisqu'il faut pourtant que la raison le borne, le seul moyen de concilier ces deux choses, qui sans cela seraient contraires, c'est d'imposer d'avance au plaisir la retenue d'une loi générale.

Quelque faible que soit une impression, le moment où elle agit sur nous est celui d'une sorte de passion. La chose actuelle est difficilement estimée à sa juste valeur : ainsi dans les objets de la vue, la proximité, la présence, agrandissent les dimensions. C'est avant les désirs qu'il faut se faire des principes contre eux. Dans le moment de la passion, le souvenir de cette règle n'est plus la voix importune de la froide réflexion, mais la loi de la nécessité, et cette loi n'attriste pas un homme sage.

Il est donc essentiel que la loi soit générale ; celle des cas particuliers est trop suspecte. Cependant abandonnons quelque chose aux circonstances : c'est une liberté que l'on conserve, parce qu'on n'a pu tout prévoir, et parce qu'il faut se soumettre à ses propres lois seulement de la même manière que notre nature nous a soumis à celles de la nécessité. Nos affections doivent avoir de l'indépendance, mais une indépendance contenue dans des limites qu'elle ne puisse passer. Elles sont semblables aux mouvemens du corps, qui n'ont point de grâce s'ils sont gênés, contraints et trop uniformes, mais qui manquent de décence comme d'utilité, s'ils sont brusques, irréguliers, ou involontaires.

C'est un excès dans l'ordre même que de prétendre nuancer parfaitement, modérer, régler ses jouissances, et les ménager avec la plus sévère économie, pour les rendre durables et même perpétuelles. Cette régularité absolue est trop rarement possible : le plaisir nous séduit, il nous emporte, comme la tristesse nous retient et nous enchaîne. Nous vivons au milieu des songes ; et de tous nos songes, l'ordre parfait pourrait bien être le moins naturel.

Ce que j'ai peine à me figurer, c'est comment on cherche l'ivresse des boissons quand on a celle des choses. N'est-ce pas le besoin d'être ému qui fait nos passions ? Quand nous sommes agités par elles, que pouvons-nous trouver dans le vin, si ce n'est un repos qui suspende leur action immodérée ?

Apparemment l'homme chargé de grandes choses cherche aussi dans le vin l'oubli, le calme, et non pas l'énergie. C'est ainsi que le café, en m'agitant, rend quelquefois le sommeil à ma tête fatiguée d'une autre agitation. Ce n'est pas ordinairement le besoin des impressions énergiques qui entraîne les âmes fortes aux excès de vins ou de liqueurs. Une âme forte, occupée de grandes choses, trouve dans leur habitude une activité plus digne d'elle en les gouvernant selon l'ordre. Le vin ne peut que la reposer. Autrement, pourquoi tant de héros de l'histoire, pourquoi tant de gouvernans, pourquoi des *maîtres du monde* auraient-ils bu ? C'était chez plusieurs peuples un honneur de boire beaucoup ; mais des hommes extraordinaires ont fait de même dans des temps où l'on ne mettait à cela aucune gloire. Je laisse donc tous ceux que l'opinion entraîna et tous ceux des gouvernans qui furent des hommes très-ordinaires. Il reste quelques hommes forts et occupés de choses utiles ; ceux-là n'ont pu chercher dans le vin que le repos d'une tête surchargée de ces soins dont l'habitude atténue l'importance, mais sans la détruire, puisqu'il n'y a rien au-dessus.

LETTRE LXV

Saint-Saphorin, 14 juillet, VIII.

Soyez assuré que votre manière de penser ne sera pas combattue : si j'avais assez de faiblesse pour qu'il me fût un jour nécessaire en ceci d'être ramené à la raison, je retrouverais votre lettre. J'aurais d'autant plus de honte de moi que j'aurais bien changé, car maintenant je pense absolument comme vous. Jusque-là, si elle est inutile sous ce rapport, elle ne m'en satisfait pas moins. Elle est pleine de cette sollicitude de la vraie amitié qui fait redouter par-dessus toutes choses, que l'homme en qui on a mis une partie de soi-même se laisse aller à cesser d'être homme de bien.

Non, je n'oublierai jamais que l'argent est un des plus grands moyens de l'homme, et que c'est par son usage qu'il se montre ce qu'il est. Le mieux possible nous est rarement permis : je veux dire que les convenances sont si opposées, qu'on ne peut presque jamais faire bien sous tous les rapports. Je crois que c'en est une essentielle de vivre avec une certaine décence, et d'établir dans sa maison des habitudes commodes, une manière réglée. Mais, passé cela, l'on ne saurait excuser un homme raisonnable d'employer à des superfluités ce qui permet de faire tant de choses meilleures.

Personne ne sait que je veux me fixer ici : cependant je fais faire à Lausanne et à Vevay quelques meubles et diverses autres choses. On a pensé apparemment que j'étais en état de sacrifier une somme un peu forte aux caprices d'un séjour momentané ; on aura cru que j'allais prendre une maison pour passer l'été. Voilà comment on a trouvé que je faisais de la dépense, et comment j'ai obtenu beaucoup de respects, quoique j'eusse le malheur d'avoir la tête un peu dérangée.

Ceux qui ont à louer des maisons de quelque apparence ne m'abordent pas comme un homme ordinaire ; et moi je suis tenté de rendre ces mêmes hommages à mes louis quand je songe que voilà déjà un heureux. Hantz me donne de l'espérance, si celui-là est satisfait sans que j'y aie pensé, d'autres le seront peut-être à présent que je puis quelque chose. Le dénuement, la gêne, l'incertitude lient les mains dans les choses mêmes que l'argent ne fait pas. On ne peut s'arranger en rien ; on ne peut avoir aucun projet suivi. On est au milieu d'hommes que la misère accable, on a quelque aisance extérieure, et cependant on ne peut rien faire pour eux ; on ne peut même leur faire connaître cette impuissance, afin que du moins ils ne soient pas indignés. Où est celui qui songe à la fécondité de l'argent ? Les hommes le perdent comme ils dissipent leurs forces, leur santé, leurs ans. Il est si aisé de l'entasser ou de le prodiguer, si difficile de l'employer bien !

Je sais un curé, près de Fribourg, qui est mal vêtu, qui se nourrit mal, qui ne dépense pas un demi-batz sans nécessité ; mais il donne tout, et le donne avec intelligence. Un de ses paroissiens, je l'ai entendu, parlait de son avarice ; mais cette avarice est bien belle !

Quand on s'arrête à l'importance du temps et à celle de l'argent, on ne peut voir qu'avec peine la perte d'une minute ou celle d'un batz. Cependant le train des choses nous entraîne ; une convenance arbitraire emporte vingt louis, tandis qu'un malheureux n'a pu obtenir un écu. Le hasard nous donne ou nous ôte beaucoup plus qu'il ne faudrait pour consoler l'infortuné. Un autre hasard condamne à l'inaction celui dont le génie aurait conservé l'état. Un boulet brise cette tête que l'on croyait destinée aux grandes choses, et que trente ans de soins avaient préparée. Dans cette incertitude, sous la loi de la nécessité, que deviennent nos calculs et l'exactitude des détails ?

Sans cette incertitude, on ne voudrait pas avoir des mouchoirs de batiste ; ceux de toile serviraient aussi bien, et l'on pourrait en donner à ce pauvre homme de journée qui se prive de tabac quand on l'emploie dans l'intérieur d'une maison, parce qu'il n'a pas de mouchoir dont il ose se servir *devant le monde*.

Ce serait une vie heureuse que celle qu'on passerait comme ce curé respectable. Si j'étais pasteur de village, je voudrais me hâter de faire ainsi, avant qu'une grande habitude me rendît nécessaire l'usage de ce qui compose une vie aisée. Mais il faut être célibataire, être seul, être indépendant de l'opinion ; sans quoi l'on peut perdre dans trop d'exactitude les occasions de sortir des bornes d'une utilité si restreinte. S'arranger de cette manière, c'est trop limiter son sort ; mais aussi, sortez de là, et vous voilà comme assujetti à tous ces besoins convenus dont il est difficile de marquer le terme, et qui entraînent si loin de l'ordre réel, qu'on voit des gens ayant cent mille livres de revenu, craindre une dépense de vingt francs.

On ne s'arrête pas assez à ce qu'éprouve une femme qui se traîne sur une route avec son enfant, qui manque de pain pour elle et pour lui-même, et qui enfin trouve ou reçoit une pièce de six sous. Alors elle entre avec confiance dans une maison où elle aura de la paille pour tous deux ; avant de se coucher, elle lui fait une panade, et dès qu'il dort, elle s'endort contente, laissant à la Providence les besoins du lendemain.

Que de maux à prévenir, à réparer ! que de consolations à donner ! que de plaisirs à faire, qui sont là en quelque sorte, dans une bourse d'or, comme des germes cachés et oubliés, et qui n'attendent pour produire des fruits admirables que l'industrie d'un bon cœur ! Toute une campagne est misérable et avilie : les besoins, l'inquiétude, le désordre ont flétri tous les cœurs ; tous souffrent et s'irritent. L'humeur, les divisions, les maladies, la mauvaise nourriture, l'éducation brutale, les habitudes malheureuses, tout peut être changé. L'union, l'ordre, la paix, la confiance peuvent être ramenés ; et l'espérance elle-même, et les mœurs heureuses ! Fécondité de l'argent !

Celui qui a pris un état, celui dont la vie peut être réglée, dont le revenu est toujours le même, qui est contenu dans cela, est borné là, comme un homme l'est par les lois de sa nature ; l'héritier d'un petit patrimoine, un ministre de campagne, un rentier tranquille peuvent calculer ce qu'ils ont, fixer leur dépense annuelle, réduire leurs besoins personnels aux besoins absolus, et compter alors tous les sous qui leur restent comme des jouissances qui ne périront point. Il ne doit pas sortir de leurs mains une seule monnaie qui ne ramène la joie ou le repos dans le cœur d'un malheureux.

J'entre avec affection dans cette cuisine patriarcale, sous un toit simple, dans l'angle de la vallée. J'y vois des légumes que l'on apprête avec un peu de lait, parce qu'ils sont moins coûteux ainsi qu'avec le beurre. On y fait une soupe avec des herbes, parce que le bouillon gras a été porté à une demi-lieue de là chez un malade. Les plus beaux fruits se vendent à la ville, et le produit sert à distribuer à chacune des femmes les moins aisées de l'endroit quelques bichets de farine de maïs qu'on ne leur donne pas comme une aumône, mais dont on leur montre à faire *des gaudes*[1] et des galettes. Pour les fruits salubres et qui ne sont pas d'un grand prix, tels que les cerises, les groseilles, le raisin commun, on les consomme avec autant de plaisir que ces belles poires ou ces pêches qui ne rafraîchiraient pas mieux, et dont on a tiré un bien meilleur parti.

Dans la maison tout est propre, mais d'une simplicité rigoureuse. Si l'avarice ou la misère avaient fait cette loi, ce serait triste à voir, mais c'est l'économie de la bienfaisance. Ses privations raisonnées, sa sévérité volontaire, sont plus douces que toutes les recherches et l'abondance d'une vie voluptueuse ; celles-ci deviennent des besoins dont on ne supporterait pas d'être privé, mais auxquels on ne trouve point de plaisir ; les premières donnent des jouissances toujours répétées, et qui nous laissent notre indépendance. Des étoffes de ménage fortes et peu salissantes composent presque tout l'habillement des enfans et du père. Sa femme ne porte que des robes blanches de toile de coton ; et tous les ans, on trouve des prétextes pour répartir plus de deux cents aunes de toile entre ceux qui sans cela auraient à peine des chemises. Il n'y a d'autre porcelaine que deux tasses du Japon, qui servaient jadis dans la maison paternelle ; tout le reste est d'un bois très-dur, agréable à l'œil, et que l'on maintient dans une grande propreté. Il se casse difficilement, et on le renouvelle à peu de frais ; en sorte que l'on n'a pas besoin de craindre ou de gronder, et qu'on a de l'ordre sans humeur, de l'activité sans inquiétude. On n'a pas de domestiques : comme les soins du ménage sont peu considérables et bien réglés, on se sert soi-même afin d'être libre. De plus, on n'aime ni à surveiller ni à perdre ; on se trouve plus heureux avec plus de peine, et plus de confiance. Seulement, une femme qui mendiait auparavant vient tous les jours pendant une heure, elle fait l'ouvrage le moins propre, et elle emporte chaque fois le salaire convenu. Avec cette manière d'être, on connaît au juste ce qu'on dépense. Là on sait le prix d'un œuf, et l'on sait aussi donner sans aucun regret un sac de blé au débiteur pauvre poursuivi par un riche créancier.

Il importe à l'ordre même qu'on le suive sans répugnance. Les besoins positifs sont faciles à contenir, par l'habitude, dans les bornes du simple nécessaire ; mais les besoins de l'ennui n'auraient point de bornes, et mèneraient d'ailleurs aux besoins d'opinion, illimités comme eux. On a tout prévu pour ne laisser aucun dégoût interrompre l'accord de l'ensemble. On ne fait pas usage des stimulans, ils rendent nos sensations trop irrégulières : ils donnent à la fois l'avidité et l'abattement. Le vin et le café sont interdits. Le thé seul est admis, mais aucun prétexte ne peut en rendre l'usage fréquent : on en prend régulièrement une fois tous les cinq jours. Aucune fête ne vient troubler l'imagination par ses plaisirs espérés, par son indifférence imprévue ou affectée, par les dégoûts et l'ennui qui succèdent également aux désirs trompés et aux désirs satisfaits. Tous les jours sont à peu près semblables, afin que tous soient heureux. Quand les uns sont pour le plaisir et les autres pour le travail, l'homme qui n'est pas contraint par une nécessité absolue devient bientôt mécontent de tous et curieux d'essayer une autre manière de vivre. Il faut à l'incertitude de nos cœurs, ou l'uniformité pour la fixer, ou une variété perpétuelle qui la suspende et la séduise toujours. Avec les amusemens s'introduiraient les dépenses ; et l'on perdrait à s'ennuyer dans les plaisirs les moyens d'être contens et aimés au milieu d'une bourgade contente. Cependant il ne faut pas que toutes les heures de la vie soient insipides et sans joie. On se fait à l'uniformité de l'ennui ; mais le caractère en est altéré : l'humeur devient difficile ou chagrine, et au milieu de la paix des choses, on n'a plus la paix de l'âme et le calme du bonheur. Cet homme de bien l'a senti. Il a voulu que les services qu'il rend, que l'ordre qu'il a établi donnassent à sa famille la félicité d'une vie simple, et non pas l'amertume des privations et de la misère. Chaque jour a pour les enfans un moment de fête tel qu'on peut en avoir chaque jour. Il ne finit jamais sans qu'ils se soient réjouis, sans que leurs parens aient eu le plaisir des pères, celui de voir leurs enfans devenir toujours meilleurs en restant toujours aussi contens. Le repas du soir se fait de bonne heure ; il est composé de choses simples, mais qu'ils aiment, et que souvent on leur laisse disposer eux-mêmes. Après le souper, les jeux en commun chez soi, ou chez des voisins honnêtes, les courses, la promenade, la gaieté nécessaire à leur âge, et si bonne à tout âge, ne leur manquent jamais. Tant le maître de la maison est convaincu que le bonheur attache aux vertus, comme les vertus disposent au bonheur.

Voilà comme il faudrait vivre ; voilà comme j'aimerais à faire, surtout si j'avais un revenu considérable. Mais vous savez quelle chimère je nourris dans ma pensée. Je n'y crois pas, et pourtant je ne saurais m'y refuser. Le sort, qui ne m'a donné ni femme, ni enfans, ni patrie ; je ne sais quelle inquiétude qui m'a isolé, qui m'a toujours empêché de prendre un rôle sur la scène du monde, ainsi que font les autres hommes ; ma destinée enfin, semble me retenir, elle me laisse dans l'attente, et ne me permet pas d'en sortir : elle ne dispose point de moi, mais elle m'empêche d'en disposer moi-même. Il semble qu'il y ait une force qui me retienne et me prépare en secret, que mon existence ait une fin terrestre encore inconnue, et que je sois réservé pour une chose que je ne saurais soupçonner. C'est une illusion peut-être ; cependant je ne puis volontairement détruire ce que je crois pressentir, ce que le temps peut me réserver en effet.

A la vérité, je pourrais m'arranger ici à peu près de la manière dont je parle ; j'aurais un objet insuffisant, mais du moins certain ; et voyant à quoi je dois m'attacher, je m'efforcerais d'occuper à ces soins journaliers l'inquiétude qui me presse. En faisant dans un cercle étroit le bien de quelques hommes, je parviendrais à oublier combien je suis inutile aux hommes. Peut-être même prendrais-je ce parti, si je ne me trouvais pas dans un isolement qui ne m'y offrirait point de douceur intérieure ; si j'avais un enfant que je formerais, que je suivrais dans les détails ; si j'avais une femme qui aimât les soins du ménage bien conduit, à qui il fût naturel d'entrer dans mes vues, qui pût trouver des plaisirs dans l'intimité domestique et jouir comme moi de toutes ces choses qui n'ont de prix que celui d'une simplicité volontaire.

Bientôt il me suffirait de suivre l'ordre dans les choses de la vie privée. Le vallon ignoré serait pour moi la seule terre humaine. On n'y souffrirait plus, et je deviendrais content. Puisque dans quelques années je serai un peu de poussière que les vers auront abandonnée, j'en viendrais à ce point de regarder comme un monument assez grand la fontaine dont j'aurais amené les eaux intarissables, et ce serait assez, pour l'emploi de mes jours, que dix familles trouvassent mon existence utile.

Dans une terre convenable, je jouirais plus de cette simplicité des montagnes, que je ne jouirais dans une grande ville de toutes les habitudes de l'opulence.

Mon parquet serait un plancher de sapin ; au lieu de boiseries vernies, j'aurais des murs de sapin ; mes meubles ne seraient point d'acajou, ils seraient de chêne ou de sapin. Je me plairais à voir arranger les châtaignes sous la cendre, au foyer de la cuisine, comme j'aime à être assis sur un meuble élégant à vingt pieds de distance d'un feu de salon, à la lumière de quarante bougies.

Mais je suis seul ; et, outre cette raison, j'en ai d'autres encore de faire différemment. Si je savais qui partagera ma manière de vivre, je saurais selon quels besoins et quels goûts il faut que je la dispose. Si je pouvais être assez utile dans ma vie domestique, je verrais à borner là toute considération de l'avenir ; mais, dans l'ignorance où je suis de ceux avec qui je vivrai et de ce que je deviendrai moi-même, je ne veux point rompre des rapports qui peuvent devenir nécessaires, et je ne puis adopter des habitudes trop particulières. Je vais donc m'arranger selon les lieux, mais d'une manière qui n'écarte de moi personne de ceux dont on peut dire : C'est un des nôtres.

Je ne possède pas un bien considérable ; et ce n'est point d'ailleurs dans un vallon des Alpes que j'irais introduire un luxe déplacé. Ces lieux-là permettent la simplicité que j'aime. Ce n'est pas que les excès y soient ignorés, non plus que les besoins d'opinion. L'on ne peut pas dire précisément que le pays soit simple, mais il convient à la simplicité. L'aisance y semble plus douce qu'ailleurs, et le luxe moins séduisant. Beaucoup de choses naturelles n'y sont pas encore ridicules. Il n'y faut pas aller vivre, si on est réduit à très-peu ; mais si on a seulement assez, on y sera mieux qu'ailleurs.

Je vais donc m'y arranger comme si j'étais à peu près sûr d'y passer ma vie entière. J'y vais établir en tout la manière de vivre que les circonstances m'indiquent. Après que je me serai pourvu des choses nécessaires, il ne me restera pas plus de huit mille livres d'un revenu clair ; mais ce sera suffisant, et j'y serai moins gêné avec cela qu'avec le double dans une campagne ordinaire, ou le quadruple dans une grande ville.

LETTRE LXVI

19 juillet, VIII.

Quand on n'aime pas à changer de domestiques, on doit être satisfait d'en avoir un dont l'opinion permette de faire à peu près ce qu'on veut. Le mien s'arrange bonnement de ce qui me convient. Si son maître est mal nourri, il se contente de l'être un peu mieux que lui ; si, dans des lieux où il n'existe point de lits, je passe la nuit tout habillé sur le foin, il s'y place de même, sans me faire valoir trop cette condescendance. Je n'en abuse point, et je viens de faire monter ici un matelas pour lui.

Au reste, j'aime à avoir quelqu'un qui, rigoureusement parlant, n'ait pas besoin de moi. Les gens qui ne peuvent rien par eux-mêmes et qui sont réduits, naturellement et par inaptitude, à devoir tout à autrui, sont trop difficiles. N'ayant jamais rien acquis par leurs propres moyens, ils n'ont pas eu l'occasion de connaître la valeur des choses et de se soumettre à des privations volontaires ; en sorte que toutes leur sont odieuses. Ils ne distinguent point de la misère une économie raisonnable, ni de la lésinerie une gêne momentanée, que les circonstances prescrivent, et leurs prétentions ont d'autant moins de bornes, que sans vous ils ne pourraient prétendre à rien. Laissez-les à eux-mêmes, ils auront à peine du pain de seigle. Prenez-les chez vous, ils dédaignent les légumes, la viande de boucherie est bien commune, et leur santé ne saurait s'accommoder de l'eau.

Je suis enfin chez moi, et cela dans les Alpes. Il n'y a pas bien des années que c'eût été pour moi un grand bonheur ; maintenant j'y trouve le plaisir d'être occupé. J'ai des ouvriers de la Gruyère pour bâtir ma maison de bois, et pour y faire des poêles à la manière du pays. J'ai commencé par faire élever un grand toit couvert d'*anscelles* [1], qui joindra la grange et la maison, et sous lequel seront le bûcher, la fontaine, etc. C'est maintenant l'atelier général, et on y a pratiqué à la hâte quelques cases où l'on passe la nuit, pendant que la beauté de la saison le permet. De cette manière, les ouvriers ne sont point dérangés, l'ouvrage avancera beaucoup plus. Ils font aussi leur cuisine en commun, et me voilà à la tête d'un petit état très-laborieux et bien uni. Hantz, mon premier ministre, daigne quelque fois manger avec eux. Je suis parvenu à lui faire comprendre que, quoiqu'il eût l'intendance de mes bâtimens, s'il voulait se faire aimer de mon peuple, il ferait bien de ne point mépriser des hommes de condition libre, des paysans, des ouvriers à qui peut-être la philosophie du siècle donnerait l'impudence de l'appeler valet.

Si vous trouvez un moment, envoyez-moi vos idées sur tous les détails auxquels vous penserez, afin qu'en disposant les choses pour long-temps, et peut-être pour la vie, je ne fasse rien qu'il faille ensuite changer.

Adressez à Imenstròm, par Vevay.

LETTRE LXVII

Imenstròm, 21 juillet, VIII.

Ma chartreuse n'est éclairée par l'aurore en aucune saison, et ce n'est presque que dans l'hiver qu'elle voit le coucher du soleil. Vers le solstice d'été, on ne le voit pas le soir, et on ne l'aperçoit le matin que trois heures après le moment où il a passé l'horizon. Il sort alors entre les tiges droites des sapins, près d'un sommet nu, qu'il éclaire plus haut que lui dans les cieux ; il paraît porté sur l'eau du torrent, au-dessus de sa chute ; ses rayons divergent avec le plus grand éclat à travers le bois noir ; le disque lumineux repose sur la montagne boisée et sauvage dont la pente reste encore dans l'ombre ; c'est l'œil étincelant d'un colosse ténébreux.

Mais c'est aux approches de l'équinoxe que les soirées seront admirables et vraiment dignes d'une tête plus jeune. La gorge d'Imenstròm s'abaisse et s'ouvre vers le couchant d'hiver : la pente méridionale sera dans l'ombre ; celle que j'occupe et qui regarde le midi, toute éclairée de la splendeur du couchant, verra le soleil s'éteindre dans le lac immense embrasé de ses feux. Et ma vallée profonde sera comme un asile d'une douce température, entre la plaine ardente fatiguée de lumière, et la froide neige des cimes qui la ferment à l'orient.

J'ai soixante-dix arpens de prés plus ou moins bons ; vingt de bois assez beaux, et à peu près trente-cinq dont la surface est toute en rocs, en fondrières trop humides, ou toujours dans l'ombre, et en bois ou très-faibles, ou à peu près inaccessibles. Ceci ne donnera presque aucun produit ; c'est un espace stérile, dont on ne tire d'autre avantage que le plaisir de l'enfermer chez soi et de pouvoir, si l'on veut, le disposer pour l'agrément.

Ce qui me plaît dans cette propriété, outre la situation, c'est que toutes les parties en sont contiguës et peuvent être réunies par une clôture commune ; de plus, elle ne contient ni champs, ni vignes. La vigne y pourrait réussir d'après l'exposition ; il y en avait même autrefois (L) : on a mis des châtaigniers à la place, et je les préfère de beaucoup.

Le froment y réussit mal ; le seigle y serait très-beau, dit-on, mais il ne me servirait que comme moyen d'échange : les fromages peuvent le faire plus commodément. Je veux simplifier tous les travaux et les soins de la maison, afin d'avoir de l'ordre et peu d'embarras.

Je ne veux point de vignes, parce qu'elles exigent un travail pénible, et que j'aime voir l'homme occupé, mais non surchargé ; parce que leur produit est trop incertain, trop irrégulier, et que j'aime à savoir ce que j'ai, ce que je puis. Je n'aime point les champs, parce que le travail qu'ils demandent est trop inégal, parce qu'une grêle, et ici les gelées du mois de mai, peuvent trop facilement enlever leur récolte ; parce que leur aspect est presque continuellement ou désagréable, ou du moins fort indifférent pour moi.

De l'herbe, du bois et du fruit, voilà tout ce que je veux, surtout dans ce pays-ci. Malheureusement le fruit manque à Imenstròm. C'est un grand inconvénient ; il faut attendre beaucoup pour jouir des arbres que l'on plante, et moi qui aime à être en sécurité pour l'avenir, mais qui ne compte que sur le présent, je n'aime pas attendre. Comme il n'y avait point ici de maison, on n'y a mis aucun arbre fruitier, à l'exception des châtaigniers et de quelques pruniers très-vieux, qui apparemment appartiennent au temps où il y avait de la vigne et sans doute des habitations ; car ceci paraît avoir été partagé entre divers propriétaires. Depuis la réunion de ces différentes possessions, ce n'était plus qu'un pâturage où les vaches s'arrêtaient lorsqu'elles commençaient à monter au printemps et lorsqu'elles redescendaient pour l'hiver.

Cet automne et le printemps prochain, je planterai beaucoup de pommiers et de merisiers, quelques poiriers et quelques pruniers. Pour les autres fruits, qui viendraient difficilement ici, je préfère m'en passer. Quand on a dans un lieu ce qu'il peut naturellement produire, je trouve que l'on est assez bien. Les soins que l'on se donnerait pour y avoir ce que le climat n'accorde qu'avec peine, coûteraient plus que la chose ne vaudrait.

Par une raison semblable, je ne prétendrai pas avoir chez moi toutes les choses qui me seront nécessaires ou dont je ferai usage. Il en est beaucoup qu'il vaut mieux se procurer par échange. Je ne désapprouve point que, dans un grand domaine, on fasse tout chez soi, sa toile, son pain, son vin ; qu'on ait dans sa basse-cour porcs, dindes, paons, pintades, lapins, et tout ce qui peut, étant bien administré, donner quelque avantage. Mais j'ai vu avec surprise ces ménages mesquins et embarrassés, où, pour une économie toujours incertaine et souvent onéreuse, on se donnait cent sollicitudes, cent causes d'humeur, cent occasions de pertes. Les opérations rurales sont toutes utiles ; mais la plupart ne le sont que lorsqu'on a les moyens de les faire un peu en grand. Autrement, il vaut mieux se borner à son affaire et la bien conduire. En simplifiant, on rend l'ordre plus facile, l'esprit moins inquiet, les subalternes plus fidèles, et la vie domestique bien plus douce.

Si je pouvais faire faire annuellement cent pièces de toile, je verrais peut-être à me donner chez moi cet embarras : mais irai-je, pour quelques aunes, semer du chanvre et du lin, avoir soin de le faire tirer, de le faire rouir, de le faire tiller[1], avoir des fileuses, envoyer je ne sais où faire la toile, et encore ailleurs la blanchir ? Quand tout serait bien calculé, quand j'aurais évalué les pertes, les infidélités, l'ouvrage mal fait, les frais indirects, je suis persuadé que je trouverais ma toile très-chère. Au lieu que, sans tout ce soin, je la choisis comme je veux. Je ne la paie que ce qu'elle vaut réellement, parce que j'en achète une quantité à la fois, et que je la prends dans un magasin. D'ailleurs, je ne change de marchands, comme d'ouvriers ou de domestiques, que quand il m'est impossible de faire autrement : cela, quoi que l'on dise, arrive rarement, quand on choisit avec l'intention de ne pas changer, et que l'on fait de son côté ce qui est juste pour les satisfaire soi-même.

LETTRE LXVIII

Im., 23 juillet, VIII.

J'ai fait à peu près les mêmes réflexions que vous sur mon nouveau séjour. Je trouve, il est vrai, qu'un froid médiocre est naturellement aussi incommode qu'une chaleur très-grande. Je hais les vents de nord et la neige ; de tout temps mes idées se sont portées vers les beaux climats qui n'ont point d'hivers, et autrefois il me semblait pour ainsi dire chimérique que l'on vécût à Archangel, à Jeniseick[1]. J'ai peine à sentir que les travaux du commerce et des arts puissent se faire sur une terre perdue vers le pôle, où, pendant une si longue saison, les liquides sont solides, la terre pétrifiée, et l'air extérieur mortel. C'est le Nord qui me paraît inhabitable ; quant à la Torride, je ne vois pas de même pourquoi les anciens l'ont crue telle. Ses sables sont arides sans doute ; mais on sent d'abord que les contrées bien arrosées doivent y convenir beaucoup à l'homme, en lui donnant peu de besoins, et en subvenant, par les produits d'une végétation forte et perpétuelle, au seul besoin absolu qu'il y éprouve. La neige a, dit-on, ses avantages : cela est certain ; elle fertilise des terres peu fécondes, mais j'aimerais mieux les terres naturellement fertiles, ou fertilisées par d'autres moyens. Elle a ses beautés : cela doit être, car l'on en découvre toujours dans les choses, en les considérant sous tous leurs aspects ; mais les beautés de la neige sont les dernières que je découvrirai.

Mais maintenant que la vie indépendante n'est qu'un songe oublié ; maintenant que peut-être je ne chercherais autre chose que de rester immobile, si la faim, le froid ou l'ennui ne me forçaient de me remuer, je commence à juger des climats par réflexion plus que par sentiment. Pour passer le temps comme je puis dans ma chambre, autant vaut le ciel glacé des Samoïèdes que le doux ciel de l'Ionie. Ce que je craindrais le plus, ce serait peut-être le beau temps perpétuel de ces contrées ardentes, où le vieillard n'a pas vu pleuvoir dix fois. Je trouve les beaux jours bien commodes ; mais malgré le froid, les brumes, la tristesse, je supporte mieux l'ennui des mauvais temps que celui des beaux jours.

Je ne dors plus comme autrefois. L'inquiétude des nuits, le désir du repos me font songer à tant d'insectes qui tourmentent l'homme dans les pays chauds, et dans les étés de plusieurs pays du Nord. Les déserts ne sont plus à moi ; les besoins de convention me deviennent naturels. Que m'importe l'indépendance de l'homme ? Il me faut de l'argent ; et avec de l'argent, je puis être bien à Pétersbourg comme à Naples. Dans le Nord, l'homme est assujetti par les besoins et les obstacles ; dans le Midi, il est asservi par l'indolence et la volupté. Dans le Nord, le malheureux n'a pas d'asile ; il est nu, il a froid, il a faim, et la nature serait pour lui aussi terrible que l'aumône et les cachots. Sous l'équateur, il a les forêts, et la nature lui suffit quand l'homme n'y est pas. Là il trouve des asiles contre la misère et l'oppression ; mais moi, lié par mes habitudes et ma destinée, je ne dois pas aller si loin. Je cherche une cellule commode, où je puisse respirer, dormir, me chauffer, me promener en long et en large, et compter ma dépense. C'est donc beaucoup si je la bâtis près d'un rocher suspendu et menaçant, près d'une eau bruyante, qui me rappellent de temps à autre que j'eusse pu faire autre chose.

Cependant j'ai pensé à Lugano. Je voulais l'aller voir ; j'y ai renoncé. C'est un climat facile : on n'y a pas à souffrir l'ardeur des plaines d'Italie, ni les brusques alternatives et la froide intempérie des Alpes ; la neige y tombe rarement, et n'y reste pas. On y a, dit-on, des oliviers, et les sites y sont beaux ; mais c'est un coin bien reculé. Je craignais encore plus la manière italienne ; et quand, après cela, j'ai songé aux maisons de pierres, je n'ai pas pris la peine d'y aller. Ce n'est plus être en Suisse. J'aimerais bien mieux Chessel, et j'y devrais être, mais il paraît que je ne le puis. J'ai été conduit ici par une force qui n'est peut-être que l'effet de mes premières idées sur la Suisse, mais qui me semble être autre chose. Lugano a un lac, mais un lac n'eût pas suffi pour que je vous quittasse.

Cette partie de la Suisse où je me fixe est devenue comme ma patrie, ou comme un pays où j'aurais passé des années heureuses dans les premiers temps de la vie. J'y suis avec indifférence, et c'est une grande preuve de mon malheur ; mais je crois que je serais mal partout ailleurs. Ce beau bassin de la partie orientale du Léman, si vaste, si romantique, si bien environné ; ces maisons de bois, ces chalets, ces vaches qui vont et reviennent avec leurs cloches des montagnes ; les facilités des plaines et la proximité des hautes cimes ; une sorte d'habitude anglaise, française et suisse à la fois ; un langage que j'entends, un autre qui est le mien, un autre plus rare que je ne comprends pas ; une variété tranquille que tout cela donne ; une certaine union peu connue des catholiques ; la douceur d'une terre qui voit le couchant, mais un couchant éloigné du Nord ; cette longue plaine d'eau courbée, prolongée, indéfinie, dont les vapeurs lointaines s'élèvent sous le soleil de midi, s'allument et s'embrasent aux feux du soir, et dont la nuit laisse entendre les vagues qui se forment, qui viennent, qui grossissent et s'étendent pour se perdre sur la rive où l'on repose : cet ensemble entretient l'homme dans une situation qu'il ne trouve pas ailleurs. Je n'en jouis guère, et j'aurais peine à m'en passer. Dans d'autres lieux, je serais étranger ; je pourrais attendre un site plus heureux, et quand je veux reprocher aux choses l'impuissance et le néant où je vis, je saurais de quelle chose me plaindre : mais ici je ne puis l'attribuer qu'à des désirs vagues, à des besoins trompeurs. Il faut donc que je cherche en moi les ressources qui y sont peut-être sans que je les connaisse ; et si mon impatience est sans remède, mon incertitude sera du moins finie.

Je dois avouer que j'aime à posséder, même sans jouir : soit que la vanité des choses, ne me laissant plus d'espoir, m'inspire une tristesse convenable à l'habitude de ma pensée ; soit que, n'ayant pas d'autres jouissances à attendre, je trouve de la douceur à une amertume qui ne fait pas précisément souffrir, et qui laisse l'âme découragée dans le repos d'une mollesse douloureuse. Tant d'indifférence pour des choses séduisantes par elles-mêmes, et autrefois désirées, triste témoignage de l'insatiable avidité de nos cœurs, flatte encore leur inquiétude ; elle paraît à leur ambition ingénieuse une marque de notre supériorité sur ce que les hommes cherchent, et sur toutes les choses que la nature nous avait données, comme assez grandes pour l'homme.

Je voudrais connaître la terre entière. Je voudrais non pas la voir, mais l'avoir vue : la vie est trop courte pour que je surmonte ma paresse naturelle. Moi qui crains le moindre voyage, et même quelquefois un simple déplacement, irais-je me mettre à courir le monde, afin d'obtenir, si par hasard j'en revenais, le rare avantage de savoir, deux ou trois ans avant ma fin, des choses qui ne me serviraient pas !

Que celui-là voyage, qui compte sur ses moyens, qui préfère des sensations nouvelles, qui attend de ce qu'il ne connaît pas des succès ou des plaisirs, et pour qui voyager c'est vivre. Je ne suis ni homme de guerre, ni commerçant, ni curieux, ni savant, ni homme à système ; je suis mauvais observateur des choses usuelles, et je ne rapporterais du bout du monde rien d'utile à mon pays. Je voudrais avoir vu, et être rentré dans ma chartreuse avec la certitude de n'en jamais sortir : je ne suis plus propre qu'à finir en paix. Vous vous rappelez sans doute, qu'un jour, tandis que nous parlions de la manière dont on passe le temps sur les vaisseaux avec la pipe, le punch et les cartes ; vous vous rappelez que moi, qui hais les cartes, qui ne fume point et qui bois peu, je ne vous fis d'autre réponse que de mettre mes pantoufles, de vous entraîner dans la pièce du déjeûner, de fermer vite la fenêtre, et de me mettre à me promener avec vous à petits pas, sur le tapis, auprès du guéridon où fumait la bouilloire. Et vous me parlez encore de voyages ! Je vous le répète, je ne suis plus propre qu'à finir en paix, en conduisant ma maison dans la médiocrité, la simplicité, l'aisance, afin d'y voir des amis contens. De quelle autre chose irais-je m'inquiéter ? et pourquoi passer ma vie à la préparer ? Encore quelques étés et quelques hivers, et votre ami, le grand voyageur, sera un peu de cendre humaine. Vous lui rappelez qu'il doit être utile, c'est bien son espoir : il fournira à la terre quelques onces d'humus ; autant vaut-il que ce soit en Europe.

Si je pouvais d'autres choses, je m'y livrerais ; je les regarderais comme un devoir, et cela me ranimerait un peu : mais pour moi, je ne veux rien faire. Si je parviens à n'être pas seul dans ma maison de bois, si je parviens à ce que tous y soient à peu près heureux, on dira que je suis un homme utile ; je n'en croirai rien. Ce n'est pas être utile que de faire, avec de l'argent, ce que l'argent peut faire partout, et d'améliorer le sort de deux ou trois personnes, quand il y a des hommes qui perdent ou qui sauvent des milliers d'hommes. Mais enfin, je serai content en voyant que l'on est content. Dans ma chambre bien close, j'oublierai tout le reste : je deviendrai étroit comme ma destinée, et peut-être je parviendrai à croire que ma vallée est une partie essentielle du monde.

A quoi me servirait donc d'avoir vu le globe, et pourquoi le désirerais-je ? Il faut que je cherche à vous le dire, afin de le savoir moi-même. D'abord vous pensez bien que le regret de ne l'avoir pas vu m'affecte assez peu. Si j'avais mille ans à vivre, je partirais demain. Comme il en est autrement, les relations des Cook, des Norden, des Pallas[2], m'ont dit sur les autres contrées ce que j'ai besoin d'en savoir. Mais si je les avais vues, je comparerais une sensation avec une autre sensation du même ordre sous un autre ciel ; je verrais peut-être un peu plus clair dans les rapports entre l'homme et les choses, et comme il faudra que j'écrive parce que je n'ai rien de plus à faire, je dirais peut-être des choses moins inutiles.

En rêvant seul, sans lumière, dans une nuit pluvieuse, auprès d'un beau feu qui tombe en débris, j'aimerais à me dire : J'ai vu les sables et les mers et les monts, les capitales et les déserts, les nuits du tropique et les nuits boréales ; j'ai vu la Croix du Sud et la Petite Ourse, j'ai souffert une chaleur de 145 degrés, un froid de 130 *. J'ai marché dans les neiges de l'Équateur, et j'ai vu l'ardeur du jour allumer les pins sous le cercle polaire ; j'ai comparé les formes simples du Caucase avec les anfractuosités des Alpes, et les hautes forêts des monts Félices avec le granit nu de la Thébaïde ; j'ai vu l'Irlande toujours humide, et la Libye toujours aride ; j'ai passé le long hiver d'Edimbourg sans souffrir du froid, et j'ai vu des chameaux gelés dans l'Abyssinie ; j'ai mâché le bétel[3], j'ai pris l'opium, j'ai bu l'ava ; j'ai séjourné dans une bourgade

* Ceci ne peut s'entendre que du thermomètre de Fahrenheit. 145 degrés au-dessus de zéro, ou 113 au-dessus de la congélation naturelle de l'eau, répond à 50 degrés et quelque chose du thermomètre dit le Réaumur, et 130 degrés au-dessous de zéro répond à 72 au-dessous de glace. On prétend qu'un froid de 70 degrés n'est pas sans exemple à la New-Zemble. Mais je ne sais si l'on a vu sur les rives même de la Gambie 50 degrés. La chaleur extrême de la Thébaïde est, dit-on, de 38, et celle de la Guinée paraît tellement au-dessous de 50, que je doute qu'elle aille à ce point en aucun lieu, si ce n'est tout à fait accidentellement, comme pendant le passage du Samiel. Peut-être faut-il aussi douter des 70 degrés de glace dans les contrées habitées quelconques, quoiqu'on ait prétendu les avoir éprouvés à Jeniseick.

Voici le résultat d'observations faites en 1786. A Ostroug-Viliki, au 61e degré, le mercure gela le 4 novembre. Le thermomètre de Réaumur indiquait 31 degrés et demi. Le matin du 1er décembre il descendit à 40 ; le même jour à 51 ; et le 7 décembre à 60. Ceci rendrait vraisemblable un froid de 70 degrés soit dans la New-Zemble, soit dans les parties les plus septentrionales de la Russie, qui sont plus près du pôle, et qui pourtant ont des habitations.

où l'on m'aurait cuit si l'on ne m'eût pas cru empoisonné, puis chez un peuple qui m'a adoré, parce que j'y apparaissais dans un de ces globes dont le peuple d'Europe s'amuse ; j'ai vu l'Esquimau satisfait avec ses poissons gâtés et son huile de baleine ; j'ai vu le faiseur d'affaires mécontent de ses vins de Chypre et de Constance ; j'ai vu l'homme libre faire deux cents lieues à la poursuite d'un ours, et le bourgeois manger, grossir, peser sa marchandise et attendre l'extrême-onction dans la boutique sombre que sa mère achalanda. La fille d'un mandarin mourut de honte parce qu'une heure trop tôt son mari avait aperçu son pied découvert ; dans la Pacifique, deux jeunes filles montèrent sur le pont, prirent à la main l'unique vêtement qui les couvrait, s'avancèrent ainsi nues parmi les matelots étrangers, en emmenèrent à terre, et jouirent à la vue du navire. Un sauvage se tua de désespoir devant le meurtrier de son ami : le vrai fidèle vendit la femme qui l'avait aimé, qui l'avait sauvé, qui l'avait nourri, et la vendit davantage en apprènant qu'il l'avait rendue enceinte (*M*).

Mais quand j'aurais vu ces choses et beaucoup d'autres ; quand je vous dirais : Je les ai vues ; hommes trompés et construits pour l'être ! ne les savez-vous pas ? en êtes-vous moins fanatiques de vos idées étroites ? en avez-vous moins besoin de l'être pour qu'il vous reste quelque décence morale ?

Non : ce n'est que songe ! Il vaut mieux acheter de l'huile en gros, la revendre en détail, et gagner deux sous par livre *.

Ce que je dirais à l'homme qui pense n'en aurait pas une autorité beaucoup plus grande. Nos livres peuvent suffire à l'homme impartial, toute l'expérience du globe est dans nos cabinets. Celui qui n'a rien vu par

* Allusion à Démocrite apparemment.

lui-même, et qui est sans préventions, sait mieux que beaucoup de voyageurs. Sans doute, si cet homme d'un esprit droit, si cet observateur avait parcouru le monde, il saurait mieux encore ; mais la différence ne serait pas assez grande pour être essentielle : il pressent dans les rapports des autres les choses qu'ils n'ont pas senties, mais qu'à leur place il eût vues.

Si les Anacharsis[4], les Pythagore, les Démocrite vivaient maintenant, il est probable qu'ils ne voyageraient pas ; car tout est divulgué. La science secrète n'est plus dans un lieu particulier ; il n'y a plus de mœurs inconnues, il n'y a plus d'institutions extraordinaires, il n'est plus indispensable d'aller au loin. S'il fallait tout voir par soi-même, maintenant que la terre est si grande et la science si compliquée, la vie entière ne suffirait ni à la multiplicité des choses qu'il faudrait étudier, ni à l'étendue des lieux qu'il faudrait parcourir. On n'a plus ces grands desseins, parce que leur objet, devenu trop vaste, a passé les facultés et l'espoir même de l'homme ; comment conviendraient-ils à mes facultés solitaires, à mon espoir éteint ?

Que vous dirai-je encore ? La servante qui trait ses vaches, qui met son lait reposer, qui enlève la crème et la bat, sait bien qu'elle fait du beurre. Quand elle le sert, et qu'elle voit qu'on l'étend avec plaisir sur le pain, et qu'on met des feuilles nouvelles dans la théière, parce que le beurre est bon, voilà sa peine payée ; son travail est beau, elle a fait ce qu'elle a voulu faire. Mais quand un homme cherche ce qui est juste et utile, sait-il ce qu'il produira, et s'il produira quelque chose ?

En vérité, c'est un lieu bien tranquille que cette gorge d'Imenstròm, où je ne vois au-dessus de moi que le sapin noir, le roc nu, le ciel infini : plus bas s'étendent au loin les terres que l'homme travaille.

Dans d'autres âges, on estimait la durée de la vie par

le nombre des printemps ; et moi, dont il faut que le toit de bois devienne semblable à celui des hommes antiques, je compterai ainsi ce qui me reste par le nombre de fois que vous y viendrez passer, selon votre promesse, un mois de chaque année.

LETTRE LXIX

Im., 27 juillet, VIII.

J'apprends avec plaisir que M. de Fonsalbe est revenu de Saint-Domingue ; mais on dit qu'il est ruiné, et de plus marié. On me dit encore qu'il a quelque affaire à Zurich, et qu'il doit y aller bientôt.

Recommandez-lui de passer ici : il sera bien reçu. Cependant il faut le prévenir qu'il le sera fort mal sous d'autres rapports. Je crois que ceux-là lui importent peu : s'il n'a bien changé, c'est un excellent cœur. Un bon cœur change-t-il ?

Je le plaindrais peu d'avoir eu son habitation dévastée par les ouragans, et ses espérances détruites, s'il n'était pas marié ; mais puisqu'il l'est, je le plains beaucoup. S'il a vraiment une femme, il lui sera pénible de ne la pas voir heureuse ; s'il n'a avec lui qu'une personne qui porte son nom, il sera plongé dans bien des dégoûts auxquels l'aisance seule permet d'échapper. On ne m'a pas marqué qu'il eût ou qu'il n'eût pas d'enfans.

Faites-lui promettre de passer par Vevay, et de s'arrêter ici plusieurs jours. Le frère de madame Dellemar m'est peut-être destiné. — Il me vient une espérance. Dites-moi quelque chose à son sujet, vous qui le connaissez davantage. Félicitez sa sœur de ce qu'il a échappé à ce dernier malheur de la traversée. Non ; ne *lui* dites rien de ma part ; laissez périr les temps passés.

Mais apprenez-moi quand il viendra ; et dites-moi, dans notre langue, votre pensée sur sa femme. Je souhaite qu'elle fasse avec lui le voyage ; c'est même à peu près nécessaire. La saison favorable pour voir la Suisse est un prétexte qui vous servira à les décider. Si l'on craint l'embarras ou les frais, assurez qu'elle pourra être agréablement et convenablement à Vevay, pendant qu'il terminera ses affaires à Zurich.

LETTRE LXX

Im., 29 juillet, VIII.

Quoique ma dernière lettre ne soit partie qu'avant-hier, je vous écris sans avoir rien de particulier à vous dire. Si vous recevez les deux lettres à la fois, ne cherchez point dans celle-ci quelque chose de pressant ; je vous préviens qu'elle ne vous apprendra rien, sinon qu'il fait un temps d'hiver : c'est pour cela que je vous écris, et que je passe l'après-midi auprès du feu. La neige couvre les montagnes, les nuages sont très-bas, une pluie froide inonde les vallées ; il fait froid, même au bord du lac ; il n'y avait ici que cinq degrés à midi, et il n'y en avait pas deux un peu avant le lever du soleil *.

Je ne trouve point désagréables ces petits hivers au milieu de l'été. Jusqu'à un certain point, le changement convient même aux hommes constans, même à ceux que leurs habitudes entraînent. Il est des organes

* Thermomètre dit de Réaumur.

qu'une action trop continue fatigue : je jouis entièrement du feu maintenant, au lieu que dans l'hiver il me gêne, et je m'en éloigne.

Ces vicissitudes, plus subites et plus grandes que dans les plaines, rendent plus intéressante, en quelque sorte, la température incommode des montagnes. Ce n'est point au maître qui le nourrit bien et le laisse en repos que le chien s'attache davantage, mais à celui qui le corrige et le caresse, le menace et lui pardonne. Un climat irrégulier, orageux, incertain, devient nécessaire à notre inquiétude ; un climat plus facile et plus uniforme qui nous satisfait, nous laisse indifférens.

Peut-être les jours égaux, le ciel sans nuages, l'été perpétuel, donnent-ils plus d'imagination à la multitude : ce qui viendrait de ce que les premiers besoins absorbent alors moins d'heures, et de ce que les hommes sont plus semblables dans ces contrées où il y a moins de diversité dans les temps, dans les formes, dans toutes choses. Mais les lieux pleins d'oppositions, de beautés et d'horreur, où l'on éprouve des situations contraires et des sentimens rapides, élèvent l'imagination de certains hommes vers le romantique, le mystérieux, l'idéal.

Des champs toujours tempérés peuvent nourrir des savans profonds ; des sables toujours brûlés peuvent contenir des gymnosophistes [1] et des ascètes. Mais la Grèce montagneuse, froide et douce, sévère et riante, la Grèce couverte de neige et d'oliviers, eut Orphée, Homère, Épiménide ; la Calédonie, plus difficile, plus changeante, plus polaire et moins heureuse, produisit Ossian.

Quand les arbres, les eaux, les nuages sont peuplés par les âmes des ancêtres, par les esprits des héros, par les dryades, par les divinités ; quand des êtres invisibles sont enchaînés dans les cavernes, ou portés par les vents ; quand ils errent sur les tombeaux silencieux, et qu'on les entend gémir dans les airs pendant la nuit ténébreuse, quelle patrie pour le cœur de l'homme ! quel monde pour l'éloquence * !

Sous un ciel toujours le même, dans une plaine sans bornes, des palmiers droits ombragent les rives d'un fleuve large et muet ; le musulman s'y fait asseoir sur des carreaux, il y fume tout le jour entre les éventails qu'on agite devant lui.

Mais des rochers mousseux s'avancent sur l'abîme des vagues soulevées ; une brume épaisse les a séparés du monde pendant un long hiver ; maintenant le ciel est beau, la violette et la fraise fleurissent, les jours grandissent, les forêts s'animent. Sur l'Océan tranquille, les filles des guerriers chantent les combats et l'espérance de la patrie. Voici que les nuages s'assemblent ; la mer se soulève, le tonnerre brise les chênes antiques ; les barques sont englouties ; la neige couvre les cimes ; les torrens ébranlent la cabane, ils creusent des précipices. Le vent change ; le ciel est clair et froid. A la lueur des étoiles, on distingue des planches sur la mer encore menaçante ; les filles des guerriers ne sont plus. Les vents se taisent, tout est calme ; on entend des voies humaines au-dessus des rochers, et des *gouttes froides tombent du toit*. Le Calédonien s'arme, il part dans la nuit, il franchit les monts et les torrens, il court à Fingal ; il lui dit : Slisama est morte ; mais je l'ai entendue ; elle ne nous quittera pas, elle a nommé tes amis, elle nous a commandé de vaincre.

C'est au Nord que semblent appartenir l'héroïsme de l'enthousiasme et les songes gigantesques d'une

* C'est une grande facilité pour un poète : celui qui veut dire tout ce qu'il imagine a un grand avantage sur celui qui ne doit dire que des choses positives, qui ne dit que ce qu'il croit.

mélancolie sublime*. A la Torride appartiennent les conceptions austères, les rêveries mystiques, les dogmes impénétrables, les sciences secrètes, magiques, cabalistiques, et les passions opiniâtres des solitaires.

Le mélange des peuples et la complication des causes, ou relatives au climat, ou étrangères à lui, qui modifient le tempérament de l'homme, ont fourni des raisons spécieuses contre la grande influence des climats. Il semble d'ailleurs que l'on n'ait fait qu'entrevoir et les moyens et les effets de cette influence. On n'a considéré que le plus ou moins de chaleur ; et cette cause, loin d'être unique, n'est peut-être pas la principale.

Si même il était possible que la somme annuelle de la chaleur fût la même en Norwège et dans l'Hedjas[2], la différence resterait encore très-grande, et presque aussi grande entre l'Arabe et le Norwégien. L'un ne connaît qu'une nature constante, l'égalité des jours, la continuité de la saison, et la brûlante uniformité d'une terre aride. L'autre, après une longue saison de brumes ténébreuses où la terre est glacée, les eaux immobiles, et le ciel bouleversé par les vents, verra une saison nouvelle éclairer constamment les cieux, animer les eaux, féconder la terre fleurie et embellie par les teintes harmonieuses et les sons romantiques. Il a dans le printemps des heures d'une beauté inexprimable ; il a les jours d'automne plus attachans encore par cette tristesse même qui remplit l'âme sans l'égarer, qui, au lieu de l'agiter d'un plaisir trompeur, la pénètre et la nourrit d'une volupté pleine de mystère, de grandeur et d'ennuis.

* Encore un aperçu vague. Cette observation serait même inutile ici ; mais elle ne l'est pas en général, et pour les autres passages auxquels elle peut se trouver applicable.

Peut-être les aspects différens de la terre et des cieux, et la permanence ou la mobilité des accidens de la nature ne peuvent-ils faire d'impression que sur les hommes bien organisés, et non sur cette multitude qui paraît condamnée, soit par incapacité, soit par misère, à n'avoir que l'instinct animal. Mais ces hommes dont les facultés sont plus étendues sont ceux qui mènent leur pays, ceux qui par les institutions, par l'exemple, par les forces publiques ou secrètes, entraînent le vulgaire ; et le vulgaire lui-même obéit en bien des manières à ces mobiles, quoiqu'il ne les observe pas.

Parmi ces causes, l'une des principales, sans doute, est dans l'atmosphère dont nous sommes pénétrés. Les émanations, les exhalaisons végétales et terrestres changent avec la culture et avec d'autres circonstances, lors même que la température ne change pas sensiblement. Ainsi quand on observe que le peuple de telle contrée a changé, quoique son climat soit resté le même, il me semble que l'on ne fait pas une objection solide ; on ne parle que de la température, et cependant l'air d'un lieu ne saurait convenir souvent aux habitans d'un autre lieu, dont les étés et les hivers paraissent semblables.

Les causes morales et politiques agissent d'abord avec plus de force que l'influence du climat ; elles ont un effet présent et rapide qui surmonte les causes physiques, quoique celles-ci, plus durables, soient plus puissantes à la longue. Personne n'est surpris que les Parisiens aient changé depuis le temps où Julien écrivit son Misopogon [3]. La force des choses a mis à la place de l'ancien caractère parisien un caractère composé de celui des habitans d'une très-grande ville non maritime, et de celui des Picards, des Normands, des Champenois, des Tourangeaux, des Gascons, des Français en général, des Européens même, et enfin des sujets d'une monarchie tempérée dans ses formes extérieures.

LETTRE LXXI

Im., 3 août, VIII.

S'il est une chose dans le spectacle du monde qui m'arrête quelquefois et quelquefois m'étonne, c'est cet être qui nous paraît la fin de tant de moyens, et qui semble n'être le moyen d'aucune fin ; qui est tout sur la terre, et qui n'est rien pour elle, rien pour lui-même* ; qui cherche, qui combine, qui s'inquiète, qui réforme, et qui pourtant fait toujours de la même manière des choses nouvelles, et avec un espoir toujours nouveau des choses toujours les mêmes ; dont la nature est l'activité, ou plutôt l'inquiétude de l'activité ; qui s'agite pour trouver ce qu'il cherche, et s'agite bien plus lorsqu'il n'a rien à chercher ; qui dans ce qu'il a obtenu ne voit qu'un moyen pour obtenir une autre chose, et lorsqu'il jouit, ne trouve dans ce qu'il avait désiré qu'une force nouvelle pour s'avancer vers ce qu'il ne désirait pas ; qui aime mieux aspirer à ce qu'il craignait, que de ne plus rien attendre ; dont le plus grand malheur serait de n'avoir à souffrir de rien ; que les obstacles enivrent, que les plaisirs accablent,

* Il est probable que les autres parties de la nature seraient aussi obscures à nos yeux. Si nous trouvons dans l'homme plus de sujets de surprise, c'est que nous y voyons plus de choses. C'est surtout dans l'intérieur des êtres que nous rencontrons partout les bornes de nos conceptions. Dans un objet qui nous est beaucoup connu, nous sentons que l'inconnu est lié au connu ; nous voyons que nous sommes près de concevoir le reste, et que pourtant nous ne le concevrons pas : ces bornes nous remplissent d'étonnement.

qui ne s'attache au repos que quand il l'a perdu ; et qui, toujours emporté d'illusions en illusions, n'a pas, ne peut pas avoir autre chose, et ne fait jamais que rêver la vie.

LETTRE LXXII

Im., 6 août, VIII.

Je ne saurais être surpris que vos amis me blâment de m'être confiné dans un endroit solitaire et ignoré. Je devais m'y attendre, et je dois aussi convenir avec eux que mes goûts paraissent quelquefois en contradiction. Je pense cependant que cette opposition n'est qu'apparente, et n'existera qu'aux yeux de celui qui me croira un penchant décidé pour la campagne. Mais je n'aime pas exclusivement ce qu'on appelle vivre à la campagne ; je n'ai pas non plus d'éloignement pour la ville. Je sais bien lequel des deux genres de vie je préfère naturellement, mais je serais embarrassé de dire lequel me convient tout-à-fait maintenant.

A ne considérer que les lieux seulement, il existe peu de villes où il ne me fût désagréable de me fixer ; mais il n'y en a point peut-être que je ne préférasse à la campagne, telle que je l'ai vue dans plusieurs provinces. Si je voulais imaginer la meilleure situation possible pour moi, ce ne serait pas dans une ville. Cependant je ne donne pas une préférence décidée à la campagne ; si, dans une situation gênée, il y est plus facile qu'à la ville de mener une vie supportable, je crois qu'avec de l'aisance il est plus facile dans les grandes villes qu'ailleurs de vivre tout-à-fait bien selon le lieu. Tout cela est donc sujet à tant d'exceptions, que je ne saurais décider en général. Ce que j'aime, ce n'est pas précisément une chose de telle nature, mais celle que je vois le plus près de la perfection dans son genre, celle que je reconnais être le plus selon sa nature.

Je préférerais la vie d'un misérable Finlandais dans ses roches glacées, à celle que mènent d'innombrables petits bourgeois de certaines villes, dans lesquelles, tout enveloppés de leurs habitudes, pâles de chagrins et vivant de bêtises, ils se croient supérieurs à l'être insouciant et robuste qui végète dans la campagne, et qui rit tous les dimanches.

J'aime assez une ville petite, propre, bien située, bien bâtie, qui a pour promenade publique un parc bien planté, et non d'insipides boulevards ; où l'on voit un marché commode et de belles fontaines ; où l'on peut réunir, quoique en petit nombre, des gens non pas extraordinaires, célèbres, ni même savans, mais pensant bien, se voyant avec plaisir, et ne manquant pas d'esprit ; une petite ville enfin où il y a aussi peu qu'il se puisse de misère, de boue, de division, de propos de commère, de dévotion bourgeoise et de calomnie.

J'aime mieux encore une très-grande ville qui réunisse tous les avantages et toutes les séductions de l'industrie humaine ; où l'on trouve les manières les plus heureuses, et l'esprit le plus éclairé ; où l'on puisse, dans son immense population, espérer un ami, et faire des connaissances telles qu'on les désire ; où l'on puisse se perdre quand on veut dans la foule, être à la fois estimé, libre et ignoré, prendre le train de vie que l'on aime, et en changer même sans faire parler de soi ; où l'on puisse en tout choisir, s'arranger, s'habituer, sans avoir d'autres juges que les personnes dont on est vraiment connu. Paris est la capitale qui réunit au plus haut degré les avantages des villes ; ainsi, quoique je l'aie vraisemblablement quittée pour toujours, je ne saurais être surpris que tant de gens de goût et tant de gens à passions en préfèrent le séjour à tout autre.

Quand on n'est point propre aux occupations de la campagne, on s'y trouve étranger ; on sent qu'on n'a pas les facultés convenables à la vie que l'on a choisie, et qu'on ferait mieux un autre rôle que peut-être pourtant on aime, ou on approuve moins. Pour vivre dans une terre, il faut avoir des habitudes rurales : il n'est guère temps de les prendre lorsqu'on n'est plus dans la jeunesse. Il faut avoir les bras travailleurs, et s'amuser à planter, à greffer, à faner soi-même : il faudrait aussi aimer la chasse ou la pêche. Autrement on voit que l'on n'est pas là ce qu'on y devrait être, et l'on se dit : A Paris, je ne sentirais pas cette disconvenance ; ma manière serait d'accord avec les choses, bien que ma manière et les choses ne pussent y être d'accord avec mes véritables goûts. Ainsi l'on ne retrouve plus sa place dans l'ordre du monde, quand on en est sorti trop long-temps. Des habitudes constantes dans la jeunesse dénaturent notre tempérament et nos affections ; et s'il arrive ensuite que l'on soit tout-à-fait libre, l'on ne saurait plus choisir qu'à peu près ce qu'il faut : il n'y a plus rien qui convienne tout-à-fait.

A Paris on est bien pour quelque temps, mais il me semble qu'on n'y est pas bien pour la vie entière, et que la nature de l'homme n'est pas de rester toujours dans les pierres, entre les tuiles et la boue, à jamais séparé des grandes scènes de la nature. Les grâces de la société ne sont point sans prix, c'est une distraction qui entraîne nos fantaisies ; mais elle ne remplit pas notre âme, et elle ne dédommage pas de tout ce qu'on a perdu : elle ne saurait suffire à celui qui n'a qu'elle dans la ville, qui n'est pas dupe des promesses d'un vain bruit, et qui sait le malheur des plaisirs.

Sans doute, s'il est un sort satisfaisant, c'est celui du propriétaire qui, sans autres soins, et sans état comme sans passions, tranquille dans un domaine agréable, dirige avec sagesse ses terres, sa maison, sa famille et lui-même ; et, ne cherchant point les succès et les amertumes du monde, veut seulement jouir chaque jour de ces plaisirs faciles et répétés, de cette joie douce, mais durable, que chaque jour peut reproduire.

Avec une femme comme il en est, avec un ou deux enfans, et un ami comme vous savez, avec de la santé, un terrain suffisant dans un site heureux et l'esprit d'ordre, on a toute la félicité que l'homme sage puisse maintenir dans son cœur. Je possède une partie de ces biens ; mais celui qui a dix besoins n'est pas heureux quand neuf sont remplis : l'homme est, et doit être ainsi fait. La plainte me conviendrait mal ; et pourtant le bonheur reste loin de moi.

Je ne regrette point Paris ; mais je me rappelle une conversation que j'eus un jour avec un officier de distinction qui venait de quitter le service et de se fixer à Paris. J'étais chez M. T... vers le soir : il y avait du monde, mais on descendit au jardin, et nous restâmes nous trois seulement ; il fit apporter du porter ; un peu après il sortit, et je me trouvai seul avec cet officier. Je n'ai pu oublier certaines parties de notre entretien. Je ne vous dirai point comment il vint à rouler sur ce sujet, et si le porter après dîner n'entra pas pour beaucoup dans cette sorte d'épanchement : quoi qu'il en soit, voici à peu de chose près ses propres termes. Vous verrez un homme qui compte n'être jamais las de s'amuser ; et il pourrait ne se pas tromper en cela, parce qu'il prétend assujettir ses amusemens mêmes à un ordre qui lui soit personnel, et les rendre ainsi les instrumens d'une sorte de passion qui ne finisse qu'avec lui. Je trouvai remarquable ce qu'il me disait :

le lendemain matin, voyant que je me le rappelais assez bien, je me mis à l'écrire pour le garder parmi mes notes. Le voici : par paresse, je ne veux pas le transcrire, mais vous me le renverrez.

« J'ai voulu avoir un état, je l'ai eu ; et j'ai vu que cela ne menait à rien de bon, du moins pour moi. J'ai encore vu qu'il n'y avait qu'une chose *extérieure* qui pût valoir la peine qu'on s'en inquiétât : c'est l'or. Il en faut, et il est aussi bon d'en avoir assez, qu'il est nécessaire de n'en pas chercher immodérément. L'or est une force : il représente toutes les facultés de l'homme, puisqu'il lui ouvre toutes les voies, puisqu'il lui donne droit à toutes les jouissances ; et je ne vois pas qu'il soit moins utile à l'homme de bien qu'au voluptueux, pour remplir ses vues. J'ai aussi été dupe de l'envie d'observer et de savoir, je l'ai poussée trop loin ; j'ai appris avec beaucoup de peine des choses inutiles à la raison de l'homme, et que j'oublie dès à présent. Ce n'est pas qu'il n'y ait quelque volupté dans cet oubli, mais je l'ai payé trop cher. J'ai un peu voyagé, j'ai vécu en Italie, j'ai traversé la Russie, j'ai aperçu la Chine. Ces voyages-là m'ayant beaucoup ennuyé, quand je n'ai plus eu d'affaires, j'ai voulu voyager pour mon plaisir. Les étrangers ne parlaient que de vos Alpes ; j'y ai couru comme un autre. —

« Vous avez été dédommagé de l'ennui des plaines russes. —

« Je suis allé voir de quelle couleur est la neige dans l'été, si le granit des Alpes est dur, si l'eau descend vite en tombant de haut, et diverses autres choses semblables. —

« Sérieusement, vous n'en avez pas été satisfait ? vous n'en avez rapporté aucun souvenir agréable, aucune observation ?... —

« Je sais la forme des chaudières où l'on fait le fromage, et je suis en état de juger si les planches des

Tableaux topographiques de la Suisse sont exactes, ou si les artistes se sont amusés, ce qui leur est arrivé souvent. Que m'importe que des rochers roulés par quelques hommes aient écrasé un plus grand nombre d'hommes qui se trouvaient dessous ? Si la neige et la bise règnent neuf mois dans les prés où une chose si étonnante arriva jadis, je ne les choisirai pas pour y vivre maintenant. Je suis charmé qu'à Amsterdam, un peuple assez nombreux gagne du pain et de la bière en déchargeant des tonneaux de café ; pour moi, je trouve du café ailleurs sans respirer le mauvais air de la Hollande, et sans me morfondre à Hambourg. Tout pays a du bon : l'on prétend que Paris a moins de mauvais qu'un autre endroit ; je ne décide point cela, mais j'ai mes habitudes à Paris, et j'y reste. Quand on a du sens et de quoi vivre, on peut s'arranger partout où il y a des êtres sociables. Notre cœur, notre tête et notre bourse font plus à notre bonheur que les lieux. J'ai trouvé le plus hideux libertinage dans les déserts du Wolga ; j'ai vu les plus risibles prétentions dans les humbles vallées des Alpes. A Astracan, à Lausanne, à Naples, l'homme gémit comme à Paris : il rit à Paris comme à Lausanne ou à Naples. Partout les pauvres souffrent, et les autres se tourmentent. Il est vrai que la manière dont le peuple se divertit à Paris n'est guère la manière dont j'aime à voir rire le peuple ; mais convenez aussi que je ne saurais trouver ailleurs une société plus agréable et une vie plus commode. Je suis revenu de ces fantaisies qui absorbent trop de temps et de moyens. Je n'ai plus qu'un goût dominant ou, si vous voulez, une manie ; celle-là ne me quittera pas, car elle n'a rien de chimérique, et ne donne pas de grands embarras pour un vain but. J'aime à tirer le meilleur parti de mon temps, de mon argent, de tout mon être. La passion de l'ordre occupe mieux, et produit bien plus que les autres passions ; elle ne sacrifie rien en pure perte. Le bonheur est moins coûteux que les plaisirs. —

« Soit ! mais de quel bonheur parlons-nous ? Passer ses jours à faire sa partie, à dîner et à parler d'une actrice nouvelle, cela peut être assez commode, comme vous le dites fort bien, mais cette vie ne fera point le bonheur de celui qui a de grands besoins. —

« Vous voulez des sensations fortes, des émotions extrêmes : c'est la soif d'une âme généreuse, et votre âge peut encore y être trompé. Quant à moi, je me soucie peu d'admirer une heure, et de m'ennuyer un mois ; j'aime mieux m'amuser souvent, et ne m'ennuyer jamais. Ma manière d'être ne me lassera pas, parce que j'y joins l'ordre, et que je m'attache à cet ordre. »

Voilà tout ce que j'ai conservé de notre entretien, qui a duré une grande heure sur le même ton. J'avoue que s'il ne me réduisit pas au silence, il me fit du moins beaucoup rêver.

LETTRE LXXIII

Im., septembre, VIII.

Vous me laissez dans une grande solitude. Avec qui vivrai-je lorsque vous serez errant par-delà les mers ? C'est maintenant que je vais être seul. Votre voyage ne sera pas long ; cela se peut : mais gagnerai-je beaucoup à votre retour ? Ces fonctions nouvelles qui vous assujettiront sans relâche vous ont donc fait oublier mes montagnes et la promesse que vous m'aviez faite ? Avez-vous cru Bordeaux si près des Alpes ?

Je n'écrirai pas jusqu'à votre retour ; je n'aime point ces lettres aventurées qui ne sauraient rencontrer que par hasard celui qui les attend, et dont la réponse, qui ne peut venir qu'au bout de trois mois, peut ne venir qu'au bout d'un an. Pour moi, qui ne remuerai pas d'ici, j'espère en recevoir avant votre retour.

Je suis fâché que M. de F... [1] ait des affaires à terminer à Hambourg, avant celle de Zurich ; mais puisqu'il prévoit qu'elles seront longues, peut-être la mauvaise saison sera passée avant qu'il vienne en Suisse. Ainsi vous pourrez arranger les choses pour ce temps-là, comme elles étaient projetées pour cet automne. Ne partez point sans qu'il ait promis formellement de s'arrêter ici plusieurs jours.

Vous voyez si cela m'importe. Je n'ai nul espoir de vous avoir ; qu'au moins j'aie quelqu'un que vous aimiez. Ce que vous me dites de lui me satisferait beaucoup, si les projets d'une exécution éloignée me séduisaient. Je ne veux plus croire au succès des choses incertaines.

LETTRE LXXIV

Im., 15 juin. Neuvième année.

J'ai reçu votre billet avec une joie ridicule. Bordeaux m'a semblé un moment plus près de mon lac que Port-au-Prince ou l'île de Gorée. Vos affaires ont donc réussi : c'est beaucoup. L'âme s'arrange pour se nourrir de cela, quand elle n'a pas un autre aliment.

Pour moi, je suis dans un ennui profond. Vous comprenez que je ne m'ennuie pas ; au contraire, je m'occupe ; mais je péris d'inanition.

Il convient d'être concis comme vous. Je suis à Imenstròm. Je n'ai aucune nouvelle de M. de Fonsalbe. D'ailleurs, je n'espère plus rien : cependant... Adieu. *Si vales, bene est* [1].

16 juin.

Quand je songe que vous vivez occupé et tranquille, tantôt travaillant avec intérêt, tantôt prenant plaisir à ces distractions qui reposent, j'en viens presque au point de blâmer l'indépendance, que j'aime beaucoup pourtant. Il est incontestable que l'homme a besoin d'un but qui le séduise, d'un assujettissement qui l'entraîne et lui commande. Cependant il est beau d'être libre, de choisir ce qui convient à ses moyens, et de n'être point comme l'esclave qui fait toujours le travail d'un autre. Mais j'ai trop le temps de sentir toute l'inutilité, toute la vanité de ce que je fais. Cette froide estimation de la valeur réelle des choses tient de bien près au dégoût de toutes.

Vous faites vendre Chessel : vous allez acquérir près de Bordeaux. Ne nous reverrions-nous jamais ? Vous étiez si bien ! mais il faut que la destinée de chacun soit remplie. Il ne suffit pas que l'on paraisse content : moi aussi je parais devoir l'être, et je ne suis pas heureux. Quand vous le serez, envoyez-moi du Sauterne ; je n'en veux pas auparavant. Mais vous le serez, vous dont le cœur obéit à la raison. Vous le serez, homme bon, homme sage que j'admire et ne puis imiter : vous savez employer la vie ; moi, je l'attends. Je cherche toujours au delà, comme si les heures n'étaient pas perdues, comme si l'éternelle mort n'était pas plus près que mes songes.

LETTRE LXXV

Im., 28 juin, IX.

Je n'attendrai plus des jours meilleurs. Les mois changent, les années se succèdent : tout se renouvelle en vain ; je reste le même. Au milieu de ce que j'ai désiré, tout me manque ; je n'ai rien obtenu, je ne possède rien : l'ennui consume ma durée dans un long silence. Soit que les vaines sollicitudes de la vie me fassent oublier les choses naturelles, soit que l'inutile besoin de jouir me ramène à leur ombre, le vide m'environne tous les jours, et chaque saison semble l'étendre davantage autour de moi. Nulle intimité n'a consolé mes ennuis dans les longues brumes de l'hiver. Le printemps vint pour la nature, il ne vint pas pour moi. Les jours de vie réveillèrent tous les êtres : leur feu indomptable me fatigua sans me ranimer ; je devins étranger dans le monde heureux. Et maintenant les fleurs sont tombées, le lis a passé lui-même ; la chaleur augmente, les jours sont plus longs, les nuits sont plus belles. Saison heureuse ! Les beaux jours me sont inutiles, les douces nuits me sont amères. Paix des ombrages ! brisement des vagues ! silence ! lune ! oiseaux qui chantiez dans la nuit ! sentimens des jeunes années, qu'êtes-vous devenus ?

Les fantômes sont restés : ils paraissent devant moi ; ils passent, repassent, s'éloignent, comme une nuée mobile sous cent formes pâles et gigantesques. Vainement je cherche à commencer avec tranquillité la nuit du tombeau ; mes yeux ne se ferment point. Ces fantômes de la vie se montrent sans relâche, en se jouant silencieusement ; ils approchent et fuient, s'abîment et reparaissent : je les vois tous, et je n'entends rien ; c'est une fumée ; je les cherche, ils ne sont plus. J'écoute, j'appelle, je n'entends pas ma voix elle-même, et je reste dans un vide intolérable, seul, perdu, incertain, pressé d'inquiétude et d'étonnement, au milieu des ombres errantes, dans l'espace impalpable et muet. Nature impénétrable ! ta splendeur m'accable, et tes bienfaits me consument. Que sont pour moi ces longs jours ? Leur lumière commence trop tôt ; leur brûlant midi m'épuise ; et la navrante harmonie de leurs soirées célestes fatigue les cendres de mon cœur : le génie qui s'endormait sous ses ruines a frémi du mouvement de la vie.

Les neiges fondent sur les sommets ; les nuées orageuses roulent dans la vallée : malheureux que je suis ! les cieux s'embrasent, la terre mûrit, le stérile hiver est resté dans moi. Douces lueurs du couchant qui s'éteint ! grandes ombres des neiges durables !... Et l'homme n'aurait que d'amères voluptés quand le torrent roule au loin dans le silence universel, quand les chalets se ferment pour la paix de la nuit, quand la lune monte au-dessus du Velan !

Dès que je sortis de cette enfance que l'on regrette, j'imaginai, je sentis une vie réelle ; mais je n'ai trouvé que des sensations fantastiques : je voyais des êtres, il n'y a que des ombres ; je voulais de l'harmonie, je ne trouvai que des contraires. Alors je devins sombre ; le vide creusa mon cœur ; des besoins sans bornes me consumèrent dans le silence, et l'ennui de la vie fut mon seul sentiment dans l'âge où l'on commence à vivre [1]. Tout me montrait cette félicité pleine, universelle, dont l'image idéale est pourtant dans le cœur de l'homme, et dont les moyens si naturels semblent effacés de la nature. Je n'essayais encore que des douleurs inconnues ; mais quand je vis les Alpes, les rives des lacs, le silence des chalets, la permanence, l'égalité des temps et des choses, je reconnus des traits isolés de cette nature pressentie. Je vis les reflets de la lune sur le schiste des roches et sur les toits de bois ; je vis des hommes sans désirs ; je marchai sur l'herbe courte des montagnes ; j'entendis des sons d'un autre monde.

Je redescendis sur la terre ; là s'évanouit cette foi aveugle à l'existence absolue des êtres, cette chimère de rapports réguliers, de perfections, de jouissances positives ; brillante supposition dont s'amuse un cœur neuf, et dont sourit douloureusement celui que plus de profondeur a refroidi, ou qu'un plus long temps a mûri.

Mutations sans terme, action sans but, impénétrabilité universelle : voilà ce qui nous est connu de ce monde où nous régnons.

Une destinée indomptable efface nos songes ; et que met-elle dans cet espace qu'encore il faut remplir ? Le pouvoir fatigue ; le plaisir échappe ; la gloire est pour nos cendres ; la religion est un système du malheureux ; l'amour avait les couleurs de la vie, l'ombre vient, la rose pâlit, elle tombe, et voici l'éternelle nuit.

Cependant notre âme était grande ; elle voulait, elle devait : qu'a-t-elle fait ? J'ai vu sans peine, étendue sur la terre et frappée de mort, la tige antique fécondée par deux cents printemps. Elle a nourri l'être animé, elle l'a reçu dans ses asiles ; elle a bu les eaux de l'air, et elle subsistait malgré les vents orageux : elle meurt au milieu des arbres nés de son fruit. Sa destinée est accomplie ; elle a reçu ce qui lui fut promis : elle n'est plus, elle a été.

Mais le sapin placé par les hasards sur le bord du marais ! il s'élevait sauvage, fort et superbe, comme l'arbre des forêts profondes : énergie trop vaine ! Les racines s'abreuvent dans une eau fétide, elles plongent dans la vase impure ; la tige s'affaiblit et se fatigue ; la cime, penchée par les vents humides, se courbe avec découragement ; les fruits, rares et faibles, tombent dans la bourbe et s'y perdent inutiles. Languissant, informe, jauni, vieilli avant le temps et déjà incliné sur le marais, il semble demander l'orage qui doit l'y renverser : sa vie a cessé long-temps avant sa chute.

LETTRE LXXVI

2 juillet, IX.

Hantz avait raison, il restera avec moi. Il a un frère qui était fontainier à six lieues d'ici.

J'avais beaucoup de tuyaux à poser, je l'ai fait venir. Il m'a plu ; c'est un homme discret et honnête. Il est simple, et il a une sorte d'assurance, telle que la doivent donner quelques moyens naturels, et la conscience d'une droiture inaltérable. Sans être très-robuste, il est bon travailleur ; il fait bien et avec exactitude. Il n'a été avec moi ni gêné, ni empressé ; ni bas, ni familier. Alors j'allai moi-même dans son village pour savoir ce qu'on y pensait de lui ; j'y vis même sa femme. A mon retour, je lui fis établir une fontaine dans un endroit où il ne concevait guère que j'en pusse faire quelque usage. Ensuite, pendant qu'il achevait les autres travaux, on éleva auprès de cette fontaine une petite maison de paysan, à la manière du pays, contenant sous un même toit plusieurs chambres, la cuisine, la grange et l'étable : tout cela suffisant seulement pour un petit ménage, et pour *hiverner* deux vaches. Vous voyez que les voilà installés, lui et sa femme : il a le terrain nécessaire et quelques autres choses. A présent, les tuyaux peuvent manquer, j'ai un fontainier qui ne me manquera pas. En vingt jours sa maison a été prête : c'est un des avantages de ce genre de construction ; quand on a les matériaux, dix hommes peuvent en élever une semblable en deux semaines, et l'on n'a pas besoin d'attendre que les plâtres soient ressuyés.

Le vingtième jour tout était prêt. Le soir était beau,

je le fis avertir de quitter l'ouvrage un peu plus tôt, et le menant là, je lui dis : Cette maison, cette provision de bois que vous renouvellerez chez moi tous les ans, ces deux vaches, et le pré jusqu'à cette haie sont désormais consacrés à votre usage, et le seront toujours si vous vous conduisez bien, comme il m'est presque impossible d'en douter.

Je vais vous dire deux choses qui vous feront voir si cet homme ne méritait pas cela, et davantage. Sentant apparemment que l'étendue d'un service devait assez répondre de celle de la reconnaissance dans un cœur juste, il insista seulement sur ce que les choses étaient singulièrement semblables à ce qu'il avait imaginé comme devant remplir tous ses désirs, à ce que, depuis son mariage, il envisageait, sans espérance, comme le bien suprême, à ce qu'il eût demandé uniquement au ciel, s'il eût pu former un vœu qui dût être exaucé. Cela vous plaira ; mais ce qui va vous surprendre, le voici. Il est marié depuis huit ans : il n'a pas eu d'enfans ; la misère eût été leur seul patrimoine, car, chargé d'une dette laissée par son père, il trouvait difficilement dans son travail le nécessaire pour lui et sa femme. Maintenant elle est enceinte. Considérez le peu de facilités ou même d'occasions que laisse au développement de nos facultés un état habituel d'indigence, et jugez si l'on peut avoir, dans des sentimens sans ostentation ni intérieure ni extérieure, plus de noblesse naturelle et plus de justesse.

Je me trouve bien heureux d'avoir quelque chose sans être obligé de le devoir à un état qui me forcerait de vivre en riche, et de perdre à des sottises ce qui peut tant produire. Je conviens avec les moralistes que de grands biens sont un avantage souvent trompeur, et que nous rendons très-souvent funeste ; mais je ne leur accorderai jamais qu'une fortune indépendante ne soit pas un des grands moyens pour le bonheur, et même pour la sagesse.

LETTRE LXXVII

6 juillet, IX.

Dans cette contrée inégale où les incidens de la nature, réunis dans un espace étroit, opposent les formes, les produits, les climats, l'espèce humaine elle-même ne peut avoir un caractère uniforme. Les différences des races y sont plus marquées qu'ailleurs ; elles furent moins confondues par le mélange dans ces terres reculées, qu'on crut long-temps inaccessibles, dans ces vallées profondes, retraite antique des hordes fugitives ou épuisées. Ces tribus étrangères les unes aux autres sont restées isolées dans leurs limites sauvages ; elles ont conservé autant d'habitudes particulières dans l'administration, dans le langage et les mœurs, que leurs montagnes ont de vallons, ou quelquefois de pâturages et de hameaux. Il arrive qu'en passant un torrent six fois dans une route d'une heure, on trouve autant de races d'une physionomie distincte, et dont les traditions confirment la différente origine.

Les cantons subsistans maintenant * sont formés d'une multitude d'états. Les faibles ont été réunis par crainte, par alliance, par besoin ou par force, aux républiques déjà puissantes. Celles-ci, à force de négocier, de s'arrondir, de gagner les esprits, d'envahir ou de vaincre, sont parvenues, après cinq siècles de prospérités, à posséder toutes les terres qui peuvent entendre les cloches de leurs capitales.

* Avant la dernière révolution de la Suisse.

Respectable faiblesse ! si on a su, si on a pu y trouver les moyens de ce bonheur public vraisemblable dans une enceinte marquée par la nature des choses, impossible dans une contrée immense livrée au sinistre orgueil des conquêtes, et à l'ostentation de l'empire, plus funeste encore.

Vous jugez bien que je voulais parler seulement des traits du visage ; je suis persuadé que vous me rendrez cette justice. Dans de certaines parties de l'Oberland, dans ces pâturages dont la pente générale est à l'ouest et au nord-ouest, les femmes ont une blancheur que l'on remarquerait dans les villes, et une fraîcheur de teint que l'on n'y trouverait pas. Ailleurs, au pied des montagnes assez près de Fribourg, j'ai vu des traits d'une grande beauté dont le caractère général était une majesté tranquille. Une servante de fermier n'avait de remarquable que le contour de la joue ; mais il était si beau, il donnait à tout le visage une expression si auguste et si calme, qu'un artiste eût pu prendre sur cette tête l'idée d'une Sémiramis.

Mais l'éclat du visage et certains traits étonnans ou superbes sont très-loin de la perfection générale des formes, et de cette grâce pleine d'harmonie qui fait la vraie beauté. Je ne veux pas juger une question qu'on peut trouver très-délicate ; mais il me semble qu'il y ait ici quelque rudesse dans les formes, et qu'en général on y voie des traits frappans ou une beauté pittoresque, plutôt qu'une beauté finie. Dans les lieux dont je vous parlais d'abord, le haut de la joue est très-saillant ; cela est presque universel, et Porta [1] trouverait le modèle commun dans une tête de brebis.

S'il arrive qu'une paysanne française * soit jolie à dix-huit ans, avant vingt-deux son visage hâlé paraît fatigué, abruti ; mais dans ces montagnes, les femmes

* Le mot *Française* est trop général.

conservent, en fanant leurs prés, tout l'éclat de la jeunesse. On ne traverse point leurs pays sans surprise : cependant à ne prendre même que le visage, si un artiste y trouvait un modèle, ce serait une exception.

On assure que rien n'est si rare dans la plus grande partie de la Suisse qu'un beau sein[2]. Je sais un peintre qui va jusqu'à prétendre que beaucoup de femmes du pays n'en ont pas même l'idée. Il soutient que certains défauts y sont assez universels pour que la plupart n'imaginent pas que l'on doive être autrement, et pour qu'elles regardent comme chimériques des tableaux faits d'après nature en Grèce, en Angleterre, en France. Quoique ce genre de perfection paraisse appartenir à une sorte de beauté qui n'est pas celle du pays, je ne puis croire qu'il y manque universellement, comme si les grâces les plus intéressantes étaient exclues par le nom moderne qui réunit tant de familles dont l'origine n'a rien de commun, et dont les différences très-marquées subsistent encore.

Si pourtant cette observation se trouvait fondée, ainsi que celle d'une certaine irrégularité dans les formes, on l'expliquerait par cette rudesse qui semble appartenir à l'atmosphère des Alpes. Il est très-vrai que la Suisse, qui a de beaux hommes, et plus particulièrement vers les montagnes, comme dans l'Hasli et le Haut-Valais, contient néanmoins une quantité remarquable de crétins, et surtout de demi-crétins goîtreux, imbéciles, difformes[3]. Beaucoup d'habitans, sans avoir des goîtres, paraissent attaqués de la même maladie que les goîtreux. On peut attribuer ces gonflemens, ces engorgemens à des parties trop brutes de l'eau, et surtout de l'air, qui s'arrêtent, embarrassent les conduits, et semblent rapprocher la nutrition de l'homme de celle de la plante. La terre y serait-elle assez travaillée pour les autres animaux, mais trop sauvage encore pour l'homme ?

Ne se pourrait-il point que les plaines couvertes d'un *humus* élaboré par une trituration perpétuelle donnassent à l'atmosphère des vapeurs plus assimilées aux besoins de l'être très-organisé, et qu'il émanât des rochers, des fondrières et des eaux toujours dans l'ombre, des particules grossières, trop incultes en quelque sorte, et funestes à des organes délicats ? Le nitre des neiges subsistantes au milieu de l'été peut s'introduire trop facilement dans nos pores ouverts. La neige produit des effets secrets et incontestables sur les nerfs, et sur les hommes attaqués de la goutte ou d'un rhumatisme ; un effet encore plus caché sur notre organisation entière n'est pas invraisemblable. Ainsi la nature qui mélange toutes choses aurait compensé par des dangers inconnus les romantiques beautés des terres que l'homme n'a pas soumises.

LETTRE LXXVIII

Im., 16 juillet, IX.

Je suis tout-à-fait de votre avis, et même j'aurais dû moins attendre pour me décider à écrire. Il y a quelque chose qui soutient l'âme dans ce commerce avec les êtres pensans des divers siècles. Imaginer que l'on pourra être à côté de Pythagore, de Plutarque ou d'Ossian, dans le cabinet d'un L... futur, c'est une illusion qui a de la grandeur, c'est un des plus nobles hochets de l'homme. Celui qui a vu comme la larme est brûlante sur la joue du malheureux se met à rêver une idée plus séduisante encore : il croit qu'il pourra dire à l'homme d'une humeur chagrine le prix de la joie de son semblable ; qu'il pourra prévenir les gémissemens de la victime qu'on oublie ; qu'il pourra rendre au cœur navré quelque énergie, en lui rappelant ces perceptions vastes ou consolantes qui égarent les uns ou soutiennent les autres.

On croit voir que nos maux tiennent à peu de chose, et que le bien moral est dans la main de l'homme. On suit des conséquences théoriques qui mènent à l'idée du bonheur universel ; on oublie cette force qui nous maintient dans l'état de confusion où se perd le genre humain ; on se dit : Je combattrai les erreurs, je suivrai les résultats des principes naturels, je dirai des choses bonnes ou qui pourront le devenir. Alors on se croit moins inutile, moins abandonné sur la terre : on réunit le songe des grandes choses à la paix d'une vie obscure, et on jouit de l'idéal, et on en jouit vraiment, parce qu'on croit le rendre utile.

L'ordre des choses idéales est comme un monde nouveau qui n'est point réalisé, mais qui est possible ; le génie humain va y chercher l'idée d'une harmonie selon nos besoins, et rapporte sur la terre des modifications plus heureuses, esquissées d'après ce type surnaturel.

La constante versatilité de l'homme prouve qu'il est habile à des habitudes contraires. L'on pourrait, en rassemblant des choses effectuées dans des temps et des lieux divers, former un ensemble moins difficile à son cœur que tout ce qui lui a été proposé jusqu'à présent. Voilà ma tâche.

On n'atteint sans ennui le soir de la journée qu'en s'imposant un travail quelconque, fût-il vain du reste. Je m'avancerai vers le soir de la vie, trompé, si je puis, et soutenu par l'espoir d'ajouter à ces moyens qui furent donnés à l'homme. Il faut des illusions à mon cœur trop grand pour n'en être pas avide, et trop faible pour s'en passer.

Puisque le sentiment du bonheur est notre premier besoin, que pourra faire celui qui ne l'attend pas à présent, et qui n'ose pas l'attendre ensuite ? Ne faudra-t-il point qu'il en cherche l'expression dans un œil ami, sur le front de l'être qui est comme lui * ? C'est une nécessité qu'il soit avide de la joie de son semblable ; il n'a d'autre bonheur que celui qu'il donne. Quand il n'a point ranimé dans un autre le sentiment de la vie, quand il n'a pas fait jouir, le froid de la mort est au fond de son cœur rebuté : il semble qu'il finisse dans les ténèbres du néant.

On parle d'hommes qui se suffisent à eux-mêmes et se nourrissent de leur propre sagesse : s'ils ont l'éternité devant eux, je les admire et les envie ; s'ils ne l'ont point, je ne les comprends pas.

Pour moi, non seulement je ne suis pas heureux, non seulement je ne le serai pas, mais si les suppositions vraisemblables que je pourrais faire se trouvaient réalisées, je ne le serais pas encore. Les affections de l'homme sont un abîme d'avidité, de regrets et d'erreurs.

Je ne vous dis pas ce que je sens, ce que je voudrais, ce que je suis ; je ne vois plus mes besoins, à peine je sais mes désirs. Si vous croyez connaître mes goûts, vous y serez trompé. Vous direz entre vos landes solitaires et vos grandes eaux : Où est celui qui ne m'a plus ? Où est l'ami que je n'ai trouvé ni en Afrique, ni aux Antilles ? Voici le temps nébuleux que désire sa tristesse ; il se promène, il songe à mes regrets et au vide de ses années ; il écoute vers le couchant, comme si les sons du piano de ma fille devaient parvenir à son

* Ô Éternel ! tu es admirable dans l'ordre des mondes ; mais tu es adorable dans le regard expressif de l'homme bon qui rompt le pain qui lui reste dans la main de son frère. Ce sont, je crois, les propres mots de M... An 2440 [1].

oreille solitaire ; il voit les jasmins rangés sur ma terrasse, il voit mon chapeau gris passer derrière les branches, il regarde sur le sable la trace de mes pantoufles, il veut respirer la brise du soir. Vains songes, vous dis-je, j'aurai déjà changé. Et d'ailleurs, avons-nous le même ciel, nous qui avons cherché dans des climats opposés une terre étrangère à celle de nos premiers jours ?

Pendant vos douces soirées, un vent d'hiver peut terminer ici des jours brûlans. Le soleil consumait l'herbe autour des vacheries ; le lendemain, les vaches se pressent pour sortir, elles croient la trouver rafraîchie par l'humidité de la nuit ; mais deux pieds de neige surchargent le toit sous lequel les voilà retenues, et elles seront réduites à boire leur propre lait. Je suis moi-même plus incertain, plus variable que ce climat bizarre. Ce que j'aime aujourd'hui, ce qui ne me déplaît pas, lorsque vous l'aurez lu, me déplaira peut-être, et le changement ne sera pas grand. Le temps me convient, il est calme, tout est muet ; je sors pour longtemps : un quart d'heure après on me voit rentrer. Un écureuil, en m'entendant, a grimpé jusqu'à la cime d'un sapin. Je laissais toutes ces idées ; un merle chante au-dessus de moi. Je reviens, je m'enferme dans mon cabinet. Il faut à la fin chercher un livre qui ne m'ennuie pas. Si l'on vient demander quelque chose, prendre un ordre, on s'excuse de me déranger ; mais ils m'ont rendu service. Cette amertume s'en va comme elle était venue ; si je suis distrait, je suis content. Ne le pouvais-je pas moi-même ? non. J'aime ma douleur, je m'y attache tant qu'elle dure ; quand elle n'est plus, j'y trouve une insigne folie[2].

Je suis bien changé, vous dis-je. Je me rappelle que la vie m'impatientait, et qu'il y a eu un moment où je la supportais comme un mal qui n'avait plus que quelques mois à durer. Mais ce souvenir me paraît maintenant celui d'une chose étrangère à moi ; il me surprendrait même, si la mobilité dans mes sensations pouvait me surprendre. Je ne vois pas du tout pourquoi partir, comme je ne vois pas bien pourquoi rester. Je suis las ; mais dans ma lassitude, je trouve qu'on n'est pas mal quand on se repose. La vie m'ennuie et m'amuse. Venir, s'élever, faire grand bruit, s'inquiéter de tout, mesurer l'orbite des comètes, et, après quelques jours, se coucher sous l'herbe d'un cimetière ; cela me semble assez burlesque pour être vu jusqu'au bout.

Mais pourquoi prétendre que c'est l'habitude des ennuis, ou le malheur d'une manière sombre, qui dérangent, qui confondent nos désirs et nos vues, qui altèrent notre vie elle-même dans ce sentiment de la chute et du néant des jours de l'homme ? Il ne faut pas qu'une humeur mélancolique décide des couleurs de la vie. Ne demandez point au fils des Incas enchaîné dans les mines d'où l'on tira l'or du palais de ses ancêtres et des temples du soleil, ou au bourgeois laborieux et irréprochable dont la vieillesse mendie infirme et dédaignée ; ne demandez point à d'innombrables malheureux ce que valent et les espérances et les prospérités humaines ; ne demandez point à Héraclite quelle est l'importance de nos projets, ou à Hégésias quelle est celle de la vie [3]. C'est Voltaire comblé de succès, fêté dans les cours et admiré dans l'Europe ; c'est Voltaire célèbre, adroit, spirituel et généreux ; c'est Sénèque auprès du trône des Césars, et près d'y monter lui-même ; c'est Sénèque soutenu par la sagesse, amusé par les honneurs, et riche de trente millions ; c'est Sénèque utile aux hommes, et Voltaire se jouant de leurs fantaisies, qui vous diront les jouissances de l'âme et le repos du cœur, la valeur et la durée du mouvement de nos jours.

Mon ami ! je reste encore quelques heures sur la

terre. Nous sommes de pauvres insensés quand nous vivons ; mais nous sommes si nuls quand nous ne vivons pas ! Et puis on a toujours des affaires à terminer : j'en ai maintenant une grande, je veux mesurer l'eau qui tombera ici pendant dix années. Pour le thermomètre, je l'ai abandonné : il faudrait se lever dans la nuit ; et quand la nuit est sombre, il faudrait conserver la lumière, et la mettre dans un cabinet, parce que j'aime toujours la plus grande obscurité dans ma chambre. (Voilà pourtant un point essentiel où mon goût n'a pas encore changé.) D'ailleurs pour que je pusse prendre quelque intérêt à observer ici la température, il faudrait que je cessasse d'ignorer ce qui se passe ailleurs. Je voudrais avoir des observations faites au Sénégal sur les sables, et à la cime des montagnes du Labrador. Une autre chose m'intéresse davantage ; je voudrais savoir si l'on pénètre de nouveau dans l'intérieur de l'Afrique. Ces contrées vastes, inconnues, où l'on pourrait, je pense... Je suis séparé du monde. Si l'on en reçoit des notions plus précises, donnez-les-moi. Je ne sais si vous m'entendez.

LETTRE LXXIX

17 juillet, IX.

Si je vous disais que le pressentiment de quelque célébrité ne saurait me flatter un peu, pour la première fois vous ne me croiriez pas ; vous penseriez qu'[au] moins je m'abuse, et vous auriez raison. Il est bien difficile que le besoin de s'estimer soi-même se trouve entièrement détaché de ce plaisir non moins naturel, d'être estimé par de certains hommes, et de savoir qu'ils disent, c'est l'un des nôtres. Mais le goût de la paix, une certaine indolence de l'âme dont les ennuis ont augmenté chez moi l'habitude, pourrait bien me faire oublier cette séduction, comme j'en ai oublié d'autres. J'ai besoin d'être retenu et excité par la crainte du reproche que j'aurais à me faire, si, n'améliorant rien, ne faisant rien que d'user pesamment des choses comme elles sont, j'allais encore négliger le seul moyen d'énergie qui s'accorde avec l'obscurité de ma vie.

Ne faut-il point que l'homme soit quelque chose, et qu'il remplisse dans un sens ou dans un autre un rôle *expressif ?* Autrement il tombera dans l'abattement, et perdra la dignité de son être ; il méconnaîtra ses facultés, ou s'il les sent, ce sera pour le supplice de son âme combattue. Il ne sera point écouté, suivi, considéré. Ce peu de bien même que la vie la plus nulle doit encore produire ne sera plus en son pouvoir. C'est un précepte très-beau et très-utile, que celui de la simplicité ; mais il a été bien mal entendu. L'esprit qui ne voit pas les diverses faces des choses pervertit les meilleures maximes ; il avilit la sagesse elle-même en lui ôtant ses moyens, en la plongeant dans la pénurie, en la déshonorant par le désordre qui en résulte.

Assurément un homme de lettres* en linge sale, logé dans le grenier, recousant ses hardes et copiant je ne sais quoi pour vivre, sera difficilement un être utile au monde et jouissant de l'autorité nécessaire pour faire quelque bien. A cinquante ans, il s'allie avec la blanchisseuse qui a sa chambre sur le même palier ; ou s'il a gagné quelque chose, c'est sa servante qu'il

* Expression qui ne convient qu'ici. Je n'aime pas qu'on désigne ainsi des savans, ou de grands écrivains ; mais des folliculaires, des gens qui *font le métier*, ou tout au plus ceux qui sont exactement et seulement hommes de lettres. Un vrai magistrat n'est pas un homme de loi. Montesquieu n'était pas un homme de lettres : plusieurs auteurs vivans ne le sont pas.

épouse [1]. A-t-il donc voulu ridiculiser la morale, et la livrer aux sarcasmes des hommes légers ? Il fait plus de tort à l'opinion que le prêtre qu'on paie pour en appeler journellement à un culte qu'il a trahi, que le moine factieux qui vante la paix et l'abnégation, que ces charlatans de la probité, dont un certain monde est plein, qui répètent à chaque phrase, mœurs ! vertus ! honnête homme ! et à qui dès lors on ne prêterait pas un louis sans billet.

Tout homme qui a l'esprit juste et qui veut être utile, ne fût-ce que dans sa vie privée, tout homme enfin qui est digne de quelque considération, la cherche. Il se conduit de manière à l'obtenir jusque dans les choses où l'opinion des hommes est vaine par elle-même, pourvu que ce soin n'exige de lui rien de contraire à ses devoirs ou aux résultats essentiels de son caractère. S'il est une règle sans exception, je pense que ce doit être celle-ci ; j'affirmerais volontiers que c'est toujours par quelque vice du cœur ou du jugement, que l'on dédaigne et que l'on affecte de dédaigner l'estime publique, partout où la justice n'en commande pas le sacrifice.

On peut être considéré dans la vie la plus obscure, si on s'environne de quelque aisance, si on a de l'ordre chez soi et une sorte de dignité dans l'habitude de sa vie. On peut l'être dans la pauvreté même, quand on a un nom, quand on a fait des choses connues, quand on a une manière plus grande que son sort, quand on sait faire distinguer de ce qui serait misère dans le vulgaire, jusqu'au dénuement d'une extrême médiocrité. L'homme qui a un caractère élevé n'est point confondu parmi la foule ; et si, pour l'éviter, il fallait descendre à des soins minutieux, je crois qu'il se résoudrait à le faire. Je crois encore qu'il n'y aurait pas en cela de vanité : le sentiment des convenances naturelles porte chaque homme à se mettre à sa place, à tendre à ce que les autres l'y mettent. Si c'était un vain désir de primer, l'homme supérieur craindrait l'obscurité du désert et ses privations, comme il craint la bassesse et la misère du cinquième étage ; mais il craint de s'avilir, et ne craint point de n'être pas élevé : il ne répugne pas à son être de n'avoir pas un grand rôle, mais d'en avoir un qui soit contraire à sa nature.

Si une sorte d'autorité est nécessaire dans tous les actes de la vie, elle est indispensable à l'écrivain. La considération publique est un de ses plus puissans moyens : sans elle il ne fait qu'un état, et cet état devient bas, parce qu'il remplace une grande fonction.

Il est absurde et révoltant qu'un auteur ose parler à l'homme de ses devoirs, sans être lui-même homme de bien *. Mais si le moraliste pervers n'obtient que du

* Il est absurde et révoltant qu'il se charge de chercher les principes, et d'examiner la vérité des vertus, s'il prend pour règle de sa propre conduite les faciles maximes de la société, la fausse morale convenue. Aucun homme ne doit se mêler de dire aux hommes leurs devoirs et la raison morale de leurs actions, s'il n'est rempli du sentiment de l'ordre, s'il ne veut avant tout, non pas précisément la prospérité, mais la félicité publique : si l'unique fin de sa pensée n'est pas d'ajouter à ce bonheur obscur, à ce bien-être du cœur, source de tout bien, que la déviation des êtres altère sans cesse, et que l'intelligence doit ramener et maintenir sans cesse. Quiconque a d'autres passions, et ne soumet pas à cette idée toute affection humaine ; quiconque peut chercher sérieusement les honneurs, les biens, l'amour même ou la gloire, n'est pas né pour la magistrature auguste d'instituteur des hommes.

Celui qui prêche une religion sans la suivre intérieurement, sans y vénérer la loi suprême de son cœur, est un méprisable charlatan. Ne vous irritez pas contre lui, n'allez pas haïr sa personne ; mais que sa duplicité vous indigne ; et, s'il le faut pour qu'il ne puisse plus corrompre le cœur humain, plongez-le dans l'opprobre.

Celui qui sans soumettre personnellement ses goûts, ses désirs, toutes ses vues à l'ordre et à l'équité morale, ose parler de morale à l'homme, à l'homme qui a comme lui l'égoïsme naturel de l'individu et la faiblesse d'un mortel, celui-là est un charlatan plus détestable :

mépris, le moraliste inconnu reste tellement inutile que quand il n'en devient pas lui-même ridicule, ses écrits du moins le deviennent. Tout ce qui devrait être saint parmi les hommes perdit sa force, lorsque les

---

il avilit les choses élevées ; il perd tout ce qui nous restait. S'il a la fureur d'écrire, qu'il fasse des contes, qu'il travaille des petits vers ; s'il a le talent d'écrire, qu'il traduise, qu'il soit *homme de lettres,* qu'il explique les arts, qu'il soit utile à sa manière ; qu'il travaille pour de l'argent, pour la réputation ; que, plus désintéressé, il travaille pour l'honneur d'un corps, pour l'avancement des sciences, pour la renommée de son pays ; mais qu'il laisse à l'homme de bien ce qu'on appelait la fonction des sages, et au prédicateur le métier des mœurs.

L'imprimerie a opéré dans le monde social un grand changement. Il était impossible que cette influence ne fît aucun mal ; mais elle ne pouvait en faire beaucoup moins. Les inconvéniens qui devaient en résulter ont été sentis, mais les moyens employés pour les arrêter n'en ont pas produit de moins graves. Il semble pourtant que, dans l'état actuel des choses en Europe, on pourrait concilier et la liberté d'écrire, et les moyens de séparer de l'utilité des livres les excès qui tendent à compenser cette utilité reconnue. Le mal résulte principalement des démences de l'esprit de parti, et du nombre étonnant des livres qui ne contiennent rien. Le temps, dira-t-on, fait oublier ce qui est injuste ou mauvais. Il s'en faut de beaucoup que cela suffise, soit aux particuliers, soit au public même. L'auteur est mort quand l'opinion se forme ou se rectifie ; et le public prend un esprit funeste d'indifférence pour le vrai et l'honnête, au milieu de cette incertitude dont il sort presque toujours sur les choses passées, mais où il rentre toujours sur les choses présentes. Dans ma supposition, il serait permis d'écrire tout ce qui est permis maintenant : l'opinion même serait aussi libre. Mais ceux qui ne veulent pas l'attendre pendant un demi-siècle, ceux qui ne peuvent pas s'en rapporter à eux-mêmes, ou qui n'aiment pas à lire vingt volumes pour rencontrer un livre, trouveraient aussi commode qu'utile un garant indirect, une voie tracée, que rien absolument ne les obligerait de suivre. Cette institution exigerait la plus intègre impartialité ; mais rien n'empêcherait d'écrire contre ce qu'elle aurait approuvé : ainsi son intérêt le plus direct serait de mériter la considération publique qu'elle n'aurait aucun moyen d'asservir. On objecte toujours que les hommes justes sont trop rares : j'ignore s'ils le sont autant qu'on affecte de le dire ; mais ce qui n'est pas vrai du moins, c'est qu'il n'y en ait point.

livres de philosophie, de religion, de morale furent étalés au milieu de la boue des quais, lorsque des pages solennelles furent livrées aux plus vils usages du trafic[2].

L'opinion, la célébrité, fussent-elles vaines en elles-mêmes, ne doivent être ni méprisées, ni même négligées, puisqu'elles sont un des grands moyens qui puissent conduire aux fins les plus louables comme les plus importantes. C'est également un excès de ne rien faire pour elles ou de n'agir que pour elles. Les grandes choses que l'on exécute sont belles de leur seule grandeur, et sans qu'il soit besoin de songer à les produire, à les faire valoir ; il n'en saurait être de même de celles que l'on pense. La fermeté de celui qui périt au fond des eaux est un exemple perdu ; la pensée la plus juste, la conception la plus sage le sont également, si on ne les communique pas ; leur utilité dépend de leur expression, c'est leur célébrité qui les rend fécondes.

Il faudrait peut-être que des écrits philosophiques fussent toujours précédés par un bon livre d'un genre agréable, qui fût bien répandu, bien lu, bien goûté *. Celui qui a un nom parle avec plus de confiance ; il fait plus et il fait mieux, parce qu'il espère ne pas faire en vain. Malheureusement on n'a pas toujours le courage ou les moyens de prendre des précautions semblables ; les écrits, comme tant d'autres choses, sont soumis à l'occasion même inaperçue ; ils sont déterminés par une impulsion souvent étrangère à nos plans et à nos projets.

Faire un livre seulement pour avoir un nom, c'est une tâche : elle a quelque chose de rebutant et de servile, et quoique je convienne des raisons qui

* Ainsi l'*Esprit des Lois* le fut par les *Lettres Persanes*.

semblent me l'imposer, je n'ose l'entreprendre, et je l'abandonnerais.

Je ne veux cependant pas commencer par l'ouvrage que je projette. Il est trop important et trop difficile pour que je l'achève jamais ; c'est beaucoup si je le vois approcher un jour de l'idée que j'ai conçue. Cette perspective trop éloignée ne me soutiendrait pas. Je crois qu'il est bon que je me fasse auteur, afin d'avoir le courage de continuer à l'être. Ce sera un parti pris et déclaré ; en sorte que je le suivrai comme pour remplir ma destination.

LETTRE LXXX

2 août, IX.

Je pense comme vous qu'il faudrait un roman, un véritable roman tel qu'il en est quelques-uns ; mais c'est un grand ouvrage qui m'arrêterait long-temps. A plusieurs égards, j'y serais assez peu propre, et il faudrait que le plan m'en vînt comme par inspiration.

Je crois que j'écrirai un voyage. Je veux que ceux qui le liront parcourent avec moi tout le monde soumis à l'homme. Quand nous aurons regardé ensemble, quand nous aurons pris l'habitude d'une manière commune à eux et à moi, nous rentrerons, et nous raisonnerons. Ainsi deux amis d'un certain âge sortent ensemble dans la campagne, examinent, rêvent, ne se parlent pas, et s'indiquent seulement les objets avec leur canne ; mais le soir, auprès de la cheminée, ils jasent sur ce qu'ils ont vu dans leur promenade.

La scène de la vie a de grandes beautés. Il faut se considérer comme étant là seulement pour voir. Il faut s'y intéresser sans illusion, sans passion, mais sans indifférence, comme on s'intéresse aux vicissitudes, aux passions, aux dangers d'un récit imaginaire : celui-là est écrit avec bien de l'éloquence.

Le cours du monde est un drame assez suivi pour être attachant, assez varié pour exciter l'intérêt, assez fixe, assez réglé pour plaire à la raison, pour amuser par des systèmes, assez incertain pour éveiller les désirs, pour alimenter les passions. Si nous étions impassibles dans la vie, l'idée de la mort serait intolérable ; mais les douleurs nous aliènent, les dégoûts nous rebutent, l'impuissance et les sollicitudes font oublier de voir ; et l'on s'en va froidement, comme on quitte les loges quand un voisin exigeant, quand la sueur du front, quand l'air vicié par la foule ont remplacé le désir par la gêne, et la curiosité par l'impatience.

Quelle manière adopterai-je ? Aucune. J'écrirai comme on parle, sans y songer ; s'il faut faire autrement, je n'écrirai point. Il y a cette différence néanmoins, que la parole ne peut être corrigée, au lieu que l'on peut ôter des choses écrites ce qui choque à la lecture.

Dans des temps moins avancés, les poètes et les sophistes lisaient leurs livres aux assemblées des peuples. Il faut que les choses soient lues selon la manière dont elles ont été faites, et qu'elles soient faites selon qu'elles doivent être lues. L'art de lire est comme celui d'écrire. Les grâces et la vérité de l'expression dans la lecture sont infinies comme les modifications de la pensée ; je conçois à peine qu'un homme qui lit mal puisse avoir une plume heureuse, un esprit juste et vaste. Sentir avec génie, et être incapable d'exprimer, paraît aussi incompatible que d'exprimer avec force ce qu'on ne sent pas.

Quelque parti que l'on prenne sur la question si tout a été ou n'a pas été dit en morale, on ne saurait conclure qu'il n'y ait plus rien à faire pour cette science, la seule de l'homme. Il ne suffit pas qu'une chose soit dite, il faut qu'elle soit publiée, prouvée, persuadée à tous, universellement reconnue. Il n'y a rien de fait tant que la loi expresse n'est pas soumise aux lois de la morale *; tant que l'opinion ne voit pas les choses sous leurs véritables rapports.

Il faudra s'élever contre le désordre, tant que le désordre subsistera. Ne voyons-nous pas tous les jours de ces choses qui sont plutôt la faute de l'esprit que la suite des passions, où il y a plus d'erreur que de perversité, et qui sont moins le crime d'un particulier, qu'un effet presque inévitable de l'insouciance ou de l'ineptie publique ?

N'est-il plus besoin de dire aux riches dont la fortune est indépendante : Par quelle fatalité vivez-vous plus pauvres, plus inquiets que ceux qui travaillent à la journée dans vos terres ?

De dire aux enfans qui n'ont pas ouvert les yeux sur la bassesse de leur infidélité : Vous êtes de véritables voleurs, et des voleurs que la loi devrait punir plus sévèrement que celui qui vole un étranger. Au vol manifeste, vous ajoutez la plus odieuse perfidie. Le domestique qui prend est puni avec plus de rigueur qu'un étranger, parce qu'il abuse de la confiance, et parce qu'il est nécessaire que l'on jouisse de la sécurité, du moins chez soi. Ces raisons, justes pour un homme à gages, ne sont-elles pas bien plus fortes pour le fils de la maison ? Qui peut tromper plus impunément ? Qui manque à des devoirs plus sacrés ?

* On trouve le passage suivant, qui m'a paru curieux, dans des lettres publiées par un nommé Matthew.

« C'est une suite nécessaire et du degré de dépravation où en est arrivée l'espèce humaine, et de l'état actuel de la société en général, qu'il y ait beaucoup d'institutions également incompatibles avec le christianisme et la morale. » *Voyage à la riv. de Sierra-Leone.*

A qui est-il plus triste de ne pouvoir donner sa confiance ? Si l'on objecte des considérations qui peuvent arrêter la loi, c'est prouver davantage la nécessité d'éclairer l'opinion, de ne pas l'abandonner comme on l'a trop fait, d'en fixer les variations, et surtout de la faire assez respecter pour qu'elle puisse ce que n'osent pas nos lois irrésolues.

N'est-il plus besoin de dire à ces femmes pleines de sensibilité, d'intentions pures, de jeunesse et de candeur : Pourquoi livrer au premier fourbe tant d'avantages inestimables ? Ne voyez-vous pas dans ses lettres mêmes, au milieu du jargon romanesque de ses gauches sentimens, des expressions dont une seule suffirait pour déceler la mince estime qu'il a pour vous, et la bassesse dans laquelle il se sent lui-même ? Il vous amuse, il vous entraîne, il vous joue ; il vous prépare la honte et l'abandon. Vous le sentiriez, vous le sauriez ; mais par faiblesse, par indolence peut-être, vous hasardez l'honneur de vos jours. Peut-être c'est pour l'amusement d'une nuit que vous corrompez votre vie entière. La loi ne l'atteindra pas ; il aura l'infâme liberté de rire de vous. Comment avez-vous pris ce misérable pour un homme ? Ne valait-il pas mieux attendre et attendre encore ? Quelle distance d'un homme à un homme ! Femmes aimables, ne sentirez-vous pas ce que vous valez ? — Le besoin d'aimer ! — Il ne vous excuse pas. Le premier des besoins est celui de ne pas s'avilir, et les besoins du cœur doivent eux-mêmes vous rendre indifférent quiconque n'a de l'homme autre chose que de n'être pas femme. — Ceux de l'âge ! — Si nos institutions morales sont dans l'enfance, si nous avons tout confondu, si notre raison va à tâtons, votre imprudence, moins impardonnable alors, n'est pas pour cela justifiée.

Le nom de femme est grand pour nous, quand notre

âme est pure. Apparemment le nom d'homme peut aussi imposer un peu à des cœurs jeunes ; mais de quelque douceur que ces illusions s'environnent, ne vous y laissez pas trop surprendre. Si l'homme est l'ami naturel de la femme, les femmes n'ont souvent pas de plus funeste ennemi. Tous les hommes ont les sens de leur sexe ; mais attendez celui qui en a l'âme. Que peut avoir de commun avec vous cet être qui n'a que des sens * [1] ?

« N'est-il pas arrivé plusieurs fois que le sentiment du bonheur nous ait entraînés dans un abîme de maux, que nos désirs les plus naturels aient altéré notre nature, et que nous nous soyons avidement enivrés d'amertumes ? On a toute la candeur de la jeunesse, tous les désirs de l'inexpérience, les besoins d'une vie nouvelle, l'espérance d'un cœur droit. On a toutes les facultés de l'amour ; il faut aimer. On a tous les moyens du plaisir ; il faut être aimée. On entre dans la vie ; qu'y faire sans amour ? On a beauté, fraîcheur, grâce, légèreté, noblesse, expression heureuse. Pourquoi l'harmonie de ces mouvemens, cette décence voluptueuse, cette voix faite pour tout dire, ce sourire fait pour tout entraîner, ce regard fait pour changer le cœur de l'homme ? pourquoi cette délicatesse du cœur et cette sensibilité profonde ? L'âge, le désir, les convenances, l'âme, les sens, tout le veut ; c'est une nécessité. Tout exprime et demande

* J'ai supprimé quelques pages où il s'agissait de circonstances particulières, et d'une personne dont je ne vois pas qu'il soit parlé dans aucun autre endroit de ces lettres. J'y ai, en quelque sorte, substitué ce qui suit : c'est un morceau tiré d'ailleurs, qui dit à peu près les mêmes choses d'une manière générale, et que son analogie avec ce que j'ai retranché m'a engagé à placer ici.

l'amour : cette peau si douce et d'un blanc si heureusement nuancé ; cette main formée pour les plus tendres caresses ; cet œil dont les ressources sont inconnues s'il ne dit pas, je consens à être aimée ; ce sein qui, sans amour, est immobile, muet, inutile, et qui se flétrirait un jour sans avoir été divinisé ; ces formes, ces contours qui changeraient sans avoir été connus, admirés, possédés ; ces sentimens si tendres, si voluptueux et si grands, l'ambition du cœur, l'héroïsme de la passion ! Cette loi délicieuse, que la loi du monde a dictée, il faut la suivre. Ce rôle enivrant, que l'on sait si bien, que tout rappelle, que le jour inspire, et que la nuit commande, quelle femme jeune, sensible, aimante, imaginera de ne le point remplir ?

» Aussi ne l'imagine-t-on pas. Les cœurs justes, nobles, purs sont les premiers perdus. Plus susceptibles d'élévation, ils doivent être séduits par celle que l'amour donne. Ils se nourrissent d'erreurs en croyant se nourrir d'estime ; ils se trouvent aimer un homme, parce qu'ils ont aimé la vertu ; ils sont trompés par des misérables, parce que, ne pouvant vraiment aimer qu'un homme de bien, ils croient sentir que celui qui se présente pour réaliser leur chimère est nécessairement tel.

» L'énergie de l'âme, l'estime, la confiance, le besoin d'en montrer, celui d'en avoir ; des sacrifices à récompenser, une fidélité à couronner, un espoir à entretenir, une progression à suivre ; l'agitation, l'intolérable inquiétude du cœur et des sens ; le désir si louable de commencer à payer tant d'amour, le désir non moins juste de resserrer, de consacrer, de perpétuer, d'*éterniser* des liens si chers ; d'autres désirs encore, certaine crainte, certaine curiosité, des hasards qui l'indiquent, le destin qui le veut, tout livre une femme aimante dans les bras du lovelace. Elle aime, il s'amuse ; elle se donne, il s'amuse ; elle jouit, il s'amuse ; elle rêve la durée, le bonheur, le long charme d'un amour mutuel ; elle est dans les songes célestes ; elle voit cet œil que le plaisir embrase, elle voudrait donner une félicité plus grande ; mais le monstre s'amuse : les bras du plaisir la plongent dans l'abîme, elle dévore une volupté terrible.

» Le lendemain elle est surprise, inquiète, rêveuse ; de sombres pressentimens commencent des peines affreuses et une vie d'amertumes. Estime des hommes, tendresse paternelle, douce conscience, fierté d'une âme pure, fortune, honneur, espérance, amour, tout a passé. Il ne s'agit plus d'aimer et de vivre ; il faut dévorer ses larmes et traîner des jours précaires, flétris, misérables. Il ne s'agit plus de s'avancer dans les illusions, dans l'amour et dans la vie ; il faut repousser les songes, chercher l'oubli, attendre la mort. Femmes sincères et aimantes, belles de toutes les grâces extérieures et des charmes de l'âme, si faites pour être purement, tendrement, constamment aimées !... n'aimez pas. »

LETTRE LXXXI

5 août, IX.

Vous convenez que la morale doit seule occuper sérieusement l'écrivain qui veut se proposer un objet utile et grand ; mais vous trouvez que de certaines opinions sur la nature des êtres pour lesquelles, dites-vous, j'ai paru pencher jusqu'ici ne s'accordent pas avec la recherche des lois morales et de la base des devoirs.

Je n'aimerais pas à me contredire, et je tâcherai de l'éviter ; mais je ne puis reprocher à ma faiblesse les variations de l'incertitude. J'ai beau examiner, et mettre à cet examen de l'impartialité et même quelque sévérité, je ne puis trouver là de véritables contradictions.

Il pourrait y en avoir entre diverses choses que j'ai dites, si on voulait les regarder comme des affirmations positives, comme les diverses parties d'un même système, d'un même corps de principes donnés pour certains, liés entre eux et déduits les uns des autres. Mais les pensées isolées, les doutes sur des choses impénétrables peuvent varier sans être contradictoires. J'avoue même qu'il y a telle conjecture sur la marche de la nature que je trouve quelquefois très-probable, et d'autres fois beaucoup moins, selon la manière dont mon imagination s'arrête à la considérer.

Il m'arrive de dire : Tout est nécessaire ; si le monde est inexplicable dans ce principe, dans les autres il semble impossible. Et après avoir vu ainsi, il m'arrivera le lendemain de me dire au contraire : Tant de choses sont conduites selon l'intelligence, qu'il paraît évident que beaucoup d'autres choses sont conduites par elle. Peut-être elle choisit dans les possibles qui résultent de l'essence nécessaire des choses, et la nature de ces possibles contenus dans une sphère limitée est telle, que, le monde ne pouvant exister que selon de certains modes, chaque chose néanmoins est susceptible de plusieurs modifications différentes. L'intelligence n'est pas souveraine de la matière, mais elle l'emploie : elle ne peut ni la faire, ni la détruire, ni la dénaturer ou en changer les lois ; mais elle peut l'agiter, la travailler, la composer. Ce n'est pas une toute-puissance ; c'est une industrie immense, mais pourtant bornée par les lois nécessaires de l'essence des êtres ; c'est une alchimie sublime que l'homme appelle surnaturelle, parce qu'il ne peut la concevoir.

Vous me dites que voilà deux systèmes opposés, et qu'on ne saurait admettre en même temps. J'en conviens ; mais il n'y a point là de contradiction, je ne vous les donne que pour des hypothèses : non seulement je ne les admets pas tous deux, mais je n'admets positivement ni l'un ni l'autre, et je ne prétends pas connaître ce que l'homme ne connaît point.

Tout système général sur la nature des êtres et les lois du monde n'est jamais qu'une idée hasardée. Il se peut que quelques hommes aient cru à leurs songes ou aient voulu que les autres y crussent ; mais c'est un charlatanisme ridicule ou un prodige d'entêtement. Pour moi, je ne sais que douter, et si je dis positivement : Tout est nécessaire, ou bien : Il est une force secrète qui se propose un but que quelquefois nous pouvons pressentir, je n'emploie ces expressions affirmatives que pour éviter de répéter sans cesse : Il me semble, je suppose, j'imagine. Cette manière de parler ne saurait annoncer que je m'en prétende certain, et je ne dois pas craindre que l'on s'y trompe ; quel homme, s'il n'est en démence, s'avisera d'affirmer ce qu'il est impossible que l'on sache ?

Il en est tout autrement lorsque, abandonnant ces recherches obscures, nous nous attachons à la seule science humaine, à la morale. L'œil de l'homme, qui ne peut rien discerner dans l'essence des êtres, peut tout voir dans les relations de l'homme. Là nous trouvons une lumière disposée pour nos organes ; là nous pouvons découvrir, raisonner, affirmer. C'est là que nous sommes responsables de nos idées, de leur enchaînement, de leur accord, de leur vérité ; c'est là qu'il faut chercher des principes certains, et que les conséquences contradictoires seraient inexcusables.

On peut faire une seule objection contre l'étude de la morale ; c'est une difficulté très-forte, il est vrai, mais qui pourtant ne doit pas nous arrêter. Si tout est nécessaire, que produiront nos recherches, nos préceptes, nos vertus ? Mais la nécessité de toutes choses n'est pas prouvée ; le sentiment contraire conduit l'homme, et c'est assez pour que dans tous les actes de la vie il se regarde comme livré à lui-même. Le stoïcien croyait à la vertu malgré le destin, et ces Orientaux qui conservent le dogme de la fatalité, agissent, craignent, désirent comme les autres hommes. Si même je regardais comme probable la loi universelle de la nécessité, je pourrais encore chercher les principes des meilleures institutions humaines. En traversant un lac dans un jour d'orage, je me dirai : Si les événemens sont invinciblement déterminés, il m'importe peu que les bateliers soient ivres ou non. Cependant, comme il en peut être autrement, je leur recommanderai de ne boire qu'après leur arrivée. Si tout est nécessaire, il l'est que j'aie ce soin, il l'est encore que je l'appelle faussement de la prudence.

Je n'entends rien aux subtilités par lesquelles on prétend accorder le libre arbitre avec la prescience, le choix de l'homme avec l'absolue puissance de Dieu ; l'horreur infinie que l'auteur de toute justice a nécessairement pour le péché, ainsi que les moyens inconcevables qu'il a employés pour le prévenir ou le réparer, avec l'empire continuel de l'injustice, et notre pouvoir de faire des crimes tant que bon nous semble. Je trouve quelques difficultés à concilier et la bonté infinie qui créa volontairement l'homme, et la science indubitable de ce qui en résulterait, avec l'éternité de supplices affreux pour les quarante-neuf cinquantièmes des hommes tant aimés. Je pourrais comme un autre parler longuement, adroitement ou savamment sur ces questions impénétrables ; mais si jamais j'écris, je m'attacherai plutôt à ce qui concerne l'homme réuni en société dans sa vie temporelle, parce qu'il me semble qu'en observant seulement les conséquences pour lesquelles on a des données certaines, je pourrai penser des choses vraies et en dire d'utiles.

Je parviendrai jusqu'à un certain point à connaître l'homme, mais je ne puis deviner la nature. Je n'entends pas bien deux principes opposés, coéternellement faisant et défaisant. Je n'entends pas bien l'univers formé si tard, là où il n'y avait rien, subsistant pour un temps seulement, et coupant ainsi en trois parties l'indivisible éternité. Je n'aime point à parler sérieusement de ce que j'ignore ; *animalis homo non percipit ea quœ sunt spiritus Dei* [1].

Je n'entendrai jamais comment l'homme, qui reconnaît en lui de l'intelligence, peut prétendre que le monde ne contient pas d'intelligence. Malheureusement, je ne vois pas mieux comment une faculté se trouve être une substance. On me dit : La pensée n'est pas un corps, un être physiquement divisible, ainsi la mort ne la détruira pas ; elle a commencé pourtant, mais vous voyez qu'elle ne saurait finir, et que, puisqu'elle n'est pas un corps, elle est nécessairement un esprit. Je l'avoue, j'ai le malheur de ne pas trouver que cet argument victorieux ait le sens commun.

Celui-ci est plus spécieux. Puisqu'il existe des religions anciennement établies, puisqu'elles font partie des institutions humaines, puisqu'elles paraissent naturelles à notre faiblesse, et qu'elles sont le frein ou la consolation de plusieurs, il est bon de suivre et de soutenir la religion du pays où l'on vit : si l'on se permet de n'y point croire, il faut du moins n'en rien dire, quand on écrit pour les hommes, il ne faut pas les dissuader d'une croyance qu'ils aiment. C'est votre avis ; mais voici pourquoi je ne saurais le suivre.

Je n'irai pas maintenant affaiblir une croyance religieuse dans les vallées des Cévennes ou de l'Apennin, ni même auprès de moi dans la Maurienne ou le Schweitzerland ; mais en parlant de morale, comment ne rien dire des religions ? Ce serait une affectation déplacée : elle ne tromperait personne ; elle ne ferait qu'embarrasser ce que j'aurais à dire, et en ôter l'ensemble qui peut seul le rendre utile. On prétend qu'il faut respecter des opinions sur lesquelles reposent l'espérance de beaucoup d'hommes, et toute la morale de plusieurs. Je crois cette réserve convenable et sage chez celui qui ne traite qu'accidentellement des questions morales, ou qui écrit dans des vues différentes de celles qui seront nécessairement les miennes. Mais si en écrivant sur les institutions humaines je parvenais à ne point parler des systèmes religieux, on n'y verrait autre chose que des ménagemens pour quelque parti puissant. Ce serait une faiblesse condamnable : en osant me charger d'une telle fonction, je dois surtout m'en imposer les devoirs. Je ne puis répondre de mes moyens, et ils seront plus ou moins insuffisans ; mais les intentions dépendent de moi : si elles ne sont pas invariablement pures et fermes, je suis indigne d'un aussi beau ministère.

Je n'aurai pas un ennemi personnel dans la littérature, comme je n'en aurai jamais dans ma vie privée ; mais quand il s'agit de dire aux hommes ce que je regarde comme vrai, je ne dois pas craindre de mécontenter une secte ou un parti. Je n'en veux à aucun, mais je n'ai de lois à recevoir d'aucun. J'attaquerai les choses et non les hommes ; si les hommes s'en fâchent, si je deviens un objet d'horreur pour la charité de quelques-uns, je n'en serai point surpris, mais je ne veux pas même le prévoir. Si l'on peut se dispenser de parler des religions dans bien des écrits, je n'ai pas cette liberté, que je regrette à plusieurs égards : tout homme impartial avouera que ce silence est impossible dans un *ouvrage* tel que doit être celui que je projette, le seul auquel je puisse mettre de l'importance.

En écrivant sur les affections de l'homme et sur le système général de l'éthique, je parlerai donc des religions ; et certes, en en parlant, je ne puis dire d'autres choses que celles que j'en pense. C'est parce que je ne saurais éviter d'en parler alors que je ne m'attache point à écarter de nos lettres ce qui par hasard s'y présente sur ce sujet : autrement, malgré une certaine contrainte qui en résulterait, j'aimerais mieux taire ce que je sens devoir vous déplaire, ou plutôt vous affliger.

Je vous le demande à vous-même, si dans quelques chapitres il m'arrive d'examiner les religions comme des institutions accidentelles*, et de parler de celle qu'on dit être venue de Jérusalem, comme on trouverait bon que j'en parlasse si j'étais né à Jérusalem ; je vous le demande, quel inconvénient véritable en résultera-t-il dans les lieux où s'agite l'esprit européen, où les idées sont nettes et les conceptions désenchantées, où l'on vit dans l'oubli des prestiges, dans l'étude sans voile des sciences positives et démontrées ?

Je voudrais ne rien ôter de la tête de ceux qui l'ont déjà assez vide pour dire : S'il n'y avait pas d'enfer, ce ne serait pas la peine d'être honnête homme. Peut-être arrivera-t-il cependant que je sois lu par un de ces hommes-là. Je ne me flatte pas qu'il ne puisse résulter aucun mal quelconque de ce que je ferai dans l'intention de produire un bien ; mais peut-être aussi diminuerai-je le nombre de ces bonnes âmes qui ne croient au devoir qu'en croyant à l'enfer. Peut-être parviendrai-je à ce que le devoir reste, quand les reliques et les démons cornus auront achevé de passer de mode.

On ne peut pas éviter que la foule elle-même en

* Il est certain que l'éloignement d'Obermann pour des doctrines qui toutes lui paraissent accidentelles ne s'étend pas jusqu'aux idées religieuses fondamentales[2].

vienne plus ou moins vite, et certainement dans peu de temps, à mépriser l'une des deux idées qu'on l'a très-imprudemment habituée à ne recevoir qu'ensemble : il faut donc lui prouver qu'elles peuvent très-bien être séparées sans que l'oubli de l'une entraîne la subversion de l'autre.

Je crois que ce moment s'approche beaucoup : l'on reconnaîtra plus universellement la nécessité de ne plus fonder sur ce qui s'écroule cet asile moral, hors duquel on vivrait dans un état de guerre secrète, et au milieu d'une perfidie plus odieuse que les vengeances et les longues haines des hordes sauvages.

LETTRE LXXXII

Im., 6 août, IX.

Je ne sais si je sortirai de mes montagnes neigeuses, si j'irai voir cette jolie campagne dont vous me faites une description si intéressante, où l'hiver est si facile et le printemps si doux, où les eaux vertes brisent leurs vagues nées en Amérique. Celles que je vois ne viennent pas de si loin : dans les fentes de mes rochers, où je cherche la nuit comme le triste chathuant, l'étendue conviendrait mal à mon œil et à ma pensée. Le regret de n'être pas avec vous s'accroît tous les jours. Je ne me le reproche pas, j'en suis plutôt surpris ; je cherche pourquoi, je ne trouve rien, mais je vous dis que je n'ai pu faire autrement. J'irai un jour ; cela est résolu. Je veux vous voir chez vous : je veux rapporter de là le secret d'être heureux, quand rien ne manque que nous-mêmes.

Je verrai en même temps le pont du Gard et le canal de Languedoc. Je verrai la Grande-Chartreuse, en allant, et non en rentrant ici ; et vous savez pourquoi.

J'aime mon asile ; je l'aimerai tous les jours davantage, mais je ne me sens plus assez fort pour vivre seul. Nous allons parler d'autre chose.

Tout sera achevé dans très-peu de jours. En voici déjà quatre que je couche dans mon appartement.

Quand je laisse mes fenêtres ouvertes pendant la nuit, j'entends distinctement l'eau de la fontaine tomber dans le bassin : lorsqu'un peu de vent l'agite, elle se brise sur les barres de fer destinées à soutenir les vases que l'on veut remplir. Il n'est guère d'accidens naturels aussi romantiques que le bruit d'un peu d'eau tombant sur l'eau tranquille, quand tout est nocturne, et qu'on distingue seulement dans le fond de la vallée un torrent qui roule sourdement derrière les arbres épais, au milieu du silence.

La fontaine est sous un grand toit, comme je pense vous l'avoir dit : le bruit de sa chute est moins agreste que si elle était en plein air ; mais il est plus extraordinaire, et plus heureux. Abrité sans être enfermé, reposant dans un bon lit au milieu du désert, possédant chez soi les biens sauvages, on réunit les commodités de la mollesse et la force de la nature. Il semble que notre industrie ait disposé des choses primitives sans changer leurs lois, et qu'un empire si facile ne connaisse point de bornes. Voilà tout l'homme.

Ce grand toit, ce couvert dont vous voyez que je suis très-content, a sept toises de large, et plus de vingt en longueur sur la même ligne que les autres bâtimens. C'est en effet la chose la plus commode : il joint la grange à la maison ; il ne touche point à celle-ci, il ne communique avec elle que par une galerie d'une construction légère, et qu'on pourrait couper facilement en cas d'incendie. Voiture, char-à-bancs, chars de travail, outils, bois à brûler, atelier de menuiserie, fontaine, tout s'y trouve sans confusion, et l'on peut y travailler, y laver, y faire toutes les choses nécessaires sans être gêné par le soleil, la neige ou la boue.

Puisque je n'espère plus vous voir ici que dans un temps reculé, je vous dirai toute ma manière d'être. Je vous décrirai toute mon habitation, et peut-être il y aura des instans où je me figurerai que vous la partagez, que nous examinons, que nous délibérons, que nous réformons.

LETTRE LXXXIII

24 septembre, IX.

J'attendais avec quelque impatience que vous eussiez fini vos courses ; j'ai des choses nouvelles à vous dire.

M. de Fonsalbe est ici. Il y est depuis cinq semaines, il y restera : sa femme y a été. Quoiqu'il ait passé des années sur les mers, c'est un homme égal et tranquille. Il ne joue pas, ne chasse pas, ne fume pas ; il ne boit point ; il n'a jamais dansé, il ne chante jamais ; il n'est point triste, mais je crois qu'il l'a été beaucoup. Son front réunit les traits heureux du calme de l'âme, et les traits profonds du malheur. Son œil, qui n'exprime ordinairement qu'une sorte de repos et de découragement, est fait pour tout exprimer ; sa tête a quelque chose d'extraordinaire, et, au milieu de son calme habituel, si une idée grande, si un sentiment énergique vient l'éveiller, il prend, sans y penser, l'attitude muette du commandement. J'ai vu admirer un acteur qui disait fort bien le *Je le veux, je l'ordonne*, de Néron [1] ; mais Fonsalbe le dirait mieux.

Je vous parle sans partialité. Il n'est pas aussi égal intérieurement qu'au-dehors ; mais s'il a le malheur ou le défaut de ne pouvoir être heureux, il a trop de sens pour être mécontent. C'est lui qui achèvera de guérir mon impatience : il a pris son parti, et de plus il m'a prouvé, sans réplique, que je devais prendre le mien. Il prétend que lorsque avec la santé on a une vie indépendante, et que l'on n'a que cela, il faut être un sot pour être heureux, et un fou pour être malheureux. D'après quoi vous sentez que je ne pouvais dire autre chose, sinon que je n'étais ni heureux, ni malheureux : je l'ai dit, et maintenant il faut que je m'arrange de manière à avoir dit vrai.

Je commence pourtant à trouver quelque chose de plus que la vie indépendante et la santé. Fonsalbe sera un ami, et un ami dans ma solitude. Je ne dis pas un ami tel que nous l'entendions autrefois. Nous ne sommes plus dans un âge d'héroïsme. Il s'agit de passer doucement ses jours : les grandes choses ne me regardent pas. Je m'attache à trouver bon, vous dis-je, ce que ma destinée me donne : le beau moyen pour cela que de rêver l'amitié à la manière des anciens ! Laissons les amis selon l'antiquité, et les amis selon les villes. Imaginez un terme moyen. Que cela ? direz-vous. Et moi je vous dis que c'est beaucoup.

J'ai encore une autre pensée : Fonsalbe a un fils et une fille. Mais j'attends, pour vous en dire davantage, que mon projet soit définitivement arrêté ; d'ailleurs ceci tient à plusieurs détails qui vous sont encore inconnus, et dont je dois vous instruire. Fonsalbe m'a déjà dit que je pouvais vous parler de tout ce qui le concerne, et qu'il ne vous regardait point comme un tiers : seulement vous brûlerez les lettres.

LETTRE LXXXIV

Saint-Maurice, 7 octobre, IX.

Un Américain ami de Fonsalbe vient de passer ici pour se rendre en Italie. Ils sont allés ensemble jusqu'à Saint-Branchier, au pied des montagnes. Je les accompagnai : je comptais m'arrêter à Saint-Maurice, mais j'ai continué jusqu'à la cascade de Pissevache, qui est entre cette ville et Martigni, et que j'avais vue autrefois seulement depuis la route.

Là, j'ai attendu le retour de la voiture. Il faisait un temps agréable, l'air était calme et très-doux : j'ai pris, tout habillé, un bain de vapeurs froides. Le volume d'eau est considérable, et la chute a près de trois cents pieds. Je m'en approchai autant qu'il me parut possible ; et en un moment je fus mouillé comme si j'eusse été plongé dans l'eau.

Je retrouvai pourtant quelque chose des anciennes impressions lorsque je fus assis dans la vapeur qui rejaillit vers les nues, au bruit si imposant de cette eau qui sort d'une glace muette, et coule sans cesse d'une source immobile, qui se perd avec fracas sans jamais finir, qui se précipite pour creuser des abîmes, et qui semble tomber éternellement. Nos années et les siècles de l'homme descendent ainsi : nos jours s'échappent du silence, la nécessité les montre, ils glissent dans l'oubli. Le cours de leurs fantômes pressés s'écoule avec un bruit uniforme, et se dissipe en se répétant toujours. Il en reste une fumée qui monte, qui rétrograde, et dont les ombres déjà passées enveloppent cette chaîne inexplicable et inutile, monument perpétuel d'une force inconnue, expression bizarre et mystérieuse de l'énergie du monde.

Je vous avoue qu'Imenstròm, et mes souvenirs, et mes habitudes, et mes projets d'enfant, mes arbres, mon cabinet, tout ce qui a pu distraire mes affections, fut alors bien petit, bien misérable à mes yeux. Cette eau active, pénétrante, et comme remplie de mouvement, ce fracas solennel d'un torrent qui tombe, ce nuage qui s'élance perpétuellement dans les airs, cette situation du corps et de la pensée, dissipa l'oubli où des années d'efforts parvenaient peut-être à me plonger.

Séparé de tous les lieux par cette atmosphère d'eau et par ce bruit immense, je voyais tous les lieux devant moi, je ne me voyais plus dans aucun. Immobile, j'étais ému pourtant d'un mouvement extraordinaire. En sécurité au milieu des ruines menaçantes, j'étais comme englouti par les eaux et vivant dans l'abîme. J'avais quitté la terre, et je jugeais ma vie ridicule ; elle me faisait pitié : un songe de la pensée remplaça ces jours puérils par des jours employés. Je vis plus distinctement que je ne les avais jamais vues ces pages heureuses et éloignées du rouleau des temps. Les Moïse, les Lycurgue prouvèrent indirectement au monde leur possibilité : leur existence future m'a été prouvée dans les Alpes.

Quand les hommes des temps où il n'était pas ridicule d'être un homme extraordinaire se retiraient dans une solitude profonde, dans les antres des montagnes, ce n'était pas seulement pour méditer sur les institutions qu'ils préparaient ; on peut aussi penser chez soi, et, s'il faut du silence, on peut le trouver dans une ville. Ce n'était pas seulement pour imposer aux peuples ; un simple miracle de la *Magie* eût été plus tôt fait, et n'eût pas eu moins de pouvoir sur les imaginations. Mais l'âme la moins assujettie n'échappe pas entièrement à l'empire de l'habitude, à cette conclusion si persuasive pour la foule, et spécieuse pour le génie lui-même, à cet argument de la routine qui tire de l'état le plus ordinaire de l'homme un témoignage naturel et une preuve de sa destination. Il faut se séparer des choses humaines, non pas pour voir qu'elles pourraient être changées, mais pour oser le croire. On n'a pas besoin de cet isolement pour imaginer les moyens qu'on veut employer, mais pour en espérer le succès. On va dans la retraite, on y vit; l'habitude des choses anciennes s'affaiblit, l'extraordinaire est jugé sans partialité, il n'est plus romanesque : on y croit, on revient, on réussit.

Je me rapprochai de la route avant le retour de Fonsalbe. J'étais très-mouillé; il prétendit qu'on eût pu arriver jusqu'à l'endroit même de la chute sans cet inconvénient-là. C'est où je l'attendais; il réussit d'abord; mais la colonne d'eau qui s'élève était très-mobile, quoiqu'il n'y eût aucun vent sensible dans la vallée. Nous allions nous retirer, lorsqu'en une seconde il fut inondé; alors il se laissa entraîner, et je le menai à la place même où je m'étais assis. Mais je craignais que les variations inopinées de la pression de l'air n'affectassent sa poitrine, moins forte que la mienne; nous nous retirâmes presque aussitôt. J'avais essayé en vain de m'en faire entendre autrement que par signes; mais lorsque nous fûmes éloignés de plusieurs toises, je lui demandai, avant que son étonnement cessât, ce que devenaient dans une semblable situation les habitudes de l'homme, ou même ses affections les plus puissantes, et les passions qu'il croit indomptables.

Nous nous promenions, allant et revenant de la cascade à la route. Nous convînmes que l'homme le plus fortement organisé peut n'avoir aucune passion positive, malgré son aptitude à toutes, et qu'il y eut plusieurs fois de tels hommes, soit parmi les maîtres des peuples, soit parmi les mages, les gymnosophistes, soit parmi les fidèles vrais et persuadés de certaines religions, comme l'islamisme, le christianisme, le bouddhisme.

L'homme supérieur a toutes les facultés de l'homme, et il peut éprouver toutes les affections humaines ; il s'arrête aux plus grandes de celles que sa destinée lui donne. Celui qui fait céder de grandes pensées à des idées petites ou personnelles, celui qui, ayant à faire ou à décider des choses importantes, est ému par de petites affections et des intérêts misérables, n'est pas un homme supérieur.

L'homme supérieur voit toujours au-delà de ce qu'il est et de ce qu'il fait ; loin de rester en arrière de sa destinée, il devance toujours ce qu'elle peut lui permettre, et ce mouvement naturel de son âme n'est point la passion du pouvoir ou des grandeurs. Il est au-dessus des grandeurs et du pouvoir : il aime ce qui est utile, noble et juste ; il aime ce qui est beau. Il reçoit la puissance, parce qu'il en faut pour établir ce qui est utile et beau ; mais il aimerait une vie simple, parce qu'une vie simple peut être pure et belle. Il fait quelquefois ce que les passions humaines peuvent faire ; mais il y a dans lui une chose impossible ; c'est qu'il le fasse par passion. Non seulement l'homme supérieur, le véritable homme d'État n'est point passionné pour les femmes, n'aime point le jeu, n'aime point le vin, mais je prétends qu'il n'est pas même ambitieux. Quand il agit comme les êtres nés pour le regarder avec surprise, il ne le fait point par les mobiles qu'ils connaissent. Il n'est ni défiant ni confiant, ni dissimulé ni ouvert, ni reconnaissant ni ingrat ; il n'est rien de tout cela : son cœur attend, son intelligence conduit. Pendant qu'il est à sa place, il marche à sa fin, qui est l'ordre en grand, et une amélioration du sort des hommes. Il voit, il veut, il fait. Celui dont on peut dire : Il a tel faible ou tel penchant, sera un homme comme les autres. Mais l'homme né pour gouverner est juste et absolu. Désabusé, il serait plus encore ; il ne serait pas absolu, il ne serait pas le maître : il deviendrait un sage.

LETTRE LXXXV

Im., 12 octobre, IX.

Je le craignais comme vous. Il était naturel de penser que cette sorte de mollesse où mon ennui m'a jeté deviendrait bientôt une habitude presque insurmontable ; mais quand j'y ai songé davantage, j'ai cru voir que je n'avais plus rien à en craindre, que le mal était déjà dans moi, et qu'il me serait toujours trop naturel d'être ainsi dans des circonstances semblables aux circonstances présentes. J'ai cru voir de même que dans une autre situation j'aurais toujours un autre caractère. La manière dont je végète dans l'ordre de choses où je me trouve n'aura aucune influence sur celle que je prendrais si les temps venaient à me prescrire autant d'activité que maintenant ils en demandent peu de moi.

Que me servirait de vouloir rester debout à l'heure du repos, ou vivant dans ma tombe ? Un homme laborieux et qui ne veut point perdre le jour doit-il pour cela se refuser au sommeil de la nuit ? Ma nuit est trop longue à la vérité ; mais est-ce ma faute si les jours sont courts, si les nuits sont ténébreuses dans la saison où je suis né ? Je veux, comme un autre, me montrer au-dehors quand l'été viendra ; en attendant je dors auprès du feu pendant les frimas. Je crois que Fonsalbe devient dormeur comme moi. C'est une bizarrerie bien digne de la misère de l'homme, que notre manière triste et tranquille dans la plus belle retraite d'un si beau pays, et dans l'aisance au milieu de quelques infortunés plus contens que nous ne le serons jamais.

Il faut que je vous apprenne quelque chose de nos manies, vous trouverez qu'habituellement notre langueur n'a rien d'amer. Il est inutile de vous dire que je n'ai pas une nombreuse livrée. A la campagne, et dans notre manière de vivre, les domestiques ont leurs occupations ; les cordons pourraient aller dix fois avant que personne vînt. J'ai cherché la commodité et non l'appareil ; j'ai d'ailleurs évité les dépenses sans but ; et j'aime autant me fatiguer moi-même à verser de l'eau d'une carafe dans un verre que de sonner pour qu'un laquais vigoureux accoure le faire depuis l'extrémité de la maison. Comme Fonsalbe et moi nous ne faisons guère un mouvement l'un sans l'autre, un cordon communique de sa chambre à coucher à la mienne et à mon cabinet. La manière de le tirer varie : nous nous avertissons ainsi, non pas selon le besoin, mais selon nos fantaisies ; en sorte que le cordon va très-souvent.

Plus ces fantaisies sont burlesques, plus elles nous amusent. Ce sont les jouets de notre oisiveté ; nous sommes princes en ceci, et sans avoir d'états à gouverner, nous suivons des caprices un peu bouffons. Nous croyons que c'est toujours quelque chose d'avoir ri ; avec cette différence néanmoins que notre rire ne mortifiera personne. Quelquefois une puérilité nous arrête pendant que nous comptons les mondes avec Lambert[1] ; quelquefois, encore remplis de l'enthousiasme de Pindare, nous nous amusons de la démarche imposante d'un poulet d'Inde, ou des manières athlétiques de deux matous épris d'amour qui se disputent leur héroïne.

Depuis quelque temps nous nous sommes avisés de convenir que celui qui serait une demi-heure sans pouvoir se rendormir éveillerait l'autre, afin qu'il eût aussi son heure de patience ; et que celui qui ferait un songe bien comique, ou de nature à produire une émotion forte, en avertirait aussitôt, afin que le lendemain en prenant le thé on l'expliquât selon l'antique science secrète.

Je puis maintenant me jouer un peu avec le sommeil ; je commence à le retrouver depuis que j'ai renoncé au café, depuis que je ne prends de thé que fort modérément, et que je le remplace quelquefois par du petit lait[2], ou simplement par un verre d'eau. Je dormais sans m'en apercevoir pour ainsi dire, et sans repos comme sans jouissance. En m'endormant et en m'éveillant, j'étais absolument le même qu'au milieu du jour ; mais à présent j'obtiens, pendant quelques minutes, ce sentiment des progrès du sommeil, cet affaiblissement voluptueux qui annonce l'oubli de la vie, et dont le retour journalier la rend supportable aux malheureux en la suspendant, en la divisant sans cesse. Alors on est bien au lit, même lorsqu'on n'y dort point. Vers le matin, je me mets sur l'estomac. Je ne dors pas, je ne suis pas éveillé ; je suis bien. C'est alors que je rêve en paix. Dans ces momens de calme, j'aime à voir la vie ; il me semble alors qu'elle m'est étrangère, je n'y ai point de rôle. Ce qui m'arrête surtout maintenant, c'est le fracas des moyens et le néant des résultats ; cet immense travail des êtres, et cette fin incertaine, stérile et peut-être contradictoire, ou ces fins opposées et vaines. La mousse mûrit sur la roche battue des flots ; mais son fruit périra. La violette fleurit inutilement sous le buisson du désert. Ainsi l'homme désire, et mourra. Il naît au hasard, il s'essaie sans but, il lutte sans objet, il sent et pense en vain, il passe sans avoir vécu, et celui qui obtient de vivre passera aussi. César a gagné cinquante batailles, il a vaincu l'Occident ; il a passé.

Mahomet, Pythagore, ont passé. Le cèdre qui ombrageait les troupeaux a passé comme le gramen que les troupeaux foulaient.

Plus on cherche à voir, plus on se plonge dans la nuit. Tous agissent pour se conserver et se reproduire : la fin de leurs actions est visible, comment celle de leur être ne l'est-elle pas ? L'animal a les organes, les forces, l'industrie pour subsister et se perpétuer ; il agit pour vivre, et il vit ; il agit pour se reproduire, et il se reproduit. Mais pourquoi vivre ? pourquoi se perpétuer ? Je n'entends rien à cela. La bête broute et meurt ; l'homme mange et meurt. Un matin je songeais à tout ce qu'il fait avant de mourir ; j'eus tellement besoin de rire que je tirai deux fois le cordon. Mais en déjeunant nous ne pûmes jamais rire ; ce jour-là Fonsalbe imagina de trouver du sérieux dans les arts, dans la gloire, dans les hautes sciences, dans la métaphysique des trinités, je ne sais encore dans quoi. Depuis ce déjeuner, j'ai remis sur ma table *De l'Esprit des choses* [3], et j'en ai lu un volume presque entier.

Je vous avoue que ce système de la réparation du monde ne me choque point du tout. Il n'est pas moderne, mais cela ne peut lui donner que plus d'autorité. Il est grand, il est spécieux. L'auteur est entré dans ces profondeurs, et j'ai pris le parti de lui savoir gré de l'extrême obscurité des termes : on en sera d'autant moins frappé de celle des choses. Je croirais volontiers que cette hypothèse d'une dégradation fortuite, et d'une lente régénération ; d'une force qui vivifie, qui élève, qui subtilise, et d'une autre qui corrompt et qui dégrade, n'est pas le moins plausible de nos rêves sur la nature des choses. Je voudrais seulement qu'on nous dît comment s'est faite ou du moins comment s'est dû faire cette grande révolution ; pourquoi le monde échappa ainsi à l'Éternel ; comment il s'est pu qu'il le permît, ou qu'il ne pût pas l'empêcher ; et quelle force étrangère à la puissance universelle a produit l'universel cataclysme ? Ce système expliquera tout, excepté la principale difficulté ; mais le dogme oriental des deux principes était plus clair [4].

Quoi qu'il en puisse être sur une question peu faite sans doute pour l'habitant de la terre, je ne connais rien qui rende raison du phénomène perpétuel dont tous les accidens accablent notre intelligence, et déconcertent notre curieuse avidité. Nous voyons les individus s'agglomérer et se propager en espèces, pour marcher avec une force multipliée et continue vers je ne sais quel but dont ils sont repoussés sans cesse. Une industrie céleste produit sans relâche, et par des moyens infinis. Un principe d'inertie, une force morte résiste froidement ; elle éteint, elle détruit en masse. Tous les agens particuliers sont passifs ; ils tendent néanmoins avec ardeur vers ce qu'ils ne sauraient soupçonner, et le but de cette tendance générale, inconnu d'eux, paraît l'être de tout ce qui existe. Non seulement le système des êtres semble plein de contrastes dans les moyens, et d'oppositions dans les produits ; mais la force qui le meut paraît vague, inquiète, énervée ou balancée par une force indéfinissable : la nature paraît empêchée dans sa marche, et comme embarrassée et incertaine.

Nous croirons discerner une lueur dans l'abîme, si nous entrevoyons les mondes comme des sphères d'activité, comme des ateliers de régénération où la matière travaillée graduellement, et subtilisée par un principe de vie, doit passer de l'état passif et brut à ce point d'élaboration, de ténuité, qui la rendra enfin susceptible d'être imprégnée de feu et pénétrée de lumière. Elle sera employée par l'intelligence, non plus comme des matériaux informes, mais comme un instrument perfectionné, puis comme un agent direct, et enfin comme une partie essentielle de l'être unique, qui alors deviendra vraiment universel et vraiment un.

Le bœuf est fort et puissant ; il ne le sait même pas. Il absorbe une multitude de végétaux, il dévore un pré ; quel grand avantage en va-t-il retirer ? Il rumine, il végète pesamment dans l'étable où l'enferme un homme triste, pesant, inutile comme lui. L'homme le tuera, il le mangera, il n'en sera pas mieux ; et après que le bœuf sera mort, l'homme mourra. Que restera-t-il de tous deux ? un peu d'engrais qui produira des herbes nouvelles, et un peu d'herbe qui nourrira des chairs nouvelles. Quelle vaine et muette vicissitude de vie et de mort ! quel froid univers ! Et comment est-il bon qu'il soit au lieu de n'être pas ?

Mais si cette fermentation silencieuse et terrible qui semble ne produire que pour immoler, ne faire que pour que l'on ait été, ne montrer les germes que pour les dissiper, ou n'accorder le sentiment de la vie que pour donner le frémissement de la mort ; si cette force qui meut dans les ténèbres la matière éternelle, lance quelques lueurs pour essayer la lumière ; si cette puissance qui combat le repos et qui promet la vie, broie et pulvérise son œuvre afin de la préparer pour un grand dessein ; si ce monde où nous paraissons n'est que l'essai du monde ; si ce qui est ne fait qu'annoncer ce qui doit être ; cette surprise que le mal visible excite en nous ne paraît-elle pas expliquée ? Le présent travaille pour l'avenir, et l'arrangement du monde est que le monde actuel soit consumé ; ce grand sacrifice était nécessaire, et n'est grand qu'à nos yeux. Nous passons dans l'heure du désastre ; mais il le fallait, et l'histoire des êtres d'aujourd'hui est dans ce seul mot, ils ont vécu. L'ordre fécond et invariable sera le produit de la crise laborieuse qui nous anéantit : l'œuvre est déjà commencée, et les siècles de vie subsisteront quand nous, nos plaintes, notre espérance et nos systèmes auront à jamais passé.

Voilà ce que les anciens pressentaient : ils conservaient le sentiment de la détresse de la terre. Cette idée vaste et profonde a produit les institutions des premiers âges ; elles durèrent dans la mémoire des peuples comme le grand monument d'une mélancolie sublime. Mais des hordes restées barbares, et des hordes formées par quelques fugitifs qui avaient oublié les traditions antiques en errant dans leurs forêts, des Pélasges, des Scythes, des Scandinaves ont répandu les dogmes gothiques, les fictions des versificateurs, et la fausse magie* des sauvages : alors l'histoire des choses en est devenue l'énigme, jusqu'au jour où un homme, qui a trop peu vécu, s'est mis à déchirer quelque partie du voile étendu par les barbares**.

Ensuite je fais un mouvement qui me distrait, je change d'attitude, et je ne vois plus rien de tout cela.

D'autres fois je me trouve dans une situation indéfinissable ; je ne dors ni ne veille, et cette incertitude me plaît beaucoup. J'aime à mêler, à confondre les idées du jour et celles du sommeil. Souvent il me reste un peu de l'agitation douce que laisse un songe animé, effrayant, singulier, rempli de ces rapports mystérieux et de cette incohérence pittoresque qui amusent l'imagination.

Le génie de l'homme éveillé n'atteindrait pas à ce que lui présentent les caprices de la nuit. Il y a quelque temps que je vis une éruption de volcan ; mais jamais l'horreur des volcans ne fut aussi grande, aussi épouvantable, aussi belle. Je voyais d'un lieu élevé ;

* On voit que le mot magie doit être pris ici dans son premier sens, et non pas dans l'acception nouvelle : en sorte que, par fausse magie, il faut entendre à peu près la magie des modernes.

** B... mourut à 37 ans, et il avait fait l'*Antiq. dév.* [5].

j'étais, je crois, à la fenêtre d'un palais, et plusieurs personnes étaient auprès de moi. C'était pendant la nuit, mais elle était éclairée. La Lune et Saturne paraissaient dans le ciel, entre des nuages épars, et entraînés rapidement, quoique tout le reste fût calme. Saturne était près de la Terre ; il paraissait plus grand que la Lune, et son anneau, blanc comme le métal que le feu va mettre en fusion, éclairait la plaine immense cultivée et peuplée. Une longue chaîne, très éloignée, mais bien visible, de monts neigeux, élevés, uniformes, réunissait la plaine et les cieux. J'examinais : un vent terrible passe sur la campagne, enlève et dissipe culture, habitations, forêts ; et en deux secondes ne laisse qu'un désert de sable aride, rouge et comme embrasé par un feu intérieur. Alors l'anneau de Saturne se détache, il glisse dans les cieux, il descend avec une rapidité sinistre, il va toucher la haute cime des neiges ; et en même temps elles sont agitées et comme travaillées dans leurs bases ; elles s'élèvent, s'ébranlent et roulent sans changer, comme les vagues énormes d'une mer que le tremblement du globe entier soulèverait. Après quelques instans, des feux vomis du sommet de ces ondes blanches retombent des cieux où ils se sont élancés, et coulent en fleuves brûlans. Les monts étaient pâles et embrasés selon qu'ils s'élevaient ou s'abaissaient dans leur mouvement lugubre ; et ce grand désastre s'accomplissait au milieu d'un silence plus lugubre encore.

Vous pensez sans doute que dans cette ruine de la terre, je m'éveillai plein d'horreur avant la catastrophe ; mais mon songe n'a pas fini selon les règles. Je ne m'éveillai point ; les feux cessèrent, l'on se trouva dans un grand calme. Le temps était obscur ; on ferma les fenêtres, on se mit à jaser dans le salon, nous parlâmes du feu d'artifice, et mon rêve continua.

J'entends dire et répéter que nos rêves dépendent

de ce dont nous avons été frappés les jours précédens. Je crois bien que nos rêves, ainsi que toutes nos idées et nos sensations, ne sont composés que de parties déjà familières et dont nous avons fait l'épreuve ; mais je pense que ce composé n'a souvent pas d'autre rapport avec le passé. Tout ce que nous imaginons ne peut être formé que de ce qui est ; mais nous rêvons, comme nous imaginons, des choses nouvelles, et qui n'ont souvent, avec ce que nous avons vu précédemment, aucun rapport que nous puissions découvrir. Quelques-uns de ces rêves reviennent constamment de la même manière, et semblables dans plusieurs de leurs moindres détails, sans que nous y pensions durant l'intervalle qui s'écoule entre ces diverses époques. J'ai vu en songe des sites plus beaux que tous ceux des Alpes, plus beaux que ceux que j'aurais pu imaginer, et je les ai vus toujours les mêmes. Dès mon enfance je me suis trouvé, en rêve, auprès d'une des premières villes de l'Europe. L'aspect du pays différait essentiellement de celui des terres qui environnent réellement cette capitale, que je n'ai jamais vue ; et toutes les fois que j'ai rêvé qu'étant en voyage, j'approchais de cette ville, j'ai toujours trouvé le pays tel que je l'avais rêvé la première fois, et non pas tel que je le sais être.

Douze ou quinze fois peut-être, j'ai vu en rêve un lieu de la Suisse que je connaissais déjà avant le premier de ces rêves ; et néamoins, quand j'y passe ainsi en songe, je le vois très-différent de ce qu'il est réellement, et toujours comme je l'ai rêvé la première fois.

Il y a plusieurs semaines que j'ai vu une vallée délicieuse, si parfaitement disposée selon mes goûts, que je doute qu'il en existe de semblables. La nuit dernière je l'ai vue encore, et j'y ai trouvé de plus un vieillard, tout seul, qui mangeait de mauvais pain à la porte d'une petite cabane fort misérable. Je vous attendais, m'a-t-il dit ; je savais que vous deviez venir ; dans quelques jours je n'y serai plus, et vous trouverez ici du changement. Ensuite nous avons été sur le lac, dans un petit bateau qu'il a fait tourner en se jetant dans l'eau. J'allai au fond ; je me noyais et je m'éveillai.

Fonsalbe prétend qu'un tel rêve doit être prophétique, et que je verrai un lac et une vallée semblables. Afin que le songe s'accomplisse, nous avons arrêté que si je trouve jamais un pareil lieu, j'irai sur l'eau, pourvu que le bateau soit bien construit, que le temps soit calme, et qu'il n'y ait point de vieillard.

LETTRE LXXXVI

Im., 16 novembre, IX.

Vous avez très-bien deviné ce que je n'avais fait que laisser entrevoir. Vous en concluez que déjà je me regarde comme un célibataire, et j'avoue que celui qui se regarde comme destiné à l'être est bien près de s'y résoudre.

Puisque la vie se trouve sans mouvement quand on lui ôte ses plus honnêtes mensonges, je crois avec vous que l'on peut perdre plus qu'on ne gagne à se sentir trop sur la défensive, à se refuser à ce lien hasardeux qui promet tant de délices, qui occasionne tant d'amertumes. Sans lui la vie domestique est vide et froide, surtout pour l'homme sédentaire. Heureux celui qui ne vit pas seul, et qui n'a pas à gémir de ne point vivre seul.

Je ne vois rien que l'on puisse de bonne foi nier ou combattre dans ce que vous dites en faveur du mariage. Ce que je vous objecterai, c'est ce dont vous ne parlez pas.

On doit se marier, cela est prouvé ; mais ce qui est devoir sous un rapport peut devenir folie, bêtise ou crime sous un autre. Il n'est pas si facile de concilier les divers principes de notre conduite. On sait que le célibat en général est un mal ; mais que l'on puisse en blâmer tel ou tel particulier, c'est une question très-différente. Je me défends, il est vrai, et ce que je dis tend à m'excuser moi-même ; mais qu'importe que cette cause soit la mienne, si elle est bonne. Je ne veux faire en sa faveur qu'une observation dont la justesse me paraît évidente. Je suis bien aise de vous la faire à vous, qui m'auriez volontiers contesté, un certain soir, l'extrême besoin d'une réforme pour mettre de l'unité, de l'accord, de la simplicité dans les règles de nos devoirs ; à vous qui m'avez accusé d'exagération lorsque j'avançais qu'il est plus difficile et plus rare d'avoir assez de discernement pour connaître le devoir que de trouver assez de forces pour le suivre. Vous aviez pour vous de grandes autorités anciennes et modernes ; j'en avais d'aussi grandes, et de très-bonnes intentions peuvent avoir trompé sur cela les Solon, les Cicéron, et d'autres encore.

L'on suppose que notre code moral est fait. Il n'y a donc plus qu'à dire aux hommes : Suivez-le, si vous étiez de bonne foi, vous seriez toujours justes*. Mais moi, j'ai le malheur de prétendre que ce code est encore à faire ; je me mets au nombre de ceux qui y voient des contradictions, principes de fréquentes incertitudes, et qui plaignent les hommes justes plus embarrassés dans le choix que faibles dans l'exécution. J'ai vu des circonstances où je défie l'homme le plus inaccessible à toute considération personnelle de prononcer sans douter, et où le moraliste le plus exercé ne

* C'est le sens du mot de Solon et du passage de *De Officiis* qui ont apparemment donné lieu de citer Cicéron et Solon.

prononcera jamais aussi vite qu'il est souvent nécessaire d'agir.

Mais de tous ces cas difficiles, je n'en veux qu'un : c'est celui dont j'ai à me disculper, et j'y reviens. Il faut rendre une femme heureuse, et préparer le bonheur de ses enfans ; il faut donc avant tout s'arranger de manière à avoir la certitude, ou du moins la probabilité de le pouvoir. On doit encore à soi-même et à ses autres devoirs futurs de se ménager la faculté de les remplir, et par conséquent la probabilité d'être dans une situation qui nous le permette, et qui nous donne au moins la partie du bonheur nécessaire à l'emploi de la vie. C'est autant une faute qu'une imprudence de prendre une femme qui remplira nos jours de désordre, de dégoûts ou d'opprobre ; d'en prendre une qu'il faudra chasser ou abandonner ; ou une avec qui tout bonheur mutuel sera impossible. C'est une faute de donner la naissance à des êtres pour qui on ne pourra probablement rien. Il fallait être à peu près assuré, sinon de leur laisser un sort indépendant, du moins de leur donner les avantages moraux de l'éducation, et les moyens de faire quelque chose, de remplir dans la société un rôle qui ne fût ni misérable ni déshonnête.

Vous pouvez, en route, ne point choisir votre gîte, et considérer comme supportable l'auberge que vous rencontrez. Mais vous choisirez au moins votre domicile ; vous ne vous fixerez pas pour la vie, vous n'acquerrez pas un domaine sans avoir examiné s'il vous convient. Vous ne ferez donc pas au hasard un choix plus important encore, et par lui-même, et parce qu'il est irrévocable.

Sans doute il ne faut pas aspirer à une perfection absolue ou chimérique ; il ne faut pas chercher dans les autres ce qu'on n'oserait prétendre leur offrir soi-même, et juger ce qui se présente avec assez de sévérité pour ne jamais atteindre à ce qu'on cherche. Mais approuverons-nous l'homme impatient qui se jette dans les bras du premier venu, et qui sera forcé de rompre dans trois mois avec l'ami si inconsidérément choisi, ou de s'interdire toute sa vie une amitié réelle pour en conserver une fausse ?

Ces difficultés dans le mariage ne sont pas les mêmes pour tous ; elles sont en quelque sorte particulières à une certaine classe d'hommes, et dans cette classe elles sont fréquentes et grandes. On répond du sort d'autrui ; on est assujetti à des considérations multipliées, et il peut arriver que les circonstances ne permettent aucun choix raisonnable jusqu'à l'âge de n'en plus espérer.

LETTRE LXXXVII

20 novembre, IX.

Que la vie est mélangée ! que l'art de s'y conduire est difficile ! Que de chagrins pour avoir bien fait ! que de désordres pour avoir tout sacrifié à l'ordre ! que de trouble pour avoir voulu tout régler, quand notre destinée ne voulait point de règle !

Vous ne savez trop ce que je veux vous dire avec ce préambule ; mais, occupé de Fonsalbe, plein de l'idée de ses ennuis, de ce qui lui est arrivé, de ce qui devait lui arriver, de ce que je sais, de ce qu'il m'a appris, je vois un abîme d'injustices, de dégoûts, de regrets ; et, ce qui est plus déplorable, dans cette suite de misères je ne vois rien d'étonnant, et rien qui lui soit particulier. Si tous les secrets étaient connus, si l'on voyait dans l'endroit caché des cœurs l'amertume qui les ronge, tous ces hommes contens, ces maisons agréables, ces cercles légers ne seraient plus qu'une multitude d'infortunés rongeant le frein qui les comprime, et dévorant la lie épaisse de ce calice de douleurs dont ils ne verront pas le fond. Ils voilent tous leurs peines ; ils élèvent leurs fausses joies, ils s'agitent pour les faire briller à des yeux jaloux toujours ouverts sur autrui. Ils se placent dans le point de vue favorable, afin que cette larme qui reste dans leur œil lui donne un éclat apparent, et soit enviée de loin comme l'expression du plaisir.

La vanité sociale est de paraître heureux. Tout homme se prétend seul à plaindre dans tout, et s'arrange de manière à être félicité de tout. S'il parle au confident de ses peines, son œil, sa bouche, son attitude, tout est douleur ; malgré la force de son caractère, de profonds soupirs accusent sa destinée lamentable, et sa démarche est celle d'un homme qui n'a plus qu'à mourir. Des étrangers entrent ; sa tête s'affermit, son sourcil s'élève, son œil se fixe, il fait entendre que les revers ne sauraient l'atteindre, qu'il se joue du sort, qu'il peut payer tous les plaisirs : il n'est pas jusqu'à sa cravate qui ne se trouve aussitôt disposée d'une manière plus heureuse ; et il marche comme un homme que le bonheur agite, et qui cède aux grands résultats de sa destinée.

Cette vaine montre, cette manie des beaux dehors n'est ignorée que des sots, et pourtant presque tous les hommes en sont dupes. La fête où vous n'êtes pas vous paraît un plaisir, au moment même où celle qui vous occupe n'est qu'un fardeau de plus. — Il jouit de cent choses ! dites-vous. — Ne jouissez-vous pas de ces mêmes choses, et de beaucoup d'autres peut-être ? — Je parais en jouir, mais... — Homme trompé ! ces *mais* ne sont-ils pas aussi pour lui ? Tous ces heureux se montrent avec leur visage des fêtes, comme le peuple sort avec l'habit des dimanches. La misère reste dans les greniers et dans les cabinets. La joie ou la patience sont sur ces lèvres qu'on observe ; le découragement, les douleurs, la rage des passions et de l'ennui, sont au fond des cœurs ulcérés. Dans cette grande population, tout l'extérieur est préparé ; il est brillant ou supportable, et l'intérieur est affreux. C'est à ces conditions que nous avons obtenu d'espérer. Si nous ne pensions pas que les autres sont mieux, et qu'ainsi nous pourrons être mieux nous-mêmes, qui de nous traînerait jusqu'au bout ses jours imbéciles ?

Plein d'un projet beau, raisonné, mais un peu romanesque, Fonsalbe partit pour l'Amérique espagnole. Il fut retenu à la Martinique par un incident assez bizarre qui paraissait devoir être de peu de durée, et qui eut pourtant de longues suites. Forcé d'abandonner enfin ses desseins, il allait repasser la mer, et n'en attendait que l'occasion. Un parent éloigné chez qui il avait demeuré pendant tout son séjour aux Antilles tombe malade, et meurt au bout de peu de jours. Il lui fait entendre en mourant que sa consolation serait de lui laisser sa fille, dont il croyait faire le bonheur en la lui donnant. Fonsalbe, qui n'avait nullement pensé à elle, lui objecte qu'ayant vécu plus de six mois dans la même maison sans avoir formé avec elle aucune liaison particulière, il lui était sans doute et lui resterait indifférent. Le père insiste, il lui apprend que sa fille était portée à l'aimer, et qu'elle le lui avait dit en refusant de contracter un autre mariage. Fonsalbe n'objecte plus rien, il hésite ; il met à la place de ses projets renversés celui de remplir doucement et honnêtement le rôle d'une vie obscure, de rendre une femme heureuse, et d'avoir de bonne heure des enfans, afin de les former. Il songe que les défauts de celle qu'on lui propose sont ceux de l'éducation, et que ses qualités sont naturelles ; il se décide, il promet. Le père meurt ; quelques mois se passent ; son fils et sa fille se préparent à diviser le bien qu'il leur a laissé. On était en guerre ; des vaisseaux ennemis croisent devant l'île, on s'attend à un débarquement. Sous ce prétexte, le futur beau-frère de Fonsalbe dispose tout, comme pour se retirer subitement lorsqu'il le faudra, et se mettre en sûreté ; mais, pendant la nuit, il se rend à la flotte avec tous les nègres de l'habitation, emportant ce qui pouvait être emporté. On a su depuis qu'il s'était établi dans une île anglaise, où son sort ne fut pas heureux.

Sa sœur ainsi dépouillée parut craindre que Fonsalbe ne l'abandonnât malgré sa promesse. Alors il précipita son mariage pour lequel il eût attendu le consentement de sa famille ; mais ce soupçon, auquel il ne daigna faire aucune autre réponse, n'était pas propre à augmenter son estime pour une femme qu'il prit ainsi sans en avoir ni bonne ni mauvaise opinion, et sans autre attachement qu'une amitié ordinaire.

Une union sans amour peut fort bien être heureuse. Mais les caractères se convenaient peu : ils se convenaient pourtant en quelque chose, et c'est dans un cas semblable que l'amour serait bon, je pense, pour les rapprocher tout à fait. La raison était peut-être une ressource suffisante ; mais la raison n'agit pleinement qu'au sein de l'ordre : la fortune s'opposait à une vie suivie et réglée...

On ne vit qu'une fois : on tient à son système, quand il est en même temps celui de la raison et celui du cœur, et on croit devoir hasarder le bien qu'on ne pourra jamais faire si on attend des certitudes. Je ne sais si vous verrez de même ; mais je sens que Fonsalbe a bien fait. Il en a été puni, il devait l'être ; a-t-il donc mal fait pour cela ? Si on ne vit qu'une fois... Devoir réel, seule consolation d'une vie fugitive ! sainte morale ! sagesse du cœur de l'homme ! il n'a point manqué à vos lois. Il a laissé certaines idées d'un jour, il a oublié nos petites règles : l'habitué du coin, le législateur du quartier, le condamneraient ; mais ces hommes de l'antiquité que trente siècles vénèrent, ces hommes justes et grands, ils auraient fait, ils ont fait comme lui...

Plus je connais Fonsalbe, plus je vois que nous resterons ensemble. Nous l'avons décidé ainsi ; la nature des choses l'avait décidé avant nous : je suis heureux qu'il n'ait pas d'état. Il tiendra ici votre place, autant qu'un ami nouveau peut remplacer un ami de vingt années, autant que je pourrai trouver dans mon sort une ombre de nos anciens songes.

L'intimité entre Fonsalbe et moi devance le progrès du temps, et elle a déjà le caractère vénérable de l'ancienneté. Sa confiance n'a point de bornes ; et comme c'est un homme très-discret et naturellement réservé, vous jugez si j'en sens le prix. Je lui dois beaucoup ; ma vie est un peu moins inutile, et elle deviendra tranquille malgré ce poids intérieur qu'il peut me faire oublier quelquefois, mais qu'il ne saurait lever. Il a rendu à mes déserts quelque chose de leur beauté heureuse, et du *romantisme* de leurs sites *alpestres* : un infortuné, un ami y trouve des heures assez douces qu'il n'avait pas connues. Nous nous promenons, nous jasons, nous allons au hasard ; nous sommes bien quand nous sommes ensemble. Je vois tous les jours davantage quels cœurs une destinée contraire peut cacher parmi les hommes qui ne les connaissent pas, et dans un ordre de choses où ils se chercheraient vainement eux-mêmes.

Fonsalbe a vécu tristement dans de perpétuelles inquiétudes, et sans jouir de rien. Il a deux ou trois ans de plus que moi ; il sent que la vie s'écoule. Je lui disais : Le passé est plus étranger pour nous que l'existence d'un inconnu, il n'en reste rien de réel ; les souvenirs qu'il laisse sont trop vains pour être comptés comme des biens ou des maux par un homme sage.

Quel fondement peuvent avoir les plaintes ou les regrets de ce qui n'est plus ? Si vous eussiez été le plus heureux des hommes, le jour présent serait-il meilleur ? Si vous eussiez souffert des maux affreux... Il me laissait dire, mais je m'arrêtai moi-même. Je sentis que, s'il eût passé dix années dans un caveau humide, sa santé en fût restée altérée ; que les peines morales peuvent aussi laisser des impressions ineffaçables, et que quand un homme sensé se plaint des malheurs qu'il paraît ne plus éprouver, ce sont leurs suites et leurs conséquences diverses qu'il déplore.

Quand on a volontairement laissé échapper l'occasion de bien faire, on ne la retrouve ordinairement pas ; c'est ainsi qu'est punie la négligence de ceux dont la nature était de faire le bien, mais que retiennent les considérations du moment, ou les intérêts de leurs passions. Quelques-uns de nous joignent à cette disposition naturelle la volonté raisonnée de la suivre, et l'habitude de faire taire toute passion contraire ; leur unique intention, leur premier désir est de jouer bien en tout le rôle d'homme, et d'exécuter ce qu'ils jugent être bon. Verront-ils sans regret s'éloigner d'eux toute possibilité de faire bien ces choses qui n'appartiennent qu'à la vie privée, mais qui sont importantes parce que très peu d'hommes songent réellement à les bien faire ?

Ce n'est pas une partie de la vie aussi peu étendue, aussi secondaire qu'on le pense, de faire pour sa femme non pas seulement ce que le devoir prescrit, mais ce qu'une raison éclairée conseille, et même tout ce qu'elle permet. Bien des hommes remplissent avec honneur de grandes fonctions publiques, qui n'eussent pas su agir dans leur intérieur, comme Fonsalbe eût fait s'il eût eu une femme d'un esprit juste et d'un caractère sûr, une femme qui fût ce qu'il fallait pour qu'il suivît sa pensée.

Les plaisirs de la confiance et de l'intimité sont grands entre des amis ; mais, animés et multipliés par tous ces détails qu'occasionne le sentiment de la différence des sexes, ces plaisirs délicats n'ont plus de bornes. Est-il une habitude domestique plus délicieuse que d'être bon et juste aux yeux d'une femme aimée ; de faire tout pour elle et de n'en rien exiger ; d'en attendre ce qui est naturel et honnête et de n'en rien prétendre d'exclusif ; de la rendre estimable, et de la laisser à elle-même ; de la soutenir, de la conseiller, de la protéger, sans la gouverner, sans l'assujettir ; d'en faire une amie qui ne cache rien et qui n'ait rien à cacher, sans lui interdire des choses, indifférentes alors, mais que d'autres tairaient et devraient s'interdire ; de la rendre la plus parfaite, mais la plus libre qu'il se puisse ; d'avoir sur elle tous les droits, afin de lui rendre toute la liberté qu'une âme droite puisse accepter ; et de faire ainsi, du moins dans l'obscurité de notre vie, la félicité d'un être humain digne de recevoir le bonheur sans le corrompre et la liberté de l'esprit sans en être corrompu ?

LETTRE LXXXVIII

Im., 30 novembre, IX.

Il fait aujourd'hui le temps que j'aimerais pour écrire des riens pendant cinq ou six heures, pour jaser de choses insignifiantes, pour lire de bonnes parodies, pour *passer le temps*. Depuis plusieurs jours je suis autant que jamais dans cette position ; et vous auriez la lettre la plus longue qu'on ait encore reçue à Bordeaux, si je ne devais pas mesurer avec Fonsalbe la pente d'un filet d'eau qu'il veut amener dans la partie la plus haute de mes prés, et qu'aucune sécheresse ne pourra tarir, puisqu'il sort d'un petit glacier. Cependant on peut bien prendre le temps de vous dire que le ciel est précisément tel que je l'attendais.

Ils n'ont pas besoin d'attendre, ceux qui vivent comme il convient, qui ne prennent de la nature que ce qu'ils en ont arrangé à leur manière, et qui sont les hommes de l'homme. Les saisons, le moment du jour, l'état du ciel, tout cela est étranger. Leurs habitudes sont comme la règle des moines ; c'est une autre loi qui ne considère qu'elle-même. Elle ne voit point dans la loi naturelle un ordre supérieur, mais seulement une suite d'incidens à peu près périodiques, une série de moyens ou d'obstacles qu'il faut employer ou vaincre selon la fantaisie des circonstances. Sans décider si c'est un mal ou non, j'avoue qu'il en doit être ainsi. Les opérations publiques, et presque tous les genres d'affaires, ont leur moment réglé long-temps d'avance ; elles exigent, à époque fixe, le concours de beaucoup d'hommes, et on ne saurait comment s'entendre si elles suivaient d'autres convenances que celles qui leur sont propres. Cette nécessité entraîne le reste : l'homme des villes, qui ne dépend plus des événemens naturels, qui même les voit ou le gêner souvent ou le servir par hasard, se décide, et doit se décider à arranger ses habitudes selon son état, selon les habitudes de ceux qu'il voit, selon l'habitude publique, selon l'opinion de la classe dont il est, ou que ses prétentions envisagent.

Une grande ville a toujours à peu près le même aspect ; les occupations ou les délassemens y sont toujours à peu près les mêmes, et on y prend volontiers une manière d'être uniforme. Il serait effectivement fort incommode de se lever dès le matin dans les longs jours, et de se coucher plus tôt en décembre. Il est agréable et salubre de voir l'aurore ;

mais que ferait-on après l'avoir vue entre les toits, après avoir entendu deux serins pendus à une lucarne *saluer* le soleil levant ? Un beau ciel, une douce température, une nuit éclairée par la lune, ne changent rien à votre manière ; vous finissez par dire : A quoi cela sert-il ? Et même, en trouvant mauvais l'ordre de choses qui le fait dire, il faudrait convenir que celui qui le dit n'a pas tout à fait tort. On serait au moins original si on allait faire lever exprès son portier et courir de grand matin pour entendre les moineaux chanter sur le boulevart ; si on allait s'asseoir à la fenêtre d'un salon, derrière les rideaux, pour se séparer des lumières et du bruit, pour donner un moment à la nature, pour voir avec recueillement l'astre des nuits briller dans le ruisseau de la rue.

Mais dans mon ravin des Alpes, les jours de dix-huit heures ressemblent peu aux jours de neuf heures. J'ai conservé quelques habitudes de la ville, parce que je les trouve assez douces, et même convenables pour moi qui ne saurais prendre toutes celles du lieu ; cependant, avec quatre pieds de neige et douze degrés de glace, je ne puis vivre précisément de la même manière que quand la sécheresse allume les pins dans les bois, et que l'on fait des fromages cinq mille pieds au-dessus de moi.

Il me faut un certain mauvais temps pour agir au dehors, un autre pour me promener, un autre pour faire des courses, un autre pour rester auprès du feu, quoiqu'il ne fasse pas froid, et un autre encore pour me placer à la cheminée de la cuisine pendant que l'on fait ces choses du ménage qui ne sont pas de tous les jours, et que je réserve, autant qu'il se peut, pour ces momens-là. Vous voyez qu'afin de vous dire mon plan, je mêle ce qui est déjà pratiqué à ce qui le sera seulement ; je suppose que j'ai déjà suivi mon genre de vie tel que je commence à le suivre en effet, et tel que je le dispose pour les autres saisons et pour les choses encore à faire.

Je n'osais parler des beaux jours. Il faut pourtant le confesser enfin, je ne les aime pas ; je veux dire que je ne les aime plus. Le beau temps embellit la campagne, il semble y augmenter l'existence ; on l'éprouve généralement ainsi. Mais moi, je suis plus mécontent quand il fait très-beau. J'ai vraiment lutté contre ce mal-être intérieur, je n'ai pas été le plus fort ; alors j'ai pris un autre parti beaucoup plus commode, j'ai éludé le mal que je ne pouvais détruire. Fonsalbe veut bien condescendre à ma faiblesse : les excès modérés de la table seront pour ces jours sans nuages, si beaux à tous les yeux et si accablans aux miens. Ils seront les jours de la mollesse ; nous les commencerons tard, et nous les passerons aux lumières. S'il se rencontre des choses plaisantes à lire, des choses d'un certain comique, on les met de côté pour ces matinées-là. Après le dîner, on s'enferme, avec du vin ou de léger punch. Dans la liberté de l'intimité, dans la sécurité de l'homme qui n'a jamais à craindre son propre cœur, trouvant quelquefois insuffisant et tout le reste et l'amitié elle-même, avides d'essayer un peu cette folie que nous avons perdue sans être sages, nous cherchons le sentiment actif et passionné de la chose présente, à la place de ce sentiment exact et mesuré de toutes choses, de ce penser silencieux qui refroidit l'homme et surcharge sa faiblesse.

Minuit arrive ainsi, et l'on est délivré… oui, l'on est délivré du temps, du temps précieux et irréparable, qu'il est souvent impossible de ne pas perdre, et plus souvent impossible d'aimer.

Quand la tête a été dérangée par l'imagination, l'observation, l'étude, par les dégoûts et les passions, par les habitudes, par la raison peut-être, croyez-vous que ce soit une chose facile d'avoir assez de temps, et surtout de n'en avoir jamais trop ? Nous sommes, il est vrai, des solitaires, des campagnards, mais nous avons nos manies ; nous sommes au milieu de la nature, mais nous l'observons. D'ailleurs, je crois que, même dans l'état sauvage, beaucoup d'hommes ont trop d'esprit pour ne pas s'ennuyer.

Nous avons perdu les passe-temps d'une société choisie ; nous prétendons nous en consoler en songeant aux ennuis, aux contraintes futiles et inévitables de la société en général. Cependant n'aurait-on pu parvenir à ne voir que des connaissances intimes ? Que mettrons-nous à la place de cette manière que les femmes seules peuvent avoir, qu'elles ont dans les capitales de la France, de cette manière qu'elles rendent si heureuse, et qui les rend aussi nécessaires à l'homme de goût qu'à l'homme passionné ? C'est par là que notre solitude est profonde, et que nous y sommes dans le vide des déserts.

A d'autres égards, je croirais que notre manière de vivre est à peu près celle qui emploie mieux le temps. Nous avons quitté le mouvement de la ville ; le silence qui nous environne semble d'abord donner à la durée des heures une constance, une immobilité qui attriste l'homme habitué à précipiter sa vie. Insensiblement et en changeant de régime, on s'y fait un peu. En redevenant calme, on trouve que les jours ne sont pas beaucoup plus longs ici qu'ailleurs. Si je n'avais cent raisons, les unes assez solides, les autres un peu misérables, de ne point vivre en montagnard, j'aurais un mouvement égal, une nourriture égale, une manière égale. Sans agitation, sans espoir, sans désir, sans attente, n'imaginant pas, ne pensant guère, ne voulant rien de plus, et ne songeant à rien de nouveau, je passerais d'une saison à une autre et du temps présent à la vieillesse, comme on passe des longs jours aux jours d'hiver, sans en apercevoir l'affaiblissement uniforme. Quand la nuit viendrait, j'en conclurais seulement qu'il faut des lumières, et quand les neiges commenceraient, je dirais qu'il faut allumer les poêles. De temps à autre j'apprendrais de vos nouvelles, et je quitterais un moment ma pipe pour vous répondre que je me porte bien. Je deviendrais content ; je parviend[r]ais à trouver l'anéantissement des jours assez rapide dans la froide tranquillité des Alpes, et je me livrerais à cette suite d'incuriosité, d'oubli, de lenteur, où repose l'homme des montagnes dans l'abandon de ces grandes solitudes.

LETTRE LXXXIX

Im., 6 décembre, IX.

J'ai voulu vous annoncer dès le jour même ce moment, jadis si désiré, qui pourrait faire époque dans ma vie, si j'étais entièrement revenu de mes songes, ou peut-être si je n'avais rien perdu de mes erreurs. Je suis tout à fait chez moi ; les travaux sont finis. C'est enfin l'instant de prendre un train de vie qui emploie de certaines heures, et qui fasse oublier les autres : je puis faire ce que je veux ; mais le malheur est que je ne vois pas bien ce que je dois faire.

C'est cependant une douce chose que l'aisance ; on peut tout arranger, suivre les convenances, choisir et régler. Avec de l'aisance, la raison peut éviter le malheur dans la vie ordinaire. Les riches seraient heureux s'ils avaient de l'aisance ; mais les riches aiment mieux se faire pauvres. Je plains celui que des circonstances impérieuses réduisent à monter sa maison au niveau de ce qu'il possède. Il n'y a point de bonheur domestique sans une certaine surabondance nécessaire à la sécurité. Si on trouve plus de paix et de bonne humeur dans les cabanes que dans les palais, c'est que l'aisance est plus rare dans les palais que dans les cabanes. Les malheureux, au milieu de l'or, ne savent comment vivre ! S'ils avaient su borner leurs prétentions et celles de leur famille, ils auraient tout ; car l'or fait tout : mais dans leurs mains inconsidérées l'or ne fait rien. Ils le veulent ainsi : que leurs goûts soient satisfaits ! Mais, dans notre médiocrité, donnons du moins d'autres exemples.

Pour n'être pas vraiment malheureux, il ne faut qu'un bien ; on le nomme raison, sagesse ou vertu. Pour être satisfait je crois qu'il en faut quatre : beaucoup de raison de la santé, quelque fortune, et un peu de ce bonheur qui consiste à avoir le sort pour soi. A la vérité, chacun de ces trois autres biens n'est rien sans la raison, et la raison est beaucoup sans eux. Elle peut les donner enfin, ou consoler de leur perte ; mais eux ne la donnent pas, et ce qu'ils donnent sans elle n'a qu'un éclat extérieur, une apparence dont le cœur n'est pas long-temps abusé. Avouons que l'on est bien sur la terre quand on peut et qu'on sait. Pouvoir sans savoir est fort dangereux ; savoir sans pouvoir est inutile et triste.

Pour moi, qui ne prétends pas vivre, mais seulement regarder la vie, je ferais bien de me mettre à imaginer du moins le rôle d'un homme. Je veux passer tous les jours quatre heures dans mon cabinet. J'appellerai cela du travail ; ce n'en est pas un pourtant, car il n'est pas permis de poser une serrure ou d'ourler un mouchoir le jour du repos, mais on est très-libre de faire un chapitre du *Monde primitif*[1]. Puisque j'ai résolu d'écrire, je ne serais pas excusable si je ne le faisais pas maintenant*. J'ai tout ce qu'il me faut :

* Des jours pleins de tristesse, l'habitude rêveuse d'une âme comprimée, les longs ennuis qui perpétuent le sentiment du néant de la vie, peuvent exciter ou entretenir le besoin de dire sa pensée ;

loisir, tranquillité, bibliothèque bornée, mais suffisante ; et au lieu de secrétaire, un ami qui me fera continuer, et qui soutient qu'en écrivant on peut faire quelque bien tôt ou tard.

Avant de m'occuper des faiblesses des hommes, il faut que je vous parle de la mienne pour la dernière fois. Fonsalbe, avec qui je n'aurais pas d'autres secrets, mais qui ne soupçonne rien de ceci, me fait sentir tous les jours, et par sa présence, et par nos entretiens où le nom de sa sœur revient si souvent, combien j'étais éloigné de cet oubli devenu mon seul asile.

Il a parlé de moi dans ses lettres à madame Del..., et il a paru le faire de ma part. Je ne savais comment prévenir cela, ne pouvant en donner à Fonsalbe aucune raison ; mais j'en suis d'autant plus fâché qu'elle aura dû juger contradictoire que je ne suivisse pas ce que moi-même j'avais dit.

Ne trouvez point bizarre l'amertume que je cherche dans ces souvenirs, et les soins inutiles que je prends pour les éloigner, comme si je n'étais pas sûr de moi. Je ne suis ni fanatique, ni incertain dans ma droiture. Mes intentions me resteront soumises, mais ma pensée ne l'est pas ; et si j'ai toute l'assurance de l'homme qui veut ce qu'il doit, j'ai toute la faiblesse de celui que rien n'a fixé. Cependant je n'aime point ; je suis trop malheureux pour cela. Comment donc se fait-il... ?

---

ils furent souvent favorables à des écrits dont la poésie exprime les profondeurs du sentiment, et les conceptions vastes de l'âme humaine que ses douleurs ont rendue impénétrable et comme infinie. Mais un ouvrage important par son objet, par son ensemble et son étendue, un ouvrage que l'on consacre aux hommes, et qu'on destine à rester, ne s'entreprend que lorsqu'on a une manière de vivre à peu près fixe, et qu'on est sans inquiétude sur le sort des siens. Pour Obermann, il vivait seul, et je ne vois pas que la situation favorable où il se trouve maintenant lui fût indispensable.

Vous ne sauriez m'entendre, quand je ne m'entends pas moi-même.

Il y a bien des années que je la vis, mais comme j'étais destiné à n'avoir que le songe de mon existence, il en résulta seulement que son souvenir restait attaché au sentiment de continuité de mon être. Voilà pour ces temps dont tout est perdu.

Le besoin d'aimer était devenu l'existence elle-même, et le sentiment des choses n'était que l'attente et le pressentiment de cette heure qui commence la lumière de la vie. Mais si dans le cours insipide de mes jours, il s'en trouvait un qui parût offrir le seul bien que la nature contînt alors pour mon cœur, ce souvenir était dans moi comme pour m'en éloigner. Sans avoir aimé, je me voyais dans une sorte d'impuissance d'aimer désormais, ainsi que ces hommes en qui une passion profonde a détruit le pouvoir de sentir une affection nouvelle. Ce souvenir n'était pas l'amour, puisque je n'y trouvais point de consolation, point d'aliment : il me laissait dans le vide, et il semblait m'y retenir ; il ne me donnait rien, et il semblait s'opposer à ce qu'il me fût donné quelque chose. Je restais ainsi sans posséder ni l'ivresse heureuse que l'amour soutient, ni cette mélancolie amère et voluptueuse dont aiment à se consumer nos cœurs encore remplis d'un amour malheureux.

Je ne veux point vous faire la fatigante histoire de mes ennuis. J'ai caché dans mes déserts ma fortune sinistre ; elle entraînerait ce qui m'environne, elle a manqué vous envelopper vous-même. Vous avez voulu tout quitter pour devenir triste et inutile comme moi, mais je vous ai forcé de reprendre vos distractions. Vous avez cru même que j'en avais aussi trouvé ; j'ai entretenu doucement votre erreur. Vous avez su que mon calme ressemblait au sourire du désespoir, j'aurais voulu que vous y fussiez plus long-temps trompé. Je prenais pour vous écrire le moment où je riais... où je ris de pitié sur moi-même, sur ma destinée, sur tant de choses dont je vois les hommes gémir en répétant qu'elles vont cesser.

Je vous en dis trop; mais le sentiment de ma destinée m'élève et m'accable. Je ne puis chercher quelque chose en moi, sans y trouver le fantôme de ce qui ne me sera jamais donné.

C'est une nécessité qu'en vous parlant d'*elle*, je sois tout à fait moi. Je n'entends pas bien quelle réserve je devais m'imposer en cela. Elle sentait comme moi, une même langue nous était commune : sont-ils si nombreux ceux qui s'entendent? Cependant je ne me livrais pas à tant d'illusions. Je vous le répète, je ne veux point vous arrêter sur ces temps que l'oubli doit effacer, et qui sont déjà dans l'abîme : le songe du bonheur a passé avec leurs ombres dans la mort de l'homme et des siècles. Pourquoi ces souvenirs exhalés d'un long trépas? ils viennent étendre sur les restes vivans de l'homme l'amertume du sépulcre universel où il descendra. Je ne cherche point à justifier ce cœur brisé qui vous est trop bien connu, et qui ne conserve dans ses ruines que l'inquiétude de la vie. Vous savez, vous seul, ses espérances éteintes, ses désirs inexplicables, ses besoins démesurés. Ne l'excusez pas, soutenez-le, relevez ses débris; rendez-lui, si vous en avez les moyens, et le feu de la vie, et le calme de la raison, tout le mouvement du génie, et toute l'impassibilité du sage : je ne veux point vous porter à plaindre ses folies profondes.

Enfin le hasard le plus inattendu me fit la rencontrer près de la Saône, dans un jour de tristesse. Cet événement si simple m'étonna pourtant. Je trouvai de la douceur à la voir quelquefois. Une âme ardente et tranquille, fatiguée, désabusée, immense, devait fixer l'inquiétude et le perpétuel supplice de mon cœur.

Cette grâce de tout son être, ce fini inexprimable dans le mouvement, dans la voix!... Je n'aime point, souvenez-vous-en, et dites-vous bien tout mon malheur.

Mais ma tristesse devenait plus constante et plus amère. Si madame Del... eût été libre, j'y eusse trouvé le plaisir d'être enfin malheureux à ma manière ; mais elle ne l'était point, et je me retirai avant qu'il me devînt impossible de supporter ailleurs le poids du temps. Tout m'ennuyait alors, mais actuellement tout m'est indifférent. Il arrive même que quelque chose m'amuse ; je pouvais donc vous parler de tout ceci. Je ne suis plus fait pour aimer, je suis éteint. Peut-être serais-je bon mari ; j'aurais beaucoup d'attachement. Je commence à songer aux plaisirs de l'amour, je ne suis plus digne d'une amante. L'amour lui-même ne me donnerait plus qu'une femme, et un ami. Comme nos affections changent ! comme le cœur se détruit ! comme la vie passe avant de finir !

Je vous disais donc combien j'aimais à être ennuyé avec elle de tout ce qui fait les *délices* de la vie ; j'aimais bien plus les soirées tranquilles. Cela ne pouvait pas durer.

Il m'est arrivé rarement, mais quelquefois, d'oublier que je suis sur la terre comme une ombre qui s'y promène, qui voit et ne peut rien saisir. C'est là ma loi ; quand j'ai voulu m'y soustraire, j'en ai été puni. Quand une illusion commence, mes misères s'aggravent. Je me suis senti à côté du bonheur, j'en ai été épouvanté. Peut-être ces cendres que je crois éteintes se seraient-elles ranimées ? Il fallut partir.

Maintenant je suis dans un vallon perdu. Je m'attache à oublier de vivre. J'ai cherché le thé pour m'affaiblir, et jusqu'au vin pour m'égarer. Je bâtis, je cultive ; je me joue avec tout cela. J'ai trouvé quelques bonnes gens, et je compte aller au *cabaret** pour découvrir des hommes. Je me lève tard, je me couche tard ; je suis lent à manger ; je m'occupe de tout, j'essaie de toutes les attitudes, j'aime la nuit et je presse le temps : je dévore mes heures froides, je suis avide de les voir dans le passé.

Fonsalbe est son frère. Nous parlons d'elle ; je ne puis l'en empêcher, il l'aime beaucoup. Fonsalbe sera mon ami : je le veux, il est isolé. Je le veux aussi pour moi ; sans lui que deviendrais-je ? Mais il ne saura pas combien l'idée de sa sœur est présente dans ces solitudes. Ces gorges sombres ! ces eaux romantiques ! elles étaient muettes, elles le seront toujours ! Cette idée n'y met point la paix de l'oubli du monde, mais l'abandon des déserts. Un soir nous étions sous les pins ; leurs cimes agitées étaient remplies des sons de la montagne, nous parlions, il la pleurait ! Mais un frère a des larmes.

Je ne fais point de sermens, je ne fais point de vœux ; je méprise ces protestations si vaines, cette éternité que l'homme croit ajouter à ses passions d'un jour. Je ne promets rien, je ne sais rien : tout passe, tout homme change ; mais je me trompe bien moi-même, ou il ne m'arrivera pas d'aimer. Quand le dévot a rêvé sa béatitude, il n'en cherche plus dans le monde terrestre ; et s'il vient à perdre ses ravissantes illusions, il ne trouve aucun charme dans les choses trop inférieures aux premiers songes.

Et elle traînera la chaîne de ses jours avec cette force désabusée, avec ce calme de la douleur qui lui va si

* Ce qui est impraticable en France est encore faisable dans presque toute la Suisse. Il y est reçu de s'y rencontrer vers le soir dans des maisons qui ne sont autre chose que des cabarets choisis. Ni l'âge, ni la noblesse, ni les premières magistratures ne font une loi du contraire.

bien. Plusieurs de nous seraient peut-être moins à leur place s'ils étaient moins éloignés d'être heureux. Cette vie passée dans l'indifférence au milieu de tous les agrémens de la vie, et dans l'ennui avec une santé inaltérable ; ces chagrins sans humeur, cette tristesse sans amertume, ce sourire des peines cachées, cette simplicité qui abandonne tout quand on pourrait prétendre à tout, ces regrets sans plainte, cet abandon sans effort, ce découragement dont on dédaigne l'affliction ; tant de biens négligés, tant de pertes oubliées, tant de facultés dont on ne veut plus rien faire : tout cela est plein d'harmonie, et n'appartient qu'à elle. Contente, heureuse, possédant tout ce qui semblait lui être dû, peut-être eût-elle moins été elle-même. L'adversité est bonne à qui la porte ainsi ; et je suppose que le bonheur vînt maintenant, qu'en ferait-elle ? il n'est plus temps.

Que lui reste-t-il ? Que nous restera-t-il dans cet abandon de la vie, seule destinée qui nous soit commune ? Quand tout échappe jusqu'aux rêves de nos désirs ; quand le songe de l'aimable et de l'honnête vieillit lui-même dans notre pensée incertaine ; quand l'harmonie, dans sa grâce idéale, descend des lieux célestes, s'approche de la terre, et se trouve enveloppée de brumes, de ténèbres ; quand rien ne subsiste de nos besoins, de nos affections, de nos espérances ; quand nous passons nous-mêmes avec la fuite invariable des choses, et dans l'inévitable instabilité du monde ! mes amis, mes seuls amis, elle que j'ai perdue, vous qui vivez loin de moi, vous seuls qui me donnez encore le sentiment de la vie ! que nous restera-t-il, et que sommes-nous (N) ?

SUPPLÉMENT*

LETTRE XC

Imenstròm, 28 juin, x.

La sœur de Fonsalbe est ici. Elle est venue sans être attendue, et dans le dessein de rester seulement quelques jours avec son frère.

Vous la trouveriez à présent aussi aimable, aussi remarquable, et plus peut-être qu'elle ne le fut jamais. Cette apparition inopinée, le changement des temps, d'ineffaçables souvenirs, les lieux, la saison, tout semblait d'accord. Et il faut vous dire que, s'il peut être une beauté plus accomplie aux yeux d'un artiste, aucune ne réunirait davantage ce qui fait généralement pour moi le charme des femmes.

Nous ne pouvions ici la recevoir comme vous l'eussiez fait à Bordeaux ; mais, au pied de nos montagnes, il nous restait à nous arranger selon la circonstance. On devait faucher deux prés, le soir, jusqu'à une heure assez avancée, puis, de grand matin, pour éviter entièrement l'ardeur du jour. J'avais déjà eu le projet de donner, dans cette occasion, quelque encouragement à mes travailleurs : des musiciens furent appelés de Vevay. Une collation, ou, si l'on veut, un souper champêtre commençant à minuit, et assez varié pour être du goût des faucheurs mêmes, fut destiné à remplir l'intervalle entre les travaux du soir et ceux du lendemain.

* Ce qui le compose n'a été recueilli que vers l'année 1833, époque de la seconde édition, ou depuis.

Il arriva qu'un peu avant la fin du jour je passai devant un escalier de six à sept marches. Elle était au-dessus ; elle prononça mon nom. C'était bien sa voix, mais avec quelque chose d'imprévu, d'inaccoutumé, de tout-à-fait inimitable. Je regardai sans répondre, sans savoir que je ne répondais pas. Un demi-jour fantastique, un voile aérien, un brouillard l'environnait. C'était une forme indécise qui faisait presque disparaître tout vêtement ; c'était un parfum de beauté idéale, une illusion voluptueuse, ayant un instant d'inconcevable vérité. Ainsi devait finir mon erreur enfin connue. Il est donc vrai, me disais-je deux pas plus loin, cet attachement tenait de la passion : le joug a existé [1]. De cette faiblesse ont dépendu d'autres incertitudes. Ces années-là sont irrévocables ; mais aujourd'hui demeure libre, aujourd'hui est encore à moi.

Je m'absentai en prévenant Fonsalbe. Je m'avançai vers le haut de la vallée. Je marchais sans bruit dans ma préoccupation attentive. J'étais fortement averti ; mais le prestige me suivait, et la puissance du passé me paraissait invincible. Toutes ces idées d'aimer, et de n'être plus seul m'inondaient dans la tranquille obscurité d'un lieu désert. Il y eut un moment où j'aurais dit, comme ceux dont plus d'une fois j'ai condamné la mollesse : La posséder et mourir !

Cependant, se figurer dans le silence que demain tout peut finir sur la terre, c'est en même temps apprécier d'un regard plus ferme ce qu'on a fait et ce qu'on doit faire des dons de la vie. Ce que j'en ai fait ! jeune encore, je m'arrête au moment fatal. Elle et le désert, ce serait le triomphe du cœur. Non ; l'oubli du monde, et sans elle, voilà ma loi. L'austère travail et l'avenir !

Je me trouvais placé au détour de la vallée, entre les rocs d'où le torrent se précipite, et les chants que j'avais moi-même ordonnés ; ils commençaient au loin. Mais ces bruits de fête, le simple mouvement de l'air les dissipait par intervalles, et je savais l'instant où ils cesseraient. Le torrent au contraire subsistait dans sa force, s'écoulant, mais s'écoulant toujours, à la manière des siècles[2]. La fuite de l'eau est comme la fuite de nos années. On l'a beaucoup redit, mais dans plus de mille ans on le redira : le cours de l'eau restera, pour nous, l'image la plus frappante de l'inexorable passage des heures. Voix du torrent au milieu des ombres, seule voix solennelle sous la paix des cieux, sois seule entendue.

Rien n'est sérieux, s'il ne peut être durable. Vues de haut, que sont les choses dont nous séparera notre dernier souffle ? Hésiterai-je entre une rencontre du hasard et les fins de ma destinée, entre une séduisante fantaisie, et le juste, le généreux emploi des forces de la pensée ? Je céderais à l'idée d'un lien imparfait, d'une affection sans but, d'un plaisir aveugle ! Ne sais-je pas les promesses qu'en devenant veuve elle a faites à sa famille ? Ainsi l'union entière se trouve interdite ; ainsi la question est simple, et ne doit plus m'arrêter. Qu'y aurait-il de digne de l'homme dans l'amusement trompeur d'un stérile amour ? Consacrer au seul plaisir les facultés de la vie, c'est se livrer soi-même à l'éternelle mort. Quelque fragiles que soient ces facultés, j'en suis responsable : il faut qu'elles portent leurs fruits. Ces bienfaits de l'existence, je les conserverai, je les honorerai ; je ne veux du moins m'affaiblir au dedans de moi qu'à l'instant inévitable. Profondeurs de l'espace, serait-ce en vain qu'il nous est donné de vous apercevoir ? La majesté de la nuit répète d'âge en âge : malheur à toute âme qui se complaît dans la servitude !

Sommes-nous faits pour jouir ici de l'entraînement des désirs ? Après cette attente, après les succès, que dirons-nous de la satisfaction de quelques journées ? Si la vie n'est que cela, elle n'est rien. Un an, dix ans de volupté, c'est un futile amusement, et une trop prompte amertume ! Que restera-t-il de ces désirs, quand les générations souffrantes ou follement distraites passeront sur nos cendres ? Comptons pour peu de chose ce qui se dissipe rapidement. Au milieu du grand jeu du monde, cherchons un autre partage : c'est de nos fortes résolutions que quelque effet subsistera peut-être. — L'homme est périssable. — Il se peut ; mais périssons en résistant, et, si le néant nous est réservé, ne faisons pas que ce soit une justice.

Vous le savez, je me décourageais, croyant que mes dispositions changeaient déjà. Trop facilement je m'étais persuadé que ma jeunesse n'était plus. Mais ces différences avaient eu pour cause, comme je crois vous l'avoir dit depuis, des erreurs de régime, et cela est en grande partie réparé. J'avais mal observé la mobilité qui me caractérise, et qui contribue à mes incertitudes. C'est constamment une grande inconstance, bien plus dans les impressions que dans les opinions, ou même dans les penchans. Elle ne tient pas au progrès des années ; elle redevient ce qu'elle était. L'habitude de me contenir et de réprimer d'abord tous mes mouvemens intérieurs m'en avait laissé méconnaître souvent moi-même les oppositions. Mais, je le vois, à quarante ans de distance, je ne différerai pas plus que cent fois je n'ai différé d'un quart d'heure à l'autre. Ainsi est agitée, au milieu de l'air, la cime d'un arbre trop flexible ; et, si vous la regardez à une autre époque, vous la verrez céder encore, mais céder de même.

Chaque incident, chaque idée qui survient, les moindres détails opportuns ou incommodes, quelques souvenirs, de légères craintes, toutes ces émotions fortuites peuvent changer, à mes yeux, l'aspect du monde, l'appréciation de nos facultés et la valeur de nos jours. Tandis qu'on me parle de choses indifférentes, et que j'écoute avec tranquillité, avec indolence ; tandis que, me reprochant ma froideur dans ces conversations, je sais gré à ceux qui me la pardonnent, j'ai passé plusieurs fois du dégoût de cette existence si bornée, que tout embarrasse et tout inquiète, au sentiment non moins naturel de la curieuse variété des choses, ou de l'amusante sagacité qui nous appelle à en jouir quelque temps encore. Néanmoins ce qui me paraît si facilement offrir un autre aspect, c'est moins l'ensemble du grand phénomène que chaque conséquence relative à nous, et moins l'ordre général que ma propre aptitude. Cet ordre visible a deux faces ; l'une nous captive, et l'autre nous déconcerte, tout dépend d'une certaine confiance en nous-mêmes. Sans cesse elle me manque, et elle renaît sans cesse. Nous sommes si faibles, mais notre industrie a tant de dextérité ! Un hasard favorable, un vent plus doux, un rayon de lumière, le mouvement d'une herbe fleurie, les gouttes de la rosée me disent que je m'arrangerai de toute chose. Mais les nuages se rapprochent, le bouvreuil ne chante plus, une lettre se fait attendre, ou dans mes essais quelque pensée mal rendue restera inutile ; je ne vois plus alors que des obstacles, des lenteurs, de sourdes résistances, des desseins trompés, les déplaisirs des heureux, les souffrances de la multitude, et me voici le jouet de la force qui nous brisera tous.

Du moins cette mobilité n'est pas de nature à ébranler les principes de conduite. Il n'importe même que le but se présente seulement comme vraisemblable, s'il est unique. Affermis en un sens, n'attendons pas d'autres clartés ; nous pouvons marcher dans les sentiers peu connus. Ainsi tout se décide. Je suis ce que j'étais : si je le veux, je serai ce que je pouvais être.

Certainement c'est peu de chose ; mais enfin ne descendons plus au-dessous de nous-mêmes.

30 juin.

Je vous écris longuement. Je dis en beaucoup de paroles ce que j'aurais pu vous apprendre en trois lignes ; mais c'était ma manière, et d'ailleurs j'ai du loisir. Rien ne m'occupe, rien ne m'attache ; je me sens encore suspendu dans le vide. Il me faut, je pense, un jour de plus, un seul. Cela finira, puisque je l'ai résolu ; mais à présent tout me semble attristé. Je ne suis pas indécis, mais ému jusqu'à une sorte de stupeur et de lassitude. Je continue ma lettre pour m'appuyer sur vous.

Je restai seul quelque temps encore. Déjà j'étais moins étranger à la tranquille harmonie de la nature. Je rentrai pendant le souper, avant que les chants cessassent.

Désormais n'attendez plus de moi ni une parole inexcusable, ni l'ancienne irrésolution. La santé et l'aisance sont des facilités qu'on ne réunit pas toujours : je les possède, et j'en ferai usage. Que cette déclaration devienne ma règle. Si je parle aux hommes de leur faiblesse volontaire, ne convient-il pas que je ne m'en permette aucune ? Vous savez que jadis j'ai eu, dans mes vains projets, quelques velléités africaines. Mais, à cette époque, tout s'est accordé pour rendre impraticable un dessein que d'ailleurs il aurait fallu mûrir davantage, et maintenant il serait trop tard pour se livrer aux études qui en prépareraient l'exécution.

Que faire donc ? Je crois définitivement qu'il ne

m'est donné que d'écrire. — Sur quels sujets ? — Déjà vous le savez à peu près. — D'après quel modèle [?] — Assurément je n'imiterai personne, à moins que ce ne soit par une sorte de caprice, et dans un court passage. Je crois très-déplacé de prendre la manière d'un autre, si on peut en avoir une à soi. Quant à celui qui n'a pas la sienne, c'est-à-dire qui n'est jamais entraîné, jamais inspiré, à quoi lui sert d'écrire ? — Quel style enfin ? — Ni rigoureusement classique, ni inconsidérément libre. Pour mériter d'être lu, il faut observer les convenances réelles. — Mais qui en jugera ? — Moi, apparemment. N'ai-je pas lu les auteurs qui travaillèrent avec circonspection, comme ceux qui écrivirent avec plus d'indépendance ? C'est à moi de prendre, selon mes moyens, un milieu qui convienne, d'un côté à mon sujet ou à mon siècle, et de l'autre à mon caractère, sans manquer à dessein aux règles admises, mais sans les étudier expressément. — Quelles seront les garanties de succès ? — Les seules naturelles. S'il ne suffit pas de dire des choses vraies et de s'efforcer de les exposer d'une manière persuasive, je n'aurai point de succès : voilà tout. Je ne crois pas qu'il soit indispensable d'être approuvé de son vivant, à moins qu'on ne se voie condamné au malheur d'attendre de sa plume ses moyens de subsistance.

Passez les premiers, vous qui demandez de la gloire de salon. Passez, hommes de société, hommes considérables dans les pays où tout dépend de ces accointances, vous qui êtes féconds en idées du jour, en livres de parti, en expédiens pour produire de l'effet, et qui, même après avoir tout adopté, tout quitté, tout repris, tout usé, trouvez encore à esquisser quelques pamphlets indécis, afin de faire dire : Le voilà avec ses mots expressifs et ingénieusement accolés, bien qu'un peu rebattus. Passez les premiers, hommes séduisans et séduits ; car enfin vous passerez vite, et il est bon que vous ayez votre temps. Montrez-vous donc aujourd'hui dans votre adresse et votre prospérité.

Ne serait-on pas à peu près sûr de rendre un ouvrage utile, sans le déshonorer par des intrigues, pour hâter la célébrité de l'auteur ? Restez-vous dans la retraite, ou même vivez-vous sans bruit dans une capitale ; enfin, votre nom est-il inconnu, et votre livre ne s'écoule-t-il pas ? Qu'un certain nombre d'exemplaires en soient déposés dans les principales bibliothèques, ou envoyés, sans en demander compte, à des libraires dans les grandes villes ; tôt ou tard cet écrit sera mis à sa place avec autant de vraisemblance que si vous aviez mendié des suffrages.

Ainsi ma tâche est indiquée. Il ne me reste plus qu'à la remplir, si ce n'est avec bonheur, avec éclat, du moins avec quelque zèle et quelque dignité. Je renonce à diverses choses, me bornant presque à éviter la douleur. Serai-je à plaindre dans la retraite, ayant l'activité, l'espérance et l'amitié ? Être occupé sans devenir trop laborieux contribue essentiellement à la paix de l'âme, de tous les biens le moins illusoire. On n'a plus besoin de plaisirs, puisque les avantages les plus simples donnent des jouissances : c'est ainsi que tant d'hommes bien portans s'accommodent des alimens les moins recherchés. Qui ne voit que l'espérance est préférable aux souvenirs ? Dans notre vie, continuel passage, l'avenir importe seul. Ce qui est arrivé disparaît, et le présent même nous échappe s'il ne sert de moyen. D'agréables traces du passé ne me paraissent un grand avantage que pour les imaginations faibles, qui, après avoir été un peu vives, deviennent débiles. Ces hommes-là, s'étant figuré les choses autrement qu'elles ne doivent être, se sont passionnés. L'épreuve les a désabusés ; ne pouvant plus imaginer avec exagération, ils n'imaginent plus. Les fictions vraies, pour ainsi dire, leur étant interdites, ils auraient besoin de rians souvenirs ; sans cela nulle pensée ne les flatte. Mais celui dont l'imagination est puissante et juste peut toujours se faire une idée assez positive des divers biens, lorsque le sort lui laisse du calme ; il n'est pas au nombre de ceux qui ne connaissent en cela que ce qu'ils ont appris anciennement.

Il me restera pour la douceur journalière de la vie notre correspondance et Fonsalbe : ces deux liens me suffiront. Jusque dans nos lettres, cherchons le vrai sans pesantes dissertations comme sans systèmes opiniâtres : invoquons le vrai immuable. Quelle autre conception soutiendrait l'âme, fatiguée quelquefois de ses vagues espérances, mais bien plus étonnée d'elle-même, bien plus délaissée quand elle a perdu et les langueurs, et les délices de cette active incertitude ? La justice du moins a son évidence. Généralement vous recevez en paix les lumières morales ; je les poursuis dans mon inquiétude : notre union subsistera.

LETTRE XCI

SANS DATE CONNUE *

Je ne vous ai jamais conté l'embarras où je me suis vu, un jour que je voulais franchir les Alpes d'Italie.

Je viens de me rappeler fortement cette circonstance, en lisant quelque part : « Nous n'avons peut-être reçu la vie présente que pour rencontrer, malgré nos faiblesses, des occasions d'accomplir avec énergie ce que le moment veut de nous. » Ainsi, employer toutes ses forces à propos, et sans passion comme sans

* Cette lettre d'Obermann, recueillie depuis l'édition précédente, a déjà été imprimée dans *les Navigateurs*[1].

crainte, ce serait être pleinement homme. On a rarement ce bonheur. Quant à moi, je ne l'ai éprouvé qu'à demi dans ces montagnes, puisqu'il ne s'agissait que de mon propre salut.

Je ne pourrai vous rendre compte de l'événement qu'avec des détails tout personnels : il ne se compose pas d'autre chose.

J'allais à la cité d'Aoste et j'étais déjà dans le Valais, lorsque j'entendis un étranger dire, dans l'auberge, qu'il ne se hasarderait point à passer sans guide le Saint-Bernard[2]. Je résolus aussitôt de le passer seul : je prétendis que d'après la disposition des gorges, ou la direction des eaux j'arriverais à l'hospice en devançant les muletiers, et en ne prenant d'eux aucun renseignement.

Je sortis de Martigny à pied par un temps très-beau. Impatient de voir du moins dans l'éloignement quelque site curieux, je marchais d'autant plus vite qu'au-dessus de Saint-Branchier je n'apercevais rien de semblable. Arrivé à Liddes, je me figurai que je ne trouverais plus avant l'hospice aucune espèce d'hôtellerie. Celle de Liddes avait épuisé sa provision de pain, et n'était pourvue d'aucun légume. Il y restait uniquement un morceau de mouton, auquel je ne touchai pas. Je pris peu de vin ; mais, à cette heure inusitée, il n'en fallut pas plus pour me donner un tel besoin d'ombre et de repos, que je m'endormis derrière quelques arbustes.

J'étais sans montre, et au moment de mon réveil je ne soupçonnai pas que j'eusse demeuré là plusieurs heures. Quand je me remis en chemin, ce fut avec la seule idée d'arriver au but : je n'avais plus d'autre espérance. La nature n'encourage pas toujours les illusions que pourtant elle nous destina. Aucune diversion ne s'offrait, ni la beauté des vallées, ni la singularité des costumes, ni même l'effet de l'air accoutumé des montagnes. Le ciel avait entièrement changé d'aspect. De sombres nuages enveloppaient les cimes dont je m'approchais ; toutefois cela ne put me désabuser à l'égard de l'heure, puisque à cette élévation ils s'amassent souvent avec promptitude.

Peu de minutes après, la neige tombait en abondance. Je passai au village de Saint-Pierre, sans questionner personne. J'étais décidé à poursuivre mon entreprise, malgré le froid, et bien qu'au-delà, il n'existât plus de chemin tracé. De toute manière, il n'était plus question de se diriger avec quelque certitude. Je n'apercevais les rochers qu'à l'instant d'y toucher, mais je n'en cherchais d'autre cause que l'épaisseur du nuage et de la neige. Quand l'obscurité fut assez grande pour que la nuit seule pût l'expliquer, je compris enfin ma situation.

La glace vive au pied de laquelle j'arrivai, ainsi que le manque de toute issue praticable pour des mulets, me prouvèrent que j'étais hors de la voie. Je m'arrêtai, comme pour délibérer à loisir ; mais un total engourdissement des bras m'en dissuada aussitôt. S'il devenait impraticable d'attendre le jour dans le lieu où j'étais parvenu, il semblait également impossible de trouver le monastère, dont me séparaient peut-être des abîmes. Un seul parti se présenta, de consulter le bruit de l'eau, afin de me rapprocher du courant principal qui, de chute en chute, devait passer auprès des dernières habitations que j'eusse vues en montant. A la vérité j'étais dans les ténèbres, et au milieu de roches dont j'aurais eu peine à sortir en plein jour. L'évidence du danger me soutint. Il fallait ou périr, ou se rendre sans trop de retard au village qui devait être distant de près de trois lieues.

J'eus assez promptement un succès ; j'arrivai au torrent qu'il importait de ne plus quitter. Si je m'étais engagé de nouveau dans les roches, peut-être n'aurais-je pas su en redescendre. Nivelé à demi par l'effet des siècles, le lit de la Drance devait présenter une aspérité moins redoutable en quelques endroits que les continuelles anfractuosités des masses voisines. Alors s'établit la lutte contre les obstacles ; alors commença la jouissance toute particulière que suscitait la grandeur du péril. J'entrai dans le courant bruyant et inégal, avec la résolution de le suivre jusqu'à ce que cette tentative hasardeuse se terminât ou par quelque accident tout à fait grave, ou par la vue d'une lumière au village. Je me livrai ainsi au cours de cette onde glaciale. Quant elle tombait de haut, je tombais avec elle. Une fois la chute fut si forte que je croyais le terme arrivé, mais un bassin assez profond me reçut. Je ne sais comment j'en sortis : il me semble que les dents, à défaut des mains, saisirent quelque avance de roche. Quant aux yeux, ils n'étaient guère utiles, et je les laissais, je crois, se fermer lorsque j'attendais un choc trop violent. J'avançais avec une ardeur que nulle lassitude ne paraissait devoir suspendre, heureux apparemment de suivre une impulsion fixe, de continuer un effort sans incertitude. Commençant à me faire à ces mouvemens brusques, à cette sorte d'audace, j'oubliais le village de Saint-Pierre, seul asile auquel je pusse atteindre, lorsqu'une clarté me l'indiqua. Je la vis avec une indifférence qui, sans doute, tenait plus de l'irréflexion que du vrai courage, et néanmoins je me rendis, comme je pus, à cette demeure dont les habitans étaient auprès du feu. Un coin manquait au volet de la petite fenêtre de leur cuisine : je dus la vie à cet incident.

C'était une auberge comme on en rencontre dans les montagnes. Naturellement il y manquait beaucoup de choses, mais j'y trouvai des soins dont j'avais besoin. Placé à l'angle intérieur d'une vaste cheminée, principale pièce de la maison, je passai une heure, ou davantage, dans l'oubli de cet état d'exaltation dont j'avais entretenu le singulier bonheur. Nul et triste depuis ma délivrance, je fis ce qu'on voulut : on me donna du vin chaud, ne sachant pas que j'avais surtout besoin d'une nourriture plus solide.

Un de mes hôtes m'avait vu gravir la montagne vers la fin du jour pendant ces bourrasques de neige que redoutent les montagnards mêmes, et il avait dit ensuite dans le village : Il a passé ce soir un étranger qui allait là haut ; de ce temps-ci, c'est autant de mort. Lorsque plus tard ces braves gens reconnurent qu'effectivement j'eusse été perdu sans le mauvais état de leur volet, un d'eux s'écria en patois : Mon Dieu, ce que c'est que de nous !

Le lendemain on m'apporta mes vêtemens bien séchés et à peu près réparés ; mais je ne pus me défaire d'un frisson assez fort, et d'ailleurs plusieurs pieds de neige sur le sol s'opposaient à ce que je me remisse volontiers en route. Je passai la moitié de la journée chez le curé de cette faible bourgade et je dînai avec lui : je n'avais pas mangé depuis quarante et quelques heures. Le jour suivant, la neige ayant disparu sous le soleil du matin, je franchis sans guide les cinq lieues difficiles, et les symptômes de fièvre me quittèrent pendant ma marche. A l'hospice, où je fus bien accueilli, j'eus néanmoins le malheur de ne pas tout approuver. Je trouvais déplacée une variété de mets qu'en des lieux semblables je ne qualifiais pas d'hospitalité attentive, mais de recherche ; et il me sembla aussi que dans la chapelle, cette église de la montagne, une simplicité plus solennelle eût mieux convenu que la prétention des enjolivemens. Je restai le soir au petit village de Saint-Remi, en Italie. Le torrent de la Doire se brise contre un angle des murs de l'auberge. Ma fenêtre resta ouverte, et, toute la nuit, ce fracas m'éveilla ou m'assoupit alternativement, à ma grande satisfaction.

Plus bas, dans la vallée, je rencontrai des gens chargés de ces goitres énormes qui m'avaient beaucoup frappé de l'autre côté du Saint-Bernard, à l'époque de mes premières incursions dans le Valais. A un quart de lieue de Saint-Maurice, il est un village tellement garanti des vents froids par sa situation très-remarquable, que des lauriers ou des grenadiers pourraient y subsister sans autre abri en toute saison ; mais assurément les habitans n'y songent guère. Trop bien préservés des frimas, et dès lors affligés de crétinisme, ils végètent indifférents au pied de leurs immenses rochers, ne sachant pas même ce que c'est que ce mouvement des étrangers qui passent à si peu de distance de l'autre côté du fleuve. Je résolus d'aller voir de plus près, en redescendant vers la Suisse, ces hommes endormis dans une lourde ignorance, pauvres sans le savoir, et infirmes sans précisément souffrir : je crois ces infortunés plus heureux que nous.

Sans l'exactitude scrupuleuse de mon récit, il serait si peu susceptible d'intérêt, que votre amitié même ne lui en trouverait pas. Pour moi, je ne me rappelle que trop une fatigue que je ne ressentais pas alors, mais qui m'a privé sans retour de la fermeté des pieds. J'oublierai moins encore que, jusqu'à présent, les deux heures de ma vie où je fus le plus animé, le moins mécontent de moi-même, le moins éloigné de l'enivrement du bonheur, ont été celles où, pénétré de froid, consumé d'efforts, consumé de besoin, poussé quelquefois de précipices en précipices avant de les apercevoir et n'en sortant vivant qu'avec surprise, je me disais toujours, et je disais simplement dans ma fierté sans témoins : Pour cette minute encore, je veux ce que je dois, je fais ce que je veux.

DERNIÈRE PARTIE D'UNE LETTRE
SANS DATE CONNUE[1].

... Que d'infortunés auront dit, de siècle en siècle, que les fleurs nous ont été accordées pour couvrir notre chaîne, pour nous abuser au commencement, et contribuer même à nous retenir jusqu'au terme ! Elles font plus, mais assez vainement peut-être : elles semblent indiquer ce que nulle tête mortelle n'approfondira.

Si les fleurs n'étaient que belles sous nos yeux, elles séduiraient encore ; mais quelquefois ce parfum entraîne, comme une heureuse condition de l'existence, comme un appel subit, un retour à la vie plus intime. Soit que j'aie cherché ces émanations invisibles, soit surtout qu'elles s'offrent, qu'elles surprennent, je les reçois comme une expression forte, mais précaire, d'une pensée dont le monde matériel renferme et voile le secret.

Les couleurs aussi doivent avoir leur éloquence : tout peut être un symbole. Mais les odeurs sont plus pénétrantes, sans doute parce qu'elles sont plus mystérieuses, et que, s'il nous faut dans notre conduite ordinaire de palpables vérités, les grands mouvemens de l'âme ont pour principe une vérité d'un autre ordre, le vrai essentiel, et cependant inaccessible dans nos voies chancelantes.

Jonquille ! violette ! tubéreuse ! vous n'avez que des instans, afin de ne pas accabler notre faiblesse, ou peut-être pour nous laisser dans l'incertitude où s'agite notre esprit, tantôt généreux, tantôt découragé.

Non, je n'ai vu ni le sindrimal de Ceylan, ni le gulmikek de Perse, ni le pé-gé-hong de la Chine méridionale [2] ; mais ce serait assez de la jonquille ou du jasmin pour me faire dire que, tels que nous sommes, nous pourrions séjourner dans un monde meilleur.

Que veux-je ? Espérer, puis n'espérer plus, c'est être ou n'être plus : voilà l'homme, sans doute. Mais comment se fait-il qu'après les chants d'une voix émue, après les parfums des fleurs, et les soupirs de l'imagination, et les élans de la pensée, il faille mourir ?

Et il se peut que, le sort le voulant ainsi, on entende s'approcher secrètement une femme remplie de grâce aimante, et que derrière quelque rideau, mais sûre d'être bien visible, à cause des rayons du couchant, elle se montre sans autre voile, pour la première fois, se recule vite, et revienne d'elle-même, en souriant de sa voluptueuse résolution. Mais ensuite il faudra vieillir. Où sont aujourd'hui les violettes qui fleurirent pour d'anciennes générations ?

Il est deux fleurs silencieuses en quelque sorte, et à peu près dénuées d'odeur, mais qui, par leur attitude assez durable, m'attachent à un point que je ne saurais dire. Les souvenirs qu'elles suscitent ramènent fortement au passé, comme si ces liens des temps annonçaient des jours heureux. Ces fleurs simples, ce sont le barbeau des champs et la hâtive pâquerette, la marguerite des prés.

Le barbeau est la fleur de la vie rurale. Il faudrait le revoir dans la liberté des loisirs naturels, au milieu des blés, au bruit des fermes, au chant des coqs (O), sur le sentier des vieux cultivateurs : je ne voudrais pas répondre que cela quelquefois n'allât jusqu'aux larmes.

La violette et la marguerite des prés sont rivales.

Même saison, même simplicité. La violette captive dès le premier printemps ; la pâquerette se fait aimer d'année en année. Elles sont l'une à l'autre ce qu'est un portrait, ouvrage du pinceau, à côté d'un buste en marbre. La violette rappelle le plus pur sentiment de l'amour ; tel il se présente à des cœurs droits. Mais enfin cet amour même, si persuasif et si suave, n'est qu'un bel accident de la vie. Il se dissipe tandis que la paix des campagnes nous reste jusqu'à la dernière heure. La marguerite est le signe patriarcal de ce doux repos.

Si j'arrive à la vieillesse, si, un jour, plein de pensées encore, mais renonçant à parler aux hommes, j'ai auprès de moi un ami pour recevoir mes adieux à la terre, qu'on place ma chaise sur l'herbe courte, et que de tranquilles marguerites soient là devant moi, sous le soleil, sous le ciel immense, afin qu'en laissant la vie qui passe, je retrouve quelque chose de l'illusion infinie.

NOTES

NOTE A. (*Observations.*)

Obermann a besoin d'être un peu deviné. Il est loin, par exemple, de prendre un parti définitif sur plusieurs questions qu'il aborde ; mais peut-être conclut-il davantage dans la suite de ses lettres. Jusqu'à présent cette seconde partie manque presque entière.

NOTE B. (*Lettre seconde.*)

Il est à croire que le ciel de Genève ressemble beaucoup à celui des lieux voisins.

NOTE C. (*Lettre seconde.*)

Cette hauteur peut être considérée comme se rattachant aux Alpes, mais difficilement au Jura.

NOTE D. (*Lettre septième.*)

On ne sait pas précisément où commence ce qui est ici appelé *éther*.

NOTE E. (*Lettre vingtième.*)

Sans doute l'auteur de ces lettres aurait demandé grâce pour ces détails et pour quelques autres, s'il en avait prévu la publication.

NOTE F. (*Même lettre.*)

Cette circonstance du tonneau est contestée pour plusieurs raisons.

NOTE G. (*Troisième fragment.*)

On a fait plusieurs essais de paroles adaptées à cette *marche* des pasteurs. Un de ces morceaux, en patois de la Gruyère, contient quarante-huit vers :

Les armaillis di Columbette
Dé bon matin sé son léva, etc.

Une de ces sortes d'églogues, composée, dit-on, dans l'Appenzel, en langage allemand, finit à peu près ainsi : « Retraites profondes, tranquille oubli ! Ô paix des hommes et des lieux, ô paix des vallées et des lacs ! pasteurs indépendans, familles ignorées, naïves coutumes ! donnez à nos cœurs le charme des chalets et le renoncement sous le ciel sévère. Montagnes indomptées ! froid asile ! dernier repos d'une âme libre et simple ! »

NOTE H. (*Lettre quarante-troisième.*)

L'auteur ne dit pas expressément ce qu'il entend ici par religion, mais on voit qu'il s'agit en particulier de la croyance des Occidentaux.

NOTE I. (*Lettre soixante-deuxième.*)

A cette lettre était joint ce qui suit :

« Le *Manuel* me fait souvenir de quelques autres morceaux que m'a aussi communiqués le même savant. Ses recherches avaient moins pour objet ce qu'il pouvait trouver précieux que ce qui lui paraissait original ou même bizarre.

« Voici le plus court de ces morceaux de littérature, ou, si vous le voulez, de philosophie étrange.

« Examinez toutefois : il se peut que les aperçus d'un homme du Danube ne s'éloignent pas de la vérité :

CHANT FUNÈBRE D'UN MOLDAVE.

Traduit de l'esclavon.

« Si nous sommes émus profondément, aussitôt nous songeons à quitter la terre. Qu'y aurait-il de mieux, après une heure de délices ? Comment imaginer un autre lendemain à de grandes jouissances ? Mourons, c'est le dernier espoir de la volupté, le dernier mot, le dernier cri du désir.

« Si vous désirez vivre encore, contenez-vous ; suspendez ainsi votre chute. Jouir, c'est commencer à périr ; se priver, c'est s'arranger pour vivre. La volupté apparaît à l'issue des choses, à l'un et à l'autre terme ; elle communique la vie, et elle donne la mort. L'entière volupté, c'est la transformation.

« Comme un enfant, l'homme s'amuse de peu de chose sur la terre, mais enfin sa destination est de choisir parmi ce qu'elle offre. Quand ces choix sont accomplis, c'est la mort qu'il veut voir ; ce jeu longtemps redouté pourra seul désormais lui faire impression.

« N'avez-vous jamais désiré la mort ? C'est que vous n'avez pas achevé l'expérience de la vie. Mais si vos jours sont faciles et voluptueux, si le sort vous poursuit de ses faveurs, si vous êtes au faîte, tombez ; la mort devient votre seul avenir.

« On aime à s'approcher de la mort, à se retirer, à la considérer de nouveau, jusqu'à ce que la saisir paraisse une forte joie. Que de beauté dans la tempête ! C'est qu'elle promet la mort. Les éclairs montrent les abîmes, et la foudre les ouvre.

« Quel plus grand objet de curiosité ? Quel besoin plus impérieux ? Il est fini pour chacun de nous, selon ses forces, l'examen des choses du monde. Mais derrière la mort se trouve la région immense avec toute sa lumière, ou la nuit perpétuelle.

« Ils redoutent moins la mort, les hommes d'un grand caractère, les hommes de génie, les hommes qui sont dans la force de l'âge. Serait-ce parce qu'ils ne croient pas à la destruction malgré leur indépendance, et que d'autres y croient malgré leur foi ?

« La mort n'est pas un mal, puisqu'elle est universelle. Le mal, c'est l'exception aux lois suprêmes. Réunissons sans amertume ce qui est nécessairement notre partage. Comme accident, et lorsqu'elle étonne, la mort peut affliger ; quand on y arrive naturellement, elle est consolante.

« Attendons et puis mourons. Si la vie actuelle n'est qu'une sujétion, qu'elle finisse ; si elle ne conduit à rien, s'il doit être inutile d'avoir vécu, soyons délivrés de ce leurre. Mourons, ou pour vivre réellement, ou pour ne plus feindre de vivre.

« La mort reste inconnue. Lorsque nous l'interrogeons, elle n'est pas là ; quand elle se présente, quand elle frappe, nous n'avons plus de voix. La mort retient un des mots de l'énigme universelle, un mot que la terre n'entendra jamais. »

Condamnerons-nous ce rêveur du Danube ? Mettrons-nous au nombre des vaines fantaisies de l'imagination toute idée étrangère à une frivolité dont la multitude ne veut pas sortir ?

Peut-être, dans ces momens où semble commencer une heure de sommeil dans les campagnes, vers midi, peut-être avez-vous éprouvé une impression indéfinissable, heureux sentiment d'une vie chancelante, pour ainsi dire, mais plus naturelle et plus libre. Tous les bruits s'éloignent, tous les objets échappent. Une pensée dernière se présente avec tant de vérité qu'après cette sorte d'illusion demi-vivante, imprévue et fugitive, il ne peut y avoir rien, si ce n'est l'entier oubli, ou un réveil subit.

Nous aurions à remarquer surtout de quoi se composent alors ces rapides images. Souvent une femme apparaît. Il ne s'agit pas de grâce ordinaire, de charme prolongé, de voluptueuse espérance. C'est plus que le plaisir, c'est la pureté de l'idéal ; c'est la possession entrevue comme un devoir, comme un simple fait, comme une entraînante nécessité. Mais le sein de cette femme exprime avec énergie qu'elle nourrira. Ainsi est accomplie notre mission. Sans trouble et sans regret nous pourrions mourir. Donner la vie et franchir, en fermant l'œil, les bornes du monde connu, voilà peut-être ce qu'il y a d'essentiel ici dans notre destination. Le reste ne serait qu'un moyen assez indifférent de consumer les autres minutes pour arriver au but.

Je ne dis pas que ce léger rêve, dans les instans dont nous parlons, que cette figure abrégée de la vie, au milieu du tranquille oubli de tant de choses, que cette paisible et puissante émotion soit la même chez la plupart des hommes. Je l'ignore : mais enfin elle ne m'est pas particulière, sans doute.

Transmettre la vie et la perdre, ce serait dans l'ordre apparent notre principal office sur la terre. Cependant je demanderai s'il n'est plus de songes dans le dernier sommeil ? Je demande si réellement la loi de mort sera inflexible ? Plusieurs d'entre nous ont vu se fortifier à quelques égards leur intelligence : ne pourraient-ils résister quand d'autres succombent ?

NOTE K. (*Lettre soixante-troisième.*)

Il faut redire ici que, sauf les additions désignées comme telles, l'édition présente diffère peu de la première.

NOTE L. (*Lettre soixante-septième.*)

On peut douter que la vigne ait jamais donné quelque produit dans ce vallon.

NOTE M. (*Lettre soixante-huitième.*)

L'anecdote connue à laquelle ceci paraît faire allusion n'a rien d'authentique.

NOTE N. (*Lettre quatre-vingt-neuvième.*)

Il paraît que cette lettre devait se terminer comme il suit :

« ..... Quand le songe de l'aimable et de l'honnête vieillit en notre pensée incertaine ; quand l'image de l'harmonie descend des lieux célestes, s'approche de la terre, et se trouve enveloppée de brumes et de ténèbres ; quand rien ne subsiste de nos affections ou de notre espoir ; quand nous passons avec la fuite invariable des choses et dans l'inévitable instabilité du monde ! mes amis ! elle que j'ai perdue, vous qui vivez loin de moi ! comment se féliciter du don d'existence ?

« Qu'y a-t-il qui nous soutienne réellement ? Que sommes-nous ? triste composé de matière aveugle et de libre pensée, d'espérance et de servitude ; poussés par un souffle invisible malgré nos murmures ; rampans à la vue des clartés de l'espace sur un sol immonde, et roulés comme des insectes dans les sentiers fangeux de la vie, mais, jusqu'à la dernière chute, rêvant les pures délices d'une destination sublime. »

NOTE O. (*Dernière lettre.*)

A cette époque, Obermann avait peut-être quitté Imenstròm. Peut-être aussi, sans avoir été obligé de rentrer dans les villes, regrettait-il le mouvement si champêtre des grandes métairies. Les pâturages des Alpes septentrionales et des hautes Alpes sont souvent dans des situations très-pittoresques ; mais on n'y connaît qu'une récolte, et on n'y fait toute l'année qu'une même chose.

DOSSIER

CHRONOLOGIE

1734. *31 mars,* naissance du père de Senancour, Claude-Laurent. Son grand-père paternel, Ignace Pivert, était chapelier. La famille n'est d'aucune noblesse attestée. Senancourt (avec un t) n'est qu'un lieu-dit.

1758. Claude-Laurent Pivert se destine à la prêtrise, reçoit les ordres mineurs, et est nommé « acolyte du diocèse de Paris ».

1768. Il se marie avec sa cousine germaine, Marie-Catherine Pivert, elle aussi fille de marchands ; elle a trente-huit ans.

1770. Naissance d'Étienne Jean-Baptiste Pivert, le 16 novembre, dans le quartier Saint-Paul. Il sera fils unique. Mariés tard, ses parents ont l'un et l'autre hésité entre le cloître et le monastère. Les époux ne s'entendent pas, et Senancour se plaindra de ce que son père ait été *négligé*. Tout jeune, sa mère l'entraîne dévotement à prier avec elle des heures durant dans quelque église. Dispute conjugale et religiosité janséniste forment le cadre de sa prime enfance.

1774. Claude-Laurent Pivert de Senancourt rachète la charge de « Contrôleur général des rentes de la ville de Paris », qui lui donne le titre de conseiller du roi, et lui accorde la particule.

1784. Étienne Pivert est mis en pension à Fontaine, non loin de Chaalis, chez un curé gagné aux idées des Lumières. Il lit vers cette époque *Robinson Crusoé,* et très tôt, *l'Histoire du Japon* de Koempfer.

1785. Il accompagne sa mère à Valvins, dans la forêt de Fontainebleau, et y fait ses premières excursions dont *Obermann* rappelle le souvenir. Plusieurs séjours auront lieu aux Basses-Loges en 1786 et 1788, dans une ambiance similaire.

1785. Étienne de Senancour devient pensionnaire au collège de la Marche, sur la Montagne Sainte-Geneviève. Il accomplira en quatre ans six années d'humanités. Il est possible qu'il ait eu le vieux Delille comme professeur. Il lit Buffon, Malebranche, Helvétius, Bernardin. Enfin surtout, il a pour condisciple et ami le jeune François Marcotte, futur Contrôleur général des eaux et forêts, qui servira sans doute de prototype à Fonsalbe, et dont la sœur Marie-Antoinette Joséphine épousera le baron Charles-Athanase de Walckenaer. On reconnaît généralement en elle la future Mme Del.

1789. *14 août,* Senancour quitte Paris pour une destination inconnue, et décide d'abord de se rendre en Suisse, accompagné selon toute vraisemblance d'un domestique. Il a l'appui de sa mère, mais enfreint la volonté de son père qui voulait l'inscrire pour deux ans au séminaire de Saint-Sulpice.

1789. Senancour s'arrête à Saint-Maurice pour l'hiver, puis songe à passer en Italie ; après une escapade malencontreuse dans le Grand-Saint-Bernard, une « fièvre violente » due à sa longue descente dans l'eau glacée provoque un affaiblissement nerveux et un début de paralysie dont il se ressentira toute sa vie. Il pousse tout de même jusqu'à Étroubles dans le Val d'Aoste.

1790. *Janvier,* avec l'espoir que sa mère vienne le rejoindre dans un canton catholique, il se rend à Fribourg. Le 1er mars, il sollicite du conseil communal le droit d'habiter à Agy, une campagne voisine, où l'hébergent les Daguet, famille qui logeait des émigrés.

1790. *31 juillet,* Senancour écrit à Saussure, pour recevoir de lui ses conseils en vue de s'établir dans une solitude complète. Il écrit dans le même sens à Bernardin de Saint-Pierre.

1790. *13 septembre,* mariage de Senancour avec Marie-Françoise Daguet. Il dira par la suite qu'il fut, au dernier moment, sur le point de se dédire. Le 19 septembre, le couple part pour Étroubles, dans l'espoir de s'y fixer, mais la jeune mariée s'effraye au passage des Alpes.

1791-1792. Il réside à Fribourg chez les Daguet. On possède peu de renseignements sur ses déplacements, bien qu'il semble que, muni d'un faux passeport, Senancour soit venu avec son épouse requérir le pardon paternel. Une fille, Eulalie, naît le 8 septembre 1791.

1793. Senancour réside à Thiel, et se livre de nouveau à des excursions en solitaire. On pense qu'elles l'ont conduit jusque dans l'Unterwalden, à travers l'Oberland.

1793. Senancour fait publier à Neuchâtel, avec l'imprimatur de Paris, *Sur les générations actuelles, Absurdités humaines,* signées le « Rêveur des Alpes ». En 1792, il avait déjà publié, sous la même signature, *Les Premiers Âges, Incertitudes humaines.* C'est encore la même année qu'on situe l'incident du « ragoût empoisonné » de Favre de Longry : « Sa santé même reçut quelque atteinte d'une tentative d'empoisonnement effectuée par un beau-frère, qui, émigré et ruiné comme lui, s'était assuré que dans une pareille situation mon père quitterait volontiers la vie. Il s'était empoisonné lui-même, et sa femme, qu'il aurait laissée sans ressources, devait subir le même sort. Après avoir préparé un ragoût dont il prit sa part, il s'éloigna. Mon père trouvant à ce mets un goût étrange, détourna sa belle-sœur d'en manger, mais il en avait assez goûté lui-même pour qu'il arrivât un moment où on le crut mort, bien qu'une évacuation eût été promptement provoquée » (*Vie inédite de Senancour* par Mlle de Senancour).

1793. *9 décembre*, naissance d'un fils, Florian-Julien.

1794 ou 1795. Senancour revient seul à Paris. La dévaluation des assignats le dépouille de ses biens. Mort de son père. A peine pourra-t-il ensuite acheter un petit pavillon sur la propriété même de l'abbaye de Chaalis, alors abandonnée, mais qu'il n'habita jamais. Il revoit Marie-Joséphine Marcotte, mariée depuis le 25 mai 1794 à M. de Walckenaer. Publication d'*Aldomen ou le bonheur dans l'obscurité,* chez Leprieur, An III par le « Citoyen Pivert ».

1796 (?). Senancour tente de passer illégalement en Suisse. « Dans ces temps de violences et de suspicions, la Suisse était sa seule ressource, mais il ne lui fut pas toujours possible d'atteindre la frontière. Une fois il fut arrêté comme prêtre non assermenté ; or il avait sur lui son contrat de mariage, mais les gendarmes, à cette époque, ne savaient pas tous lire. On l'emmena à Besançon, où il fut poursuivi par les clameurs d'une populace qui montrait l'espoir de voir bientôt fonctionner à cette occasion l'instrument meurtrier. Arrivé dans l'enceinte où il avait à subir un interrogatoire, ces misérables grimpèrent aux fenêtres, se suspendirent aux barreaux pour se repaître les yeux de la vue d'une infortune. Mon père déclara résolument qu'il garderait un silence absolu, tant qu'on le laisserait sous les regards insultants de gens auxquels il n'avait aucun compte à rendre ; ils furent écartés » (*Vie* par Mlle de Senancour). Monglond croyait dans *Jeunesses* qu'il fallait rattacher à son entrée en France l'incident, puis le situera en 1798. Senancour risqua aussi d'être fusillé. « Arrêté de nouveau par les gendarmes dans un autre de ses voyages, il eut un certain nombre de lieues à franchir à travers champs sur un cheval qui franchissait les haies et les fossés. Or mon père n'avait aucune habitude de ce genre d'exercice. Dans une pièce où l'on délibérait s'il fallait le considérer comme un émigré, il s'avisa d'examiner d'un air nigaud des cartes géographiques suspendues au mur. Un de ceux qui allaient décider de son sort, un homme bienveillant peut-être, dit aux autres à voix basse : « Vous voyez bien que c'est un imbécile, il ne se doute pas du danger qui le menace »

(*Vie,* idem). L'on sait du moins avec certitude qu'il mena pendant les deux années suivantes une vie errante en Ile-de-France, à Villemétrie puis au château de Mont-l'Évêque, sa fille dit : « le crayon à la main », et il semble en effet que Senancour ait voulu se consacrer à la peinture.

1798. Senancour court brusquement le péril de se voir inscrit sur la liste des émigrés. Il avait cependant le 24 septembre 1797, écrit une missive très solennelle à l'un des Directeurs, François de Neufchâteau, où répudiant son appartenance de classe, il se mettait à disposition des autorités, et demandait la faveur d'un exil officiel : « Si je n'étais né français je voudrais être né dans les petits cantons. Peut-être devrai-je chercher parmi ces montagnards une subsistance que je ne sais point acheter par de vils moyens. » C'est à ce moment, à l'automne 1798, que l'éditeur Laveaux le prend sous sa protection, en échangeant celle-ci contre un préceptorat auprès des deux fils du fermier général La Live.

1798-1802. Senancour fréquente l'hôtel Beauvau. Il y rencontre, outre Mme d'Houdetot, Saint-Lambert, l'auteur des *Saisons,* le jeune Molé, se lie avec le chevalier de Boufflers. Au début de 1799, il fait imprimer les *Rêveries sur la nature primitive de l'homme,* dans les locaux mêmes de l'imprimerie qui attenait à l'hôtel.

1801. Interception d'une lettre à Mme de Walckenaer. Sombre provocation en duel du mari, devant laquelle se désiste Senancour.

1802. Retour à Fribourg. On essaye de lui cacher l'infidélité de son épouse, qui en son absence avait eu un enfant adultérin. En 1816, on intimera à Senancour de reconnaître l'enfant.

1803. Senancour est à Chupru. Il fait de nouvelles promenades, visite le Jorat, la Gruyère, puis le Schwartzsee, et de nouveau le Val de Travers.

1803. A la fin de l'année, Senancour se rapatrie définitivement.

1803-1804. Sa fille le rejoint ; ils passent ensemble deux années à Fontainebleau. *Oberman* qu'il avait commencé d'écrire en 1801, rédigé pour sa plus grande part en Suisse en 1802 et terminé à Paris, paraît en 1804, chez Cérioux. Le livre ne connaît aucun succès. Senancour avait aussi publié, juste avant son retour, l'*Énoncé rapide et simple, sur quelques considérations relatives à l'acte constitutionnel qui doit être proposé à la République helvétique.* La Confédération, transformée en République, venait d'être rattachée à la France.

1806. Mort de son épouse. Publication de *De l'amour,* chez Cérioux et Bertrand. Le sous-titre porte : « considéré dans les lois réelles et dans les formes sociales de l'union des sexes ».

1807. *Valombré,* comédie curieuse d'un misanthrope de « la vie administrative », qui « manque aux lois ».
1808. *De l'amour,* seconde édition, Paris, Capelle et Renand.
1809. *Rêveries sur la nature primitive de l'homme,* seconde édition, chez Bertrand, « avec des changements et des additions considérables ». *Oberman* sert de matériau à ces changements ; une bonne moitié du livre est citée.
1811-1812. De son propre aveu, Senancour décide de se consacrer à contrecœur au « métier » d'écrivain qu'il avait méprisé jusqu'à ce moment. On ignore quels furent ses moyens de subsistance entre 1806 et 1811.
1811. Il commence à donner articles et recensions au *Mercure de France.* Louis-Sébastien Mercier, Nodier, Ballanche, Mme Dufresnoy deviendront plus ou moins des intimes.
1814. *Lettre d'un habitant des Vosges, sur MM. Buonaparte, de Chateaubriand, Grégoire, Barruel.* En 1815, dans sa brochure *De Napoléon,* Senancour dira de l'Empereur déchu : « Il lui reste encore à manifester une pensée secrète... Qu'il achève par une heureuse conception, ou si l'on veut par une fantaisie sublime, le bel ouvrage de son audace et de son génie. »
1816. Parution des *Observations critiques sur l'ouvrage intitulé « Génie du Christianisme », suivies de quelques réflexions sur les écrits de Monsieur de Bonald,* Paris, Delaunay. Le manuscrit de ce pamphlet en règle avait été mis au point bien avant, mais par délicatesse pour son adversaire, Senancour en retarda la sortie.
1816. Senancour se rend à Marseille, pour échapper aux requêtes des Daguet, puis dans le Gard, à Nîmes, et s'arrête un an et demi à Anduze dans les Cévennes. Il éprouve, croit-on, une crise religieuse. La compagnie d'une société réformée l'aide à se défaire de son horreur des prêtres. Son imagination est marquée par la végétation cévenole et par l'âpreté des lieux.
1818. Publication d'un très grand nombre d'articles dans un journal plutôt libéral, *Le Constitutionnel.*
1819. *Libres Méditations d'un Solitaire Inconnu, sur le détachement du monde et sur d'autres objets de la morale religieuse,* Paris, Mongie et Cérioux. Dès cette époque, sous l'inspiration de Ballanche, Senancour cherchera les arcanes d'une religion universelle, quoique résolument non dogmatique.
1821. Début de la collaboration à la revue *L'Abeille.*
1824. *Résumé de l'histoire de la Chine,* Paris, Lecointe et Durey.
1825. *Résumé de l'histoire des traditions morales et religieuses,* Paris, Lecointe et Durey. C'est à propos de la seconde édition de ce livre, en 1827, que Senancour sera condamné, pour irréligion, à l'amende et à la prison. Il est certain que sa critique des « convertisseurs » offrait, par sa virulence, un argument polémi-

que. Senancour se défend lui-même au procès, et est acquitté en cour d'appel.

1823-1827. Collaboration au *Mercure du XIXe siècle.*

1829. *De l'amour, troisième édition, selon les lois primordiales et selon les convenances des sociétés modernes,* Paris, Vieilh de Boisjolin. Senancour prend parti dans la querelle du divorce, défend l'union libre et l'amour des fricatrices, condamne la continence, et juge comme une erreur normale le « péché d'Onan ». L'ouvrage rencontre un certain succès.

1832. *22 janvier,* article de Sainte-Beuve dans la *Revue de Paris,* qui prélude à la résurrection d'*Obermann.*

1833. Seconde édition d'*Obermann,* avec une préface de Sainte-Beuve, Paris, Abel Ledoux. Bonne presse, mais pour Senancour ce succès arrive malgré lui, et laisse-t-il entendre, pour de mauvaises raisons. On rend visite à Senancour dans son « ermitage », rue de la Cerisaie, près de l'Arsenal; un petit groupe se forme autour de lui. Thiers lui obtient 1 200 francs de rente. La même année, il fait republier les *Rêveries* dans leur version originale chez Ledoux. Il donne le *Petit Vocabulaire de Simple Vérité,*et *Isabelle,* cette « sœur d'Obermann », qui publié à Paris, chez Ledoux, ne recueille que de maigres suffrages. La maladie de Senancour s'aggrave, et en fera presque un impotent.

1840. Troisième édition d'*Obermann,* avec une préface de George Sand, chez Charpentier. Villemain rallonge sa pension jusqu'à 2 400 francs.

1841. Sa pension est diminuée.

1846. *10 janvier,* mort à Saint-Cloud de Senancour, dont l'œuvre était retombée dans l'indifférence générale. Seul Ferdinand Denis suit son enterrement.

NOTICE

Le texte que nous reproduisons est celui de l'édition de 1840, tel qu'il a été établi par Gustave Michaut en 1912 et 1913 (Cornely et Cie, Hachette), 2 vol., rééditée en 1931, chez Droz. C'est la seule qui soit vraiment critique, puisqu'elle donne les variantes des trois éditions parues du vivant de Senancour :

OBERMAN, Lettres publiées par M. Senancour, auteur de Rêveries sur la nature de l'homme..., Cérioux, Libraire, Quai Voltaire, An XII-1804 [2 vol. in-8°]. (On remarquera que Senancour s'y présente comme l'éditeur, et que son nom est dépourvu de la particule nobiliaire). L'édition comprend en plus des *Notes,* des *Indications* (sorte de répertoire que nous ne retrouverons plus) et une table.

OBERMANN, par De Senancour, *Deuxième édition,* avec une préface de Sainte-Beuve, A la librairie Abel Ledoux, Quai des Augustins n° 37, Paris, MDCCCXXXIII. [2 vol. in-8°] (Cette édition comporte un premier *Supplément,* formé de la lettre XC et d'une lettre *sans date connue.* Le titre y apparaît pour la première fois sous son orthographe définitive).

OBERMANN, par De Senancour, Nouvelle édition revue et corrigée, avec une préface par George Sand, Paris, Charpentier, 1840 [1 vol. in-12°] (Un second *Supplément* formé de la lettre XCI s'adjoint alors à l'ouvrage, mais la lettre *sans date connue* y est tout de même reportée à la fin. Cette édition est fort différente des deux premières, par les nombreux repentirs qu'y opère Senancour).

Dès 1833, l'addition d'un *n* au nom d'*Obermann* revêt une signification qui n'est pas indifférente, même si l'on a pris l'habitude de réimprimer la version de 1804 (comme Monglond l'a fait en 1947, chez Arthaud, et Borgeaud, en 1965, pour l'édition *10-18*). Cette curiosité ne doit pas étonner, dès qu'on considère qu'Obermann n'est pas un *type humain* particulier ou exemplaire, mais une individualité « paratypique » dont la singularité est en effet étrangère au corps social. *Aldomen* — ainsi que l'a montré André Monglond — est déjà un pseudonyme symbolique, et renvoie à *alderman* qui, en saxon, signifie l'ancien, le sage. *Imenstròm* (la demeure finale d'Obermann) signifie « le fleuve éternel », et doit être entendu, non seulement par rapport à l'image de l'écoulement du temps, mais aussi en relation au *torrent* qui écroule précisément ses eaux, et rompt avec l'idée d'une continuité diffuse. Senancour était passé maître dans ces allusions subtiles, et en a crypté de part en part son texte, sans qu'il soit toujours possible de les déchiffrer.

Si nous avons retenu la dernière édition parue du vivant de Senancour, d'autres raisons cependant militaient en sa faveur. D'une part, Gustave Michaut a montré que la hantise d'un *opus finitum* est bien propre à Senancour, qui fit de ses *Rêveries* de 1833 un livre complètement nouveau, ou qui donna quatre éditions, toutes remaniées et incomparables entre elles de son *De l'amour* (1806, 1808, 1829, 1834). L'intérêt de la troisième version d'*Obermann* est donc de rendre sensible les soustractions dans la conception consciente qu'il se faisait de la durée de son œuvre : tous les traits trop « romantiques » y sont effacés ; des euphémismes y jouent leurs rôles (par exemple quand il atténue ses attaques contre l'Église) ; l'orthographe y est enfin, le plus souvent avec élégance, modernisée. Ainsi ce qui reste lisible du mordant anticlérical d'Obermann, et de son romantisme, permet de mieux saisir ce que Senancour tenait réellement à dire, et en ce sens, met à l'épreuve — dans une forme contradictoirement sincère — l'intention expressive qui était la sienne. Nous avons résolu pour l'illustrer d'indiquer dans nos notes, les cas les plus significatifs de retouches. La croix, en particulier, à la lettre XII, n'est plus dite « un gibet sanctifié », mais un « étrange emblème ». Il ne dit plus ailleurs une « populace » d'hommes de dieux, mais un « ramas », ce qui demeure, on en conviendra, une atténuation fort légère, d'autant que Voltaire, à la lettre LXXVIII, est jugé « généreux ». Michaut a pu noter de la sorte qu'il n'y a pas de *palinodie* dans l'édition de 1840, mais de notables inflexions qui corrigent son « athéisme mélancolique ».

André Monglond s'en est pris cependant avec virulence à ce texte ultime qui a perdu, selon lui, de sa verdeur. Il insiste sur « l'édulcoration », et le caractère « malheureux » des corrections apportées (voir sa *Note sur la présente édition d'Oberman* dans son *Oberman*, Tome second, p. 287 et suivantes). Sa thèse, qui est solidaire de celle de Sainte-Beuve, est qu'à la parution en 1804, la proximité des événements vécus, tels qu'ils sont retranscrits, vivifie ses pages d'accents plus « purs », et qu'avec le temps, Obermann était devenu lui-même « étranger » à Senancour qui fondit l'ouvrage dans la seconde édition des *Rêveries*. Mais un examen plus attentif de la disposition du livre, nous autorise à corriger à notre tour cette appréciation. Zvi Lévy a de son côté marqué toute l'importance du déplacement de la lettre *sans date connue* qui clôt en 1833, comme en 1840, la méditation d'Obermann par un genre d' « oraison », où le détachement à l'égard du voyage initiatique (la descente dans la vallée de la Drance), et le ratage de cette expérience, sont relevés pour finir par l'inventaire du langage des fleurs (*Senancour, dernier disciple de Rousseau*, Paris, Nizet, 1979, pp. 45-46). Nous remarquerons dans la même optique que ces *Suppléments* qui font réapparaître Mme Del. renforcent l'ambiguïté romanesque d'*Obermann*, tandis que la situation du texte final arrache le récit à ses coordonnées et à sa courbe linéaire. Il n'y a pas de temps homogène dans ce recueil de Lettres, et la chronologie autobiographique est à dessein par Senancour suspendue. Monglond confirme semblable illusion, en situant « chronologiquement » la lettre XCI entre les lettres VII et VIII, comme s'il refusait d'accepter l'idée d'une temporalité littéraire qui eût une logique à soi.

Dès 1833, Senancour a voulu corriger son texte, et se heurta aux réactions effarouchées de Sainte-Beuve, qui, fort de son influence, menaça de ne pas préfacer le livre. Le témoignage nous en est gardé dans la lettre qu'il écrivit à ce sujet à Ferdinand Denis :

J'ai été hier matin chez M. de Senancour, j'ai vu les mutilations qu'il va faire à Oberman. *J'ai parlé pendant une heure aussi énergiquement et vivement que je pouvais contre. Les plus belles et naïves effusions de couleurs si rares dans la littérature de 1804, et qui font de M. de Senancour, un des pères de l'émancipation littéraire, sont comme grattées avec effort et font place à un dessin de plomb didactique et classique. C'est* Oberman *publié et corrigé par M. Jay* [*un des amis les plus fidèles de Senancour*]. *Qu'y faire? Seulement, comme M. Ledoux, à ce qu'il paraît, a mêlé mon nom à une des annonces, je le prie de l'ôter... Je ne veux me prêter en rien à ce regrattage.*

M. de Senancour traite ce beau poème comme il ferait un traité de physique, qu'on corrige et augmente après vingt ans. J'ai pris avec lui Le Lac *de Lamartine, et je lui ai dit : Voyez, si Lamartine voulait retoucher ces* flots, *ces* ondes, *qui sont répétés à chaque vers, ces inexactitudes, il ferait du beau. — Il a prétendu que Lamartine ferait bien. En un mot, dites à M. Ledoux de ne mêler en rien mon nom aux annonces, autrement je dirais mon avis dans les journaux sur le nouvel* Oberman. *Je le dirai même sans cela. C'est pour moi une affaire de principes littéraires et de conscience poétique. C'est comme si on s'appuyait de l'autorité de Vitet ou de tel autre critique d'art pour badigeonner une église gothique* (Monglond, *op. cit.*, p. 289).

Sainte-Beuve, qui ajoutera plus tard que Senancour est « un Lamartine sans langue, et venu trop tôt », fournit à notre avis le plus net exemple de la méprise dont a souffert l'auteur d'*Obermann*. D'une part, on s'est complu à isoler le *style Empire* de 1804, où l'adjectif « perdurable » et autres ornements pouvaient masquer l'émotion idiosyncrasique ; de l'autre, on s'est étonné que la version de 1840, soit plus « néo-classique » qu'on s'y attendrait à son époque. Cette façon d'interpréter le lexique en termes existentiels n'a pas été sans tromper. Et le fait que Senancour supprime l'idylle « grecque » imitée de Gessner à la lettre XXXII ainsi qu'une longue note sur l'histoire de la Confédération helvétique, qui ralentissaient le rythme du livre, nous montre bien que le souci formel chez lui n'était point « artiste », — c'est pourquoi ces décisions stylistiques méritaient d'être observées.

BIBLIOGRAPHIE

A. Ouvrages de Senancour

On se reportera pour une bibliographie détaillée à *L'Imaginaire chez Senancour* de Béatrice Didier (-Le Gall), Paris, Corti, 1966, p. 613 à 678 du tome II. Concernant les articles, les recensions, et les éditions, une liste exhaustive est fournie qui constitue un instrument indispensable. Nous nous bornons ici à signaler quelques-unes des œuvres principales de Senancour.

Les Premiers Âges, suivi de *Rêverie, Incertitudes humaines,* par le « Rêveur des Alpes », avec une introduction de Roger Braunschweig, Genève, Slatkine, 1968.

Sur les Générations Actuelles, Absurdités humaines, par le « Rêveur des Alpes », Paris, 1793, réédité par Marcel Raymond, Genève, Paris, Droz, Minard, « Textes littéraires français », 1963.

Aldomen ou le bonheur dans l'obscurité, par le citoyen Pivert, Paris, Leprieur, an III, réédité « précédé d'une étude sur ce premier Obermann inconnu », par André Monglond, Paris, Les Presses Françaises, 1925.

Rêveries sur la nature primitive de l'homme, sur ses sensations, sur les moyens de bonheur qu'elles lui indiquent, sur le mode social qui conserverait le plus de ses formes primordiales, La Tynna, an VIII. Si on excepte une édition clandestine en 1802, la seconde édition est celle de 1809, à Paris, chez Arthus Bertrand. La troisième, dépouillée des ajouts de la seconde, paraît à Paris, chez Ledoux, en 1833. Une édition critique des *Rêveries* a été donnée par Joachim Merlant, t. I, Paris, Cornely et Cie, 1910 ; le t. II, est paru chez Droz, par G. Saintville, 1940. Les deux tomes pour la « Société des Textes Français Modernes » (le tome I a été réédité en 1939).

Obermann (voir notre notice sur le texte), 1804, 1833, 1840. L'édition Charpentier a été reprise cinq fois en 1844, 1847, 1852, 1863, 1874. André Monglond a très fidèlement reproduit celle de 1804, à la suite du *Journal intime d'Obermann*, Grenoble, Paris, Arthaud, 1947. Elle a été reprise en 1979 aux « Introuvables ». Georges Borgeaud a lui aussi repris l'édition Monglond, avec une préface : « L'espace désenchanté de Senancour », coll. 10/18, Paris, Union générale d'éditions, 1965. Signalons enfin une traduction italienne de Carmine Zeppieri, précédée d'une introduction de Carlo Bo, Milano, Rizzoli, « Il ramo d'oro », 1983.

De l'amour : quatre éditions sont connues. Les sous-titres ont varié à mesure que changeait sur le sujet la réflexion tactique de Senancour :

– « considéré dans les lois réelles et dans les formes sociales de l'union des sexes », Paris, Cérioux, Arthus Bertrand, 1806.

– même sous-titre, Paris, Capelle et Renand, 1808.

– « selon les lois primordiales et selon les convenances des sociétés modernes », Paris, Vieilh de Boisjolin, 1829.

– « selon les lois premières et selon les convenances des sociétés modernes », Paris, Abel Ledoux, 1834.

Il est à remarquer que Senancour désavoua la seconde, puis la troisième de ces éditions qui nous paraissent les plus fortes ; c'est cette dernière qu'a reproduite Étiemble, agrémentée d'une préface, Paris, Club français du livre, 1955.

Observations critiques sur l'ouvrage intitulé « Le Génie du Christianisme », suivies de quelques réflexions sur les écrits de M. de Bonald, etc., relatifs à la loi du Divorce, Paris, Delaunay, 1816.

Libres Méditations d'un solitaire inconnu, sur le détachement du monde et sur d'autres objets de la morale religieuse, Paris, Mongie et Cérioux, 1819. La deuxième édition, « sur divers objets de la morale religieuse », Paris, Vieilh de Boisjolin, 1830, est identique à la troisième, qui paraît chez Trinquart, en 1834. Béatrice Didier a donné une édition d'un dernier manuscrit inédit des *Libres Méditations*, avec une introduction, Genève, Droz, Minard, Paris, 1970, pour la « Société des Textes Français Modernes ».

Petit Vocabulaire de Simple Vérité, Paris, place Saint-André-des-Arts, 1833. Seconde édition en 1834.

Isabelle, Lettres publiées par Senancour, Paris, Abel Ledoux, 1833. Béatrice Didier a présenté la réédition de ce texte, chez Slatkine Reprints, Genève, 1980.

Valombré, comédie en cinq actes et en prose, par Mr..., Paris, Cérioux, 1807. Zvi Lévy a donné de nouveau cette comédie, avec une introduction, Genève, Droz, Minard, Paris, 1972, pour la « Société des Textes Français Modernes ».

Signalons enfin que Jean Grenier a choisi et présenté *Les plus belles pages de Senancour*, aux éditions du Mercure de France, en 1968.

B. ÉTUDES CRITIQUES ET TRAVAUX DIVERS

C'est peu dire que les études senancouriennes sont divisées en deux parties, avant et après celle d'André Monglond qui entreprit une élucidation systématique et porta longtemps de patientes restaurations. En plus de Sainte-Beuve et de George Sand, on retiendra toutefois :

Levallois, Jules : *Un précurseur : Senancour*, Paris, Champion, 1897.
Merlant, Joachim : *Senancour*, Paris, Fischbacher, 1907.
Michaut, Gustave : *Senancour, ses amis et ses ennemis*, Paris, Sansot, 1909. Voir aussi son édition dans la *Revue Bleue* (1906) de la *Notice inédite de Senancour par Mlle de Senancour.*

Pour André Monglond, on se reportera à :

Vies préromantiques, Paris, Les Belles Lettres, 1925.
Le Mariage et la vieillesse de Senancour, contenant les précieuses lettres de Senancour à Ferdinand Denis, château de Chupru, 1931.
Jeunesses, Paris, Grasset, 1933.
Le Journal intime d'Obermann, Grenoble, Paris, Arthaud, 1947.
Le Préromantisme français, Paris, Corti, 1965.

Deux recherches d'envergure ont été menées, une fois que ce renouveau avait paru :

Pizzorusso, Arnaldo : *Senancour, formazione intima, situazione letteraria di un preromantico*, Firenze, 1950. C'est la meilleure et la plus concise introduction qui se puisse trouver. Puis les *Studi sulla letteratura dell'età preromantica in Francia*, Pisa, libreria Goliardica, 1956.
Didier (-Le Gall), Béatrice : *L'Imaginaire chez Senancour*, Paris, Corti, 1966, (deux tomes). Le grand intérêt de l'ouvrage se partage entre certains chapitres sur la jeunesse de l'auteur d'*Obermann*, sur le paysage, sur les rapports avec Chateaubriand, sur la religion de Senancour, et l'apport considérable de documents, dont les *Annotations encyclopédiques*. On lira également de Béatrice Didier : « Senancour et la description romantique », in *Poétique*, n° 52, septembre 1982, Le Seuil.

Il serait injuste de dissimuler la dette que nous devons à :

Lévy, Zvi : *Senancour, dernier disciple de Rousseau*, Nizet, Paris, 1979.

Raymond, Marcel : *Senancour, sensations et révélations*, Paris, Corti, 1965.

DOCUMENTS

I. NOTICE SUR LA VIE DE SENANCOUR, PAR BOISJOLIN

L'intérêt de cette notice, retrouvée dans les Dossiers littéraires *de Sainte-Beuve, et publiée pour la première fois par André Monglond* (Le Mariage et la vieillesse de Senancour, *Chupru, 1931, puis dans* Jeunesses, *Grasset, 1933), est d'abord qu'elle représente un témoignage direct sur le point de vue rétrospectif de l'auteur. Ce qui surprend, c'est qu'elle livre un résumé synthétique de l'existence de Senancour jusqu'en 1804, telle que vers 1832 il consent à l'évoquer. Monglond suppose — et il est difficile de le contester sur ce point — qu'elle fut dictée à Vieilh de Boisjolin, le confident de Senancour (il avait réédité son* De l'amour), *dans le but de fournir, à la demande de Sainte-Beuve, quelques renseignements qui allaient l'aider à rédiger l'article qu'il donna à la* Revue de Paris. *Divers traits stylistiques favorisent cette conjecture, et font penser que l'écrivain a minutieusement surveillé chacune des formulations. Il semble toutefois, malgré ces précautions, que Sainte-Beuve interpréta ces données, fit quelques inductions, deux ou trois raccourcis, émaillant le tout de sentences frappantes qui devaient agacer fortement Senancour.*

Le texte qu'on lira ci-dessous est essentiel, dans la mesure où s'y dessine sous une expression concentrée une sorte de revendication : le désir de ménager quelques ombres, et peut-être même la volonté d'effacer certaines circonstances factuelles. Les réserves marquées par l'une ou l'autre tournure sont relayées par telle ou telle précision, quand celles-ci visent justement à remettre dans une perspective réelle des faits intimes, qui, plutôt que des faits, étaient des « entraînements » inévitables. Toute la structure du biographème *senancourien se dégage dans la* Notice *de Boisjolin : même attitude distanciée et soupçonneuse à l'égard de la logique inhérente au « train des choses », même rectitude de jugement quant aux choix, même refus du « culte de la phrase » qui tendrait à récupérer la vie vécue sous un jour trompeur, même absence de modestie abusive, même ironie sur soi-même qui n'implique aucune mésestime de soi. Il est notable, en particulier, que la tentative d'empoisonnement de Favre de Longry soit placée en dernier, comme pour tirer l'anecdotique et le fatal, en dehors du mémorandum que Senancour confie à Boisjolin.*

On remarquera de surcroît que Senancour attribue ici ou là une valeur fictionnelle à certains incidents désastreux, le souci du vrai ne l'empêchant pas de noter qu'un retournement casuel, qu'une opportunité moins malheureuse décident à sa place. Sa façon de se soumettre aux rencontres fortuites, ses ellipses sur des sujets trop intimes (l'enfant adultérin de son épouse, les termes de son contrat de mariage qui autorisèrent plus tard les Daguet à lui extorquer de l'argent, les causes et l'étendue de son infirmité, l'amour pour Mme *de Walckenaer), d'ailleurs compréhensibles en la matière, enfin le silence obstiné sur des réactions qui n'ont dépendu que de lui, au lieu de réduire la part du romanesque, la circonscrivent beaucoup plus fermement. Nous avons là, si l'on peut dire, le jugement d'*Obermann *sur Senancour, et non de Senancour sur* Obermann. *L'appréciation toute littéraire sur la condition de l'écrivain s'y trouve nuancée après coup, au regard de circonstances mouvantes, de liaisons hypothétiques, par la certitude que la vérité de l'œuvre ne doit rien au tissu vraisemblable des événements qui auraient très bien pu faire qu'elle ne se produisît pas.*

L'insistance montrée à décrire la « sottise » que fut son mariage, acquiert en ce sens une portée différente. Senancour, en se gardant de juger son épouse, raconte de quelle manière le refus de s'engager (qui n'est pas une répugnance) aboutit à l'impossibilité de se dégager ; mais ensuite, dans un paragraphe isolé, il relie la ruine de ses biens à la ruine de son mariage, et conclut que la première a précipité la seconde. Sans cela, son mariage eût été « à peu près heureux ». Dans l'ensemble du texte, il est vrai, Senancour fait huit fois allusion à ses déboires de fortune, deux fois à son « indépendance ». Tout cela indique l'ampleur de son ressentiment, en fournissant objectivement des preuves qui contredisent de la part de « l'éditeur » (comme se nomme Senancour) une « vocation de l'échec » à laquelle il eût consenti de plein gré. Paraître *signifie littéralement s'exposer au public. Il y a bien ici une dissociation entre les infortunes de l'auteur et celles de son œuvre, entre l'infortune d'*Obermann *et l'échec social de Senancour.*

Divers points relevant de la Notice *de Boisjolin nous aident à le constater, et obligent à se représenter quel genre de responsabilité éditoriale, ou éthique, était la sienne : 1) pour faire pièce à l'idée que ses livres sont le fruit d'une organisation maladive, il rappelle sa bonne constitution dès le début, ailleurs évoque une « santé intérieure assez soutenue » ; 2) Senancour, en corrigeant sa froideur sentimentale, ne se reconnaît de goût indéracinable que pour la* peinture de paysage *tout en faisant entendre que sa sensibilité s'y serait exprimée, si ne l'avait sublimée son penchant à la description ; 3) il récuse les « expressions hasardées » de la nouvelle école, et s'élève véhémentement contre l'imputation d'avoir imité Chateaubriand.*

Ajoutons que Senancour nous a laissé des annotations sur son exemplaire de la Revue de Paris, *où l'on discerne vis-à-vis de l'opinion de Sainte-Beuve une résistance à peine nuancée. Béatrice Didier a eu le mérite de les collationner et de les éditer dans le second volume de* L'Imaginaire chez Senancour, *Corti, 1966. En face d' « athéisme mélancolique », l'écrivain ajoute « est une erreur mais elle vient de ma faute en grande partie ». Devant l'identification non déguisée et fort peu « prudente » de Sainte-Beuve, Senancour écrit :*

Quelquefois il y a de grands rapports entre Ob. et l'éditeur d'Ob. D'autres fois, il n'y a que quelque rapport et assez souvent Ob. n'est nullement l'éditeur même dans les faits ni dans les sentiments.

En cela aussi l'Éditeur a eu tort de ne pas avertir assez positivement qu'*Obermann* n'était point lui. A la vérité, il est évident qu'Ob. est né ailleurs, a vécu autrement, etc. Mais cela n'était pas assez frappant pour ceux de qui l'Éditeur était inconnu ou peu connu (*B. Didier, p. 599*).

Lorsque Sainte-Beuve croit pouvoir dire qu'à Ermenonville les « souvenirs de Rousseau l'environnent », Senancour répond :

Ne l'environnent nullement. Encore enfant, enfant d'ailleurs jusqu'assez tard en plusieurs sens, d'un autre côté jamais questionneur et peu curieux des choses humaines, il ne savait rien d'Ermenonville à cette époque, et ce ne fut que dans une circonstance qui eut lieu environ quatre ans après qu'il sut pour la première fois qu'il y eût en ce monde un Rousseau. De plus, R. n'est nullement un des premiers écrivains de tous les philosophes que l'Ed. d'O. ait lus avec quelque empressement.

Les premiers furent à peu près Buffon, Malebranche, Helvétius, Bernardin de Saint-Pierre, Leguat (*B. Didier, idem*).

On distinguera la présente Notice *de Boisjolin de celle qu'il écrivit pour la* Biographie Rabbe ; *mais aussi de celle que M*^lle^ *de Senancour confia à Sainte-Beuve plus tard, et qu'il publia à la fin de ses études sur l'auteur d'*Obermann *dans ses* Portraits contemporains *(tome I, p. 184). Senancour y proteste encore de n'avoir lu Rousseau qu'en 1788, et défend la figure de son père. M*^lle^ *de Senancour a rédigé une autre* Notice inédite *sur le sien, d'une grande importance concernant les aspects que Monglond a négligés, parue dans la* Revue Bleue *en 1906.*

*

Étienne Jean Baptiste Pierre Ignace Pivert de Senancour, fils d'un conseiller du roi, est né le 16 novembre 1770 à [Paris]. Au printemps de 1784 il fut mis en pension chez le curé de Fontaine à une lieue d'Ermenonville.

Il était né d'un père d'une constitution remarquable. Car à cinquante ans il n'en paraissait que trente-six. Le fils né avec toutes les apparences de la force n'a point réalisé ce qu'elles semblaient annoncer. Il eut quatre nourrices différentes et souffrit beaucoup dès sa première année. Son enfance fut extrêmement triste; par moments il a beaucoup travaillé et peut-être beaucoup trop. Il apprit la géographie sans en recevoir aucune leçon, et à l'âge de sept ans il la savait d'une manière qui surprit beaucoup le bon et savant Mentelle. Le jeune Senancour perdit ensuite ses années à se consumer d'ennui.

Tout jeune, dans des promenades qu'il faisait avec sa mère dans les bois de Fontainebleau, il ne l'entretenait que du projet détaillé de vivre pour toujours dans une île déserte. En aucun temps une manière de vivre assez simple et même austère, dans un bon climat, n'aurait rien eu qui l'effrayât, aujourd'hui comme autrefois [1].

En 1785, il devint pensionnaire au collège de la Marche. Il fit en quatre années les six classes d'humanités; il obtint des premiers prix, sans être pour cela un excellent écolier; car il ne put jamais arriver à faire un bon vers latin. Toutefois le collège fondait sur lui quelque espérance pour le concours général de l'université; mais les suites du 14 juillet 1789 s'opposèrent au concours.

Pendant qu'il était au collège, M. de Senancour lut Malebranche, Helvétius, etc. La croyance chrétienne avait été totalement ébranlée chez lui avant qu'il sortît de l'enfance, dont il sortit tard. Il lui fut donc impossible de suivre les intentions de son père qui, sans vouloir le contraindre pour l'avenir, exigeait absolument qu'il passât deux années au séminaire de Saint-Sulpice : on sait qu'il fallait s'y confesser chaque semaine, etc.

Il prit alors, d'accord avec sa mère, un parti extrême, et quitta Paris le 14 août 1789, formant en même temps un projet dont il n'a jamais fait part, assure-t-il, à qui que ce soit [2]. Un incident le lui ayant fait abandonner, il s'arrêta vers le lac de Genève et passa plusieurs mois à Saint-Maurice, en Valais.

Sa mère songeant à se rendre en Suisse, cela contribua à le décider pour Fribourg, canton catholique, lorsqu'il quitta le Valais en janvier 1790.

C'est vers cette époque qu'une sorte d'affaiblissement nerveux, auquel n'ont rien compris de grands médecins qu'on voulut qu'il consultât, se déclara, après l'usage du petit vin blanc soufré de Saint-Maurice [3]. Cette circonstance contribua aussi à faire rester M. de Senancour en Suisse. En général sa constitution était plutôt de jouir d'une santé intérieure assez soutenue que d'une jeunesse entraînante ; mais de ne connaître que fort tard le déclin de l'âge.

A l'exception des penchants que tout le monde partage, mais par lesquels M. de Senancour était décidé dès le principe à n'être jamais subjugué, il paraît ne s'être connu qu'un seul goût, celui de la peinture de paysage[4], et qu'un seul besoin, celui d'exprimer par écrit sa pensée sur des objets importants à ses yeux.

N'ayant plus de dessein arrêté, il se livra à l'idée de demeurer du moins quelques années dans quelques vallées des Alpes. — Et d'après l'éloignement le plus positif qu'il avait éprouvé dès l'enfance pour toute profession, il n'entrevoyait plus d'autre occupation qui lui convînt que d'écrire sur des matières philosophiques ; mais ne se formant alors qu'une idée très vague des sujets qu'il traiterait. Quant à la peinture elle se trouva bientôt abandonnée, mais sans intention formelle.

En attendant la décision de sa mère, M. de Senancour se trouvait pensionnaire dans une maison de campagne où l'une des demoiselles qui l'habitaient n'était nullement heureuse dans sa famille. Cette circonstance occasionna des confidences et quelque intimité. La rupture d'un mariage projeté pour cette personne fut attribuée ensuite à la présence du Français en pension dans cette famille, et celle-ci finit par lui demander quel était son dessein.

M. de Senancour n'avait fait aucune promesse et ne songeait à prendre aucun engagement ; néanmoins les goûts de cette demoiselle très peu plus âgée que lui, se conciliaient extraordinairement sous plusieurs rapports avec les projets de retraite, qu'il formait toujours, dans des lieux pittoresques et presque sauvages[5].

M. de Senancour n'écarta pas précisément la proposition et cela suffit pour que ceux qui voulaient absolument le mariage l'emportassent sur lui, qui ne voyait guère comment s'y refuser.

Cette demoiselle était de famille patricienne ; mais elle était sans fortune[6]. La révolution suisse est venue détruire les espérances qu'avait son frère. Deux de ses sœurs épousèrent aussi des Français d'anciennes familles, dont l'un était émigré[7]. Elle avait un extérieur favorable, mais différent de celui que M. de Senancour eût préféré dans une femme. Il se maria le 13 septembre 1790 ; et ce jour, comme s'il en eût pressenti les suites, fut un des plus tristes de sa vie. Le mariage eut lieu, non chez son beau-père, la chapelle du château n'étant pas alors en état, mais à la campagne et sans fête.

M. de Senancour en perdant ainsi par des motifs louables une indépendance qu'il avait conquise auparavant et qui dans son caractère pouvait seul[e] donner du prix à la vie, faisait une sottise ; mais il ne prévoyait pas que la perte de la fortune à laquelle il avait droit ferait bientôt pour lui des embarras où il se jetait le plus grand des malheurs, en l'arrachant presque entièrement à sa destination.

— Ce fut aussi pour lui un grand mal de n'avoir pas un séjour fixe, sauf des voyages, une demeure rurale où il pût rester des années sans sortir du parc ; ce qui était selon ses vœux dès sa première jeunesse [8].

Le sort l'avait fait naître seul héritier naturel de plusieurs parents dont un avait à Paris une fortune telle qu'il y avait équipage de Monsieur et équipage de Madame. M. de Senancour croyait donc, bien qu'il n'eût alors rien à lui, pouvoir, en attendant, vivre au pied des montagnes de fruits et de laitages avec une femme dont les goûts étaient les plus *romantiques*, qui n'ait jamais connu aucune femme de la société, et avec tout au plus deux enfants, ce qui entrait dans les conditions qu'il avait faites en quelque [sorte] en se mariant, voulant se charger seul du soin de leur éducation [9].

M. de Senancour n'aurait eu à déplorer ni la ruine de ses espérances de fortune, sans son mariage qui l'a rendue totale ; ni son mariage, sans cette perte qui seule a empêché que son mariage fût à peu près heureux.

M. de Senancour et sa femme partirent le 19 septembre suivant pour se rendre dans une demeure qui était arrêtée. C'était un lieu qu'il avait vu précédemment dans ses courses pédestres. Mais il fallait franchir les Alpes, et, bien avant même qu'il eût fallu quitter la voiture, avant qu'on s'enfonçât dans les montagnes, la hauteur d'icelles fit sur Mme de Senancour une impression si pénible et si soutenue que force fut de renoncer à vivre dans les lieux plus retirés encore que ceux qui faisaient déjà horreur. — Depuis cette circonstance et une lettre reçue de Paris, il n'y eut qu'incertitude dans toutes les démarches [10].

M. de Senancour se rendit à diverses fois à Paris, auprès de son père ; mais toujours sans avoir de papiers en règle. Ce n'était pas sans danger réel qu'il passait et repassait les frontières ; il restait peu à Paris, ou se rendait à la campagne. — Ensuite il n'a pas toujours habité auprès de Fribourg ; il a demeuré à Thiel, au château de Schupru, etc. — Autour de Paris, il a demeuré au château de Montlévêque, et plus près encore d'Ermenonville ; il y avait acheté à vie un pavillon avec grand jardin. C'était une habitation peu considérable, mais agréable : les circonstances n'ont pas permis qu'il pût en jouir ; il n'y a jamais mis le pied, et il a aussi vu cette propriété lui échapper [11].

Diverses circonstances réduisirent presque à rien les débris d'héritages qui sans cela eussent pu changer sa position. M. de Senancour eut deux enfants, une fille et un fils. Chargé ainsi du sort de plusieurs, forcé à de continuels déplacements, et ne pouvant dans l'occasion s'ouvrir des voies nouvelles, comme ceux qui jouissent de toutes les facultés physiques de l'homme, il perdit de longues années dans cette vie incertaine.

Dans l'automne de 1798, par suite de la pénible position où il se trouvait à Paris, il voulut passer les frontières, mais pour la dernière fois. Sur le point d'y arriver il fut arrêté ; cette fois du moins il ne fut pas question de le fusiller ainsi que cela avait eu lieu dans des passages précédents ; il en fut quitte pour trois jours de prison. Mais il fut contraint de revenir à Paris. Quoique généralement réputé émigré, il avait échappé jusqu'alors à la *liste* fatale. Il allait enfin y être placé. Il se trouvait sans asile et sans ressources. Une maison opulente et puissante de Paris[12] offrit de faire, par son crédit, supprimer toute poursuite ; mais à la condition que M. de Senancour se chargerait d'une éducation dans cette maison. Ce qu'il fut obligé d'accepter. Cependant ses papiers ne furent mis en règle que trois ans après.

Il était sûr d'être traité avec distinction dans cette maison, où bientôt la liaison fut intime. Il y avait dans les bâtiments de l'autel (*sic*, pour hôtel) une imprimerie ; c'est là que se fit, au commencement de 1799, la première édition des *Rêveries sur la nature primitive de l'homme*. Jusqu'alors l'auteur n'avait pas eu de relations littéraires ; seulement un ami[13] avait imaginé en 1798 de faire imprimer une *rêverie* isolée qui lui avait été communiquée dans l'hiver de 1797 à 1798 ; les *rêveries* ayant été faites en 1797. Ce cahier, qui n'avait été suivi d'aucun autre, à cause du voyage dont il vient d'être question, fut le moyen dont se servit le sort pour ouvrir quelques voies à l'auteur comme écrivain.

En février 1802 des malheurs de famille le firent encore se rendre en Suisse. Il en revint en octobre 1803. Cette absence et une autre aussi peu de son gré, faite quatorze ans plus tard, lui firent un tort irréparable.

M. de Senancour avait perdu son père en 1795 et sa mère l'année suivante. Sa femme qu'une maladie de foie menaçait sourdement depuis sa première jeunesse, mourut en janvier 1806.

Sa fille ne s'étant pas mariée est toujours restée avec lui depuis l'âge de douze ans. Son fils a embrassé la carrière militaire sous des auspices assez favorables. Il reçut de très bonne heure à l'isle Bourbon la croix de Saint-Louis pour sa conduite.

Après trois années passées aux portes de Fontainebleau avec sa fille, M. de Senancour revint à Paris où il fut assez généralement retenu par la nécessité de s'occuper de travaux littéraires lucratifs, pour lesquels cependant il était loin d'avoir le plus léger penchant. M. de Senancour n'ayant jamais voulu aliéner son indépendance en tout genre et n'ayant de part de propriété dans aucune entreprise, le produit de ses travaux restait encore insuffisant. Il est à remarquer que cet écrivain avait pour système qu'un auteur ne devait point vendre ses manuscrits, mais seulement les donner pour être imprimés et ce n'est que vers 1812 à ce qu'on croit que la nécessité l'obligera à tirer un revenu de ses travaux.

En avril 1816, M. de Senancour partit pour Marseille; mais n'ayant pu y rester, comme cela devait être, il passa quelque temps à Nîmes et un plus longtemps à Anduze à l'entrée des Cévennes, puis il rentra à Paris à la fin de mars 1818 et n'en est plus sorti.

Le principal héritage auquel M. de Senancour avait des droits se trouvait considérablement réduit, cependant ce parent ruiné, son cousin germain laissa encore dix mille [livres] de rentes en mourant. Très âgé il donna tout à des parents de sa femme dans les châteaux desquels il avait passé ses derniers étés et où on l'accueillait d'autant mieux qu'il avait encore *quelques écus;* c'est l'expression même d'un de ses héritiers délicats qui ont chacun quarante mille francs de revenus. Ainsi fut consommée la ruine totale de M. de Senancour, à qui il eût suffi de quelques milliers de francs, par an, après de si longs malheurs.

Dès l'origine, M. de Senancour croyant n'avoir jamais à écrire que certains ouvrages qu'il méditait, il ne s'était pas absolument assujetti à des *études* littéraires. D'ailleurs, il n'aurait pu se soumettre au goût inflexible des classiques, à leurs citations mythologiques, etc. Mais s'il est tombé d'abord jusqu'à un certain point dans l'inconvénient des expressions hasardées, il a réformé cela plus tard, lorsqu'il lui a été permis de mettre dans son style plus de soin et de patience. La négligence, cet abus que l'on reproche aux romantiques, n'est, à ses yeux, que le résultat de la paresse ou d'un manque de temps. M. de Senancour a donc changé de degrés de patience, quant au style, mais non de goût ou de système. Du reste, il regarde comme indispensable l'espèce d'innovation ou de liberté qui fait le fond du romantisme. Quand les écrivains romantiques écriront comme écrivent, toutes les fois qu'ils le veulent, MM. Sainte-Beuve, Hugo, Nodier, ce ne seront certainement pas selon lui les auteurs qu'on lira avec le moins de plaisir.

Quant à l'imputation qu'on lui fit anciennement d'imiter M. de Chateaubriand et d'être de son école, elle était d'autant plus déplacée que M. de Senancour a fait et que même il a imprimé *les Rêveries* avant que M. de Chateaubriand eût publié *le Génie du christianisme*. Sans avoir jamais la prétention de dominer dans aucun genre, M. de Senancour, en aucun genre aussi, ne se fût jamais mis à la suite de personne.

Les circonstances dont il a été parlé plus haut lui ont fait insérer un grand nombre d'articles dans *le Mercure, la Minerve littéraire, le Mercure du XIX*e *siècle, le Constitutionnel*[14], depuis sa naissance en 1815, *la Revue encyclopédique* et plusieurs autres journaux. Il a aussi pris part à quelques ouvrages de luxe ainsi qu'à *la Nouvelle*

Biographie des contemporains qui se publie sous la direction de M. de Boisjolin...

Suivent des indications bibliographiques sur « les livres qui portent le nom de Senancour ».

... M. de Senancour a eu des amis précieux, pas un ennemi, pas même l'individu par qui il fut empoisonné très dangereusement à une certaine époque de sa vie.

Peut-être faudra-t-il dire un jour : mort le   , à soixante et tant d'années avant d'avoir vécu une semaine.

1. Ce projet a bien été formé. Il est présenté explicitement dans la lettre à Bernardin de Saint-Pierre, qu'on date de 1790 : « ... Je suis à la veille de craindre ou plutôt d'espérer des événements qui me détermineront à quitter l'Europe pour chercher ce qui paraît une chimère à bien des gens et cependant peut, je pense, se trouver : une situation semblable à celle de Mme de la Tour dans *Paul et V*. (Dites-moi, je vous prie, si cette histoire est véritable, ou si c'est une fiction)... Je désirerais un site agreste et fertile, entre les Tropiques, et dans un climat sain, où la terre encore en friche appartînt au premier occupant ; où la nature cependant prévînt, en partie, le travail, et fournît le nécessaire à la vie. Une vallée solitaire au milieu des forêts et des rochers, un ruisseau salubre, l'aspect de la mer, des palmiers, des cocotiers, la subsistance sans un travail trop rude, ni trop opiniâtre ; je voudrais tout cela dans un endroit où j'eusse l'espoir de conserver jusqu'à ma mort le même état libre et heureux, dans une île par exemple... » Dans sa lettre au Directoire, du 30 septembre 1797, il reviendra sur le même désir : « Je n'accepterais pas quels qu'en pussent être les émoluments, une place qui ne permettrait pas les moyens ou l'espoir d'être utile, mais ce qui servirait au bonheur d'un coin du globe, fût-ce dans les contrées les plus éloignées où il y a tant à faire ; c'est à cela que je désirerais être appelé. S'il se présentait dans la retraite, ailleurs même s'il le faut, des occupations propres à un homme qui s'est attaché aux conceptions de la morale et de la politique universelle et n'est pas sans connaissance des lettres ; s'il s'en trouvait quelqu'une qui, peu séduisante pour l'ambitieux, ne fût point postulée par ces hommes inquiets qui obsèdent le gouvernement ; quelqu'une enfin qui ne convienne qu'à l'homme modéré qui voudrait vivre *fixé au milieu des hommes simples et au sein d'une belle nature* [c'est nous qui soulignons], c'est celle-là que je demanderais, que je préférerais, elle laisserait à ma vie sa libre obscurité, ses études et son emploi naturel. »

2. Il dira par la suite à sa fille, au sujet de cette destination mystérieuse : « Sans cette faiblesse des membres, mon mariage n'eût pas eu lieu. J'eusse été, je suppose, en Égypte, et là, à moins que je n'eusse été intime avec le général en chef, je me fusse jeté parmi les Arabes, dans le Saïd » (Note de Mlle de Senancour, *Revue Bleue*, 1906, p. 130).

3. La maladie de Senancour a donné lieu à plusieurs diagnostics. Tissot considérait que ce vin provoquait des effets néfastes, et Senancour a retenu cette explication. Sa fille parle d'une affection goutteuse, contractée lors de la descente du Saint-Bernard, après une forte fièvre, compliquée de rhumatismes. Le docteur Finot, dans son livre *Senancour, le myopathique* identifie une forme de polynévrite, occasionnant une paralysie progressive des

membres supérieurs, puis des contractures gagnant les jambes, les mains et enfin des muscles du visage à partir d'une énervation des muscles scapulaires. Il est sûr que l'écriture tremblée du dernier Senancour montre que la main elle-même fut atteinte. Mlle de Senancour écrit d'ailleurs : « Lorsque, dans ses dernières années, on remarquait sa main restée élégante, comme la main peu exercée d'une femme du monde, il disait en souriant tristement : " Il lui manque l'essentiel " » (*Revue Bleue*, p. 244).

4. Senancour avait pour ami Arsenne, qui avait publié un *Manuel de peinture*. D'autre part Marcotte d'Argenteuil était lui-même l'ami d'Ingres qui fit son portrait, ainsi que celui de Mme de Walckenaer.

5. Il s'agit d'Etroubles dans le Val d'Aoste, où Senancour tenta de conduire son épouse. Ces mêmes lieux le hantèrent, Imenstròm situé sur le rebord de la Gruyère, dans l'arrière-pays de Vevey, était un de ceux-là.

6. Le contrat de mariage que signa Senancour le 11 septembre 1790 stipule même qu'en cas de désunion ou de séparation, 2 000 livres françaises auraient dû être versées annuellement à son épouse. On peut en déduire que les Daguet, qui logeaient des pensionnaires, ont cru marier leur fille un peu « sauvage » avec un beau parti.

7. L'un de ces émigrés était Favre de Longry. C'est ce beau-frère de Senancour, qui convaincu par les apparences d'un comportement dépressif et suicidaire chez ce dernier, confectionnà le « ragoût empoisonné » duquel Senancour réchappa, et dont il est parlé *in fine*.

8. La « destination » dont il est parlé est donc celle d'un établissement, soit de l'achat d'une maison, qui eût représenté la possibilité d'une retraite studieuse. L'impossibilité de le faire et, l'obligation de vivre avec son épouse chez les Daguet compliquèrent à la fois sa vie conjugale et modifièrent au sens propre et au sens idéal la destination de Senancour.

9. Sa fille rappelle qu'il voyait cette nécessité à partir des défauts de l'éducation qu'il avait reçue.

10. Sans doute, une lettre de son père.

11. En fait, les locataires ne voulurent point céder la place. Senancour sans essayer de les y contraindre, se logea en louant tout près, prit la fièvre dans les marais voisins, et au bout de quelques mois renonça.

12. Il s'agit de Laveaux, imprimeur, établi dans l'Hôtel Beauvau lui-même. La famille est celle du Fermier général La Live. Senancour s'occupa aussi des enfants de César d'Houdetot.

13. Un certain de La Tynna.

14. Béatrice Didier indique que Senancour écrivit neuf cents articles et notices pour *Le Constitutionnel*.

II. DU STYLE DANS LES DESCRIPTIONS

On reproduit ici intégralement le texte d'un article que Senancour publia en septembre 1811, dans le Mercure de France. *Par une démonstration d'allure serpentine, quelques-uns des thèmes majeurs de son œuvre (qu'il ne cite pas) nous sont dévoilés ; mais l'on retiendra en priorité qu'il tente de légitimer le sens « moderne » de la technique descriptive, en se plaçant du point de vue de l'accord entre les moyens et le but poursuivi, comme en se demandant si l'extension du* domaine décrit *est justifiable.*

Cette problématique des « convenances » nécessaires, et du « style convenable » lorsque intervient dans un ouvrage le retard pris à peindre une situation locale, indépendamment de l'action qui s'y déroule, des personnages qui y sont impliqués, recouvre en réalité celle de savoir si la nature peut ou non être considérée par l'œil humain sans tenir compte du statut social de l'intéressé : en d'autres termes, si mis devant des lieux « touchants » et « romantiques » (mais qui ne le sont qu'en tant qu'ils peuvent être décrits sous cet aspect), cet œil est « capable d'être ému » par un environnement où le travail des hommes n'a point laissé de traces. La réponse qui nous paraît évidente ne l'était pas en 1811, et Senancour passant en revue les premières œuvres romantiques, comparant certains passages de l'œuvre de Rousseau, isole l'intuition naturelle comme une caractéristique de la nouvelle inspiration, en s'interrogeant sur les ressources lexicales et grammaticales qui sont les mieux à même d'identifier l'émotion ainsi ressentie.

Mais si les exemples retenus nous ramènent au désert *de Buffon, aux ruines de Pompéi, aux suites du déluge, c'est que cette nature « partout ténébreuse », comme il est dit dans* Obermann, *ne s'offre pas d'elle-même à l'envahissement du regard, et que, si nous pouvons l'investir, un intérêt particulier nous fera pencher vers tel ou tel site. Il y a donc des cas où la terre « stérilisée » ou « renversée », nous concerne plus directement ; d'autres où (telle qu'elle fut précisément dépeinte succinctement par les Anciens) le beau idéal transparaît dans une expression universelle écartée par là même d'une spécification locale. Or il semble que cette idéalité soit, pour Senancour, plus difficile à représenter, et que le défaut des romantiques allemands soit, toujours d'après lui, d'avoir trahi cet idéal formulaire en une expression chimérique. Formé à l'idée qu'une description ne peut s'éloigner des circonstances climatériques, que la matérialité de son objet doit être respectée, intraitable sur l'exacte dépendance des végétaux à la nature du terrain qui les porte, Senancour considère que l'œil ne doit pas contaminer le tableau : « Il faut se garder de trouver Auteuil pittoresque, ou les prés Saint-Gervais romantiques ». L'intérêt qui peut nous guider même vers des « campagnes cultivées » est qu'en elles quelque chose d'austère nous attire éventuellement, qui est en effet le souvenir d'une ancienne harmonie. La conformité des couleurs sombres, des zones ombreuses, de la lumière ennuagée aux dispositions intimes de Senancour, signale simplement de sa part que ces objets eux aussi demandent à être décrits, du moment qu'ils exposent une « convenance très légitime » avec la vérité d'une émotion communicable dans le discours.*

Il n'en reste pas moins que le risque de la description apparaît chaque fois que son procédé contredit pareille émotion ; chaque fois qu'un intérêt divergent s'y introduit. Buffon, opposé à Ramond de Carbonnières sur le plan même du style, n'est pas choisi pour d'autres raisons. En commençant son texte, Senancour nous dit d'un mot que le fait de décrire suppose une succession, et quand il s'en prend à une longue période de Buffon, c'est pour montrer chez lui l'absurdité qu'une syntaxe grandiloquente peut apporter au procédé additif. *Les associations imaginaires sont alors capables de susciter quelques négligences, comme si la référence émotive du morceau s'était perdue. Rousseau, qu'on ne suspectera pas du même défaut, eût mieux fait quant à lui de se garder d'une « peinture vague », et de s'appliquer à mieux déterminer l'ambiance au lieu de la subordonner à une « source poétique ».*

Comme on voit, Senancour confronte à la nature même ce qu'il appelle une « expression naturalisée ». Le cœur de son raisonnement est que les anciens ont préféré la peinture d'histoire *en tant qu'une peinture des passions ; les modernes, de leur côté, seraient contraints à la* peinture de paysage *dans le sens où « le silence des intérêts publics ou des passions avides » les engagerait à « observer les objets inanimés », et donc à se détourner de l'histoire. Le fait que la nature observable se soit agrandie, que les limites aient été repoussées, élargit à proprement parler le territoire descriptible : il faut maintenant se placer « à l'ombre des palmiers de Virginie et des pins d'Atala ». Senancour entend qu'il s'agit d'un* acte de possession. *Or, et c'est ici que sa théorie dépictive nous semble la plus profondément justifiée, l'auteur d'*Obermann, *tout en refusant une transposition pathétique de nos intérêts passionnels, puisqu'un motif* inanimé *constitue le support de la description, souligne qu'une réflexion subtile s'instaure néanmoins d'un genre à l'autre. Il est plausible qu'une scène naturelle ne nous émeuve pas directement comme une grande action ; mais il est certain toutefois que la propriété que les choses ont de nous émouvoir dépend de nous. Une relation brisée est ainsi devenue l'unique moyen de « se réconcilier avec le sujet » : l'histoire récente a comme exténué le loisir de voir, si bien qu'aux yeux de Senancour « la contemplation de la nature a quelque chose de sévère ». Dans ce face-à-face avec le monde, les rapports humains eux-mêmes, désenchantés à mesure que l'histoire se peignait autrement, et que par elle s'illustraient leurs actions, s'inversent désormais en une vision occulte de l'univers : « Les rapports de l'homme à l'homme sont très multipliés dans la vie sociale ; le cœur fatigué se refroidit, il reste inquiet et devient stérile. Obsédé de ces relations humaines qui paraissent s'accorder et qui s'entre-détruisent, sollicité de toutes parts en sens contraire et forcé bientôt de ne voir que soi-même, on perd le sentiment des rapports indirects, mais puissants, qui soutiennent le grand tout, et qui, mieux observés, apprendraient à l'homme qu'il appartient à toute la nature, qu'elle est ce qu'il est lui-même, que toutes choses sont plus semblables encore qu'elles ne sont variées, que toutes les affections des êtres ont un même principe, et que sous des apparences modifiées à l'infini, les vicissitudes de son cœur sont celles du monde. »*

DU STYLE DANS LES DESCRIPTIONS

Un traité sur le *genre descriptif* formerait dans une poétique l'un des chapitres les plus intéressants, et peut-être l'un des plus essentiels. Ce n'est point ici le lieu d'en présenter même une esquisse, ni de s'engager dans des questions trop longues à éclaircir. Mais après avoir répondu rapidement à ceux qui veulent s'autoriser de l'exemple des anciens pour rejeter presque entièrement les descriptions, je me bornerai à quelques observations sur le style convenable dans la peinture des sites et de ces accidents de la nature, où, par des moyens généralement indépendants de l'homme et de son industrie, elle présente une expression sensible de l'harmonie générale qui est le lien des choses.

Imitateurs prudents, mais quelquefois trop dociles, de la manière et des habitudes des anciens, plusieurs modernes, au lieu de leur demander d'utiles conseils, veulent toujours en recevoir d'impérieuses leçons. Mais le temps qui altère toutes choses n'en peut-il améliorer aucune ? ne saurait-il faire un changement sans que ce soit une marque de décadence ?

L'objection tirée du peu d'importance que les anciens paraissent avoir mise à la peinture des objets inanimés, perd de sa force si l'on peut donner de cette négligence des raisons étrangères au plus ou moins de mérite du genre, et même au degré d'intérêt dont il est maintenant susceptible.

Ces causes consistent principalement, soit dans la diversion puissante que formaient autrefois et les intérêts politiques, et cette nécessité d'être occupé tous les jours à se concilier les autres hommes, soit dans l'espèce d'impossibilité d'exprimer pour tous, ou de faire universellement partager des sensations sur lesquelles la multitude diffère beaucoup plus que sur les objets immédiats de ses passions. Ainsi l'une de ces causes n'agit que dans de certains temps, et l'autre, en rendant l'art de décrire difficile, mais non pas impraticable, limite, à la vérité, le nombre de ceux qui peuvent en jouir, mais n'empêche pas qu'il ne doive plaire beaucoup à une partie du public. Quelques développements justifieront, je crois, cette double assertion.

Ces peuples d'Occident qui ont passé avant nous et que nous appelons assez mal à propos les anciens, étaient constamment occupés de l'homme. Les combinaisons sociales formaient à leurs yeux l'objet le plus important, puisqu'ils vivaient dans un état de choses où la société, encore nouvelle, se trouve chargée du soin de ses affaires et ne saurait guère comment se débarrasser de la perpétuelle sollicitude qu'elles exigent. L'homme et ses affections passionnées remplissaient toute la pensée du poète comme de l'orateur. Des temps moins agités permirent depuis à l'imagination de s'éloigner de l'homme qu'il est si triste quelquefois d'observer, et de s'attacher à la nature où l'on peut trouver plus encore de beautés idéales que nous n'y rencontrons de misères réelles. La terre, très peu connue des anciens, avait pour eux plus d'uniformité ; loin de songer à comparer les nuits du Malabar à celles d'Archangel [1], ils croyaient ces régions extrêmes interdites à l'homme par la nature du climat, ou inondées par des eaux réunies au ciel. Quelques navigateurs avaient vu l'Indus et la terre de Gadès [2], mais ces notions bornées ou confuses ne parvenaient à la multitude que comme des récits peut-être fabuleux. Plus tard, les Romains mêmes, ayant envahi la vingtième partie des terres du globe, croyaient tout posséder à l'exception de quelques plages demi-désertes qu'ils abandonnaient à la liberté, vers les confins du monde. Ces contrées mêmes qui leur étaient soumises restaient presque inconnues aux Romains qu'on n'y envoyait pas. Les traités de géographie, beaucoup plus imparfaits alors, étaient aussi beaucoup plus rares. Ceux que la guerre et d'autres fonctions publiques conduisaient dans la Bétique ou dans la Colchide [3], y avaient peu de loisirs. Occupés dans les premiers temps des intérêts de Rome, et bientôt poursuivis par le besoin de s'enrichir pour se montrer puissants à leur retour, ils ne voyaient partout que la terre des *barbares*, ils ne songeaient qu'au tribut que le Tibre en pourrait recevoir. C'est ainsi que les Castillans auraient en vain trouvé dans le Nouveau-Monde un climat heureux, une végétation féconde, des peuplades paisibles ; leur unique désir eût été qu'un tremblement de terre bouleversât cet Éden, pour mettre à nu les riches veines des mines où ils voulaient puiser de l'or pour le verser dans les palais du Tage [4]. Le temps, l'universalité des connaissances, le silence des intérêts publics ou des passions avides engagèrent enfin un certain nombre d'hommes à observer les objets inanimés. Les modernes peuvent avoir abusé du genre descriptif qu'ils étaient destinés à connaître plus particulièrement ; ce serait du moins un acte de possession. L'abus suit l'usage ; mais la retenue vient souvent de l'impuissance.

Si donc les Grecs et les Romains, si les Théocrite, les Virgile, les Ovide même, n'avaient fait que des descriptions moins étendues, plus rares et plus frivoles en quelque sorte que plusieurs auteurs modernes, il n'en faudrait point conclure que le genre descriptif fût méprisé d'eux. Ils décrivaient comme un peintre *d'histoire* place dans ses tableaux un tertre ou des branchages ; ce sont pour lui des objets accessoires, dont il n'a besoin que pour faire camper ses héros sur un rivage, et pour suspendre leurs tentes aux branches des palmiers ou des chênes ; mais aujourd'hui l'on fait et l'*histoire*, et le *paysage*.

Quoique les paysagistes aient parmi nous beaucoup d'admirateurs, je conviens que l'on met assez généralement les peintres d'histoire au premier rang. Cependant si la peinture des passions plaît à un plus grand nombre d'hommes que celle des objets matériels, il en est beaucoup aussi que la description des lieux remarquables et des phénomènes naturels n'intéresse certainement pas moins ; et si ce dernier goût est moins commun, c'est qu'il ne suffit pas que les choses soient propres à émouvoir, il faut encore que l'on soit capable d'être ému. Les rapports de l'homme à l'homme sont très multipliés dans la vie sociale ; le cœur fatigué se refroidit, il reste inquiet et devient stérile. Obsédé de ces relations humaines qui paraissent s'accorder et qui s'entre-détruisent, sollicité de toutes parts en sens contraire et forcé bientôt de ne voir que soi-même, on perd le sentiment des rapports indirects, mais puissants, qui soutiennent le grand tout, et qui, mieux observés, apprendraient à l'homme qu'il appartient à toute la nature, qu'elle est ce qu'il est lui-même, que toutes choses sont plus semblables encore qu'elles ne sont variées, que toutes les affections des êtres ont un même principe, et que sous des apparences modifiées à l'infini, les vicissitudes de son cœur sont celles du monde.

Je ne porterai pas plus loin ces observations ; elles deviendraient trop sérieuses ; la contemplation de la nature a quelque chose de sévère. Mais les couleurs sombres ne plaisent parmi nous que si la scène est touchante ou dramatique, et je me hâte de parler du style des descriptions ; l'on peut dès lors se réconcilier avec le sujet ; pour s'arrêter volontiers à le considérer encore, il faut se placer à l'ombre des palmiers de Virginie et des pins d'Atala.

Cette convenance générale entre le caractère du style et celui de l'objet que l'on traite, cette convenance que le talent observe mal quelquefois, mais dont il ne prétend pas du moins s'affranchir, le génie la sent trop bien pour ne la pas suivre naturellement et sans songer même à la chercher. Il en résulte souvent une sorte de simplicité qui ajoute à la grandeur de l'effet.

Dans *Corinne*[5], il est dit en parlant des ruines de Pompéia : « Ce souvenir enfoui s'est retrouvé tout entier. Les peintures, les bronzes étaient encore dans leur beauté première, et tout ce qui peut servir aux usages domestiques est conservé d'une manière effrayante. Les amphores sont encore préparées pour le festin du jour suivant ; la farine qui allait être pétrie est encore là : les restes d'une femme sont encore ornés de parures qu'elle portait dans le jour de fête que le volcan a troublé, et ses bras desséchés ne remplissent plus le bracelet de pierreries qui les entoure encore. On ne peut voir nulle part une image aussi frappante de l'interruption subite de la vie. Le sillon des roues est visiblement marqué sur les pavés dans les rues, et les pierres qui bordent les puits portent la trace des cordes qui les ont creusées peu à peu. » Cette manière est grande et imposante : en effet, quand les termes ordinaires sont suffisants, ils conviennent seuls ; ici l'imagination n'a voulu ajouter qu'un seul mot, et ce mot *effrayante* est juste et bien placé. Un voyageur descendu dans cet ancien séjour de la vie, n'y sera que faiblement affecté si on lui parle avec éloquence de la destruction des villes et de la ruine des peuples ; mais si au milieu de ce silence de vingt siècles, on lui montre seulement du doigt ces amphores vides, ces sillons des roues, ces traces muettes de l'homme oublié, sa pensée profondément émue ne voit dans la terre entière que des débris amoncelés par le temps sur la poussière des anciennes générations.

Il n'est point de difficulté plus grande dans les descriptions écrites que de donner dès les premiers moments une idée de l'ensemble. En cela tout l'avantage est au pinceau ; ce qu'il offre au premier coup d'œil, la plume ne peut que le développer successivement ; mais s'il est impossible qu'elle le montre d'abord, il faut qu'elle sache du moins le faire pressentir. On peint mal, si une sorte de couleur universelle, particulière au sujet, ne domine point constamment dans le tableau ; toutes les nuances s'y rapporteront ensuite, car les mêmes lieux prendraient un autre aspect sous un autre ciel et dans d'autres régions. La température, la saison, l'heure même quelquefois, doivent être connues, ou plutôt imaginées, dès les premières lignes.

La verdure des gorges du Caucase n'est pas celle des vallons de Bièvre ou d'Eaubonne, et si le rossignol chante sur les rives du Tanaïs [6], bien que sa voix puisse être la même que dans les prairies baignées par la Loire, il faut en redire les accents sur un ton différent : ici, c'est la chanson brillante de l'oiseau qui peuple les bocages ; là, c'est une mélodie heureuse et douce au milieu des âpres beautés du désert. On ne saurait parler du murmure des vagues, lorsqu'on veut faire entendre les bruits de l'Océan contre les bases caverneuses des montagnes de Magellan [7]. Un ouragan dans les vastes plaines du Bengale, ne sera point décrit en phrases courtes, détachées, en termes sinistres comme une tempête sur les écueils ténébreux des Orcades. Sur les bords tranquilles de la Brenta [8], voit-on que le mobile feuillage des peupliers soit agité de la même manière que les vieux sapins de la Norvège, courbés par la violence des vents au-dessus des abîmes, et surchargés du poids des neiges polaires ?

Les campagnes cultivées ont perdu quelque chose de l'harmonie des premières formes, elles n'ont plus un caractère simple et distinct ; cependant le paysage y présente encore un aspect général, majestueux ou champêtre, agréable ou austère. Il ne faut pas confondre ces nuances ; il faut se garder de trouver Auteuil pittoresque, ou les prés Saint-Gervais romantiques*.

Un vent froid, un orage qui se prépare, plusieurs autres circonstances peuvent changer le résultat, et c'est ce résultat qu'il faut d'abord faire pressentir, afin de remplacer, autant que l'on peut, la vue dont la propriété est d'embrasser d'abord l'ensemble, et qui n'examine les détails qu'après avoir aperçu l'effet du tout.

Si l'heure est celle de midi, dans un jour d'été, le seul choix des mots doit montrer pour ainsi dire cette atmosphère ardente que tant de lumière semble transformer en un léger nuage, et ces reflets brûlants d'un soleil immobile sur les pavés secs et la poussière des chemins, sur des canaux presqu'épuisés, sur les murs blancs, sur de vastes champs moissonnés et silencieux.

Si la nuit est profonde et pourtant lumineuse, sans lune, sans obscurité, tranquille et belle, l'imagination préférera des teintes mystérieuses comme cette faible clarté qui subsiste en l'absence de la lumière. On s'avance alors dans les régions infinies qu'on peut entrevoir dans l'ombre, et que le voile du jour cachait à la vue. Les rivages et les forêts s'éloignent, on se détache du sol sur lequel on est assis, les sons isolés de la nuit deviennent des bruits lointains, et le frémissement des branches semble appartenir au monde inconnu.

Sur les campagnes éclairées encore par le soleil couchant, une sorte de tristesse, amie du repos, étend déjà ses ombres ; mais les couleurs de la jeunesse ou du printemps, la vivacité de l'espérance et toute la force de la vie animeront le lever du soleil. Un peu séduit, je pense, par le nom de Rousseau, l'on a cité comme une sorte de modèle un passage de l'*Émile* sur l'aurore (au livre 3) [12] ; on y trouve de la fraîcheur et une teinte convenable au sujet. C'est beaucoup sans doute, d'autant plus qu'en cet endroit il n'est pas probable que Rousseau ait mis beaucoup d'importance à peindre le lever du

* L'effet romantique est celui qui ne ressemblant point à ce qu'on voit généralement ailleurs, frappe l'imagination d'une manière imprévue, à peu près comme des événements singuliers et inattendus dans un roman [9]. Le célèbre de Saussure, qui a tant observé les montagnes, m'a dit n'avoir rien vu de plus romantique que le val de Moutier, grand val près de Bienne [10]. Cette étroite vallée est en même temps agréable ; le sommet de Prou, près du mont Velan dans les gorges du Saint-Bernard, est au contraire d'un effet très austère : ce sont, dans le genre romantique, deux points extrêmes assez propres à en donner une idée moins vague à ceux qui auraient vu les Alpes et le Jura, sans connaître précisément la valeur d'une expression naturalisée en France depuis peu, et que l'on doit, dit-on, au traducteur des *Nuits d'Young* [11].

soleil; mais quand on veut admirer l'auteur de l'*Émile*, ce n'est pas au petit nombre de descriptions contenues dans ses ouvrages, qu'il convient de s'arrêter particulièrement. En observant néanmoins qu'il y a dans l'*Héloïse* de beaux passages en ce genre, je serai forcé d'en excepter la description la plus importante à d'autres égards, que ce livre contienne, celle du Valais [13]; elle n'a presque rien de caractéristique; ôtez les noms ou changez-les, vous aurez au besoin une vallée de la Savoie, de l'Oberland, ou des Grisons. Enfin, ce n'est pas le Valais en particulier, c'est tout au plus la patrie des montagnards. Rousseau avait traversé le Bas-Valais dans sa première jeunesse; jamais il n'a vu, je crois, le Haut-Valais; il n'eut d'autre intention sans doute que de parler des montagnes. Peut-être eût-il mieux valu éviter de désigner le Valais, mais enfin le lieu précis n'est pas déterminé. Ceux-là seuls ont tort peut-être, qui sans songer que c'est une peinture vague, et qu'il fallait seulement que Saint-Preux allât dans les hautes vallées, veulent puiser des connaissances locales dans une source trop poétique. Trois ou quatre lettres de Rousseau à Myl. Maréchal donnent une description beaucoup plus fidèle du val de Moutiers-Travers [14]. Après avoir lu ces lettres, on connaît les lieux : seulement je ne voudrais pas que l'on mît, comme Rousseau le conseille, des peupliers d'Italie sur les bords de la Reuss. S'ils y étaient, il faudrait plutôt les abattre; j'en appelle aux nombreux voyageurs qui ont visité Moutiers-Travers; la beauté remarquable de ce vallon consiste précisément dans la nudité des terres basses au milieu de hauteurs couvertes de sapins, où des eaux qui se précipitent, semblent faire circuler des bruits sauvages.

Je ne citerai point le petit nombre de ceux qui ont approché de la perfection dans un genre que je regarde comme appartenant surtout aux époques récentes de la littérature. Je m'interdis aussi de parler expressément de la manière de M. de Saint-Pierre, et d'un autre écrivain non moins connu, qui, sans être de ceux que la nature réduit au besoin d'imiter, paraît en adopter une à peu près semblable; mais je remarquerai les fantaisies de la renommée qui va vantant partout ce que le hasard lui offre d'une main, et qui garde presque le silence sur ce qu'il lui présente de l'autre. Il y a dans les *observations* de M. Ramond *sur les Pyrénées* et *sur les Alpes* [15], des pages qui paraissent ne le céder à aucuns morceaux descriptifs faits antérieurement en prose. J'avoue que peut-être on y rencontrerait quelques négligences, mais ne s'en trouve-t-il point aussi dans Buffon par exemple? Si je cite la peinture des sables de l'Arabie, dans l'article *Chameau*, l'on ne m'accusera pas de faire un choix défavorable à l'auteur de l'*Histoire Naturelle* [16]. Cependant ne pourrais-je pas y remarquer deux *car*, dont le premier déjà mauvais, rend le second plus extraordinaire encore? Cette longue période ne devient-elle pas traînante vers la fin, ne paraît-elle pas tomber plusieurs fois, et ne la voit-on point renaître de ses ruines [17] jusqu'à ce qu'on ne puisse plus absolument la soutenir ? « Qu'on se figure, dit Buffon, un pays sans verdure et sans eau, un soleil brûlant, un ciel toujours sec, des plaines sablonneuses, des montagnes encore plus arides, sur lesquelles l'œil s'étend, et le regard se perd sans pouvoir s'arrêter sur aucun objet vivant, une terre morte, et pour ainsi dire écorchée par les vents, laquelle ne présente que des ossements, des cailloux jonchés, des rochers debout ou renversés, un désert entièrement découvert où le voyageur n'a jamais respiré sous l'ombrage, où rien ne l'accompagne, rien ne lui rappelle la nature vivante ; solitude absolue mille fois plus affreuse que celle des forêts ; car les arbres sont encore des êtres pour l'homme qui se voit seul ; plus isolé, plus dénué, plus perdu dans ces lieux vides et sans bornes, il voit partout l'espace comme son tombeau, la lumière du jour plus triste que l'ombre de la nuit ne renaît que pour éclairer sa nudité, son impuissance, et pour lui présenter l'horreur de sa situation, en reculant à ses yeux les barrières du vide, en étendant autour de lui l'abîme de l'immensité qui le sépare de la terre habitée, immensité qu'il tenterait en vain de parcourir, car la faim, la soif et la chaleur brûlante pressent tous les instants qui lui restent entre le désespoir et la mort. »

Puisque j'ai cité M. Ramond (que je ne connais point), j'ajouterai qu'il évite, si je me rappelle bien, ce que je pense qu'on doit éviter presque toujours, les figures devenues triviales et les expressions consacrées aux sciences ou empruntées de nos arts, comme le cristal des eaux, les tapis de verdure, les nuages semblables à des flocons de laine cardée, ou à des réseaux de soie. Ces images prises d'objets plus petits que ceux qu'elles servent à exprimer, *rapetissent* et *désenchantent* la nature, comme le dit M. de Chateaubriand en parlant des idées mythologiques qui sont aussi trop rebattues parmi nous. Je sais que quand on rejette non seulement la voûte parsemée de diamants et les prés émaillés, mais encore la mythologie presque entière, et toute comparaison mesquine avec les choses usuelles, il est très difficile de décrire ; mais cette difficulté n'est pas imposée par un vain caprice, elle résulte d'une convenance très légitime. Il faut la surmonter, et j'ose prétendre qu'on le peut toutes les fois du moins que le tableau est d'une conception vaste, que de grandes idées en soutiennent les masses, et qu'on y peut négliger à son choix quelques détails. La Fontaine a dit, en parlant du paon, qui déploie

Une si riche queue, et qui semble à nos yeux
La boutique d'un lapidaire [18].

Mais la *boutique* du lapidaire est-elle plus belle que la queue du paon ? Le manteau de Salomon put-il jamais avoir la beauté des lis ?

Dico autem quoniam nec Salomon in omni gloria sua coopertus est sicut unum ex istis[19].

La supériorité que j'attribue aux modernes en ce genre, paraîtra plus grande si l'on examine avec impartialité les passages, courts, dira-t-on, mais exquis, que les anciens pourraient leur opposer. Surtout ne perdons point de vue ce principe que, dans une langue qui ne nous est pas familière, l'expression se rapproche, par cela seul, de l'expression universelle, et dès lors du beau idéal.

Hic gelidi fontes, hic mollia prata, Lycori,
Hìc nemus, hìc ipso tēcum consumerer ævo[20].

Si vous traduisez ces vers en français, ce ne sera plus le même effet sur l'imagination ; mais dans cette langue d'un autre siècle, *hìc nemus* dit tout le bonheur de la vie agreste, et *consumerer ævo* semble renfermer les anciens regrets de tant d'hommes dont la vie rapide s'est dissipée sans amour et sans repos.

Il faut comprendre dans le genre descriptif les comparaisons qui supposent nécessairement l'étude de l'objet général des descriptions, c'est-à-dire, de ces lois naturelles et de ces phénomènes où l'on voit des rapports avec l'homme, rapports souvent indirects, mais vrais et innombrables. Ici je ne sais si les modernes ont l'avantage, mais ils ont dans les mains des matériaux plus abondants, et l'on peut voir dans l'*Homme des Champs,* dans la *Chaumière Indienne*[21], etc. etc. quel charmant usage quelques-uns d'eux en ont fait.

Souvent ces rapports, ces analogies sont un peu arbitraires ; qu'importe, pourvu que l'idée que l'on veut rendre plus sensible par ce moyen ne manque pas de justesse ! L'idéal même peut fournir des sujets de description : le lecteur se laisse volontiers conduire dans les jardins d'Armide, ou dans la salle du conseil de Satan, mais il veut qu'un palais fantastique soit du moins élevé selon des lois connues et sur une base positive. De grands poëtes ont quelquefois été trop loin ; chez eux l'imaginaire est devenu tout à fait chimérique, et même insensé. En France, des beautés hardies ne feraient pas excuser des écarts risibles, et quelque liberté qu'il faille laisser au génie, les autres peuples avoueront sans doute un jour que la première loi n'est pas de dire des choses admirables, mais de n'en point dire d'absurdes. Il est bon que l'imaginaire se rapproche le plus possible de ce qui doit arriver d'après les données admises. Alors la peinture des scènes de la nature, les plus grandes ou les plus terribles, sans être fidèle sans doute, ne manquera pas essentiellement de vérité.

C'est ainsi qu'il est parlé du jour de la destruction dans un discours dont l'auteur ne veut pas être nommé : « ... Des nuées d'une poussière impure commencent à voiler les cieux. La lune s'approche ; elle paraît d'une grandeur démesurée. Le soleil s'obscurcit ; il s'avance comme un spectre affreux ; des sillons livides le traversent, semblables à des fleuves de larmes ; il frémit et s'ébranle dans le vide comme la face d'un homme gonflé de sanglots. Les enfants d'Adam sont errants dans les campagnes ; le désespoir précipite leurs pas, ils se heurtent et ne se connaissent point, la terre repousse leurs pieds, et les morts les renversent en sortant des tombeaux. La voix des derniers jours a été entendue aux quatre extrémités du monde ; la cendre humaine se réveille de toutes parts, les mers vomissent toutes leurs victimes, et les déserts mêmes reproduisent l'antique race du fils du péché... »

C'est encore ainsi que l'auteur des *Études de la Nature*[22] représente quelques effets du déluge. « Ce fut alors que tous les plans de la nature furent renversés. Des îles entières de glaces flottantes, chargées d'ours blancs, vinrent s'échouer parmi les palmiers de la zone torride, et les éléphants de l'Afrique furent roulés jusque dans les sapins de la Sibérie où l'on retrouve encore leurs grands ossements... En vain l'homme crut trouver une retraite dans les hautes montagnes... Les noirs orages se rassemblaient autour de leurs sommets, et répandaient une nuit affreuse au milieu du jour. En vain il chercha dans les cieux le lieu où devait reparaître l'aurore ; il n'aperçut autour de l'horizon que de longues files de nuages redoublés ; de pâles éclairs sillonnaient leurs sombres et innombrables bataillons ; et l'astre du jour, voilé par leurs ténébreuses clartés, jetait à peine assez de lumière pour laisser entrevoir dans le firmament son disque sanglant parcourant de nouvelles constellations. Au désordre des cieux, l'homme désespéra du salut de la terre... » La dernière idée est une conséquence de cette image sinistre du soleil suivant dans les cieux une voie inconnue. Toute idée grande produite par l'observation des phénomènes de la nature, ajoute singulièrement au mérite du tableau qu'on en trace. Le rapprochement que fait M. de Chateaubriand des Arabes et des Sauvages du Nouveau Monde, forme une des pages les plus intéressantes de l'*Itinéraire*[23]. Quoi qu'on en dise maintenant, il faut penser un peu. La pensée fait l'homme et gouverne le monde. De nos jours, il est vrai, la frivolité s'est bâti un nouveau temple, desservi avec le plus grand zèle : mais les sectateurs de ce culte seraient fort embarrassés, s'il était possible qu'il devînt universel. Les enfants savent aussi se vanter gaiement de n'être pas des penseurs, mais il faut que la pensée de leurs parents surveille leurs intérêts. Tout ce qui se fait de bon sur la terre est le résultat d'une réflexion sérieuse, et ce serait ôter aux descriptions le seul charme qui puisse subsister dans tous les temps, que de les borner à l'exactitude des détails topographiques, ou à la froide énumération des choses. La nature inanimée n'est rien pour les hommes qui ne savent pas méditer.

S.

1. Le Malabar est la région située au bord de Goa en Inde, Archangel est peut-être Arkhangelsk sur la mer Blanche, encore qu'on ne sache pas que ces peuples primitifs y aient atteint.

2. Gadès, pour Cadix.

3. La Bétique, ou Baetica, est l'Andalousie des Romains ; la Colchide, lieu imaginaire de la Toison d'or, se trouve au sud du Caucase.

4. Le Tage creuse ses gorges dans le plateau de la Meseta (les Castilles) et arrose en effet Aranjuez, Tolède, avant de se jeter dans l'Atlantique à Lisbonne.

5. *Corinne* (1807) de Mme de Staël.

6. Le Tanaïs est l'ancien nom du Don.

7. Montagnes de Magellan, probablement celles de la Patagonie.

8. Le fleuve de la Brenta prend sa source dans les Dolomites, passe près de Padoue et rejoint l'Adriatique.

9. Une équivalence relative s'établit entre la description « frappante » et l'événementiel, qui indique que la mutabilité du décor avait pour Senancour un rôle dramatique.

10. En réponse à la lettre que Senancour lui écrivit en 1790.

11. Edward Young, poète anglais (1683-1765). Ses *Nuits* (1742) étaient admirées de Diderot, et Mme de Staël en fait l'éloge.

12. « ... on retourne au même lieu avant que le soleil se lève. On le voit s'annoncer de loin par les traits de feu qu'il lance au-devant de lui. L'incendie augmente, l'Orient paraît tout en flammes : à leur éclat on attend l'astre longtemps avant qu'il se montre ; à chaque instant on croit le voir paraître ; on le voit enfin. Un point brillant part comme un éclair et remplit aussitôt tout l'espace : le voile des ténèbres s'efface et tombe : l'homme reconnaît son séjour et le trouve embelli. La verdure a pris durant la nuit une vigueur nouvelle ; le jour naissant qui l'éclaire, les premiers rayons qui la dorent, la montrent couverte d'un brillant réseau de rosée, qui réfléchit à l'œil la lumière et les couleurs... Il y a là un quart d'heure d'enchantement auquel nul homme ne résiste : un spectacle si grand, si beau, si délicieux n'en laisse aucun de sang-froid. »

13. Première partie, Lettre XXIII.

14. C'est en 1762 que, réfugié à Môtiers, Rousseau écrivit à Mylord Maréchal.

15. Les *Observations* de Ramond de Carbonnières avaient paru en 1789.

16. *Histoire Naturelle*, 36 vol., 1749-1789.

17. Les *ruines* appliquées à la période suggère quelle conformité Senancour peut, bien que négativement, y trouver.

18. *Le Paon se plaignant à Junon*, livre II, fable XVII.

19. *Évangile de Luc*, VII, 27 : « Cependant, je vous dis que jamais Salomon dans toute sa gloire n'a été vêtu comme l'un d'eux. »

20. Il s'agit de deux vers des *Bucoliques* de Virgile, X, vers 42-43 : Ici sont de fraîches fontaines, ici de molles prairies, Lycoris, ici un bocage : ici avec toi je consumerais mes jours.

21. *L'homme des champs* a été publié par Delille en 1800 ; *La Chaumière indienne* par Bernardin de Saint-Pierre en 1791.

22. Les *Études de la Nature* de Bernardin de Saint-Pierre, 1784.
23. L'*Itinéraire de Paris à Jérusalem* a paru justement en 1811.

III. EXTRAIT DE LA PRÉFACE DE SAINTE-BEUVE

Les pages que Sainte-Beuve a consacrées à Senancour sont bien remarquables, en dépit de l'horripilation qu'elles ont pu susciter. Nous avons choisi un extrait du second et du plus nuancé des textes repris dans ses Portraits contemporains *: l'identification du « mal du siècle » n'y cache pas la distance qu'il met pour séparer* René *d'*Obermann.

M. DE SÉNANCOUR

1833

Oberman fut publié pour la première fois au printemps de 1804, dans les derniers mois du Consulat ; il avait été composé en Suisse durant les années 1802 et 1803. Quand M. de Sénancour écrivait *Oberman*, il ne se considérait pas comme un homme de lettres ; ce n'était pas un ouvrage littéraire qu'il tâchait de produire dans le goût de ses contemporains. Sorti de Paris à dix-neuf ans, dès les premiers jours de la Révolution ; retenu par les circonstances et la maladie en Suisse, au lieu des longs voyages qu'il méditait ; marié là et proscrit en France à titre d'émigré, M. de Sénancour n'était rentré que furtivement, à diverses reprises, pour visiter sa mère, et s'il s'était hasardé à séjourner à Paris, sans papiers, de 1799 à 1802, ç'avait été dans un isolement absolu : il avait profité toutefois de ce séjour pour publier, dès 1799, ses *Rêveries sur la nature primitive de l'Homme*. Élève de Jean-Jacques pour l'impulsion première et le style, comme madame de Staël et M. de Chateaubriand, mais, comme eux, élève original et transformé, quoique demeuré plus fidèle, l'auteur des *Rêveries*, alors qu'il composait *Oberman*, ignorait que des collatéraux si brillants, et si marqués par la gloire, lui fussent déjà suscités ; il n'avait lu ni l'*Influence des passions sur le bonheur*, ni *René ;* il suivait sa ligne intérieure ; il s'absorbait dans ses pensées d'amertume, de désappointement aride, de destinée manquée et brisée, de petitesse et de stupeur en présence de la nature infinie. *Oberman* creusait et exprimait tout cela ; l'auteur n'y retraçait aucunement sa biographie exacte, comme quelques-uns l'ont cru ; au contraire, il altérait à dessein les conditions extérieures, il transposait les scènes, il dépaysait autant que possible. Mais si *Oberman* ne répondait que vaguement à la biographie de l'auteur, il répondait en plein à sa psychologie, à sa disposition mélancolique et souffrante, à l'effort fatigué de ses facultés sans but, à son étreinte de l'impossible, à son *ennui.* Ce mot d'*ennui,* pris dans l'acception la plus générale et la plus philosophique, est le trait distinctif et le mal d'*Oberman;* ç'a été en partie le mal du siècle, et *Oberman* se trouve ainsi l'un des livres les plus vrais de ce siècle, l'un des plus sincères témoignages, dans lequel bien des âmes peuvent se reconnaître.

Il y avait deux ou trois apparitions essentielles vers ce temps de 1800. Et d'abord, dans l'ordre de l'action, il y avait le Premier Consul, celui qui disait un matin, en mettant la main sur sa poitrine : *Je sens en moi l'infini;* et qui, durant quinze années encore, entraînant le jeune siècle à sa suite, allait réaliser presque cet *infini* de sa pensée et de toutes les pensées, par ses conquêtes, par ses monuments, par son Empire. Vers ce même temps, et non plus dans l'ordre de l'action, mais dans celui du sentiment, de la méditation et du rêve, il y avait deux génies, alors naissants, et longuement depuis combattus et refoulés, admirateurs à la fois et adversaires de ce développement gigantesque qu'ils avaient sous les yeux ; sentant aussi en eux l'*infini,* mais par des aspects tout différents du premier, le sentant dans la poésie, dans l'histoire, dans les beautés des arts ou de la nature, dans le culte ressuscité du passé, dans les aspirations sympathiques vers l'avenir ; nobles et vagues puissances, lumineux précurseurs, représentants des idées, des enthousiasmes, des réminiscences illusoires ou des espérances prophétiques qui devaient triompher de l'Empire et régner durant les quinze années qui succédèrent ; il y avait Corinne et René.

Mais, vers ce temps, il y eut aussi, sans qu'on le sût, ni durant tout l'Empire, ni durant les quinze années suivantes, il y eut un autre type, non moins profond, non moins admirable et sacré, de la sensation de l'*infini* en nous, de l'*infini* envisagé et senti hors de l'action, hors de l'histoire, hors des religions du passé ou des vues progressives, de l'*infini* en lui-même face à face avec nous-même. Il y eut un type grave, obscur, appesanti, de l'infirmité humaine en présence des choses plus grandes et plus fortes, en présence de l'accablante nature ou de la société qui écrase. Il y eut *Oberman,* le type de ces sourds génies qui avortent, de ces sensibilités abondantes qui s'égarent dans le désert, de ces moissons grêlées qui ne se dorent pas, des facultés affamées à vide, et non discernées et non appliquées, de ce qui, en un mot, ne triomphe et ne surgit jamais ; le type de la majorité des tristes et souffrantes âmes en ce siècle, de tous les génies à faux et des existences retranchées.

Oh ! qu'on ne me dise pas qu'*Oberman* et *René* ne sont que deux formes inégalement belles d'une identité fondamentale ; que l'un n'est qu'un développement en deux volumes, tandis que l'autre est une expression plus illustre et plus concise ; qu'on ne me dise pas cela ! René est grand, et je l'admire ; mais René est autre qu'Oberman. René est beau, il est brillant jusque dans la brume et sous l'aquilon ; l'éclair d'un orage se joue à son front pâle et noblement foudroyé. C'est une individualité moderne chevaleresque, taillée presque à l'antique ; il y a du Sophocle dans cette statue de jeune homme. Laissez-le grandir et sortir de là, le Périclès rêveur ; il est volage, il est bruyant et glorieux, il est capable de mille entreprises enviables, il remplira le monde de son nom.

Oberman est sourd, immobile, étouffé, replié sur lui, foudroyé sans éclair, profond plutôt que beau ; il ne se guérit pas, il ne finit pas ; il se prolonge et se traîne vers ses dernières années, plus calme, plus résigné, mais sans péripétie ni revanche éclatante ; cherchant quelque repos dans l'abstinence du sage, dans le silence, l'oubli et la haute sérénité des cieux. *Oberman* est bien le livre de la majorité souffrante des âmes ; c'en est l'histoire désolante, le poème mystérieux et inachevé.

...La destinée d'*Oberman*, comme livre, fut parfaitement conforme à la destinée d'*Oberman* comme homme. Point de gloire, point d'éclat, point d'injustice vive et criante, rien qu'une injustice muette, pesante et durable ; puis, avec cela, une sorte d'effet lent, caché, maladif, qui allait s'adresser de loin en loin à quelques âmes rares et y produire des agitations singulières. Le livre, dans sa destinée matérielle, sembla lui-même atteint de cette espèce de malheur qu'il décrit...

IV. INDEX THÉMATIQUE DE L'ÉDITION DE 1804

Sous le titre : Indications, *Senancour avait mis en avant de la première édition d'*Obermann, *une table qui illustrait sur le plan notionnel la part « philosophique » du livre, en autant de rubriques correspondantes.*

Les chiffres, sans autre désignation, indiquent les lettres et non les pages.

NOTES

OBSERVATIONS

1. *La Chaumière indienne*, de Bernardin de Saint-Pierre, 1791, le grand modèle stylistique de Senancour.

2. *Clarisse Harlowe*, de Richardson, 1748. Il est à peu près sûr que la traduction française n'est pas de l'abbé Prévost.

LETTRE II

1. A comparer avec ce passage de Ramond : « Dans ce blanc uniforme, on remarquerait quelques pics d'une couleur différente et qui enchâssés dans les glaces, semblent en avoir garanti leurs sommets ; autrefois, sans doute, ils en ont été couverts ; mais leur squelette décharné est désormais incapable de les retenir : la nature affranchit leur vieillesse de la servitude commune » (*Lettres* de Coxe, tome II, p. 112). Ramond insiste lui aussi sur l'impression insulaire des montagnes au-dessus des nuages. Voir *Obermann*, lettre VII.

LETTRE III

1. Senancour, même ici à la 3e édition, s'obstine à écrire *Unterwalden*, avec un d. On a donc émis des doutes sur sa connaissance de la région.

2. A comparer avec ce passage de Boufflers, dans les *Œuvres de C. Stanislas de Boufflers*, Paris an XI. *Voyage en Suisse, Lettres à sa mère :* « C'est une belle chose que le lac de Genève. Il semble que l'Océan ait voulu donner à la Suisse son portrait en miniature. Imaginez une jatte de quarante lieues de tour, remplie de l'eau la plus claire que vous ayez jamais bue [?], qui baigne d'un côté les châtaigniers de la Savoie, et de l'autre les raisins du pays de Vaud. Du côté de la Savoie, la nature étale toutes ses horreurs, et de l'autre, toutes ses beautés ; le mont Jura est couvert de villes et de

villages dont la vigne couvre les toits, et dont le lac mouille les murs... », p. 52. On mesure le ton de Boufflers à cette autre phrase, et l'on saisit toute l'originalité de Senancour : « Pour le coup, me voilà bien dans les Alpes jusqu'au cou. Il y a des endroits ici, où un enrhumé peut cracher à son choix, dans l'Océan ou dans la Méditerranée » (p. 56).

3. Les *Vies des pères du désert d'Orient,* du père Marin, 1743, que Senancour lisait avec son père.

4. Sans doute les lettres de Rousseau à Lamoignon de Malesherbes. Il importe beaucoup à Senancour, comme il le dit tout de suite après, qu'*Obermann* rompe avec le style « didactique ».

LETTRE IV

1. La phrase latine de Cicéron dit : « il y a quelque chose de sacré dans les anciennes obligations ».

LETTRE V

1. Il faut lire Saint-Saphorin.

2. Une ferme à Fontany, où d'après Monglond Senancour n'a jamais habité.

LETTRE VII

1. Les *Tableaux de la Suisse* de Besson (les seuls que Senancour ait consultés sur place, croit-on). Bourrit et Saussure furent empruntés après coup à la Bibliothèque nationale.

2. Zvi Lévy a montré que ce passage, comme d'autres de la lettre VII, devait de nombreuses tournures à la lettre XXIII de *La Nouvelle Héloïse*.

3. Il n'est pas sûr que le mont Blanc soit visible de cet endroit, rappelle Monglond.

4. L'aigle ne crie pas.

LETTRE IX

1. Lire Villemétrie, dans le Valois.

LETTRE XI

1. La Bibliothèque nationale était alors aussi une bibliothèque de prêt. On a retrouvé les fiches au nom de Senancour.

2. La Loubère, *Description du royaume de Siam,* 1691.

3. Tinian, ancien nom des îles Mariannes.

4. Peut-être Lucerne.

LETTRE XII

1. L'ermite Lallemant a réellement existé, sorte de prolétaire philosophe. Plus tard, en 1819, Senancour attribuera la parenté de

ses *Libres Méditations* à ce solitaire inconnu. Voir Béatrice Didier, tome I, pp. 44-45.

2. « étrange emblème d'abnégation, ce gibet sanctifié », avait d'abord écrit Senancour.

LETTRE XIV

1. On peut évidemment supposer : de Walckenaer.

LETTRE XV

1. Roman obscur d'un certain Gentil Bernard, connu surtout par le dessin de l'un de ses motifs que fit Prud'hon.

LETTRE XX

1. « avec des petits oignons », avait écrit Senancour.
2. « et boire *à la fraîche* », idem.

LETTRE XXI

1. Mme Bellepaume, de la branche maternelle de Senancour.
2. Senancour a consulté Diderot dans l'édition Naigeon, 1772. Mais sa définition du beau relève tout autant de celle de l'Encyclopédie.
3. Crouzaz, *Traité du Beau,* 1715. Les références de Senancour sont celles de l'Encyclopédie.
4. Compilation de Delisle de Sales, 1777, en six volumes.

LETTRE XXXIII

1. Aristippe de Cyrène (IVe siècle avant J.-C.), qui fut l'élève de Socrate ; attribution fantaisiste évidemment. Varron (116-27 avant J.-C.) qui laissa une encyclopédie, les *Antiquités,* dont Virgile et saint Augustin, dans *La Cité de Dieu,* se sont servis.
2. Bion lui-même imita Théocrite (310-250 avant J.-C.), dans le genre des *idylles* de l'époque alexandrine.
3. Il semble qu'ici Senancour confonde l'école cyrénaïque et l'école épicurienne : celle-là est, bien plus que celle-ci, fondée sur le détachement à l'égard du savoir.
4. *Pseusophanes :* faut-il entendre pseu*d*ophanes (litt. : « qui brille d'une fausse lueur », ou d'une lueur fausse) ? On ne possède qu'un fragment connu de ce *Pseudophanes.* Le *Manuel* qui suit est, selon Senancour, inspiré de Marc Aurèle. Mais le syncrétisme philosophique d'Obermann veut que la nécessité stoïcienne et le « Tout est nécessaire » inspiré de Spinoza s'y recouvrent. La formule de l'*Éthique :* « subsister selon sa nature » était devenue triviale.

LETTRE XXXIV

1. Ce qui impressionne Senancour, ce n'est pas seulement la tragédie de Voltaire, *Le Fanatisme* (1741), tragédie en cinq actes, donc le personnage figuré sur la scène, mais la physionomie de Mahomet, prophète guerrier et amoureux (voir de même Helvétius, dans son *De l'esprit*, Discours quatrième, chap. 2, 3, 4, qui servent ici de modèle à la lettre).

2. *Chargé des soins de l'autel et du trône :* Voltaire, dit « malgré les soins de... » (à l'acte II, scène 3).

3. A l'acte III, scène 3. Palmyre verra tuer son amant par Mahomet.

4. *J'ai perdu mon Eurydice, J'ai trouvé mon Eurydice :* est-ce une allusion à l'*Orphée* de Gluck (1762), que Senancour cite ailleurs ?

5. Référence à l'amour de Titus pour Bérénice qu'il ne put épouser pour raison d'État (voir *Bérénice* de Racine, 1670).

6. *L'amour seul me console,* dans la pièce de Voltaire, acte II, scène 4.

7. « On sait que Cicéron a employé la même expression en parlant de l'amitié », note de Senancour dans les deux premières éditions.

8. Zénobie, IIIe siècle après J.-C., reine de Palmyre, combattit les Romains, et fut faite prisonnière par l'empereur Aurélien.

9. Laïs, nom grec de la courtisane.

SECOND FRAGMENT

1. Référence aux Maximes de l'amitié : voir sur ce point, Jean Bollack, *La Pensée du plaisir*, éd. de Minuit, 1975.

TROISIÈME FRAGMENT

1. Le *ranz des vaches :* mélodie nationale suisse, fort ancienne, chant des pasteurs accompagné d'instruments du type de la cornemuse. Ramond en parle dans ses commentaires aux *Lettres* de Coxe, pp. 56 et 169 du tome 2 : il indique que ce chant d'une mélancolie profonde donnait la nostalgie aux mercenaires suisses, et que le mal du pays était si fort à l'entendre qu'ils désertaient. Rousseau l'évoque dans son *Dictionnaire de musique,* tout en indiquant que les Suisses ont perdu la simplicité originaire que supposait cette mélodie.

2. Senancour ajoutait « romantiques » dans les éditions antérieures. Il y revient plus tard dans *Obermann,* affirmant que le sens de l'ouïe est le seul capable de cette perception « sauvage ».

3. C'est le père Castel (1688-1757) qui avait mis au point le clavecin des couleurs.

4. *Tableaux pittoresques de la Suisse,* de Besson. Senancour voulait

corriger certaines planches. Le *Grimsel* se trouve dans les Alpes bernoises.

LETTRE XL

1. Béatrice Didier émet l'hypothèse qu'il s'agirait du poète Delille qui enseigna en effet au collège de la Marche, à Paris.

LETTRE XLI

1. Allusion à la proposition que fit Senancour au Directoire.
2. Beccaria : dans son *Traité des délits et des peines*, 1764.

LETTRE XLII

1. *La Nouvelle Héloïse*, 3e partie, lettre XXII : « Les lois, les lois, jeune homme ! » Il s'agit là aussi de dévaloriser le suicide que se propose Saint-Preux en rappelant les devoirs du citoyen.
2. Senancour avait écrit : « le désagrément d'avoir des cors ».

LETTRE XLIII

1. Morgan (1635-1688) est un corsaire anglais qui combattit aux Antilles. Lycurgue est le législateur « légendaire » de Sparte, tandis qu'Odin est le prince des dieux dans la mythologie germanique. Alcibiade (450-404 avant J.-C.) vainquit deux fois les Spartiates. Zerdust vaut pour Zarathoustra, fondateur du mazdéisme, tandis que Philoclès est probablement ici le poète grec. Trajan (53-117 après J.-C.) est l'empereur romain des conquêtes qui fit renaître la gloire passée de l'empire.
2. Épictète, le philosophe stoïcien, fut affranchi.

LETTRE XLIV

1. A la place de la note, Senancour avait écrit « en lisant *la Démonstration évangélique* ».
2. *Hic jacet :* le ci-gît semblait païen à l'égard de la résurrection des morts.
3. Éphore : magistrat spartiate.
4. Frère Benoît Labre (1748-1783).
5. Tillotson : on sait par les *Annotations encyclopédiques* que Senancour avait lu une partie du sermon *Du renvoi de la confession*, et aussi *De l'incertitude du salut dans l'Église romaine*.
6. Périphrases pour Jupiter, Vénus et Minerve.
7. La roue d'Ixion.
8. Senancour avait écrit « une populace ».

LETTRE XLV

1. Mlle de Senancour dans sa *Vie inédite* (Michaut, op. cit.) se souvient d'un épisode similaire qui laisserait croire ici à une source

purement autobiographique : « Dans une excursion que mon aïeul, accompagné de son fils, fit à Monlignon, près de Montmorency, il visita une propriété qui avait appartenu à Larive. Il y resta jusqu'à la nuit. Mon père ne manqua pas de s'éprendre du jardin en pente qui aboutissait à un bois peuplé de rossignols, du large ruisseau qui reflétait la lune, dans le calme de la nuit. “ Vous occuperez cette pièce si bien située ”, disait-il à mon père, qui répliqua avec une expression marquée de tristesse : “ Non je ne crois pas qu'une pareille acquisition me soit réservée. ” Et en effet, cette acquisition manqua comme les autres. Il ne tarda guère à mourir, et mon père trouva dans le tiroir d'un secrétaire 40 000 F en assignats bons à jeter au feu. »

LETTRE XLVII

1. Sous-entendu que l'électricité, au sens strict, n'est pas un fluide.

2. Il nous a paru difficile de démêler avec exactitude dans cette lettre ce que Senancour ne souhaitait point qu'on démêlât.

3. Le *Zend-Avesta* avait été traduit par Anquetil-Duperron en 1771.

4. Stahl (1660-1734), le chimiste du « phlogistique » qu'anéantira Lavoisier. Becher (1635-1682), alchimiste de la transmutation des métaux. Paracelse (1493-1541), médecin et alchimiste suisse, qui, dit-on, serait l'inventeur de l'homéopathie.

LETTRE XLVIII

1. *Sepulchri immemor :* oublieux du tombeau.

LETTRE L

1. *La nature qui se révolte :* c'est une expression que l'on trouve dans les *Lettres Persanes*, sous la plume de Roxane. Toute la lettre est d'ailleurs inspirée de Montesquieu, ainsi que les citations (approximatives) de la lettre XLIX.

2. André Monglond a fait une étude confondante de ce passage qu'il interprète comme une relation directe des mésaventures de Senancour.

LETTRE LI

1. Charles XII (1682-1718), roi de Suède ; il battit les Danois et conquit la Pologne. Voltaire a fait une *Histoire de Charles XII*. Pacôme est bien sûr l'anachorète égyptien. Ce sont donc là deux destinées alternatives, de la gloire militaire ou de la sainteté.

2. Lavater (1741-1801) ; ses Essais de *Physiognomonie* ont paru de 1775 à 1778.

LETTRE LII

1. Il s'agit bien sûr de Joseph Vernet (1714-1789). Jean-François Hue (1751-1823), peintre d'histoire et de marines. Élève de Vernet, il compléta après la mort de ce dernier la fameuse série des *Ports de France*.

LETTRE LXIII

1. Allusions à Pétrarque, à *La Nouvelle Héloïse* de Rousseau, et à Bernardin.

LETTRE LXIV

1. La Torride : Senancour entendait par là l'Afrique, mais aussi parfois la Sicile.

2. Courtailloux : ce vin, dit encore de Cortaillod, existe aujourd'hui en blanc et rouge. Tissot avait écrit *De la santé des gens de lettres* (1768) ; *Essai sur les maladies des gens du monde* (1770) ; enfin un livre sur *L'Onanisme*. Senancour les a consultés en 1797.

3. Cette règle est celle de la *minutio monachi*, une forme d'abstinence que, sous toutes ses formes, Senancour ne pouvait admettre : il lui donne un sens somatique et non moral ; et quant à son désir d'abandonner le thé, le lecteur le comprendra comme une forme de sobriété qui n'est qu'une défense de la « capacité nerveuse » d'Obermann.

4. Bavaroise : thé ou chocolat mélangés au lait ou au sirop.

LETTRE LXV

1. Gaudes : le mot lui-même renvoie à une farine de maïs, et par métonymie à la pâtisserie qu'elle permet de faire.

LETTRE LXVI

1. Anscelles : plaques de bois mises en chevauchement.

LETTRE LXVII

1. Rouir, tiller le lin : rouir, éliminer par immersion certaines parties ligneuses de la fibre ; tiller, séparer l'écorce, broyer les tiges, pour ne garder que la filasse.

LETTRE LXVIII

1. Jeniseick, ville de Sibérie.

2. James Cook (1728-1779), qui découvrit la Nouvelle-Zélande. Norden (1708-1742) a écrit un *Voyage d'Égypte et de Nubie* (1752-1755, traduit à Paris, An VIII), que Senancour signale dans ses *Annotations*. Peter Simon Pallas (1741-1811), ethnographe berlinois qui fit surtout des expéditions en Sibérie et en Russie orientale.

Senancour dit s'être intéressé à sa description de l'antique civilisation mongole.

3. Le bétel est une variété de poivre qui adjoint à des feuilles de tabac forme un tonique masticatoire.

4. Anacharsis (VIe siècle avant J.-C.), philosophe d'origine scythe, qui passe pour le précurseur des Cyniques.

LETTRE LXX

1. Les gymnosophistes étaient ainsi nommés par les Grecs par référence aux partisans hindous de la métempsychose.

2. Hedjas, chaîne montagneuse de l'Arabie Saoudite et du Yémen. La Torride recouvre ici les zones désertiques dans leur ensemble et non seulement celles de l'Afrique du Nord.

3. Misopogon : l'œuvre de Julien l'Apostat, où il fait une description de Lutèce.

LETTRE LXXIII

1. F. : Fonsalbe naturellement, quoique Senancour eût l'habitude de charger tous les noms propres d'une ombre de mystère. Il reconnaît à Sainte-Beuve le mérite d'avoir percé que Fonsalbe n'était pas moins proche de lui qu'Obermann.

LETTRE LXXIV

1. La phrase avec laquelle Cicéron commençait ses lettres : « Si tu vas bien, je suis content. »

LETTRE LXXV

1. L'ennui de la vie : on trouve déjà ailleurs l'expression que Senancour reprend de Rousseau : « Quand le cœur s'ouvre aux passions, il s'ouvre à l'ennui de la vie » (*Émile*, livre 5). Senancour notera aussi que Montesquieu (*Esprit des lois*, livre 14, chap. 12) analyse cette forme d'ennui (prise ici au sens classique et non romantique) comme un mal qui n'a pas de lieu particulier (voir Béatrice Didier (-Le Gall), *L'Imaginaire chez Senancour*, t. 2, p. 442).

LETTRE LXXVII

1. Giovanni Domenico Porta (1722-1780), portraitiste italien originaire de Lombardie et travaillant à Rome. On lui doit en particulier les portraits des papes Clément XIII, Clément XIV et Pie VI.

2. Il y a dans le *De l'amour* quelques pages singulières sur la forme du sein.

3. Cette thèse sur les crétins et les goitreux était répandue. Voir notamment dans *Le Médecin de campagne* de Balzac, et même dans

Cabanis qui y voyait une influence délétère des fonds de vallée. Par beaucoup d'aspects, *Obermann* est construit comme une longue poésie médicale ou comme une médication poétique sur les bienfaits de l'air. (Cabanis signale, dans son *Traité du physique et du moral*, VIIIe Mémoire, que l'usage de l'air, là où la pression diminue, sur les montagnes, provoque une affection mélancolique et un état de langueur.)

LETTRE LXXVIII

1. Louis-Sébastien Mercier (1740-1814) était un des rares amis de Senancour.
2. C'est l'un des passages que Rilke a marqué sur son exemplaire.
3. Hégésias (IIIe siècle avant J.-C.), qui eût préconisé le suicide.

LETTRE LXXIX

1. Successivement Rousseau et Diderot.
2. Senancour avait écrit : « livrées aux charcutiers pour envelopper des cervelas ».

LETTRE LXXX

1. Senancour avait écrit à la fin de ce paragraphe : « Les verrats aussi sont des mâles. »

LETTRE LXXXI

1. Épître de Paul aux Corinthiens, I, 2 : « L'homme animal ne reçoit pas les choses de l'esprit de Dieu » (Segond). On peut aussi traduire : l'homme animal ne perçoit pas les choses telles qu'elles sont en Dieu.
2. La note ne se trouvait pas dans les deux premières éditions.

LETTRE LXXXIII

1. Dans le *Britannicus* de Racine, II, 1.

LETTRE LXXXV

1. Jean-Henri Lambert (1728-1777), astronome et philosophe alsacien dont on sait que le système est à l'origine de la réflexion de Kant.
2. « Par de la groseille », avait écrit Senancour.
3. *L'Esprit des choses* de Saint-Martin, Paris, an VIII, qui a certainement été la référence secrète d'Obermann, ajoutée au *Traité de la solitude* de Zimmermann (*Von der Eisamkeit*, 1756) que Louis-Sébastien Mercier avait traduit en 1788. Pour Saint-Martin, on se reportera aux passages sur la cristallisation de l'esprit dans les pierres. Ramond s'attarde de même sur les *fossiles* comme sur des restes de spiritualité enfouie de la nature.

4. C'est-à-dire la doctrine de Manès, où l'esprit divin du mal s'oppose à l'esprit créateur.

5. Nicolas-Antoine Boulanger (1722-1759) : *L'Antiquité dévoilée*, a été publiée par d'Holbach en 1766. Senancour s'y réfère très souvent.

LETTRE LXXXIX

1. Le *Monde primitif analysé et comparé avec le monde moderne*, de Court de Gébelin, 1773-1782, Paris, neuf volumes. C'est, avec Boulanger, l'autre source d'information doxographique qui sert de base à la spéculation de Senancour. (Voir M. Larroutis, « Monde primitif et monde idéal dans l'œuvre de Senancour », *Revue d'Histoire littéraire de la France*, janvier-mars 1962, pp. 41-58.)

LETTRE XC SUPPLÉMENT

1. Mlle de Senancour indique qu'il s'agit d'un épisode vécu que son père lui a raconté.

2. Le torrent (très peu héraclitéen) est en fait l'emblème d'*Imenstròm*. C'est surtout son bruit sourd de cataracte qui évoque pour Senancour et l'écroulement de l'histoire, et le sentiment auditif d'avoir réchappé à une catastrophe quand ce bruit étouffé par la nuit, et entendu à travers l'épaisseur de l'espace, signale que la faiblesse de notre constitution résiste à son écrasement.

LETTRE XCI

1. Le texte avait déjà paru dans *Les Navigateurs* publié par Ferdinand Denis, en 1834, et ne se trouve pas dans les deux premières éditions d'*Obermann*.

2. Senancour ajoute dans le manuscrit : « Le trajet du bourg Saint-Pierre à Saint-Remi était beaucoup moins facile avant les travaux exécutés par les Français. »

DERNIÈRE PARTIE D'UNE LETTRE SANS DATE CONNUE

1. Cette lettre est replacée à la fin en 1840, afin que le livre, d'après Zvi Lévy, ne se termine pas sur l'invocation stoïcienne qui clôt la lettre précédente.

2. Senancour pratiquait, nous le savons par ses fiches et ses *Annotations*, un très grand nombre de flores orientales. Son érudition s'étendait à ces espèces chinoises et hindoues. Dans ses *Souvenirs du voyageur étranger* (*Mercure du XIX*[e] *siècle*, 1823, t. III), il écrit : « J'avais été toujours sensible aux jouissances de l'odorat, je suis en cela tout asiatique... Après des chants d'un caractère simple, je préfère aux autres beautés de la nature le parfum des fleurs,

silencieux indice d'une vie peu connue qui doit avoir aussi et ses jours difficiles, et ses heures plus propices » (p. 444). Enfin dans *Isabelle* (republié chez Slatkine par Béatrice Didier), on peut lire un répertoire allégorique de la signification des fleurs (sous le titre *Emblèmes. Analogies*, pp. 101-106).

COLLECTION FOLIO

Dernières parutions

1345.	Paul Claudel	*La Ville.*
1346.	Henry James	*L'Américain.*
1347.	Edmond et Jules de Goncourt	*Madame Gervaisais.*
1348.	Armand Salacrou	*Dans la salle des pas perdus,* tome I.
1349.	Armand Salacrou	*Dans la salle des pas perdus,* tome II.
1350.	Michel Déon	*La corrida.*
1351.	Stephen Crane	*La conquête du courage.*
1352.	Dostoïevski	*Les Nuits blanches. Le Sous-sol.*
1353.	Louis Pergaud	*De Goupil à Margot.*
1354.	Julio Cortázar	*Les gagnants.*
1355.	Philip Roth	*Ma vie d'homme.*
1356.	Chamfort	*Maximes et pensées. Caractères et anecdotes.*
1357.	Jacques de Lacretelle	*Le retour de Silbermann.*
1358.	Patrick Modiano	*Rue des Boutiques Obscures.*
1359.	Madeleine Chapsal	*Grands cris dans la nuit du couple.*
1360.	Honoré de Balzac	*Modeste Mignon.*
1361.	Pierre Mac Orlan	*Mademoiselle Bambù.*
1362.	Romain Gary (Émile Ajar)	*La vie devant soi.*
1363.	Raymond Queneau	*Exercices de style.*
1364.	Eschyle	*Tragédies.*
1365.	J. M. G. Le Clézio	*Mondo et autres histoires.*

1366.	Pierre Drieu la Rochelle	*La comédie de Charleroi.*
1367.	Romain Gary	*Clair de femme.*
1368.	Fritz Zorn	*Mars.*
1369.	Émile Zola	*Son Excellence Eugène Rougon.*
1370.	Henri Vincenot	*La billebaude.*
1371.	Carlos Fuentes	*La plus limpide région.*
1372.	Daniel Defoe	*Journal de l'Année de la Peste.*
1373.	Joseph Kessel	*Les cavaliers.*
1374.	Michel Mohrt	*Les moyens du bord.*
1375.	Jocelyne François	*Joue-nous « España ».*
1376.	Léon-Paul Fargue	*Le piéton de Paris,* suivi de *D'après Paris.*
1377.	Beaumarchais	*Le Barbier de Séville,* suivi de *Jean Bête à la foire.*
1378.	Damon Runyon	*Broadway, mon village.*
1379.	Jean Rhys	*Quatuor.*
1380.	Sigrid Undset	*La femme fidèle.*
1381.	Stendhal	*Le Rose et le Vert, Mina de Vanghel* et autres nouvelles.
1382.	Paul Morand	*Le Flagellant de Séville.*
1383.	Catherine Rihoit	*Le bal des débutantes.*
1384.	Dorothy Baker	*Le jeune homme à la trompette.*
1385.	Louis-Antoine de Bougainville	*Voyage autour du monde.*
1386.	Boileau/Narcejac	*Terminus.*
1387.	Sidney Sheldon	*Jennifer ou La fureur des anges.*
1388.	Damon Runyon	*Le complexe de Broadway.*
1389.	Guyette Lyr	*L'herbe des fous.*
1390.	Edith Wharton	*Chez les heureux du monde.*
1391.	Raymond Radiguet	*Le Diable au corps.*
1392.	Ivan Gontcharov	*Oblomov.*
1393.	Réjean Ducharme	*L'avalée des avalées.*
1394.	Giorgio Bassani	*Les lunettes d'or et autres histoires de Ferrare.*
1395.	Anita Loos	*Les hommes préfèrent les blondes.*
1396.	Anita Loos	*Mais ils épousent les brunes.*

1397. Claude Brami *Le garçon sur la colline.*
1398. Horace Mac Coy *J'aurais dû rester chez nous.*
1399. Nicolas Leskov *Lady Macbeth au village, L'Ange scellé, Le Vagabond enchanté, Le Chasse-Diable.*
1400. Elio Vittorini *Le Simplon fait un clin d'œil au Fréjus.*
1401. Michel Henry *L'amour les yeux fermés.*
1402. François-Régis Bastide *L'enchanteur et nous.*
1403. Joseph Conrad *Lord Jim.*
1404. Jean de La Fontaine *Contes et Nouvelles en vers.*
1405. Claude Roy *Somme toute.*
1406. René Barjavel *La charrette bleue.*
1407. Peter Handke *L'angoisse du gardien de but au moment du penalty.*
1408. Émile Zola *Pot-Bouille.*
1409. Michel de Saint Pierre *Monsieur de Charette, chevalier du Roi.*
1410. Luigi Pirandello *Vêtir ceux qui sont nus,* suivi de *Comme avant, mieux qu'avant.*
1411. Karen Blixen *Contes d'hiver.*
1412. Jean Racine *Théâtre complet,* tome I.
1413. Georges Perec *Quel petit vélo à guidon chromé au fond de la cour?*
1414. Guy de Maupassant *Pierre et Jean.*
1415. Michel Tournier *Gaspard, Melchior & Balthazar.*
1416. Ismaïl Kadaré *Chronique de la ville de pierre.*
1417. Catherine Paysan *L'empire du taureau.*
1418. Max Frisch *Homo faber.*
1419. Alphonse Boudard *Le banquet des Léopards.*
1420. Charles Nodier *La Fée aux Miettes,* précédé de *Smarra* et de *Trilby.*
1421. Claire et Roger Quilliot *L'homme sur le pavois.*
1422. Philip Roth *Professeur de désir.*
1423. Michel Huriet *La fiancée du roi.*
1424. Lanza del Vasto *Vinôbâ ou Le nouveau pèlerinage.*
1425. William Styron *Les confessions de Nat Turner.*

1459. Heinrich Böll — *Le train était à l'heure* suivi de quatorze nouvelles.
1460. Claude Michel Cluny — *Un jeune homme de Venise.*
1461. Jorge Luis Borges — *Le livre de sable.*
1462. Stendhal — *Lamiel.*
1463. Fred Uhlman — *L'ami retrouvé.*
1464. Henri Calet — *Le bouquet.*
1465. Anatole France — *La Vie en fleur.*
1466. Claire Etcherelli — *Un arbre voyageur.*
1467. Romain Gary — *Les cerfs-volants.*
1468. Rabindranath Tagore — *Le Vagabond et autres histoires.*
1469. Roger Nimier — *Les enfants tristes.*
1470. Jules Michelet — *La Mer.*
1471. Michel Déon — *La Carotte et le Bâton.*
1472. Pascal Lainé — *Tendres cousines.*
1473. Michel de Montaigne — *Journal de voyage.*
1474. Henri Vincenot — *Le pape des escargots.*
1475. James M. Cain — *Sérénade.*
1476. Raymond Radiguet — *Le Bal du comte d'Orgel.*
1477. Philip Roth — *Laisser courir*, tome I.
1478. Philip Roth — *Laisser courir*, tome II.
1479. Georges Brassens — *La mauvaise réputation.*
1480. William Golding — *Sa Majesté des Mouches.*
1481. Nella Bielski — *Deux oranges pour le fils d'Alexandre Lévy.*
1482. Pierre Gripari — *Pierrot la lune.*
1483. Pierre Mac Orlan — *A bord de L'Etoile Matutine.*
1484. Angus Wilson — *Les quarante ans de Mrs. Eliot.*
1485. Iouri Tynianov — *Le disgracié.*
1486. William Styron — *Un lit de ténèbres.*
1487. Edmond Rostand — *Cyrano de Bergerac.*
1488. Jean Dutourd — *Le demi-solde.*
1489. Joseph Kessel — *La passante du Sans-Souci.*
1490. Paula Jacques — *Lumière de l'œil.*
1491. Zoé Oldenbourg — *Les cités charnelles ou L'histoire de Roger de Montbrun.*
1492. Gustave Flaubert — *La Tentation de saint Antoine.*
1493. Henri Thomas — *La vie ensemble.*
1494. Panaït Istrati — *Domnitza de Snagov.*

1528.	Jean-Pierre Chabrol	*La folie des miens.*
1529.	Bohumil Hrabal	*Trains étroitement surveillés.*
1530.	Eric Ollivier	*L'orphelin de mer.*
1531.	William Faulkner	*Pylône.*
1532.	Claude Mauriac	*La marquise sortit à cinq heures.*
1533.	Alphonse Daudet	*Lettres de mon moulin.*
1534.	Remo Forlani	*Au bonheur des chiens.*
1535.	Erskine Caldwell	*Le doigt de Dieu.*
1536.	Octave Mirbeau	*Le Journal d'une femme de chambre.*
1537.	Jacques Perret	*Roucou.*
1538.	Paul Thorez	*Les enfants modèles.*
1539.	Saül Bellow	*Le faiseur de pluie.*
1540.	André Dhôtel	*Les chemins du long voyage.*
1541.	Horace Mac Coy	*Le scalpel.*
1542.	Honoré de Balzac	*La Muse du département. Un prince de la bohème.*
1543.	François Weyergans	*Macaire le Copte.*
1544.	Marcel Jouhandeau	*Les Pincengrain.*
1545.	Roger Vrigny	*Un ange passe.*
1546.	Yachar Kemal	*L'herbe qui ne meurt pas.*
1547.	Denis Diderot	*Lettres à Sophie Vollant.*
1548.	H. G. Wells	*Au temps de la comète.*
1549.	H. G. Wells	*La guerre dans les airs.*
1550.	H. G. Wells	*Les premiers hommes dans la Lune.*
1551.	Nella Bielski	*Si belles et fraîches étaient les roses.*
1552.	Bernardin de Saint-Pierre	*Paul et Virginie.*
1553.	William Styron	*Le choix de Sophie.*
1554.	Florence Delay	*Le aïe aïe de la corne de brume.*
1555.	Catherine Hermary-Vieille	*L'épiphanie des dieux.*
1556.	Michel de Grèce	*La nuit du sérail.*
1557.	Rex Warner	*L'aérodrome.*
1558.	Guy de Maupassant	*Contes du jour et de la nuit.*
1559.	H. G. Wells	*Miss Waters.*

1560. H. G. Wells — *La burlesque équipée du cycliste.*
1561. H. G. Wells — *Le pays des aveugles.*
1562. Pierre Moinot — *Le guetteur d'ombre.*
1563. Alexandre Vialatte — *Le fidèle Berger.*
1564. Jean Duvignaud — *L'or de la République.*
1565. Alphonse Boudard — *Les enfants de chœur.*

Impression Bussière à Saint-Amand (Cher).
le 7 mai 1984.
Dépot légal : mai 1984.
Numéro d'imprimeur : 461.
ISBN 2-07-037566-8/Imprimé en France.

33242

130